LE BÛCHER DES INNOCENTS

LAURENCE LACOUR

LE BÛCHER DES INNOCENTS

L'affaire Villemin

Coulisses, portraits, preuves,
engrenages, correspondances,
choses vues...

PLON
76, rue Bonaparte
PARIS

Premier cahier photo : 1 Sygma; 2 *Républicain lorrain*; 3 *Liberté de l'Est*; 4 *Républicain lorrain*; 5 *Liberté de l'Est*; 6 Sygma/Pavlovsky; 7 Droits réservés; 8 Sygma; 9 Sygma/ Nogues-Orban-Brucelle; 10 *Républicain lorrain*; 11 *Républicain lorrain*; 12 *Républicain lorrain*; 13 AFP/Mochet-Gutekunst; 14 AFP/Mochet; 15 AFP/Mochet; 16 Sygma/Bassouls; 17 Sygma/Hertzog; 18 *Républicain lorrain*; 19 *Républicain lorrain*; 20 Sygma/Caratini-Orban; 21 *Républicain lorrain*; 22 *Républicain lorrain*; 23 *Républicain lorrain*; 24 Gendarmerie nationale; 25 Sygma; 26 Sygma; 27 *Républicain lorrain*; 28 *Républicain lorrain.*

Deuxième cahier photo : 1 Vit; 2 *Républicain lorrain*; 3 Droits réservés; 4 *L'Est républicain*; 5 Sygma/Hertzog; 6 Paris Match; 7 Droits réservés; 8 Gamma/Besaoud; 9 *Parisien libéré*/Besaoud; 10 *L'Est républicain*/Mousty; 11 Sipa/Neema; 12 Droits réservés; 13 Droits réservés; 14 Droits réservés; 15 Droits réservés; 16 Sygma/Orban; 17 Droits réservés; 18 Droits réservés; 19 Sygma/Caratini; 20 *Libération*; 21 *Républicain lorrain*; 22 AFP/Pelaez; 23 Vit; 24 Vit; 25 Sygma/Orban; 26 Vit; 27 Sygma/Langevin; 28 *Républicain lorrain.*

ISBN : 2-259-02035-6

A Manon

« A la pureté du diamant
A la force du vent
A la poésie d'automne »

On déshonore la justice quand on n'y joint pas la douceur et les égards.

François Fénelon

ARBRE GÉNÉALOGIQUE DE LA FAMILLE VILLEMIN

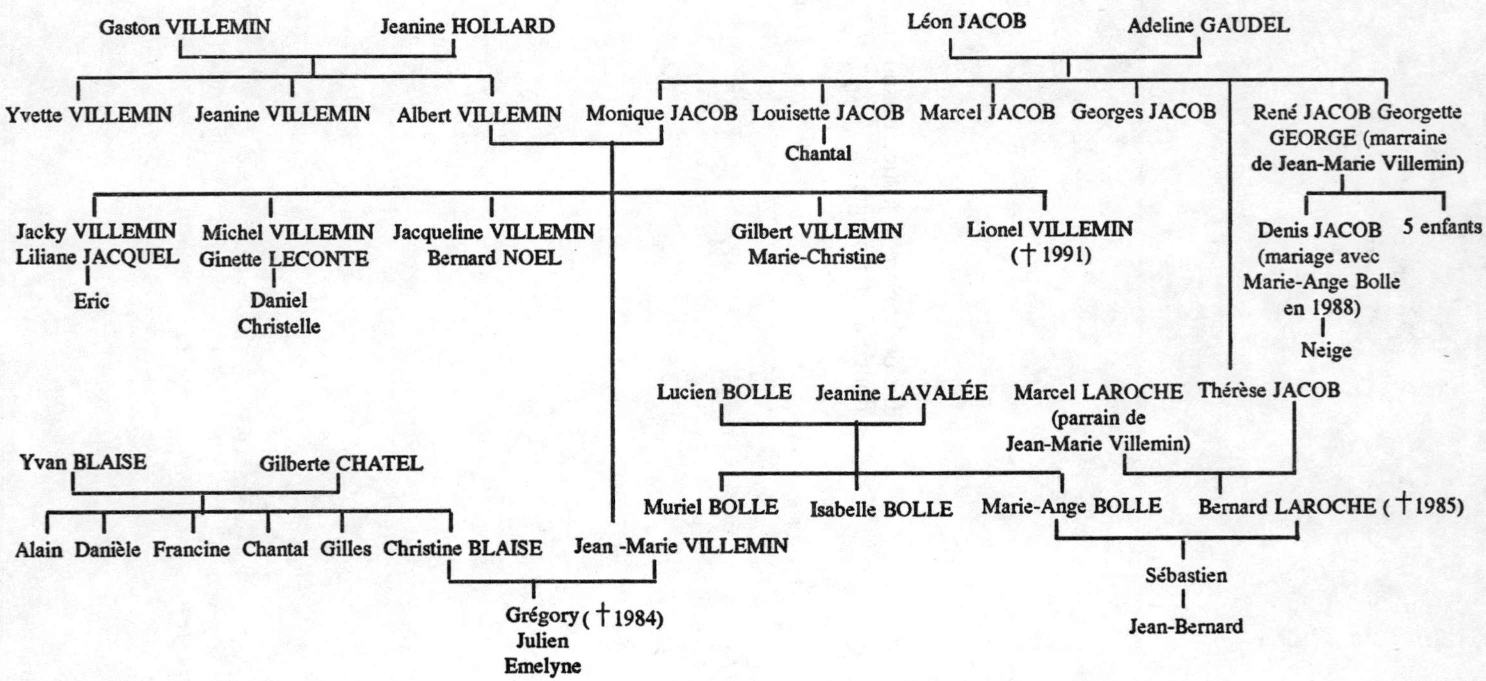

Prologue

Les goûters de mon enfance jaillissent soudain de ma mémoire. Un parfum de chocolat saupoudré en copeaux sur une tranche de pain frais et beurré. Ce souvenir gourmand, depuis longtemps oublié, me surprend au moment où je fixe la pendule de la voiture à l'arrêt : il est 16 heures. L'heure du goûter. L'enfant qui m'a conduite ici, lui, ne goûtera plus jamais car il est mort. Assassiné, avant-hier soir.

Les salissures du pare-brise ressortent sous le soleil des Vosges. Denis Robert de *Libération* et moi avons un peu tâtonné pour trouver ce village de Lépanges-sur-Vologne puis, sur la colline, la maison isolée des parents du petit garçon. Denis voyage avec moi par commodité. Un autre reportage nous attend à Strasbourg en fin de soirée. Nous ne nous attarderons pas ici : le temps de recueillir une interview des parents ou, à défaut, des grands-parents de la victime, deux ou trois informations sur un corbeau — apparemment l'assassin — traqué par les gendarmes, quelques réactions dans le village, puis retour en Alsace, ma région d'adoption. Nos rédacteurs en chef ne tiennent pas à s'attarder sur ce meurtre qu'ils trouvent sordide. Tant mieux, nous non plus.

Nous nous taisons pendant quelques secondes, peut-être par respect instinctif pour l'objet, tragique, de notre déplacement. Autour de nous, les collines dévalent vers une rivière. En haut, des prés étagés puis des cultures en terrasses. Des bordures rousses séparent les grands carrés de terre. Dans les prairies, les arbres fruitiers se balancent avec nonchalance. L'endroit, animé par une brise automnale, embrasse toute la vallée bercée dans des bras de verdure, entre deux sommets hérissés d'ifs et de sapins.

J'hésite à descendre de voiture et Denis ne m'y engage pas. Il estime incongrue ma quête d'interview des parents de l'enfant mort. Pourtant, RTL a diffusé ce matin quelques mots du père, recueillis au lendemain du drame par mon homologue, Jean-Michel Bezzina. Nous occupons lui et moi la même fonction de correspondant dans l'Est, lui depuis quinze ans pour RTL et moi, depuis un an, pour Europe 1. En vertu de la concurrence atavique qui oppose nos deux radios, l'une doit toujours faire plus ou mieux que l'autre. J'espère bien obtenir quelques mots de la mère endeuillée.

Je gravis à contrecœur la rue en pente bordée de pâturages. Ma terreur est de devoir m'incliner devant la victime. A mon âge, vingt-sept ans, je n'ai jamais vu de cadavre. Je ne veux pas voir un enfant mort. Le corbillard vient de ramener le corps et les jeunes parents dans leur maison neuve. Je me fige à l'entrée du jardin planté de tuyas. Des sanglots me parviennent de l'intérieur où le petit cercueil sera veillé pendant deux jours et deux nuits. A peine ai-je reculé d'effroi qu'une parente, surgie en larmes, me repousse d'un geste triste :

— Fichez-leur la paix, s'il vous plaît !

Denis, soulagé, me voit revenir rapidement. Ma première mission ayant échoué, nous regagnons le centre du village en roulant lentement pour détailler la maison du deuil éclairée par un insolent contre-jour.

L'assassinat du petit garçon a révulsé le village de Lépanges. Dans la rue principale, l'on voit des mères effarées pousser leurs enfants dans les maisons aussitôt après l'école. Au bar de l'Est, flotte un lourd sentiment de vengeance dans des effluves de vin et de café refroidi. Là, je peux enregistrer quelque chose et coller bout à bout ces bribes de haine et de colère :

— Ici, on est mille cent, éructe un ouvrier, celui qui a fait ça, on va l'attacher à un poteau sur la place et on lui donnera chacun un coup de couteau !

L'image de la vengeance façon Peau-Rouge me glace et déclenche en moi un rire nerveux. Cette atmosphère de lynchage tranche avec le silence qui régnait tout à l'heure autour de la maison des parents. Un grondement secoue le bistrot, jailli d'hommes et de femmes parlant à tort et à travers d'un drame dont ils ignorent tout. Bientôt, nous ferons comme eux. A 18 heures,

Europe 1 diffuse ces réactions viscérales, faute de sanglots familiaux. J'ai renoncé à ma visite chez les grands-parents. J'ai envie de fuir. Denis aussi. Hélas, la consigne de nos rédactions a changé en quelques heures : il faut rester sur place jusqu'à l'arrestation de l'assassin. Et, si possible, le chercher soi-même.

PREMIÈRE PARTIE

LA FOUDRE

1

La disparition ... Les recherches ... L'enfant mort ... La photo ... L'annonce aux parents ... « Pourquoi, Nounours ? Pourquoi ? » ... Jean-Marie Villemin découvre son fils ... Le Faucon maltais ... La montée médiatique ... La morgue ... Un acte d'amour fou

La gendarmerie de Bruyères, le chef-lieu du canton, est un rectangle de béton posé à la sortie de la ville en direction d'Épinal. Quelques marches, une porte vitrée, des fenêtres barrées de grilles, de sombres uniformes, rien de très avenant. Pourtant, pendant trois semaines, nous allons vivre accrochés par dizaines à ce lieu dérisoire. Ici a démarré, le 16 octobre 1984, l'enquête sur l'assassinat de Grégory Villemin, âgé de quatre ans, retrouvé mort ce soir-là vers 21 h 15, flottant pieds et poings liés sur une rivière allègre : la Vologne.

Ce 16 octobre, vers 18 heures, un scanner grésille dans la rédaction de *La Liberté de l'Est* d'Épinal. Le scanner est une radio qui permet d'écouter les fréquences utilisées par les policiers, les gendarmes voire les pompiers, et de connaître ainsi tous les événements qu'ils sont amenés à traiter. A cet instant, l'appareil annonce une disparition d'enfant.

Philippe Jéchoux, jeune pigiste de *La Liberté de l'Est*, et Patrick Gless, photographe, ne tardent pas à localiser les lieux des recherches. Le secrétaire de mairie de Lépanges leur a confirmé l'information et même précisé qu'un correspondant anonyme a revendiqué, par téléphone, l'enlèvement du petit garçon au retour de l'école. D'emblée, l'affaire semble grave. Les secours s'organisent avec le maire et les gendarmes dont les chiens ont flairé un pyjama du garçonnet. Devant la maison de l'enfant, les deux journalistes perçoivent la très grande inquiétude de tous ceux — famille, voisins, amis — venus réconforter les parents affolés. A la nuit tombée, la panique s'empare du groupe.

Après de vaines recherches dans les fourrés, l'oncle Michel, qui a reçu l'appel anonyme, commence à parler de la Vologne, la rivière qui s'écoule dans le village d'est en ouest, de Gérardmer vers Épinal. De l'avis des gendarmes et du grand-père, Albert Villemin, l'enfant ne peut pas être loin, la Vologne étant régulièrement freinée par une suite de petits barrages. Philippe Jéchoux et Patrick Gless repartent à trois kilomètres en contrebas sur les berges où s'entrecroisent les faisceaux des lampes braquées par les gendarmes, pompiers ou villageois. Les recherches se déplacent aux abords du cours d'eau et gagnent, de minute en minute et de bosquet en buisson, un autre village à six kilomètres de là : Docelles.

Grégory Villemin a disparu depuis quatre heures quand deux taches blanches accrochent soudain la lumière qui balaie la rivière, au centre de Docelles. Médusés, les observateurs découvrent deux petites mains croisées sur le ventre d'un enfant flottant sur le dos et retenu par un barrage de rochers et de cailloux. Il est habillé, chaussé, et son bonnet a été rabattu sur son visage. On ne distingue pas encore la longue corde qui le ligote des pieds au cou, maintenant ses mains réunies et ses jambes posées l'une sur l'autre à la hauteur des chevilles. Pas un cri, pas un son n'émerge de ce paquet sombre, livré au tumulte de la rivière.

Le temps qu'un homme s'arrime pour pénétrer dans l'eau et ramener l'enfant sur la berge, Patrick Gless prend trois photos du cadavre puis quatre autres clichés des pompiers en larmes enveloppant dans une couverture le petit corps repêché. En tout, sept photos en noir et blanc, prises au flash dans la nuit et qu'en quelques jours le monde entier va découvrir. Un cortège désordonné se bouscule dans l'obscurité pour suivre gendarmes et pompiers portant le petit garçon jusqu'au hangar le plus proche. Un silence atterré salue son passage avant que n'éclate la fureur des riverains qui crient, pleurent et hurlent de détresse devant une scène aussi inhumaine.

— A mort l'assassin! A mort! La mort pour lui! grondent les habitants.

Finalement, le maire fera couper l'électricité communale pour contraindre ses administrés à se disperser et éviter ainsi tout incident supplémentaire.

Sur les hauts de Lépanges, un pompier, gêné, s'avance sur le seuil de la maison de Christine et Jean-Marie Villemin et demande prudemment :

— Le petit garçon avait-il un bonnet rouge, blanc et bleu sur la tête?

Comme la réponse est positive, l'homme annonce la mort de l'enfant. Les derniers espoirs de la famille s'évanouissent. La nuit est déchirée par des cris insoutenables. La mère titube avant de s'affaisser sur le carrelage du couloir. Le père s'écrase le poignet droit sur un volet de bois puis se précipite sur elle, à moitié inconsciente. Le couple enlacé roule sur le sol, de désespoir, en tapant contre le crépi des murs de l'entrée. Elle sanglote à l'adresse de son mari qu'elle implore de son surnom :

— Pourquoi, Nounours? Pourquoi?

Elle répète encore et encore ce même mot : pourquoi? Apparemment, personne ne connaît la réponse. La famille Villemin, rassemblée d'heure en heure, manifeste une détresse absolue. Seule une belle-sœur garde son calme, s'assied dans la cuisine et, les yeux secs, allume une cigarette. Gilbert Méline, le fermier voisin, appelle un médecin qui viendra calmer la mère et l'endormir avec une piqûre, jusqu'au lendemain à midi.

Dehors, Patrick Gless range son appareil photo et, bouleversé par ce qui s'échappe de la maison, arrête là son reportage. Il rejoint Philippe Jéchoux à Épinal où se fabrique la première d'une très longue série de pleines pages sur cet assassinat. Les faits abrupts, le cynisme du ou des assassins, la première photo de Grégory décrochée au-dessus de son portemanteau à l'école maternelle de Lépanges et puis celle prise dans la Vologne à Docelles lanceront le sujet. Le rédacteur en chef hésite à publier les photos du repêchage tragique mais Patrick Gless insiste, conscient du caractère exceptionnel de son document : un crime en léger différé.

Les pompiers écartent lentement les deux pans de la couverture brune devant le père accouru à Docelles pour reconnaître son enfant. Il confiera plus tard à son avocat : « J'ai cru que mon cerveau allait exploser. » Ses mains affolées étreignent tour à tour les différentes parties du corps encore souple sur lequel aucune trace de violence n'est décelable. Ni coup, ni hématome, ni même une égratignure sur cette peau de bébé. Son fils semble dormir les yeux ouverts. Des hommes assistent à cette scène, impuissants. Derrière le hangar, les clameurs redoublent. Jean-Marie Villemin ne voit rien, n'entend rien. Il se colle à l'enfant, soulève son corps inerte dont la tête dodeline mollement, l'embrasse, mêle ses larmes à l'eau de la rivière. Albert Villemin le soutient, chancelant devant tant de souffrance. Le visage enfoui entre les plis des petits vêtements mouillés, Jean-Marie jure de venger son fils :

— Je le jure, je le jure, je le jure.

A minuit, alors que trois personnes sont déjà en garde à vue à la gendarmerie de Bruyères, Éric Darcourt de l'agence France-Presse à Metz est alerté à son tour. Il se relève et envoie sur les téléscripteurs, la première dépêche nationale qui résume en trois lignes laconiques l'effondrement d'une famille. Patrick Gless, lui, ne parvient pas à échapper, même dans son sommeil, aux cris d'épouvante qui résonnent encore à Lépanges-sur-Vologne.

Dès le lendemain, deux hommes roulent vers le sud de la Lorraine, se précédant l'un l'autre, sans le savoir, sur les routes des Vosges. A quelques heures d'intervalle, ils se dirigent vers Lépanges-sur-Vologne, chargés par leurs rédactions respectives de s'informer sur ce crime aux dimensions encore régionales. Jean-Michel Bezzina de RTL et Jean-Claude Hauck du *Républicain lorrain* de Metz ont vu la photo de l'enfant flottant dans la rivière. Elle les a frappés car elle révèle l'acte criminel brut tel qu'il a été perpétré. Sans la présence imprévisible des journalistes, un tel cliché serait resté dans les dossiers de l'identité judiciaire. Jamais la presse de l'Est n'a publié une image aussi macabre. Elle en est d'autant plus saisissante.

Après une première journée d'enquête, Hauck et Bezzina cherchent à rencontrer les parents de la victime. Hauck les retrouve le lendemain, à l'entrée du village, chez le maire où se règlent les inévitables questions de caveau et d'inhumation. La jeune femme qu'il aperçoit, assise dans une Renault 18 blanche, lui est inconnue mais en une seconde, il l'identifie. C'est la mère de l'enfant. Le visage défiguré par la souffrance et la tête renversée sur le dossier, elle pleure, seule. L'image de cette femme « liquéfiée, hébétée de chagrin » le saisit et le marque définitivement. Quelques semaines plus tard, il s'y ancrera pour résister, coûte que coûte, aux accusations qui la frapperont. Impressionné, Hauck n'ose pas l'aborder et repart vers la gendarmerie, pour glaner des informations supplémentaires.

En quinze ans de métier, Jean-Michel Bezzina a vu bien d'autres drames. Les faits divers sont pour lui une matière de prédilection. Ses puissantes amitiés dans les milieux judiciaires et policiers du grand Est, des Ardennes à la Franche-Comté, en font un journaliste redouté par ses confrères. On le repère à son œil narquois et son rictus d'homme blasé que rien n'étonne, rien n'émeut. Quarante-deux ans, de taille moyenne, le front dégarni, souvent enveloppé d'un long manteau de loden vert, Bezzina enquête peu mais récolte pourtant beaucoup d'informations. Pendant les reportages, on le voit, assis dans sa voiture rouge barrée des initiales blanches RTL, recevoir des coups de téléphone ou la visite de ses informateurs. Une cour le flatte, composée d'envoyés spéciaux parisiens qui s'informent auprès de lui et de journalistes régionaux qui le craignent. Sa faconde de pied-noir faussement convivial n'a qu'un but : neutraliser ceux qui le gênent dans sa course au scoop. Ses lointaines origines de l'île de Malte lui valent le surnom de Faucon maltais.

Audacieux et cynique, il considère son métier d'abord comme une entreprise de rapport. Il est le correspondant, avec sa femme Marie-France également journaliste, d'une dizaine de supports (radio, journaux, agences de presse) qu'ils alimentent en événement mineurs ou majeurs survenus sur leur territoire. Bien implantés à Nancy, les Bezzina sont devenus au fil du temps des notables aux amis influents tels que André Rossinot, Michel Platini ou Jean-Jacques Servan-Schreiber dont la femme est la marraine de leur fils Arnaud. Président de l'Union des clubs de la presse de France, Jean-Michel dirige aussi le Club de la presse nancéenne. Ces fonctions de prestige lui assurent une notoriété diffuse dans toute la presse française.

Bezzina se présente le premier à la porte de Christine et Jean-Marie Villemin. La rencontre, sur le seuil du pavillon, est brève mais déterminante. Le père, effondré, lui confie que si l'assassin est bien celui qu'il soupçonne d'avoir harcelé sa famille entre 1981 et 1983, alors il le connaît et il « l'aura ». Il n'en dit pas plus. La mère, sous calmants depuis l'avant-veille, ne manifeste aucune réaction, comme si elle était anesthésiée. En les quittant, Bezzina se polarise sur « l'allure de zombie » de la jeune femme et se dit : « C'est elle qui a fait le coup! »

La déclaration du père de Grégory Villemin, diffusée aussitôt sur RTL, suscite la curiosité immédiate des autres rédactions. C'est elle qui déclenche ma venue dans les Vosges. Jean-Michel Bezzina a-t-il coupé sa bande pour muscler les propos de Jean-Marie Villemin ou a-t-il ouvert son micro avec retard? Toujours est-il que quarante-huit heures après le drame, cette petit phrase accroît le mystère :

— L'assassin...? je le connais... je l'aurai...

De leur côté, les gendarmes de Bruyères ont laissé entendre que l'affaire, probablement le crime d'un familier, devrait être élucidée rapidement. Le ou les assassins ont laissé derrière eux trop d'indices pour échapper à la police.

Des propos à l'emporte-pièce prononcés dans la douleur, la photo de l'enfant martyr dans les bras d'un pompier, accolée à celle de son visage heureux, les premiers mots clés de l'énigme étalés en première page de *France-Soir* : horreur, corbeau, vengeance familiale, ainsi que la certitude des enquêteurs, attirent la presse nationale écrite, parlée puis télévisée. Une réaction en chaîne instantanée, actionnée par Jean-Michel et Marie-France Bezzina et leurs nombreux employeurs : RTL mais aussi l'ACP (Agence centrale de Presse), l'AP (Associated Press), *France-Soir*, *Le Figaro*, *Le Parisien libéré*, *Le Quotidien de Paris* et *Le Journal du Dimanche*. Soit la moitié des grands organes de presse nationaux de cette fin d'année 1984.

Chaque média dépêche sur place un reporter dont les informations agiteront les autres rédactions. Pour n'être pas en reste, *Libération*, *Le Monde*, *L'Humanité*, Europe 1, France-Inter et RMC vont les suivre, puis TF 1, Antenne 2 et RTL-Télé du Luxembourg, les photographes d'agence, les hebdomadaires et enfin, les magazines à sensation. Trois jours plus tard, toute la presse nationale française sera présente à l'enterrement de l'enfant, aux côtés de l'AFP, des trois grands journaux régionaux et de FR 3 Nancy.

Soixante-dix reporters vont ainsi fondre sur les petites villes de Bruyères et de Lépanges-sur-Vologne soudain tirées de leur anonymat.

Bernard Groslier du *Parisien libéré* patiente avec quelques journalistes devant le funérarium d'Épinal. Il sait que, l'autopsie de l'enfant terminée, ses parents doivent assister à sa mise en bière. Jean-Marie a voulu épargner à sa femme le spectacle de leur enfant mort, mais elle n'imagine pas que son fils disparaisse sans pouvoir le toucher et l'embrasser. Elle n'y croira qu'à cette condition. Le procureur a donné son autorisation. Leurs parents et leurs frères se regroupent autour d'eux pour cette séance insoutenable. Des photographes abordent les parents et leur proposent 20 000 francs pour la photo de Grégory dans son cercueil. Les Villemin, hagards, les entendent à peine. Groslier, tête baissée, emboîte avec aplomb le pas du petit groupe éploré qui l'ignore. Il devient ainsi le seul témoin étranger de la séparation entre Grégory Villemin et sa famille.

Dans la pièce obscure et étroite, un homme avance une petite table roulante sur laquelle semble dormir « un angelot de marbre » couvert d'un simple drap. A sa vue, le père et la mère s'écroulent sur leur enfant dans ce que Groslier ressent comme « un acte d'amour fou et de désespoir total [1] ». Foudroyé, le reporter pleure aussi, tout en observant près de lui un homme sans chagrin apparent mais à l'air traqué de quelqu'un pris dans un piège. Il regarde sans cesse autour de lui, se mord les poings et semble aux abois, comme s'il se sentait lui-même menacé ou avait quelque chose à se reprocher. Groslier se prend à espérer que les gendarmes ont caché là une caméra dont le film pourrait se révéler plein d'enseignements précieux pour l'enquête. Bien sûr, il n'en est rien.

La mère sanglote encore, balbutiant par saccades toujours les mêmes mots :

— Pourquoi ? Pourquoi ils s'en sont pris à toi ? Pourquoi ils t'ont fait ça ?

Il faudra les arracher, elle et son mari, à leur fils assassiné avant que ne se referme le cercueil où Christine a glissé son jouet préféré : un petit singe de peluche marron suçant son pouce, surnommé « Kiki ».

Malgré l'aspect tragique de ces trente minutes essentielles, Bernard Groslier ne peut s'empêcher, en quittant la pièce, de saisir le bras de la jeune mère et de lui souffler :

— Mais de qui parlez-vous ? Qui désignez-vous ? Il faut parler, maintenant... !

Hébétée, Christine le prend pour un enquêteur et secoue la tête d'accablement :

— Mais je vous ai déjà tout dit... Je ne sais rien d'autre...

1. Entretien avec l'auteur.

2

L'énigme ... L'invasion des journalistes ... « C'est une histoire extraordinaire » ... Le feuilleton ... Un peu de généalogie ... Les cibles du corbeau ... Jacky, un coupable trop facile

Au lieu de rentrer à Strasbourg, Denis Robert et moi avons échoué, malgré nous, dans une pizzeria, l'un des quatre restaurants de Bruyères. Autour de nous, toutes les conversations portent sur l'assassinat et la serveuse n'est pas dupe quant à l'objet de notre présence ici.

— Vous êtes là pour l'affaire du petit?

Difficile de la démentir. Difficile aussi de ne pas revenir sans cesse sur ce crime qui a révélé en quarante-huit heures quantité d'éléments mystérieux : la revendication téléphonique de l'assassin, la mise en scène de son acte dans la rivière, l'évidence d'un châtiment familial, les soupçons des parents de l'enfant et la menace du père. C'est plus qu'il n'en faut pour franchir la frontière qui sépare le crime repoussant du sadique, de l'alcoolique ou du pervers et la grande énigme policière imaginée par Simenon ou Agatha Christie. Cet événement nous attire, à notre corps défendant.

La foule des reporters grossit d'heure en heure devant la gendarmerie de Bruyères. Ceux qui se connaissent d'affaire en affaire engagent la conversation en se frottant les mains pour se donner une contenance. Les autres échangent quelques paroles d'approche, permettant de détecter l'allié ou l'ennemi de demain dans la chasse au scoop qui s'annonce.

Reconnaissables à leur panoplie un peu voyante, lunettes Ray-Ban, jean moulant, montre Rolex et chewing-gum, les envoyés spéciaux de *France-Dimanche*, d'*Ici Paris* ou de *Détective* se tiennent à l'écart. Il n'est pas dans les usages de la presse quotidienne de frayer avec eux. Mais au sein de chaque groupe tout le monde s'accorde à dire que le crime mérite le déplacement et que « ça sent la bonne vieille histoire de famille ».

Les dizaines de reporters concentrés ici ont pour mission d'éclairer la France entière sur le mobile et les circonstances de l'assassinat de Grégory Villemin. Chacun à sa manière et selon les méthodes de son organe de presse. Les radios doivent, dans une situation d'urgence, rester au plus près de la source officielle — de la gendarmerie ou du palais de justice —, dans l'attente d'une arrestation ou d'un communiqué important susceptible d'être diffusé en quelques minutes. Un rédacteur de la presse quotidienne dispose de sa journée jusqu'à 17 heures environ pour dicter son article par téléphone et jouit donc d'une plus grande liberté d'aller et venir au gré de son enquête. Les hebdomadaires peuvent encore plus tranquillement s'imprégner de l'atmosphère avant de débusquer un angle original publiable même cinq jours plus tard. Les télévisions sont souvent engluées dans des problèmes matériels avec la présence d'un éclairagiste, d'un preneur de son, d'un caméraman et d'un ou d'une journaliste dont les humeurs et les idées ne sont pas toujours au diapason. Leur lieu de transmission le plus proche se trouve à soixante-quinze kilomètres de là, à Nancy, ce qui oblige les équipes à quitter les lieux dès le milieu de l'après-midi pour assurer un reportage dans le journal de 20 heures. La télévision est alors le média le plus lourd et donc le moins efficace.

Les photographes, enfin, sillonnent déjà la vallée de la Vologne ou s'introduisent dans l'école maternelle de Lépanges, à la recherche des clichés inédits de l'enfant et de sa famille. Patrick Gless, sollicité d'emblée pour céder sa fameuse photo, se fait gruger avec candeur. La presse à sensation la lui achète 350 francs, puis l'agence Sygma monte le prix à 500 francs, pour finir à 4 000 francs offerts par *Paris Match*. Un petit bénéfice d'à peine 5 000 ou 6 000 francs pour une photo revendue plusieurs centaines de milliers de francs aux agences du monde entier. Gless gardera une amertume particulière à l'égard de ses confrères parisiens.

Si nos méthodes de travail diffèrent, nos besoins vitaux sont les mêmes : se loger, se nourrir, se ravitailler en essence, journaux, cigarettes, et surtout té-lé-pho-ner. Personne ne peut imaginer le désarroi d'un journaliste privé de téléphone, cordon ombilical le reliant à sa rédaction.

Cette obsession nous pousse à surgir partout où se trouve un combiné à portée de main. Combien d'appartements de particuliers, d'arrière-boutiques de magasins ou de cuisines de restaurants allons-nous envahir, pressés, essoufflés, pour annoncer fébrilement des nouvelles démenties quelques heures plus tard!

Les habitants de Bruyères nous découvrent ainsi, agités, exigeants, un rien méprisants, ignorant les horaires, les barrières, les limitations de vitesse, et nous posant ici, comme ailleurs, en pays conquis. Denis Robert et moi n'avons-nous pas demandé au droguiste aperçu à travers la vitrine d'ouvrir son magasin à minuit pour acheter les produits de toilette qui nous manquaient? Tels sont nos rythmes et nos volontés, imposés à tous.

Mme Julia Colomb, propriétaire de l'hôtel La Renaissance, ouvre pour nous ses chambres fermées depuis l'été et qui sentent l'humidité et la cire ancienne. La vieille dame, septuagénaire, accueille d'un œil méfiant notre jeunesse flanquée d'appareils encombrants et qui s'interpelle bruyamment du haut de l'escalier central. Son standard téléphonique nous arrache des cris de dépit. Archaïque, il ne comporte qu'une seule ligne et ne répond plus après 20 heures. D'où, chaque jour, une bataille pour obtenir la communication le premier, chacun s'estimant, évidemment, prioritaire sur l'autre. De toute façon, Mme Julia règle les conflits en rejoignant son appartement à 21 heures et en coupant la lumière.

Depuis deux jours, les gendarmes s'activent devant nous, fébriles et soucieux. Fébriles, car leur tâche est immense : cerner le ou les assassins au sein d'une famille de quelque soixante-dix personnes. Soucieux, car il leur est vite apparu que, contrairement à leurs espoirs, personne ne les aidera. Soit parce que les gens ne savent rien, soit parce qu'ils se taisent. Les affaires de famille étant toujours les plus délicates à mettre au jour.

Assaillis de questions décousues dès qu'ils sortent de la gendarmerie, les deux directeurs de l'enquête, le capitaine Étienne Sesmat et le commandant Charles Chaillan, sont gênés par les assauts de cette presse avide qu'ils ne savent pas repousser. Pour tenter de canaliser notre demande, ils organisent un premier point de presse, le matin à 11 heures, puis selon nos vœux un second vers 17 heures. Le juge d'instruction et le procureur de la République d'Épinal donnent leur aval, d'autant que la diffusion d'un certain nombre d'appels à témoins, d'éléments à destination du public ou de portraits-robots, peuvent susciter des réactions dans la population et faire progresser l'enquête. La formule, a priori séduisante, se révélera très vite décevante, les gendarmes se contentant de lire des communiqués administratifs sans informations sur le fond. Le secret de l'instruction les oblige même à recourir à des métaphores qui nous laissent interloqués. Ainsi le capitaine Étienne Sesmat, malgré une rapide extinction de voix, commet quelques maladresses impérissables :

— On entend les loups hurler et tant qu'ils continueront de hurler, nous les suivrons à la trace... !

— Vous verrez, quand vous saurez, c'est une histoire extraordinaire !

— Il y a des cadavres dans le placard... !

Ces phrases mystérieuses excitent notre curiosité et accroissent notre envie de rester à Bruyères pour suivre cette enquête promise à l'extraordinaire. Au palais de justice d'Épinal, nous apprenons que l'assassin a revendiqué une seconde fois, et par écrit, sa vengeance. La lettre adressée à Jean-Marie Villemin est arrivée le lendemain matin du crime à son domicile. Agacé par la divulgation de cet indice, le capitaine Sesmat nie l'information. Mais la réponse fuse, incrédule :

— Mais vous nous prenez pour des imbéciles ! On l'a su à Épinal.

La partie qui commence entre les gendarmes, les magistrats, les témoins et la presse s'annonce comme un jeu confus, sans règles ni garde-fous.

Très bientôt, d'autres informations vont suivre en cascade, jaillies d'un peu partout. Nous découvrons que toute la famille paternelle, y compris les parents de Grégory, a été soumise à des tests d'écriture et des enregistrements de voix. Les écrits sont confiés à Antoine Argoud qui fut durant la guerre d'Algérie un des colonels de l'OAS et s'est reconverti depuis comme expert graphologue inscrit près la cour d'appel de Nancy. Les voix seront également comparées à celle, piégée sur une cassette, du persécuteur anonyme. La cordelette qui entourait l'enfant provient des filatures de la vallée et servirait à ficeler des balles de coton importé d'URSS. Les nœuds qui la maintenaient sur la victime sont de facture particulière et sûrement l'œuvre d'un tisserand. Des moulages de traces de pneus et de talons ont été réalisés au bord de la rivière, près d'une voie ferrée à l'entrée de Docelles, là où l'enfant pourrait avoir été jeté à l'eau. Un homme surveillant la maison des Villemin avec des jumelles a été vu ce jour-là. Enfin, un couple circulant dans une voiture verte sur le chemin de la maison des Villemin a été aperçu quelques instants avant la disparition de Grégory. Autant d'éléments pouvant faciliter une résolution rapide de l'affaire.

Les trois personnes placées en garde à vue dans les heures suivant l'assassinat ont été relâchées, pourtant leurs photos vont figurer dans les journaux et ouvrir la liste des suspects éphémères. Éric Darcourt de l'AFP, scrupuleux, se refuse à diffuser ces trois noms. Je l'imite. Mais les suspects, eux-mêmes, ont parlé aux journalistes pour se défendre. Personne ne peut le leur interdire et l'on ne pressent pas encore les répercussions désastreuses de ce grand désordre. Soixante reporters sur les traces de cinquante gendarmes, dispersés sur vingt-huit kilomètres d'Épinal à Bruyères. Des témoins par dizaines et plusieurs magistrats. Comment garantir, dans ces conditions, le secret de l'enquête?

Mme Julia, débordée, n'en finit pas de frotter son comptoir tout en longueur au fur et à mesure que les verres et les tasses vides s'y accumulent. Cette femme petite, grise et sèche, serrée dans une blouse sans manches, mène encore son établissement avec fermeté. Chez elle, dans la fumée et le cliquetis du flipper, on se perd en palabres. Ceux qui tuent le temps en se nourrissant des soucis des autres propagent les ragots qui, dans un premier temps, vont faire office d'informations. Là, comme chez les commerçants, tout se dit et surtout n'importe quoi. La honte « que ce soit arrivé ici » libère une amertume malsaine à l'égard de la famille de l'enfant, au lieu de déclencher la compassion et la solidarité. Alors, on jacasse, on parle : de dix-huit enfants nés de deux lits... d'un clan avec un secret... d'un butin de guerre ou, version plus moderne, d'un gain au loto mal partagé... d'un cousin évadé d'un hôpital psychiatrique... de mésalliances jamais prouvées... et chacun d'accrocher là-dessus sa part d'imagination. Des choses fantaisistes que, faute de mieux, nous allons tous peu ou prou répéter pendant ces premiers jours d'enquête.

A vrai dire, la vérité importe peu. La presse construit déjà son feuilleton quotidien, tendu par quatre ressorts efficaces qui émeuvent tout le monde : l'enfant, la famille, la vengeance et le corbeau.

A défaut de savoir et de comprendre, chacun peut imaginer son scénario propre et le livrer aux fantasmes de son public. *France-Soir* et *Le Parisien libéré* jouent de leur répertoire populiste et forcent les adjectifs. Plus culturel, *Libération* publie une photo de Pierre Fresnay lisant une lettre anonyme dans le célèbre film de Henri-Georges Clouzot : *Le Corbeau*. Pourtant, les enquêteurs n'organisent pas de séances collectives d'écriture, chacun étant prié de recopier des phrases, chez soi et sous le contrôle d'un gendarme. Mais il est aisé de plaquer ces images mythiques sur cette enquête suivie avec passion.

Des messages anonymes parviennent à la gendarmerie pour désigner Untel ou Untel et règlent au passage quelques comptes personnels. Une photo parue dans *La Liberté de l'Est* déclenche une rumeur : pourquoi, en première page du journal, Jean-Marie Villemin a-t-il le poignet droit bandé et, à l'intérieur, le poignet gauche bandé ? Sa blessure serait-elle feinte ? La réponse est simple : d'une page à l'autre, le négatif a été imprimé une fois à l'endroit, une fois à l'envers. Des subtilités techniques qui échappent à une population que l'on sent bouillonner de colère, prompte à désigner un coupable pour échapper à un opprobre collectif. Les gendarmes demandent quand même au père de Grégory de retirer son bandage pour vérifier l'authenticité de sa foulure. Abasourdis par tant de confusion, Denis Robert et moi-même tentons de cerner un peu mieux cette famille qui suscite tant de commérages. Nous reconstituons l'histoire et l'arbre généalogique de la famille Villemin avec l'aide du maire d'Aumontzey, leur commune. A l'heure du dîner, nous rétablissons la vérité auprès d'autres journalistes avec lesquels nous dînons.

Albert et Monique Villemin, les grands-parents de Grégory, sont un couple d'ouvriers du textile à la retraite. Ils ont élevé six enfants; Jacky, 31 ans, Michel, 29 ans, Jacqueline, 28 ans, Jean-Marie, 26 ans, Gilbert, 22 ans et Lionel, 12 ans. Une seule particularité, anodine et sue de tous : Jacky, l'aîné, a été conçu avant le mariage par un autre homme mais élevé par ses grands-parents puis reconnu par Albert Villemin. En mai 1981, cette famille, jusqu'alors sans histoires, devient la cible d'un inconnu qui, régulièrement, la persécute par téléphone. Sept cents appels anonymes répartis sur deux ans selon les grands-parents dont une centaine contenant des messages.

Injures, insultes et menaces de mort s'abattent sur Albert et Monique, ses premières victimes, puis sur chacun de leurs enfants.

Une femme, jeune, relaie parfois ce corbeau en annonçant à leurs employeurs ou voisins des décès ou des accidents imaginaires, pour les terroriser et pousser Albert au suicide. Très vite, il apparaît aux parents comme aux enfants Villemin que leur persécuteur est un de leurs proches. Il l'a dit lui-même, un jour, à Michel :

— On a été copains, je te connais très bien [1]...

Il évoque trop de détails intimes, trop d'événements ou de discussions survenus lors des déjeuners dominicaux pour leur être étranger. Il lui arrive même de décrire les faits et gestes récents d'Albert et Monique, preuve qu'il peut les observer tout en leur parlant et savourer ses effets.

— Albert est là? demande-t-il un jour.
— Non! répond Monique Villemin.
— Mon œil, je l'ai vu à 5 heures...! ironise son interlocuteur [2].

Qui est-il? Que cherche-t-il? Qui le renseigne? Le climat familial se détériore. Le soupçon s'installe entre frères et sœur. En avril 1983, Albert et Monique font savoir que leur téléphone est écouté par les gendarmes. L'information, fausse, provoque l'arrêt immédiat des appels. Le corbeau change alors de tactique et écrit plusieurs lettres menaçantes. Trois en l'espace de quelques semaines. Puis le calme revient, installant une paix précaire au sein de la famille. Dix-huit mois plus tard, le mardi 16 octobre 1984, la voix, rauque et essoufflée, resurgit pour revendiquer l'enlèvement puis l'assassinat du fils de Jean-Marie.

Pendant toutes ces années, « le gars », comme l'appellent entre eux les Villemin, nourrit trois obsessions exprimées dans son harcèlement téléphonique et ses courriers. Première obsession : une haine profonde à l'égard d'Albert Villemin, que l'on retrouve notamment dans une lettre à l'orthographe volontairement déformée :

> « ... tu ne te *penderas* peut-être pas mais je m'en fou car ma *vangeance* est faite. Je te hais au point d'aller *cracher* sur ta *tombe* le jour où tu *crèveras* [3]... »

1. Procès-verbal de Michel Villemin n° 1139/28.
2. Procès-verbal de Monique Villemin n° 1139/33 A.
3. Lettre anonyme du 17 mai 1983. Mots soulignés par l'inconnu.

Deuxième obsession : la situation de Jacky, le bâtard, dont l'inconnu prend la défense avec véhémence :

« ... Jacky et sa petite famille ont été assez mis de côté. Au tour du chef d'être considéré comme un *bâtard*... Jacky n'est peut-être pas plus estimé mais je m'en fou, je me suis venger[1]... »

Troisième obsession : la jalousie à l'égard de Jean-Marie, « le chef » dont la réussite professionnelle et personnelle constitue une fierté pour ses parents, notamment depuis sa promotion comme contremaître en février 1981. Un avancement considérable dans ce milieu ouvrier où les chefs ne sont pas aimés. La fréquence des visites de Jean-Marie et sa femme chez Albert et Monique paraît l'incommoder :

« ... Vous ne devez plus fréquenter *le chef*. Vous dever le considéré lui aussi comme un bâtard, le mettre entièrement de côté pour vous et ses frères et sœur... Au tour du chef d'être considéré comme un *bâtard*[2]... »

En fait, parmi ces trois leitmotive, la défense de Jacky est trop ostentatoire pour être sincère. L'aîné des Villemin vit à l'écart depuis son mariage, car cette union fait l'unanimité contre elle. Sa femme Liliane est peu appréciée par la famille. La curieuse sollicitude de l'inconnu vis-à-vis de Jacky attise en retour les soupçons sur son couple et ses beaux-parents, Roger et Paulette Jacquel. Pendant des années, Jacky et sa belle-famille furent ainsi suspectés, désignés par le corbeau lui-même. Certains détails encourageaient cette suspicion : la voix essoufflée de Roger Jacquel, malade des poumons, son passé dans la même usine où travaille Jean-Marie pouvant expliquer les allusions faites par le correspondant anonyme à ses conditions de travail. L'allusion du corbeau au buffet de Michel, « j'ai le même buffet que toi... », or seul Jacky possède le même meuble. Liliane était soupçonnée d'être la jeune femme agissant de concert avec l'inconnu. Christine et Jean-Marie Villemin pensaient que seul Jacquel, le beau-père, pouvait prendre la défense de Jacky rejeté depuis son mariage. Enfin, détail troublant, toutes les manifestations du corbeau ont cessé du jour où Jacky a rompu avec ses parents, ses frères et sa sœur. C'est pour-

1. Lettre anonyme du 17 mai 1983. Mot souligné par l'inconnu.
2. Lettre anonyme du 27 avril 1983. Mots soulignés par l'inconnu.

quoi, dès l'annonce de la disparition de son enfant, Jean-Marie se précipite chez les Jacquel, une carabine à la main, persuadé de le retrouver là-bas.

La présence de deux Renault 4 qu'il prend, dans la pénombre, pour des véhicules de gendarmes, l'incite à réfléchir et le dissuade d'aller plus loin. Il fait demi-tour en se disant que son fils est peut-être déjà retrouvé. Depuis, les enquêteurs lui ont apporté la preuve que ni les uns ni les autres ne sont impliqués dans l'assassinat, leurs alibis étant irréfutables.

Mais il reste deux mystères : quel différend oppose « le gars » et Albert Villemin? Pourquoi Jean-Marie est-il devenu, soudain, sa victime expiatoire, au travers de l'assassinat de son fils, comme il l'exprime dans sa dernière lettre :

> « J'espère que tu mourras de chagrin, le chef. Ce n'est pas ton argent qui te rendra ton fils. Voilà ma vengeance, pauvre con [1] »?

Jacky est donc blanchi lorsque nous découvrons son existence et son histoire. Cela ne nous empêche pas de révéler à tous les vents son illégitimité. Bernard Groslier va même retrouver son vrai père dans une cour de ferme d'une colline des Vosges et lui révéler l'existence de ce fils inconnu. On déballe ses grandes et petites bagarres avec ses frères, ses relations d'avant son mariage, ses mobiles éventuels même s'ils sont mort-nés. Jacky, qui ressemble tant à l'acteur Philippe Léotard, occupe l'actualité à la place de l'assassin toujours insaisissable. Sa photo, celle de ses beaux-parents et de sa femme, illustreront huit jours plus tard un article de *Paris Match* sur les mystères de la Vologne. Forcé de se disculper, Jacky Villemin nous reçoit dans sa maison de Granges-sur-Vologne pour répondre aux rumeurs et aux soupçons. Harcelé d'appels téléphoniques et de questions, cet homme très fragile et émotif tente de se maîtriser à coup de café et de cigarettes jusqu'au jour où son fils de onze ans, rentré de l'école, lui lance :

— ... Papa, tu es un assassin!

1. Lettre anonyme du 16 octobre 1984.

3

L'enterrement ... L'obsession de Bezzina ... Les Hawaïens débarquent ... Comme un roman

Jacky n'assistera pas à l'enterrement de Grégory. Ni lui, ni sa femme, ni ses beaux-parents n'y sont conviés. Jean-Marie Villemin ne le souhaite pas. Trop de rancœurs pèsent encore, à cette époque, sur leur relation. Sur la porte de l'église de Lépanges, volette une feuille de papier à destination des passants : « Samedi 14 heures. Enterrement de Grégory. Corps à la maison. »

L'assassin sera présent lors de la cérémonie. Pour nous journalistes et pour les gendarmes, c'est une évidence. Chacun s'attend à des incidents ou, mieux, à un geste du ou des coupables susceptibles de les trahir. Dans la foule s'est glissé le juge d'instruction, un homme jeune, à l'allure d'adolescent, Jean-Michel Lambert.

Le conseil municipal s'est associé à la souffrance des parents, comme les centaines d'habitants de Lépanges et des communes voisines qui se massent à l'entrée de l'église en granit rose des Vosges. Le vent éclaircit le ciel gris perle. Les gens s'écartent avec respect à l'arrivée du père et de la mère de l'enfant, accrochés l'un à l'autre, suffoquant de chagrin et suivis d'un très long cortège familial aux visages marqués par la honte, la peur ou la douleur. Certains s'attardent devant le petit cercueil couvert de dentelles blanches, qui va être déposé à côté d'un portrait de l'enfant dans la nef d'où s'élèvent des plaintes. D'autres jettent un regard furtif et apeuré en montant les marches de l'édifice. La plupart des journalistes s'interdisent de suivre l'office à l'intérieur, d'autant que les familles et la population nous sont visiblement hostiles.

Grégory sera enterré au fond du cimetière, dans la partie récente, la plus proche des vergers et des prés visibles au-delà du mur d'enceinte. Entre les tombes, on assiste à un va-et-vient de photographes, reporters, curieux et forces de l'ordre en civil. Des voix neutres commentent le crime, l'enquête, les premières pistes avortées. Des femmes âgées plaignent les parents en ravivant leurs propres deuils d'enfants emportés par la guerre. A l'entrée, un groupe de reporters plaisante avec l'adjudant Lamirand, un gendarme de Bruyères. Le silence revient avec le cercueil de l'enfant posé sur un petit chariot cahotant sur les gravillons d'une allée. La procession des parents et de la famille s'égrène à quelques mètres de nous, maintenus derrière un mur bas séparant les deux parties du cimetière. Cramponnée au cou de son mari, la jeune mère s'étouffe, la bouche entrouverte. Elle secoue la tête de gauche à droite en fixant l'horizon. Son mari se mord les lèvres pour supporter sa douleur. Sans détacher son regard du cercueil, il semble parler à son fils. Au premier rang, les frôlant, le petit Lionel, dernier frère de Jean-Marie, serre ses poings dans ses poches. Devant eux, un trou béant, un tas de cailloux et de sable.

Quand le Notre Père s'élève, la mère balbutie des mots à voix haute, des mots incohérents, la tête doucement caressée par son époux. A demi-évanouie, elle pleure des phrases qui appellent son enfant. Des hommes s'approchent et s'emparent du petit cercueil. Elle hurle :

— Grégory... non... Grégo... je ne veux pas... Grégory... chéri... empêche-les.

Les quatre hommes se penchent vers la terre qui ensevelira son fils. Elle crie encore :

— Grégory... non... reviens.

Et elle s'évanouit sur l'herbe. Sa mère et son mari, en larmes, ne peuvent la retenir. Un médecin, présent à leurs côtés, lui administre une piqûre, directement sur le sol.

Debout sur deux encadrements de pierres tombales, l'émotion me submerge quand un coup d'épaule me bouscule. C'est Jean-Michel Bezzina qui, derrière moi, ricane :

— Eh! on en a vu d'autres, des mères faire du cinéma dans un cimetière...!

Je me tais, partagée entre les larmes et l'indignation. L'agressivité est partout. Le cimetière devient étouffant. On entend des cris de femmes désemparées. Des cailloux sont lancés sur les reporters, rendus soudain responsables de ces malheurs. Un caméraman de TF 1, profitant du trouble, saute par-dessus le muret et court vers la mère inerte. Un homme lui barre la route, menaçant de briser sa caméra. Le maire de Lépanges en ceinture un autre, une pierre à la main. Les obsèques dégénèrent au point que pompiers et gendarmes doivent faire évacuer les lieux. Les tombes sont piétinées. Aidé par un ami, Jean-Marie Villemin porte avec précaution sa femme inconsciente dont la main gauche pend dans le vide, ouverte et blanche.

Ils n'auront même pas vu les quatre hommes qui portent en terre le cercueil de leur enfant. Je quitte le cimetière, l'esprit chaviré, oppressée par si peu de respect devant tant de chagrin.

Jean-Michel Bezzina ne démord pas de sa première impression, qu'il expose depuis son arrivée à tous ses confrères. « C'est la mère... », répète-t-il avec obsession. D'emblée, il est allé interroger, avec deux autres journalistes, la nourrice de Grégory. Il cherche l'anomalie qui pourrait étayer son sentiment.

> — Mardi, quand elle est venue le chercher, est-ce qu'elle vous a donné l'impression d'être nerveuse; est-ce qu'elle avait peur?
>
> — Non, répond Christine Jacquot qui gardait l'enfant jusqu'à l'heure de sortie de l'usine de sa mère. Elle est venue le chercher normalement, on a discuté un petit peu dehors, on regardait les gosses jouer, faire du vélo, jouer au ballon. Puis, elle est partie. Je lui ai dit au revoir. Elle m'a dit : « je te l'amène lundi matin » et puis c'est tout. Elle est partie normalement [1].

La nourrice n'a relevé aucun signe annonciateur du drame mais elle a noté l'anxiété de la mère, aussitôt constatée la disparition de son fils censé jouer devant la maison. Une vive appréhension laissant deviner qu'elle redoutait quelqu'un en particulier.

Malgré cet échec, Bezzina ne renonce pas. Il a vu Christine « zombie » donc « c'est elle qui a fait le coup ». Son obstination crée un malaise tout en impressionnant. Notre confrère s'entoure d'une légende qui le prétend fils de commissaire de police, ancien élève de l'école de police de Saint-Cyr-au-Mont-d'Or et proche parent de Jacques Corazzi, le commissaire principal du Service régional de police judiciaire de Nancy. Tout cela est faux, hormis

1. Enregistrement sur bande magnétique.

son intimité avec le commissaire de Nancy dont lui et sa femme sont de très proches amis. Au point d'influencer, plus tard, le cours de l'enquête.

Pour l'heure, dans ce tourbillon d'événements, nous avons tous perdu ce détachement d'observateurs qui, d'habitude, nous caractérise. Le rire nous manque, disparu sous l'effet du suspens et de tragique. Heureusement, en l'espace de quarante-huit heures, deux événements vont alléger un peu l'atmosphère.

D'abord, le débarquement dans Bruyères de six cents Hawaïens venus fêter l'anniversaire de la libération de la commune à laquelle ils contribuèrent en 1944 sous l'uniforme américain. Il nous était difficile d'imaginer que cette bourgade forestière, au cœur des Vosges, est jumelée avec Honolulu, le riche paradis des plages et des surfers ! Ces Yankees aux faciès de Japonais ont pourtant survolé la moitié de la terre pour découvrir, un peu surpris, leur ville sœur occupée à débusquer un corbeau-assassin. Bruyères et Mme Julia, tiraillée dans son hôtel complet entre les reporters et les Hawaïens, vivent le week-end le plus agité de l'année.

Le lendemain, Denis Robert nous restitue, en deux pages d'article dans *Libération*, le droit d'en rire. Son « Who's who incongru de la " jungle " de Bruyères » déroule le générique d'un *Dallas* à la française où sont encore épargnés les membres de la famille. Son humour vise surtout « les stars de l'enquête », leurs travers et manies déjà finement croqués. Le capitaine Sesmat, le commandant Chaillan, le procureur Lecomte, l'adjudant Lamirand, le juge Lambert et même cette chère Mme Julia. Il dépeint avec précision le climat de déroute et de folie qui, depuis quelques jours, secoue la vallée. Initialement, *Libération* avait envisagé de proposer à ses lecteurs une partie de Cluedo où les éléments authentiques de l'assassinat de Grégory auraient remplacé ceux du jeu de société. Le journal a renoncé à l'idée sous prétexte « qu'on ne peut pas rire de tout ». Au-delà de l'humour pour initiés, *Libération*, après la publication d'une photo de Pierre Fresnay dans *Le Corbeau*, donne une nouvelle fois à cette affaire une étoffe romanesque.

4

Un témoin spontané ... Les Hollard et la « Belette » ... Jean Ker le « détective » ... Les pools ... La curieuse entrée de maître Garaud ... Quel mobile? ... « Tout le monde est suspect »

Ce jour-là, une jeune femme blonde téléphone depuis la cabine publique du café Lebedel à Aumontzey et insiste auprès du gendarme de Bruyères. Elle a quelque chose d'important à révéler au sujet de « l'affaire de mardi ». Mais le sous-officier Bardot est débordé et ne prend pas de renseignements par téléphone, il lui faut se déplacer. Elle va donc se rendre à la gendarmerie, deux fois en quatre jours, le 19 et ce 22 octobre 1984, sans que nous y prêtions attention.

Marie-Ange Laroche, une cousine par alliance des Villemin, est le premier témoin spontané dans cette enquête. Elle le restera d'ailleurs, personne d'autre ne se présentant, ensuite, de son propre chef devant les enquêteurs. Le commandant Chaillan nous en informe gravement du haut du perron et, dès 11 heures du matin, nous sentons chez les gendarmes un regain d'espoir après deux jours d'inquiétude. La divulgation du portrait-robot d'un homme aperçu près de la poste de Lépanges d'où partit la dernière lettre du corbeau peut aussi porter ses fruits.

Mais l'information promise se révèle sans intérêt : Marie-Ange Laroche vient répéter des propos entendus par son mari à l'usine. Selon elle, Jacky Villemin, Liliane et leur fils auraient été vus quittant leur domicile, le jour du crime à 5 heures du matin. Or, l'assassinat a été perpétré entre douze et quinze heures plus tard, et depuis, le couple Jacky et Liliane a été mis hors de cause. Le major Roger Le Metayer, de la section de recherches de Nancy, cherche toutefois à approfondir les raisons qui ont poussé la jeune femme à sortir de l'anonymat pour témoigner.

— Le fait de signaler aux gendarmes que le Turc avait dit que Jacky était parti à 5 h 10 du matin, le mardi matin, avec sa femme et son fils n'a aucun rapport avec le crime lui-même. En convenez-vous ?
— Oui, j'admets que ceci n'a aucune importance.
— Le fait d'informer la gendarmerie puis de vous y rendre n'a-t-il pas un autre motif ? Vous aviez eu le temps de réfléchir à ce que vous alliez dire aux gendarmes.
— Non.
— N'aviez-vous pas une idée sur le ou les auteurs du crime ?
— J'ai pensé que les Hollard père et fils étaient au courant des lettres anonymes et j'ai eu l'idée qu'ils pouvaient avoir participé au crime...
— De quels Hollard s'agit-il ?
— J'ai pensé à Hollard Daniel, car il est un peu simple d'esprit. J'ai aussi pensé à Claude et à son père. Je me suis demandé, aussi, si la femme Hollard, Chantal, n'aurait pas un rôle, d'autant que cette femme n'est pas très nette [1].

Marie-Ange Laroche connaît bien toutes les personnes citées et les parents de Grégory. Elle a participé à la veillée de son corps la nuit précédant les obsèques. Un élément semble intriguer l'enquêteur.

— Vous avez passé dix heures à veiller l'enfant Grégory. Comment pouviez-vous être à l'aise, du fait que vous pensiez que les Hollard étaient les auteurs présumés du crime ?
— Si la famille de l'enfant avait parlé, plus exactement si elle avait fait allusion aux auteurs possibles du crime, j'aurais fait référence aux Hollard.
— Supposant avoir une idée sur les auteurs présumés du crime, n'importe quelle femme normale l'aurait dénoncé. Pourquoi n'avez-vous pas eu cette réaction ?
— Je n'osais pas encore confier mes soupçons à quelqu'un.

1. Procès-verbal de Marie-Ange Laroche n° 1139/70.

J'ai fait part de ceux-ci uniquement aujourd'hui, aux enquêteurs.

— Le soir de la veillée, le gendarme Lachaussée est venu, vers 23 heures, et a parlé pendant quarante-cinq minutes avec la famille. Pourquoi n'avez-vous pas participé à la conversation?

— Je ne me suis pas intéressée à la conversation car je n'ai pas osé [1].

Vers 18 h 30, après une journée d'audition portant sur sa parenté avec les Villemin et divers éléments de sa vie, Marie-Ange Laroche quitte les lieux, le visage dissimulé derrière un manteau en tissu à chevrons. Elle pousse des cris d'effroi au milieu des photographes qui l'encerclent et se réfugie dans la voiture de son mari, un homme fort et moustachu. Ils repartent ensemble vers leur maison d'Aumontzey.

Aussitôt après son départ, les gendarmes interpellent les deux couples incriminés, d'autres cousins d'une quarantaine d'années, de Laveline-devant-Bruyères, l'un des villages d'ouvriers qui jalonnent la vallée de Bruyères à Gérardmer. Les Hollard, Daniel, Claude et leurs femmes sont poussés devant nous par les enquêteurs qui exhibent des bottes. Nous pensons aussitôt aux traces relevées au bord de la rivière. Dès lors, la journée pourrait bien s'achever sur un rebondissement. Un sentiment renforcé par l'arrivée précipitée du procureur de la République, Jean-Jacques Lecomte. Lui qui se lamente souvent de la difficulté d'enquêter en milieu rural (« ces gens-là ne sont pas accessibles au raisonnement! ») semble ragaillardi. Les interrogatoires s'éternisent.

— C'est bon signe... commentent les connaisseurs.

Un ami des suspects attend un peu à l'écart que l'on veuille bien relâcher ses copains. L'homme, un peu simple, surnommé « la Belette », ne comprend pas ce que l'on reproche aux couples avec qui il était « aux pommes » à l'heure du drame. L'avisant, une quinzaine d'entre nous foncent sur lui pour le soumettre à un interrogatoire agressif qui l'étourdit.

— Où étiez-vous à 17 heures? Et après? Jusqu'à quelle heure êtes-vous resté avec eux? Vous ne vous êtes pas quittés à l'heure du crime? Vous êtes leur alibi? Qu'est-ce qu'on vous a demandé, à vous? Vous étiez seul avec eux? Vous êtes le seul témoin? Quel est leur lien de parenté avec les parents de Grégory? Et le portrait-robot, ça vous dit quelque chose? Ils connaissent les Villemin, il y avait des querelles de famille? Ils étaient fâchés avec les Villemin?

1. Procès-verbal de Marie-Ange Laroche n° 1139/70.

— Mais... je ne sais pas!

— Mais vous savez bien qu'ils étaient fâchés avec les Villemin, avec le grand-père Albert, voyons!

Nous sommes prêts à faire des Hollard les assassins du siècle et de la Belette leur complice. Mais la Belette, déjà interrogé par les gendarmes, ne sait rien. Sincèrement.

A 1 h 15, une cinquantaine de journalistes attendent encore l'issue de cette longue soirée que l'on espère capitale. Des badauds alertés par les radios et la rumeur patientent en mêlant des commentaires vengeurs aux nôtres. Soudain, les portes s'ouvrent sur les deux couples Hollard, innocentés mais livrés sans ménagement à la foule à peine visible dans la nuit.

Bousculés, insultés, les deux hommes et les femmes s'agrippent les uns aux autres pour trouver leur chemin dans l'obscurité. Des projecteurs de télévision et des flashes d'appareil photo les aveuglent et les repoussent dans le noir. Ils s'affolent, heurtent des obstacles et glissent sur l'herbe humide. Ils tentent, en vain, de regagner leur voiture, saisis comme des animaux prisonniers d'un faisceau de lumière. Une voix gouailleuse les apostrophe dans l'ombre. Jean Ker, un reporter-photographe de *Paris Match*, les provoque pour qu'ils se retournent le temps d'un cliché.

— N'ayez pas peur, n'ayez pas l'air de coupables, pourquoi vous vous sauvez comme ça?

— Mais on n'est pas coupables, halète l'une des femmes, grelottante dans un gilet de grosse laine.

— Alors dites-le, faut pas vous dégonfler, vous êtes pas inculpés, alors parlez... défendez-vous, sinon on va vous prendre pour des coupables... crie le reporter dont la voix porte au-dessus de la foule.

— Mais on n'est pas coupables du tout, gémit l'un des hommes terrorisé, porté par la cohue.

Finalement à une centaine de mètres de là, les deux couples retrouvent leur 4L et nous échappent, la peur au ventre. La cruelle sortie des Hollard reste le premier gâchis de cette affaire qui en connaîtra tant. Nous apprendrons le lendemain que l'un des hommes assaillis est un mal-voyant, invalide à 80 %, détail qui rendit après coup plus odieux encore le souvenir de cette soirée.

Jean Ker travaille seul depuis trente ans, sur tous les faits divers qui ont marqué la société française. Il s'est illustré durant l'affaire de Bruay-en-Artois. Enquêteur et photographe de *Paris Match*, il a pour mission de recueillir les informations, les photos et les scoops. De porte en porte, il sait fouiller les villages, arracher les confidences et les clichés que l'on refuse aux autres. Ker appartient à cette race ancienne de reporters, mi-flics, mi-voyous, pour lesquels la fin justifie les moyens. Il dédaigne notre génération trop conformiste à son goût, trop soucieuse de s'en tenir aux informations officielles, policières ou judiciaires, trop attachée à son confort. Il a usé et sali ses blousons de cuir sous le soleil, la pluie et le vent qui demeurent à ses yeux les seuls toits supportables pendant ses reportages. Dans la vallée de la Vologne, rien de ce qui touche à cette affaire ne va lui échapper.

A cinquante ans, Jean Ker se comporte toujours en détective. Il file les témoins, les questionne et reste des heures dans une position inconfortable pour prendre une photo. Il peut aussi mettre en scène un cliché comme celui du bouquet de fleurs jeté par une main anonyme dans la Vologne à Docelles. La même main, la sienne, récupère ensuite le bouquet pour que les autres n'en profitent pas. Ses longs cheveux gris flottent sur son blouson de cuir. Son visage ridé révèle sa vie de baroudeur et sa voix forte fait plier les plus récalcitrants. Sa stature carrée impressionne ou séduit selon les circonstances. Il est fier de précéder les enquêteurs sur leur terrain. Lorsque les gendarmes évoquent tel détail ou tel témoin devant nous, on entend parfois dans notre dos sa voix moqueuse qui commente :

— Ouais, tu parles... ça vaut rien!

Il frappe ainsi à la porte d'une masure d'Aumontzey où vit l'une des sœurs de Monique Villemin, Louisette Jacob, femme naïve, recluse là avec sa fille Chantal, fruit d'un inceste. La situation des deux pauvres femmes leur vaudrait une mise à l'écart totale sans la présence attentive et secourable de l'un de leurs parents et voisins : Bernard Laroche. Ce dernier apparaît dans le salon, les yeux bouffis, remontant son pantalon et visiblement dérangé dans son sommeil. Ker lui présente, comme à tous, le portrait-robot diffusé la veille. Celui d'un homme ou d'une femme, frisé(e) avec des lunettes. Bernard Laroche l'examine longuement et le repose sur la table, sans commentaires. Le photographe tente d'engager la conversation avec lui et ressent, dit-il, « une explosion de haine au seul nom des Villemin [1] ». Il leur reproche, semble-t-il, d'avoir cherché à abandonner Louisette et sa fille dans un asile. La conversation est brève, Bernard Laroche semblant peu disposé à la poursuivre. Sur le seuil de la petite maison, Ker interroge Louisette :

1. Entretien avec l'auteur.

— Pourquoi est-ce qu'il dort ici?

— Parce qu'il a peur, ils ont peur, il veut plus dormir là-haut, affirme la femme en désignant la maison des Laroche, juchée sur une hauteur du village.

— Depuis quand, est-ce qu'ils ont peur...? glisse Ker.

— Depuis le crime.

En remontant dans sa voiture, Ker note ces informations et souligne ces deux mots : *A revoir.*

A Paris, mes rédacteurs en chef commencent à percevoir l'importance de cette « affaire Grégory », comme on la désigne désormais. Charles Villeneuve, le premier, suggère qu'Europe 1 se place dès maintenant sur l'échiquier de l'événement. Se placer signifie en l'occurrence faciliter l'entrée d'un avocat dans le dossier, de façon à en connaître le contenu et suivre son évolution. Il suffit de suggérer un nom aux parents de l'enfant qui ne manqueront sûrement pas de se porter partie civile. Un tour de table s'organise pour recueillir diverses propositions de grands noms d'avocats. Sont éliminés successivement les défenseurs de gangsters, de terroristes, d'indépendantistes et d'assassins en général. La liste s'épuise vite.

— Et Garaud...? suggère Jean-Pierre Gauffre, un journaliste. Pour la France profonde, c'est l'idéal et puis lui ne défend que les victimes!

François Ponchelet, un autre rédacteur en chef, fait la moue. Maître Henri-René Garaud est connu pour avoir défendu en 1982 Lionel Legras, le garagiste au transistor piégé. Son action dans l'association Légitime Défense et ses idées en faveur de la peine de mort, abolie depuis seulement trois ans, ne font pas de lui un personnage très attirant. Mais faute de mieux, le nom de Garaud est arrêté en quelques secondes.

— Belle affaire, belle affaire...! murmure, d'un ton réjoui, maître Garaud contacté par téléphone, qui accepte tout de suite de prendre en charge les intérêts des parents de Grégory.

Seulement, le couple Villemin doit lui-même solliciter son futur conseil, tout démarchage étant interdit aux avocats. Deux journalistes sont prêts à se rendre à Lépanges-sur-Vologne pour inciter les parents à se porter partie civile. Entre Jean-Pierre Gauffre et Jean-Louis Calderon *, également d'Europe 1, attirés par la « belle affaire » qui se joue dans les Vosges, le sort se joue à pile ou face. La pièce tombe du côté de Jean-Louis Calderon. On m'avertit alors

* Jean-Louis Calderon, devenu reporter de la Cinq, trouvera la mort, le 23 décembre 1989, lors de la révolution en Roumanie.

de son arrivée prochaine pour me relayer après une semaine éprouvante.

A Bruyères, la bataille pour l'information est devenue trop rude pour être menée en solitaire. A l'aube de cette deuxième semaine, chacun pressent qu'il faut s'organiser et se ménager s'il veut tenir encore longtemps. Une première équipe, que nous allons appeler « pool », se constitue avec Éric Darcourt de l'agence France Presse, Jacques Expert de France-Inter, Denis Robert de *Libération* et moi-même d'Europe 1. Par souci de discrétion, le pool décide de circuler dans la voiture grise de Darcourt. Agés de trente ans en moyenne, animés d'une même conception du travail et d'un certain sens de la solidarité, nous nous rassemblons pour combattre « le camp d'en face » mené par Jean-Michel Bezzina. Celui-ci, sa femme et leurs amis, ne nous ménagent pas. Chaque information lancée par le couple nous revient sept ou huit fois en écho, *via* chacun des médias auxquels ils collaborent. Elle à Nancy et lui à Bruyères, reliés en permanence par un radio-téléphone de voiture, surveillent en même temps le terrain et les états-majors quand nous nous évertuons à trouver une information puis à sauter qui sur le téléphone de Mme Julia, qui sur la seule cabine du quartier, l'un et l'autre toujours occupés. Ainsi s'organise un affrontement qui dégénérera bientôt en lutte fratricide.

Cette compétition nous rend impatients. Faute de résultats spectaculaires, l'imagination finit par prendre le pas sur la réalité. A force de recueillir çà et là des fragments d'histoire des familles Villemin et Jacob, nous étalons sans pudeur leurs querelles internes, enfant naturel, suicide, remariage, prix de biens fonciers, jusqu'à ces granges brûlées on ne sait où ni comment, quelques années auparavant. Tout cela nous occupe en attendant le dénouement auquel semblent croire les gendarmes. Nos articles nourris de jalousies, de supputations, de rumeurs et de plaies anciennes, construisent une histoire forte, rurale et noire, sans doute très éloignée de la réalité. On traque le secret d'un clan, sans être sûr de la réalité du clan et sans pouvoir assurer qu'il existe un secret. Murés dans leur drame et un silence imposé par les enquêteurs, les parents et enfants Villemin encaissent les coups sans réagir mais s'émeuvent entre eux de cet amalgame de vrai et de faux, de présent et de passé, déversé aveuglément sur leur nom et leur honneur. Ce nom étant très répandu dans la région, beaucoup d'homonymes se plaignent d'un véritable préjudice. En première page des journaux, à la radio et la télévision, leur patronyme est associé au mystère et celui-ci va s'épaississant.

Le procureur de la République, Jean-Jacques Lecomte, a beau nous assurer que « l'enquête est une tapisserie dont nous rassemblons peu à peu les bouts de laine... », le visage de l'assassin reste flou. On annonce encore une soixantaine de suspects.

Une semaine après l'assassinat, le capitaine Étienne Sesmat et le commandant Charles Chaillan se sont enfermés dans la maison de Christine et Jean-Marie Villemin à Lépanges pour tenter de faire le point avec eux et répondre à cette question : qui peut leur en vouloir à un tel degré de haine et pourquoi? Quel poids Jean-Marie, puisque c'est lui qui est visé, porte-t-il dans son origine, dans sa chair, pour être voué à ce geste rarissime : tuer un enfant pour faire mourir de chagrin son père? Ensemble, ils passent en revue tous les membres de la famille et les sources de jalousies possibles. Les enquêteurs et les parents de Grégory écoutent la voix anonyme enregistrée sur trois cassettes remises aux gendarmes par Monique Villemin et placées sous scellés. Ils entendent la voix essoufflée et basse de l'homme obsédé soit par la mort soit par le bâtard, comme lors de cet appel reçu par Jean-Marie à son domicile, le 23 mars 1983 :

— ... bien sûr mais le bâtard, mais il y en a un autre de bâtard et je suis peut-être le seul à savoir qui c'est...
— Ah, mais qui c'est, dis-moi? demande Jean-Marie.
— Et ta mère, elle le sait aussi...
— Qui?
— Elle sait mais elle a peur de la vérité, ta mère [1].

Souvent questionnée par ses enfants, Monique Villemin a toujours nié les allusions du corbeau et démenti savoir quoi que ce soit à son sujet.

Le jeune couple, lui, ne voit pas d'autre source d'animosité que sa réussite sociale et financière, bien que celle-ci soit le fruit d'efforts et d'économies. A 24 et 26 ans, il possède une belle maison neuve, mais construite en grande partie par Jean-Marie luimême, aidé de son père Albert et de son frère Gilbert. Ses deux voitures aiguisent l'envie, mais la Renault 18 blanche a été achetée d'occasion et la R 5 noire, récupérée à la casse pour 1 500 francs, fut entièrement retapée par Jean-Marie. Leurs revenus mensuels

1. Cassette - scellé n° 19.

s'élèvent à environ 11 000 francs. Ils ont obtenu, huit jours avant l'assassinat de leur fils, un prêt qui leur a permis l'acquisition à crédit d'un salon de cuir d'une valeur de 25 000 francs. Cette aisance très relative leur vaut d'être traités de « Giscard » par le corbeau et illustre cruellement la revendication écrite du meurtre : « ... ce n'est pas ton argent qui pourra te redonner ton fils, pauvre con ».

— Mais qu'est-ce que je t'ai fait? s'exclame, un jour de 1982, Jean-Marie, devenu agent de maîtrise et excédé par un appel anonyme reçu sur son lieu de travail.

— Je ne peux pas blairer les chefs... lâche son correspondant [1].

Christine, couturière en confection industrielle, lui a donné Grégory que tous s'accordent à décrire comme doué, heureux de vivre, choyé et doté d'une intelligence aiguë. A quatre ans, il s'exprime déjà avec beaucoup de facilité. Une réussite supplémentaire pour un couple fier de sa vie et qui ne s'en cache pas. Mais tous ces motifs sont-ils suffisants pour faire un mobile?

Pendant que le couple et les enquêteurs décortiquent ces éléments, l'agitation grandit sur la colline si calme où vivaient les Villemin et leur fils. La rue des Champs est encombrée de journalistes, photographes, caméramen, techniciens, et de voitures garées en tous sens. Attroupés dans le jardin non clos de la maison aux volets fermés, nous patientons dans le froid. Cependant, les imaginations s'échauffent. L'échec des pistes Jacky, Hollard, puis du portrait-robot qui n'était qu'un ouvrier attendant des camarades devant la poste, donne du relief aux certitudes de Jean-Michel Bezzina.

Voilà six jours qu'il nous répète que « la mère n'est pas claire » et que c'est d'ici, de cette maison, qu'il faut reprendre les recherches selon la technique dite « de l'escargot » appliquée par ses amis policiers. Il a même proposé au capitaine Sesmat le pari d'une bouteille de champagne sur la culpabilité de la mère. Et puis, le procureur Lecomte n'a-t-il pas dit :

— Tout le monde est suspect... Il n'y a pas de coupable possible pour l'instant, ce serait trop beau!

Ce « tout le monde » englobe, on le suppose, la mère du petit garçon (son père travaillait au moment du drame), d'où le bruit

1. Procès-verbal de Jean-Marie Villemin n° 180/84.

incontrôlable qui se répand parmi nous, disant qu'elle serait sur le point d'être arrêtée.

Cette perspective fascinante nous paraît pourtant incompatible avec les indices déjà connus : l'homme et la femme vus à bord d'une voiture verte par des voisins, l'homme aux jumelles aperçu sur la colline d'en face et la voix du « gars » revendiquant le crime. J'ai beau chasser l'idée de l'arrestation de la jeune femme, elle me revient régulièrement, poussée par la rumeur. J'imagine en frissonnant l'effet que me ménagerait une telle annonce sur l'antenne d'Europe 1.

La lumière blanche des projecteurs de télévision me ramène à la réalité. Le jeune couple, aveuglé, quitte sa maison dans la bousculade en nous regardant à peine. Il est loin d'imaginer tous les scénarios échafaudés pendant son audition. Une trentaine de véhicules démarrent dans la pagaille, derrière les Villemin et les gendarmes qui ouvrent la route. Le convoi roule à vive allure et nous imaginons — nous espérons — que tout va se terminer au palais de justice d'Épinal malgré l'heure tardive. Philippe Jéchoux se presse tant qu'il double tout le monde, y compris les gendarmes et les Villemin. Mais le cortège s'arrête devant la maison parentale d'Aumontzey où le couple s'est réfugié. Le bref salut respectueux que lui adresse le capitaine Sesmat refroidit nos espoirs de dénouement spectaculaire. Les gendarmes repartent après avoir fait office d'escorte.

La maison d'Albert et Monique Villemin brille sur deux étages de toutes ses lumières. Christine et Jean-Marie se réconfortent auprès de leurs parents qui les hébergent depuis le soir du meurtre. Ils ne veulent plus dormir, ni même revivre, dans leur maison de Lépanges et attendent là que s'éclaircissent les événements. Les journalistes groupés à l'entrée du pavillon, entre deux haies de sapins, espèrent recueillir une première déclaration de la famille mais la porte se referme sur eux. Assis dans une voiture, Jean-Louis Calderon attend avec moi le moment propice pour se manifester. Dès son arrivée dans la matinée, nous avons rencontré Jean-Marie Villemin, revenu pour quelques heures dans la maison de Lépanges. Comme prévu, la conversation a glissé sur l'éventualité de prendre un avocat, ce à quoi le jeune couple n'avait pas songé, ignorant même l'intérêt d'une telle démarche. L'idée de pouvoir participer à l'enquête et de la suivre autrement que par la presse ou la rumeur l'intéresse, mais le père pose le problème du choix de l'avocat et, en filigrane, celui de son coût.

La réplique de Jean-Louis est toute prête. Le jeune homme demande quelques heures de réflexion avant de se décider. Il propose à ses parents de s'associer à cette partie civile mais Albert et Monique Villemin, n'en voyant pas la nécessité, déclinent l'offre. Ce soir, Calderon vient chercher une réponse. Bravant les regards jaloux des autres, il entre seul dans la maison familiale. Il obtient l'accord du couple et le confirme d'un bref appel téléphonique à maître Garaud. Dès qu'il ressort, les caméras et micros se braquent sur Monique Villemin aperçue dans l'entrebâillement de la porte. Elle profite de l'occasion pour démentir la rumeur qui poursuit les siens :

— Il n'y a pas de secret dans notre famille, dit Monique avec sang-froid. Notre famille n'est pas clan. Nous sommes une famille « z'unie ».

Ce lapsus sans importance déclenche quelques rires difficiles à réprimer. Ils redoublent quand, dans la foulée, la grand-mère de Grégory qualifie l'assassinat de son petit-fils de « prématuré » à la place de « prémédité ». Ce premier contact, involontairement drôle, nous amusera longtemps. Nous nous moquons d'eux, mais ils peuvent aussi tourner en dérision notre comportement. Quand un reporter de radio pose une question, les autres la répètent à tour de rôle pour l'enregistrer sur leur bande. Cette méthode déroute nos interlocuteurs qui ont le sentiment de s'adresser à des perroquets.

La question me brûle les lèvres dès que nous regagnons notre voiture.

— Et la mère? Elle t'a parlé?

— Rien... je lui ai mis le micro sous le nez. Il n'y a pas un son qui sort.

En fait, l'introduction de l'avocat avait aussi pour but de recueillir la première interview exclusive de la mère de Grégory en réponse à celle du père, diffusée six jours plus tôt sur RTL. Nouvel échec. La présence de Jean-Louis me permet de quitter les Vosges pendant trois jours de repos. En m'éloignant, je crois échapper à une semaine de tension mais toutes mes conversations me ramènent vers Lépanges et Grégory. Comme si cet enfant était mort sous mes yeux.

5

Contre-enquête médiatique ... La horde des reporters ... Un jeu de piste ... Portrait-robot et mannequin flottant ... Découverte de la vallée ... Reconstitutions sauvages ... Notre vie communautaire ... Une affaire rentable

En quelques jours, nos relations avec les gendarmes et les habitants de la vallée se sont dégradées. Les enquêteurs sont vexés des moqueries de *Libération*. La presse, dont ils espéraient se faire une alliée pour susciter des témoignages, se retourne contre eux. Ils se sentent sous surveillance et espacent les points de presse.

Les Vosgiens se replient sur eux-mêmes, retenant leurs bavardages. C'est le syndrome Hollard. Leur sort, comme celui des Jacquel, photographiés, calomniés, a effrayé ceux qui pourraient parler. Des témoins qui se taisent par peur des ennuis ou des représailles. La presse gêne un peu tout le monde, l'enquête et la population. Nos méthodes agacent. Toute voiture quittant la gendarmerie est prise en filature par des reporters manquant de se télescoper. Chaque matin, nous dressons une liste de témoins à interroger et de lieux à visiter. Les enquêteurs arrivent parfois les seconds pour s'entendre dire :

— Alors, comme je l'ai déjà dit aux journalistes...

Nous entrons dans un jeu de pistes, à côté de gendarmes peu enclins à s'amuser. Le commandant Chaillan tente, un jour, de nous raisonner.

— Il est nécessaire qu'on ne mette pas des bâtons dans les roues de la gendarmerie même involontairement, clame-t-il du haut du perron. Je pense que tout le monde comprend ce que je veux dire...

— Non, non... lui répond un chœur ironique.

— Arrêtez de nous suivre... soupire l'officier fatigué.

Cette enquête parallèle facilite, pourtant, l'élaboration d'un second portrait-robot à partir du témoignage de Michel Cornillie, le patron de l'hôtel de la Poste à Docelles. Quelques minutes après les gendarmes, Éric Darcourt de l'AFP, Philippe Chaffangeon de France-Inter et Calderon se rendent dans cet établissement, situé à quelques mètres de l'endroit où Grégory fut découvert.

L'hôtelier leur confie que le jour du crime, un inconnu, moustachu et portant des rouflaquettes, s'est attardé dans son bar entre 16 h 40 et 17 h 15. Il jetait sans cesse des coups d'œil vers la pendule et martelait la table de ses doigts fébriles comme s'il attendait quelqu'un [1].

L'importance donnée à cette information, le lendemain matin dès 7 heures sur les radios et l'AFP, alerte les autorités judiciaires qui réclament des détails supplémentaires. Les gendarmes s'empressent de reprendre cette déposition qu'ils avaient un peu négligée. Elle corrobore en tous points celle d'un habitant de Lépanges et permet de réaliser le portrait du curieux consommateur.

Michel Deruder, l'autre témoin, a remarqué la veille du crime devant l'école de Grégory, vers 11 h 30 puis 13 h 20, et une troisième fois vers 17 heures près de chez Jean-Marie Villemin, un homme au visage rond, aux moustaches tombantes, aux gros favoris, circulant dans une voiture verte. Il a revu le même individu, le 16 octobre vers 16 h 20, soit une heure avant la disparition de l'enfant, descendant la rue de l'Église, celle qui mène au domicile de Christine et Jean-Marie Villemin [2]. Le second portrait-robot est diffusé dans toutes les gendarmeries et à la télévision.

Jean-Claude Bourret lance dans son journal de TF 1, « Bonjour la France », un appel solennel :

— Si vous connaissez cet homme, dénoncez-le, c'est un assassin d'enfant.

En vain. Quelques hommes portant des rouflaquettes défilent à la gendarmerie, dont l'un fraîchement rasé et dénoncé par son coiffeur. Nous apprendrons bien plus tard que l'un des hommes de

1. Procès-verbal de Michel Cornillie, n° 1139/123.
2. Procès-verbal de Michel Deruder, n° 1139/120.

la famille a taillé ses favoris et sa moustache, avant même la diffusion de ce deuxième croquis.

Les gendarmes qui s'activent sur les berges de la Vologne à Docelles tentent de déterminer avec précision l'emplacement d'où l'enfant a pu être jeté à l'eau. Dès le lendemain matin du drame, on avait cru repérer le lieu du crime grâce à des traces de pneus et de trous ressemblant à des talons, relevées près de la voie ferrée à 400 mètres en amont du centre du village. Cette supposition répandue dans la presse, photos à l'appui, laisse sceptiques les pêcheurs locaux. A cet endroit que l'on appellera plus tard « le lieu privilégié », l'eau tourne sur elle-même, renvoyant vers chaque berge les feuilles ou les branchages qui l'encombrent. Si l'enfant avait été jeté là, disent les pêcheurs, il ne serait jamais arrivé dans le centre du village où on l'a découvert. Soit il aurait été repoussé et bloqué le long d'une berge. Soit sa dérive aurait été freinée par de gros rochers qui l'auraient immobilisé. Soit, s'il avait pu continuer sa course, il se serait échoué sur le barrage situé 250 mètres en aval, constitué d'autres roches et de branches mortes enchevêtrées dans les eaux bouillonnantes. Dans tous ces cas de figure et même si son corps avait franchi tous ces obstacles, Grégory aurait dû porter des griffures, des traces d'herbe, d'écorce ou de chocs contre les pierres. Or, il était parfaitement intact sans même une tache sur ses vêtements. Ces remarques appellent donc quelques vérifications.

Le mannequin de plastique bleu et blanc, sans bras ni jambes, a été confectionné aux dimensions et poids de Grégory Villemin : 1,03 m pour 13 kilos. La rivière a retrouvé son débit du 16 octobre, les vannes de la Bresse ayant été rouvertes pour l'expérience. Trois essais sont pratiqués. Le premier depuis l'endroit où furent relevées les traces de pneus, près de la voie ferrée : comme les pêcheurs le prévoyaient, le mannequin reste bloqué sur le barrage, 250 mètres plus loin. Un pompier doit intervenir deux fois pour le remettre à flot. 26 minutes et 30 secondes après le premier jet, le mannequin arrive à 12 mètres de l'endroit de découverte du petit garçon.

Un deuxième essai est pratiqué, d'un petit bras de rivière appelé le Barba, situé en plein centre du village, perpendiculaire à la Vologne, derrière le local des pompiers construit à l'angle des deux cours d'eau. En 6 minutes et 30 secondes, le mannequin se déporte jusqu'à 20 mètres de l'endroit du repêchage.

Enfin, une troisième et dernière tentative, à nouveau depuis le local des pompiers mais du côté de la Vologne. Le pantin stagne quelques instants puis longe la berge et vient s'échouer en 6 minutes et 12 secondes à l'endroit exact où le corps fut retrouvé [1].

Du haut de la passerelle, villageois et journalistes, muets, écarquillent les yeux pour suivre la dérive de la poupée de plastique. Leur vision se trouble, superposant à ce spectacle d'autres images connues, noires et blanches, d'un petit garçon de quatre ans, flottant mort et ligoté en ces mêmes lieux. Comment n'être pas prisonnier du désir absolu de savoir qui a fait cela et pourquoi?

Ces constatations appellent d'autres questions : comment expliquer, si l'enfant a été jeté dans le centre du village, que personne n'ait rien vu alors que des maisons bordent partout la rivière? Ces maisons où selon un habitant « même quand on ne voit pas, il y a toujours du monde derrière les rideaux ». Comment expliquer qu'un témoin, traversant la passerelle vers 17 h 30, ait cru remarquer une forme bleue pouvant être Grégory et que personne d'autre n'ait rien vu jusqu'à 21 h 15, heure de sa découverte au même endroit, en cette fin de journée bien ensoleillée? Après 17 heures, la papeterie voisine libère ses employés et le village se remplit de gens qui passent sur les deux ponts reliant les rives entre elles et encadrant la digue qui retenait l'enfant. L'endroit est entièrement dégagé. Et s'il a été mis à l'eau plus tard, comment le corbeau peut-il annoncer son crime dès 17 h 30? Plus le problème se complique et plus nous sommes avides de savoir.

Après huit jours de vie commune chahutée, Mme Julia et les reporters craquent. Vexée pour un mot de trop et fatiguée par la bataille perpétuelle autour de son standard téléphonique, la tenancière de l'hôtel La Renaissance est passée à de vigoureuses représailles en dissimulant dans les toilettes une caméra d'une valeur de 500 000 francs. Sans cacher sa jubilation, Mme Julia a laissé l'équipe de télévision s'affoler et crier au vol avant de lui restituer son bien. Mais l'incident a causé une fracture entre deux mondes incompatibles. D'un hôtel à l'autre, nous envahissons, à quatre kilomètres de là, l'établissement de Mme Dossman, situé à Brouvelieures, dernier bourg sur les contreforts des Vosges en direction de Saint-Dié. Un air de vacances familiales plane sur cet hôtel-restaurant aux chambres fleuries et désuètes avec téléphone individuel, qui s'ouvrent sur des forêts à perte de vue. Notre communauté médiatique débarque là, bruyante et joviale comme une

1. Rapport sur les vérifications de l'adjudant Robert Lamirand.

colonie de vacances. Les soirées s'écoulent devant un feu de cheminée autour de longues tables de vingt à trente convives, tous médias confondus. Chacun refait l'affaire à sa manière. On brosse des portraits féroces de nos témoins du jour. Les hypothèses les plus farfelues circulent au rythme des verres d'alcool blanc. Éric Darcourt dévoile une imagination délirante qui nous arrache des larmes de rire. Jacques Expert confectionne en l'écoutant des petits bateaux pliés dans des emballages de sucre. Le rire de Jean-Claude Wœstland de *France-Dimanche* contamine la salle entière. L'humour devient notre antidote pour résister aux angoisses qui nous tenaillent dès qu'il s'agit de repartir vers la Vologne.

Les acteurs de cette affaire vivent et travaillent dans trois villages de la vallée : Lépanges-sur-Vologne puis, à quinze et vingt-cinq kilomètres vers l'est, Aumontzey et Granges-sur-Vologne. La vallée elle-même forme un accent circonflexe reliant les deux pôles importants de la région : Épinal à l'ouest et Gérardmer à l'est vers l'Alsace. Le paysage est harmonieux, composé de collines boisées et de basses montagnes riches en torrents. Mais ici et là, des signes de déclin social enlaidissent l'environnement : quelques usines de textile désertées et des cités recouvertes de plaques de tôle rouillées. Vestiges d'une ère florissante, quand le textile faisait vivre les vallées. Pendant près d'un siècle, cette industrie implantée dès 1870 par les Alsaciens fuyant l'occupant prussien s'est développée en marge de la production forestière. Les maîtres des textiles de Mulhouse franchirent les crêtes des Vosges et s'installèrent dans les premières vallées au pied des versants. Ils trouvèrent une main-d'œuvre peu coûteuse et l'eau des rivières, force motrice des usines. Les Vosges produisirent, jusque dans les années soixante, 20 à 30 % des fils et des tissus français. Aujourd'hui, la modernisation des métiers à tisser et la concurrence étrangère ont tué cette activité prospère. Après la guerre, un ouvrier s'occupait de quatre métiers. Dans les tissages modernes, un seul suffit pour quatre-vingts machines. Quelques grandes familles aujourd'hui dispersées, les Walter, les Seitz, les Decouvelære, possédaient les manufactures, les cités, les écoles, les églises, les rues, les stades, et régissaient l'existence des ouvriers de la vie à la mort. Dans chaque village, un ou deux manoirs parfois abandonnés témoignent au fond d'un parc de la coexistence de ces deux mondes disparus.

A chaque extrémité de la vallée, Épinal et Gérardmer se partageaient des rôles bien définis. Épinal, le siège du syndicat du textile, attirait le patronat installé dans de nombreux hôtels particuliers. Les propriétaires d'usines y côtoyaient le pouvoir politique et économique avant de devenir eux-mêmes de nouveaux élus. Gérardmer, plus élégante encore, concentrait les phases nobles de fabrication des tissus. On y pratiquait le blanchiment des toiles brutes étendues dans les prés au soleil. « La perle des Vosges » recevait dans ses hôtels de luxe ou ses villas disséminées sur les bords du lac une société de plaisirs venue de Lorraine ou d'Alsace pour canoter et skier. C'est cette région désormais en quête de nouveaux poumons économiques que nous découvrons à la fin de l'année 1984. Son environnement et son histoire nous sont peu familiers, mais nous apprenons à les connaître et à aimer ces routes et ces villages sans cesse parcourus.

A Lépanges, nous procédons à une série d'expériences autour de la maison de l'enfant pour vérifier s'il est plausible que la mère n'ait rien entendu lors de l'enlèvement. Le pavillon neuf orienté au sud-est domine la vallée tel un grand chalet alpin étiré en longueur. Sa façade blanche en partie couverte de boiseries est ornée de poutres apparentes de bois clair. Seul le bruissement du vent trouble le silence des lieux, puisque l'univers de Grégory est déserté. L'un d'entre nous se place dans le deuxième garage encore en travaux. Notre voiture passe et repasse le long de la maison, au point mort, en première, en seconde. L'expérience n'est pas probante car il faudrait pouvoir pénétrer dans la maison aux fenêtres à double vitrage. Sur le côté gauche de la villa, des petites voitures et des camions appartenant à Grégory sont rangés dans des parpaings creux transformés en boxes à étages. Autour d'un tas de sable et de cailloux, des pistes ont été creusées avec des chicanes et des lignes droites. Au sommet du monticule, plantée comme un fanion : une pelle d'enfant, rouge.

A Aumontzey, nous recueillons les petites histoires de la famille à défaut de percer un grand secret. Une phrase là, une allusion ici, nous renseignent sans que personne ne s'offusque de cette inquisition. On apprend par exemple que Monique Villemin a été surprise, après le décès de son beau-frère Marcel Laroche en 1982, fouillant une armoire de celui-ci. Elle recherchait, nous dit-on, une mystérieuse lettre et fut chassée par Marie-Ange Laroche. A la recherche d'autres indices, nous poursuivons nos allées et venues dans la vallée en coupant à intervalles réguliers une voie ferrée où se traîne une micheline rouge et jaune.

A Granges-sur-Vologne, nous bavardons avec Liliane et Jacky Villemin, souvent assis sur les marches de leur maison. Jacky ne travaille qu'en fin de semaine dans une filature. Il a le temps de ruminer ses soucis. Liliane coud du linge à domicile et occupe la fonction de correspondante locale de *La Liberté de l'Est.* Grâce à eux, nous suivons l'évolution de l'enquête que leur relatent les gendarmes. Ils nous offrent du café et nous partageons avec eux nos cigarettes que Jacky, fébrile, fume en tremblant. A Granges, avec eux, l'enquête est facile.

Sur la route du retour, nous nous livrons à des jeux stupides dont l'un consiste à saluer les « autochtones » et à totaliser le nombre d'« idiots » qui nous rendent notre salut. Nous croisons tous les jours au même endroit une femme naine qui semble aller nulle part en poussant devant elle un caddy qui la dépasse. De loin, nous nous moquons d'elle et des villageois mais sans méchanceté, avec des rires plutôt amers. La population le sent et nous rejette, saturée de nos rondes, de nos excès de vitesse et de langage. Les gros titres des journaux centrés tous les jours sur la vengeance, la malédiction, le secret et les monstres, choquent les représentants économiques et politiques qui se battent pour arracher le département à son passé.

Les journalistes se replient sur eux-mêmes et constituent, chez Mme Dossman ou à la pizzeria Le Torino, une petite république avec ses inimitiés, ses sympathies et ses rites. Notre pool réquisitionne le salon privé de Marie-Jo et Christian, les patrons du Torino. De là sont diffusés nos reportages et enregistrements. Vive, drôle et ébahie par l'invasion médiatique qui bouleverse sa vie, Marie-Jo sait s'adapter, quitte à priver son fils de télévision pour nous laisser travailler. A n'importe quelle heure, elle ouvre sa porte et nous tend son téléphone. Marie-Jo s'amuse et joue notre jeu en nous donnant la préférence sur les autres pools. Elle se moque des cendriers pleins, des feuilles de papier chiffonnées et des mètres de bande magnétique que nous abandonnons derrière nous. Elle et son mari savent se montrer commerçants. Ils nous servent à minuit ou à 14 heures et ont renoncé, pour nous, à leur jour de fermeture. En un mois et demi d'automne, ils vont réaliser le chiffre d'affaires d'une haute saison. Ils apprennent vite nos goûts et nos manies. Après notre départ, elle jette des dizaines de nappes en papier couvertes de croquis, d'horaires, de schémas cent fois retouchés ou caricaturés.

Ce succès et leur complicité avec les journalistes leur vaudront, plus tard, des jalousies dans Bruyères. La nuit, dans leur salle de restaurant désertée, ils s'initient aux mystères du spiritisme. Plusieurs photographes de *France-Dimanche* munis d'un guéridon pris à son insu chez Mme Julia cherchent à entrer en contact avec Grégory. Entre deux verres de cognac, chacun essaie de se concentrer. A en croire Marie-Jo, la table fit un bond de plusieurs mètres lorsqu'elle fut interrogée sur une éventuelle complicité de sa mère dans la mort de l'enfant. Frappée par son récit, je décline, malgré ma curiosité, l'offre de me joindre à ces séances.

Cette vie communautaire, centrée sur une énigme extraordinaire dont nous devenons insensiblement les acteurs, relègue à l'arrière-plan nos autres préoccupations. Nous prenons un plaisir évident à vivre ici. Malgré ces douze jours d'enquête sans résultats apparents, nous ne voulons plus quitter les Vosges sauf lors de courtes pauses d'un ou deux jours. Nos rédacteurs en chef, satisfaits du succès de cette histoire, nous poussent à attendre l'issue de l'enquête. A l'heure où les Français se passionnent pour *Dallas* et *Dynastie*, l'affaire Grégory devient le troisième feuilleton populaire aux connotations bien françaises. Devant la gendarmerie, Jean-Michel Bezzina ne cache pas sa satisfaction :

— On va voir combien de temps encore cette affaire va se vendre...

6

Garaud et sa partie civile ... La moisson de Jean Ker ... Fac-similés saisissants ... Dans l'intimité des Villemin ... Expertises tous azimuts ... Effervescence

Maître Henri-René Garaud entre pour la première fois dans le palais de justice d'Épinal. Trapu, serré dans un costume trois-pièces gris défiant son embonpoint, la moustache blanche et le regard plissé, l'avocat avance d'un air bonhomme, une vieille sacoche de cuir à la main.

En ce matin du samedi 27 octobre, il franchit les grilles du tribunal précédé d'un jeune couple en jean et baskets, effrayé par le brouhaha que suscite son entrée. Maître Garaud vient se constituer partie civile au nom de Christine et Jean-Marie Villemin, les parents de Grégory. Un acte rapide et banal qui ne dure que quelques minutes dans le bureau du juge d'instruction Jean-Michel Lambert. Théoriquement, le jeune couple sera tenu informé de tout ce qui se passe dans l'enquête. Il pourra concourir, s'il le souhaite, aux investigations. Derrière la porte vitrée du cabinet, les photographes et télévisions cantonnés dans un étroit couloir se poussent pour prendre les premières photos des parents de l'enfant avec leur conseil. A leur sortie, tous trois sont happés dans la bousculade.

— Est-ce que la maman veut lancer un appel? On peut vous poser des questions? demande une voix de journaliste.

Garaud, prisonnier de la foule, s'offusque :

— Je vous en prie... certains d'entre vous ont des enfants. Supposez qu'un de vos enfants ait été tué, je pense que vous ne voudriez pas qu'on vous assaille de la sorte !

A ces mots, la jeune femme fond en larmes et se réfugie contre l'épaule de son mari. Tous trois sortent du palais de justice sous un feu constant de flashes et de projecteurs. Plus tard, la photo prise à cet instant servira, une fois recadrée sur Christine en pleurs, à illustrer la sortie d'interrogatoires supposés difficiles face au magistrat instructeur.

L'avocat souhaite voir les lieux du crime et la maison des parents. Jean-Marie l'accompagne sur les bords de la rivière mais Christine reste seule dans la voiture. Il pénètre ensuite dans la chambre de Grégory, encombrée d'animaux en peluche, de jouets et d'un vélo de cross. Sur le papier peint illustré de voitures de course, un grand portrait de l'enfant, réalisé quelques semaines plus tôt pour son quatrième anniversaire. Maître Garaud, pourtant endurci par quarante ans de carrière, en ressort bouleversé :

— C'est l'un des moments les plus terribles que j'ai vécu, confia-t-il à son ami Lionel Raux, chroniqueur judiciaire de *L'Est républicain* de Nancy.

L'homme de loi apprécie l'ordre et la morale conjugale. Sa seule préoccupation est de savoir si Christine et Jean-Marie ont eu un amant, une maîtresse ou toute autre histoire d'adultère pouvant expliquer l'assassinat de leur fils. Il leur pose la question tour à tour, en tête à tête. La netteté de leurs deux réponses, négatives, lui suffit. Le reste n'est pas de son ressort.

Un homme suit l'avocat et ses clients dans tous leurs déplacements. Jean Ker a su convaincre Garaud de le présenter au jeune couple. D'emblée, il demande des clichés de Grégory puis photographie sa chambre rangée en petit sanctuaire. Impressionnés par la présence des deux hommes dont cet avocat célèbre en âge d'être leur père, Christine et Jean-Marie ouvrent leurs albums à Ker qui choisit une trentaine de photos. Il réclame également le portrait de l'enfant pour le reproduire. Cette fois les parents refusent, mais ils consentent à lui révéler le nom de son auteur, un photographe de Saint-Dié.

A cette moisson photographique exclusive, Jean Ker ajoute les photocopies de trois des lettres du corbeau que lui remet maître Garaud lors de leur retour à Paris. L'avocat a voyagé dans la voiture du journaliste pour économiser un billet de train. Plus tard, d'autres auront l'occasion de le ramener chez lui. Maître Garaud a un goût immodéré pour les petites économies, héritage de ses origines paysannes ariégeoises. Lionel Raux, *L'Est républicain* et Lucien Miard du *Figaro* récupèrent, eux aussi, les lettres du corbeau, en vertu de leur amitié avec l'avocat qu'ils côtoient depuis trente ans sur les bancs des prétoires français.

La publication, dès le lendemain, des fac-similés des lettres déclenche les premières aigreurs parmi les journalistes. L'exclusivité du *Figaro* et de *L'Est républicaiun* provoque des jalousies entre pools. Les journalistes de *France-Soir* et du *Parisien libéré*, très amateurs de ce genre de documents, ne décolèrent pas. La même irritation gagne les journaux régionaux distancés par leur concurrent de Nancy. Depuis le début de l'enquête, le scoop revenait au plus malin et au plus rapide. Chacun avait sa chance dans ce jeu. Avec cette première prise dans le dossier d'instruction, nous entrons dans l'ère des amitiés et des privilèges. En tant que reporter de radio, je me console en attendant la diffusion de la voix du corbeau, vaguement promise par le procureur de la République. L'impact des lettres est saisissant, amplifié par les télévisions qui les diffusent le soir même en gros plan. Tous les quotidiens vont les publier à leur tour en une semaine. Ces menaces de mort écrites pour certaines en grosses lettres carrées ne laissent personne indifférent. Elles agressent chaque téléspectateur, chaque lecteur, plongé, brutalement, au cœur du crime.

A force de nous trouver partout sur son passage, la famille Villemin nous reconnaît et répond à nos timides saluts. Enhardis, nous nous risquons à sonner chez Albert et Monique Villemin qui, aimables, nous invitent à boire le café. Ils ont compris que seul le dialogue peut endiguer le flot des rumeurs. Leurs enfants se regroupent tous les soirs après le travail, autour de Christine et Jean-Marie, désœuvrés. Il manque encore Jacky toujours à l'écart, malgré son alibi du jour du crime. Assise autour de la table de salle à manger, la famille nous reçoit, un peu méfiante. La pièce, confortable, est ornée sur un côté par une grande tapisserie champêtre. Des voilages éclaircissent un autre côté de la salle à manger qui donne sur l'entrée. Dans la cuisine voisine, Monique Villemin prépare du café. Les hommes fument et boivent de la bière. La grand-mère de Grégory insiste pour remplir des mazagrans alignés sur la toile cirée. Je ne bois jamais de café, mais là je me force jusqu'à l'écœurement.

La famille donne une apparence d'union, même si fuse parfois un motif de rancœur dont le sens nous échappe encore. Tous sont épuisés et guettent le téléphone d'un air craintif. Les femmes, Jacqueline, Marie-Christine et Ginette parlent peu et soupirent beaucoup. Elles regardent leurs maris avant de répondre si on s'adresse à elles. Ce qui est rare. Jean-Marie, tendu, à bout de nerfs, ne cesse de répéter qu'il veut savoir qui a tué son fils et pourquoi.

— Je vendrai tout s'il le faut, mais je trouverai qui a fait ça, insiste-t-il, l'air déterminé.

Personne ne bronche. Seul son père, petit homme brun à lunettes et barbichette, tente de calmer sa colère. Son frère Michel tourne et retourne dans ses mains son paquet de cigarettes. Bernard, le gendre et Gilbert, un autre frère, restent en retrait de la discussion.

Lionel dessine en écoutant les adultes. Christine, indifférente, est assise dans un fauteuil en contrebas de la table et pleure en silence. Nous évitons de nous appesantir sur elle. Monique, maîtresse femme de cinquante-trois ans, s'affaire auprès de nous en égrenant les tracas que lui occasionne ce drame : les interrogatoires des gendarmes, l'étalage de sa vie dans les journaux, les moqueries à l'égard de son fils à l'école, les ragots des uns et les regards des autres.

— On voit bien que c'est pas à vous qu'on a pris le petit!

La remarque jaillit du fond du fauteuil de skaï noir. La mère de Grégory tourne vers nous son visage en larmes et malaxe un mouchoir au risque de le déchirer. Gênés, nous baissons les yeux vers nos mazagrans. En nous raccompagnant dans l'entrée, la grand-mère nous confie, à voix basse, que la nuit, on l'entend sangloter et appeler son enfant.

Quand on évoque le crime, personne ne sait rien, personne ne s'explique un tel malheur. La famille parlant de l'assassin dit « le gars », « l'homme à la voix rauque » et nous, en écho, « le corbeau ». Bientôt, sous l'influence de la presse, tous emploieront ce terme vague. De part et d'autre de la table, chacun essaie de savoir ce que font les gendarmes et vers qui se dirigent leurs investigations. Les enquêteurs cachent l'état de leurs recherches. Même Jean-Marie, partie civile, ignore l'évolution de l'enquête. Nous leur révélons les expériences faites avec le mannequin, l'existence des portraits-robots ou la présence d'une voiture de gendarmerie devant telle ou telle maison. L'intérêt de la famille se limite-t-il à une curiosité légitime ou répond-il à un besoin de se prémunir contre l'enquête? L'assassin ou ses complices sont-ils parmi eux, face à nous? Leur avons-nous déjà serré la main? Ces questions nous obsèdent et nous poussent à revenir souvent à Aumontzey. L'accueil cordial réservé à notre pool et à ceux qui nous suivent n'est pas innocent. Le problème est de savoir qui, dans ce groupe, utilise les quelques informations que nous apportons. De notre côté, nous espérons pouvoir échanger ces éléments contre des interviews, le jour où surviendra un événement.

Pendant que nous sillonnons la vallée, l'enquête officielle se poursuit tous azimuts : chronométrages entre les lieux où se joua le drame, perquisitions, auditions de nombreux témoins et commandes d'expertises. Ce dossier est une mine pour les experts en tous genres qui vont devoir étudier des voix, des écritures, des cordelettes, la salive collée sur le timbre de la lettre du 16 octobre et le psychisme des futurs inculpés. Des médecins légistes rédigent aussi un rapport sur les circonstances de la mort de l'enfant.

— Nous voulons travailler de manière scientifique, précise le procureur de la République, Jean-Jacques Lecomte, à Éric Darcourt et Philippe Chaffangeon qu'il reçoit dans son bureau d'Épinal.

Le magistrat, moqué dans *Libération* pour ses nœuds papillon ou ses larges cravates en tricot, est un homme massif, anxieux mais affable avec les journalistes. Il laisse entendre à nos deux confrères que les gendarmes sont sur une piste sérieuse, celle d'un couple d'employés de filature. Lui-même semble convaincu du bien-fondé de leurs soupçons. Il n'en dit pas plus mais l'AFP et France-Inter tiennent leur premier vrai scoop, de source judiciaire. L'information tombe en fin d'après-midi, doublant RTL, l'Agence centrale de presse, l'Associated Press des Bezzina et tous les autres.

En fait, cette piste aurait dû rester secrète. Les gendarmes qui la protègent depuis une semaine, furieux, démentent le contenu de la dépêche d'Éric. Le juge Jean-Michel Lambert nie cette nouvelle « parfaitement infondée », selon lui. Le procureur Lecomte, piégé, surenchérit en la qualifiant de « totalement aberrante ». Darcourt se retrouve en position délicate entre les autorités et ses confrères.

L'agence France-Presse, surnommée la Bible, inonde toutes les rédactions grâce à ses correspondants en France et dans le monde entier. Elle jouit d'un grand crédit et conditionne la plupart des décisions des chefs d'information. Tous prévoient des articles et des titres pour le lendemain. Il est trop tard pour enrayer le mécanisme. Le 30 octobre 1984 au matin, la presse écrite et parlée annonce dans un même élan que les assassins de Grégory sont identifiés. Cette divulgation anticipée rompt les dernières relations entretenues avec la gendarmerie. C'est l'ingérence de trop. Un véritable casus belli.

Les événements s'accélèrent, concentrés sur l'arrestation possible de ce couple et le travail d'un expert en écriture de Strasbourg. Antoine Argoud n'étant que graphologue, le juge a fait appel à une femme, Mme Annie Jacquin-Keller, expert en écriture près la cour d'appel de Colmar et la Cour de cassation.

Le graphologue étudie le caractère et la personnalité d'un individu au travers de son écriture. L'expert en écriture doit déterminer, par comparaison, si deux documents peuvent être d'un même auteur. Le bruit court, venu d'on ne sait où, que le corbeau a été confondu par ses m et ses l. Liliane Villemin l'a confié à Denis Robert. Elle-même le tient peut-être des enquêteurs. En attendant l'événement, l'expertise en écriture est présentée comme la panacée qui va pallier le mutisme de la famille et des témoins. L'atmosphère se crispe au long de la vallée de Granges à Épinal. Tous les reporters s'inquiètent tant les informations sont ténues et difficiles à réunir. La gendarmerie de Bruyères reste un lieu de rendez-vous commode, en dépit de nos déboires avec les officiers et leurs subordonnés. Ceux qui s'étaient éloignés le temps du week-end se retrouvent sur les pelouses et les plates-bandes labourées par des milliers de pas. Nous nous épions les uns les autres pour saisir des bribes de conversation. Nous nous affolons dès qu'une voiture démarre. Bezzina est l'objet d'une surveillance accrue. Nous croyons vivre les derniers moments de l'enquête, convaincus de connaître bientôt la vérité.

7

Le foulage ... La piste du cousin ... Le télégramme manquant ... Fausse inculpation de « source judiciaire » ... Un mobile en noir et blanc ... Les dénégations de Bernard Laroche

A Nancy, le juge et l'état-major de la gendarmerie font le point. Jean-Michel Lambert a convié à cette réunion l'expert en écritures, Annie Jacquin-Keller, et Mme Marie-Jeanne Berrichon-Seyden, graphologue et aussi expert en écriture inscrit près la cour d'appel de Paris. En prologue, Mme Berrichon-Seyden dresse une sorte de portrait-robot psychologique d'un corbeau type. L'expert a rédigé en 1979, pour la *Revue internationale de criminologie et de police technique* de Genève, un article intitulé : « Comment identifier l'auteur de lettres anonymes. » Fondée sur plusieurs centaines de cas, cette étude dégage trois constantes chez l'auteur de lettres anonymes. Une apparence au-delà de tout soupçon et même volontairement affable. Une jalousie non exprimée. Le voisinage immédiat des victimes.

« 1. — Il s'agit de quelqu'un qui ne se montre pas ouvertement désagréable et qui semble attacher de l'importance à la respectabilité, aux valeurs morales. Il est possible que l'attitude soit plutôt en retrait, comme un élément familier du paysage auquel on ne fait guère attention.
2. — En général, il s'agit de quelqu'un dont la vie matérielle

ou sentimentale n'est pas très satisfaisante et qui a pu éprouver récemment certaines déceptions.

3. — Enfin, c'est aussi une personne qui fait partie de l'entourage géographique du destinataire de la lettre : quelqu'un qui a la possibilité d'être au courant des réactions de sa victime, éventuellement d'assister à l'ouverture de la lettre, ou tout au moins de voir l'effet que celle-ci produit. »

Elle explique enfin que la lettre anonyme reflète tout naturellement un état de crise. Le juge Lambert l'écoute avec beaucoup d'intérêt et insiste sur l'aide qu'il attend de ses connaissances et de celles de Mme Jacquin-Keller.

Mme Berrichon-Seyden, habituée à conseiller les employeurs, émet un double avis sur les quatre lettres anonymes qu'on lui présente. Selon elle, leur auteur est une personne dans la force de l'âge. Sur le plan professionnel, elle le situe d'emblée au niveau de « contremaître ». Le magistrat, impressionné, demande aux gendarmes de lui montrer l'écriture de Bernard Laroche. L'expert estime qu'a priori, rien de flagrant ne permet de l'éliminer. Après un déjeuner cordial avec le magistrat et les enquêteurs, Mme Berrichon-Seyden examine la pile de documents qui lui est soumise. En procédant par élimination, elle finit par isoler l'écriture de Bernard Laroche. De son côté, Annie Jacquin-Keller dévoile en fin d'après-midi, ses propres conclusions rédigées au bout de douze jours de travail. Elles désignent également Bernard Laroche. Les deux femmes émettent un avis certain mais font remarquer que c'est à l'enquête d'étayer leur conviction. Elles s'engagent à remettre leur rapport dans les meilleurs délais, bien qu'on leur soumette les écritures de cent quarante-sept personnes.

Un autre fait frappe les participants à cette séance. La découverte par Mme Jacquin-Keller d'un foulage sur la lettre du 16 octobre. Le foulage est la trace invisible laissée sur une feuille de bloc par les écrits portés sur le feuillet précédent. L'expert fait appel à un autre collaborateur, Denis Klein, gendarme de la section de recherches de Metz et expert en écriture. A l'aide d'un banc de reproduction, il fait ressortir les deux initiales gravées en bas à droite de la lettre du crime, un L de caractère calligraphique et un B de caractère typographique. Or, le cousin des Villemin signe tous ses papiers ainsi : Laroche Bernard.

Le juge Lambert, son greffier, les enquêteurs, Mmes Jacquin-

Keller et Berrichon-Seyden se succèdent pour examiner ces traces révélées grâce à une lumière rasante, ultra-violette. Denis Klein prend une série de macro-photos qui grossissent l'indice. Les trois spécialistes s'accordent pour suggérer au juge un examen du document dans un laboratoire sophistiqué en Allemagne. Le magistrat accepte et la lettre part aussitôt, sous bonne escorte, pour Sarrebrück puis Wiesbaden. De retour à Épinal, Jean-Michel Lambert se rend dans le bureau du procureur Lecomte et dessine devant lui la forme du B ressemblant à celui de la signature de Bernard Laroche. A ses yeux, cet indice est capital. Le juge décide d'inculper Bernard Laroche d'assassinat dès le lendemain.

En fin d'après-midi, Liliane Villemin, assise sur ses marches, semble sûre d'elle. Elle annonce à Éric Darcourt et Jacques Expert qu'à son avis, les gendarmes ont trouvé le bon suspect. Il s'agit de Bernard Laroche, l'un des cousins germains. Captivés par cette confidence, Jacques et Éric pressent Liliane de questions. Elle leur révèle quelques éléments sur ce témoin privilégié : sa situation d'employé de filature, les prénoms de sa femme Marie-Ange et de son fils Sébastien, ainsi que son adresse au lieu-dit La Fosse, à Aumontzey. Ils apprennent également qu'il est le fils de Thérèse Jacob, sœur de Monique Villemin, décédée des suites de sa naissance, et de Marcel Laroche, mort également, en 1982. Un ouvrier portugais d'Aumontzey, entendu par les gendarmes, confirme ces soupçons à Éric et Jacques qui l'interrogent après le départ de la voiture des enquêteurs, stationnée devant chez lui.

Dès mon retour de Strasbourg, Éric Darcourt et Jacques Expert m'informent, en aparté, ainsi que Denis Robert, de leur découverte. Comment obtenir confirmation de tout cela alors que les gendarmes ne nous parlent plus? La réponse s'impose d'elle-même : questionner le juge d'instruction. A 20 heures, nous nous présentons en bas d'un immeuble étroit dans une petite rue pavée d'Épinal, proche du palais de justice. Jean-Michel Lambert apparaît à sa fenêtre du premier étage et tente d'abord de nous éconduire. Nous insistons, ennuyés de devoir nous expliquer à voix haute dans une rue. L'un des garçons met ses mains en porte-voix et articule le plus discrètement possible :

— ... Bernard... Laroche...

Le juge sursaute et nous propose de l'attendre dans le restaurant voisin, La Tarentelle.

Attablés tous les cinq à l'écart sur une mezzanine déserte, nous observons le directeur de l'enquête que nous ne connaissons pas car il n'est venu que rarement dans la vallée depuis le crime. La tête ronde, le visage barré de grosses lunettes à monture d'écaille, des cheveux bruns, drus et raides, le juge s'exprime d'une voix grave et nasale qui détonne avec sa mine d'adolescent aux ongles rongés. La fonction s'efface vite derrière ce jeune homme de notre âge, sympathique mais guère plus expérimenté que nous.

La motivation de notre venue à Épinal est précise :

— Nous avons appris que vous surveillez un certain Bernard Laroche. Est-ce exact ?

Il confirme, un peu surpris que nous connaissions le nom du suspect numéro un. Conciliant, il nous avoue posséder le résultat d'expertises qui désignent le cousin des Villemin comme l'auteur des lettres anonymes. A notre tour, nous lui dévoilons les quelques éléments de biographie appris auprès de Liliane. Nous ignorons s'il en sait plus. Il nous révèle spontanément son intention d'inculper d'assassinat, demain, Bernard Laroche, sur la foi de ces expertises en écriture qui le désignent comme corbeau donc assassin. Il nous demande de retenir cette information et nous préviendra le moment venu pour que nous soyons les premiers à l'annoncer.

L'accord conclu, la conversation dérive sur sa personnalité. Jean-Michel Lambert ne cache pas son admiration pour notre métier qu'il dit avoir rêvé d'exercer. Il nous raconte son passe-temps, l'écriture de romans, et son goût pour la marche et les voyages exotiques. Le dîner un peu morne s'achève sur sa promesse réitérée de nous informer le lendemain. Cette future inculpation ne nous étonne pas. Nous sommes préparés depuis douze jours à l'idée d'un dénouement rapide. La volonté d'être plus véloces que les autres nous obsède tant qu'elle relègue le fond des choses au second plan.

Penché à l'une des fenêtres de la gendarmerie, le capitaine Sesmat interpelle les reporters agglutinés sur les pelouses.

— Si vous voulez vous occuper, nous allons faire d'autres essais de flottaison à Docelles...

Personne ne se méfie de cette invitation, pourtant suspecte de la part d'un officier qui ignore la presse depuis plusieurs jours. La manœuvre éloigne les journalistes à l'autre bout de la vallée. Ainsi, loin des photographes, trois officiers interpellent vers 15 heures à Aumontzey Marie-Ange, conduite à Bruyères, puis Bernard Laroche qui, placide, prend soin de fermer son garage à clé avant de les suivre. Jacques Expert, posté près de chez eux, croise le véhicule qui file sur Épinal. Chez Mme Dossman, le coup de fil du juge ne tarde pas. Jean-Michel Lambert confirme son intention de la veille : inculper Bernard Laroche d'assassinat dès son arrivée dans son bureau. Darcourt et moi arrivons quelques minutes plus tard. Angoissé par la gravité de cette information, Éric veut s'en assurer avant de la diffuser. On rappelle le magistrat qui rassure notre confrère de l'AFP qui tient l'écouteur.

A Docelles, les reporters ont vite flairé la ruse et sont revenus vers Bruyères. Une course s'ensuit sur trente-cinq kilomètres. Un gendarme posté à un carrefour, bras en croix, tente d'intercepter les journalistes. Face à lui, j'accélère, lui laissant à peine le temps de sauter sur le côté. Les enquêteurs lancés toutes sirènes hurlantes à 130 kilomètres à l'heure sont poursuivis au même rythme par les journalistes surexcités. Au bord des routes, dans les villages, les gens, relevant la tête, comprennent le message : les monstres sont neutralisés. Les gendarmes recouvrent leur autorité après deux semaines de flottement. La poursuite s'achève devant la gendarmerie d'Épinal où le couple, en garde à vue, va être interrogé. Emportée par la vitesse, je finis ma route contre un poteau télégraphique, la portière avant droite enfoncée. Peu importe, l'essentiel est d'être dans l'événement. A 16 h 57, l'AFP envoie une dépêche classée « urgent » annonçant « de source judiciaire » l'arrestation de Bernard Laroche et son inculpation pour l'assassinat de Grégory Villemin. J'alerte ma rédaction qui claironne l'information dans le flash de 17 heures.

Tout se joue dans la caserne des gendarmes, sise dans le quartier résidentiel de la préfecture d'Épinal. Dans la rue, les journalistes en quête d'une information ou d'un détail sur le couple font vite le rapprochement entre le témoin spontané du début de l'enquête et Marie-Ange Laroche. Philippe Jéchoux et deux autres journalistes locaux possèdent quelques éléments qu'ils distribuent aux confrères parisiens. Ceux qui ont téléphoné chez les Villemin pour les prévenir de l'arrestation de leur cousin apprennent d'autres choses. Bernard Laroche est propriétaire terrien, possède deux maisons et a été promu contremaître deux mois plus tôt à la filature de Granges-sur-Vologne. Nous croyons trouver un début de mobile dans sa situation familiale. Son fils Sébastien, né quatorze jours après Grégory, souffre de problèmes de santé. Il est hydrocéphale, porte un drain derrière l'oreille et doit faire l'objet d'une surveillance particulière. Jean Ker raconte sa première rencontre avec Laroche, une semaine plus tôt chez la tante Louisette. Ces indications assez maigres nous suffisent pour établir un parallèle entre la vie des deux cousins, Jean-Marie et Bernard. L'un en positif, l'autre en négatif. Enfin, du concret.

Une nouvelle en provenance du palais de justice nous stoppe net pendant la rédaction de nos articles. Le procureur de la République et le juge d'instruction ont démenti l'inculpation de Bernard Laroche. Éric Darcourt, au comble de l'exaspération, se fait apostropher avec virulence. Pour protéger sa source, il tait l'origine de la méprise, mais supporte très mal cette nouvelle mortification. Les présentateurs de radio démentent l'inculpation en annonçant un « nouveau coup de théâtre dans l'affaire Grégory », formule itérative dans cette affaire où l'on annonce régulièrement tout et son contraire.

A défaut d'être les assassins, les Laroche sont donc dénoncés comme les corbeaux de l'affaire. Sinon, comment interpréter ces arrestations et les certitudes, même mouvantes, du juge d'instruction ? En fait, celui-ci avait fait demander quelques heures plus tôt à Mme Berrichon-Seyden un télégramme lui confirmant son opinion ferme émise la veille. L'expert, sidéré par cette requête fantaisiste, a refusé de donner ainsi son opinion. Elle a même envoyé à la place une longue lettre expliquant au juge que c'est désormais à lui de concrétiser son avis réitéré dans ce courrier. Au soir du 31 octobre, Jean-Michel Lambert n'a aucun document d'expert entre les mains. Officiellement, rien ne désigne Bernard Laroche.

A l'intérieur de la caserne, les interrogations de Marie-Ange et de Bernard Laroche n'aboutissent pas. L'un et l'autre nient avoir téléphoné ou écrit de manière anonyme. Le couple intrigue pourtant les militaires depuis les premiers jours. Le comportement de Marie-Ange lançant différents soupçons sur Jacky puis les Hollard. Son appel depuis une cabine publique au lieu de son domicile, de crainte, disait-elle, de réveiller son mari alors que leur téléphone est éloigné de la chambre. Sa suggestion aux gendarmes de soumettre un enfant à l'exercice d'écriture. Sa mise en congé maladie, le surlendemain du crime. Sa présence spontanée, malgré le peu d'intimité la liant à Christine et Jean-Marie, lors de la veillée de Grégory. Le sentiment qu'elle donna cette nuit-là d'espionner les conversations des uns et des autres.

Les enquêteurs ont vite appris que Bernard est la personne la plus proche des Villemin. Jacky, Michel et leur mère Monique l'ont cité comme étant le cousin le mieux renseigné sur la vie de leur famille [1]. Agé de 29 ans, il est plus qu'un parent ordinaire. Après le décès de sa mère, Thérèse, morte à sa naissance, il a été élevé par ses grands-parents maternels, les mêmes que ceux de Jean-Marie, Adeline et Léon Jacob déjà en charge du petit Jacky. Il est, aujourd'hui, le confident de Michel qui lui raconte tout ce qui se passe chez ses parents, frères et sœur, et se plaint d'être tenu à l'écart au profit notamment de Jean-Marie et sa femme. Bernard s'avoue lui-même frustré de cette préférence [2]. Christine, interrogée sur d'éventuelles relations extraconjugales, a relaté comment Bernard l'avait sollicitée, en vain, lors d'un mariage. Liliane et Ginette ont révélé avoir subi, à d'autres époques, les mêmes avances plus précises encore. Dans sa maison qui surplombe celle d'Albert et de Michel Villemin les gendarmes ont saisi une longue-vue et une cassette de la chanson « Chef un petit verre, on a soif... », comme celle qu'entendit Jean-Marie, « le chef », lors d'un appel anonyme.

Ils ont découvert aussi une lettre contenant recto verso des insultes : « ... pauvres cons que vous êtes tous ». Le cousin des Villemin a reconnu avoir trouvé, à la mort de son père en 1982, une lettre manuscrite portant ce texte : « Albert me fait du chantage, il me soutire des sous. » Il affirme aujourd'hui que cette phrase visait son oncle Albert Jacob et non Albert Villemin comme le soupçonnent les enquêteurs.

Ceux-ci notent sa ressemblance avec le portrait-robot de l'homme moustachu portant des favoris, vu à Lépanges et à Docelles, la veille et le jour du meurtre à des heures où il ne travaillait pas. Il possède deux voitures dont une Peugeot 305 vert-de-gris métallisé. Enfin, son emploi du temps le jour du crime présente un trou entre 16 h 30 et 17 h 40, soit le créneau horaire du rapt et de l'assassinat de Grégory. Mais Bernard Laroche se défend d'avoir utilisé tous ces éléments contre la famille Villemin et d'être impliqué dans la mort du petit garçon [3].

Bernard Groslier du *Parisien libéré* gravit l'escalier des cousins Hollard. Les deux couples vivent dans l'une de ces maisonnettes

1. Procès-verbaux de Jacky Villemin, Michel Villemin n° 1139/27-1139/28.
2. Procès-verbal de Bernard Laroche, n° 1139/98.
3. *Idem.*

mitoyennes caractéristiques des cités ouvrières. Alignées, elles bordent la route principale de Laveline-devant-Bruyères, un lieu sans charme enlaidi par une grande filature délabrée, unique employeur de l'endroit. Les Hollard se remettent mal de leurs frayeurs et du vol de leurs albums de photos, survenu depuis. Ils poussent les hauts cris en découvrant le nom de celle qui orienta les gendarmes vers eux.

— Bon Dieu... c'est la Marie-Ange!

La femme de Bernard Laroche est une Bolle, du nom de ses parents voisins des Hollard.

Groslier traverse la rue et découvre, derrière l'usine et un terrain vague, une grande bâtisse jaune flanquée d'une véranda. Des oies piaillent en se dandinant sur la terre battue devant la porte de la maison. A l'intérieur, règne une grande agitation. Lucien Bolle, le père de Marie-Ange s'indigne dès que Groslier évoque la garde à vue de sa fille et de son gendre. Le petit homme monte sur une table, désigne un crucifix et jure :

— Ils sont innocents!

Le journaliste s'efface dans l'entrée pour laisser passer une jeune femme, l'infirmière de la famille. Elle donne depuis des années des soins quotidiens à Mme Bolle, diabétique. Sans un mot, elle croise son regard et lève les yeux au ciel d'un air entendu.

Une voix s'élève du fond de la cuisine :

— Oh ben, Bernard, je l'ai vu mardi soir, c'est sûr que c'est pas lui...

Le journaliste aperçoit une adolescente rousse, tenant un enfant par la main. Muriel, l'une des plus jeunes sœurs de Marie-Ange, explique qu'elle a vu son beau-frère en rentrant du collège, le jour du meurtre vers 17 h 20. Il regardait la télévision en compagnie de son fils chez la tante Louisette d'Aumontzey.

Groslier s'exclame :

— Mais, tu as été entendue par les gendarmes? C'est très important ce que tu dis!

La réponse est négative.

A Épinal, Bernard Laroche décrit son emploi du temps du 16 octobre entre 16 heures et 17 h 30. Il a rentré du bois en compagnie de sa tante Louisette puis s'est rendu chez Michel Villemin. Il est ensuite allé chercher un ami pour acheter du vin, mais celui-ci était absent. De retour vers 17 h 30 chez la tante Louisette, il a vu sa belle-sœur Muriel, assise dans la salle à manger devant la télévision. Puis, il est allé acheter cent cinquante bouteilles de bordeaux dans un supermarché de Laval-sur-Vologne avant de rentrer à Aumontzey. Enfin, il s'est rendu à l'usine pour prendre son poste à 21 heures. Tard dans la soirée, les gendarmes se présentent chez la famille Bolle pour vérifier ses dires. Muriel répète ce qu'elle a dit à Bernard Groslier. Sa version confirme celle de son beau-frère. A un détail près : qui de Bernard ou de Muriel regardait la télévision à l'arrivée de l'autre?

8

La défense des frères Bolle ... L'absence du juge ... La fantasmagorie en images ... Les Vosges écœurées ... Premiers mots des parents ... Les « rats » à l'attaque ... Générique imaginaire

La famille Bolle compte huit filles et deux garçons. Enfants d'ouvriers de filature ou ouvriers eux-mêmes. Muriel, la petite rousse de quinze ans, est l'avant-dernière de la fratrie mais vit à Aumontzey chez sa sœur Marie-Ange où elle s'occupe de Sébastien. Sa présence, la nuit, rassure Marie-Ange dont le mari travaille de 21 heures à 5 heures. Très vite, nous localisons cette famille et les premiers journalistes pénètrent dans l'impasse de la cité du Maroc, au matin du jour de la Toussaint. L'accueil est bruyant et brutal. Les frères et beaux-frères de Marie-Ange, en émoi, commentent l'arrestation du couple Laroche.

Lionel Raux de *L'Est républicain*, Jean-Charles Marchand de RMC et Jean-Michel Bezzina de RTL essuient les premières agressions des hommes aiguillonnés par leurs femmes. Les trois journalistes, surpris, s'enfuient. Marchand, le dernier, saute dans le coffre ouvert de leur voiture et l'un des hommes tente de rabattre le hayon sur ses jambes. Plus tard, Bernard Groslier, fort de sa première visite, se présente devant le portail d'où il est chassé à son tour. Il ne doit son salut qu'à l'arrivée de notre voiture surgissant en marche arrière pour le récupérer. Il s'engouffre dans l'habitacle, essoufflé et désolé d'abandonner derrière lui son véhicule et ses affaires personnelles. Il les retrouvera dès la nuit tombée.

Les frères Bolle lancent des pierres vers nous, en criant :

— Les gendarmes nous ont dit qu'on pouvait taper sur les journalistes.

Nos protestations auprès de la gendarmerie de Bruyères restent sans effet. Les gendarmes profiteraient-ils des circonstances pour se venger de notre présence sur leur terrain ? La réaction violente des Bolle nous déroute et en amuse d'autres qui vont les provoquer. Mais des coups de feu tirés en l'air calment vite les plus hardis.

La colère des Bolle s'explique par l'intérêt des gendarmes pour Muriel. Interrogée à son domicile, une deuxième fois en vingt-quatre heures, l'adolescente a répété qu'elle a vu Bernard Laroche à Aumontzey à son retour de l'école mais s'est trompée sur la description du chauffeur du car scolaire. Elle a décrit le conducteur habituel, un jeune moustachu à barbe noire, alors que le mardi 16 octobre, un autre homme conduisait le car. Mais à l'heure même où elle révèle cette seconde contradiction, les gendarmes libèrent Bernard et Marie-Ange. Il est établi que celle-ci travaillait à l'usine à l'heure du crime. Le cas de son mari n'est pas éclairci mais les enquêteurs ne peuvent le maintenir en garde à vue au-delà de vingt-quatre heures sans autorisation du juge Lambert. Or, en ce jour de Toussaint, celui-ci est injoignable. Le couple est donc relâché.

Les photographes sont postés devant toutes les issues de la gendarmerie. Pour soustraire les Laroche à leur curiosité, les officiers organisent des fausses sorties de véhicules où se profilent des silhouettes cachées sous des couvertures. Leur prise en chasse provoque un nouveau rodéo mais aucune des voitures ne transporte les Laroche. Les photographes, sommés par leurs rédactions d'envoyer des clichés « des coupables », manifestent leur colère. Les invectives fusent à travers les grilles de la gendarmerie sur l'incompétence supposée des uns et l'acharnement perturbateur des autres. Bernard et Marie-Ange Laroche regagnent leur village et leur famille, sans une explication pour les disculper. Au contraire, Jean-Michel Lambert, réapparu, dira plus tard que le couple « reste plus que jamais dans le champ des investigations ». Formule très floue pour masquer son embarras.

Pour l'heure, il n'existe pas la moindre preuve de leur implication dans l'assassinat de Grégory. Les indices et les témoignages recueillis ne sont pas encore exploités. Les Laroche sont cependant dénoncés dans la presse écrite et parlée, salis et accusés, photos à l'appui, dans *La Liberté de l'Est*. Seul Patrice Burnat du *Matin de Paris* dissimule leur nom et axe son article sur « les bavures de l'information » en référence à la fausse nouvelle diffusée la veille. Personne n'avait envisagé que cette garde à vue puisse se terminer par une double remise en liberté. L'attitude contradictoire du juge nous laisse perplexes.

La pizzeria de Marie-Jo résonne encore de ce dépit collectif quand surgissent en fin de soirée Jean-Marie et Gilbert Villemin. Les deux frères cherchent l'équipe de TF1, auteur d'un reportage diffusé le soir même dans l'émission Infovision. Ces journalistes ont déjà quitté les Vosges. Leur sujet de huit minutes, intitulé « Le clan de la haine », a ulcéré la famille, assimilée à une sorte de tribu gitane semant la terreur çà et là dans la région. Les racontars font mouche quand la télévision s'en empare. Pour illustrer cette vendetta supposée l'équipe a dépeint des Vosges miséreuses, filmé des images de scierie désaffectée, d'usines, de vieilles cheminées. Les caméras se sont attardées sur la cité ouvrière de Laveline-devant-Bruyères où traînent quelques gamins souriant mais mal tenus. L'un d'eux, atteint de pelade, est apparu en plein écran, soulevant des hauts-le-cœur parmi la population. La région tout entière a suivi l'émission, alertée de sa diffusion par une annonce dans la presse locale.

En fait, TF1 s'est contenté de mettre en images le feuilleton populaire créé par la presse parlée et écrite. D'articles en flashes quotidiens, nous avons raconté une histoire tragique qui s'accommode mal de torrents, de randonnées en forêts et de lacs enchâssés dans les montagnes. Nous ne sommes pas venus faire du tourisme mais pour raconter une énigme policière. C'est pourquoi, en quelques jours, nous avons tout assombri : les paysages, les villages, les gens, les âmes. « Omerta à la vosgienne » écrira *Le Figaro*. Pour l'acte d'un ou de deux individus fous de jalousie, nous avons caricaturé plusieurs familles, leurs voisins, leur région. La télévision focalise aujourd'hui les critiques car elle est le seul média visible par tous, en même temps. Mais sur le fond, elle n'a pas été pire que nous.

Paris Match prolonge la nausée des Vosgiens en publiant un article de Jean-Michel Caradec'h. Ancien grand reporter de *Libération*, prix Albert-Londres pour ses reportages sur la guerre du Nicaragua, Caradec'h écrit avec éclat et facilité. « C'est une plume », comme on dit dans notre milieu, avec une pointe d'envie et d'admiration. Mais il n'enquête pas et se contente de rédiger les informations puisées au bar de l'hôtel ou rapportées par Jean Ker. Son premier article est un condensé de bruits et de rumeurs replacés dans un contexte haineux. Son titre, « J'ai vécu dans un champ clos minuscule, empoisonné par d'ignobles secrets [1] », cultive, lui aussi, l'image d'une région reculée, fourmillante de mystères.

Les hommes politiques, harcelés de plaintes d'élus locaux, élèvent des protestations. Christian Pierret, député de la circonscription de Saint-Dié qui englobe Aumontzey, rapporteur du budget à l'Assemblée nationale, s'offusque au nom des élus socialistes. Philippe Séguin, le député-maire d'Épinal, alerte la Haute Autorité de l'audiovisuel, en concertation avec le maire de Bruyères. Il se fait le porte-parole de « l'indignation et de l'émotion » soulevées par une « présentation superficielle, caricaturale, foncièrement erronée... franchement scandaleuse de la zone et de la population concernées ». Le député fustige les méthodes des reporters : « ... générations hâtives, exploitation de ragots présentés comme autant de vérités révélées, ... (population présumée fruste, misérabilisme affecté, patronat supposé de droit divin...) ... sociologie de bazar tendant à établir un lien entre les faits et l'environnement socioculturel et à fonder une sorte de culpabilité collective... ». Le maire d'Épinal libère sa colère, oubliant un peu vite les petites phrases méprisantes des autorités judiciaires locales.

Les Vosgiens lui sauront gré de cet assaut contre la télévision. La Haute Autorité rangera la lettre dans un dossier, ses membres se déclarant impuissants devant ce problème. Et puis, vues de la capitale, ces descriptions ne semblent pas choquantes. Mais que diraient les Parisiens si des étrangers présentaient leur ville au travers des squatts du quartier de l'îlot Chalon ou du monde interlope installé sous les boulevards périphériques ?

Cette émotion régionale n'a pas de prise sur la fantasmagorie des médias. Les hebdomadaires, gênés par leur retard sur l'événement brut, doivent raconter à leurs lecteurs autre chose que ce qu'ils ont déjà lu dans la presse quotidienne, vu à la télévision ou entendu à la radio. Alors ils forcent un peu le trait. *France-Soir Magazine* décrit quelques jours plus tard, sous la plume de Jean-François Chauvel,

> « ... une région où les mariages consanguins amplifient certaines tares héréditaires... les têtes pas toujours bien faites de

1. *Paris Match* du 8 novembre 1984.

ces montagnards mosellans aux cheveux filasse, hérités des anciens Burgondes, petits, trapus, durs à eux-mêmes... les filles emploient un langage à faire rougir un légionnaire ivre... Avec un accent parfois si fort que les radio-reporters qui sillonnent la vallée depuis le 16 octobre ont renoncé à diffuser certaines interviews. Il aurait fallu les traduire [1] ! »

François Caviglioli du *Nouvel Observateur* va disséquer la vie de ceux qu'il appelle « les possédés de la Vologne ».

« ... Des paysans pervertis passés trop vite de la forêt au quart monde industriel. ... De la forêt, ils ont gardé l'habitude de se réunir dans des veillées, que l'on appelle ici des " fiauves ". C'est pendant les longues soirées de l'hiver vosgien qui dure huit mois et endure les corps et les âmes qu'ils se sont transmis de génération en génération de lourds secrets enfouis dans la mémoire de la tribu, le souvenir de péchés originels effrayants qui ont un goût d'inceste et de mort [2]. »

Trois articles écrits comme des romans de gare et un reportage télévisé de citadins dépaysés coupent pour longtemps les journalistes de la population des Vosges. La rupture, latente depuis les premiers jours, est brutale. Sans appel. Les Vosgiens, très amers devant ces excès, n'ont pas oublié le silence de la presse nationale au lendemain du cyclone qui s'est abattu sur la région au mois de juillet. En huit minutes, un ouragan a ravagé une bande de terre large de cinq kilomètres et longue de cinquante, à l'est d'Épinal, dans les forêts d'Escles et de Darney. Quatre-vingt-huit communes ont été sinistrées, vingt maisons entièrement détruites, quatre-vingt-dix autres endommagées et cinquante bâtiments industriels laminés. Je me souviens avoir parcouru aux côtés d'Haroun Tazieff les décombres de ces villages que l'on aurait cru bombardés. Dans les forêts alentour, les arbres démantibulés gisaient éparpillés comme des milliers d'allumettes. En dehors de la presse régionale, combien avons-nous été à relater cette tornade qui, par miracle, ne fit ni morts ni blessés ? A parler des difficultés de ces familles qui, trois mois plus tard, vivent encore dans des caravanes et s'apprêtent à y passer l'hiver ? Les Vosgiens commencent à comprendre que l'information n'est pas qu'une affaire d'événement mais surtout d'émotion, de mise en scène et de sang.

1. *France-Soir Magazine* du 10 novembre 1984.
2. *Le Nouvel Observateur* du 9 novembre 1984.

Jean-Marie Villemin donne un coup de pied rageur dans l'un des petits tuyas plantés en bordure de son jardin. Il pleure en attendant ses parents pour aller avec son épouse à la messe du jour des Morts. Il s'émeut de cet amalgame fait devant la France entière de vieilles affaires de famille que lui-même ignore, de rumeurs, de meurtres non élucidés dans la région depuis la guerre, du montant déformé de ses revenus, du prix de sa maison erroné, de « ses » vacances en Italie où le couple n'est allé qu'une fois. Quel lien avec son bonheur perdu auprès de sa femme et de son fils ? Le dimanche avant sa mort, Grégory l'aidait, du haut de ses quatre ans, à poser des lattes de bois sur la façade, à côté d'autres boiseries fraîchement vernissées.

— Grégory connaissait tous les chemins de la forêt, vous savez, dit-il en désignant le bois derrière la maison. Quand on faisait de la moto ensemble et qu'on tombait, il disait : « Faudra pas le dire à maman, hein ! »

Pour la première fois, Christine et Jean-Marie Villemin acceptent un entretien avec les télévisions dans l'espoir de contrer la désinformation, notamment sur leur train de vie supposé. Une équipe de RTL-Télé recueille leurs premiers mots dans la maison de Lépanges, inoccupée depuis l'assassinat du petit garçon. Face à la cheminée, un canapé de cuir fauve réchauffe le salon aux murs blancs. Une salle à manger en chêne sur mesure occupe l'autre partie de la pièce, devant la porte-fenêtre ouverte sur les montagnes. Partout, des plantes vertes posées sur des guéridons et des bibelots chinés dans les brocantes.

Jean-Marie exprime leur désarroi devant l'acharnement des rumeurs. Ce sont eux les victimes, mais ils vont finir par vivre comme des coupables. Les journalistes n'osent pas s'adresser à Christine qui acquiesce, les yeux baignés de larmes, les mains entrecroisées. *Paris Match* a publié les photos familiales sélectionnées par Jean Ker. Sur une double page, Grégory, debout sur une chaise, éclate de rire avec sa mère qui glisse un bras dans son dos. Le petit garçon est qualifié par le journal d' « enfant-roi de la belle maison neuve ».

La parution des premiers clichés intimes de la famille et de la chambre de Grégory accroît l'amertume des photographes contre Jean Ker. En deux semaines, il a trouvé les photos des mariages, des souvenirs d'enfance et des groupes scolaires, même celle de la dernière rentrée qui n'a pas encore été remise aux parents des élèves. C'est le seul document sur lequel Grégory, conduit la veille par sa mère chez le coiffeur, ressemble à un petit garçon et non plus à un bébé. Jean Ker achète tout, même si les photos ne sont pas publiées. La plupart dorment dans les archives de *Paris Match*, rendues inaccessibles aux autres photographes. Certains d'entre eux, des agences de presse (AFP, Sygma, Gamma, Sipa, etc.) et des magazines (*Figaro Magazine, France-Soir Magazine,* etc.), se présentent à leur tour chez Christine et Jean-Marie Villemin qui s'apprêtaient à repartir pour Aumontzey. Les photographes parlementent pour obtenir, comme Jean Ker, le droit de photographier la chambre de Grégory qui est fermée à clé. Ils disent représenter l'ensemble de la presse photographique française et assurent qu'après, plus personne ne viendra les ennuyer. Ils avancent l'argument final que les Villemin entendront des centaines de fois, « pourquoi lui et pas nous ? ». Le couple, réticent, reconnaît qu'il n'a aucune raison de favoriser l'un par rapport aux autres. A cet instant surgit une dizaine de reporters de la presse à sensation. Ceux que l'on appelle « les rats » s'engouffrent dans la maison. Tous parlent en même temps et réclament qui une photo, qui une interview. Effrayée, Christine se réfugie dans la cuisine. Jean-Marie repousse tout le monde en menaçant de prévenir les gendarmes. Tous deux sont surpris de s'entendre interpeller par leurs prénoms par des gens qu'ils ne connaissent pas. Le lendemain, *La Liberté de l'Est* relate l'incident et s'émeut du « comportement d'une certaine presse », qui n'améliore pas notre image de marque.

Depuis la remise en liberté de Marie-Ange et Bernard Laroche, l'enquête semble stagner. Les gendarmes et le juge sont invisibles, nous laissant désœuvrés après trois jours de fièvre. Les Laroche, enfermés dans la maison des Bolle, ne se montrent pas. Le pool reprend ses promenades dans la vallée, à la recherche de Louisette Jacob, la tante un peu simplette, devenue l'un des alibis de Bernard Laroche. A Aumontzey, sa masure marque l'embranchement de deux chemins dont l'un grimpe jusqu'à la maison de son neveu. « La Louisette », selon la formule locale, a déjà chassé plus d'un reporter lorsque nous arrivons chez elle. Lasse d'être dérangée, elle brandit sa poêle à frire et nous disperse en tentant de nous assommer les uns après les autres. Nous esquivons sans mal les gestes de la pauvre femme avant de nous écrouler de rire dans la voiture. A quelques mètres de là, Jean-Charles Marchand de RMC, hilare, se remet de la même mésaventure. Cet épisode cocasse nous inspire, un peu plus tard, le générique du film que pourrait illustrer cette histoire riche en personnages, en lieux et en actions.

Voici la liste, non exhaustive :
Monique Villemin : Simone Signoret
Albert Villemin : Henri Virlojeux
Jacky Villemin : Philippe Léotard
Liliane Villemin : Miou-Miou
Michel Villemin : Eddy Mitchell
Jean-Marie Villemin : Alain Delon ou Gérard Depardieu
Christine Villemin : Nathalie Baye
Le capitaine Sesmat : Christian Marin
Le commandant Chaillant : Jean Bouise
Le procureur Lecomte : Guy Marchand
Bernard Laroche : Richard Bohringer
Marie-Ange Laroche : Annie Girardot
Bezzina : J.R.
Me Garaud : Jean Richard
Julia : Marie-Pierre Casey
La Louisette : Alice Sapritch

J'ai oublié qui a proposé Piéral pour le juge d'instruction. Le choix de cet acteur nain correspond curieusement au futur surnom du magistrat, bientôt appelé « le petit juge ».

9

Rupture familiale ... Rencontre avec Laroche ... Muriel dit : « Il est parti avec Grégory et il revenu tout seul » « Les gendarmes, c'est mes copains » ... Week-end de repos pour le juge et les journalistes.

A l'heure du thé, nous revenons chez Monique et Albert Villemin où règne une atmosphère très tendue. L'arrestation du couple Laroche a stupéfié tout le monde. Bernard est un parent au-dessus de tout soupçon, apprécié pour sa gentillesse. Il est même le plus assidu à suivre l'évolution de l'enquête, présent dès le 17 octobre au matin auprès des parents de Grégory. Sa femme a veillé l'enfant. Quarante-huit heures avant son arrestation, il buvait encore un verre à cette table autour de laquelle nous nous asseyons.

Après la messe et la visite au cimetière, Jean-Marie a commencé à questionner son frère Michel. Cette interpellation a ouvert des perspectives aux parents de Grégory. Si Laroche est le corbeau, impliqué dans le meurtre de leur fils, Michel est celui qui, volontairement ou non, le renseignait, les deux hommes se rencontrant deux ou trois fois par semaine. Face au trouble de son frère, Jean-Marie a annoncé son intention de remettre aux gendarmes une cassette contenant un appel silencieux, sur laquelle on entend la voix du petit Daniel, le fils de Michel, crier « maman, maman ». Monique, qui a reconnu la voix comme toute la famille, s'y est opposée vivement sous prétexte « qu'il y a déjà assez d'histoires comme ça ». Jean-Marie et Christine ont quand même porté la cassette à la gendarmerie. Michel a piqué une crise de nerfs, en menaçant d'aller tuer Bernard. Son état convulsif a nécessité l'appel du médecin. A leur retour, Monique, enfermée dans la salle de bains, a menacé de se suicider.

Nous assistons, confus, à la rupture de la famille en deux camps. D'un côté, ceux qui s'interrogent sur Bernard Laroche : Jean-Marie et Christine, Gilbert et sa femme, Jacqueline et son mari. De l'autre, ceux qui repoussent les questions : Michel et sa femme, Monique et Albert. L'unité familiale affichée depuis l'assassinat se fissure. Monique, affolée par la réaction surexcitée de Michel, se tourne vers les parents de Grégory et dit :

— Je crois que vous feriez mieux de partir...

Jean-Marie, blessé que sa mère privilégie son frère alors qu'il a tant besoin d'elle, fait mine d'entraîner Christine :

— Eh bien, puisque c'est comme ça, on s'en va!

Nous profitons de cet éclat pour nous éclipser avant eux. Dehors, nous croisons Bernard Laroche et sa femme qui se rendent chez Michel, en évitant ostensiblement la maison d'Albert et Monique. Nous abordons Laroche pour l'interviewer en compagnie d'une équipe d'Antenne 2. Il dément, impassible, les soupçons pesant sur lui :

— Je n'ai jamais écrit de lettres, je n'ai jamais donné de coup de téléphone. C'est pas moi qui ai tué le gosse. Je ne sais pas comment j'aurais fait d'ailleurs. Je savais que je n'avais rien à me reprocher, je suis resté calme.

L'homme semble indifférent à la gravité des événements. Son allure apathique est renforcée par de grosses moustaches tombantes et un regard un peu vide. Timide, gauche, il s'exprime d'une voix posée à l'accent vosgien.

— Que pensez-vous des experts qui vous accusent?

— Je pense qu'ils se trompent, de toute façon ça peut arriver à tout le monde de se tromper. J'ai un alibi, j'étais chez ma tante avec une de mes belles-sœurs.

Sa femme, agressive, l'incite à en finir mais je poursuis.

— Vous savez qu'ici, tout le monde vous a couvert d'éloges?

— Je sais et je remercie tous mes amis. Je sais que j'ai la conscience tranquille mais ils ont encore des soupçons sur moi. A cause de l'écriture. Je n'ai rien à me reprocher.

Alors qu'il prononce ces derniers mots, Christine et Jean-Marie, excédés, sortent de la maison familiale. Bizarrement, les deux couples n'échangent pas un regard. Après vingt-quatre heures de garde à vue, Bernard et Marie-Ange ne vont pas au-devant de leurs cousins pour épurer les choses. Cette réserve nous surprend. Mais Marie-Ange s'impatiente devant leur voiture. Laroche s'éloigne après nous avoir donné, à chacun, une poignée de main molle. C'est notre premier et dernier contact avec lui. Nous ne lui parlerons plus jamais.

Quelques heures plus tard, Jacqueline Villemin, inquiète, fait irruption chez Marie-Jo.

— Christine et Jean-Marie ont disparu!

Elle vient demander notre aide pour rechercher son frère et sa belle-sœur. Jacqueline et ses parents redoutent « qu'ils fassent une bêtise », compte tenu de l'état dans lequel ils ont quitté leur famille.

Nous abandonnons notre dîner pour sillonner avec elle Lépanges, Bruyères et Granges. En vain. La Renault 18 blanche du couple reste introuvable. Nous rassurons Jacqueline mais sans conviction. Dix-sept jours après le drame, le couple donne des signes d'épuisement. En fait, Jean-Marie et Christine se sont réfugiés chez une sœur de celle-ci, en Moselle. Ils ont besoin de longues promenades en forêt, au calme loin des journalistes et de l'enquête. Toutes proportions gardées, nous réagissons un peu comme eux. Ce long week-end de la Toussaint disperse notre petite communauté hors des Vosges. Enfin, trois jours de repos sans courses à l'information et sans téléphone.

Les gendarmes, eux, continuent leur enquête en toute discrétion. Le vendredi 2 à 9 h 30, après deux courtes auditions à son domicile, Muriel est conduite à la gendarmerie de Bruyères. Comme ses parents ne possèdent pas de voiture, ils acceptent qu'elle parte avec les gendarmes. Ceux-ci veulent examiner, au calme et en détail, ses contradictions avec son beau-frère. L'adolescente ne parle qu'avec réticence. Elle répond oui ou non et se montre peu loquace. Les quatre enquêteurs qui se relaient attendent un quart d'heure pour obtenir d'elle une phrase correcte. Elle ne lâche que des bribes de réponses. Ils prennent des notes, rédigent un brouillon et tapent ensuite sur le procès-verbal la phrase qu'ils lui ont relue. Ils l'interrogent sur les conditions de son retour à Aumontzey, le 16 octobre à 17 heures. Muriel répond en décrivant à nouveau le chauffeur habituel du car scolaire, remplacé ce jour-là par un autre. Elle poursuit en donnant un itinéraire rendu partiellement impossible en raison de travaux.

Après quelques minutes de silence, le gendarme Jean-François Lachaussée lui fait remarquer qu'elle ment, qu'elle n'a pas pris le car ce soir-là. Muriel ne dit rien. Elle se recroqueville sur son siège, serrant et desserrant ses poings pendant une vingtaine de minutes. Un gendarme demande :

— Qui est venu te chercher?

Muriel ne répond pas.

L'adjudant Lamirand renchérit :

— Tu as bien pris un moyen de locomotion, donne-nous des renseignements là-dessus.

— ... C'est Bernard qui est venu.

— Laroche?

— Oui, mon beau-frère [1].

Dès lors, Muriel va s'expliquer jusqu'à 13 h 30. Les gendarmes retranscrivent de manière littéraire, c'est-à-dire avec une syntaxe correcte, les déclarations de la jeune fille. Sur le procès-verbal, le vouvoiement remplace le tutoiement des auditions. En un peu plus d'une heure, Muriel donne une nouvelle version de son emploi du temps et de celui de Bernard Laroche, le soir du crime.

Le 16 octobre 1984 vers 17 heures, à la sortie des classes, Muriel se dirigeait vers son bus scolaire lorsqu'elle vit son beau-frère Bernard qui l'attendait sur le parking d'où il l'appela par son surnom, « Bouboule ». Elle fut surprise car c'était la première fois qu'il venait la chercher au lycée. Dans la voiture, se trouvait le petit Sébastien Laroche, assis à l'arrière. Muriel décrit ensuite le trajet jusqu'à Lépanges-sur-Vologne où, selon elle, ils se sont rendus rapidement. Dans ce village, Laroche s'est arrêté puis a disparu quelques instants, avant de revenir en tenant par la main un enfant d'environ quatre ans qui portait un bonnet. Après un deuxième arrêt très bref dans Lépanges, ils sont repartis vers une localité qu'elle identifia le lendemain dans le journal comme étant Docelles.

A cet endroit, Laroche est descendu avec le petit garçon puis quelques instants plus tard, est revenu seul. Sans échanger un mot d'explication, Laroche, Sébastien et elle sont ensuite rentrés à Aumontzey chez la tante Louisette d'où Bernard s'absenta pour aller acheter du vin [2].

1. Procès-verbal d'André Levasseur, le gendarme qui a tapé à la machine la déposition, 29 janvier 1985.
2. Procès-verbal de Muriel Bolle n° 1139/220.

Ce témoignage est capital. D'une part, il démonte l'alibi du cousin de Jean-Marie et d'autre part, il esquisse un scénario possible de l'enlèvement de Grégory. Il peut également recouper la déposition d'un menuisier voisin des Villemin qui, le 16 octobre vers 16 heures, a aperçu une voiture de couleur vert bouteille conduite par un homme seul. Il revit le même véhicule environ quarante-cinq minutes plus tard, roulant au pas et occupé par deux personnes dont une passagère à la place avant du véhicule [1].

Après ces déclarations, Muriel se repose pendant quarante minutes, puis répond à une autre question, puis déclare que l'enfant monté dans le véhicule de Laroche était bien celui qu'elle a vu le lendemain dans le journal [2].

Désormais placée en garde à vue, la jeune fille va se reposer pendant tout l'après-midi, jusqu'à 18 h 15, pendant que les gendarmes vérifient certains points de sa déclaration, notamment auprès de ses camarades de classe, passagères du bus scolaire.

Vers 17 heures, le capitaine Sesmat et le commandant Chaillan, alertés de l'importance de ce témoignage, se rendent à Bruyères. Surpris par l'énormité de cette accusation, le commandant Chaillan explique à Muriel que si elle menti, tout sera effacé et il ne lui en sera pas tenu rigueur. La jeune fille répète qu'elle a dit la vérité. Elle semble beaucoup plus détendue que le matin. L'officier, prêt à la conduire devant le juge d'instruction, appelle Jean-Michel Lambert. Mais le magistrat estime inutile de se déranger en cette fin d'après-midi. Il recommande de garder Muriel pour la nuit afin de vérifier si le lendemain, elle confirmera ses dires dont la portée paraît lui échapper.

Dans ces conditions, de 18 h 15 à 18 h 45, Muriel est à nouveau interrogée et poursuit son récit en fournissant une première indication essentielle : des travaux sur la place de Lépanges.

> — Lorsque Bernard a arrêté la voiture à un carrefour, dans les hauts de Lépanges-sur-Vologne, il est descendu seul. Il m'a dit : « Fais attention à Bibiche. » Il voulait parler de Sébastien, son fils, qui était à l'arrière de la voiture. (...) Une fois que Bernard a eu le petit Grégory et que nous sommes revenus vers Bruyères, il me semble si je me souviens bien qu'il y avait une route qui était barrée. Nous nous sommes

1. Procès-verbal de Gilbert Colin n° 1139/19.
2. Procès-verbal de Muriel Bolle n° 1139/220.

engagés dans cette rue et il me semble qu'il a laissé la voiture sur une place. Bernard est descendu seul et il n'avait rien dans les mains. (...) Il a dû s'absenter environ une minute, cela a été rapide. (...) Au cours du trajet, il me semble que le petit Grégory a parlé avec Sébastien. (...) Lorsque nous sommes arrivés à Docelles (...). Il a ouvert la porte arrière et a demandé au petit qu'il a appelé par son prénom, je veux dire son prénom « Grégory », puis ils sont partis. Je les ai regardés partir mais je ne peux pas vous dire où ils sont allés [1].

Sur ce, Muriel qui a déjà apposé sa signature par deux fois sur le procès-verbal va se retirer jusqu'au lendemain matin, 8 h 30. On réquisitionne pour elle le lit du planton de la brigade. Une femme gendarme est appelée d'Épinal afin que la surveillance nocturne ne l'intimide pas. On lui fournit un repas préparé par l'épouse d'un gradé et un poste de télévision. Dans une autre pièce, Lucien Bolle, entendu sur la personnalité de Muriel, est invité à la rencontrer. « Tu veux voir ta fille ? », lui propose l'adjudant Lamirand qui le connaît bien. Muriel rassure son père.

— Ça va bien. Je suis mieux qu'à la maison. Les gendarmes c'est mes copains [2].

Dès le lendemain matin, à 8 h 30, le colonel Tanguy, commandant le groupement de gendarmerie des Vosges, se rend, en personne, à la brigade de Bruyères. Pour la première fois depuis deux semaines, les pelouses devant la gendarmerie sont désertes. Muriel est entendue à nouveau. Le gendarme Burton qui l'interroge lui précise que si elle souhaite revenir sur ses déclarations, « on efface tout et on recommence ». Mais elle maintient ses affirmations. Elle évoque les deux croquis illustrant sa déposition. Le premier, de sa main, représente la sortie du collège et l'endroit où Bernard Laroche l'attendait dans son véhicule. Le second dessin, tracé par le gendarme Bardot, reproduit le centre de Lépanges grâce à des points de repère tels que la poste, l'église, un carrefour. Muriel se met à rire quand l'adjudant Lamirand lui fait remarquer que le plan de Lépanges ressemble à un serpent. Elle trace alors le parcours qu'elle dit avoir suivi dans le village jusque sur les hauteurs de Lépanges. L'adolescente précise encore d'autres détails qui s'avéreront authentiques : la grande côte pour monter jusque chez

1. Procès-verbal de Muriel Bolle n° 1139/220.
2. PV de confrontation de M. Bolle avec les gendarmes du 29 janvier 1985.

les Villemin et l'endroit d'où l'on ne voit que le toit de leur maison. Elle conclut ainsi sa déposition :

— (...) J'ai compris que c'était Laroche Bernard l'auteur du crime quand le lendemain, chez la tante Louisette, j'ai vu la photo de Grégory sur le journal. Je n'ai rien dit les jours qui ont suivi le drame car j'avais peur d'en parler. (...)
— Pourquoi avez-vous accepté de revenir sur votre déposition et raconter ce qui s'était passé le mardi 16 octobre 1984 ?
— J'ai réfléchi et j'ai pensé qu'il valait mieux dire la vérité car c'était une chose trop grave pour la cacher. Je suis soulagée d'avoir tout dit sur cette affaire. Je n'ai aucune précision à apporter sur la présente déclaration [1].

Muriel se repose à nouveau entre 9 heures et 9 h 30. Le capitaine Sesmat puis le commandant Chaillan lui demandent si elle mesure bien la portée de ses propos. Elle affirme en être parfaitement consciente. Ils décident alors de la soumettre à un examen médical au terme de ces vingt-quatre heures de présence dans les locaux de la gendarmerie. Mais, avant l'arrivée du médecin, le délai légal pour retenir Muriel va être dépassé. Les officiers sollicitent alors par téléphone une autorisation de prolongation de garde à vue auprès de Jean-Michel Lambert. Le magistrat trouve l'initiative « excellente [2] » et autorise verbalement le maintien de Muriel, en promettant de le régulariser par écrit dès la semaine suivante.

Le colonel Tanguy rejoint Muriel qui discute, très décontractée, avec deux gendarmes dans le couloir. L'officier lui demande si elle en veut à son beau-frère :

— Oh non, pas du tout, répond l'adolescente en ajoutant qu'il est même celui qu'elle préfère [3].

Il cherche ensuite à savoir si elle n'a pas été « tarabustée » par les sous-officiers. Muriel répond qu'il n'y a pas de problèmes.

A 10 heures, le docteur Georges Rousseau, son médecin de famille, l'examine et la trouve souriante, détendue. Il lui demande si les gendarmes l'ont brutalisée. Muriel le rassure, comme elle rassura son père, la veille :
— Oh, pas du tout. Les gendarmes, c'est mes copains.

1. Procès-verbal de Muriel Bolle n° 1139/220.
2. Procès-verbal de Jean-Michel Lambert. S.I., cote D 624.
3. Procès-verbal de confrontation de Muriel Bolle avec le colonel Tanguy du 29 janvier 1985.

Le médecin rédige un certificat attestant « n'avoir constaté aucune anomalie cliniquement perceptible dans son comportement physique et mental [1] ».

A 10 h 15, Muriel répond à la dernière question des enquêteurs :

— Êtes-vous prête à maintenir votre déposition devant le juge d'instruction ?
— Ma déclaration est la vérité. Je suis prête à témoigner devant le juge d'instruction [2].

Mais celui-ci, toujours par téléphone, reporte encore l'audition et ordonne que Muriel soit rendue à sa famille. Les officiers comprennent que son week-end est déjà occupé. Le juge Lambert ne travaille pas en dehors des heures de bureau. Les enquêteurs, qui s'épuisent entre seize et vingt heures par jour depuis deux semaines et demie, sont consternés.

Ils pensaient que le juge organiserait une confrontation immédiate avec Bernard Laroche, alors que Muriel peut se rétracter après un week-end avec Bernard et Marie-Ange. Mais les gendarmes obéissent et la reconduisent dans sa famille à Laveline-devant-Bruyères. Le capitaine Sesmat demande à Lucien Bolle de lire sa déposition, de la signer et de n'en parler à personne. Muriel et son père lui donnent leur parole. Le capitaine repart, sceptique.

Pendant ce temps, François Mattéi du *Journal du Dimanche* et François Caviglioli du *Nouvel Observateur* sont les rares journalistes à sillonner la vallée durant ce week-end de la Toussaint. Devant une ferme, ils aperçoivent une fourgonnette de gendarmerie. Après son départ, ils interrogent l'homme qui raccompagnait les enquêteurs. Celui-ci leur explique que sa fille, camarade de classe de Muriel Bolle, affirme n'avoir pas vu l'adolescente dans le bus scolaire, l'après-midi du crime. Les deux journalistes comprennent que l'alibi de Bernard Laroche est remis en cause. *Le Journal du Dimanche* du 4 novembre 1984 annonce sur cinq colonnes « L'alibi du suspect n° 1 contesté », mais ce scoop tombe à plat. Comme le juge, les reporters se reposent. Alertée par ma rédaction, je grogne du fond de mon lit que je m'en moque. Si Europe 1 veut vraiment traiter ce nouveau pseudo « coup de théâtre », qu'un autre journaliste le fasse depuis Paris. Cette affaire m'a déjà volé trop de jours et de nuits.

1. Certificat du docteur Rousseau, du 3 novembre 1984.
2. Procès-verbal de Muriel Bolle du 3 novembre 1984.

10

Muriel répète ses aveux devant le juge ... « Ma sœur n'a jamais menti » ... Arrestation western ... Les précipitations du juge ... « On m'a pas mis dans le coup »

Le lundi matin, le commandant Charles Chaillan appelle le greffier du juge Lambert. Mais ce dernier lui apprend que rien n'est prévu dans le dossier Grégory Villemin. Le programme du juge concerne d'autres affaires. Les officiers de la section de recherches de Nancy et de la compagnie d'Épinal sont décontenancés : le magistrat ne semble pas s'intéresser à l'enquête et n'est jamais là quand on a besoin de lui. Certes, il instruit seul cent quatre-vingts dossiers mais il traite celui-ci avec une singulière désinvolture. D'autorité, Charles Chaillan se rend chez les Bolle où, contrairement à ses craintes, l'accueil est cordial. Il n'est fait aucune allusion à la déposition de Muriel. Celle-ci arrive justement de la pharmacie. « Très calme et sans hésitation [1] », elle suit l'officier qui va la conduire auprès de Jean-Michel Lambert.

Le juge demande au commandant de quitter son bureau. Il lit la déposition de Muriel, puis l'invite à reprendre son récit noté par Marc Bertrand, le greffier.

— Le mardi 16 octobre 1984, lorsque je suis sortie du collège Jean-Lurçat de Bruyères à 17 heures (...) alors que je me diri-

1. Procès-verbal de Charles Chaillan, 14 septembre 1988. S.I. D 524.

geais vers les bus, le mari de Marie-Ange, Bernard Laroche m'a appelée. Il se trouvait devant son véhicule, une 305 gris souris garée devant les grilles du lycée. Mon neveu Sébastien, âgé de 4 ans, était assis sur la banquette arrière de la 305 qui a quatre portes. J'ai pris place sur le siège à côté du conducteur. Au lieu de prendre la route du Centre Leclerc, nous sommes passés devant la CIPA. Ensuite, nous sommes passés à Champ-le-Duc, Laval-sur-Vologne ou Beauménil, Lépanges-sur-Vologne. Arrivés à Lépanges, nous avons pris une route qui montait. Nous nous sommes arrêtés sur un petit chemin. Il me semble qu'il y avait deux maisons mais je ne m'en souviens pas trop. Bernard est sorti en me disant « Fais attention à Bibiche ». Bibiche est le surnom de Sébastien. Il s'est dirigé vers une maison dont je ne voyais juste que le toit. Ensuite, il est revenu en tenant un gamin par la main.
S.I. * — Je ne me rappelle plus comment était habillé ce gamin.
S.I. — Il avait vers les quatre ans.
S.I. — Je ne peux pas vous dire s'il était blond ou brun parce qu'il avait un bonnet.
S.I. — Le gamin était souriant. Bernard était gentil avec lui. Bernard a ouvert la portière arrière gauche. Le gamin s'est installé tout seul. Bernard a refermé la portière. Il s'est installé au volant. J'étais assise à côté de lui et nous sommes partis. Nous avons fait demi-tour pour reprendre la même route. Nous ne sommes donc pas passés devant la maison dont je ne voyais que le toit. Ensuite, nous sommes redescendus sur Docelles. Arrivés à Docelles, nous nous sommes arrêtés sur une place. (...)
S.I. — Je n'ai pas vu de rivière à proximité.
Bernard a pris le gosse en le tenant par la main. Bernard n'a pas été trop longtemps absent. Il est revenu seul. Il avait l'air normal. Ensuite, nous sommes repartis. Nous nous sommes arrêtés à Lépanges-sur-Vologne. (...). Bernard est redescendu de voiture. Je ne sais pas ce qu'il a fait car je l'ai perdu de vue. Sébastien était toujours à l'arrière de la voiture sur la banquette arrière. Je me suis occupée de lui, depuis mon siège, je le chatouillais. Ensuite, il est revenu et nous sommes repartis. Nous sommes allés chez la tante de mon beau-frère à Aumontzey, Louisette Jacob. Moi j'ai regardé la télé et lui est retourné à Bruyères pour chercher du vin chez Champion. Il

* Sur interpellation.

est resté absent une bonne demi-heure et quand il est revenu nous sommes allés avec la 3 CV blanche qui appartient à mon beau-frère Bernard Laroche chez celui-ci à Aumontzey, un peu plus haut que chez sa tante. Nous avons regardé la télévision et à 20 h 30, il est parti travailler.

— Qu'est-ce qui te permet de dire que ces faits se sont passés le mardi 16 octobre 1984?

— Parce que je revenais de l'école et que j'avais fait mes devoirs.

S.I. — Parce que sur les devoirs, on met les dates. Ce jour-là, j'avais des maths et du français.

S.I. — J'ai appris la mort de Grégory Villemin par le journal le mercredi matin. J'ai reconnu le garçon que Bernard avait pris la veille.

S.I. — Si je n'en ai pas parlé plus tôt, c'est parce que j'ai eu un peu peur de Bernard.

S.I. — Les gendarmes ont été gentils avec moi. Ils ne m'ont jamais dit qu'il fallait que je dise certains faits et pas d'autres. J'ai vraiment parlé librement.

S.I. — Je ne me souviens pas comment Bernard était habillé ce jour-là. Je n'ai pas vu de corde. Je ne sais pas si Bernard est allé au PMU. Il ne nous a pas dit qu'il avait gagné au tiercé.

— Sachant les conséquences de tes déclarations et sachant que si tu as menti et que tu le reconnais maintenant, ton mensonge n'aura aucune conséquence sur toi, maintiens-tu tes déclarations?

— Je les maintiens intégralement. J'ai dit toute la vérité [1].

Jean-Michel Lambert sort du bureau et confirme au commandant les révélations de Muriel. Il organise, dans la foulée, une reconstitution du trajet décrit par la jeune fille. Le juge et elle s'installent dans une voiture avec trois gendarmes. Curieusement, le greffier doit suivre à bord de son véhicule personnel. Le commandant Chaillan propose au magistrat de prendre des notes à sa place, mais Jean-Michel Lambert décline l'offre. Les propos tenus par Muriel pendant ce trajet ne figurent donc nulle part. De toute façon, la jeune fille n'est pas bavarde. Elle se contente d'acquiescer aux questions que, seul, le juge lui pose.

La reconstitution démarre du parking du collège où Muriel indique d'emblée la place de stationnement de son beau-frère. Puis, à la surprise générale, elle indique un itinéraire différent de

1. Procès-verbal de Muriel Bolle du 5 novembre 1984.

celui décrit dans ses procès-verbaux. Le juge la laisse faire et, de questions en indications, le groupe arrive à Lépanges, avec un arrêt en bas de chez les Villemin, puis Docelles. A cet endroit, la jeune fille paraît perdue. Face à ses hésitations, le magistrat l'entraîne à l'écart des gendarmes et lui demande si elle a bien dit la vérité, ce qu'elle confirme encore une fois.

Au même moment, dans la gendarmerie de Bruyères, Marie-Ange Laroche entame sa troisième garde à vue en deux semaines. Les gendarmes l'interrogent sur le comportement et le caractère de sa sœur Muriel.

Ils veulent savoir si la jeune fille est capable de mensonges ou d'affabulations. La réponse de Marie-Ange est précise :

> — Muriel est une brave fille, elle est gentille, elle possède toutes ses facultés mentales et si elle est en classe de CES *, c'est parce que l'école ne l'intéresse pas. (...) Il ne lui est jamais arrivé de raconter des histoires afin qu'elle puisse se mettre en valeur. A ma connaissance, elle n'a jamais menti (...) Bernard et Muriel s'entendent bien, il n'y a jamais eu d'altercation entre eux. (...). Il arrive à Bernard d'appeler Muriel par son surnom « Bouboule ». (...) ma sœur Muriel est une fille sensée qui ne raconte pas d'histoires. Lorsqu'elle raconte quelque chose, on peut lui faire confiance. Pour ma part, je lui faisais et lui fais confiance [1].

Les photographes qui suivent le juge depuis Épinal découvrent Muriel. Un petit front buté sous une longue chevelure rousse, des joues rebondies et les lèvres qui font la moue. Ce visage encore enfantin tranche avec son allure affranchie, en jean, baskets et blouson de cuir. Petite et solide, Muriel suit les gendarmes et le juge sans paraître intimidée. Plus nerveux qu'elle, Jean-Michel Lambert écorche le contour de ses ongles d'un geste machinal. Au retour, convaincu de sa franchise, il délivre aux gendarmes un mandat d'amener. Muriel rentre chez elle, suivie, en fin d'après-midi par Marie-Ange. Les reporters reviennent rapidement dans les Vosges. Dès la fin du week-end, nous sommes conscients de l'importance de la nouvelle diffusée par *Le Journal du Dimanche* et reprise dans tous les journaux du matin.

* En réalité, SES (section d'études spécialisées).

1. Procès-verbal de Marie-Ange Laroche du 5 novembre 1985, n° 1139/235.

A 13 h 15, le capitaine Sesmat et trois autres gradés se présentent à l'établissement Ancel-Set de Granges-sur-Vologne, l'usine de Bernard Laroche. Derrière eux, Antenne 2, RTL-Télé et FR 3 Nancy qui maraudaient près de la gendarmerie, à la recherche d'un événement. Les quatre gendarmes pénètrent dans un atelier, surprenant les ouvriers affairés. Sous leurs regards ébahis, ils entourent le métier à tisser sur lequel travaille Bernard Laroche en cotte bleue. Dans le vacarme des machines, ils l'empoignent et le conduisent à l'extérieur sans ménagement. On ne lui laisse pas le temps de se changer ni de laver ses mains pleines de cambouis. Il traverse ainsi la cour de l'usine, menotté et entraîné vers les grilles par un gendarme. Le capitaine Sesmat, le visage grave, ouvre la marche jusqu'aux portes de la filature. Sur le trottoir, le suspect et les quatre gendarmes affrontent la bataille des caméramen et des photographes qui veulent le premier regard du « suspect numéro un ». Des câbles de raccordement de caméras jonchent le sol, manquant de faire chuter les reporters qui s'y empêtrent en proférant des jurons. Sur la route, on rejoue le même scénario que cinq jours plus tôt. Sirènes hurlantes, populations ameutées et course poursuite avec les voitures de presse. Pour ne pas manquer une image, le caméraman de RTL-Télé s'assied sur le rebord de sa vitre baissée. La moitié du corps à l'air libre, tenant d'une main ferme sa caméra et de l'autre la portière de la voiture, il filme ainsi tout le voyage jusqu'à Épinal comme dans une série américaine.

Les gendarmes n'ont donc pas tiré les leçons de la garde à vue avortée du couple Laroche. Pourtant, leur attitude prudente et respectueuse vis-à-vis de Muriel était louable. Cette seconde arrestation pouvait se faire dans la discrétion au domicile de l'intéressé. Ont-ils cherché à humilier celui qu'ils voient comme un assassin d'enfant? A l'exhiber une fois de plus à grand renfort de sirènes, de précipitation, pour impressionner les Vosgiens et les journalistes? Jouent-ils leur va-tout, pressés par la rumeur qui insinue que le juge pourrait les dessaisir au profit du Service régional de police judiciaire de Nancy? Cette interpellation « western » ressemble à un défoulement collectif dénué de sang-froid.

Le palais de justice est devenu un hall de gare. L'édifice est envahi de journalistes dispersés dans le préau, l'entrée, l'escalier et le couloir du premier étage qui mène au cabinet de Jean-Michel Lambert. Alertés par nos reportages dans les journaux de 13 heures à propos de Muriel, tous les médias nationaux sont présents. Entassés les uns sur les autres, les journalistes s'écrasent contre les murs, les photographes brandissent leurs boîtiers pour les protéger des coups, les reporters radios repoussent leurs voisins pour dégager leurs magnétophones collés contre leur hanche. Je me fraye un passage jusqu'à la porte du cabinet du juge où Bezzina se trouve déjà.

Le greffier tente de traverser le couloir pour rejoindre le magistrat, mais la cohue l'en empêche. L'arrivée de Bernard Laroche tiré par les gendarmes provoque une vague de cris, de mouvements et d'affolement qui nous atteint en dernier. Dans le hall, un journaliste interpelle le futur prévenu :

— Vous avez quelque chose à déclarer?

— Je suis innocent... dit-il d'une voix atone.

L'homme, poussé, bousculé, grimpe l'escalier en trébuchant sous des regards hostiles. Les gendarmes fendent la foule pour lui ouvrir un passage jusqu'au bureau du juge. Nous manquons de le heurter avec nos micros. Je me penche vers lui :

— Vous avez quelque chose à déclarer?

— Rien du tout! me lance-t-il soudain agressif.

Des flashes crépitent, puis il disparaît pour être inculpé.

L'acte est rapide. Nous sommes le 5 novembre 1984 et Bernard Laroche, 29 ans, ouvrier contremaître dans une filature de Granges-sur-Vologne, est inculpé d'assassinat sur la personne de Grégory Villemin. En inculpant Bernard Laroche, Jean-Michel Lambert lui offre la possibilité de se défendre. Mais, après avoir fait traîner la procédure pendant cinq jours, il aurait pu prendre quelques heures supplémentaires pour évaluer les motifs de sa décision et procéder lui-même à quelques vérifications. Peut-être, alors, n'aurait-on pas connu les drames et les confusions à venir. Il pouvait, par exemple, confronter Muriel au chauffeur du car et à ses camarades qui assurent qu'elle n'est pas rentrée de l'école par le bus scolaire. Éclaircir l'itinéraire qu'elle et son beau-frère auraient suivi entre Bruyères et Lépanges-sur-Vologne. Soit par les petites routes comme elle l'a dit aux gendarmes, soit par la départementale comme lors de la reconstitution avec le magistrat. Lui faire préciser quand et où se situe, après le rapt, le second arrêt de Laroche dont elle donne deux versions. Il peut correspondre à l'envoi de la lettre ou à l'appel de revendication. S'assurer que Sébastien pouvait suivre son père dans ses déplacements cet après-midi-là. Rédiger l'autorisation de prolongation de garde à vue de Muriel. S'interroger sur cette démarche curieuse, pour un assassin en puissance, de s'encombrer d'un enfant et d'une adolescente. Il pourrait enfin étudier d'un œil critique cette déposition, assemblage de détails précis (le toit, les travaux, le bonnet de l'enfant, etc.) et de zones floues d'enchaînements trop rapides. Toutes choses en grande partie négligées et dont les conséquences seront irréversibles. Voici cinq jours que Bernard Laroche a été désigné par les experts en écriture puis placé en garde à vue, et trois jours que Muriel a révélé l'enlèvement de Grégory. Jean-Michel Lambert qui s'apprêtait à prononcer une inculpation avant même le témoignage de Muriel n'a rien fait pendant ce laps de temps. Maintenant, tout s'emballe.

Bernard Laroche prend acte de son inculpation. Il promet de s'expliquer plus tard et souhaite que cela se fasse rapidement. Il sera alors assisté d'un avocat. Les joues rouges, le cousin refait le parcours en sens inverse, toujours sous les flashes et les caméras. Il lance, essoufflé :

— Je suis innocent.

— Alors, pourquoi on vous a mis dans le coup? demande une voix anonyme.

— On m'a pas mis dans le coup, proteste-t-il dans un murmure.

Dehors, des habitants d'Épinal sont rassemblés sur les trottoirs. A la sortie de Laroche, ils crient et sifflent. On le pousse dans un véhicule sur lequel tentent de cogner certains badauds énervés. Les gendarmes le couchent sur la banquette pour le protéger. « Salaud... salaud » crie la foule. « A mort... »

Les deux voitures de gendarmerie quittent le quartier à vive allure pour conduire l'inculpé à la prison Charles III de Nancy. Prévenus par la radio, les détenus l'accueillent en criant de leurs cellules :

— A mort Laroche... A la Vologne.

Dans la hiérarchie des délits et des crimes du monde carcéral, l'assassinat d'enfant est le moins pardonnable. L'inculpé est placé au secret, seul, à l'abri des autres. A 20 heures, le directeur de la prison qui a pour mission de le surveiller constatera, au travers d'un œilleton, que Bernard Laroche dort déjà.

11

Les révélations de Jean-Michel Lambert ... De « l'info vivante » ... Les larmes de Michel ... En état de choc près de la voie ferrée

Debout dans le couloir de son cabinet, Jean-Michel Lambert est satisfait. Le juge a troqué ses lunettes à grosses montures d'écaille contre d'autres aux contours d'acier qui lui donnent un air plus mûr. Peut-être n'a-t-il pas apprécié d'être comparé à Bibi Fricotin par Jean-Claude Hauck du *Républicain lorrain* ? Il ajuste sa veste pied-de-poule et, après s'être un peu fait prier, répond de sa voix grave à nos questions. Nous voulons tout savoir. Caméras et micros tendus vers lui, il révèle que « l'inculpation repose sur un témoignage capital et une expertise ». Le magistrat tente de nous répondre tout en évitant les pièges du secret de l'instruction. Mais Bezzina qui connaît déjà l'essentiel de la déposition de Muriel le pousse dans ses retranchements. Jean-Michel Lambert hésite puis confirme les détails donnés par notre confrère. Il devient plus loquace lorsque Bezzina émet des doutes sur la fiabilité du témoignage d'une « gamine de quinze ans ».

> « Nous avons, aussi bien les gendarmes que moi-même, interrogé longuement Muriel qui, à chaque fois, a bien confirmé ce qu'elle avait dit. J'ai bien mis l'accent sur l'engagement qu'elle prenait et à chaque fois, elle a maintenu. »

L'interview se termine sur la présence de Sébastien à l'arrière de la voiture lors du rapt et le résultat imminent de l'expertise en écriture.

Sans entrer dans le détail du dossier, ces confirmations nous suffisent. D'autres confrères ont obtenu les mêmes certitudes du procureur de la République, lors d'une discussion sur le parking du palais. Nous croyons tous l'affaire élucidée. « Le monstre » qui a tué Grégory est tombé au terme de dix-huit jours de dissimulation. L'heure n'est pas au doute. Dans la précipitation, j'écris mes textes avant de les lire à l'antenne, la mâchoire crispée et les mains fébriles sans un égard pour l'inculpé ni pour sa présomption d'innocence à laquelle je ne songe pas un instant.

Je répète en griffonnant mes pages :

— Quelle ordure !

Je prononce sur Europe 1 ces phrases qu'il me sera difficile de relire plus tard sans un profond malaise.

> « ... comme si l'horreur suscitée par le crime ne suffisait pas à Laroche, il a pris ce jour-là deux témoins avec lui. Muriel, 15 ans, et son propre fils Sébastien. Deux enfants présents pratiquement de bout en bout lors de l'assassinat. Maintenant que la justice tient l'assassin, il lui reste à éclaircir le mobile...
> « Laroche a enlevé Grégory devant chez lui et l'a noyé dans la Vologne en le jetant pieds et poings liés. Les deux enfants attendaient sagement dans la voiture pendant que Laroche accomplissait son horrible forfait. C'est un cousin des Villemin. Une haine sourde l'opposait aux parents de Grégory...
> « C'est donc celui auquel la famille pensait le moins qui a tué Grégory en le jetant vivant et ligoté dans la Vologne. Grégory, noyé à quatre ans, comme un petit chat indésirable... »

Raccourcis, rumeurs, accusations sans preuves et mobile sans fondement. Tout y est. Je suis victime de mon immaturité, de la précipitation ambiante et du besoin de livrer de « l'info » vivante à tout prix. Toujours plus fort, toujours plus vite que les autres. Des amis, m'entendant à six cents kilomètres de là, me disent le soir même combien mes accusations les ont choqués. Aussi, dès le lendemain, je reviens à plus de réserve. Mais le souvenir de ces premières erreurs ne s'effacera pas.

A Aumontzey, les caméras tournent en pleine nuit devant le pavillon d'Albert et Monique, nimbé de lumière blanche. La famille, bouleversée, a entendu l'interview du juge Lambert à la radio et à la télévision. Seuls les hommes viennent nous parler sur le pas de la porte. Jean-Marie, blême, semble retenir toute sa douleur, toute sa haine. L'homme n'est qu'un bloc impénétrable. Il espère que le juge va conforter l'inculpation avec d'autres preuves. Il n'a qu'un regret, dit-il : « Ne pas avoir pris Laroche avant la justice ». Michel pleure, très agité. Il vient de perdre son ami, son confident. Les yeux exorbités et la voix rauque, il halète dans nos micros :

— Je le croyais pas... Je le pensais pas... Il avait acheté des fleurs pour mettre sur la tombe de Grégory... Maintenant, vu les aveux de sa belle-sœur, je suis pas tout seul à y croire... je demande la peine de mort...

Michel s'essouffle en criant :

— Depuis bébé, on a toujours été ensemble... On a joué ensemble... On a fait des conneries ensemble... On l'a jamais laissé... Je peux pas admettre ça...

Un râle ponctue ses phrases puis le silence retombe dans le jardin. Nous coupons nos micros et nous partons à reculons, impressionnés, sans un mot.

Liliane et Jacky nous reçoivent ensuite dans leur cuisine intégrée, impeccable comme le reste de la maison. La nuit et le froid nous empêchent de discuter sur le pas de la porte. Jacky, lui non plus, ne doute pas.

— J'ai entendu Laroche ce soir à la télé et là, j'ai dit : c'est lui, il y a pas de problèmes. Jusque-là, je doutais encore. Trois ans d'appels, de lettres de menaces, c'est insupportable à se cogner la tête au mur.

Le demi-frère des Villemin ne cache pas son soulagement de voir le corbeau démasqué, même s'il s'agit de son frère de lait. Liliane, la fille des Jacquel, respire de voir les soupçons s'éloigner de ses parents. C'est une jeune femme brune et maigre, à la voix douce, aux mains abîmées par des traces de graves brûlures. Intelligente, elle paraît anxieuse, toujours sur le qui-vive. Elle feuillette souvent une encyclopédie médicale où elle relève des maladies qu'elle s'attribue avec angoisse.

Cette nuit-là, à Laveline-devant-Bruyères, les proches voisins de la famille Bolle perçoivent les cris et les pleurs de Muriel, violemment secouée par sa sœur Marie-Ange.

L'adolescente s'enfuit puis est rattrapée en état de choc près de la voie ferrée. Après une longue discussion avec sa mère, elle va passer la nuit chez une autre de ses sœurs. A l'abri. Mme Bolle dira plus tard que sa fille voulait se suicider.

DEUXIÈME PARTIE

L'ENGRENAGE

1

Un « coupable » à la une ... Les larmes de Marie-Ange ... Le choix des avocats ... Benoît-Stanislas-Jésus-Marie-Ludovic Bartherotte ... Règlements de comptes politiques ... Muriel se rétracte ... Le dîner de Lucien Miard

Le rire de Grégory et le visage anxieux de Bernard Laroche se détachent en premières pages de la presse nationale et régionale, à l'exception de *L'Humanité.* Les articles déroulent le récit de Muriel. Certains journaux dissimulent son regard. D'autres dévoilent son nom, son visage, malgré son jeune âge. Reportages, chronologies, billets sentencieux s'accumulent pour commenter l'événement sur deux voire trois pages. *France-Soir* publie l'analyse d'un graphologue, anonyme mais présenté comme un expert près la Cour de cassation, qui s'est penché sur les lettres du corbeau : « Un homme soumis à des impulsions brutales qui rumine longtemps sa vengeance. » Là, une photo de Bernard Laroche, prise dans la bousculade du palais de justice, les yeux mi-clos, l'air sournois. Ailleurs, il a un regard exorbité, inquiétant. Sur une autre encore, on découvre son visage calme au moment de l'arrestation. *L'Est républicain* publie, accolées les unes aux autres, la photo de Grégory, le fac-similé du portrait-robot de l'homme vu à Lépanges et à Docelles et le visage de Laroche, si ressemblant. D'autres clichés le montrent aux obsèques de l'enfant, auxquelles sa femme et lui arrivèrent séparément. Depuis 5 h 30 du matin, toutes les radios diffusent la réaction de Jean-Marie Villemin et les sanglots de son frère Michel, en alternance avec nos récits de l'inculpation.

Le cousin est qualifié tour à tour de « pervers », « psychopathe », « schizophrène », « double », « trouble », etc. Les titres sont, pour la plupart, sans équivoque et rivalisent avec nos papiers radios. « Docteur Jekyll et Mister Laroche » *(Républicain lorrain)*. « L'assassin de Grégory trahi par sa belle-sœur » *(Est républicain)*. « Sa belle-sœur, qui se trouvait avec lui dans la voiture ayant emmené Grégory vers la mort, avait fourni un faux alibi » *(Liberté de l'Est)*. « Muriel savait depuis le premier jour que Bernard Laroche était l'assassin » *(Le Parisien libéré)*. « L'épilogue d'une vengeance atroce » *(Le Figaro)*. « Il a emmené Grégory et il est revenu tout seul » *(France-Soir)*. « Muriel a piégé Bernard Laroche » *(Le Matin de Paris)*. Le quotidien d'Épinal publie un poème intitulé « Grégory » dont l'auteur, une grand-mère, exprime le désarroi général dans la région.

Nous racontons la jalousie supposée de Bernard face à la réussite de Jean-Marie. Tout paraît les opposer. L'un est fin et beau, l'autre rustique et pataud. Grégory rayonnait de santé physique et mentale. Sébastien, moins joli, souffre d'un léger handicap. Christine est épanouie et coquette, Marie-Ange, peu gracieuse et mal habillée. L'entente du couple Villemin est notoire. Celle du couple Laroche paraît perturbée par leurs emplois du temps décalés, l'un de nuit, l'autre de jour. Les Villemin se sont rapprochés de la ville en faisant construire une belle maison sur une colline dégagée vers Épinal. Les Laroche sont restés en lisière de forêt dans un pavillon plus banal. Nous poussons la comparaison en attribuant à Sébastien et Grégory le même surnom, « Titi », ce qui est faux. Mais tout le reste est authentique. Nous construisons sur ces bases un scénario qui s'enchaîne, tant bien que mal, jusqu'à la mort de Grégory.

Notre pool pénètre, en marche arrière, dans la rue du Maroc de Laveline-devant-Bruyères, prêt à déguerpir à la moindre alerte. L'accueil des frères Bolle, le jour de la Toussaint, nous a rendus prudents. Les alentours de la grande maison jaune sont déserts. Les oies pataugent dans une boue collante. Des chiens tournent en rond autour d'elles. Marie-Ange, aux aguets, s'avance vers nous, plus avenante que lors de notre première rencontre. Elle a besoin de la presse, dit-elle, pour lancer un appel à destination du corbeau. Petite, serrée dans un pull-over blanc à grosses côtes, les cheveux tirés en queue de cheval, Marie-Ange se domine pour retenir ses larmes en parlant. Sa voix bourrue, marquée par l'accent vosgien, tremble d'émotion :

— Je veux que le véritable corbeau se dénonce, qu'il se manifeste, qu'on voie bien que Bernard n'a rien à voir avec tout cela. Il est innocent.

— Que pensez-vous du témoignage de Muriel?

— Je ne lui en veux pas. Je ne sais pas ce qui s'est passé.

Sa famille surgit derrière elle et opine sans réserve. Muriel, envoyée chez sa sœur Marie-Thérèse à Pallegney, est invisible. Marie-Ange assure qu'elle va se battre pour son mari. Moins de vingt-quatre heures après son arrestation, elle est déjà assurée du soutien de deux avocats, l'un d'Épinal, l'autre de Paris.

Comment choisit-on un avocat quand on est un couple d'ouvriers des Vosges, pris dans l'engrenage du système judiciaire? Les Villemin, avant même d'y avoir songé, se sont vu imposer Me Garaud. Le premier réflexe de Marie-Ange Laroche est d'appeler Me Gérard Welzer, dès la garde à vue de Muriel. Cet avocat a traité pour l'infirmière de sa mère un litige de propriété. Il fut aussi le conseil d'un des frères Bolle. Jeune avocat de vingt-neuf ans, Gérard Welzer accepte tout de suite de défendre l'assassin présumé de Grégory et se rend à 15 h 30 à la prison Charles III de Nancy pour s'entretenir avec lui. A ceux qui s'en étonnent, il explique que c'est là l'essence même de son métier. Homme de gauche et président de la Ligue des droits de l'homme des Vosges, il est plutôt spécialiste des affaires sociales qu'il traite dans son modeste cabinet installé en face du palais de justice. Mais cet avocat ambitieux flaire vite dans ce dossier pénal l'opportunité de donner toute sa mesure.

Le choix du second avocat, Paul Prompt, est plus original. Pour le comprendre, il faut revenir en arrière, dans le passé de l'usine qui emploie Bernard Laroche, les tissages et filatures Ancel de Granges-sur-Vologne. Cet établissement fut fondé en 1907 par Paul Ancel. En février 1981, la descendance de celui-ci s'étant éteinte, l'usine est mise en liquidation après soixante-quatorze ans de fonctionnement. Les ouvriers, stimulés par la victoire de la gauche aux élections présidentielles, décident d'occuper l'entreprise jusqu'à l'émergence d'une solution de redémarrage. Ils demandent l'aide des hommes politiques locaux, notamment de Christian Pierret, député socialiste de Saint-Dié dont dépend Granges-sur-Vologne. A cette époque, celui-ci préside avec Philippe Séguin, le député-maire RPR d'Épinal, une commission d'enquête parlementaire sur les problèmes de l'industrie textile. Christian Pierret, membre de la toute nouvelle majorité de gauche, a intérêt à se battre pour l'emploi dans sa circonscription. Il multiplie les contacts et rencontre ainsi Benoît Bartherotte, le président-directeur général du groupe de couture Jacques Esterel. Cet homme d'affaires de trente-huit ans accepte d'apporter son savoir-faire dans les Vosges et de reprendre l'usine avec une aide importante de fonds publics. A charge pour la manufacture de fournir les tissus au couturier Esterel qui installe sur place un atelier de confection, créant quelques emplois supplémentaires. Après plus d'un an d'occupation des locaux et de batailles syndicales, l'usine redémarre le 21 juin 1982, sous le nom d'Ancel-Esterel. Bernard Laroche fait partie des employés qui retrouvent leur ancien travail.

Benoît-Stanislas-Jésus-Marie-Ludovic Bartherotte se révèle vite être un patron pittoresque. Les ouvriers découvrent que ce fils d'une riche famille de Gascogne est un aventurier, proche de la CGT et du parti communiste. Il se pose en ardent défenseur de la cause ouvrière. Ses élans en faveur du peuple lui viennent d'un autre Gascon, son ami Jean-Baptiste Doumeng, le « milliardaire rouge » qui lui céda 50 % d'Esterel pour un franc symbolique. Benoît Bartherotte cultive à outrance le paradoxe de ses origines et de ses idées. Ainsi, on le voit, habillé de vêtements haute couture, manifester aux côtés de ses futurs ouvriers. Il prend ses repas avec eux à la cafétéria d'un hypermarché avant de regagner, en avion, son pied-à-terre parisien à l'hôtel George-V ou rue du Faubourg-Saint-Honoré. Cet homme à l'allure de play-boy possède une audace, un discours et un entregent qui éblouissent ses employés. A Granges, il devient vite un recours. Il apporte une note moderne et fantaisiste dans un monde où le patronat s'est transmis de générations en générations, plus conventionnelles les unes que les autres.

Mais ce séducteur baroque est aussi le père de sept enfants, pétri de principes chrétiens, qui a vu ses ascendants s'occuper de leurs fermiers, de leurs métayers, et financer la construction d'églises dans les villages. Lui qui a connu la richesse des terres et des habitants d'Aquitaine découvre dans les Vosges les méfaits, bien atténués par le temps, de l'industrialisation. Le vacarme des ateliers, les cités, les trois-huit, la lutte pour l'emploi. Il se prend d'une affection paternaliste pour les employés des tissages, et plus particulièrement les adhérents de la CGT. Il cultivera longtemps avec eux des relations amicales, allant du simple appel téléphonique à l'envoi régulier de cartes de vœux. Mais la route des ouvriers et de leur patron-copain se sépare deux ans plus tard, en juin 1984. Un conflit éclate entre Benoît Bartherotte et le député socialiste Christian Pierret.

Au cœur de la querelle, l'utilisation des fonds publics concédés par l'État aux tissages Ancel-Esterel. L'un et l'autre s'accusent d'avoir détourné cet argent et s'invectivent publiquement. Quoi qu'il en soit de ces accusations qui ne seront jamais éclaircies, le Trésor public bloque les subventions et Benoît Bartherotte, soutenu par la CGT, dépose le bilan de l'usine le 13 juin 1984. Les tissages Ancel sont repris quelques semaines plus tard par Jean-Michel Chauffour, un membre du conseil d'administration d'Esterel, tenté d'investir dans le textile. La nouvelle société, appelée Ancel-Set, est créée, le 16 octobre 1984, sans que les ouvriers aient eu à souffrir d'un nouvel arrêt de l'activité. Le successeur de Benoît Bartherotte renoue avec un comportement distant voire dédaigneux à l'égard des ouvriers auxquels, en fait, il s'intéresse peu. Bartherotte reste, malgré ses excès et sa différence, leur patron de cœur.

C'est tout naturellement vers lui que se tourne l'administrateur de l'usine, un ancien ouvrier, dès l'arrestation de Bernard Laroche. Bartherotte, révolté, organise immédiatement sa défense depuis Paris. Il connaît Laroche pour l'avoir rencontré lors des comités d'établissement et ne croit pas un instant que ce « brave type pas torturé » puisse être impliqué dans un crime. Le P-DG d'Esterel croit surtout deviner derrière cette arrestation d'un contremaître, de surcroît délégué de la CGT, un complot politique visant à déstabiliser la toute nouvelle société Ancel-Set et son personnel. A ses yeux, la manœuvre est évidente : Christian Pierret, avide de régler ses comptes avec Ancel et ses ouvriers, a désigné un coupable à son ami Charles Hernu, le ministre des Armées. Celui-ci l'a répercuté aux gendarmes qui sont allés chercher Bernard Laroche, transformé subitement en victime du conflit Pierret-Bartherotte. Tout s'entrechoque pour faire naître une évidence : la date de la mort de Grégory qui est aussi celle de la création d'Ancel-Set, la rapidité avec laquelle les gendarmes ont suspecté Bernard Laroche, l'arrestation dans l'usine, symbole même des luttes récentes entre la CGT et Christian Pierret, le « bras des socialistes » dans le département des Vosges. Ayant fait cette analyse sans rien connaître du dossier, Bartherotte décide d'envoyer à Épinal, aux frais de sa société, « un avocat d'ouvriers qui n'aura pas peur d'affronter les gendarmes et le gouvernement ». Maître Paul Prompt de Paris, avocat d'Esterel et de la CGT, spécialiste des conflits sociaux et marié à une Vosgienne, répond à ces critères. Prompt accepte et part bientôt pour Épinal, chargé d'une mission : sortir coûte que coûte Bernard Laroche de ce mauvais pas. Aussi extravagante soit-elle, cette vision des événements va peser sur le cours de l'instruction et enclencher l'un des premiers rouages de la mécanique folle de « l'affaire Grégory ».

Nouveau rebondissement. A 17 heures, le 6 novembre 1984, Muriel et sa mère Jeanine Bolle prennent place devant Jean-Michel Lambert. L'adolescente vient démentir les propos qu'elle tenait hier encore, assise dans le même fauteuil. Le greffier, Marc Bertrand, note ce qu'il entend comme une leçon apprise par cœur [1]. Le juge interroge Muriel en la vouvoyant, contrairement à la veille.

— Muriel Bolle, maintenez-vous vos déclarations faites devant nous hier matin, 5 novembre 1984 à 9 heures?
— Non, j'ai menti. Les gendarmes m'ont dit que mon beau-frère avait dit pareil que ce que j'avais dit.
— Qu'aviez-vous dit?
— La déposition que j'ai faite devant eux vendredi dernier. Ils m'ont montré sur une carte la route de Docelles à Lépanges et m'ont dit que si je ne disais pas cela au juge, je serais complice d'assassinat du petit Grégory. Les gendarmes m'ont dit que Bernard Laroche avait dit que c'était lui le corbeau et moi j'avais confiance aux gendarmes et j'ai dit pareil.

Jean-Michel Lambert lui fait remarquer que son retour à Aumontzey, le 16 octobre dans le car scolaire, reste sujet à caution. Le chauffeur qu'elle décrit n'était pas de service et trois de ses camarades de classe sont formelles sur son absence dans le bus ou son départ du collège dans une voiture vert kaki. Muriel se braque :

1. Procès-verbal de Muriel Bolle du 6 novembre 1984.

— Elles disent ce qu'elles ont vu. Moi, je sais que j'étais dans le car et c'est tout.

— Pour quelles raisons avez-vous déclaré devant moi, le 5 novembre, que les gendarmes ont été gentils avec vous, qu'ils ne vous ont jamais dicté vos déclarations et que vous aviez parlé librement ?

— Parce que j'avais peur des gendarmes.

— Pour quelles raisons auriez-vous eu peur d'eux ?

— Je n'avais jamais eu affaire à eux.

— Ma dernière question du 5 novembre vous mettait en garde contre les conséquences de vos déclarations avec cette précision qu'un mensonge de votre part n'en entraînerait aucune pour vous. Si vous aviez menti, est-ce que ce n'était pas le moment de le dire ?

— Je croyais les gendarmes à savoir que je risquais d'être complice [1].

Elle répétera pendant des années la même chose, arguant de sa peur des enquêteurs. Jean-Michel Lambert ne la croit pas et ne voit dans ces rétractations qu'un épiphénomène. Il garde secrète cette volte-face.

Lucien Miard est un personnage qui impose le respect et la distance. Sa longue carrière au *Figaro* lui permet de se déplacer en voiture avec chauffeur, accompagné d'une assistante. Petit homme, quinquagénaire, il tient son rôle de doyen en nous observant de dessous sa chapka ou une casquette assortie à son manteau de cachemire beige. Il établit volontiers de savants parallèles entre l'affaire Grégory et celle de Bruay-en-Artois qu'il a couverte comme Jean Ker. Il m'intimide par son expérience, sa réserve et son calme face à nos agitations stériles. Lucien Miard se réjouit. Il doit dîner avec Jean-Michel Lambert. Les deux hommes ont lié connaissance sous le porche de la basilique Saint-Maurice, près du tribunal. Très urbain, Lucien l'a invité, « pour parler du métier, du vôtre, du nôtre ». Le journaliste entend surtout parler du dossier, le moment venu. Flatté et gourmand, le juge a accepté. Miard a réservé une table au Mouton-Blanc d'Épinal où il est descendu, ainsi que d'autres journalistes préférant le confort d'un hôtel bourgeois à notre auberge forestière. Mais il ignore que Bezzina le fait surveiller par la réception. Pendant l'après-midi, la nouvelle se répand d'un dîner « organisé ce soir par le juge ». Quand Jean-

1. Procès-verbal de Muriel Bolle du 6 novembre 1984.

Michel Lambert arrive au restaurant, une quinzaine de journalistes l'attendent.

— Partez, vous êtes piégé, lui dit Miard, dépité.

Le juge choisit de rester. Ce dîner mal improvisé se déroule dans une ambiance gênée. Le juge Lambert n'a rien à dire et élude les questions sur son dossier. Il nous cache les rétractations de Muriel survenues quelques heures plus tôt. Au milieu du repas, Bezzina, assis à sa droite, lit à son intention un portrait flagorneur qui sera diffusé le lendemain sur RTL. Denis Robert guette ses propos avec un sourire carnassier. Déroutée, je ne prononce pas un mot de la soirée. Nous nous regardons les uns les autres, perplexes. Lambert, lui, fond de plaisir. Il mesure la chance de sa vie : dîner avec les représentants des plus grands médias écrits et audiovisuels français. Cette rencontre s'achève sur de lourdes plaisanteries liées au dossier. A la fin du repas, Bezzina se lève et demande que l'on mette l'addition sur la chambre de Lucien Miard. Celui-ci, flairant le mauvais coup, le suit et fait diviser la note tout en conservant la part du magistrat. Au moment de se séparer, quelqu'un lance :

— On remettra ça!

2

Scoop en direct ... Les certitudes du juge ... Menaces de récusation ... Des soutiens pour Bernard Laroche ... La foule imbécile ... « On a gagné Marie-Ange ! » ... Le ressort cassé

Il pleut sur notre dernière matinée dans la vallée. Avant de repartir pour Paris, Metz ou Strasbourg, le pool s'offre une ultime promenade de Bruyères à Granges. Près de la maison des Bolle qui ont volé l'actualité aux Villemin, des frères de Muriel nous invitent à revenir « vers 10 heures ». Nous avons le temps de prendre un café chez Julia avec qui nos rapports se sont aplanis. Le café La Renaissance est devenu notre lieu de rendez-vous favori où un juke-box serine le tube à la mode : « I just call to say, I love you » de Stevie Wonder. A l'heure dite, nous retrouvons Isabelle Baechler et son équipe d'Antenne 2 en train d'interviewer Muriel, debout sous la pluie. Nous comprenons alors que celle-ci se rétracte et revient sur ses aveux, pièce maîtresse du dossier. Poussée par sa famille devant les micros, l'adolescente fixe l'horizon en répétant, le regard brouillé par les larmes :

— Mon beau-frère il est innocent... c'était un piège et j'ai tombé dedans... A 5 heures, j'étais dans le car... J'avais peur des gendarmes... ils ont profité que j'étais toute seule.

Muriel redouble de larmes et de cris.

— Je ne connais pas le petit Grégory Villemin. Mon beau-frère, il est innocent. Les gendarmes m'ont dit que Bernard avait dit ça et que si je disais pas ça, ils me mettraient en maison de correction.

Nous annonçons ce revirement en direct dans le flash de 11 heures. Marie-Jo et ses voisines nous voient fondre sur leur téléphone pour répercuter la nouvelle simultanément sur France-Inter, RMC et Europe 1. Bezzina, déjà reparti pour Nancy, manque l'événement, tout comme TF 1 et FR 3. Cette affaire semble vouée aux médias. De la photo de Grégory dans la Vologne à l'arrestation de Laroche, des déclarations du juge à ces rétractations télévisées, la presse est omniprésente.

A Épinal, Jean-Michel Lambert commente ce revirement sans émotion :

— Cela ne m'étonne pas. Je m'y attendais. L'enquête continue. Nous avons d'autres éléments à côté qui permettent de tenir très peu de cas des déclarations de Muriel. Jusqu'à présent, rien ne permet d'affirmer qu'elle ait été menacée par les gendarmes. Elle a été entendue la journée du vendredi. Elle a eu toute la nuit pour se reposer. Le samedi matin, elle a été vue par un médecin qui l'a trouvée très détendue, très normale. Donc, elle avait tout le week-end pour se rétracter comme elle le souhaitait. Elle ne l'a pas fait. Elle a confirmé devant moi, lundi matin.
— Pensez-vous qu'elle ait subi des pressions de sa famille?
— Je le pense, oui. Pour moi, c'est évident [1].

Ces certitudes diffusées sur les radios et les télévisions rejoignent les premières déclarations du juge sur le rôle supposé de Bernard Laroche dans le crime. A la Chancellerie comme à la cour d'appel de Nancy, des magistrats commencent à s'émouvoir de cette instruction à ciel ouvert, d'autant qu'éclate une autre affaire sensible, celle de la mort suspecte d'une patiente dans une clinique de Poitiers. Notre retour au port est annulé. A Brouvelieures, nous reprenons avec plaisir possession de nos chambres d'hôtel en attendant une confrontation entre Bernard Laroche et Muriel, annoncée pour le surlendemain. Marie-Jo accorte, nous voit revenir dans son restaurant où reporters et photographes hilares se succèdent en clamant notre formule clé : « Coup de théâtre dans l'affaire Grégory! »

1. Bande magnétique.

Le Figaro tient son scoop. Lucien Miard et sa consœur Valérie Duponchelle ont fini par rencontrer Jean-Michel Lambert au calme dans son bureau. Leur longue discussion est reproduite sur 5 colonnes surmontées de ce titre : « Les certitudes du juge. » La veille, le quotidien annonçait que Bernard Laroche avait été trahi par une conversation avec Muriel, enregistrée sur table d'écoute. « Tu diras que le mardi 16 octobre, vers 17 heures, tu m'as vu à Aumontzey avec Sébastien. » Nous reprenons cette fausse information sans vérification. Le commandant Chaillan adresse un démenti officiel au juge d'instruction. Le procureur de la République, en droit de rétablir la vérité, ne dit rien. D'où vient ce mensonge? Sa source est incertaine. La direction de l'état-major à Paris? Une information des Bezzina, correspondants du *Figaro*? Une rumeur, un bruit, recueillis sur place et exploités sans précautions? Les avocats de Laroche et le juge accuseront la gendarmerie de manipulation de la presse, mais sans preuves.

« Les certitudes du juge » sont sans failles.

> — J'ai de nouveau entendu tous les témoins de cette séquence du drame. Le chauffeur du car qui remplaçait le chauffeur habituel ce jour-là, avec deux lycéennes de Bruyères qui affirment avoir vu Muriel dans la 305 vert-bronze de Bernard Laroche à la sortie du pays en direction de Lépanges, ses deux camarades de collège qui ont remarqué son absence dans l'autocar de ramassage scolaire, le mardi 16 octobre à 17 heures. J'ai placé ces témoins devant leurs responsabilités. Avez-vous ou non subi des pressions des gendarmes? Êtes-vous sûrs de ce que vous avancez? Toute équivoque a été levée [1].

Ces propos nous confortent dans notre sentiment que Muriel s'exprimait sous la contrainte lors de ses déclarations radiotélévisées.

Mes Welzer et Prompt se retrouvent à Épinal. Les deux hommes se connaissent pour avoir plaidé ensemble dans l'affaire de l'usine Montéfibre. Lors de leur premier contact officiel avec le juge Lambert, les avocats de Bernard Laroche pénètrent dans son cabinet avec un exemplaire du *Figaro* à la main. Avant d'entamer toute discussion sur le fond du dossier, les avocats établissent la liste des interventions du juge Lambert. Deux interviews télévisées en deux

1. *Le Figaro* du 8 novembre 1985.

jours, autant sur les radios et une autre détaillée sur le fond dans un grand quotidien parisien. Toutes au détriment de leur client, inculpé depuis trois jours seulement. Ses violations répétées du secret de l'instruction constituent une atteinte flagrante aux droits de la défense. Avec son style sans nuances, Me Prompt tempête contre Lambert, pris en faute comme un écolier. Me Welzer, un ami du magistrat, modère sa réprobation. Mais le lendemain, pour marquer le coup, il confirmera cet entretien dans un courrier annexé au dossier.

Les détails du juge sur la déposition de Muriel et son mépris public pour le démenti de l'adolescente justifieraient une plainte pour violation du secret de l'instruction ou une requête en suspicion légitime. L'une ou l'autre démarche peuvent conduire à un dessaisissement, ce qui serait un très mauvais départ dans la carrière du jeune magistrat. Les avocats lui font comprendre qu'ils disposent d'un arsenal suffisant pour nuire à son avenir professionnel. La dissuasion est en place. Les avocats agitent l'épée. Tout dépend désormais du magistrat et de sa conduite à venir.

A leur sortie du palais, lors d'une première conférence de presse menée par Paul Prompt, les avocats diffusent un long communiqué fustigeant l'attitude du juge. Comme le parquet n'a pas pris d'initiatives, ils démentent eux-mêmes l'existence d'une écoute téléphonique et indiquent que des témoins susceptibles de confirmer l'alibi de leur client n'ont pas été entendus. Lancés quelques heures après le désaveu de Muriel, ces éléments jettent le trouble à la veille de la confrontation entre la jeune fille et son beau-frère.

Le tribunal d'Épinal est constitué de deux bâtiments mitoyens. Le premier date du XVIIIe siècle, avec une façade en pierre surmontée d'un chapiteau. L'autre est en béton avec des fenêtres à armatures métalliques. Le mariage des styles n'est pas heureux. Les photographes et les caméramen sont postés devant tous les accès. Nous avons envahi le quartier par petits groupes, éparpillés entre la rue des Halles et la place Edmond-Henry, au pied de la basilique. L'arrivée de Bernard Laroche et de Muriel ne peut nous échapper. L'adolescente surgit d'une rue adjacente, encadrée par ses frères et emmenée par sa mère Jeanine. La petite fronce les sourcils, le visage fermé. Son apparition provoque une ruée immédiate. Muriel doit courir, poussée dans l'affolement par son entourage. Sa mère jette un gilet sur sa tête pour la soustraire aux photographes. Ce geste l'égare un peu plus. Dans les cris et la cohue, Mme Bolle s'évanouit à l'entrée du palais. Muriel, vêtue d'un blouson de jean, ses cheveux retenus en queue de cheval, s'engouffre dans le hall, étourdie par le bruit et le désordre des lieux. Elle disparaît dans une salle d'attente du premier étage où seul Bezzina aura l'audace de la rejoindre. Les autorités judiciaires n'ont pris que des dispositions restreintes dans l'enceinte du palais pour éviter une telle pagaille.

Bernard Laroche arrive ensuite, couché dans une voiture de gendarmerie. Sur les trottoirs, la foule retenue par les forces de l'ordre a grossi en quelques minutes. Des cris de haine montent du public. Les journalistes sont massés par dizaines au rez-de-chaussée du palais. Hagard, l'inculpé en blouson beige aperçoit sa femme qui tente de l'agripper pendant quelques secondes. Les gendarmes repoussent Marie-Ange vers nous et entraînent son mari menotté qui trébuche sans pouvoir suivre l'allure de ses gardes. Vêtue comme une veuve, elle sanglote dans les bras d'un journaliste : « Je veux le voir, je veux le voir. » Pris de pitié, nous nous relayons pour lui offrir une chaise, un café, un mouchoir, quelques mots de réconfort. Dehors, sa famille réfugiée au café du Grand Cerf exhibe une certificat de virginité de Muriel pour démentir la rumeur de relations intimes entre l'inculpé et sa belle-sœur. Ses frères retournent la suspicion vers les Villemin, un peu oubliés dans la tourmente de cette semaine. « Les Villemin cachent des choses à la gendarmerie. » Que cacheraient-ils? Ils n'en disent pas plus.

Dans une salle du premier étage, Muriel, entendue avec sa mère, revient à nouveau sur sa déposition.

> — J'ai eu peur des gendarmes parce qu'ils parlaient un peu fort. Ils élevaient la voix... Les gendarmes m'ont menacée de me mettre en maison de correction. C'est tout [1].

Bernard Laroche détaille à nouveau son emploi du temps du 16 octobre entre 16 heures et 21 heures, heure de son travail à l'usine. Il maintient la version déjà donnée aux gendarmes. Muriel n'intervient qu'une seule fois pour répéter que Bernard était déjà devant la télévision à son retour du collège. Son beau-frère affirme le contraire puis dit pouvoir se tromper. Les avocats font citer six témoins qui jalonnent son emploi du temps pendant les deux heures critiques. Jean-Pierre Zonca, l'ami qui devait acheter le vin avec Laroche, avait déclaré aux gendarmes que s'ils en avaient fait le projet, aucune date n'avait été arrêtée. Maintenant, la mémoire

1. Procès-verbal de Muriel Bolle du 9 novembre 1984.

lui est revenue et il confirme. Les deux vendeuses du supermarché Champion attestent que l'inculpé a bien acheté les cent cinquante bouteilles entre 17 h 30 et 18 h 15. Louisette et sa fille Chantal disent dans leur langage avoir dîné de raviolis ce soir-là sur les recommandations de Bernard. Enfin, Mme Julia explique que ce mardi vers 18 heures, alors que c'était son jour de fermeture, Laroche a insisté pour entrer et se faire payer un ticket gagnant du PMU. Julia, endimanchée dans son manteau gris, se rengorge en arrivant sous les caméras et les encouragements des journalistes redevenus ses clients. Il manque Michel Villemin à qui l'inculpé a rendu visite dans l'heure précédant la disparition de Grégory. Les deux hommes ont déclaré avoir feuilleté un catalogue de vente par correspondance. Mais Michel n'est pas cité à comparaître, pas plus que le chauffeur du car scolaire ni les camarades de classe de Muriel.

A l'extérieur, les badauds se relaient d'heure en heure pour approcher l'événement. Marie-Ange, assise dans le hall, est à l'abri de leurs regards hostiles. Dans une rue voisine, deux hommes patientent dans une Renault 5 Alpine. Jean-Marie Villemin et son frère Gilbert attendent l'inculpé. Le père de Grégory a posé à l'arrière, sur le plancher, sa carabine 22 long rifle rangée dans une boîte en carton. Jean-Marie porte des lunettes de soleil pour n'être pas reconnu. Un leurre illusoire, car sa présence n'échappe pas aux photographes qui alertent le capitaine Sesmat. Celui-ci va à leur devant et convainc les deux frères de s'éloigner, sans remarquer la boîte à l'arrière. Jean-Marie et Gilbert obéissent mais vont se poster à la sortie de la ville sur la route de Nancy. Finalement, Gilbert dissuade son frère et tous deux rentrent chez leurs parents à Aumontzey.

La confrontation est finie. Bernard Laroche et Muriel sont restés sur leurs positions initiales. L'inculpé réintègre le fourgon de gendarmerie qui va le reconduire à la prison de Nancy. Nous l'apercevons un instant, l'air égaré. Muriel quitte les lieux en se dissimulant derrière sa famille, poursuivie par les reporters. Dans la course, un gendarme attrape Philippe Jéchoux par le col et déchire d'un coup son manteau. Marie-Ange veut se rendre chez son avocat, mais la foule l'empêche de traverser la rue. Une ambiance de lynchage secoue le quartier plongé dans une semi-obscurité. La femme de l'inculpé parvient au bord d'un trottoir pour tenter de voir son mari dans le fourgon cellulaire. Chancelante, elle sanglote son surnom : « Mimi, Mimi. » Jacques Expert et moi la retenons chacun par un bras pour éviter qu'elle se jette sous le véhicule. Il file à grande vitesse devant nous, sirène hurlante, sans que Marie-Ange puisse voir Bernard. Son frère Lucien se précipite sur elle en criant :

— On a gagné Marie-Ange, on a gagné, viens chez ton avocat, on a gagné.

Maître Welzer lui confirme que la confrontation s'est bien passée. Lui et son confrère viennent de déposer une demande de mise en liberté.

Malgré le départ de Bernard Laroche, les curieux s'attardent devant le palais de justice et sous les fenêtres de l'avocat. Des hommes et des femmes profèrent des paroles de vengeance. D'autres brandissent des enfants. Un passant monte sur une fourgonnette de gendarmerie, le geste menaçant. Certains réclament la mort pour l'inculpé. Marie-Ange, tremblante d'émotion et de peur, guette un moment d'accalmie pour rejoindre sa famille. Regroupés dans l'entrée de l'immeuble de son avocat, nous attendons avec elle le moment propice pour sortir. Mais les clameurs ne cessent pas et Marie-Ange veut partir d'ici. Darcourt, Expert, Marchand et moi décidons de l'escorter jusqu'à sa voiture. Elle quitte le couloir, dissimulée entre nous quatre et protégée par nos Nagra, des magnétophones encombrants d'une dizaine de kilos. Nous remontons la rue dans l'obscurité en frôlant les gens massés de part et d'autre. Cette foule hystérique me fait peur. Il suffirait d'un rien pour que quelqu'un identifie cette jeune femme tassée sur elle-même. Mais personne ne voit Marie-Ange et nous arrivons sur la place sans dommages. Face à cette femme terrorisée, je prends conscience que depuis vingt-cinq jours, nos reportages ont été le détonateur de ces cris de haine, de ces vociférations qui résonnent d'un immeuble à l'autre.

Bernard Laroche conspué, haï. Bernard Laroche condamné, à cause des gendarmes, à cause du juge et à cause de nous, porte-voix dociles. Les soupçons, les accusations, les leurs mêlés aux nôtres, ont ameuté cette foule imbécile qui confond justice et vengeance. La photo du corps de Grégory flottant dans la rivière nous hante. Certes, nous avions souhaité la découverte de son assassin quel qu'il soit. Mais nous n'avions pas imaginé le lynchage moral ou physique de Bernard Laroche et de sa famille. Avant-hier, j'ai fêté mon entrée définitive à Europe 1 au terme d'une année probatoire. J'étais vraiment heureuse. Ce soir, déjà, un premier ressort invisible s'est cassé.

3

« Une manœuvre de la partie civile » ... Les signes du complot ... Le spectre de la peine de mort ... Garaud prône l'apaisement ... « Un éventuel retour à une période style 39-45 »

Dans la rue des Halles, les projecteurs de télévision se braquent sur deux hommes adossés à une porte. Paul Prompt et Gérard Welzer dénoncent publiquement la vacuité, selon eux, du dossier Grégory Villemin.

— On s'entête contre Bernard Laroche, affirme Me Prompt.

Trois semaines après l'assassinat, le rapport d'autopsie n'est pas encore rédigé, on ne connaît donc pas l'heure du décès de l'enfant. La seule expertise en écriture présente dans le dossier est celle du colonel Argoud qui désigna le premier suspect, Roger Jacquel. Il est vrai qu'il n'eut que son écriture à examiner. Celles de Mmes Jacquin-Keller et Berrichon-Seyden ne sont pas encore rédigées et leur dépôt ne se fera que dans quelques semaines. Mme Jacquin-Keller a écrit au magistrat pour se plaindre d'être harcelée par lui, par les gendarmes et les journalistes qui tous veulent connaître ses conclusions. La sérénité de la justice est malmenée dans ce dossier.

— Ce sont des faits d'une gravité exceptionnelle, poursuit l'avocat parisien qui domine l'interview. Les avocats vont désormais mettre au jour toutes les faiblesses et les carences de l'instruction puis les retourner contre le juge Lambert et le neutraliser.

Une clameur de stupéfaction accueille l'annonce de la demande de mise en liberté de l'inculpé. Les avocats affirment que son alibi est confirmé par Muriel, sa tante et sa cousine. Les curieux s'agglutinent autour de nous pour poser des questions saugrenues. Tout a changé en l'espace de six heures. Me Paul Prompt, couvert d'un chapeau de pluie écossais, dépasse sans mal Me Welzer de la taille et de la voix. Il ajoute sans détours que tout ce désordre est dû à « une manœuvre de la partie civile ». Les avocats suspendent leurs déclarations sur cette mise en cause sibylline dont le sens nous échappe. Très tard dans la soirée, après l'envoi de nos reportages, nous envahissons le restaurant La Tarentelle, notre futur quartier général spinalien. Nous tentons de faire le point dans l'incertitude. Pourquoi cette attaque à l'encontre de la « partie civile » ?

La partie civile est, pour nous, un couple qui se recueille chaque jour, main dans la main, sur la tombe de son fils assassiné. Un jeune homme à vif, retenu de colère, et une jeune femme assommée de chagrin. Mais Paul Prompt voit au-delà des parents de Grégory. Il vise son adversaire naturel, l'avocat Henri-René Garaud. La rencontre entre Me Prompt, proche du parti communiste, avocat de la CGT, et Me Garaud, cofondateur du mouvement Légitime Défense et sympathisant du Front national, s'annonce comme un choc frontal. Les deux avocats se sont opposés deux ans plus tôt au procès d'un étudiant accusé de faux témoignage par un policier. L'étudiant était un neveu de Me Prompt. Le policier assisté de Me Garaud, un nommé Kaiser, avait gagné le procès.

Pour Me Prompt, tout est politique. Les incertitudes du dossier ne relèvent pas de l'incompétence des uns ou des autres ni de la complexité du crime. Elles sont la marque d'une main invisible. L'avocat va plus loin que son commanditaire Benoît Bartherotte et rassemble les signes du complot. La collaboration éclair du colonel Argoud, ancien officier de l'OAS désignant comme corbeau Jacquel membre du parti communiste, et la présence de Me Garaud dans ce dossier sont l'amorce évidente à ses yeux d'une campagne pour le rétablissement de la peine de mort.

Garaud ayant dit devant quelques journalistes « il y a des avocats qui défendent les assassins d'enfant, moi je défends la veuve et l'orphelin, à chacun sa cause », Prompt voit se profiler une campagne contre Robert Badinter, avocat, ministre de la Justice et artisan de l'abolition de la peine de mort. C'est lui qui sauva la tête de Patrick Henry, jugé à Troyes en 1977 pour l'assassinat du petit Philippe Bertrand. Tous ces éléments ne sont pourtant que le fruit d'un concours de circonstances exceptionnelles, mais le défenseur de Bernard Laroche se refuse à le croire.

Depuis quelques semaines, la France est bouleversée par l'assassinat de Grégory mais aussi par l'affaire de Poitiers et les meurtres répétés de vieilles dames dans le XVIIIe arrondissement de Paris. A l'Assemblée nationale, certains députés profitent de cette série de crimes pour relancer le débat. En vain. Un avocat de Marseille, Bernard Manovelli, militant pour le retour de la peine de mort, envoie des pétitions dans les villages de la vallée de la Vologne. Un millier d'entre elles lui seront retournées, signées. Des lettres anonymes arrivent de toutes parts chez le juge Lambert, chez les Bolle, ou encore chez Jacky. Des insultes, des menaces de mort nourries par une atmosphère délétère. Des habitants menaçent de s'en prendre à Bernard Laroche si celui-ci est libéré. L'Église, discrète depuis le drame, estime qu'il est temps de s'émouvoir par la voix du vicaire de Saint-Dié et des prêtres de Lépanges et Bruyères.

> « Dans nos villages, le climat est devenu tellement trouble et passionnel ! Quand donc cesseront les jugements hâtifs, les paroles incontrôlées qui font mal, les soupçons qui sapent la confiance, détruisent les personnes et risquent pour longtemps d'empoisonner les relations entre nous ? »

Timide réaction qui arrive trop tard. Le clergé tentera encore quelques fois d'endiguer la calomnie et le dénigrement, mais sans succès. Puis il se taira, même dans les phases les plus aiguës du drame.

Jean-Marie Le Pen entre en scène. Lors d'un meeting, prévu de longue date, à Épinal, il éructe derrière son micro : « Celui qui n'éprouve pas l'envie de détruire qui a tué, violé, celui-là n'a rien dans le ventre. » Nous assistons à cette réunion, redoutant d'éventuels incidents dans une ville chauffée à blanc. Mais 600 personnes seulement écoutent, amorphes, le leader du Front national au côté duquel on reconnaît le colonel Argoud. « La nostalgie de la guillotine [1] », titre *Le Figaro* dans un article qui recense tous ces remous populaires.

Les Villemin, parents et enfants, ne cachent pas qu'ils souhaitent la mort de l'assassin de Grégory. Jean Ker a même utilisé cet argument pour décrocher une nouvelle photo exclusive. Auteur d'un

1. *Le Figaro* du 14 novembre 1984.

livre sur les bourreaux, le photographe de *Paris Match* leur a suggéré de rédiger une pétition à destination de Robert Badinter, le ministre de la Justice. La famille a posé autour de Jean-Marie, un papier et un crayon en main. Mais la feuille était vierge et le restera. Ker parti avec son cliché, les Villemin tourmentés par leurs déchirures abandonnent le projet. Ils ne signeront même pas celle de Me Manovelli. Dans cette ambiance belliqueuse, le père de Grégory nourrit une idée plus radicale : venger son enfant comme il le lui a juré le soir de sa mort. Cette obsession le dévore et enfle au fur et à mesure qu'on lui désigne sans précautions l'assassin de son fils. Le lendemain de la confrontation, il se rend chez un armurier de Saint-Dié en compagnie de sa femme, sa sœur et son beau-frère, pour acheter un autre fusil.

L'apaisement vient de celui que l'on n'attendait pas dans le rôle du modérateur, Me Garaud lui-même. Après les incidents survenus devant le palais de justice, l'avocat précise sa pensée sur ces relents de peine de mort dans une interview à Lionel Raux de *L'Est républicain.*

> « ... Tout le monde sait que j'étais un adversaire résolu de la peine de mort mais celle-ci a été votée de façon tout à fait régulière au Parlement. Je demeure un partisan de son rétablissement mais nous vivons dans un pays où règne depuis des siècles le principe de la non-rétroactivité des lois, ce qui signifie en clair que même si le châtiment suprême était rétabli, il ne serait en aucun cas applicable à l'assassin de Grégory. Même si sa culpabilité venait à être démontrée de façon évidente [1]. »

Me Garaud clôt en deux phrases la polémique malsaine latente depuis l'assassinat de Grégory. Sa mort ne servira pas les tenants de la peine capitale. L'avocat, capable d'excès par ailleurs, répugne à s'attaquer aux institutions. Il tiendra parole en n'avançant aucun argument politique dans ce dossier, tant face à ses clients, peu au fait de la question, que face aux journalistes. Avant le drame, Jean-Marie et Christine Villemin ne s'intéressaient pas à la politique. Me Garaud et ses thèses leur étaient parfaitement inconnus. Comme beaucoup de jeunes ouvriers, Jean-Marie avait adhéré à la CGT en 1975. Depuis, il a renoncé à tout

1. *L'Est républicain* du 11 novembre 1984.

engagement syndical. Ses parents, eux, sont militants du parti socialiste.

Mais Paul Prompt ne cherche pas à aller au-delà de son instinct. Garaud est son ennemi idéologique, les Villemin vont le devenir également, malgré eux. Le combat contre la droite est pour cet homme de cinquante-huit ans, une clé de son existence. Résistant, arrêté en avril 1944 sur la place Bellecour à Lyon, blessé, torturé, l'avocat porte en lui une plaie jamais refermée. Quarante ans plus tard, il conserve dans une petite poche de sa serviette de cuir une dizaine de documents jaunis attestant de ses faits de résistance. Des lettres, des cartes, des reliques conservées sur lui comme autant de témoignages de ses souffrances. Pour Me Prompt, la vie semble s'être arrêtée le 14 avril 1944. Sa vision du monde n'a pas évolué. Il est obnubilé par sa lutte contre tout ce qu'il assimile au fascisme, hommes ou idées. Maître Henri-René Garaud est de ceux-là. Et l'affaire Grégory, par une curieuse conjonction du sort, se transforme pour lui en un nouvel épisode de son combat contre la droite sécuritaire et l'extrême droite.

Ces débordements qui nous entraînent loin de l'assassinat du petit garçon surviennent dans un climat troublé pour la gauche. Pour la première fois, au mois de juin, le Front national et le parti communiste ont réalisé un score identique aux élections européennes avec 11 % d'électeurs chacun. Le parti s'effondre et, en juillet, les communistes quittent le gouvernement transmis par Pierre Mauroy à Laurent Fabius.

Dans ce contexte, l'instruction sur la mort de Grégory devient un enjeu occulte pour les deux avocats de Bernard Laroche, car Gérard Welzer, moins excessif que son confrère, n'apprécie pas non plus la présence de Me Garaud dans cette procédure. Lui qui se dit « abolitionniste par-dessus tout » et avoue « une trouille monumentale d'un éventuel retour à une période style 39-45 » n'entend pas laisser le champ libre à son adversaire idéologique. Il va se saisir de l'affaire Grégory pour asseoir sa future carrière politique. Welzer incarne cette jeune gauche de la génération du pouvoir, ambitieuse et dans le vent. Petit, le cheveu blond frisé, il roule dans une Porsche d'occasion et nourrit de grandes ambitions personnelles. Il va vite comprendre le fonctionnement des médias et l'utiliser à son profit et celui de son client.

Garaud, Bartherotte, Prompt, Welzer, le hasard réunit dans cette enquête tous ces personnages aux sensibilités opposées. Au fil des mois, ils vont habiter « l'affaire Grégory » de leur passé, de leurs ambitions, de leurs obsessions et parfois de leurs manœuvres. Sans le comprendre, nous allons leur offrir une tribune ou un tremplin. Et leurs clients, les Laroche ou les Villemin, compteront peu mais serviront de boucliers derrière lesquels ils se retrancheront pour se battre.

4

Le ton change ... Chronométrages imparfaits ... Premier déjeuner avec Garaud ... L'inculpé reste en détention ... « L'adjudant Durand » ... Un rapport sur la presse ... Les insuffisances de l'instruction ... « Si vous m'amenez un meilleur coupable, je le relâche »

Au lendemain de la confrontation entre Muriel et son beau-frère, les journalistes sont dans l'expectative. L'ambiance de lynchage devant le palais de justice a choqué les reporters. Troublés ou influencés par les avocats de l'inculpé, ils ont gommé les accusations formelles et les adjectifs accablants. « La confrontation a tourné à l'avantage de l'inculpé » *(France-Soir)*. « Trois éléments pourraient innocenter Bernard Laroche » *(L'Est républicain)*. Les deux versions de Muriel, ses rétractations, les dénégations de Laroche, les certitudes du juge et des experts, les incohérences du scénario, les croisements d'horaires et de témoins égarent la presse dans un labyrinthe policier. Tiraillés entre tous ces éléments, nos reportages sont contradictoires. La conviction des avocats a brouillé notre vision du dossier. Mais quarante-huit heures plus tard, comme par un effet de boomerang, les doutes reviennent sur Laroche et surtout sur Muriel dont la volte-face n'a, en fait, convaincu personne. Certains articles qualifient les éclats des avocats de « coup de bluff » et « d'effets de manche », mais la polémique en reste là.

Jean-Michel Lambert dispose de cinq jours pour se prononcer sur la remise en liberté de Bernard Laroche. En attendant, les journalistes toujours présents dans les Vosges procèdent à une série de chronométrages sur la départementale 44 entre Bruyères et Docelles, avec un détour par la maison des Villemin à Lépanges. Nos voitures reconnaissables à leurs sigles se croisent sans cesse à des allures différentes sur cette route qui serpente le long de la Vologne. La rivière est masquée çà et là par un talus ou une grande ferme vosgienne au porche arrondi. A l'entrée de Docelles, elle s'élargit et coule à fleur de terre à quelques mètres de la chaussée.

Nous tentons de vérifier les affirmations de Muriel et la possibilité pour Bernard Laroche d'accomplir l'enlèvement et le crime dans un laps de temps très court.

A 17 heures environ, Grégory est autorisé par sa mère à jouer dehors pour quelques minutes. A 17 h 27, Michel Villemin reçoit l'appel téléphonique du corbeau revendiquant l'enlèvement et le crime. Michel regardait un feuilleton à la télévision et a donné un repère précis lors de sa rediffusion en présence des gendarmes. Le corbeau a disposé au maximum d'une demi-heure pour enlever et le conduire six kilomètres plus loin à Docelles. Est-il mort à cette heure-là? La question mérite d'être posée, sachant que son corps ne fut retrouvé, en plein village, qu'à 21 h 15. Faute d'éléments plus fiables, nos chronométrages ne sont pas très probants.

Notre équipe recueille de nouveaux témoignages, relève des horaires et note ses impressions. Les voisins des Villemin détaillent avec plus ou moins de réticence leurs faits et gestes du 16 octobre à partir de 17 heures. Lorsqu'ils évoquent leurs activités de cet après-midi-là, ils disent: « Il était cinq heures un quart, cinq heures vingt, quelque chose comme ça... » Les habitants de la campagne ne vivent pas l'œil rivé sur une montre à affichage digital. Un an plus tard, la future accusation leur prêtera pourtant des horaires d'une extrême précision, à la seconde près, qui nous laisseront incrédules.

La déposition de Muriel nous obsède mais l'adolescente est inaccessible. Nous inventons un certain « adjudant Durand de la section de recherche de Nancy » pour pouvoir lui parler au téléphone. Méfiants, ses parents refusent tout contact avec elle. L'appât ne fonctionne pas et les gendarmes, perplexes, découvriront dans les écoutes la trace de cet « adjudant Durand » imaginaire. Jean-Charles Marchand de RMC s'amuse dans ses reportages à appeler Me Paul Prompt « Paul Tron ». L'avocat l'ignore, puisque l'audience de RMC est surtout méridionale. Ce sont de petits riens sans conséquence qui nous amusent. Notre pool est de plus en plus solidaire et s'échange sans problèmes les informations et les interviews. On ne traite rien sans en référer aux autres. Nos liens, d'abord professionnels, évoluent en une amitié discrète. Chez Marie-Jo ou au bar de l'hôtel, chacun dévoile un peu sa personnalité. Nous sommes saturés de cette enquête, qui occupe toutes nos conversations et nos pensées depuis un mois. Éric Darcourt raconte avec pudeur et humour ses dix-sept années d'adhésion au parti communiste, la déchirure de sa démission récente, son engagement brisé. Entre deux rires, il nous laisse entrevoir sa blessure et sauve les apparences le temps d'une respiration en tirant sur sa pipe. La tête appuyée contre le mur de crépi blanc du restaurant, je l'écoute en découvrant quelque chose de rare : un profond chagrin d'idéal.

Maire-Jo virevolte autour de ses convives, fatiguée par leurs exigences, mais heureuse. Elle croit son existence valorisée par la présence de ces Parisiens dépensiers dont elle reconnaît les voix, les visages et les signatures à la radio, à la télévision ou dans les journaux nationaux. Certains soirs, nous quittons la vallée pour grimper dans la forêt sur les hauteurs de Gérardmer, vers la station de ski de La Bresse, dans un décor de vacances. Loin de la vallée, les journalistes évoquent volontiers leur propre vie. Beaucoup de reporters sont de jeunes pères qui répugnent à expliquer à leurs enfants les raisons de leur long séjour dans les Vosges. Tous ont inventé des prétextes plutôt que de dire la vérité. On n'aura jamais vu autant d'accidents de camions dans la région que depuis un mois!

Lors de sa deuxième visite à Épinal, nous sommes une douzaine de journalistes à entourer Me Henri-René Garaud dans le restaurant du Mouton-Blanc. L'avocat piétine, un peu embarrassé, puis se décide à proposer un repas en commun. En retrait derrière mes confrères, je me parle à moi-même : « Tu ne vas quand même pas t'asseoir à la table de Garaud! » Je suis hostile aux idées et aux engagements de l'avocat. En 1981, j'ai voté pour François Mitterrand dans le seul espoir de voir la peine de mort abolie. Aujourd'hui, par intérêt, je m'apprête à déjeuner avec l'un des partisans les plus farouches de la peine capitale. Mon hésitation est d'autant plus grande que les circonstances de son entrée dans le dossier sont désormais connues. Lorsque Jean-Louis Calderon a appelé Garaud pour confirmer l'accord des Villemin, il ignorait que leur téléphone était sur écoutes. Ayant découvert à leur entrée dans le dossier la transcription des écoutes, Mes Prompt et Welzer se sont empressés de répandre l'information dont, seule, je supporte le poids.

Me Garaud ne réagit pas lorsque je me présente à lui. Soulagée qu'il n'affiche pas de connivence déplacée et poussée par la curiosité, je m'associe au déjeuner. Comme il l'avait laissé entendre dans son interview à *L'Est républicain*, l'avocat ne parle ni de politique ni de l'association Légitime Défense. « Cela n'a rien à voir », avait-il dit dès le premier jour. Il ne s'acharne pas non plus contre l'inculpé dont il attend le procès et ne révèle rien sur le fond du dossier. Il réserve ses confidences à ses amis Raux, Miard ou Ker. Son indifférence à mon égard me fait comprendre qu'il a « oublié » l'intervention d'Europe 1 auprès des parents de Grégory. Je me garde bien de la lui rappeler. Finalement, je l'avoue ensuite à contrecœur, l'homme s'avère plutôt avenant et très modéré dans ses propos qu'il enrobe de gestes ronds.

A la fin du repas, il nous montre une grande photo de Grégory qu'il va remettre au juge Lambert pour que celui-ci garde bien à l'esprit l'enjeu de son instruction. Nous parlons assez peu de cet enfant entre nous, peut-être pour cacher nos sentiments. Les images de son repêchage sont pourtant gravées dans nos mémoires comme celles du mannequin ballotté par la rivière. Parfois, dans les rues ou dans les squares, je le cherche dans les yeux d'enfants qui lui ressemblent et des cauchemars perturbent mon sommeil.

Jean-Michel Lambert rejette la demande de mise en liberté de l'inculpé qu'il a fait écrouer une semaine plus tôt. Il lui serait difficile de se déjuger en si peu de temps. Le magistrat justifie sa décision par les « très nombreuses investigations qui restent à effectuer » tant en ce qui concerne la participation de Laroche dans l'assassinat « que celle de ses co-auteurs ou complices [1] ». Il avance également l'argument de la protection de l'inculpé. Mes Prompt et Welzer font appel de ce rejet devant la chambre d'accusation de la cour d'appel de Nancy.

La chambre d'accusation est composée de trois magistrats d'expérience qui, à la demande du procureur, des parties civiles ou de l'inculpé, peuvent examiner le dossier en cours d'instruction. Le président de cette chambre qui siège à la cour d'appel doit également en théorie conseiller les juges d'instruction et veiller à la régularité de leur procédure. En pratique, les juges, y compris les novices comme Jean-Michel Lambert, sont peu épaulés. La chambre d'accusation de Nancy dispose maintenant de trente

1. Ordonnance de refus de mise en liberté de Jean-Michel Lambert du 14 novembre 1984.

jours pour statuer et rendre sa décision dans un document justificatif que l'on appelle un arrêt. Ces trente jours, calmes en apparence, sont en fait les plus mystérieux et les plus importants de l'affaire Grégory.

Le juge Lambert, pressé de questions, se refuse désormais à tout commentaire devant les micros et les caméras. Le président de la chambre d'accusation, Jacques d'Alteroche, lui a rappelé son devoir de réserve. Les avocats de Bernard Laroche guettent tous ses propos. Le procureur Lecomte se tait depuis qu'il a révélé trop tôt les soupçons portant sur l'inculpé et sa femme. Lui-même rédige un rapport sur le comportement de la presse, transmis au procureur général de Nancy puis au ministère de la Justice. Le magistrat dresse la liste des difficultés survenues entre les enquêteurs et les journalistes qui ont, selon lui, exercé une pression constante sur les gendarmes et entravé leur travail sur le terrain. Il dénonce la fausse information des écoutes téléphoniques « accablant » Bernard Laroche. Il s'indigne enfin du vol d'albums de photos et du fait que certains journalistes se soient présentés comme des enquêteurs pour accéder à certains témoins. Existerait-il plusieurs adjudants Durand ? Les vrais gendarmes ont, pour la plupart, regagné leurs casernes d'Épinal ou de Nancy. Me Welzer reçoit notre pool, mais se retranche derrière le secret de l'instruction pour esquiver nos questions.

Le feuilleton s'use avec des articles raccourcis de jour en jour, qui ressassent faute de mieux les mêmes mots clés et les mêmes citations du corbeau. Comme les informations se tarissent, les reporters et les photographes rentrent à Paris. Le maintien de Bernard Laroche en détention est brièvement annoncé dans la presse. Les passions s'apaisent et la présomption d'innocence revient dans des commentaires de plus en plus circonspects. Un mois après l'assassinat de Grégory, la vallée de la Vologne et Épinal sont désertés par la foule médiatique. En buvant un dernier thé chez Mme Julia avant de repartir pour Strasbourg, je note sur mon cahier cette dernière impression nuancée : « ... étrangement heureuse et triste de quitter Bruyères ». Nous nous éloignons des Vosges sans comprendre que la procédure entre dans une phase cruciale.

Tout se joue pendant la deuxième quinzaine du mois de novembre 1984 entre le cabinet de Me Welzer et celui du juge Lambert. Me Prompt, rentré à Paris pour reprendre ses affaires courantes, interviendra de façon plus active, ultérieurement. Gérard

Welzer a étudié le dossier. Son but : innocenter Bernard Laroche. Comme tout avocat, il cherche à élaborer une stratégie de défense pour reprendre l'offensive.

Le juge lui facilite presque la tâche avec son dossier désordonné. Dix jours après l'inculpation, il manque encore plusieurs pièces capitales, notamment le rapport d'autopsie de Grégory. L'heure du crime n'est pas établie. On peut donc la situer jusqu'à 21 heures, peu avant la découverte du corps de l'enfant. Bernard Laroche étant vu par une succession de témoins entre 18 heures et 18 h 30, l'accusation est fragilisée. L'analyse des cordelettes qui ligotaient l'enfant et de celles, identiques, découvertes chez un oncle Jacob, n'est pas connue non plus. Les expertises des voix de la famille comparées à celle du corbeau ne sont pas rédigées. Enfin, les fameux rapports des deux experts en écriture qui ont désigné verbalement Bernard Laroche ne sont pas déposés. En clair, en dehors des témoignages humains dont celui, capital mais rétracté, de Muriel, rien de tangible ne désigne l'inculpé comme l'auteur des lettres et des coups de fil anonymes ou comme l'assassin de l'enfant. Gérard Welzer qui entretient de bonnes relations avec Jean-Michel Lambert dispose donc d'une arme de dissuasion à deux étages : les fautes de procédure et les violations du secret de l'instruction. Du pain bénit face au jeune juge qui apparaît si indécis depuis le 17 octobre. Il a pris peu d'initiatives et attend des autres, gendarmes, experts, témoins, des pistes solides et des certitudes. Au tour des avocats de lui en donner.

Au cours de nombreuses visites informelles qu'ont pu observer les journalistes et les gendarmes, Me Welzer convainc le juge Lambert de stopper les investigations sur Laroche et la recherche d'éventuels complices. L'inculpé tombe ainsi dans l'oubli dès la confrontation avec Muriel. Il n'est soumis à aucune expertise médico-psychologique ni psychiatrique, pourtant obligatoires. Aucune investigation n'est enclenchée sur son passé, ses ascendants, ses amitiés ou tout autre élément pouvant être en relation avec le crime. Il n'est extrait qu'une fois de sa cellule pour être entendu à la sauvette, au soir du 20 novembre à 19 h 30. Le juge Lambert lui pose trois questions : avez-vous écrit de manière anonyme aux Villemin? Leur avez-vous téléphoné de la même façon? Quand êtes-vous allé pour la dernière fois chez les parents de Grégory? Laroche répond « non, je suis formel » aux deux premières interrogations et signale n'être pas allé à Lépanges depuis l'été dernier. Les réponses à cet unique interrogatoire sur le fond tiennent sur treize lignes, mais semblent satisfaire le magistrat qui n'a plus de « certitudes » comme au lendemain de l'inculpation.

Ce sera le dernier acte d'instruction pour Bernard Laroche en dehors de diverses présentations de scellés. Aucun journaliste n'a été prévenu de cette audition qui reste la plus discrète du dossier. On dira d'ailleurs pendant neuf ans que le juge n'a jamais entendu l'inculpé. Bernard Laroche quitte le devant de la scène. On ne parle plus de lui dans la presse sauf pour signaler que les ouvriers de l'usine Ancel-Set ont rédigé, sur une idée de Benoît Bartherotte leur ancien P-DG, une pétition pour la libération de leur camarade.

Mais dans une affaire aussi retentissante, après la valse des suspects d'un jour, il ne suffit pas de desserrer l'étau autour de l'inculpé, encore faut-il fournir à l'opinion publique un coupable de rechange. L'assassinat de Grégory a soulevé trop d'émotion pour que la population tolère un constat d'échec ou d'impuissance. Le juge Lambert le sait bien, lui qui a déclaré à Mes Prompt et Welzer :

— Si vous m'amenez un meilleur coupable, je le relâche [1].

1. Confidence de Bernard Laroche à Benoît Bartherotte après sa libération lors d'un entretien réalisé par l'agence Sygma.

5

Les filles de la poste ... De la loge nancéenne du Grand Orient ... Une femme, mais qui? ... La rumeur, d'une table l'autre ... Madame Villemin, vous mentez! ... Confession à l'AFP ... Détournement de dépêche ... Un journaliste à contre-courant

Les tribulations du couple Laroche avaient étouffé depuis la Toussaint la rumeur lancée par Jean-Michel Bezzina sur Christine Villemin. Depuis, Me Prompt a évoqué publiquement la thèse d'une « mort naturelle camouflée en crime [1] ». Enfin, avec Me Welzer, il donne un souffle nouveau à ces bruits divers en exhumant du dossier trois procès-verbaux passés jusque-là inaperçus.

« Les filles de la poste », comme nous les appellerons pendant des années, sont trois jeunes employées de la Manufacture de confection vosgienne (MCV) de Lépanges-sur-Vologne où travaille Christine Villemin. Les 28 et 29 octobre, après s'être concertées, Sandrine Loups, Anne-Marie Texeira et Marylise Blondel ont déclaré aux gendarmes avoir vu la mère de Grégory se diriger vers la poste de Lépanges à la sortie de l'usine vers 16 h 55, le jour de l'assassinat de son fils. Sandrine Loups explique que la voiture de Christine était devant la poste. Anne-Marie Texeira ajoute que la jeune femme glissait une lettre dans la boîte et Marylise Blondel affirme l'avoir vue faire demi-tour avec sa R5 noire avant de repartir en direction de son domicile. L'événement serait anodin en

1. *L'Est républicain* du 10 novembre 1984.

soi, si la lettre de revendication du crime n'avait été postée à cet endroit avant la dernière levée de 17 h 15. Bien qu'elle soit déjà constituée partie civile, Christine Villemin a accepté de s'expliquer devant les gendarmes hors de la présence de son avocat. Elle a confirmé être allée à la poste située près de l'usine, mais la veille, vers 17 heures, pour envoyer un jeu-concours et une commande du catalogue Vert-Baudet. Elle a également fait un demi-tour devant le bâtiment, le jour du crime, mais vers 17 h 30, alors qu'elle recherchait son fils dans le village.

Les enquêteurs ont lancé des vérifications pour retrouver la commande postée le 15 octobre. Dès le début de l'enquête, ils avaient tenté de déterminer l'heure de dépôt de la lettre du corbeau et interrogé à ce sujet la postière. Celle-ci avait été intriguée par l'écriture malhabile de l'enveloppe et l'envoi de cette lettre dans une commune de mille habitants où les gens s'écrivent peu entre eux. Elle a donné trois informations successives mais contradictoires. Interrogée une première fois le 19 octobre, soit le surlendemain de l'assassinat, elle a fourni des indications permettant de penser que la lettre a été déposée au cours de l'après-midi :

> — Le mardi 16 octobre 1984, à 16 h 40, lors de ma prise de service, j'ai pris le courrier qui se trouvait dans la boîte à lettres pour l'oblitérer. Je me souviens très bien que parmi ce courrier, il se trouvait une lettre destinée à Monsieur Jean-Marie Villemin [1].

Trois jours plus tard, elle a précisé que la lettre n'avait pu être postée qu'entre 17 heures et 17 h 20. Dix jours plus tard, ses souvenirs étaient encore moins précis :

> — S'agit-il de la levée de 17 heures ou de celle de 17 h 15 ? Je me souviens m'être fait cette réflexion : « Il est temps qu'il poste sa lettre s'il veut qu'elle arrive. » Il serait logique que j'aie eu cette réflexion à 17 h 15, mais je ne puis être affirmative [2].

Or, des trois hypothèses, aucune ne correspond aux témoignages des ouvrières puisque, à 16 h 40, Christine Villemin travaillait encore dans son atelier de confection et qu'après 17 heures, elle était sur les hauteurs de Lépanges, vue par ses voisins qu'elle

1. PV de Marie-Rose Didierlaurent du 19 octobre 1984.
2. PV de Marie-Rose Didierlaurent du 29 octobre 1984.

saluait d'un signe de tête. L'un d'entre eux s'est même fait la réflexion :

— Mon Dieu, il est déjà 17 heures, voilà Madame Villemin qui remonte [1].

En attendant les vérifications sur le courrier envoyé la veille par la mère de Grégory, cet élément repose au milieu des centaines de pages que compte déjà le dossier d'instruction.

Lorsque Jean-Michel Bezzina découvre ces dépositions faites dix et treize jours après l'assassinat, il y voit la justification éclatante de son intuition. La preuve que « c'est la mère » selon son expression favorite. Dès lors, il propose son réseau médiatique à la défense de Bernard Laroche pour faire passer le message de son innocence et distiller les soupçons sur Christine Villemin. L'opération va démarrer en douceur avant de devenir de plus en plus violente. Le but des Bezzina est également de mettre en doute la rigueur de l'enquête de gendarmerie, afin d'amener le juge Lambert à nommer le Service régional de police judiciaire de Nancy à la place des militaires. Jean-Michel Bezzina, Gérard Welzer et le commissaire principal Jacques Corazzi de Nancy sont amis, francs-maçons et membres de la loge nancéenne du Grand Orient. Welzer, Bezzina, Corazzi, les intérêts de ces trois personnages clés se liguent à cette époque. Les policiers supportent mal de voir une aussi « belle affaire » aux mains de la gendarmerie à laquelle les oppose une rivalité bien connue. Bezzina, lui, ne cache pas son impatience d'utiliser ses amitiés dans la police. Il répète volontiers : « Le jour où la PJ est sur le coup, moi je travaille dans un fauteuil. »

Depuis la première garde à vue échouée des Laroche à la Toussaint et après que Me Garaud avait envisagé en cas d'impasse de demander la venue de la PJ, la rumeur circule d'un dessaisissement possible de la gendarmerie au profit du SRPJ. Marie-France Bezzina prêtait déjà ce commentaire aux policiers, dans *Le Quotidien de Paris* du 3 novembre :

« ... certains inspecteurs ne cachent pas que seize jours après la mort de Grégory, l'affaire sera difficile à reprendre. Mais (...) les difficultés ne nous ont jamais fait reculer. »

1. PV de Bernard Colin du 28 juin 1985.

Les Bezzina vont être rejoints par Jéchoux et Raux, deux journalistes locaux proches de Gérard Welzer et du juge Lambert. Les uns et les autres se relaient pendant plusieurs semaines auprès de Lambert pour le convaincre que « ce n'est pas Laroche car c'est sans doute Christine... ».

La première campagne de presse débute le 17 novembre 1984, le surlendemain du refus par le magistrat de libérer Bernard Laroche. Un mois et un jour après l'assassinat de Grégory. Les premiers articles, assez sibyllins, évoquent une femme sans préciser sa parenté avec Grégory. Christine Villemin n'a cependant pas de mal à se reconnaître dans le portrait flou d'une « femme très proche de l'enfant », brossé dans les journaux de la région que le couple achète chaque matin. La diffusion de la rumeur sur les télex de l'ACP et de l'AP permet de la répandre dans toutes les rédactions, alors que l'AFP attend des informations plus fiables de source officielle. « Sur la piste d'une femme " corbeau " », titre *France-Soir*. « Une jeune femme serait sur le point d'être inculpée » *(Le Figaro)*. « Une femme, mais qui...? » *(La Liberté de l'Est)*. « Les enquêteurs cherchent une femme » *(Le Républicain lorrain)*. « Une femme complice » *(L'Humanité)*. « Cherchez la femme » *(Le Figaro)*.

En fait, il se produit dans cette enquête un curieux chassé-croisé. Le juge Lambert ne donne plus aucune directive aux gendarmes. Pourtant, les enquêteurs sont convaincus que Bernard Laroche avait un complice. Leurs soupçons se portent sur un autre membre de la famille. Le magistrat refuse les investigations qu'on lui suggère. Il se focalise sur la mère de Grégory et elle seule, indépendamment de Laroche. Comme il est seul maître de son enquête, les gendarmes assistent impuissants à la remise en cause de leur travail.

Lambert dispose d'une petite semaine pour faire apparaître de nouveaux procès-verbaux susceptibles de troubler les magistrats de la chambre d'accusation lorsqu'ils consulteront le dossier. Parallèlement, la rumeur des « soupçons sur la mère » se propage dans la ville. Lors d'un dîner-débat organisé par le Club de la presse d'Épinal sur l'avenir de l'Imagerie Pellerin qui imprime les célèbres images d'Épinal, la conversation dérive sur l'affaire. Et de l'affaire sur la mère. Bezzina, présent, est attablé à côté de Philippe Séguin, le député-maire. D'une table à l'autre se chuchote cette phrase : « Il paraît que c'est la mère... » De Bernard Laroche, on disait « c'est Laroche ». Le meurtrier présumé de Grégory avait un nom, un visage, une identité. De Christine Villemin, on dit « c'est la mère ». On le murmure comme un fantasme, un tabou, avec ce mélange de fascination-répulsion qui va dégénérer en haine au fil du temps.

Marie-France Bezzina partage la conviction de son mari, bien qu'elle ne soit venue à Lépanges qu'une seule fois depuis le début de l'enquête. Dans une conversation téléphonique, elle suggère à Jean-Michel Lambert d'entendre Christine Villemin. D'autres l'ont fait avant elle. Effectivement, le juge organise le 22 novembre une confrontation entre la jeune femme et les trois témoins dits « de la poste ». L'événement est annoncé par voie de presse. Je tente d'en savoir plus auprès de Me Welzer. Sans citer de noms, il m'assure au téléphone que l'audition prévue le lendemain peut avoir « des suites intéressantes. On peut se retrouver dit-il, au même point, comme cela peut rebondir et se dénouer [1] ». Toujours à l'affût du coup de théâtre, je repars aussitôt pour les Vosges.

Christine Villemin se retrouve dans le bureau du juge, seule face à ses trois camarades de travail et une ouvrière supplémentaire. Garaud, absent, a délégué un correspondant local pour assister sa cliente dans cet acte dont il ne pressent pas les conséquences. C'est la quatrième fois que la mère de Grégory est appelée à s'expliquer sur son passage à la poste. Les gendarmes et le juge lui ont déjà posé trois fois les mêmes questions.

Sans perdre son calme [2], elle répète encore qu'elle n'y est pas allée le mardi 16 octobre mais la veille, le 15, pour poster une commande et un concours. Par ailleurs, elle a bien fait un demi-tour devant le bâtiment le jour du crime, mais vers 17 h 30 alors qu'elle cherchait son fils dans le centre du village. Les ouvrières lui opposent qu'à cette heure-là, elles sont déjà rentrées chez elles. En revanche, elles décrivent la mère de Grégory vêtue du blouson jaune qu'elle portait le 15. Le 16, en raison du beau temps, elle était vêtue d'une salopette en jean et d'un sweat-shirt gris, comme le confirmera la nourrice.

Sandrine Loups admet en fin de confrontation qu'elle est brouillée avec Christine « depuis deux ou trois ans » parce qu'elle est l'amie d'une ouvrière avec qui les autres sont fâchées « sans que l'on sache pourquoi [3] ». Les jeunes femmes ne s'attardent pas sur l'atmosphère de clans qui règne dans leur usine. Le juge Lambert non plus. Il ne s'interroge pas davantage. La parole des unes

1. Notes personnelles.
2. Procès-verbal du greffier Marc Bertrand. SI Cote D 639.
3. Procès-verbal de confrontation du 22 novembre 1984.

contre la parole de l'autre lui suffit pour se faire une intime conviction. A peine les jeunes femmes ont-elles quitté le bureau du juge que celui-ci lance à la mère de Grégory :

— Madame Villemin, vous mentez!

Christine lui répond :

— Je ne vais pas dire que je suis allée à la poste le mardi 16 si je n'y suis pas allée [1].

Sur le trottoir devant le palais de justice, nous assistons à la sortie des trois témoins qui pouffent en se poussant du coude face aux caméras de télévision. Leur comportement est crispant. Un peu plus tard, Christine, vêtue de noir, sort à son tour, réconfortée par son mari qui nous déclare avec amertume :

— Les avocats de Laroche pensent sans doute qu'on ne nous a pas fait assez de mal!

Cette confrontation n'a rien apporté d'éclairant, mais la copie du dossier peut maintenant être transmise à la chambre d'accusation qui s'impatiente de n'avoir encore rien reçu. Le juge a ajouté l'audition de la contremaîtresse de la MCV qui a confirmé les conciliabules de ses ouvrières dans les jours suivant le crime.

Cet acte d'instruction s'imposait au regard des divergences de propos entre la mère de Grégory et ses camarades de travail, mais un peu plus d'égards n'auraient pas nui à l'atmosphère. Le dernier interrogatoire de Bernard Laroche a échappé à la presse pendant neuf ans, preuve que le juge peut instruire en toute discrétion. La mère d'un enfant mort subit une mutilation irrémédiable, même si par extraordinaire elle en est la responsable. Personne ne peut se permettre de négliger cette douleur, ni le juge, ni les policiers, ni les avocats. L'erreur est toujours possible et, en un mois d'enquête difficile, Jean-Michel Lambert aurait pu mesurer les ravages de la rumeur et la calomnie.

Mais la publicité donnée à cette confrontation n'est pas innocente et va porter ses fruits. Les journalistes sont revenus à Épinal. A eux de répandre la rumeur à travers la France en associant le nom de Christine Villemin à toute une série de mots négatifs : meurtre, soupçons, assassin, corbeau. « Le pire doit bien être envisagé » résume Philippe Jéchoux dans *La Liberté de l'Est* [2]. Lionel

1. Procès-verbal de Christine Villemin du 22 novembre 1984.
2. *La Liberté de l'Est* du 24 novembre 1984.

Raux de *L'Est républicain*[1] avance l'idée que la confrontation aurait pu se terminer par une arrestation :

> « ... le fait que Madame Christine Villemin soit repartie libre du palais de justice en compagnie de son mari permet de conclure (...) que la mère de Grégory demeure au-dessus des horribles soupçons. »

Mais les « horribles soupçons » deviennent réalité dans notre voix ou sous notre plume. Il suffit de prononcer ces mots, même suivis d'un démenti, pour semer les petits cailloux de l'accusation dans l'esprit des auditeurs et des lecteurs.

La vie des journalistes s'organise autour du palais de justice d'Épinal. La frontière invisible qui nous séparait déjà à Bruyères devient presque tangible. Bezzina et ses amis s'installent dans le petit bar-restaurant Le Grand Cerf, vite rebaptisé chez Merle, du nom du restaurateur. Une position privilégiée, du fait que ses fenêtres donnent sur le tribunal. Nous devons nous replier sur la brasserie du Commerce, un grand établissement niché sous les arcades de la place des Vosges. Bruyante, animée, la brasserie accueille la jeunesse d'Épinal et possède un baby-foot vite repéré par mes amis du pool. Le problème du téléphone se pose à nouveau avec acuité. Nos adversaires utilisent à leur guise celui des appartements privés des Merle et Bezzina s'approprie le poste du concierge du palais pour doubler Darcourt de l'AFP en cas d'urgence. Il nous reste les téléphones des commerçants alentour, notamment ceux d'un marchand de jouets et d'un magasin de lingerie.

Éric Darcourt n'est pas homme à intégrer des on-dit dans ses dépêches de l'AFP. Devant la montée des rumeurs, il décide de rencontrer les parents de Grégory qui acceptent de s'entretenir avec lui. Choqués par l'attitude de Monique qui protège Michel dans l'enquête sur l'assassinat de Grégory, Christine et Jean-Marie ont quitté la maison des parents Villemin où ils vivaient depuis le drame. Le couple s'est installé à Bruyères chez la mère de Christine, Mme Gilberte Châtel, veuve d'une cinquantaine d'années. Au quatrième étage d'une HLM, dans un minuscule trois-pièces, ils attendent la conclusion de l'enquête. Tous leurs biens sont à vendre : la belle maison sur la colline, la salle à manger en chêne, le salon de cuir tout neuf, la moto des promenades avec Grégory et

1. *L'Est républicain* du 23 novembre 1984.

la voiture de Christine achetée pour le transporter puisque, avant la naissance de son enfant, elle se contentait d'une mobylette. Ils ne gardent que la chambre du petit garçon, ses vêtements, ses jouets, quelques bibelots, tapisseries et gravures, seuls vestiges du naufrage. Christine et Jean-Marie ont décidé de faire table rase de cette vie qui suscitait tant de jalousies. Ils retiennent leur existence jusqu'à l'issue de l'instruction. Ensuite, ils quitteront la région pour reconstruire leur vie ailleurs.

Christine a coupé ses cheveux. Son visage aux yeux cernés reflète sa fatigue. Les calmants et le chagrin lui donnent un regard transparent. Jean-Marie, le teint clair et juvénile, fume sans cesse. Tous deux reçoivent Éric autour d'une table ronde recouverte d'une nappe rose à fleurs blanches. La mère de Grégory lui répond sans trouble. Elle n'élève pas la voix et soutient le regard du journaliste posé sur elle. Pour lui, elle reprend le récit du mardi 16 octobre depuis la sortie de l'usine tel qu'elle l'a déjà détaillé six fois devant le juge Lambert et les gendarmes. Elle s'explique.

La poste ? Elle y est passée, mais la veille après l'usine. Les volets de la maison fermés à l'heure du rapt ? Jean-Marie s'en est occupé lui-même avant de partir au travail après le déjeuner. Leur pavillon est de plain-pied avec une porte-fenêtre donnant sur un jardin sans clôture. Les gendarmes les avaient avertis que des voleurs rôdaient avec une camionnette autour des maisons isolées. Ils redoutaient que l'on vole leur salle à manger en chêne et plus récemment leur salon de cuir, aussi avaient-ils décidé de fermer les volets avant de s'absenter. Grégory devait jouer seulement quelques minutes dehors et elle n'a pas songé à les ouvrir de nouveau en cette fin d'après-midi. Ses occupations avant de constater la disparition de l'enfant ? Elle a repassé, en écoutant la radio, une partie du linge ramassé à l'heure du déjeuner. Ce jour-là, Grégory avait accroché dans son dos trois pinces à linge sur son pantalon et son sweat-shirt et elle ne les a découvertes qu'au vestiaire de l'usine. Elle en a ri avec ses camarades qui ont confirmé aux gendarmes ces « diableries » de son fils. De pâles sourires éclairent son récit quand elle se souvient de la facétie. Avait-elle peur de quelque chose ? Non, au bout de dix-huit mois de silence du corbeau, ils avaient redécouvert la tranquillité. Enfin, Christine s'étonne que ses camarades de travail d'abord hésitantes soient devenues peu à peu formelles. Un photographe de l'AFP réalise le premier cliché de la jeune femme posant triste et lasse à côté d'un portrait de son enfant. En sortant de chez les Villemin, Darcourt joint par téléphone Me Garaud à

Paris et sollicite sa réaction pour compléter son reportage. Celle-ci est sans détours :

— Il faut crever l'abcès et avoir le courage de dire si vraiment on soupçonne Christine Villemin d'avoir participé à l'assassinat. Il faut appeler un chat, un chat!

Les Villemin pensaient que cet entretien mettrait fin aux spéculations. Ils voulaient aller contre l'adage : « Qui ne dit mot consent. » Or, la longue interview à l'AFP au lieu d'éloigner la rumeur renforce les soupçons. Le lendemain, les titres de la presse vont à l'encontre de leurs espoirs. « L'incroyable accusation » annonce *Le Parisien libéré.* « Je sais que certains me soupçonnent... » renchérit *Le Figaro. L'Est républicain* insiste sur trois colonnes : « La terrible certitude des collègues de Christine : " Nous n'avons pas pu nous tromper " [1]. » Ce détournement collectif de la dépêche d'Éric Darcourt montre que la rumeur est lancée et que rien ne pourra plus l'arrêter. Désormais, elle va se nourrir des dénégations de ses victimes et rebondir sur ce qui devrait la combattre.

Car la rumeur entraîne tout sur son passage. Elle prend racine au plus profond de chacun, là où reposent ses angoisses, ses frustrations. Elle se nourrit de la curiosité, de l'argent et de proverbes aveugles : « Il n'y a pas de fumée sans feu. » Elle se divise, se démultiplie et finit par échapper à ses apprentis sorciers. Elle est tenace. En 1969, à Orléans, ma ville, on racontait que les jeunes filles disparaissaient chez les commerçants juifs. Une panique irrationnelle s'empara des familles et des professeurs qui nous mirent en garde contre les magasins visés. A l'école, on se répétait des histoires sordides de traite des Blanches en rajoutant des détails, tout en pressentant que l'on mentait. Quelque chose de puissant nous poussait à le faire, comme une onde d'inquiétude qui se répandait partout sans garde-fous.

C'est là le mystère de la rumeur : on peut proférer cent fois des soupçons contre des tiers sans que rien ne se produise. Et puis il suffit d'une atmosphère délétère ou d'un intérêt particulier pour qu'un jour, brutalement, tout s'embrase. « C'est la mère... » Bezzina a répété cette phrase dix fois, vingt fois en vain. Et puis, ils ont été deux et quatre ou six mais rien n'étayait leur obsession. Les filles de la poste apparaissent, et soudain le processus s'enclenche avant toute vérification élémentaire. Les avocats de Bernard

1. *Le Parisien libéré, Le Figaro, L'Est républicain* du 24 novembre 1984.

Laroche l'activent dans l'intérêt de leur client et, au bout de cinq semaines, la rumeur éclate comme un feu qui couvait depuis longtemps. Christine Villemin est une proie facile car c'est une femme jeune, jolie et fragilisée par son deuil.

Depuis la mort de Grégory, les Vosgiens ont connu trop d'excès, trop d'émotions contradictoires pour rester calmes. La rumeur se développe d'autant plus qu'elle ne rencontre pas d'obstacles. Personne ne précise que les témoins de la poste décrivent Christine vêtue du blouson qu'elle portait la veille du crime. Personne n'évoque les dépositions de la postière expliquant, même avec des contradictions, que la lettre a sans doute été postée avant ou après l'heure à laquelle les témoins croient avoir vu la jeune femme. Il existe dans le dossier d'autres familiers au profil plus adéquat et qui pourraient être désignés comme suspects à la vindicte populaire. Ils sont apparus dès les premiers jours de l'enquête. Ainsi ce frère de Monique Villemin qui déteste Albert au point, un jour, de lui cracher au visage. Cet oncle de Jean-Marie qui l'a insulté lorsqu'il a été nommé contremaître; toute la famille est en mauvais termes avec lui. Ou encore ce cousin violent qui a déjà martyrisé son propre bébé de quatre mois en le plaçant sous un robinet d'eau froide pour calmer ses pleurs. Lui aussi semble nourrir une animosité particulière à l'encontre d'Albert Villemin et son alibi n'est pas très convaincant. Mais de l'oncle, du cousin et de la mère, seule celle-ci représente un mythe assez puissant pour fasciner les foules. Et bientôt le juge.

Seuls et perdus, sans avenir immédiat, Christine et Jean-Marie Villemin voient, sans comprendre, ce cancer mystérieux se développer autour d'eux. Désormais, plus ils parleront, plus l'étau se resserrera. Dans le chœur menaçant des journaux, un seul quotidien se place à contre-courant, *Le Républicain lorrain* de Metz. Sur six colonnes, Jean-Claude Hauck détaille les réponses de Christine en évoquant ses « semaines de cauchemar [1] ». Hauck restitue les paroles de la jeune femme dans leur sens d'origine. Il garde en mémoire l'image de Christine Villemin, aperçue seule dans sa voiture, hébétée de chagrin, le jour même où Bezzina lui trouvait « un air zombie ». Ce souvenir va être son phare dans la nuit qui s'annonce. Hauck restera le seul avec Darcourt à suivre pendant des années la même ligne de conduite : ne pas céder aux rumeurs et rendre compte de l'instruction avec prudence, en relativisant

1. *Le Républicain lorrain* du 24 novembre 1984.

chaque élément avancé contre la jeune femme. Bien que timide, ce journaliste de trente-quatre ans à la charpente de Viking ne se laisse pas imposer une conduite ou des sentiments. Il sait ce qu'il a vu et ressenti face à cette jeune mère en larmes. Peut-il mieux la comprendre que d'autres pour avoir lui-même élevé en grande partie ses enfants, des jumeaux? Ou bien, comme il l'assure pour cacher sa sensibilité, n'est-il guidé que par son entêtement de Lorrain? Ce ne sont pas les intuitions de Jean-Michel Bezzina qui vont l'ébranler. Indépendant sans être frondeur, Hauck se tient encore à l'écart du groupe médiatique et assure ses reportages dans le calme. Dans les Vosges, il évolue en terrain connu car il a travaillé quelque temps à *La Liberté de l'Est* d'Épinal. Il exerce son métier en solitaire et ne possède pas l'instinct grégaire des journalistes, encore moins celui des Parisiens. Au début de l'enquête, il fut l'un des rares à s'isoler dans une auberge de campagne, un centre hippique où peu de journalistes eurent l'idée de s'installer. Il nous faudra des semaines pour le découvrir et s'en faire un ami. Il perçoit très vite la dérive des événements. Son reportage s'achève sur une phrase de mise en garde recueillie auprès du père de Grégory.

— Si la justice ne s'occupe pas du cas de Laroche, moi je le ferai.

6

Un scoop raté ... « On m'accuse mais j'ai perdu mon petit bonhomme... » Interview télévisée ... Un autre enfant contre le désespoir ... Campagne de presse ... Où va Lambert? ... Le corbeau est un homme ... Disparition du foulage ... Grégory a-t-il été noyé? ... La découverte du garde champêtre

Ma rédaction, qui répugnait jusqu'alors à entrer dans cette danse macabre, me réclame à son tour une interview de Christine Villemin. Je retrouve les parents de Grégory sur le parking de l'hôpital de Nancy où ils rendent visite à un parent malade. Je suis énervée car je ne sais pas comment m'adresser à elle. La pluie qui crépite sur le toit de la voiture accroît mon agacement. La situation est déroutante. Un mois après la mort de son fils, je dois interroger cette jeune mère que j'ai vue s'évanouir de douleur dans le cimetière en lui disant à peu près ceci : « Alors, vous êtes complice? » Comme je ne peux pas être aussi brutale, je vais louvoyer, insinuer en fuyant son regard, et ce sera pire. Elle s'assied à l'avant à côté de moi et son mari s'installe derrière nous, les coudes posés sur les deux sièges. J'ai préparé six questions sur son emploi du temps et la rumeur.

Christine s'exprime pour la première fois au micro d'une radio, mais c'est un mauvais scoop. Elle retient ses larmes pour être audible et sa voix blanche ne passe pas. Je n'ai pas lu les dépositions des ouvrières. Il m'est difficile de faire le tri entre les mensonges, les extrapolations et la réalité. Quand j'appelle Me Welzer, l'avocat se retranche derrière le secret de l'instruction pour ne pas me parler, réservant ses confidences au pool Bezzina. Les gendarmes vivent porte close et Lambert ne se confie qu'aux amis de l'avocat. Je n'ai aucune information fiable. Je croise mon propre regard dans le rétroviseur. J'hésite un instant. En tant que femme, je suis témoin d'une souffrance que la main peut toucher. En tant que journaliste, je ne dois pas faire de sentiment. L'atmosphère est lourde et humide. Derrière moi, j'entends craquer les doigts de Jean-Marie Villemin qui serre les poings. Je m'arrête après les premières questions. Tant pis pour le scoop. Une heure plus tard, la réaction de Paris ne m'étonne pas :

— C'est décevant... Il faut recommencer.

Je dîne chez Marie-Jo en attendant de retrouver les Villemin le lendemain. Seule, en proie à la nostalgie sans mes confrères et leurs plaisanteries, sans nos rires, je griffonne quelques mots à l'intention de Jacques Expert de France-Inter. Je me vante d'avoir obtenu la première interview radio exclusive de Christine Villemin, sans préciser que l'entretien a échoué. Et je raconte la Vologne par un morne jour d'automne :

> « Bruyères se retrouve telle qu'en elle-même, triste et suprêmement banale... Avant le dîner, j'ai effectué un petit pèlerinage de Lépanges à Granges en passant par Aumontzey. Le baby-foot est cassé, Louisette dort déjà, Jacky rumine sa vengeance et la naine n'est pas sortie. C'est son jour de congé. Tout cela est sinistre... »

Les autres convives commentent les articles parus le matin même dans la presse, évoquant à mots à peine couverts une complicité possible de la mère de Grégory. Certains prédisent même une prochaine inculpation. Les propos agressifs qui rebondissent de part et d'autre visent la femme-enfant qui me parlait quelques heures plus tôt. Je sens se développer à l'égard des parents de Grégory un sentiment d'hostilité qui ne laisse rien présager de bon.

A 9 heures, je me présente chez Christine et Jean-Marie Villemin, avec des brioches et des croissants pour faire pardonner mon irruption dominicale. J'invoque un « problème technique » qui m'oblige à refaire l'interview, mais ils ne sont pas dupes. Jean-

Marie a un petit sourire amer. Je ne veux pas rater cette deuxième interview, aussi je brutalise un peu plus sa femme.

Sa voix se brise quand elle me dit en pleurant :

— On m'accuse... mais j'ai perdu mon petit bonhomme... c'est difficile [1]...

En moi-même, je sais que Paris sera content. Je passe plusieurs heures avec eux. J'ai devant moi deux adolescents égarés qui à vingt-quatre et vingt-six ans n'ont pas encore atteint leur maturité. Mais pour eux, les mois à venir compteront comme des années.

Je regarde Christine, je la jauge. Il est tellement excitant de s'interroger sur la mère. En dehors de sa nouvelle coupe de cheveux, rien ne me surprend. Intelligents et attachants, tous les deux parlent volontiers de leur vie de famille, de leur passé, et le couple ne laisse entrevoir aucune lézarde. Depuis le drame, leur existence est une véritable plaie. Pour ma part, les soupçons ne m'ont pas encore atteinte. Participer à la mort de son propre enfant suppose une telle explosion de haine... Je me dis qu'on ne peut pas vivre dans un espace de quarante mètres carrés en tenant jour et nuit la main de sa victime ou de son bourreau, que l'on ne peut pas se jouer la comédie l'un à l'autre à ce point de dénuement moral et social. Échaudée par le sort réservé à Bernard Laroche, je m'en tiendrai là. Mes amis du pool également. Avant de quitter Bruyères, je note dans mon cahier : « Je n'ai pas le courage de torturer Christine... » Déjà les mots ont un sens. La rumeur dit « la mère » en employant un terme générique. J'écris « Christine » car pour moi il n'y a plus d'abstraction mais un sourire, un dialogue, une poignée de main. A Paris, les esprits s'échauffent. La rédaction me commande un article sur le thème « Comment en est-on parvenu à accuser Christine Villemin ? ». Je m'exécute, pourtant la justice ne reproche rien à la mère de Grégory. Aucune procédure n'est lancée contre elle. Juste une rumeur.

Alertées par l'AFP puis Europe 1, les télévisions se rendent aussitôt à Bruyères pour quémander leur part d'interview, d'images et de son. Les Villemin acceptent à nouveau de parler, toujours dans l'espoir qu'on les comprenne, qu'on les entende.

La France découvre en gros plan le visage de la mère de Grégory. Ses cheveux courts, ses sourcils finement épilés, sa bouche

1. Bande magnétique.

triste. Son nez rougi par les frottements du mouchoir, ses yeux bistrés d'avoir trop pleuré. Vêtue de noir et de gris, les lèvres tremblantes, elle s'explique devant TF1 en regardant son mari et conclut :

— J'ai dit la vérité sur mon emploi du temps.

Elle ne manifeste pas d'amertume vis-à-vis des filles de la poste qui pour elle se trompent de jour, mais trouve légère l'attitude du juge Lambert.

— Le juge, lui, il prend ça à la rigolade. C'est quand même mon petit que j'ai perdu. J'ai plus rien. Je sais pas ce que ça m'aurait rapporté de faire ça.

La résistance de Christine Villemin agace ceux qui ont répandu la rumeur. Marie-France Bezzina, *alias* Marie-France Lefevre pour *Le Quotidien de Paris*, n'apprécie pas ses déclarations.

« Les juristes, écrit-elle, font remarquer que, partie civile, elle n'avait pas à faire de déclarations publiques... [1]. »

Les juristes de Mme Bezzina sont généralement le juge Lambert ou Gérard Welzer. *L'Est républicain* sermonne également la mère de Grégory dans un article anonyme :

... elle est tenue à une obligation de réserve qui a été violée. Une fois de plus [2]. »

Christine et Jean-Marie Villemin ne comprennent plus. Pourquoi les victimes n'auraient-elles pas le droit de s'exprimer?
Le couple nous confie son désir de concevoir bientôt un autre enfant, pour fixer un nouveau but à sa vie détruite. Me Garaud leur conseille, en effet, de quitter le deuil. L'avocat leur raconte l'histoire de sa propre mère murée dans le chagrin après la perte d'un enfant. Pendant des années, elle dressa la table avec le couvert de l'enfant mort et ne retrouva le goût de vivre que bien plus tard, avec une nouvelle grossesse. Les parents de Grégory ont été également frappés quelques années auparavant par le suicide d'une cousine, incapable de surmonter le décès d'un de ses enfants. Chris-

1. *Le Quotidien de Paris* du 28 novembre 1984.
2. *L'Est républicain* du 26 novembre 1984.

tine et Jean-Marie comprennent qu'un vertige sans fond les guette s'ils ne réagissent pas.

A l'approche de la date d'examen du dossier devant la chambre d'accusation, la tension grandit autour d'eux. Jean-Michel Lambert interroge tous ceux et celles, camarades de travail, famille, voisins, nourrice, susceptibles de lui apporter des indices sur Christine. Il cherche une prise sans la trouver. *L'Est républicain* et *La Liberté de l'Est* le suivent en publiant des demi-pages pleines de sous-entendus baptisées « Dossier ». *France-Soir, Le Figaro* ou *Le Parisien libéré* se contentent encore d'articles plus modestes signés Jeandon, Eulry ou Lefevre, quelques-uns des pseudonymes des Bezzina. Les autres journaux ne s'associent pas à ce feuilleton laborieux. La plupart d'entre nous refusent de servir de caisse de résonance à ce qui apparaît comme une campagne de presse contre la mère de Grégory au profit de Bernard Laroche. D'ailleurs nous ne couvrons plus l'affaire et nous avons tort car lorsqu'elle reprendra, tout ce qui est distillé insidieusement jour après jour durant ces semaines de faux calme deviendra, même à nos yeux, des quasi-vérités. Si nous avions cherché à recouper chaque élément, ces insinuations auraient été balayées.

On attribue par exemple à Christine une fugue dans le Midi à la suite d'une dispute avec son mari. Or, c'est une légende. En 1979, alors que le couple cherche un terrain pour construire sa maison, Jean-Marie demande à sa mère de rédiger un brouillon de lettre pour le notaire. A son retour de l'usine, Christine se vexe de cette démarche car elle aurait voulu écrire cette lettre avec lui. Son énervement est accentué par le retard de Jean-Marie qui n'a pas préparé le repas comme convenu. Le ton monte et Christine reçoit une gifle. En rentrant de son travail, Jean-Marie ne retrouve pas sa femme. Sur la table de la cuisine, un petit mot indiquait : « ... Je ne veux pas être frappée... je m'en vais. » Affolé, Jean-Marie a cherché son épouse partout, des Vosges jusqu'à la Moselle. En vain. Le lendemain matin, alors qu'il rentrait de la gendarmerie, ils se sont croisés, penauds, dans l'escalier de l'immeuble de la mère de Christine chez laquelle elle s'était cachée pour une nuit. Elle lui a raconté qu'elle revenait de la gare après avoir renoncé à un voyage dans le Midi, mais fut incapable de montrer un billet de train. A cet instant arrivèrent Monique et Albert Villemin, eux aussi à la recherche de leur belle-fille. Le couple s'est réconcilié aussitôt mais l'anecdote a fait le tour de la famille, enrichie d'un détail supplémentaire à chaque récit. Ainsi est née « la fugue de quinze jours à Nice ». Malgré le démenti de tous ceux qui furent témoins de leurs retrouvailles émues moins de vingt-quatre heures après la gifle, cette fable perdurera au point d'engendrer le futur mobile.

On écrit également que les traces de pneus relevées au bord de la rivière pourraient correspondre à sa voiture. Ces traces sont celles d'une petite cylindrée type 4 L, R 5, LN Citroën ou Ami 8. Christine possédait une R 5 au pot d'échappement cassé, revendue comme les autres biens du couple. Dès qu'ils ont relevé les empreintes, une quinzaine d'heures après le crime, les gendarmes ont cherché à l'œil nu une éventuelle concordance entre ses pneus et les moulages. Ils n'en ont pas trouvé. Dans la précipitation, aucun procès-verbal de constatation n'a été dressé, d'autant que les traces ne constituent plus un indice probant. En effet, les essais de mannequin tendraient plutôt à prouver que le lieu d'immersion de l'enfant se situe dans le centre du village.

On dit aussi qu'une voisine de la nourrice aurait vu le toit d'une R 5 noire comme celle de Christine se diriger vers Docelles après que celle-ci avait récupéré son enfant, vers 17 heures. Mais ce souvenir lui est revenu dans la semaine suivant l'inculpation de Bernard Laroche, soit plus de vingt jours après le crime. Elle s'est décidée à le raconter aux gendarmes au début du mois de décembre. Cette voiture ne peut être celle de Christine puisqu'elle a été vue au même moment ailleurs, rue de Bellevue, se dirigeant vers son domicile. Grégory était debout à l'arrière, cramponné entre les deux sièges. Christine a salué deux de ses voisins, Bernard Colin et Adrienne Grandidier. Celle-ci, une vieille dame, était particulièrement attentive car elle guettait une amie pour lui remettre des repousses de lilas. Après le passage de Christine et Grégory, Mme Grandidier constatant qu'il était 17 heures est rentrée dans sa cuisine pour préparer son dîner. Elle l'a bien expliqué aux gendarmes qui, là non plus, n'ont pas dressé tout de suite un procès-verbal. Une aubaine pour ceux qui cherchent à déprécier leur enquête. Enfin, quand les éléments se tarissent, on pose des questions. Quand a-t-elle donné son bonnet à Grégory ? Pourquoi les volets étaient-ils fermés ? Pouvait-elle être déjà rentrée chez elle pour entendre, comme elle l'affirme, le début de l'émission Les Grosses Têtes à 17 h 02 ou 03 ? Quand il n'y a plus de questions, on parle de « zones d'ombre » et de « déclarations peu claires », sans autres précisions.

Perdue au milieu de cet amalgame de faux, de vrai, de déformé, l'enquête, qui devait être une formalité, devient un nœud toujours plus complexe. Tout est livré aux lecteurs pêle-mêle, créant un formidable imbroglio. Malgré sa relégation au second plan, Bernard Laroche n'échappe pas à la confusion. La presse rapporte une pseudo-confidence de Muriel selon laquelle Grégory, voyant Laroche se diriger vers lui, se serait exclamé « Tiens, voilà Popov! » du surnom de l'inculpé au physique de Russe. Or, si Grégory a bien fait cette réflexion, c'était en juillet lors de la visite de Laroche chez Christine et Jean-Marie. Le couple l'a dit au magistrat pour lui expliquer qu'à cette époque, son fils était déjà capable d'identifier le cousin et donc de le suivre sans difficultés.

Dans ce contexte, on ne peut éviter de s'interroger sur le directeur de l'enquête, le juge Jean-Michel Lambert. Après avoir inculpé et écroué Bernard Laroche, il l'oublie dans sa cellule. Il ignore les gendarmes qui se heurtent à son refus d'ordonner d'autres investigations. Il repousse leurs propositions avec des réponses vagues, « je vais voir, je vais réfléchir », et sans autres commentaires. Lambert laisse se développer la campagne autour de Christine Villemin mais ne lui donne aucun fondement judiciaire. Elle est partie civile donc victime mais, dans les médias, elle fait figure, au moins, de complice. A la sortie du cabinet du juge, les gendarmes croisent toujours les mêmes journalistes, Raux, Bezzina ou Jéchoux, ainsi que Me Welzer qui ne relâche pas sa pression. Dans un rapport rédigé à l'intention de sa hiérarchie, le capitaine Étienne Sesmat se plaint d'une absence totale de communication entre le magistrat et les enquêteurs.

> « Ce point est peut-être celui qui a le plus perturbé le bon déroulement de l'enquête, écrit le capitaine, mais il s'agit surtout d'une question de personne [1]. »

A chaque convocation, les Villemin tentent de s'informer sur l'instruction concernant l'inculpé et d'apporter des éléments nouveaux sur d'éventuelles complicités. Lambert ne répond pas ou détourne la conversation. Sa curiosité ne porte que sur l'emploi du temps de Christine, le 16 octobre, et sur son passé. Exaspéré par cet immobilisme et la campagne qui s'abat sur sa femme, Jean-Marie Villemin répète à qui veut l'entendre qu'il fera lui-même justice si le magistrat ne cherche pas à lever certaines hypothèques sur Bernard Laroche. Mais le père de Grégory passe pour un velléi-

1. Rapport du capitaine Étienne Sesmat du 7 décembre 1984.

taire qui n'effraie personne. L'instruction univoque de Jean-Michel Lambert est d'autant plus surprenante que les rapports qui entrent dans le dossier sont défavorables à Bernard Laroche.

L'expertise des voix, effectuée par les docteurs Yana et Pfauwadel de Saint-Denis, confirme que le corbeau est un homme. L'expert a étudié les voix de cent vingt-trois membres de la famille, hommes et femmes confondus, enregistrés par les gendarmes. Il les a comparées à celle de l'individu anonyme entendue sur les trois cassettes remises par Monique Villemin. Les deux médecins ont retenu les voix de six hommes, tous des familiers, parmi lesquels Bernard Laroche. Mais seul l'inculpé se voit notifier ce rapport. Le juge néglige de le notifier aux parents de Grégory, pourtant partie civile. Ce résultat est entouré d'une grande discrétion.

Les deux experts en écriture ont travaillé sur cent quarante-sept graphies différentes et ont confirmé leur premier avis émis lors de la réunion du 30 octobre : l'écriture du corbeau correspond à celle de Bernard Laroche.

Quant au foulage des lettres L et B décelé sur la lettre de revendication du crime, il est en cours d'analyse dans un laboratoire allemand de la police criminelle de Wiesbaden. Dans l'attente de ces résultats, le juge pourrait déjà transmettre à la chambre d'accusation les clichés que lui a adressés dès le 12 novembre l'expert Denis Klein, présent lors de la découverte de cet indice. Son rapport comprend un rouleau de trente-six poses noir et blanc, un autre de douze poses ainsi que des photos et macrophotos sur lesquelles il a entouré les initiales incriminées. Mais ce foulage va connaître bien des mésaventures. D'une part, les photos ne figureront jamais au dossier. Le document a disparu, égaré ou volé, et le juge, tout à sa nouvelle piste, ne l'a jamais réclamé à son expéditeur. D'autre part, les ingénieurs allemands de Wiesbaden qui, comme ceux de Sarrebrück, ont vu l'indice, jugeront la lettre inexploitable car abîmée par la poudre magnétique répandue pour rechercher des empreintes. Ainsi, le foulage qui, le 30 octobre, donnait « un choc [1] » au juge Lambert et déclenchait son intime conviction, n'est plus exploité et sombre dans l'oubli.

1. Procès-verbal de confrontation de J.-M. Lambert – E. Sesmat et C. Chaillan du 17 avril 1989.

Parallèlement, l'expertise médico-légale corrobore les premières constatations des témoins qui ont découvert Grégory. L'enfant n'a subi aucune violence et ne portait aucune trace de coups, de griffures ni d'hématomes. Il n'a pas été étranglé comme l'a indiqué en premier lieu Michel Villemin à partir des indications du corbeau. Rien ne permet de déterminer l'heure de sa mort mais on apprend qu'il n'a sans doute pas été noyé car ses poumons contenaient très peu d'eau. Il serait décédé des suites d'un mécanisme « d'inhibition ayant pu être favorisé par le contact du corps dans l'eau froide, entraînant très rapidement un arrêt respiratoire suivi d'un arrêt cardiaque [1] ».

Le médecin légiste Gérard de Ren souligne aussi que Grégory ne s'est pas débattu dans la rivière et que ses poignets ne portaient pas les marques du frottement de la cordelette qui le ligotait. Il en déduit que l'enfant a été lancé vivant dans l'eau, mais qu'il a été victime aussitôt d'une hydrocution. Jeté vivant certes, mais conscient ou inconscient? Personne à Docelles n'a dit avoir entendu les cris de l'enfant au moment de sa chute dans la Vologne. Pourtant, il s'est bien écoulé quelques secondes entre le moment où des bras l'ont lancé et l'instant où il est entré en contact avec l'eau. Et il n'a pu être jeté en amont, à cause des barrages. Le rapport n'étudie pas cette question capitale, or il apparaîtra bien plus tard qu'elle aurait due être soulevée en priorité. L'autopsie à laquelle ont assisté le juge Lambert et le capitaine Sesmat présente certaines carences. Il n'y a pas eu de recherches de lésions ou d'hématomes invisibles à l'œil nu, au cas où l'enfant aurait été assommé avant d'être jeté dans la rivière. Ses viscères n'ont pas non plus été analysés pour y rechercher des produits anesthésiques. En revanche, des analyses ont permis de vérifier qu'il n'avait pas d'alcool dans le sang.

Dans ces conditions, la découverte le 9 novembre 1984 à Docelles d'une ampoule d'insuline vide et d'une seringue usagée aurait pu constituer un indice important. Ces deux objets ont été trouvés par le garde champêtre du village qui taillait des sapins au bord du Barba, le petit bras de la Vologne, en vue des cérémonies du 11 novembre. L'ampoule et la seringue étaient cachées en suspension dans les arbres, non loin du lieu où l'on retrouva Grégory. Muriel avait également désigné cet endroit comme étant celui d'où son beau-frère serait descendu de voiture en compagnie du petit garçon. Le flacon et la seringue ont bien été placés sous scellés par

1. Rapport d'autopsie du professeur de Ren, 10 novembre 1984.

le juge, mais jetés aussitôt au fond d'un carton d'où ils ne ressortiront que cinq ans plus tard.

Dans sa quête d'éléments pouvant le conduire à Christine, Lambert cherche à savoir s'il est plausible que Grégory ait été noyé, ou se soit noyé, dans une baignoire puis déposé plus tard dans la Vologne. L'idée lui a été soufflée par les avocats de Bernard Laroche, qui avancèrent très tôt la thèse d'un accident camouflé en crime bien que celle-ci se heurte à de nombreux obstacles matériels : le laps de temps réduit pour remplir la baignoire, constater l'accident, rhabiller et chausser l'enfant, le ligoter, effacer toutes traces derrière soi, écrire une lettre en s'inspirant du corbeau, la poster avant 17 h 15, parcourir douze kilomètres aller et retour de Lépanges à Docelles sans être vue par quiconque, appeler Michel Villemin et enfin réapparaître devant les voisins sans se trahir, le tout en quelque vingt-sept minutes. De toute façon, le professeur de Ren réfute cette hypothèse [1], puisque les poumons de l'enfant ne contenaient que très peu d'eau. Mais sa réponse est incomplète. D'une part, il n'analyse pas cette faible quantité d'eau dont on ne saura jamais si elle provient de la Vologne. D'autre part, un rapport du professeur Duprez de Nancy chargé de la dissection des poumons révélait dès le 8 novembre qu'aucun corps étranger n'a été découvert dans les bronchioles et les alvéoles des lobes des organes examinés au microscope. Pourtant, une eau de rivière charrie toujours des particules végétales ou animales. Alors d'où vient cette eau? Ces constatations compliquent davantage encore l'énigme mais, partagé entre tous ses dossiers à un rythme d'instruction limité aux heures de bureau et soumis à des pressions médiatico-judiciaires, Jean-Michel Lambert semble sans ressort et sans ressources. Où va l'enquête? Le magistrat lui-même ne saurait le dire.

1. Lettre du 20 novembre 1984 du professeur de Ren au juge Lambert.

7

Le combat de Marie-Ange ... Bartherotte cherche un « chrétien » ... Les amitiés de maître Garaud ... Rupture pour la Saint-Nicolas ... Télégramme à l'Élysée ... Toujours plus seuls ... Pottecher sur la piste de la Cagoule

Édifiée entre le parc et la Pépinière et un ensemble architectural du XVIIIe siècle, la cour d'appel de Nancy domine d'un côté la place de la Carrière et de l'autre la place Stanislas. La chambre d'accusation examine la demande de mise en liberté de Bernard Laroche. Les journalistes se retrouvent sous les lambris dans de vastes réceptions ouvertes sur des escaliers de pierre. Leurs ornements un peu surannés nous imposent une réserve qui tranche avec l'agitation d'Épinal, dans ce palais sans âme où est instruit le dossier. Bezzina est sur ses terres. Il salue tous ceux qui entrent et sortent, magistrats, avocats ou personnel du palais. Marie-Ange Laroche, drapée dans une cape rouge, se mêle à nous dans l'espoir de recueillir une information, un sentiment. Elle n'a pas encore obtenu de droit de visite pour rencontrer son mari. Embellie, l'ouvrière sans grâce à appris à se mettre en valeur pour affronter les caméras. Gérard Welzer lui a expliqué les bases du code de procédure pénale. Marie-Ange, traitée parfois dans la rue de « femme d'assassin », défend son mari avec ténacité.

A la veille de l'audience, Benoît Bartherotte, toujours soucieux dans l'ombre de défendre son ex-ouvrier, a fait adresser la pétition des salariés de l'usine Ancel-Set au procureur général de Nancy. Il a également demandé les services d'un troisième avocat, maître Mario Stasi, bâtonnier du barreau de Paris et frère de Bernard l'homme politique, ancien ministre, figure du CDS. Welzer et Prompt étant peu rompus aux affaires pénales, Bartherotte a cherché une personnalité capable de peser face aux trois magistrats de la chambre d'accusation. Toujours tiraillé entre le goupillon, la faucille et le marteau, le P-DG d'Esterel a souhaité la présence d'un « chrétien » aux côtés de Laroche, estimant que cela peut atténuer l'image très politique des deux autres avocats.

De retour dans l'Est, Me Prompt nourrit toujours son obsession du complot politique en faveur de la peine de mort. Il est relayé par Serge Garde, l'envoyé spécial de *L'Humanité*, qui dénonce la fausse écoute téléphonique censée accabler Bernard Laroche en concluant :

> « Qui a organisé cette manipulation de l'opinion publique à un moment où l'affaire était utilisée pour réclamer le rétablissement de la peine de mort? Au moment où la droite tentait de faire de la mort d'un enfant une arme politicienne [1]? »

Me Prompt ne voit pas d'autre moyen de désamorcer le « complot » que d'attaquer les « comploteurs », c'est-à-dire en premier lieu Me Garaud *via* ses clients. Aussi, lors des débats devant la chambre d'accusation, en même temps qu'il s'efforce de démonter les charges pesant sur Bernard Laroche, remet-il en cause les dépositions et l'emploi du temps de Christine Villemin. Sa plaidoirie s'attarde sur ce qu'il appelle « les contradictions de la partie civile ». La chambre annonce qu'elle rendra son arrêt une semaine plus tard.

Le même jour, *L'Est républicain* reprend toute l'affaire. Le ton de l'article est sans équivoque. D'un côté, Lionel Raux parle du « spectre de l'erreur judiciaire » en évoquant le témoignage de Muriel. De l'autre, il établit la liste des incompatibilités supposées entre la mère de l'enfant et certains témoins.

A Paris, Me Garaud ne prend pas au sérieux ces attaques contre sa cliente. Il vit trop loin de la Lorraine pour suivre l'évolution des événements qui est encore largement souterraine. Garaud travaille beaucoup, se lève dès 5 heures pour dicter son courrier et lit étrangement peu la presse pour un avocat. Les parents de Grégory

1. *L'Humanité-Dimanche* du 16 décembre 1984.

n'osent pas se plaindre auprès de lui. Ils sont même plutôt déçus de son indifférence face aux épreuves qu'ils traversent. Plus encore, Me Garaud s'appuie toujours sur de vieux amis de prétoire comme Lionel Raux, sans comprendre la situation inédite créée par le pool Bezzina et les premières campagnes de presse. Ainsi, à l'issue de l'audience, alors qu'il s'attarde avec Christine et Jean-Marie dans un café de la place Stanislas, un homme barbu et replet s'avance vers eux. L'avocat, jovial, leur présente Lionel Raux de *L'Est républicain*. Christine et Jean-Marie sursautent. Ils ont lu son article, qui donne le sentiment que la chambre doit statuer sur le sort de la jeune femme plutôt que celui de l'inculpé. La réaction fuse :

— Ah! C'est vous qui écrivez toutes ces conneries!

Le couple s'apprête à quitter la table mais Lionel Raux, gêné, s'éclipse le premier. Il gardera d'ailleurs de ce camouflet public une amertume perceptible dans ses articles sur la mère de Grégory. Assaillie de questions, Christine répète qu'elle veut se battre contre les « calomnies ».

> — Tout cela me choque plus que ça ne me gêne. Il y a des jours où j'ai envie de rejoindre mon fils. J'y pense de plus en plus. Mais je me dis que cela ferait trop plaisir à certains qui pourraient dire n'importe quoi alors que je ne serais plus là pour me défendre.

Sur la porte d'Albert et Monique Villemin, un petit mot prévient les journalistes qui se hasardent encore à Aumontzey : « On a plus rien à vous dire. » Depuis l'inculpation de leur neveu et le départ de Christine et Jean-Marie, les grands-parents de Grégory se retranchent dans la maison aux volets bleus. Finies les longues discussions autour des mazagrans remplis de café. Monique Villemin a compris que tout ce qui éloigne l'enquête de Bernard Laroche, le fils de sa sœur décédée, est bon à prendre. Ainsi l'on ne s'occupe pas non plus de Michel, son propre fils, confident de l'inculpé dont les gendarmes pensent, à tort ou à raison, qu'il peut détenir certains éléments de vérité. Son comportement dès l'annonce de la mort de Grégory a intrigué les enquêteurs au point qu'ils l'ont placé en garde à vue sur-le-champ. Même Roger Jacquel, le premier suspect, l'a agressé à son arrivée à la brigade, en criant : « C'est toi qui as tué l'enfant. » Depuis, Michel multiplie les crises nerveuses et maigrit à vue d'œil sans que l'on connaisse les causes réelles de son traumatisme.

A la Saint-Nicolas, fêtée en Lorraine comme le jour de Noël, le divorce latent entre d'une part Christine et Jean-Marie et d'autre part Monique et Albert s'accentue brutalement. Monique a demandé à son gendre Bernard Noël de ne pas parler aux gendarmes de la cassette sur laquelle on entend la voix du petit Daniel, le fils de Michel et de Ginette. Bernard l'a répété à Jean-Marie qui, accompagné de son épouse, vient demander des explications à sa mère. Le couple somme Monique de dire la vérité si elle sait quelque chose. Mais elle ne veut pas entendre les questions de son fils, qui s'emporte :

— Mais enfin, qui est le plus jaloux dans notre famille si ce n'est Michel ? Qui fait toujours des histoires pour un oui et pour un non ? Qu'est-ce qui prouve que Laroche et Michel ont bien regardé ensemble un catalogue des Trois Suisses dans l'heure précédant la disparition de Grégory? Qu'est-ce qu'ils se sont vraiment dit pendant ce temps-là?

A la colère de son fils, Monique répond par la colère :

— Laroche ne te suffit pas ! Il faut que tu mettes Michel dans le coup ! Mais vous aussi vous êtes jaloux, vous aussi vous faites des histoires pour rien !

Le dialogue devient impossible. Christine pousse un litre de lait sur le carrelage et Jean-Marie casse des verres posés sur la table. Monique semble n'avoir aucune compassion à leur égard. Ils quittent la maison d'Aumontzey certains que, cette fois, ils n'y reviendront plus avant longtemps.

Le jeune couple se sent de plus en plus seul. Beaucoup de parents d'enfants tragiquement décédés ou assassinés connaissent ce vide immédiat qui se crée autour d'eux. Personne ne les aide. Il ne se trouve pas un prêtre pour les soutenir, leur parler de la mort, les apaiser. L'entourage se fait plus discret, de peur d'affronter leur regard et leur douleur. Les mots se dérobent devant l'étendue du drame et parfois les autorités judiciaires, elles-mêmes, fuient les victimes. On a vu des juges d'instruction refuser tout contact avec des parents d'enfants assassinés pourtant partie civile. Tout se passe alors au travers de l'avocat. Après cette incapacité à retrouver des repères sociaux ou affectifs, les parents éprouvés doivent affronter une deuxième phase de rejet durant laquelle on leur reproche, à mots couverts, de vouloir s'en sortir, de moins pleurer, d'avoir osé sourire. Cette attitude réprobatrice leur donne souvent le sentiment de trahir la mémoire de leur enfant et les enferme un peu plus dans leur désarroi. En 1988, les parents de la petite Delphine ont créé une association, « Aide aux Parents d'Enfants Victimes », pour briser la solitude et tenter d'établir un relais entre les parents mutilés.

Les Villemin connaissent les mêmes affres et supportent en plus la distanciation des habitants de la région, déroutés par le brassage de l'instruction à ciel ouvert, et qui n'en retiennent que l'écume et la rumeur. Dans les magasins ou au cimetière, les villageois se détournent souvent à leur arrivée. Autour d'eux, il ne reste plus que leurs frères et sœurs, à l'exception de Michel et sa femme, pour les soutenir, ainsi qu'un ou deux couples d'amis et la nourrice de Grégory. La multiplication de leurs interviews et la présence de nos voitures de presse au bas de leur immeuble dérangent. On leur reproche à voix basse de trop fréquenter ces Parisiens qui ont blessé la région et ses habitants. On chuchote sur leur désir de refaire un enfant « aussi vite ».

Las d'être la cible des soupçons en tous genres, Christine et Jean-Marie Villemin décident d'adresser un télégramme au Président de la République, François Mitterrand :

> « ... pour mettre fin à toutes ces calomnies qui nous torturent. Nous vous demandons l'autorisation de nous soumettre au sérum de vérité qui existe en Amérique. »

L'idée leur est venue en regardant un film à la télévision. Ils savent que la loi française interdit l'utilisation de cette méthode approximative mais se disent que s'ils sont demandeurs, on la leur accordera peut-être. « Si vous le sentez, ça ne peut pas vous nuire », leur répond Me Garaud, un peu lointain, sans mesurer les retombées de leur démarche. Le couple se discrédite alors dans ce qui apparaît comme une manœuvre.

Le drame a envahi leur existence. Ni l'un ni l'autre n'ont repris leur travail. Ils ressassent toujours la mort de leur fils. Ils n'ont plus rien à faire que de se rendre chaque jour au cimetière, lire les journaux et répondre aux sollicitations des journalistes qui leur téléphonent ou viennent les voir. Le plus assidu est Jean Ker, installé pour l'hiver à l'hôtel du Mouton-Blanc d'Épinal. L'énigme, les lieux, les personnages le passionnent. Il donne libre cours à son goût de l'enquête. *Paris Match* lui laisse toute latitude car l'affaire Grégory se vend bien. Ker est le seul qui leur parle encore de Bernard Laroche et des aveux de Muriel. Christine et Jean-Marie se raccrochent à lui et, peu à peu, vont succomber à son emprise presque paternelle. Il écoute leurs plaintes sur le climat délétère de la région et leur propose une sorte de droit de réponse dans *Paris Match*. En contrepartie, ils se laissent photographier pendant le déménagement de leur maison de Lépanges. Ainsi naît un long article intitulé « Grégory est déjà oublié, c'est honteux », qui reproduit leurs conversations enregistrées au magnétophone. Le couple parle de son honneur bafoué et du poids des rumeurs sur Christine. Elle décrit l'atmosphère dans la vallée, deux mois après la mort du petit garçon.

> « On se sent agressé, critiqué par tout le monde. Ça leur ferait plaisir de me voir pleurer toute la journée. Je vis un véritable cauchemar. J'ai déjà été interrogée trois fois par le juge d'instruction. On colporte qu'il serait sur le point de m'inculper mais qu'il hésiterait encore. C'est ignoble. La lecture des journaux est devenue un vrai supplice. La suspecte désormais, c'est aussi la mère, moi. C'est monstrueux. »

Sur les témoins de la poste, Christine donne sa vision du problème :

> « Moi je crois que les filles ont dit ça au début en se trompant et qu'elles sont prises à leur propre piège. Sauf que le piège, il se rabat sur moi. »

Jean-Marie renchérit :

> « Sur nous, sur notre honneur. La suspicion des avocats de Laroche envers ma femme devient intolérable. Je ne veux pas laisser la porte ouverte à tous les ragots destinés à nous salir. Notre cœur saigne déjà assez comme ça. Mais qu'est-ce qu'ils veulent [1] ? »

Marie-Ange Laroche, interrogée de son côté par Jean-Michel Caradec'h, se plaint elle aussi des rumeurs : le « handicap » de son fils, la jalousie supposée de son époux envers les Villemin et les bruits sur d'hypothétiques relations intimes entre Bernard Laroche et ses belles-sœurs. Frédéric Pottecher, lui-même, contribue à propager ces commérages alors que sa double situation de Vosgien et

1. *Paris Match* du 20-28 décembre 1984.

de chroniqueur judiciaire devrait l'inciter à la prudence. Dans une interview donnée au journal *L'Alsace*, il se fait l'écho des rumeurs locales :

> « J'ai appris que la mère du petit Grégory psychiquement n'est pas très solide. Il est certain qu'elle a déjà fait une fugue (...) Muriel, est-ce qu'elle a eu des rapports avec Laroche, c'est possible, cela se devine vaguement. (...) [1] »

Pottecher croit, lui aussi, deviner derrière l'émergence de ce fait divers un complot de l'extrême droite. Il stigmatise la présence du colonel Argoud lors du meeting du Front national à Épinal et mélange tout : la mort de Grégory, les assassinats de vieilles dames à Paris et les manifestations de chauffeurs de taxis votant pour Le Pen. Il incrimine Roger Descharmes, le procureur général de Nancy, au demeurant peu présent dans ce dossier. Selon lui, ce haut magistrat aurait « orchestré l'affaire, en rapport direct avec la gendarmerie ». Le vieux journaliste fait cette analyse surprenante :

> « Et si cette affaire Grégory n'était qu'un paravent? Cela me rappelle une certaine atmosphère de 1936/1937, la découverte de la Cagoule, du projet de faire sauter le régime [2]. »

Cette phobie de la conspiration partagée de manière aveugle par certains des personnages clés du dossier va nous plonger pendant des années dans une confusion totale au détriment de la vérité. Déjà, l'atmosphère se délite de jour en jour. Personne ne demande à Lambert de mieux tenir son dossier. La cour d'appel de Nancy et le procureur de la République d'Épinal laissent le jeune juge s'engluer dans ce bourbier sans l'aider. Son instruction décousue, une parmi deux cents autres, se déroule comme un livre ouvert. On sait tout des dates d'audition à venir, de ses intentions et de ses interrogations, même si celles-ci doivent être démenties le lendemain.

Dans cette cacophonie, une seule instance réagit, le Conseil de l'Ordre des avocats d'Épinal qui traduit Gérard Welzer devant son conseil de discipline. On lui reproche les violations du secret de l'instruction devant les caméras et sa façon de défendre son client sur la place publique. Sa comparution survient au soir de ses trente ans, dans cette ambiance empoisonnée par des relents de

1. *L'Alsace*, du 30 décembre 1984.
2. La Cagoule : Comité secret d'Action révolutionnaire fondé en 1936 par Eugène Deloncle. Mouvement antirépublicain et anticommuniste de tendance fasciste.

politique et le glissement progressif de l'accusation sur un tiers. Il reçoit une admonestation paternelle, premier échelon dans la gamme des sanctions, qu'il dénonce comme une « jalousie » de ses confrères. Le bâtonnier d'Épinal qui n'a pas d'autorité sur Paul Prompt écrit à son homologue parisien pour s'étonner des méthodes du second avocat de Bernard Laroche. Mais le bâtonnier de Paris, Mario Stasi, s'abstient de répondre plutôt que de critiquer son associé dans ce dossier. Il se montrera néanmoins très discret puis, au bout de quelques semaines quittera cette défense particulière. D'autres avocats feront un passage furtif dans ce dossier, récusés par Me Prompt qui la considère comme une affaire personnelle ou opposés à son système de défense, consistant à entreprendre le procès de l'adversaire.

8

Les artifices d'écriture de Jean-Michel Bezzina ... Des jouets sur la tombe ... Annulations en série ... « Vous ne serez plus inquiétée » ... Briser l'épine dorsale ... Offensive contre les gendarmes ... Le devoir du capitaine ... Dernières visites dans la famille

Bernard Laroche reste en prison. Le 14 décembre 1984, la chambre d'accusation rejette sa demande, suivant en cela les réquisitions de l'avocat général Claude Renauld. Les trois magistrats ont retenu la gravité du témoignage de Muriel dont les rétractations leur paraissent « suspectes ». L'arrêt de dix pages résume l'enquête et détaille les charges pesant sur l'inculpé. Le document conclut que même « si sa culpabilité n'est pas totalement démontrée » il existe à son encontre « des présomptions sérieuses et concordantes de culpabilité, sans même qu'il soit nécessaire de se référer à un quelconque rapport d'expertise (...) [1] ». En apprenant la décision, Laroche s'effondre en larmes dans sa cellule. La famille Bolle est accablée par ce refus et Jean-Michel Lambert lui-même déçu. Il déclarera plus tard qu'il aurait été « soulagé » que la chambre libère l'inculpé [2]. A vrai dire, il ne sait plus comment sortir de la piste Laroche.

La campagne de presse monte alors d'un cran. Jean-Michel Bezzina, *alias* Jean-Michel Jeandon pour *France-Soir*, lance une pre-

1. Arrêt de la chambre d'accusation du 14 décembre 1984.
2. Procès-verbal de Jean-Michel Lambert du 6 février 1989.

mière attaque feutrée contre la mère de Grégory. Évoquant les différentes investigations effectuées par le juge Lambert au sujet de Christine, il écrit :

> « (...) il ne peut empêcher les Vosgiens de la vallée de la Vologne de se dire : " Et si Christine Villemin avait participé au meurtre de son enfant? " Il faut bien appeler un chat, un chat. C'est de cela qu'il s'agit [1]. »

Jeandon-Bezzina est le premier à briser publiquement le tabou d'une éventuelle culpabilité de Christine Villemin. De jour en jour, sa force de conviction va reposer sur une syntaxe répétitive, associant dans chaque phrase ou chaque paragraphe, le nom de Christine aux mêmes connotations négatives. Des artifices d'écriture lui permettent de diffuser ses propres questions, celles des avocats ou des policiers du SRPJ qui attendent toujours leur heure. « Les Vosgiens se demandent... Les villageois pensent... Les habitants se disent... Dans l'entourage du juge, on estime... » Dans la presse écrite et sur RTL, on ne parle plus que de Christine. Ses horaires, ses propos, ses comportements, ses voisins, sa nourrice, son chronométrage, ses sourires, ses larmes constituent une manne pour les journalistes. Une sorte d'instruction parallèle et illégale se développe en toute impunité.

Christine et son époux concentrent désormais la curiosité des journalistes au détriment des autres membres de la famille, y compris Marie-Ange et Muriel. La presse les oublie comme le juge oublie Bernard Laroche au fond de sa cellule. A Bruyères, tous les prétextes sont bons pour rencontrer les Villemin. Ainsi, deux reporters du *Parisien libéré* cherchent une idée originale pour illustrer leur premier Noël sans Grégory. Catherine Tardrew et Gilles Ouaki apportent un petit tracteur et deux paquets cadeaux vides puis les déposent devant la tombe qui n'est encore qu'un caveau provisoire enseveli sous les fleurs blanches. Ensuite, les deux reporters se rendent chez les Villemin et leur proposent de poser devant la sépulture de leur fils. Jean-Marie et Christine arrivent les premiers au cimetière et, surpris, découvrent les cadeaux sans savoir qui a pu les déposer. Au même instant, le photographe prend plusieurs clichés. En quittant les lieux, Jean-Marie s'interroge sur la provenance de ces paquets. Les deux reporters avouent le subterfuge. Plus tard, ils « oublient » les colis dans le train qui les ramène

1. *France-Soir* du 14 décembre 1984.

à Paris. Le surlendemain, un article du *Parisien libéré* indique que les cadeaux ont été déposés par les parents de Grégory. « Un geste d'amour », explique la légende de la photo [1].

Une autre mise en scène va suivre quelques jours plus tard pour illustrer, cette fois, le réveillon du 31 décembre. Deux journalistes de *France-Soir Magazine* offrent aux Villemin une bouteille de champagne, un gâteau et des fleurs posés d'autorité sur la table. Une fois encore, Christine et Jean-Marie se laissent faire, dans l'espoir que leur solitude rappelle au pays tout entier la perte de leur fils dont plus personne ne se soucie. « Le réveillon le plus déchirant de France », titre l'hebdomadaire [2]. Mais l'espérance des Villemin est puérile car le public ne retiendra de ces clichés que leur aspect factice et indécent.

Quelques jours après avoir refusé la liberté de Bernard Laroche, la chambre d'accusation de Nancy annule les expertises contenues dans le dossier. Le procureur Lecomte d'Épinal a, en effet, détecté un certain nombre de vices de forme dans l'instruction du juge Lambert. Les magistrats font tomber quatorze pièces de la procédure, essentiellement les désignations d'experts, leurs rapports et leurs courriers. Jean-Michel Lambert s'est trompé en demandant aux gendarmes de désigner eux-mêmes les experts en écriture par voie de réquisition : l'article 156 du code de procédure pénale indique que c'est au juge d'instruction de le faire par voie d'ordonnance.

Le commandant Chaillan avait relevé cette erreur dès le début du mois de novembre et l'avait signalée au magistrat. L'officier relate dans un deuxième rapport interne à la gendarmerie la réaction de Jean-Michel Lambert face à sa remarque :

> « ... (il) m'a répondu d'un ton catégorique et en substance qu'il n'y avait absolument aucune difficulté en la matière. (...) Comme je demandais au juge s'il avait consulté le *Jurisclasseur* [3], ce magistrat m'a répondu par la négative mais qu'il s'était renseigné. (...) [4]. »

Le juge ayant refusé de corriger son erreur, les deux expertises en écriture sont annulées et retirées du dossier, ainsi que les pièces

1. *Le Parisien libéré* du 21 décembre 1984.
2. *France-Soir Magazine* du 5 janvier 1985.
3. Le *Jurisclasseur* est un recueil de jurisprudences et de doctrines. La jurisprudence est un document renfermant les jugements des tribunaux et les arrêts de cour d'appel et de la Cour de cassation.
4. Rapport du commandant Charles Chaillan du 10 décembre 1984.

comportant les avis émis par les deux spécialistes : trois courriers et le procès-verbal de la réunion du 30 octobre 1984.

L'expertise des voix subit le même sort. Cette fois, le juge a bien désigné les deux médecins phoniatres par ordonnance, mais il ne les a pas choisis sur une liste agréée par une cour d'appel ou la Cour de cassation. Il en avait le droit, à condition de motiver sa demande et de faire prêter serment aux deux experts. Cela n'a pas été fait. L'étude des voix est retirée à son tour du dossier. Dans la foulée, la chambre annule également le rapport du colonel Argoud, qui n'avait eu aucune incidence sur le déroulement de l'enquête.

Le dossier est ainsi vidé subitement d'une partie de sa substance, pourtant les avocats de Bernard Laroche restent insatisfaits. Mes Prompt et Welzer avaient demandé l'annulation de tous les procès-verbaux de Marie-Ange et Bernard Laroche, de Muriel et des témoins relatifs à leurs emplois du temps du 16 octobre 1984. Mais les magistrats de Nancy n'ont pas relevé d'erreurs de procédure entachant ces pièces. Les avocats de Bernard Laroche ne désarment pas, car le procès-verbal de Muriel est l'épine dorsale de l'accusation. Mes Prompt et Welzer mettent bientôt à jour deux nouvelles erreurs de procédure qui leur avaient échappé jusque-là. Première erreur : l'absence du greffier dans la voiture où se trouvaient le juge et Muriel lors de la reconstitution du parcours décrit par la jeune fille. Seconde erreur : l'oubli de Jean-Michel Lambert de rédiger l'autorisation de prolongation de garde à vue demandée par les gendarmes le 3 novembre à 9 h 30. Les enquêteurs avaient besoin d'une demi-heure supplémentaire pour faire examiner Muriel par son médecin de famille. Le juge avait donné son accord verbalement en promettant de le régulariser par écrit aussitôt. Les gendarmes ont donc anticipé en notant sur le procès-verbal être en possession d'une permission dûment motivée. A l'étude du dossier, les avocats n'ont pas retrouvé cette autorisation écrite. Ils estiment que la référence à cette pièce inexistante constitue un fait inventé, suffisant pour enlever toute sincérité à la déposition relatant l'enlèvement de Grégory. La défense va transformer cette négligence en faute lourde. Pour elle, il y a eu faux en écriture publique et usage de faux pour faire pression sur un témoin. Le 21 décembre 1984, lors d'une présentation de scellés dans le cabinet du juge, les avocats enjoignent le magistrat de demander lui-même à la chambre d'accusation l'annulation de ces deux procès-verbaux gênants pour leur client. En clair, le magistrat doit dénoncer ses propres erreurs auprès de sa hiérarchie avec le risque, à terme, d'être sanctionné par un dessaisissement « dans l'intérêt d'une bonne administration de la justice », selon la formule consacrée.

La manœuvre est subtile. L'étau se referme sur le juge. Or, Jean-Michel Lambert n'a pas envie de se sacrifier. Et, contrairement aux apparences, les avocats ne le souhaitent pas. Ils ont conquis sur le magistrat une influence certaine qu'ils perdraient si le dossier était transmis à un autre juge du ressort de Nancy ou d'une autre juridiction. Mais en mettant la pression sur Lambert, ils veulent le pousser à écarter les gendarmes. Si le juge ne fait pas annuler les deux procès-verbaux, ils porteront plainte contre les militaires pour faux en écriture publique et usage de faux. En clair, c'est eux ou lui. En cette veille de Noël 1984, le juge Lambert a donc le choix entre se saborder ou laisser accuser les gendarmes d'avoir usé d'un faux, alors qu'il ne s'agit que d'un oubli de sa part. Il dispose des fêtes de fin d'année pour trouver une parade à ce nouvel assaut de la défense.

Pour prolonger sur la scène publique la tactique employée auprès du juge Lambert, les avocats permettent aux journalistes de *L'Humanité-Dimanche, France-Soir* et *L'Est républicain* de réaliser une interview de Muriel. Ce sont les seuls médias autorisés à l'approcher depuis ses rétractations devant les micros des radios et des télévisions. Elle raconte à Serge Garde, Lionel Raux et Jean-Michel Bezzina les pressions et menaces dont elle affirme avoir été victime lors de sa garde à vue. L'hebdomadaire communiste force le trait en écrivant que Muriel a « craqué après vingt-neuf heures de garde à vue [1] ». Or ce sont ses aveux, survenus au début de son interrogatoire, qui ont déclenché cette procédure de rétention à la brigade de Bruyères.

Rien de tout cela n'échappe aux gendarmes. Le capitaine Sesmat, mortifié par les attaques répétées contre leur travail, rédige un nouveau rapport relatant les conditions de la garde à vue de Muriel. Les horaires, la nuit passée à la brigade, l'attitude des gendarmes à son égard, le comportement de l'adolescente, tout est détaillé sur cinq pages. L'officier est catégorique :

> « Jamais Muriel n'a été menaçée de “ maison de correction ”, jamais elle n'a fait l'objet de questions violentes ou menaçantes. Au contraire, quand elle a commencé a avouer que sa

1. *L'Humanité-Dimanche* du 23 décembre 1984.

première déposition était fausse, que les faits s'étaient déroulés différemment et que Laroche l'avait emmenée chercher Grégory, les enquêteurs se sont montrés extrêmement prudents (...). »

Le capitaine qualifie la tactique des avocats de « manœuvre procédurière qui va de pair avec une campagne de presse absolument inadmissible et incroyable ». Il révèle à ses supérieurs que les experts se sont plaints auprès de lui de pressions exercées par la défense de Bernard Laroche, notamment Me Welzer.

« Ces faits ont été rapportés au juge d'instruction, précise le capitaine, mais sans résultat [1]. »

Étienne Sesmat rédige des rapports qui remontent à la direction de la gendarmerie, mais il se tait. Le devoir de réserve lui interdit de défendre publiquement ses hommes. Saint-Cyrien, diplômé de criminologie, ce capitaine de trente et un ans, père de deux enfants, est désormais pour les avocats et la presse une cible facile car muette. Sa silhouette mince sanglée dans l'uniforme, son port de tête grave et un sourire aussi pâle que son teint lui donnent un faux air candide. On le dit naïf, trop tendre avec son visage fin et ses oreilles décollées pour envisager le pire. Sous ses airs fragiles, il est pourtant rompu aux assassinats, aux autopsies, et s'il éprouva de la gêne un jour autour d'une table de dissection, c'est quand Jean-Michel Lambert demanda à tous les participants de se regrouper autour d'un cadavre pour une curieuse « photo de famille ».

En militaire discipliné, il va encaisser une multitude de coups sans jamais broncher, même quand sa mise en cause deviendra caricaturale. Grand amateur de golf, Étienne Sesmat est un solitaire qui ne sait pas communiquer avec les journalistes. Il n'a pas le don des confidences retorses et intéressées. C'est pour ne pas violer le secret de l'instruction qu'il s'est empêtré devant nous dans ses paraboles pleines de « loups qui hurlent dans la jungle ». Son sens du devoir lui vaut désormais un mépris condescendant des avocats, des journalistes et de son propre directeur d'enquête, le juge Lambert. Puisqu'il se tait, il devient le bouc émissaire parfait, portant le poids de toutes les erreurs accumulées depuis le 16 octobre. Sa hiérarchie, frileuse devant la presse et les avocats, se contente d'assister à sa mise en pièces sans réagir.

1. Rapport d'Étienne Sesmat du 24 décembre 1984.

Lambert se heurte à un casse-tête. Qu'on en juge : l'enquête s'est en grande partie effondrée, Muriel s'est rétractée, le foulage a disparu et les diverses expertises n'existent plus. Par ailleurs, l'une des lycéennes qui disait l'avoir vue monter dans une voiture conduite par un homme et prendre la direction de Lépanges a fourni un point de repère erroné. De même pour le chauffeur du bus qui affirme qu'elle n'était pas dans le car ce soir-là. Bien que ces contradictions soient discutables puisque Muriel n'est jamais rentrée chez elle en voiture un autre jour, elles fragilisent leurs témoignages. Le magistrat est bloqué. Soit il continue de stagner sur la piste Laroche, et il se heurtera de plein fouet à la défense. Soit il l'abandonne et il s'engage à l'aveuglette vers la mère sur laquelle son dossier est encore inconsistant. Jean-Michel Lambert n'a qu'une certitude : il ne lâchera pas son coupable sans le remplacer par un autre.

En attendant, Lambert donne des gages aux défenseurs de Bernard Laroche. Ainsi pour les expertises en écriture. Bien qu'alerté depuis le début du mois de novembre, le magistrat n'a pas cherché à redresser l'erreur de désignation de Mmes Berrichon-Seyden et Jacquin-Keller. Il savait donc que les rapports risquaient d'être annulés et n'a rien fait pour l'éviter. Ensuite, et bien avant que le procureur ne détecte à son tour l'erreur, il a suivi les conseils de Prompt et Welzer qui lui ont demandé de choisir deux nouveaux experts « pris hors de la région de manière à ce que leur travail puisse s'effectuer dans la sérénité indispensable [1] ». Dès la mi-novembre, Lambert a contacté Alain Buquet qui lui avait été recommandé. Le spécialiste, assisté de Françoise de Ricci, est nommé cette fois de manière régulière. Quant à l'expertise des voix qui a désigné six hommes dont l'inculpé, elle est purement et simplement abandonnée.

La piste de la mère repose pour l'heure sur les témoignages des filles de la poste, apparus treize jours après le crime. Depuis, les gendarmes ont retrouvé la commande d'un vêtement et le chèque de 165 francs que Christine Villemin a posté la veille. Cependant, aucune vérification n'est lancée pour vérifier la cohérence des quatre témoignages. C'est parole contre parole, celle des ouvrières contre celle de la mère. Lambert donne sa préférence à celle des filles de la poste. Le 24 décembre au matin, il convoque la mère de Grégory à Lépanges pour une reconstitution de son parcours de

1. Courrier de Gérard Welzer du 9 novembre 1984.

l'usine jusqu'à son domicile en passant par l'immeuble de la nourrice. Ce contrôle s'effectue entre 10 h 30 et 11 heures, dans des conditions de circulation et d'éclairage différentes de celles du 16 octobre, puisque Christine quittait son travail à 16 h 53.

La mère de Grégory, menue dans un jean étroit et un manteau raglan noir, monte dans une R 5 mise à sa disposition et s'exécute. Depuis l'usine, Lambert la suit dans une autre voiture, chronomètre en main. Chez la nourrice et dans sa maison, elle doit mimer son attitude lorsqu'elle a récupéré son fils puis tous les actes accomplis jusqu'à l'instant où, aidée de ses voisins, elle a commencé à le chercher. Lambert s'interroge sur ses horaires et le chronométrage de son parcours. Il découvre ainsi un élément capital : la vie de l'usine MCV est réglée avec sept minutes d'avance sur la vie du village. Les ouvrières prennent et quittent leur travail avec cette avance de façon à attraper le train pour Épinal ou pour Gérardmer. Les Villemin s'étaient adaptés à ce rythme. La pendule de régulation du chauffage située dans l'entrée avançait donc de sept minutes par rapport à l'heure officielle. Dès ses premiers interrogatoires, Christine s'est exprimée en heure « usine et maison » d'où un décalage avec les données de la nourrice s'exprimant en heure « village ». Cette constatation étant faite, les données s'accordent. A la fin de ses vérifications, le juge Lambert s'avance vers la jeune femme :

— Soyez rassurée Madame, les choses sont claires. Cette reconstitution était nécessaire mais vous ne serez plus inquiétée.

Le magistrat serre la main de Christine et Jean-Marie Villemin soulagés. Les articles du 25 décembre 1984 confirment les assurances du juge. L'article de Marie-France Lefevre-Bezzina dans *Le Quotidien de Paris* résume ceux de son mari dans *France-Soir*, *Le Figaro*, et sur les fils d'agences :

« Les rumeurs (...) doivent aujourd'hui cesser. Mme Villemin ne doit plus être montrée du doigt, ses allées et venues épiées, ses réactions commentées. (...) Le juge d'instruction a hier, de toute évidence, fermé définitivement l'une des portes de l'enquête. »

Jean-Marie Villemin enfonce ses ongles dans la table de salle à manger. Il ne se rend même pas compte de son geste. Il parle sans cesse et je l'écoute, fascinée par sa douleur à l'état pur. Ses yeux se brouillent à chaque évocation de son fils. Christine, moins expressive, s'exprime toujours d'une voix atone. Elle est si pâle qu'on la dirait vidée d'énergie et de sang. Des cernes soulignent son regard sombre. Parfois, ses joues se colorent un peu. Elle s'assied sur le bord du canapé, le dos un peu voûté, les mains jointes entre ses genoux. Ils me reçoivent longuement pendant cet hiver qui glace les nuits de l'Est par moins trente degrés. Cette année, la terre tremble à intervalles réguliers. Les Vosges sont en bordure du fossé rhénan et la vallée du Rhin constitue l'une des régions les plus sensibles de France. Cette autre actualité me ramène vers Saint-Dié, vers Remiremont et donc vers eux. Malgré les routes impraticables, je ne résiste pas à l'envie de faire un détour par Bruyères pour grimper les quatre étages de leur HLM. Tous les autres reporters sont repartis vers Paris. Les conditions climatiques et les fêtes de fin d'année les ont dispersés un peu partout. Dans la chaleur de leur petit appartement, Christine m'épargne désormais le supplice du café. Je bois du thé comme elle et, dans la petite cuisine, l'eau bout en permanence pour nous deux.

Les photos de Grégory passent et repassent entre nos mains. J'apprends à connaître leur fils disparu. Ils me promettent de rechercher dans les cartons du déménagement la cassette vidéo de leur dernier Noël en famille sur laquelle on voit danser l'enfant. « Il ne parlait plus comme un bébé », précise sa mère en s'animant à cette réminiscence heureuse. Ainsi je pourrai le voir vivre, l'entendre et recopier l'enregistrement de sa voix. Je projette de reconstituer toute l'affaire pour un magazine spécial que m'a commandé la rédaction. Charles Villeneuve veut relancer l'affaire, trop égarée dans les batailles obscures de procédure. Je pourrai aussi enregistrer la voix du corbeau conservée sur des cassettes dupliquées. Mon reportage débuterait avec la diffusion de ces deux voix inédites, celle de l'enfant et celle, sans doute, de son assassin. Un double scoop en perspective.

Je m'immerge avec passion dans leur histoire. Toutes leurs questions tournent autour de cette généalogie défaillante que dénonçait le corbeau. Qui est l'autre « bâtard », l'obsession de l'homme à la voix rauque? Quelle haine Grégory a-t-il payée? Ils comparent des photos, imaginent des ressemblances sur certains visages aux lèvres fines, la caractéristique des Villemin. Ils cherchent des complices éventuels et croient les trouver facilement. Ils me prennent à témoin mais je ne peux que les écouter. Jean-Marie est amer vis-à-vis de ses parents et de leur protection évidente de Michel. Le jour de Noël, il a rapporté une décoration mortuaire avec ce mot lapidaire : « Ne gaspillez pas votre argent pour Grégory. Nous n'en voulons pas de la part de ceux qui soutiennent le vice. » En revanche, ils se sont réconciliés avec Jacky à la suite de l'inculpation de Bernard Laroche. Pendant le voyage du retour vers Strasbourg, je revois le film de nos rencontres. J'oppose mes sensations à la rumeur contre laquelle il est si dur de lutter. Un soir, sur le pas de la porte, un peu maladroite, je leur offre mes vœux pour l'année 1985. Des vœux! Plutôt de simples mots pour les encourager à revivre. Je ne devrais pas le faire, mais j'ai le sentiment d'avoir traversé, sans le vouloir, le mur de ce fait divers. Comme moi, d'autres journalistes leur adressent des cartes de vœux ou les glissent discrètement dans leur boîte à lettres. Je cache ces moments privilégiés à ma rédaction de crainte de devoir exploiter ce « vécu », comme l'on dit dans notre jargon. Mais je note tout sur mon cahier, les éléments et mes impressions.

Albert et Monique Villemin me reçoivent avec la même gentillesse que Christine et Jean-Marie. L'hiver leur semble rude et l'enquête est en sommeil. Ils s'ennuient car les visites se font rares. Finalement, je me rends compte qu'ils regrettent un peu les journalistes malgré leurs excès. Sans doute ce tourbillon permanent autour d'eux les a-t-il aidés à repousser leurs fantômes. Monique tient même à m'embrasser. Je la laisse faire. Michel, livide, souffre d'un lumbago et grimace à chaque mouvement. Ginette, sur le qui-vive, me regarde avec méfiance et ne m'adresse pas la parole.

Albert vit dans la hantise d'un nouveau malheur. Il parle de tout vendre et de partir mais il ne connaît qu'une terre, celle de sa naissance. Sur la table de la salle à manger, le grand-père étale les journaux conservés depuis le début de l'affaire. On dirait un blessé montrant ses plaies. Lionel, aux cheveux blonds et au petit nez retroussé, tente de résister à la tempête. Mais à l'école, des gosses ont glissé dans son cartable des cahiers remplis de coupures de journaux. Depuis trois mois, il porte son nom comme une croix.

Les grands-parents me font entendre l'enregistrement d'un appel anonyme reçu un mois après le crime. Un homme jeune à la voix moqueuse affirme avoir noyé Grégory et filmé sa mort. Le juge et les enquêteurs leur ont assuré qu'il s'agit d'un plaisantin, mais l'audition est effrayante. L'assassinat de leur petit-fils a réveillé un nombre incalculable de pervers qui se défoulent par téléphone ou par courrier. Les familles, les enquêteurs et les juges recevront des milliers de lettres de délation, d'insultes et de délire souvent pornographique. Quant au crime, les grands-parents croient que Bernard Laroche est le corbeau mais n'imaginent pas qu'il soit l'assassin. Ils n'envisagent pas non plus une complicité de Michel. Je me hasarde :

— Et Christine ?

La grand-mère secoue la tête, approuvée par Albert.

— Non. Je n'ai jamais douté de Christine.

Monique parle de sa belle-fille avec affection et ne cache pas qu'elle est la préférée des trois. Les rapports avec Liliane sont inexistants depuis toujours. Ginette est une femme impénétrable qui retient ses sentiments. A l'opposé, Christine, enjouée, aime s'amuser et recevoir. Leur réaction conforte mes propres impressions.

J'aimerais rencontrer Marie-Ange Laroche mais elle refuse toute visite sans l'accord de son avocat qui estime qu'il est trop tôt pour qu'elle s'exprime. Muriel, toujours protégée par la tribu des Bolle, reste cloîtrée et inaccessible. De retour chez moi, je trace sur mon cahier un tableau répertoriant d'une part les noms des auteurs et des complices éventuels et le mobile du crime, d'autre part cinq scénarios possibles. Je remplis les cases mais sans conviction. Aucune des combinaisons apparues ne me satisfait.

9

Attaques à la hussarde ... L'Élysée répond aux Villemin ... Lambert entre candeur et confusion ... Une dictée pour un « grand boum » ... « La campagne dont je suis l'objet » ... Le choix de Ponce Pilate ... « C'est pas moi, c'est Prompt » ... La mise à mort des gendarmes ... L'ultime coup de fil

Maître Paul Prompt ne prend pas de vacances. Il rend une visite à Bernard Laroche le jour de Noël et peaufine son plan pour le faire libérer. Le temps presse. L'inculpé est en prison depuis deux mois et, pour l'avocat comme pour son commanditaire Benoît Bartherotte, les résultats se font attendre. Sans en référer à Me Welzer, Paul Prompt dépose ainsi en cavalier seul, dès le 8 janvier 1985, une nouvelle demande conjointe de mise en liberté de son client et d'annulation des procès-verbaux essentiels. Le mémoire est un réquisitoire contre les enquêteurs, accusés d'avoir produit un faux, fait pression sur Muriel et rédigé sa déposition de manière « littéraire ». De plus, le texte oriente ouvertement les soupçons sur Christine Villemin. L'avocat ne se contente plus de suggérer l'hypothèse de l'accident mais avance celle du crime.

> « Pour aussi atroce que soit cette hypothèse, écrit-il, il faut bien reconnaître que la seule personne dont on soit sûr qu'elle ait vu Grégory Villemin en vie pour la dernière fois est sa mère, Christine Villemin. »

Le mémoire s'achève sur l'inévitable couplet politique et sur la manipulation de l'opinion publique, obsession de Prompt. L'avocat accuse les Villemin et leur défenseur d'un

> « ... calcul délibéré de dramatisation et de tension artificielle (...) et la volonté d'exploiter à des fins bassement politiciennes une affaire qui soulève une émotion légitime [1] ».

Pour étayer son propos, Me Prompt rédige un second mémoire intitulé « Les invraisemblances et les contradictions de la partie civile » qui égrène des éléments tels que la fausse fugue dans le Midi, les filles de la poste et des imprécisions d'horaires entre la nourrice et Christine. L'avocat accuse également la jeune mère d'avoir orienté les gendarmes sur Bernard Laroche pour détourner leur attention. Bref, Paul Prompt reprend le dossier comme si rien n'avait été recoupé ni vérifié depuis deux mois. Peu lui importe que Christine Villemin se soit déjà expliquée sur cette « fugue », que des témoins aient confirmé sa version, que ses horaires aient été vérifiés, la lettre postée la veille retrouvée, que les filles de la poste se trompent sur son habillement et que Jacky, Monique et même Michel Villemin aient cité le nom de Bernard Laroche bien avant elle. Il fait une confusion de dates, volontaire sans doute puisque Christine raconta les avances de son cousin alors qu'aucun soupçon ne pesait sur elle. Enfin, il semble oublier que l'intérêt des gendarmes pour Bernard Laroche a débuté avec l'intervention inopinée de Marie-Ange lançant des soupçons sur Jacky puis sur les Hollard. En fait, l'analyse de Me Prompt n'a pas varié depuis l'inculpation de son client. Les vérifications, les procès-verbaux, les précisions apportées par Christine Villemin ne troublent pas son raisonnement qui ne s'embarrasse pas de vraisemblance. Sa démarche en solitaire lui attire même des reproches de Me Welzer qui préfère jouer plus finement et miser notamment sur les prochaines expertises en écriture.

Mais Prompt enfonce toujours le même clou jusqu'à ce qu'il atteigne son but. Ses attaques à la hussarde ébranlent le juge qui ne connaît pas son dossier dans le détail. Un jour, il s'est même fait résumer par un gendarme certaines dépositions qu'il avait omis de lire. Il réagit aux sollicitations de la défense mais sans prendre l'enquête à bras-le-corps dans un sens ou dans un autre. Il attend toujours l'élément miracle qui le sortirait du bourbier.

1. Mémoire de la défense du 8 janvier 1985.

Dès son retour au travail, Jean-Michel Lambert vérifie donc les nouvelles questions d'horaires décelées par l'avocat. Un exemple : Christine a dit avoir alerté les gendarmes aux alentours de 17 h 55, après de vaines recherches pour trouver son fils. Mais le rapport de la gendarmerie fait état d'un appel de Mme Villemin à 17 h 30. En fait, il s'agissait du coup de fil de Monique Villemin alertée par son fils Michel dès 17 h 30 et qui a prévenu les gendarmes quelques minutes plus tard, vers 17 h 45. Christine, encore occupée à questionner ses voisins, a bien appelé la brigade aux alentours de 18 heures. Toutes les vérifications disculpent la mère, et *L'Est républicain* qui suit tout au jour le jour annonce bientôt : « Le témoignage de la mère confirmé sur toute la ligne [1]. »

Dans le même temps, les Villemin reçoivent une lettre de Paule Dayan, proche collaboratrice de François Mitterrand, en réponse à leur demande d'être soumis au sérum de vérité. Si ce point douteux est évacué derrière un « problème de procédure », la teneur du courrier rassure les parents de Grégory.

> « Le chef de l'État comprend et compatit à votre douleur. Vous pouvez être assurés que tous les moyens sont mis en œuvre par la justice afin que l'information qui suit son cours soit particulièrement approfondie et conduite dans les meilleurs délais [2]. »

Ces phrases humaines, même si elles sont surtout polies, impressionnent le couple. Pour la première fois depuis des semaines, les parents de Grégory sentent de la compassion à leur égard. Ils se reprennent à espérer, d'autant que Jean-Michel Lambert refuse pour la seconde fois la liberté de Bernard Laroche. Dans ce contexte et après les vérifications positives concernant Christine, tous deux envisagent de reprendre leur travail, lui à l'usine Autocoussin et elle à la MCV. Leur vie est entre parenthèses depuis trois mois, ils vont devoir lui donner de nouvelles bases.

A Paris, Alain Buquet, l'expert en écriture, prend connaissance du dossier dans le courant du mois de janvier. A la même époque, il reçoit un courrier du commandant Chaillan lui demandant s'il est encore possible d'exploiter le foulage L.B. décelé sur la lettre du 16 octobre écrite peu avant le crime. L'expert n'apprécie pas du tout cette orientation de travail, qui s'ajoute à des coups de télé-

1. *L'Est républicain*, du 18 janvier 1985.
2. Lettre de Paule Dayan du 21 janvier 1985.

phone sur le même sujet du commandant Chaillan. Il considère cette intervention d'un enquêteur dans son travail comme une pression. Quoi qu'il en soit de son avis sur le fond, Alain Buquet démarre son expertise avec un œil très critique sur l'enquête de la gendarmerie ayant abouti à l'inculpation de Bernard Laroche. Par ailleurs, il se forge très vite une opinion : Christine Villemin est l'auteur possible des lettres anonymes. Lui et sa collaboratrice travaillent d'une part sur des dictées faites par la jeune femme dès le surlendemain de la mort de son fils, d'autre part sur des lettres ou documents fiscaux datant d'avant le 16 octobre et collectés par les gendarmes. Pour étayer cette impression, Alain Buquet demande au juge Lambert d'organiser à Épinal une dictée collective à la Clouzot sous le prétexte de réunir de nouveaux documents. En fait, les experts veulent recueillir de nouveaux échantillons de l'écriture de Christine sans éveiller sa méfiance. En outre, pendant la dictée, ils pourront fixer toute leur attention sur la mère de Grégory.

A Épinal, le juge accepte de me recevoir dans un tribunal déserté. Pour la première fois, j'ai avec lui une discussion longue et franche. Il s'avoue prêt à un mea culpa public sur le cas de Bernard Laroche.

— Je suis moins convaincu de sa culpabilité, me dit-il, mais plus ou moins de celle de Christine.

Je m'étonne. Le même homme déclarait pourtant quelques jours plus tôt à la mère de Grégory : « Vous ne serez plus inquiétée. »

— Mais je croyais que tout était clair pour elle!

Lambert n'argumente pas. Nous évoquons la prochaine confrontation entre Muriel et les gendarmes dont il dit ne rien attendre. Il se déterminera sur l'impression que lui laisseront les uns et les autres. En revanche, il compte beaucoup sur les expertises en écriture. Son raisonnement est simple : si Bernard Laroche est à nouveau désigné, il reste en prison. Si l'expertise le disculpe et désigne un tiers, il le relâche. Je le mets en garde contre les conséquences d'une libération de l'inculpé sur un simple rapport d'expertise. Jean-Marie Villemin est écorché vif. Si on ne lui prouve pas l'innocence de son cousin et si on ne lève pas l'hypothèque Muriel, il commettra le pire. Lambert me sourit comme si je lui racontais une histoire romantique. Je me rends compte qu'il n'a pas pris la mesure de la douleur des parents de Grégory. L'entretien me laisse dans l'expectative. Je suis touchée par la franchise du magistrat mais déroutée par la confusion de ses propos.

Quelques jours plus tard, Christine et Jean-Marie Villemin arrivent au palais, pensant qu'il s'agit d'une présentation de scellés. Sur place, ils découvrent l'objet de la convocation. Selon le plan de l'expert, outre les parents de Grégory, six personnes sont soumises au même exercice : Roger Jacquel, Marie une belle-sœur, Jacky, Liliane, Marie-Ange et Bernard dans sa cellule. Jean-Marie Villemin se rebiffe. A quoi correspond cette dictée alors que les questions sur sa femme ont été balayées de jour en jour? La rumeur va reprendre, dit-il, tous les journalistes sont dehors. Lambert tente de rassurer le couple en affirmant qu'il ne s'agit que d'un simple contrôle. Il prévient Jean-Marie :

— Si vous refusez d'écrire, cela risque d'être mal interprété par la presse.

Malgré l'absence de Garaud, le couple se plie à sa demande et renonce une nouvelle fois à ses prérogatives de partie civile. Pendant l'épreuve, Christine sent peser sur elle, de bout en bout, les regards appuyés des deux experts. Plus tard, ceux-ci vont superviser la dictée de Bernard Laroche à la prison de Nancy. Que se disent à cette occasion les experts et les avocats? En tout cas, Gérard Welzer, évoquant les conclusions à venir, glisse un peu plus tard à Jean Ker, toujours présent :

— Quand ça va sortir, ça va faire un grand boum...

Mes Prompt et Welzer ne semblent plus douter de la libération prochaine de leur client. Mais ils savent que la victoire sera partielle tant que le fameux témoignage de Muriel ne sera pas annulé. En dépit de leurs demandes répétées depuis deux mois, Jean-Michel Lambert ne parvient pas à trancher cette question. Aussi mettent-ils leur menace à exécution. Et le 24 janvier, à l'issue de la dictée collective, les avocats portent plainte au nom de Bernard Laroche contre cinq gendarmes pour faux et usage de faux. Plus grave, ils ajoutent un nouveau grief : subornation de témoin, en l'occurrence Muriel. Ils s'appuient pour cela sur les contradictions existant depuis le premier jour (mais jamais éclaircies) dans les récits de la jeune fille, preuve à leurs yeux qu'on lui a soufflé un témoignage fantaisiste.

Les militaires encaissent l'attaque en silence. La plainte reprend le thème récurrent d'une manipulation visant le rétablissement de la peine capitale. Elle assimile les mouvements agressifs de la foule envers l'inculpé lors de sa confrontation avec Muriel à un complot de Légitime Défense :

« (...) les auteurs de menaces de mort s'abritent derrière l'anonymat pour poursuivre leur entreprise qui n'est pas le fait d'une émotion spontanée et isolée mais le résultat d'une opération calculée et organisée. A signaler que ces menaces sont orchestrées par un groupe qui a mis en circulation une pétition pour demander le rétablissement de la peine de mort et que la campagne dont je suis l'objet (c'est Bernard Laroche qui est censé écrire) est destinée à appuyer dans l'opinion celle en faveur du rétablissement de la peine de mort [1]. »

Jean-Michel Lambert ne croit pas aux pressions et aux menaces avancées par l'adolescente. Lui-même a recueilli son témoignage enrichi de nouveaux détails. A plusieurs reprises, en tête à tête, Muriel lui a assuré s'être exprimée librement. Il a posé la même question aux différents témoins confirmant soit son absence dans le car soit sa présence dans une voiture conduite par un homme. Aucun ne s'est plaint de pressions ni de contraintes.

— Je n'ai jamais pensé que Muriel Bolle avait été brutalisée, malmenée ou menacée par les gendarmes [2],

déclarera le magistrat cinq ans plus tard devant le président Simon chargé de la seconde instruction. Mais face à l'estocade portée par les avocats, Lambert joue les Ponce Pilate et ne bronche pas pour défendre ses enquêteurs. Entre eux et lui, il a choisi. La nomination de la police judiciaire de Nancy n'est plus qu'une affaire de quelques jours. Les militaires fulminent contre la couardise du juge. Ils en veulent également à Gérard Welzer, qui connaît bien les cinq sous-officiers incriminés. Président d'un club de football local, l'avocat a souvent organisé des matches avec eux. Il est à même d'apprécier leur incapacité à fabriquer un faux témoignage pour envoyer un innocent en prison.

— C'est dégueulasse ce que vous faites, lui dit un jour un gradé, vous savez bien que ce sont des gars honnêtes.

— C'est pas moi, c'est Prompt, se défend Welzer avant de filer sans autre commentaire.

Dans ces conditions, la confrontation devient la chronique d'une faute annoncée. Les cinq gendarmes, crispés, défilent devant nous à l'entrée du palais, en file indienne. Le capitaine Sesmat et le

1. Plainte de Bernard Laroche du 24 janvier 1985, p. 8.
2. Procès-verbal de Jean-Michel Lambert du 6 février 1989.

commandant Chaillan, humiliés de l'affront, suivent de peu leurs hommes. Nous les regardons, plutôt amusés de voir cinq sous-officiers et deux officiers aux prises avec une gamine de quinze ans et demi. Sur les trottoirs bordant le palais, nous sommes presque tous rassemblés, dûment alertés et ravis de ces retrouvailles « après un mois de vacances » écrira le lendemain Denis Robert dans *Libération*. Il manque bien quelques reporters envoyés en Nouvelle-Calédonie pour couvrir les affrontements entre Caldoches et Kanaques, mais dans l'ensemble les habitués sont présents. Personne ne voudrait manquer un épisode du dossier. Malgré le froid intense, les badauds se groupent à l'entrée du tribunal pour tenter d'apercevoir, dans la bousculade, les héros de leur feuilleton. Muriel apparaît, encadrée par une dizaine de familiers qui la serrent de près. Elle a conservé son allure de petite bête traquée aux yeux humides que nous lui connaissons depuis le 6 novembre dernier.

Le juge entend séparément les cinq gendarmes, puis Muriel, et enfin les réunit. Deux blocs s'affrontent. D'un côté, les militaires unanimes pour décrire sa détente après ses aveux. Elle était, disent-ils, « très détendue », « exubérante », « soulagée », « plus bavarde et plus précise [1] ». Ils reconnaissent tous que ses propos tenus dans un vocabulaire restreint ont été retranscrits de manière littéraire, mais nient les avoir dénaturés. Même unanimité pour dire qu'elle a dessiné elle-même les deux croquis dont celui du circuit dans Lépanges. Leurs souvenirs sont plus flous pour savoir qui de Muriel ou des enquêteurs a cité en premier les noms des villages qu'elle aurait traversés avec son beau-frère. La jeune fille reconnaît avoir dit devant son père et le médecin : « Oui, je suis bien. Les gendarmes c'est mes copains », mais maintient par ailleurs avoir été menacée de maison de correction, sans pouvoir désigner l'auteur de ces menaces. La confrontation tournerait à l'avantage des gendarmes s'ils ne précisaient pas les uns et les autres que le plan de Lépanges a été dessiné par le gendarme Bardot avec des repères (poste, carrefour, église, etc.) pour que Muriel s'y retrouve. La jeune fille affirme qu'elle a tracé le parcours en suivant le doigt de l'enquêteur. C'est l'obstacle qui va faire tomber les gendarmes.

1. Procès-verbal de confrontation de Muriel et des gendarmes, le 29 janvier 1985, p. 4.

Le lendemain, Lambert refait, montre en main, le parcours qu'aurait emprunté l'inculpé de Bruyères à Docelles *via* Lépanges pour enlever l'enfant. Il en sort convaincu que Bernard Laroche n'aurait pas eu le temps de tout faire en une demi-heure. Le témoignage de Muriel s'effondre donc sur ce chronométrage. Les avocats déposent aussitôt une troisième demande de mise en liberté.

Benoît Bartherotte appelle Lambert pour lui expliquer comment la gendarmerie le manipule depuis le début. Le magistrat lui fait part de son intention de libérer son ex-ouvrier. Puis Lambert tente à plusieurs reprises de joindre l'expert Alain Buquet pour connaître ses conclusions sur l'écriture de Bernard Laroche. Buquet rappelle à 23 heures pour lui annoncer que l'inculpé n'est plus sur la liste des suspects.

Sans chercher à en savoir plus, Lambert lâche un soupir de soulagement :

— Bon, je le relâche lundi.

10

Levée d'écrou ... Exclusivités calculées ... Mon plus beau ratage ... A l'abri d'une abbaye ... Surveillance fébrile ... Algarade dans la défense ... Balade télévisée en forêt ... Un scoop bien protégé ... Haro sur les militaires ... La victoire sur les « porteurs de fusils »

Dès son arrivée au palais, le lundi 4 février, Jean-Michel Lambert informe le procureur Lecomte de son intention. Il lui demande de prendre des réquisitions, c'est-à-dire de donner son avis par écrit sur la mise en liberté de Bernard Laroche. Le magistrat du parquet se prononce contre la libération. Le juge Lambert, souverain dans ses décisions, passe outre et rédige son ordonnance de mise en liberté. Sur deux pages et demie, il expose sa démonstration quant à l'affaiblissement des charges pesant sur l'inculpé.

Il note que le chauffeur du car et deux des quatre lycéennes n'ayant pas remarqué Muriel ce soir-là ont donné des repères chronologiques inexacts. Par conséquent, écrit le magistrat,

> « Muriel était en droit de se tromper elle aussi sur la description d'un homme (le conducteur du bus) qu'elle n'a vu qu'une ou deux fois ».

Les deux autres témoignages « des jeunes filles qui disaient l'avoir vue se diriger vers une voiture à la sortie du CES » et qui « paraissaient irréfutables », sont éliminés du raisonnement de

Lambert sans autre explication. Les itinéraires différents donnés par l'adolescente s'expliquent parce que, circulant tous les jours entre Bruyères et son domicile,

> « Muriel a peut-être repéré les pancartes et donné les noms au hasard [1] ».

Sur la garde à vue de l'adolescente, Lambert hésite. Il donne d'abord un satisfecit aux gendarmes :

> « (...) les conditions apparaissent tout à fait correctes : Muriel n'a subi aucun mauvais traitement, au contraire. (...) Aucune faute ne saurait être reprochée aux militaires de la brigade de Bruyères (...). »

Sans craindre de se contredire à quelques lignes d'intervalle, Lambert avalise la thèse de l'intimidation pour expliquer la réitération des propos de Muriel devant lui, en tête à tête.

> « Il n'est pas exclu, comme elle l'a déclaré, qu'elle se trouvait alors sous le coup d'une menace d'être envoyée en maison de correction (...) [2]. »

Balançant entre deux thèses, le juge choisit une voix médiane entre un mensonge de Muriel et une manipulation des gendarmes.

> « Il est impossible de savoir ce qui se passe dans la tête d'une jeune fille de quinze ans et quelques mois, au psychisme encore fragile face à trois gendarmes qui lui posaient de nombreuses questions. »

En clair, Muriel, impressionnée par les lieux et les circonstances, a inventé une histoire pour satisfaire les gendarmes.

Puisque les différentes expertises ont été annulées sur vice de forme, le magistrat peut conclure son texte en notant que :

> « Les différentes expertises ordonnées n'ont jusqu'à présent jamais désigné Bernard Laroche [3]. »

1. Ordonnance de mise en liberté de Bernard Laroche du 4 février 1985.
2. Ordonnance de mise en liberté de Bernard Laroche du 4 février 1985.
3. Ordonnance de mise en liberté de Bernard Laroche du 4 février 1985.

En fin de matinée, Jean-Michel Lambert va porter lui-même à Bernard Laroche l'ordre de sa libération. Le détenu ne manifeste aucun sentiment particulier en apprenant la levée d'écrou.

A 13 heures, Marie-Ange Laroche se présente à la maison d'arrêt de Nancy avec Gérard Welzer. L'avocat n'a prévenu que Jean-Michel Bezzina et Catherine Nayl de TF 1 afin que l'événement soit diffusé dans le journal de 20 heures. Serge Garde de *L'Humanité-Dimanche* les rejoint. Il a publié, huit jours plus tôt, une interview de Lambert évoquant à mots couverts une possible trahison des gendarmes.

Le grand portail de bronze s'ouvre sur la 305 de Bernard Laroche souriant aux côtés de sa femme. Me Welzer a tiré les leçons des trois premiers mois de couverture médiatique de ce dossier. Désormais, il va mener la presse là où il l'entend. La voiture prend d'emblée la direction du bureau des Bezzina où Bernard Laroche accorde au couple sa première interview d'homme libre. En trois mois d'inactivité, l'inculpé a grossi. Vêtu d'un pull jacquard, d'un jean et de baskets, le cousin des Villemin fait une déclaration sans haine :

> — Je regrette qu'il ait fallu attendre trois mois pour reconnaître mon innocence. Je ne sais pas ce que va être désormais ma vie. Je veux retrouver le plus rapidement possible mon travail et je veux surtout qu'on retrouve l'assassin.

Bernard Laroche explique que par-delà tous ces événements, il a souffert de lire ou d'entendre qu'on traitait son fils de débile voire de fou.

> — J'ai eu envie de me foutre en l'air plus d'une fois mais j'ai tenu parce que je suis innocent et qu'il fallait que je pense à ma femme et à mon fils. Et puis mon suicide aurait été interprété comme un aveu [1].

Ce passage rapide dans les locaux de RTL assure dès l'heure suivante une large diffusion de l'interview vers les rédactions qui emploient le couple et sur les téléscripteurs d'AP et de l'ACP. Me Welzer se félicitera souvent d'avoir pu disposer, selon son expression, d'une formidable « caisse de résonance ».

Dès la fin de cette opération multimédias, l'avocat prend la route

1. ACP du 4 février 1985.

avec Bernard Laroche, direction la Bourgogne où le cousin de Grégory va se reposer à l'abri de l'abbaye d'Acey, aux confins du Jura et de la Côte-d'Or. Gérard Welzer sait que les passions ne se sont pas apaisées. Il redoute également un coup de force d'adhérents du Front national ou de Légitime Défense. Bien que plusieurs personnes se soient proposées pour héberger l'inculpé dans les Vosges, il estime que la prudence impose l'éloignement.

Ce lundi, je prolonge un week-end à Paris en profitant avec délice des dernières heures d'une courte escapade. La circulation de l'avenue Montaigne est fluide à l'heure du déjeuner. Par réflexe professionnel, j'allume l'auto-radio pour le flash de 14 heures. J'entends une bribe de phrase qui me saisit : « ... Laroche a été libéré à 13 h 15. »

Sans réfléchir, d'un coup de volant brusque, je tourne dans la rue François-Ier que je m'apprêtais à dépasser et où se trouvent les studios d'Europe 1. Je suis furieuse. Dans le métier, cela s'appelle un beau ratage. Je n'ai rien senti, rien prévu. A l'issue de la confrontation entre Muriel et les gendarmes, Lambert avait renouvelé devant nous sa confiance aux enquêteurs. Les fameuses expertises dont il parlait tant ne doivent être déposées que quinze jours plus tard. A la lecture des dépêches AP et ACP de Bezzina, j'enrage de ne pas avoir flairé l'événement. D'une cabine d'enregistrement, j'appelle Christine et Jean-Marie Villemin pour recueillir leur sentiment. En fait, je leur apprends la nouvelle. Pour toute réponse, j'entends deux cris successifs puis des sanglots. Jean-Marie refuse toute déclaration et raccroche. Aussitôt, le couple appelle Me Garaud. L'avocat relativise l'événement. Il explique que Bernard Laroche reste inculpé, qu'une libération n'exclut pas un renvoi aux assises et que le procureur s'est opposé par écrit à Lambert. « Il faut garder confiance », répète plusieurs fois l'avocat.

Imperméable aux arguments de Garaud, Jean-Marie entraîne Christine pour rouler à la rencontre de Bernard Laroche sur la route de Nancy, mais ils ne rencontrent personne et, au comble de l'énervement, rentrent chez la mère de la jeune femme.

A Paris, Benoît Bartherotte se réjouit de cette nouvelle. Pour lui, c'est une victoire sur le pouvoir socialiste et son « État mafieux ». Mais le P-DG d'Esterel veut accélérer la réhabilitation de Bernard Laroche et, à travers lui, de l'entreprise Ancel qui a soutenu son employé en continuant de lui verser son salaire.

Bartherotte appelle son ami Éric Préau, photographe de l'agence Sygma, pour lui demander de réaliser des reportages sur Laroche en liberté. En son absence, Jacques Pavlovsky, un autre photographe, et le caméraman Michel Parbot partent aussitôt pour Nancy où ils rejoignent Paul Prompt. Les trois hommes se retrouvent au Grand Hôtel de la Reine, un établissement huppé sur la place Stanislas. Paul Prompt constate avec fureur l'absence de son client, déjà réfugié en Bourgogne. En revanche, sont présents une demi-douzaine de journalistes choisis dont Raux, Bezzina, Jéchoux, Garde, etc.

— J'exige de savoir où est Laroche, tempête l'avocat.

Welzer l'entraîne à l'écart et lui dévoile le refuge qu'il a choisi pour leur client. Cette annonce provoque une nouvelle algarade entre les deux hommes, aux stratégies souvent discordantes. Finalement, tout le monde s'installe dans un salon fermé. L'arrivée imprévue de deux reporters de *Spécial Dernière* renseignés par un chasseur de l'hôtel provoque un incident. Prompt les éconduit fermement en invoquant une réunion privée. Lors d'une deuxième tentative, le ton monte, Bezzina les prend à partie et intervient pour qu'ils soient expulsés. Se sentant découverts et craignant de voir leur scoop éventé, journalistes et avocats conviennent alors de partir discrètement dès le lendemain pour Dijon où personne ne songera à les chercher.

Dans la nuit, profitant du clair de lune sur la colline d'Aumontzey, Jean-Marie et Christine Villemin s'installent silencieusement dans le petit bois au-dessus de la maison des Laroche. Sur la banquette arrière de leur voiture, un carton renfermant un fusil à pompe. La surveillance fébrile des parents de Grégory se prolonge en vain. Le couple, épuisé, finit par rejoindre Bruyères.

Le mardi, Me Garaud demande au juge d'Épinal de recevoir ses clients, toujours sous le choc.

— Je n'avais pas prévu de vous voir ces temps-ci mais si vous voulez passer cet après-midi, je vous expliquerai mes raisons, leur propose le magistrat.

Le face à face est difficile. Le couple n'a qu'un prénom en tête : Muriel. Lambert esquive leurs regards et insiste sur les espoirs qu'il met en la police judiciaire. Le juge a rencontré la veille pendant deux heures le commissaire Andrieu, patron du SRPJ de Nancy. Il leur rappelle même que Bernard Laroche reste inculpé et peut faire l'objet de nouvelles investigations. Jean-Marie, peu convaincu par ses explications, déclare aux journalistes présents devant le palais de justice :

— Je ne comprends pas qu'on mette tout sur le dos des enquêteurs. Je demande des éclaircissements sur le témoignage de Muriel. Il y a des détails qu'elle n'a pas pu inventer et que les gendarmes ne connaissaient pas [1].

Les Vosges ce jour-là ressemblent à un immense jeu de pistes pour reporters en quête de scoop. Une partie de cache-cache inutile se poursuit pendant des heures. En vain, car ce n'est pas autour d'Épinal qu'il faut chercher Bernard Laroche mais à Dijon.

Marie-Ange vêtue d'une robe écossaise arrange d'un geste tendre le col de l'anorak de Sébastien. L'enfant blond de quatre ans et demi s'accroche aux épaules de son père après une séparation de trois mois. Réunie, la famille Laroche marche dans une forêt proche de la capitale de la Bourgogne, en souriant sous les objectifs des deux reporters de l'agence Sygma. Gérard Welzer surveille les prises de vue. Marie-Ange et Bernard s'embrassent et promènent leur fils comme un couple parmi d'autres. Le but de ces reportages est de rendre à Bernard Laroche le visage humain que lui ont volé son inculpation et son incarcération brutales. Jour après jour, les médias n'ont montré que des images d'arrestation, de menottes et de transfert en fourgon cellulaire. La présence de Sébastien, son petit garçon à la santé fragile, adoucit l'idée que l'on pouvait se faire d'un homme présenté trois mois plus tôt comme un assassin d'enfant.

Publiée dans *Paris Match* et *France-Soir Magazine* et diffusée par Antenne 2, cette balade en forêt répercute une image plus positive. « Laroche : un père-la-tendresse » titre le lendemain *L'Est républicain* de Nancy.

Le groupe rejoint ensuite Prompt, Bartherotte et leurs journalistes amis rassemblés au restaurant de la Toison d'Or à Dijon, propriété de la Compagnie bourguignonne des Œnophiles. Un nouvel accrochage se produit, avec un journaliste du *Républicain lorrain* qui a retrouvé leur trace grâce à une indiscrétion. Il veut s'entretenir avec l'inculpé puis prendre quelques photos. Les avocats repoussent l'indésirable et masquent avec leurs mains l'objectif du photographe. Bezzina prend le volant de la voiture de Bernard Laroche et remonte la rue en sens interdit pour s'engouffrer plus vite sous le porche de l'immeuble.

1. AFP du 7 février 1985.

L'événement couvre une page entière dans chacun des trois journaux lorrains. La presse nationale vibre aussi, d'autant que cette libération nous a tous surpris, tous ceux qui ne font pas partie du pool Bezzina. Bernard Laroche, sa femme et leur fils, radieux, posent avec leurs avocats et Benoît Bartherotte autour d'une table luxueuse. Son interview porte sur trois thèmes.

D'abord, la gendarmerie, accusée d'avoir manipulé Muriel, l'opinion publique, et usé de « procédés irréguliers [1] ». Ensuite, la probité du juge « berné tout au long de l'instruction [2] » par les militaires. Lambert est présenté comme une victime, d'autant plus que le non-lieu n'est pas encore délivré. Enfin, l'espoir que l'assassin de Grégory soit vite démasqué. « Je soupçonne quelqu'un... » dit l'inculpé dans *Le Figaro* [3]. « J'ai bien pensé à quelqu'un et j'y pense toujours mais je ne veux accuser personne... » confirme-t-il dans *L'Est Républicain* [4]. Quant à Muriel, elle mérite simplement selon son beau-frère « une bonne gifle [5] ». L'inculpé ne manifeste ni agressivité ni rancœur, s'inquiète surtout de son fils, de l'intendance de sa maison et de son travail.

« Cette enquête est un vrai fiasco [6] », affirme Honoré Gévaudan, ancien directeur des affaires criminelles de la police judiciaire, qui dresse un réquisitoire contre les gendarmes. Après la guerre de procédure, éclate la guerre des polices. Sur la base des articles, interviews et dépêches diffusés par les Bezzina, les commentateurs fustigent l'échec des militaires.

Le directeur d'enquête, Jean-Michel Lambert, et les autres magistrats sont curieusement épargnés par les critiques. Pourtant si Lambert était absorbé par de nombreux dossiers annexes, sa hiérarchie et le parquet n'ont pas fait preuve d'une grande vigilance. Comment admettre qu'un homme inculpé d'assassinat sur un enfant de moins de cinq ans soit détenu pendant trois mois sans faire l'objet d'investigations, ni subir d'interrogatoire en profondeur, ni être soumis aux expertises médico-psychologique et psychiatrique pourtant obligatoires? Des vérifications poussées auraient peut-être permis sa libération sur des éléments plus solides que le texte léger et contradictoire rédigé par le magistrat. Elles auraient pu aussi, *a contrario*, apporter des preuves ou des indices permettant le renvoi devant une juridiction comme le prévoit la loi. Au moins les choses seraient-elles apurées dans

1. Agence centrale de presse du 6 février 1985.
2. *Idem.*
3. *Le Figaro* du 6 février 1985.
4. *L'Est républicain* du 6 février 1985.
5. Agence centrale de presse du 6 février 1985.
6. *Le Parisien libéré* du 6 février 1985.

un sens ou dans l'autre. Or, cette libération n'est que l'aboutissement des assaut répétés des défenseurs de l'inculpé et de plusieurs annulations pour vice de forme. Sur le fond, rien n'est réglé. C'est pourtant l'inverse que l'on va nous faire croire.

La presse n'élude pas son autocritique. Plusieurs journalistes dénoncent les excès de langage, les jugements hâtifs, les informations fausses déduites à partir d'une inculpation présentée comme une garantie de culpabilité à un public méconnaissant les règles de droit. Mais après une vague auto-flagellation d'un jour, nous reprenons la chasse au corbeau.

Dans un communiqué diffusé par *L'Humanité-Dimanche*, Paul Prompt annonce qu'après la remise des expertises en écriture « le juge devrait rapidement se prononcer pour un non-lieu ». Et à côté des rituelles « contre-vérités », « falsifications » « accumulées par les enquêteurs », il résume le sens de son action depuis son entrée en scène :

> « Allait-on laisser faire la loi aux porteurs de fusils qui criaient " à mort " avant même que ce dossier soit instruit [1] ? »

1. *L'Humanité-Dimanche* du 10 février 1985.

11

Qui a volé la photo du cimetière ? ... « Je ne pouvais pas faire autrement » ... Comment obtenir une interview des Villemin ... Photos d'ouvriers ... Des réponses soigneusement réécrites ... Match *achète ... La « surprise » des expertises ... A travers la porte vitrée ...* France-Soir *tient l'agenda des policiers ... Une réhabilitation qui laisse des traces*

Les loueurs de voitures d'Épinal, l'hôtel du Mouton-Blanc et le restaurant de La Tarentelle sont bientôt submergés par les demandes des journalistes. Les déclarations des uns et des autres ont sonné le rassemblement. A la suite d'un quiproquo avec un confrère de l'AFP, j'annonce sur Europe 1 que Bernard Laroche à bénéficié d'un non-lieu. RTL reprend l'information sans vérifier. Il s'agissait, en fait, de l'ordonnance de mise en liberté. L'histoire fait un bond en arrière de quatre mois. Mais l'ambiance est au pugilat entre ceux qui ont eu le privilège de rencontrer Bernard Laroche et ceux, plus nombreux, qui sont refoulés par ses défenseurs. Les photographes, furieux, apprennent qu'une équipe de Sygma travaille en accord avec Benoît Bartherotte et les avocats. Ils devinent que tout est vendu d'avance et qu'ils n'ont plus aucune chance. Les envoyés spéciaux du *Monde* et du *Journal du Dimanche* obtiennent leur part d'interview après la parution d'articles dénonçant les pratiques curieuses des défenseurs. Des rendez-vous leur sont fixés dans des bistrots de campagne où s'égarent ceux qui les cherchent en vain.

Gérard Welzer accélère le pas quand, en fin de journée, Darcourt et moi l'interpellons devant le tribunal. Nous ne lui reprochons pas bien sûr ses déclarations sur l'innocence de Bernard Laroche mais la forme qu'il leur donne : confidences sous le manteau, privilèges féodaux accordés à ceux qui servent sa cause, pistes brouillées entre les Vosges et la Bourgogne. Pourquoi ne pas inviter toute la presse dans un hôtel de la région ? Nous pourrions alors poser des questions à Bernard Laroche, tenter de le comprendre et avoir de lui une perception charnelle et humaine. Mais cette approche est celle de journalistes au salaire mensuel et fixe, quelles que soient les circonstances. Jean-Michel et Marie-France Bezzina multiplient par quatre leurs revenus à chaque temps fort de l'affaire. On comprend qu'ils posent quelques conditions d'exclusivité pour ne pas voir déprécier leur matière première. Nous avons aussi l'impression très nette que Gérard Welzer n'a pas envie que l'on pose n'importe quelle question à son client.

A la sortie du cimetière de Lépanges, Christine et Jean-Marie Villemin sont bouleversés. Une main anonyme a dévissé sur une plaque mortuaire la photo de Grégory moulée dans une résine spéciale pour résister aux intempéries. Après le choc de la libération de Bernard Laroche, le couple ressent ce vol comme une profanation. Les Villemin acceptent mal les images de leur cousin dans les journaux. Ici et là, on le voit souriant, cajolant son fils ou dînant dans la porcelaine et l'argenterie de la Toison d'Or. Leur entretien avec le magistrat les a confortés dans l'idée qu'il se trame quelque chose et que la vérité leur échappe. Jean-Marie ne nourrit plus qu'une obsession : tuer celui qu'il tient, à tort ou à raison, pour le meurtrier de Grégory. Il a tenté de reprendre son travail, mais des pertes de mémoire et un sentiment d'étouffement l'empêchent de se concentrer. Après cet événement inattendu, Christine ne regagnera pas non plus son travail. La vie semble se déprendre d'eux pour les isoler dans leur tragédie.

Gilles Ouaki et Bernard Groslier du *Parisien libéré* lancent l'idée d'une entrevue entre les Villemin et les Laroche, aussitôt repoussée par Gérard Welzer. Les deux journalistes changent leur plan et demandent aux Villemin de rédiger un questionnaire à destination de leur cousin. Jean-Marie et Christine sont réticents, préférant une confrontation chez le juge. Ouaki insiste. Jean-Marie lui rappelle le piège de la photo des jouets sur la tombe. Le photographe confie qu'il pourrait peut-être retrouver la photo de la plaque mortuaire. C'est le déclic. En fin de soirée, les Villemin retrouvent Ouaki et Groslier à l'hôtel du Mouton-Blanc. Jean-

Marie exige la photo de la tombe et le nom de l'emprunteur. Ouaki s'absente quelques instants puis revient avec le cliché enveloppé dans du papier journal. Mais il refuse « de donner un copain ». *Le Parisien* publiera plus tard un petit contretype de cette photo en noir et blanc, dès le lendemain de l'incarcération de Jean-Marie. Ce cliché servira ensuite de logo signalant les articles sur Grégory. Puisque Ker a opéré dès octobre une razzia sur toutes les photos de l'enfant, ses concurrents ont dû se débrouiller, quitte à dépasser quelques limites...

Les Villemin, soulagés d'avoir retrouvé la photo de leur fils, acceptent l'idée du questionnaire. Assis sur le lit d'une des chambres de l'hôtel, ils soulèvent une dizaine de points sur les faits et gestes supposés de Laroche et Muriel le jour du crime. Ouaki photographie Christine pendant qu'elle rédige les questions. La photo de la jeune femme, stylo et bloc en main, illustrera son futur personnage du corbeau mais à cet instant précis, penchée sur les feuillets, elle ne peut l'imaginer. Les journalistes les invitent à dîner au restaurant La Tarentelle où nous sommes tous regroupés. A leur table située près de l'entrée, défilent beaucoup de reporters avides de ce contact, parfois le premier, avec les Villemin. Au cours du dîner détendu, on les verra sourire et même rire, ce qui en choquera certains. Ce soir-là, une rumeur se répand parmi nous selon laquelle les experts en écriture seraient de connivence avec les avocats de Bernard Laroche. Ce bruit — lancé par des photographes jaloux? — laisse même entendre qu'une partie du montant des transactions de Sygma servirait à rémunérer les « services » des experts.

Jean-Michel Lambert qui, de son propre aveu, ne peut pas résister à un journaliste, reçoit Lucien Miard. « Les colonnes du *Figaro* vous sont ouvertes », ne cesse de répéter Miard au magistrat flatté que ce journal lui accorde autant d'importance. Il rencontre également Bezzina et Raux pour leur expliquer « très simplement et très sincèrement le processus qui l'a conduit à changer d'intime conviction », comme l'écrit *L'Est républicain* [1]. « Le juge Lambert raconte l'enquête », titre *Le Figaro* [2] au-dessus de sa confession oscillant des doutes aux certitudes. Il raconte comment il a démonté quelques-uns des témoignages contre l'inculpé, et surtout celui de Muriel. Le magistrat reporte la responsabilité sur les gen-

1. *L'Est républicain* du 7 février 1985.
2. *Le Figaro* du 7 février 1985.

darmes en se plaignant de n'avoir été alerté qu'à 17 heures le jour des aveux, alors que les enquêteurs avaient passé l'après-midi à vérifier la cohérence de ce récit avant de le prévenir. En revanche, il se garde bien d'évoquer son absence de réaction pendant plus de deux jours face à une déposition de cette gravité, pour cause de week-end. Le juge parle de « faille » dans l'enquête, dit qu'un militaire a reconnu avoir « triché » avec le plan de Lépanges. Des propos et des insinuations qui ne correspondent pas au contenu de l'ordonnance qu'il a prise l'avant-veille. Désormais, Jean-Michel Lambert tient un double langage.

Lionel Raux résume son sentiment :

> « Le 5 novembre, je ne pouvais pas faire autrement que de mettre Laroche en prison ; le 4 février, je ne pouvais pas faire autrement que de le remettre en liberté [1]. »

L'homme a toujours la même candeur un peu affectée. Il feint d'être le maître d'un dossier qui le dépasse. D'un écueil à l'autre, le magistrat cherche avant tout l'assentiment des journalistes, dans un besoin évident d'être apprécié et reconnu. Ce narcissisme est le point faible du juge Lambert. On le devine en apercevant au travers des fenêtres de son studio de célibataire son portrait peint à la gouache.

Ces interviews sont le pendant de celle donnée le 8 novembre dernier, lorsqu'il affirmait avoir « levé toute équivoque » à propos de Muriel et des mêmes témoins. Mais aujourd'hui, les avocats de Laroche ne protestent pas contre ces nouvelles violations du secret de l'instruction. La chambre d'accusation rappelle le juge à l'ordre, mais dans le vide. Il refuse toutefois les interviews devant les micros et les caméras. Encore une fois à contre-courant, Jean-Claude Hauck du *Républicain lorrain* est l'un des rares journalistes à critiquer la paralysie du juge, suspendu aux conclusions des experts en écriture qui lui donneront le prochain sésame. Notre pool rencontre le procureur Lecomte qui nous déclare sans états d'âme :

> — Si le juge prononce un non-lieu, je m'y opposerai.

Les rencontres avec les Villemin reprennent à une cadence élevée. Les journalistes sont leurs seuls interlocuteurs, toujours prêts à quérir une interview, des informations, des réactions pour nour-

1. *L'Est républicain* du 7 février 1985.

rir la production d'articles redevenue quotidienne. Leur R 18 blanche à la plaque d'immatriculation jaune est traquée entre Lépanges et Bruyères. On la reconnaît d'autant mieux que trône sur la plage arrière le chapeau de cow-boy de Grégory. Son apparition, de près ou de loin, provoque des demi-tours et des freinages intempestifs. Leur téléphone ne cesse de sonner, la moindre sortie provoque une bousculade autour d'eux et l'on se croise souvent dans l'étroite cage d'escalier en béton de leur HLM. Le meilleur moyen pour obtenir une interview est de critiquer l'inculpé, ses avocats, et de s'interroger sur la sincérité des rétractations de Muriel. Tout le monde emploie cette méthode, même ceux qui nourrissent encore des doutes sur Christine. Les nerfs des parents de Grégory sont à vif. Leur vie n'est que pression, colère, désir de vengeance. Notre pool n'est pas en reste et dit les choses franchement. Le récit de Muriel nous trouble toujours et les charges ont disparu à cause des vices de forme. Quant au juge Lambert, nous estimons qu'il est dépassé voire incompétent. L'ostracisme qui nous frappe n'adoucit pas notre humeur à l'égard des avocats de Laroche et du magistrat. Le fossé entre les protagonistes s'agrandit ainsi de jour en jour.

Les réponses de Bernard Laroche au questionnaire publié sur deux pages par *Le Parisien libéré* déçoivent Christine et Jean-Marie. Les questions ont été réécrites et, sur le fond, leur cousin réfute certains points litigieux en accusant les gendarmes d'être à l'origine de tout. Cette interview accroît le malaise. Entre les Laroche et les Villemin, il existe désormais le double filtre des journalistes : mise en scène d'un côté, excitation des rancœurs de l'autre, déformations en tout genre ici et là. Personne ne cherche à désarmorcer la tension née de la libération de Bernard Laroche. Par ailleurs, Marie-Ange prévient qu'elle et son mari n'ont pas l'intention de faire le premier pas vers les parents de Grégory.

Les premières photos de Bernard Laroche libre le réhabilitaient en tant qu'homme, mari et père. Benoît Bartherotte veut aller jusqu'au bout de la mission qu'il s'est fixée en apprenant l'arrestation de son ancien ouvrier, c'est-à-dire célébrer également l'employé des filatures et tissages Ancel-Set. Il organise une deuxième séance de photos avec Éric Préau de Sygma pour le retour au travail de l'inculpé. L'agence et Bartherotte sont convenus qu'une partie de la transaction sera versée au comité de soutien de l'inculpé créé par les ouvriers. Bernard Laroche pose ainsi devant les machines, enfile son bleu de travail et discute avec ses camarades d'usine. Tout ceci est anticipé puisque le contremaître ne retrouvera son poste qu'après quelques jours de repos. Mais l'urgence est de faire savoir que l'usine et ses ouvriers ont bien résisté à cet « assaut » visant à les démolir vis-à-vis de l'extérieur. L'enjeu, c'est le carnet de commandes de l'entreprise et le bras de fer entre Bartherotte et Pierret, le député socialiste.

Préau et le P-DG d'Esterel réalisent ensuite une « interview » de l'inculpé. Puis ils réunissent Bernard et Muriel qui commentent, ensemble, le procès-verbal de ses aveux. L'adolescente explique à nouveau qu'elle a « eu peur » des gendarmes qui ont « fait l'enquête n'importe comment ». Les parents de Grégory sont une nouvelle fois soupçonnés d'avoir orienté les recherches.

Une semaine plus tard, les photos et l' « interview » achetées par *Paris Match* sont publiées avec une forte mise en avant de l'usine et des ouvriers. A la rédaction, Benoît Bartherotte veille tard dans la nuit pour contrôler la retranscription de son entretien avec son ex-employé. Toutefois, la publication comporte quelques variantes qui méritent d'être relevées entre la bande originale et le texte définitif.

Ainsi, Bernard Laroche évoquant « le gars », selon ses propres termes, qui en voulait à Jean-Marie Villemin, a d'abord déclaré :

> — (...) Pour moi, il y a trois personnes qui pourraient être coupables par rapport aux lettres. Celui qui a écrit les lettres, il faut qu'il connaisse bien la famille, un ami ou quelqu'un qui travaillait avec lui. Celui qui téléphonait donnait des détails sur son boulot, il en parlait même pas à sa femme qu'il disait (...) [1].

Dans la phrase publiée par l'hebdomadaire, les références aux « trois personnes » et surtout au fait que Jean-Marie Villemin ne parlait « même pas à sa femme » de détails professionnels connus du corbeau ont disparu. On lit dans *Paris Match* cette version remaniée :

> « En tout cas, celui qui a écrit les lettres devait vraiment bien connaître la famille Villemin. Il téléphonait et donnait des détails sur le boulot de Jean-Marie. Mais personne en dehors de sa famille et de ceux qui travaillaient avec lui ne savait ce qu'il faisait à l'usine [2]. »

1. Cassette originale.
2. *Paris Match* du 15 au 22 février 1985.

A un autre moment, Bernard Laroche fait quelques confidences sur la façon dont le juge Lambert a mené l'instruction. Il raconte ainsi que :

— Le juge, il a fait traîner le plus possible, il a dit aux avocats que s'ils amenaient un meilleur coupable, il me relâchait [1].

Dans la transcription du journal, la référence aux avocats a disparu :

« Il est certain que le juge a fait traîner le plus possible. Il espérait sans doute que quelque chose de nouveau allait se produire et il m'a même dit un jour : " Si vous m'amenez un meilleur coupable, je vous relâche " [2]. »

Cette série de reportages réalisée en accord avec les avocats de la famille Laroche constitue une stratégie inédite qui, malheureusement, se répandra par la suite. Depuis quatre mois, *Paris Match* publiait les enquêtes de Jean Ker, parfois rédigées par Jean-Michel Caradec'h et illustrées de photos prises ou récupérées gratuitement dans les diverses familles. *Match* exploitait cette matière première fournie par ses journalistes en fonction des critères professionnels de l'hebdomadaire, « le poids des mots et le choc des photos ». Mais l'argent n'avait pas encore envahi les relations entre la presse, les protagonistes de l'affaire Grégory et leurs intermédiaires. A partir de cette date, chaque fois qu'un accord financier sera possible, l'hebdomadaire ne refusera jamais ses subsides, quitte à se contredire en l'espace de quelques semaines. L'important est d'avoir un scoop, peu importe le coût et le fond des choses. D'ores et déjà, ce n'est plus du journalisme puisque l' « interview » de Bernard Laroche a été conduite par Benoît Bartherotte et que certaines phrases ont été réécrites afin de servir une cause particulière.

Huit jours après la libération de leur cousin, les Villemin rencontrent les gendarmes de Bruyères. Pour la première fois, les militaires leur parlent longuement de l'enquête dont ils sont toujours saisis. Les aveux de Muriel, sa décontraction, l'assurance de son père disant : « Si elle a dit cela, c'est vrai, c'est pas une men-

1. Cassette originale.
2. *Paris Match* du 15 au 22 février 1985.

teuse », les pressions dont elle aurait été et serait victime dans sa famille, la fragilité de l'alibi Zonca, et d'autres éléments plus subjectifs comme l'attitude réticente de Laroche pour se plier aux dictées lors de sa garde à vue. Les gendarmes insistent sur la docilité de Lambert face aux avocats de la défense. Tout cela, Christine et Jean-Marie le savaient déjà grâce aux journalistes ou à leur avocat mais, dans la bouche des enquêteurs, ces éléments prennent soudain une dimension officielle.

Le 14 février 1985, Jean-Michel Lambert reçoit le rapport des deux experts en écriture. Il refuse, cette fois, de dévoiler ses conclusions pour ne pas influencer les policiers du SRPJ bientôt saisis de l'enquête. Il confie néanmoins deux informations à Gérard Welzer : d'une part, Bernard Laroche n'est pas le corbeau, et d'autre part, le nom figurant en tête du classement est celui « d'une des femmes de la famille ». L'avocat lui demande s'il s'agit de Christine Villemin mais le magistrat ne confirme ni n'infirme. C'est pourtant bien elle qui est désignée.

— Bernard Laroche n'est pas le corbeau.

Gérard Welzer répand la nouvelle dans les rédactions, juste avant les journaux de 13 heures des radios et des télés. Tous les articles saluent la victoire de l'inculpé et de ses avocats qui répètent que le non-lieu n'est plus qu'une formalité. Bernard Laroche, interrogé par la presse locale, souligne la sagacité des experts qui l'ont éliminé de la liste des suspects possibles. Les commentateurs affirment que l'on a frôlé l'erreur judiciaire. La gendarmerie est accablée de reproches. La confidence du juge à l'avocat devient une information à part entière. Lambert, contrarié par ces développements et soucieux de ne pas renouveler ses erreurs du passé, lâche aux journalistes ce demi-aveu :

— Maintenant, j'observe le secret de l'instruction de la façon la plus totale.

L'expert, craignant de se voir imputer la fuite, assure que son rapport n'est pas achevé et que Bernard Laroche figure toujours parmi les suspects potentiels. L'instruction sur l'assassinat de Grégory est devenue un trou noir. Il n'y a plus d'enquêteurs, puisque les gendarmes sont désœuvrés et que la police judiciaire n'est pas encore nommée. Bernard Laroche est lavé de tout soupçon par voie de presse, mais demeure juridiquement inculpé d'assassinat !

Les journaux se lancent dans des spéculations sur le nouveau « hit-parade » des suspects. « Il y avait neuf petits nègres, il n'en reste que huit », s'amuse Denis Robert dans *Libération* [1]. Les autres journaux rejettent la suspicion sur les personnes soumises à la dictée de janvier, y compris Christine et Jean-Marie Villemin. Les parents de Grégory décident d'en appeler à Robert Badinter lui-même et sollicitent une entrevue auprès du ministre de la Justice. Quelques jours plus tard, Isabelle Baechler d'Antenne 2 surprend les bribes d'une conversation à travers la porte vitrée du bureau du juge. Elle rapporte aux Villemin les propos tenus par les policiers en instance de désignation devant le magistrat :

— Pour nous, c'est la mère et si c'est elle, on arrivera à la faire craquer.

Du coup, ils demandent à Me Garaud d'appuyer leur demande d'audience à la Chancellerie et de réclamer l'autorisation de les soumettre au PSE (Psychological Stress Evaluator), un détecteur de mensonges employé par la justice dans plusieurs États américains.

Défenseur attitré des syndicats de police et des « bavures » des forces de l'ordre, Me Garaud a demandé lui-même la passation de pouvoirs entre les gendarmes et la PJ.

— Je veux donner des insomnies à l'assassin de Grégory, a-t-il affirmé à sa sortie du tribunal.

La libération de Bernard Laroche a tiré l'avocat de sa torpeur parisienne. Il n'a pas compris que les relations étroites entre Bezzina le journaliste, Welzer l'avocat et Corazzi le policier constituent un piège qui va se refermer sur ses clients. La nouvelle enquête doit être supervisée par le directeur national adjoint de la police judiciaire, Pierre Richard, qualifié de « super-flic » par une presse admirative. Une nomination éclair et de pure forme puisque quelques jours plus tard, le même fonctionnaire sera promu préfet de police de Marseille et abandonnera l'étude du dossier.

Dès la nomination des quatre policiers détachés sur cette enquête, les Bezzina détaillent avec complaisance leurs emplois du temps et leurs projets. Ainsi, grâce à leur amitié avec le commissaire Jacques Corazzi, ils tiendront pendant près d'un an un agenda inédit et exclusif dans les journaux de leur réseau, notamment dans *France-Soir*. En lisant la prose du couple, on suivra au mot près l'état d'esprit quotidien des policiers. Entre les lignes, on pourra même deviner les perquisitions, les stratégies, les moyens

1. *Libération* du 15 février 1985.

de pression utilisés. C'est sans doute ce que Bezzina appelle « travailler dans un fauteuil ».

Après cinq mois d'impatience, les policiers de Nancy récupèrent donc la belle affaire qui leur avait échappé. Toujours discipliné, le capitaine Sesmat se tient prêt pour une réunion d'information et un échange de vues. Mais personne ne l'appellera jamais. Au contraire, un de ses proches travaillant au SRPJ de Nancy le prévient des intentions de ses successeurs : « Ils vont te bouffer! » Le parti pris de la police judiciaire est de prendre le contre-pied du travail des gendarmes. Un trait est donc tiré sur les quatre premiers mois de l'affaire Grégory.

A quelques heures de leur saisine officielle et comme s'il ne s'était rien passé depuis quatre mois, Bernard Laroche reprend son travail sous les flashes des photographes et les projecteurs de télévision. Benoît Bartherotte a fait le déplacement depuis Paris pour savourer à ses côtés cet instant attendu depuis le 5 novembre précédent. Il explique aux journalistes que cette libération est en quelque sorte une récompense pour l'usine Ancel-Set. La victoire du P-DG haut en couleur, moitié Tintin, moitié Trotski, est éclatante. La réhabilitation de Bernard Laroche s'est faite au forceps mais laisse des traces. Des lignes de partage violentes et occultes se sont creusées entre journalistes, entre avocats, entre policiers et gendarmes et surtout entre témoins essentiels. L'argent a fait son entrée. Le juge a utilisé son droit à l'erreur. Tous les engrenages sont en place. Alors que l'on ne connaît toujours pas le nom de l'assassin du petit garçon, l'Affaire Grégory est finie. L'Affaire Christine Villemin commence. La page qui se tourne dans la cour d'Ancel-Set s'ouvre, en fait, sur une tout autre histoire.

12

Une grossesse à la une ... Questions acides ... Jean Ker acte II ... Les hypothèses de Me Prompt ... Audition de procès-verbaux ... Nuit de folie

Jean-Marie Villemin s'entretient au téléphone avec son avocat. Dans le petit salon de Bruyères, deux journalistes de *Spécial Dernière* patientent avant de poursuivre leur interview du couple.

— Et pour ce qu'on vous a dit l'autre jour, c'est bon... glisse Jean-Marie aux traits soudain détendus. En une ou deux phrases sibyllines, l'un des reporters devine la raison de cette flamme. Christine est enceinte. Les Villemin ont pris cette décision très tôt et sous l'influence de Me Garaud. La vie sans enfant leur paraît être un non-sens. Avant le drame, ils avaient programmé une seconde naissance pour 1986, la mort tragique de Grégory l'aura donc avancée de quelques mois.

Le scoop serait paru dans *Spécial Dernière* si un des employés du magazine ne l'avait répété à un journaliste du *Parisien libéré* lors d'un repas un peu arrosé. La rédaction du *Parisien* demande une confirmation de la nouvelle aux Villemin dans un entretien téléphonique à bâtons rompus portant sur les derniers bruits et l'entrée en lice des policiers. Le lendemain, le journal annonce cette grossesse en exclusivité, à la une et en caractères énormes. La conversation est présentée comme une interview de Christine seule. Pour tous les lecteurs qui passent devant les kiosques, la mère de Grégory a décidé d'annoncer, dans un contexte délicat et avec tapage, une grossesse alibi. Plus encore, Christine, nature, a parlé du stérilet qu'elle a fait retirer quelques semaines après la mort de Grégory.

Ce mot dans la bouche d'une mère en deuil choque comme la conception elle-même. Elle a donc fait l'amour moins de trois mois après la mort de son fils. Christine transgresse un premier tabou en associant le sexe à la mort. Sans se rendre compte qu'elle vient de commettre un faux pas, la jeune femme commente la reprise des rumeurs :

> « Des rumeurs contre nous, il y en a depuis le début. C'est monstrueux mais c'est ainsi. Les gens aiment bien inventer, médire. C'est une question de mentalité, cela nous est égal. On n'attend plus rien des autres mais je peux vous affirmer que ce que j'ai dit au juge, c'est la vérité. »

La spirale des bruits, des soupçons et des démentis repart de plus belle. L'information paraît le week-end et les médias en quête d'événement étirent le sujet pendant deux jours. Paris me réclame une nouvelle interview de la jeune femme. Je dois revenir à Bruyères alors que je suis en congé. Christine subira ma mauvaise humeur. Insensiblement, ma mesure à son égard s'estompe. Je ne la ménage plus.

— N'est-il pas indécent de se réjouir si peu de temps après la mort de Grégory ?

De quel droit me suis-je autorisé cette question acide ? Ce vedettariat involontaire m'agace et pourtant je contribue à l'alimenter. Leurs visages las reflètent une certaine sérénité, mais on ne peut pas parler de réjouissance. Elle m'oppose que cet enfant ne remplacera pas le précédent et qu'il les aidera surtout à supporter leur épreuve. Hors micro, leurs visages se durcissent lorsque nous revenons sur le flou de l'enquête.

— Regarde, s'émeut Jean-Marie en jetant sur la table les exemplaires de *Paris Match* ouverts sur les photos de Sygma.

Il serre les poings devant l'image heureuse de son cousin qui retrouve de semaine en semaine tout ce que sa femme et lui ont perdu. Son fils, son travail et enfin son innocence reconnue dans tous les médias.

— Depuis qu'il est sorti, c'est lui la vedette et nous on souffre ! Et Grégory ?

Dans son dernier numéro, l'hebdomadaire publie le troisième volet de la série commandée par Benoît Bartherotte. Éric Préau a photographié Bernard Laroche recopiant le fac-similé de l'une des lettres anonymes reçue à Lépanges. Il écrit de la main droite et de la main gauche, en grosses lettres majuscules carrées : « JE VOUS FEREZ VOTRE PEAU A LA FAMILLE VILLEMAIN *. » Le titre de l'interview : « J'ai écrit 34 lettres et aucun expert ne m'a jamais désigné comme le corbeau », est un raccourci hardi. Car si toute pièce annulée disparaît du dossier, les subtilités de l'article 173 du code de procédure pénale échappent encore aux Villemin. Pour eux, ces rapports ont bel et bien existé et ce reportage qui qualifie de « beaucoup plus sérieux [1] » le travail des deux nouveaux experts annonce une nouvelle manœuvre. Ker leur a répété la petite phrase de Gérard Welzer sur le « grand boum » attendu des expertises. D'autres s'obstinent à leur dire que les spécialistes sont soudoyés pour dédouaner l'inculpé. Leur idée est faite désormais : « Tout est truqué. » Les repères de Jean-Marie commencent à chavirer. Impressionnée par ce mélange de colère et d'abattement, j'alerte, une nouvelle fois, le juge Lambert. Beaucoup d'autres journalistes, témoins de scènes semblables, avertissent les autorités du danger. Mais personne ne réagit.

Jean Ker arrive au chalet de Lépanges, porteur de nouvelles informations. Les Villemin retrouvent avec émotion celui qu'ils appellent naïvement leur « détective ». Le journaliste apporte le rapport de Me Prompt sur « les invraisemblances et les contradictions de la partie civile » qui accompagnait la deuxième demande de mise en liberté de Bernard Laroche.

— Mais... Notre avocat ne nous avait pas parlé de ça!

Bouleversé, Jean-Marie s'empare du texte pour le photocopier à la mairie. Christine reste seule avec Ker qui lui remet le fac-similé de la lettre de revendication de l'assassinat. Le journaliste photographie la jeune femme avec ce papier accablant entre les mains. Mais Christine, fatiguée, à bout de nerfs, refuse de se prêter au jeu plus longtemps. Jean-Marie revenu avec les photocopies appuie sa femme :

— On a confiance en toi mais on en a marre des photos.

Ker argumente. Il leur donne des informations puisées dans le dossier mais en échange, le couple doit se montrer coopératif. Il déroule le portrait de Grégory qu'il a fait agrandir et le remet à sa mère. Au-dessus de la colline, c'est la fin de l'hiver et le vent fait rouler les nuages dans un ciel bleu vif. Christine, les yeux soudain pleins de larmes, contemple le poster et s'exclame :

* Orthographe déformée par l'auteur de la lettre anonyme.
1. *Paris Match* du 22 février 1985.

— Oh, ce qu'il est beau mon gamin!

Le photographe assied au soleil la jeune mère sur un pliant de cuir et prend en vitesse une pellicule. Toute de chagrin, elle pose contre son cœur le portrait de l'enfant disparu. Sur son pull-over sombre dansent les reflets d'un médaillon renfermant la même photo en miniature.

Dans la maison presque vide, le couple s'installe sur les fauteuils de jardin rangés dans le salon. Ker pose sur un tabouret un petit magnétophone contenant les conversations qu'il a enregistrées à l'insu de divers témoins parlant de Bernard Laroche et du juge Lambert. Le journaliste de *Match* prend une autre série de photos depuis le couloir d'entrée alors que le couple est absorbé par l'audition des cassettes. Il finit son reportage par des clichés de la chambre de Grégory.

Le 26 février 1985, le mouvement qui va précipiter leur perte et celle de leur cousin s'accélère. En quarante-huit heures, Christine et Jean-Marie Villemin vivent des instants déterminants. Tout commence par la visite de deux gendarmes qui, passant par Bruyères, viennent les saluer à leur retour du cimetière. La conversation courtoise dérive sur l'enquête. Jean-Marie racontera plus tard la scène devant le juge d'instruction.

> — On a reparlé de l'affaire. C'est moi qui ai abordé le sujet. Je leur ai demandé ce qu'ils pensaient de la mise en liberté de Laroche. Ils m'ont répondu qu'ils ne comprenaient pas mais qu'il manquait d'éléments *(sic)* au dossier. C'est le petit rond qui a dit cela et l'autre a enchaîné en disant « on aurait fait cela à mon fils, je saurais ce qui me reste à faire ». (...) Je leur ai demandé quelles seraient les conséquences pour moi si je tuais Laroche et le plus grand a répondu « celui qui le tuerait, il y aurait suffisamment de charges contre Laroche pour le défendre » (...) [1].

Christine, interrogée sans avoir pu se concerter avec son mari, donnera la même version de cette visite. Mais les deux gendarmes démentiront ces propos, estimant que le couple Villemin a mal interprété leur compassion. Quoi qu'il en soit, ils n'ont pas compris ce jour-là que Jean-Marie cherche maintenant dans les mots et les silences de ses interlocuteurs, dans les regards qu'il croise, un encouragement à suivre son instinct de vengeance. Dans

1. Procès verbal de Jean-Marie Villemin du 25 avril 1985.

l'après-midi, Isabelle Baechler d'Antenne 2 raconte aux parents de Grégory sa rencontre avec les Laroche lors d'une interview organisée par Gérard Welzer. Christine expliquera :

> — Elle nous a raconté que Laroche était mou et que sa femme au contraire était très mauvaise et que quand il y avait des questions qui l'embarrassaient, c'était elle qui répondait et pas lui. Elle nous a également dit ce que Me Prompt pensait de l'affaire, à savoir que c'était un accident maquillé en crime. Que j'étais donc avec mon amant au lit, que le petit jouait dehors et qu'il est tombé dans la Vologne située à 3 ou 4 mètres de chez nous. J'ai alors dit à Isabelle Baechler « mais il rigole lui, car la Vologne est au moins à un kilomètre de chez nous ». Isabelle Baechler a répondu : « Il n'est pas encore venu sur le terrain, le principal c'est qu'il sorte son client de prison. » Quand vous entendez des trucs comme cela, ça vous remue. Nous n'avons pas dormi de la nuit du lundi au mardi et le mardi matin, nous avons décidé de tuer Laroche mais d'attendre le mercredi matin [1].

Isabelle, qui perçoit le désarroi et la colère des Villemin, tente de les dissuader d'entreprendre quoi que ce soit. Puis elle se rend à Nancy au siège du SRPJ pour alerter le commissaire Corazzi, qui ne la reçoit pas. Elle essaie également de le joindre par téléphone, en vain. En vertu de son amitié et de ses accords avec les Bezzina, le commissaire ne rencontre aucun autre journaliste. Isabelle, comme d'autres, comme moi, est fermement éconduite de l'immeuble blanc du boulevard Lobeau.

Après les gendarmes et Isabelle, Jean Ker frappe de nouveau à leur porte. Il pose le magnétophone sur la table de la salle à manger. Cette fois, la moisson est conséquente. Il a enregistré, dans le bureau de Gérard Welzer, une grande partie des procès-verbaux recueillis au début de l'enquête. L'audition des cassettes prend trois heures, de 18 à 21 heures. Jacquel, Jacky, Michel, Monique, Albert, Bernard, la famille, les témoins, Ker a tout enregistré et notamment le procès-verbal de Muriel. Les Villemin n'ont jamais eu accès directement à ces pièces. Ils ne les ont jamais lues dans le détail.

Christine écoute les cassettes, les yeux fixés dans le vide, en balançant du bout des doigts, la chaîne de son médaillon d'argent.

1. Procès-verbal de Christine Villemin du 17 avril 1985.

Ker, fasciné, la regarde. Il songe à un médium cherchant la vérité avec son pendule. Les deux hommes boivent de la bière et du vin puis Christine prépare le dîner. Le journaliste croit en la culpabilité de Bernard Laroche. Il est le seul à oser le leur dire ouvertement. La gorge sèche et le souffle rare, les parents de Grégory Villemin écoutent les derniers mots de Muriel prononcés sur la bande avec la voix de Ker. Ils croient voir disparaître leur enfant

— ... ils sont partis. Je les ai regardés partir mais je ne peux pas vous dire où ils sont allés [1].

Christine raconte :

— Jean-Marie lui a dit : « Qu'est-ce que tu ferais à ma place? » après lui avoir demandé s'il avait des enfants. Ker a répondu : « Je ne peux pas me mettre à ta place, mais ce serait mon fils, je le descendrais. » Jean-Marie lui a alors montré l'arme. Ker a dit : « Réfléchis, pense à ta femme » et c'est moi qui ai répondu : « De toute façon, je vais avec lui, pour faire la peine avec lui [2]. »

Le couple détaille son plan, maintes fois échafaudé dans leurs têtes d'enfants aveuglés par la douleur. 1) Christine se poste dans la voiture au carrefour pour bloquer Laroche. 2) Jean-Marie se glisse derrière le monument aux morts et lorsque Bernard arrive, il tire. 3) Ils se constituent prisonniers. Leurs effets personnels sont prêts, rangés dans deux petits sacs. Sur le dessus, les photos de Grégory que ses parents se sont réparties en deux tas égaux. L'exécution du plan est prévue dès l'aube suivante avant 5 heures, au moment où leur cousin part pour l'usine.

Jean-Marie poursuit le récit :

— Ker a répondu « déconne pas, n'y va pas maintenant. Ne fais pas cela à l'aveuglette, si tu veux, je me propose pour voir ses horaires ». Je lui ai répondu que ce n'était pas la peine, que je connaissais les horaires de Laroche [3].

Ker, interrogé à son tour, affirmera que les Villemin « ont fait un amalgame » sur ce point et qu'il a tenté de les détourner de leur projet. Jean-Marie aurait répliqué : « On verra cela. » Puis le jour-

1. Procès-verbal de Muriel Bolle des 2 et 3 novembre 1984.
2. Procès-verbal de Christine Villemin du 17 avril 1985.
3. Procès-verbal de Jean-Marie Villemin du 25 avril 1985.

naliste part vers 22 heures. Ker décrit la dernière scène dans la nuit sur le parking de l'immeuble.

— Jean-Marie avait les larmes aux yeux. Il m'a dit : « J'espère que tu nous laisseras pas tomber si on se retrouve en prison tous les deux. » Il m'a serré la main pendant au moins deux ou trois minutes. Avant de partir, je lui ai dit : « Si tu ne me rassures pas sur tes intentions, je te préviens, je reste planté là au pied de l'immeuble et je ne bouge pas d'ici. » Jean-Marie m'a dit avec un petit sourire un peu pleurnichard : « Jean, tu peux aller dormir tranquille [1]. »

Dans l'appartement, le couple discute du projet avec Gilberte, la mère de Christine.

— Ma mère ne voulait pas. Elle disait « Vous allez aller en prison, laissez faire la justice ». Elle s'est même proposé de le faire elle-même en disant qu'elle avait fait sa vie. Nous lui avons dit : « On y va. » Elle n'a pas insisté en disant qu'après tout, c'était notre gamin [2].

De retour à l'hôtel, Ker ne distingue plus dans son esprit ce qui l'étourdit : les effets de l'alcool, la peur ou les mots de Jean-Marie qui vont et viennent. Assommé, il demande qu'on le réveille à 4 heures et il appelle sa femme. Dans sa maison de la forêt de Compiègne, hors des passions de Lépanges et des folies de l'enquête, elle réalise le double danger : si les Villemin tuent Bernard Laroche, Ker sera considéré comme complice, inculpé et peut-être incarcéré. La lucidité de sa femme le dégrise. A 4 heures, Ker se lève et téléphone à Bruyères. Dès la seconde sonnerie, Mme Châtel décroche, la voix claire. Ker réclame Jean-Marie. Sa belle-mère lui objecte qu'il dort. Le reporter n'en croit rien. En effet, après quelques heures d'une nuit blanche et « atroce » selon leurs propres termes, Christine et Jean-Marie se relèvent déterminés. Attendre encore (et attendre quoi puisque dans leur esprit : « Tout est truqué » ?) leur semble une trahison vis-à-vis de leur enfant. En pleine nuit, ils prennent ce qu'ils croient être leur dernier petit déjeuner en commun avant la prison.

Dans sa BX grise, Ker n'a jamais roulé aussi vite. Il dévore la route à peine visible entre deux haies de forêts sombres. Les quinze

1. Procès-verbal de Jean Ker du 5 juin 1985.
2. Procès-verbal de Christine Villemin du 17 avril 1985.

kilomètres de ligne droite jusqu'à Docelles et puis à gauche la série de virages dangereux qui suivent le cours de la Vologne jusqu'à Lépanges. Ker hurle :

— C'est des gamins, ils vont pas le faire ! C'est des gamins. Ils vont pas faire cette connerie.

Il sait que deux fois déjà, ils se sont postés fébriles derrière la maison d'Autmonzey. Au bas de l'immeuble, la R 18 blanche a disparu. Les tempes battantes, le journaliste file vers le village où Bernard et Jean-Marie ont grandi côte à côte. Soudain, dans ses phares, la voiture des parents de Grégory garée contre le petit monument aux morts. Christine au volant, moteur au ralenti. Jean-Marie, caché derrière la stèle, l'arme à ses côtés. Les lampadaires grésillent dans la nuit silencieuse. Quelques points de lumière apparaissent sur les collines, les ouvriers se préparent pour l'embauche de 5 heures. Parmi eux, Bernard Laroche. Sur un trottoir, Ginette Villemin venue chercher une autre ouvrière pour se rendre à l'usine. Comprend-elle que son ami le plus proche est en danger ? Elle ne bronche pas, pétrifiée. Ker s'approche et parlemente, prudent comme on s'avance au milieu d'un champ miné. Jean-Marie tente de le repousser puis cède et fait mine de repartir dans sa voiture. Une feinte pour éloigner le journaliste qui les retrouve garés devant chez Louisette. Le couple, aveuglé par la souffrance et la haine, explose de colère. Christine l'insulte :

> — Ker, tu vas tout faire rater. Tu es un salaud, tu nous remontes à bloc pendant quatre heures et après tu nous dis de ne pas le faire [1] !

Le journaliste ne maîtrise rien. Il reste dans sa voiture, moteur en marche, tremblant sans agir, l'appareil photo à portée de main. Mais Bernard Laroche ne vient pas, sans doute alerté par les cris ou les antibrouillards de Ker braqués dans sa direction. Le couple repart vers Granges où se trouve l'usine Ancel. Ker les rattrape et parvient à discuter avec eux. Le fusil est déjà dans sa boîte en carton. Il est 5 h 07 et Bernard Laroche passe dans sa 305 devant le trio. La nuit de folie est terminée. Ker les invite alors à prendre le petit déjeuner à l'hôtel.

> — Jean-Marie et Christine étaient calmes et détendus. Ils souriaient. J'ai alors pensé en moi-même que c'était des gamins. J'ai même pensé qu'il s'agissait d'une mise en scène peut-être

1. Procès-verbal de Christine Villemin du 17 avril 1985.

> destinée à me faire peur. J'ai été conforté dans mon idée qu'il s'agissait de gamins par le fait que Jean-Marie m'a demandé si je connaissais un tueur à gages. (...) Nous nous sommes retrouvés dans ma chambre d'hôtel à Épinal où nous avons pris le petit déjeuner ensemble. Jean-Marie m'a dit : « Tu peux dire que tu as sauvé la vie de Laroche [1]. »

Tous trois prennent un café et discutent en commentant les photos de Grégory qu'ils ont emportées. Puis Christine, épuisée, s'endort sur le lit.

1. Procès-verbal de Jean Ker du 5 juin 1985.

13

Bientôt les États-Unis ? ... Robert Badinter face aux parents de Grégory ... Avertissements en série ... L'incroyable apathie ... « Et toi, tu bosses pour quel canard ? » ... Surtout ménager le suspens ... Jours de surenchère ... La caisse de résonance bat son plein

Perdus dans un no man's land entre victimes et coupables, Christine et Jean-Marie Villemin perdent définitivement le sens des réalités et se laissent ballotter par les événements ou les amitiés de circonstance. Gilles Ouaki dispute à Ker son autorité sur les parents de Grégory. Ce paparazzi sans complexes, grand, fort, au teint mat et au cheveu noir, avance en bousculant tous ceux qui le gênent. Face à lui, Ker fait figure de manuel du savoir-vivre. Ouaki interpelle, rabroue sans distinction de fonctions ni d'âge, les avocats, les journalistes, les témoins et le magistrat. Une fesse posée sur le bureau de Lambert, Ouaki rumine son chewing-gum et lâche :

— Bon maintenant, vous allez tout me dire !

Après les jouets sur la tombe, la photo « retrouvée » et le questionnaire des Villemin pour les Laroche, Ouaki nourrit un nouveau projet : emmener les parents de Grégory aux États-Unis pour les soumettre au détecteur de mensonges. Christine et Jean-Marie sont d'accord, même si le prix des timbres fiscaux pour les passeports leur paraît un peu cher. Plus surprenant, Me Garaud, toujours aussi décalé, donne son aval à cette aventure douteuse. Officiellement, le couple ferait le déplacement pour le compte du *Parisien libéré* mais Ouaki, pigiste occasionnel de *Paris Match*, entend bien vendre à l'hebdomadaire les photos et les résultats du test. Un bon scoop populaire et spectaculaire.

Informé du projet, le juge se garde bien, comme toujours, de contredire le journaliste :

— Ce n'est pas légal mais j'aimerais bien lire les conclusions quand même.

Lambert prendrait volontiers n'importe quelle information pouvant l'aider à relancer l'instruction. Il a même interrogé un voyant de la ville que consultent Albert, Monique et Ginette Villemin. Une première entrevue en janvier dans son cabinet du palais, après qu'il a su que les Villemin interrogeaient les astres. La seconde intervient au début du mois de mars, avec cette fois un déplacement jusqu'à l'appartement du mage. Des rencontres entre chien et loup, en tête à tête, sans greffier pour recueillir d'éventuelles confidences de la famille Villemin. Des conversations secrètes au cours desquelles le voyant lui fait part de ses conclusions après avoir étudié le problème sur photos et par la radiesthésie.

La situation du magistrat est très inconfortable. Il a bien en point de mire un coupable de remplacement : Christine Villemin. Mais il n'a pas encore d'éléments tangibles autorisant cette permutation judiciaire. Une expertise en écriture ne va pas renverser le dossier. La polémique survenue après les annulations formelles des premières analyses lui interdit de fonder tout son raisonnement sur la seule comparaison d'écritures. Alors, le juge attend que le SRPJ le sorte de l'impasse.

Robert Badinter refuse de recevoir les parents de Grégory. Une lettre signée du directeur des affaires criminelles Bruno Cotte arrive au lendemain de la nuit « atroce » vécue par les Villemin et Jean Ker. Elle les informe qu'un garde des Sceaux ne s'entretient jamais avec l'une des parties pendant une instruction. Le détecteur de mensonges est laissé à l'appréciation du juge, libre du choix de ses méthodes, mais la lettre rappelle que celle-ci n'est pas reconnue par la loi française. La lettre de l'Élysée avait réconforté le couple. Celle de la Chancellerie accroît sa dépression. Jean-Marie et Christine Villemin se sentent humiliés. La sécheresse de la réponse et la fin de non-recevoir opposée au jeune couple traduisent l'agacement des autorités devant la conduite de ce dossier, mais aussi l'hostilité du ministère à l'égard des clients de Me Garaud. Pour Robert Badinter, l'animateur de Légitime Défense est un adversaire. Garaud défend les syndicats de police, et le garde des Sceaux n'a pas oublié les insultes et les bras tendus sous ses fenêtres lorsque des policiers ont manifesté, en juin 1983, à l'issue des obsèques de deux fonctionnaires assassinés dans leurs fonctions. Pour la droite dure, Robert Badinter est une cible permanente. De plus, les deux hommes se combattent à propos de la peine de mort. On se souvient de l'émotion ressentie lorsque Robert Badinter, alors avocat, avait sauvé la tête de Patrick Henry, assassin du petit Philippe Bertrand. Le ministre est l'homme qui a fait voter l'abolition de la peine capitale. Me Garaud soutient ceux qui tuent pour ne protéger parfois que leurs seuls biens matériels et les auteurs de « bavures ».

— Je suis triste qu'on refuse une consolation pourtant bien simple aux malheureux parents, se contente de déclarer l'avocat avec une bonhomie qui cache mal son âpreté au combat et au gain.

Assis au bord du lit, Jean Ker raconte à Caradec'h sa « nuit d'épouvante ».

La grande carcasse du reporter est secouée par l'émotion. Il relate la soirée, les procès-verbaux, les cassettes, le fusil, les petits sacs, les photos de Grégory, la lucidité de sa femme... La peur pour Laroche, la peur pour eux, la peur pour lui. Aller raconter cela? Il passera pour un délateur, et risquerait de s'enfoncer avec eux. Ker ne dira rien à personne. Il se persuade que « ces gamins » ne franchiront jamais un tel cap. Mais Caradec'h alerte Welzer. Sans donner de détails, sans citer sa source.

— Il faut le cacher. Il est en danger.

Bernard Laroche refuse de se cacher. Il veut retourner à l'usine et dit n'avoir rien à se reprocher. Marie-Ange veut que l'on protège son mari. Elle téléphone à la brigade de Bruyères et injurie les gendarmes sans donner la raison de son appel. Quand elle rappelle une seconde fois, la colère passée, les gendarmes jouent l'indifférence. Ils lui répondent que son domicile dépend de la brigade de Corcieux et que les policiers sont désormais saisis de l'affaire.

Prompt et Welzer écrivent au procureur Lecomte pour signaler des allées et venues suspectes autour du domicile de Bernard. Le parquet ne réagit pas non plus, en guerre semi-ouverte avec les avocats de la défense. Je m'arrête quelques instants chez Christine et Jean-Marie. Ils me racontent leur embuscade à Aumontzey et l'échec de cette tentative à cause d'une tierce personne dont ils ne me révèlent pas le nom. Dans un coin du salon, je vois les deux sacs prêts pour un départ en prison. Je les conjure de ne pas recommencer et, pour la troisième fois en un mois, j'alerte Jean-

Michel Lambert d'un danger imminent. Lors d'un appel de Me Garaud, Jean-Marie l'interrompt brusquement :

— Quelles seraient les conséquences pour celui qui tuerait Laroche ?

— Ne faites pas cela, c'est complètement fou !

L'avocat tente de remonter le moral de ses clients mais il n'a pas d'autre formule que « ça va se décanter, ça va se décanter ». Garaud est toujours pressé, trop loin, trop absorbé. Ses mots n'atteignent pas le père de Grégory. Il a vu les Villemin quatre fois seulement depuis leur constitution de partie civile et eux ne sont jamais allés à Paris dans son bureau. Étienne Sesmat les appelle à son tour pour s'inquiéter de leur santé et de la nouvelle enquête. Les Villemin n'en savent pas plus que lui mais Jean-Marie glisse au détour d'une phrase :

— On a failli faire une connerie, flinguer Laroche.

Le capitaine les « enguirlande vertement [1] » selon leur propre expression puis prévient sa hiérarchie et, une fois encore, Jean-Michel Lambert. Celui-ci téléphone à Jean-Marie pour lui dire de ne rien tenter contre son cousin. En dehors de ces quelques paroles, il ne se passe rien. Personne ne vient saisir la carabine 22 long rifle et le fusil de chasse de Jean-Marie. Personne ne fait surveiller les alentours de la villa des Laroche. Aucune autorité ne convoque les Villemin pour les écouter et les sermonner. Pourtant Jean-Marie multiplie les signaux de détresse. Ses confidences à tout va sur la tentative avortée sont autant d'appels au secours. Mais il ne se passe rien. Rien d'autre qu'une incroyable apathie générale.

Le commissaire Corazzi et ses hommes sont trop intelligents pour aborder l'enquête sans se poser un minimum de questions sur le cas de Bernard Laroche. Après avoir photocopié le dossier, dressé un certain nombre de fiches, répertorié les membres de la famille sur un arbre généalogique et sélectionné les témoins les plus sensibles, ils commencent leurs investigations sur celui qui est encore inculpé d'assassinat. Le commissaire n'exclut pas de le remettre en garde à vue si le juge Lambert lui délivrait un non-lieu. Mais il a une autre idée en tête, un fantasme recoupant celui qui nous taraude tous, journalistes, avocats, Vosgiens et lecteurs qui se passionnent depuis des mois pour cette énigme : Christine et Bernard étaient amants et, quelle que soit la raison du décès de l'enfant, elle en est le cerveau. Les gendarmes ont découvert l'exécutant du crime. Corazzi veut démasquer le commanditaire que les

1. Procès-verbal de confrontation des gendarmes et des Villemin du 3 mai 1985.

militaires, par sensiblerie ou par incompétence, n'ont pas su ou voulu trouver.

« Enquêteurs, magistrats et observateurs en sont d'accord, rien ne permet de penser que le " corbeau " et le meurtrier soient une seule et même personne », écrit Jeandon-Bezzina dans *France-Soir* [1]. Telle est l'analyse du SRPJ qui attend l'annonce officielle des expertises en écriture pour enquêter ouvertement sur Christine Villemin. Un dimanche, Jacques Corazzi se rend incognito dans la vallée de la Vologne. Jean-Michel Bezzina l'accompagne et lui sert de guide. Sa femme Marie-France s'est jointe à eux, c'est sa deuxième visite en cinq mois sur les lieux du crime. Tous les trois déjeunent chez Marie-Jo dans la salle du fond quand Philippe Jéchoux les retrouve. La conversation ne porte que sur les faits, les horaires, les témoins, Christine, Bernard, le mobile, etc. Entre deux bouchées, Jéchoux se tourne vers le commissaire Corazzi qu'il ne connaît pas et lui lance sans malice :

— Et toi, tu bosses pour quel canard ?

La question tombe dans un silence pesant.

Le 11 mars 1985, sorti de clinique où il était hospitalisé pour une intervention bénigne, Jean-Michel Lambert rencontre le préfet de police Pierre Richard à Nancy. Le juge lui dévoile ce qu'il retenait depuis un mois, c'est-à-dire le nom de la femme désignée par les experts Buquet et de Ricci : Christine Villemin. La surprise n'en est pas une pour le policier. Les journaux des Bezzina ont dressé depuis deux semaines un portrait de plus en plus précis de ce corbeau mystérieux, dont les contours ressemblent fort à la mère de Grégory. Dès le lendemain, les policiers abandonnent toutes affaires cessantes les quelques recherches entreprises en direction de Bernard Laroche pour se consacrer presque exclusivement à l'emploi du temps de Christine et aux éventuels indices à découvrir autour d'elle.

Le jour même, la presse entame sa première campagne ciblée sur la mère même si, pour quelques heures encore, deux autres femmes supportent avec elle la dénonciation publique. Bezzina donne le premier sur RTL, et dans le désordre, le nom des trois femmes suspectées, selon lui, d'être le corbeau : Marie-Ange Laroche, Liliane Villemin et Christine Villemin. Or, si Christine est bien en tête, les deux autres femmes arrivent respectivement en sixième et huitième position dans le classement établi par les experts. Cet amalgame est destiné à ménager le suspense autour de

1. *France-Soir* du 12 mars 1985.

la mère de l'enfant assassiné. Dans la publicité, on appelle cela une campagne de « teasing » : on excite d'abord l'intérêt puis on dévoile son effet. Les journaux suivent RTL et *France-Soir* sans réticence.

« GRÉGORY : CELLE QUI SAIT » titre *Le Parisien libéré* [1] sur toute sa première page. Au-dessous de cette affirmation, trois clichés de même taille, placés côte à côte. A gauche, un portrait de Liliane, flou, vieux de dix ans sur lequel on ne reconnaît pas la jeune femme. A droite, une autre photo, brouillée, de Marie-Ange, souriante et sereine. Au milieu, le visage tendu et inquiet de Christine fixant l'objectif avec de grands yeux écarquillés. Il s'agit d'un cliché détouré, pris par Ouaki lors de la rédaction du questionnaire pour Bernard Laroche. De loin comme de près, l'on ne voit que la mère.

Des trois portraits brossés dans les pages intérieures, seul celui de Christine est associé à l'idée de l'assassin. Liliane se dit « abasourdie » de voir son nom associé de nouveau aux rumeurs. Marie-Ange défend l'innocence de son mari. De Christine, il est rappelé qu'elle est la dernière personne à avoir vu Grégory vivant et que le petit garçon n'a, semble-t-il, pas eu peur de son meurtrier. *Le Figaro* [2], informé par Eulry-Bezzina, annonce « une prochaine inculpation qui laverait Bernard Laroche de toutes les présomptions ». Dans *France-Soir* [3], le même journaliste prête pour la première fois au médecin légiste qui autopsia le corps de Grégory une formule qui fera florès : « C'est un crime de femme. » Le médecin niera avoir émis un diagnostic aussi peu scientifique, mais l'idée va s'ancrer dans les esprits. Tout le monde sait que Grégory n'a fait l'objet d'aucune violence avant de mourir, que ses liens étaient noués de manière très lâche et son visage serein. Et si cette paix était celle d'un enfant rassuré par sa mère? La déduction, irrationnelle et saugrenue, relève, là encore, du fantasme. Mais Christine Villemin semble attirer les pensées les plus obscures comme un aimant la limaille de fer.

Notre pool est étourdi par cette avalanche de bruits et d' « informations » impossibles à vérifier tant que la porte du SRPJ nous est fermée. Chaque matin, Darcourt m'appelle pour commenter ces événements qui nous échappent. Nos propres articles reflètent nos scrupules et notre ignorance. Nous refusons de livrer les noms des

1. *Le Parisien libéré* du 13 mars 1985.
2. *Le Figaro* du 13 mars 1985.
3. *France-Soir* du 13 mars 1985.

trois femmes prétendument soupçonnées. Je fustige les « pseudo-confidences policières, les rumeurs et les supputations » qui visent à créer un climat trouble autour de Christine Villemin pour la faire craquer en l'absence d'éléments matériels contre elle. Mais les jours sont à la surenchère. Nos papiers en demi-teinte ne sont écoutés par personne. Le troupeau suit ceux qui apportent « des infos ».

Ce climat de délation quotidienne n'émeut pas Jean-Michel Lambert qui refuse toujours la notification du rapport aux Villemin, partie civile, et à Bernard Laroche, l'inculpé oublié de tous.

Il veut, dit-il, éviter de retomber dans les errements de la première partie de l'enquête. En fait, le juge attend toujours la solution policière. Gérard Welzer s'impatiente et réclame un non-lieu immédiat pour son client. Il envoie à Lambert une sommation par voie de presse. « Le juge doit dire qui est la femme corbeau », écrit *France-Soir*. Jeandon-Bezzina donne la parole à un commentateur imaginaire, « une vieille dame habitant Laveline-devant-Bruyères » : « Les avocats ont raison. Le nom de l'auteur de la lettre doit être connu. Les rumeurs persistantes, atroces, impensables, ne cesseront qu'à ce prix [1]. » « Le juge gardera-t-il le silence ? » s'interroge *La Liberté de l'Est* [2]. « L'ultimatum des avocats de Bernard Laroche au juge Lambert », confirme *L'Est républicain* [3] que le magistrat lit tous les matins avec le journal d'Épinal. Le scénario est bien en place. Quand le juge n'obéit pas aux avocats, la « caisse de résonance » se met en marche. L'ombre de Christine plane sur tous ces articles, nourris de confidences conjuguées du trio Welzer, Corazzi et Bezzina. Bezzina, ravi du succès de ses papiers, repris par tous les autres médias à l'exception de notre pool, du *Républicain lorrain* et de *L'Humanité*, disserte chaque jour sur les rumeurs qu'il a lancées la veille sur RTL, l'AP, l'ACP ou dans ses quotidiens. Le journaliste commente ici une nouvelle lancée ailleurs la veille, dans un bizarre jeu de go dont il tiendrait toutes les pièces. Sa conviction est modulée selon le lectorat du journal ou l'humeur de celui qui relit et parfois réécrit sa copie.

1. *France-Soir* du 13 mars 1985.
2. *La Liberté de l'Est* du 13 mars 1985.
3. *L'Est républicain* du 13 mars 1985.

14

Le grand déballage ... L'étau médiatique se resserre ... De « semaines décisives » en « hypothèse du pire » ... Premiers contacts avec le SRPJ ... Christine se confie ... « Je ne craquerai pas » ... Neuf heures d'audition pour rien ... Scoop sur RTL

Terrés dans cette maison où « le gars » les a si longtemps persécutés, Albert et Monique attendent qu'éclate l'orage. *Paris Match* [1] a publié la contre-attaque de Christine et Jean-Marie qui étalent à pleines colonnes leurs soupçons sur le couple de Michel et leur rancœur envers les parents Villemin, tellement en retrait depuis l'inculpation de Laroche. Ker a retranscrit leurs conversations enregistrées sur le fameux magnétophone. J'ai l'impression d'entendre mes entretiens de l'hiver avec les parents de Grégory. Les explications claires de Christine à propos des « contradictions » que lui attribuent les avocats de Laroche. Les doutes sur une relation particulière qui aurait existé entre le père de Jean-Marie et sa belle-sœur, la mère de Bernard. L'obsession de « l'autre bâtard » dénoncé par le corbeau et jamais identifié. Les propos vifs échangés avec Ginette à la rentrée scolaire lorsque Christine avait dit au sujet de Sébastien Laroche : « Marie-Ange n'a qu'à le mettre dans une école spécialisée ! La maîtresse ne va pas empêcher vingt-neuf élèves de bouger pour en protéger un seul. » Ce à quoi Ginette répliquait : « Tu dis ça parce que le tien est normal, sinon tu parlerais autrement ! » Le rapprochement des dates entre l'achat du

1. *Paris Match* du 8 mars 1985.

salon de cuir de 23 000 francs, l'obtention du prêt pour agrandir la maison puis, le 14 octobre, la visite de Michel et Ginette, premiers témoins familiaux de cette nouvelle aisance et enfin, l'assassinat de Grégory le 16, avec cette lettre raillant « le pognon du chef » qui ne lui rendra pas son fils. En son for intérieur, Monique a-t-elle reconstitué le puzzle, démêlé l'écheveau? C'est la conviction de Jean-Marie. Une chose est certaine, elle n'apprécie pas que ses enfants déballent le linge sale des Villemin sur la place publique. Informée par Ginette de l'expédition nocturne contre Bernard Laroche, Monique ne bougera pas non plus pour sortir son fils de l'isolement et de son obsession meurtrière.

Le battage agressif des médias émeut les magistrats de la cour d'appel de Nancy. Chaque jour la presse annonce un rebondissement pour le lendemain, une inculpation, un non-lieu, un nouveau bruit, un soupçon. Plus d'un mois après la libération de Bernard Laroche, le brasier est alimenté sans relâche et tout le monde a compris qui vise cette effervescence. Roger Descharmes, le procureur général près la cour d'appel de Nancy, rédige un communiqué appelant la presse à une plus grande réserve. Les mots du magistrat : « liberté de la presse, dignité des personnes, sérénité de l'enquête », résonnent dans le vide. Au contraire, l'étau médiatique se resserre autour de Christine Villemin. Philippe Jéchoux annonce aussitôt que la femme corbeau est « très très proche de Grégory [1] ». Jeandon-Bezzina détourne le communiqué du parquet général pour souligner dans ses différents papiers qu'il « ne dément aucune des informations diffusées, ni la rumeur faisant état d'un prochain rebondissement [2] ».

Après un mois de recherches, la police judiciaire augmente la pression sur Christine et les témoins qui l'ont vue entre 16 h 50 et 17 h 30. Les noms de six personnes qui vont être entendues à nouveau par le SRPJ sont divulgués. Bien que rien n'ait apparemment évolué, l'affaire est considérée par les porte-parole officieux des policiers comme « résolue ». Les articles évoquent les « certitudes des enquêteurs » et le juge « qui touche au but ». « On n'arrête plus l'intox », commente Denis Robert de *Libération* qui critique les méthodes « journalistico-policières [3] ». De mon côté, sur Europe 1, je m'efforce de rappeler que « trop d'erreurs imputables à la presse, la justice, aux avocats et aux enquêteurs ont déjà porté pré-

1. *Le Matin de Paris* du 15 mars 1985.
2. *France-Soir* du 16 mars 1985.
3. *Libération* du 16 mars 1985.

judice au déroulement de cette affaire [1] ». Je crois encore que le précédent Laroche nous servira de garde-fous. Je me trompe, le pire est devant nous.

La semaine des rumeurs inspire au procureur Lecomte un second rapport sur la presse, adressé au parquet général et à la Chancellerie. Le magistrat s'étonne de la divulgation du calendrier des auditions prévues. Sans le citer nommément, Jean-Jacques Lecomte désigne Bezzina comme la courroie de transmission entre les services de police et la presse. Il explique ces relations privilégiées par le fait que le journaliste de RTL et Cie serait fils d'un commissaire de police — ce qui est faux. Le procureur se déclare impuissant devant l'ampleur du phénomène alors qu'il pourrait, déjà, recommander à Jean-Michel Lambert de mieux tenir son équipe d'enquêteurs, ce qui ne mettrait pas en péril pour autant la liberté de la presse. Mais l'intérêt du juge est de laisser se développer ces intimidations dans l'espoir de voir s'effondrer son prochain coupable.

A l'orée d'une nouvelle et rituelle « semaine décisive » — puisque l'effet d'annonce relance continuellement l'intérêt des lecteurs — les Bezzina nous révèlent trois éléments inédits. Une nouvelle dictée se prépare à laquelle ni Marie-Ange ni Liliane ne seraient convoquées. Michel Villemin se demande si la voix du corbeau téléphonique ne serait pas « finalement [2] » celle d'une femme. Enfin, « dimanche les policiers du SRPJ de Nancy auront bouclé leur dossier ». « Le juge Lambert devra prendre ses responsabilités », écrit Eulry-Bezzina dans *Le Figaro* [3]. En clair, il devra inculper Christine Villemin et rendre dans la foulée une ordonnance de non-lieu pour Bernard Laroche, redevenu un ouvrier anonyme, victime d'une erreur judiciaire. On apprend sous la plume de Jéchoux que les policiers « redoutent l'incroyable dédoublement de personnalité » de leur suspecte « qui a su jouer durant plus de cinq mois une odieuse comédie, laissant accuser Bernard Laroche et s'entourant depuis, de nombreuses précautions [4]... ». On devine, derrière ces « précautions » suivies de points de suspension, la grossesse de Christine.

Nourris de cette littérature policière, des éditorialistes se laissent séduire par la thèse de la mère infanticide. Les articles des correspondants locaux reprennent les vieilles ficelles de la littéra-

1. Cahier du 16 mars 1985.
2. *Le Parisien libéré* du 18 mars 1985.
3. *Le Figaro*, du 18 mars 1985.
4. *Le Matin de Paris* du 16 mars 1985.

ture policière. « Le mystère est sur le point d'être élucidé, on ne peut pas vous le dire encore mais enfin voilà, spécialement pour vous, quelques indices, mais je n'ai rien dit... » Les journalistes parisiens sont excités par ces sous-entendus. Ils consultent par téléphone les journalistes de Nancy ou d'Épinal et reprennent sans hésitation la thèse de la mère infanticide. Dominique Jamet écrit ainsi une chronique titrée « L'hypothèse du pire » dans *Le Quotidien de Paris.* « Informé » par un entretien avec Marie-France Lefevre-Bezzina, correspondante du journal, le rédacteur en chef du *Quotidien de Paris* absout les premières erreurs du juge Lambert, dérouté par l'esprit machiavélique de l'assassin.

> « On assure que le juge connaît maintenant la vérité et que cette vérité a le visage d'une femme. N'allons pas plus loin : on ose à peine penser ce qu'en tout cas, on n'a pas le droit d'écrire. (...) Le pire n'est pas toujours sûr mais il est quelquefois vrai [1]. »

Déjà l'intelligentsia s'émoustille des frayeurs que lui procure cette version, sans se préoccuper des conditions particulières — tant sur le plan journalistique que judiciaire — dans lesquelles ces rumeurs sont devenues progressivement des informations.

Deux inconnus, la quarantaine dépassée, sonnent à la porte de l'appartement de Mme Châtel. Le commissaire Jacques Corazzi, un moustachu avec de grands yeux, des cheveux châtains ondulés et un accent du Midi. L'inspecteur Jean-Pierre Pesson, au physique plus banal et à la chevelure grisonnante. Les deux hommes rendent une première visite de courtoisie aux parents de Grégory. Comme tant d'autres avant eux, ils s'installent autour de la table ronde recouverte d'une toile cirée rose. Les policiers expliquent qu'ils n'ont pu venir plus tôt à Bruyères car ils étaient très pris par l'étude du dossier. Le commissaire Corazzi donne quelques détails sur l'organisation de son service et assure que les six inspecteurs chargés de l'enquête s'efforceront de retrouver l'assassin de leur petit garçon.

Les Villemin, émus par les articles de presse menaçants à l'encontre de Christine, sont soulagés par ce contact, même si les regards des deux hommes reviennent régulièrement sur la jeune femme. Ils souhaitent entendre le couple sans son avocat dès le lendemain dans les locaux de la police judiciaire à Nancy. Chris-

1. *Le Quotidien de Paris* du 18 mars 1985.

tine et Jean-Marie sont d'accord. Après leur départ, ils en informent Me Garaud qui approuve la démarche des enquêteurs :

— Ce n'est pas plus mal, comme cela vous serez en tête à tête avec eux.

Dans l'heure suivante, Jean-Michel Lambert les appelle pour exprimer son désaccord avec cette entorse à la procédure. Les parties civiles comme les inculpés peuvent seulement être entendues par le juge et en présence de leur avocat. Le juge, échaudé, craint de nouveaux vices de forme. Les Villemin rétorquent qu'eux et Garaud n'y voient pas d'inconvénient. D'ailleurs, ils ont déjà renoncé plusieurs fois à leurs prérogatives de partie civile. Lambert n'en démord pas et les convoque dans son bureau. A leur arrivée, il a changé d'avis après s'être entretenu avec les hommes du SRPJ. Les Villemin profitent de l'occasion pour l'interroger sur les rumeurs concernant Liliane, Christine et Marie-Ange. Le juge confirme indirectement que Christine est bien placée dans le classement des experts, mais ajoute que les journaux « racontent n'importe quoi ».

En fin de journée, Darcourt, Marchand et moi nous nous rendons chez les Villemin. Après ce mois trouble et insidieux, nous voulons donner la parole à Christine pour qu'elle s'explique et se défende.

> — Au début, ça m'a choquée et même si c'est pas français, je le dis, c'est dégueulasse. Maintenant ça me laisse froide. Je suis désignée par les journaux mais ni le juge ni les enquêteurs ne m'ont jamais rien dit. Le juge m'a dit : « Vous en faites pas, ils ne racontent que des conneries. » Moi, j'ai rien de plus à dire [1].

Les policiers leur ont demandé de ne pas parler de leur audition du lendemain. Ils se taisent sur ce sujet, mais Bezzina a annoncé leur convocation chez le juge lundi prochain. Que sait Christine à ce propos ?

> — Lundi, on est convoqués pour signer le résultat des expertises. Si les expertises me désignent... Ben je leur dirai : avec moi, vous ne trouverez jamais l'assassin de Grégory. Si les experts se sont trompés avec Laroche, pourquoi est-ce qu'ils se tromperaient pas avec moi ? Il paraît qu'ils ont été désignés

1. AFP et notes personnelles du 19 mars 1985.

par les avocats de Laroche alors... Qu'est-ce que j'ai gagné moi dans tout ça?

A-t-elle peur de cette journée?

— Je serai calme. Je n'ai rien à me reprocher. Pourquoi avoir peur quand on a rien à se reprocher? J'adorais mon enfant. On était heureux tous les trois. Si on a voulu un autre enfant, c'est pour se battre. C'est pas normal que le juge laisse déverser des torrents de boue comme ça!

A-t-elle eu une liaison avec Bernard Laroche comme le laisse à penser leur mise en cause successive?

— Non, je n'ai jamais eu de liaison avec Laroche ni avec personne d'autre. Je l'aurais dit à Jean-Marie si j'avais eu un amant.

Et ce climat entretenu autour d'elle pour la pousser vers la police?

— La garde à vue, ça ne me dérange pas. On peut créer un climat pour me faire craquer mais c'est peine perdue je ne craquerai pas si j'ai rien à dire. C'est des épreuves en plus tout ça mais notre couple était solide avant. De là, on a notre force de caractère. On a confiance l'un en l'autre.

Jean-Marie l'approuve :

— Il faut être solide pour supporter tout ça mais j'ai entière confiance en Christine [1].

L'entente du couple nous impressionne. Nous les soumettons cependant à un nouvel interrogatoire sur les points dits litigieux par les avocats de Bernard Laroche. Les gendarmes n'auraient pas effectué de perquisition chez eux au soir du crime.

— Les gendarmes ont tout retourné à la maison devant ma mère et ma belle-mère. Ils ont regardé si le fer était encore chaud [2].

1. AFP et notes personnelles du 19 mars 1985.
2. AFP et notes personnelles du 19 mars 1985.

Christine ignore qu'ils n'ont pas dressé de procès-verbal de cette visite domiciliaire et que les policiers vont exploiter cette carence de procédure.

Que signifiait la petite phrase rapportée par la nourrice aux gendarmes : « Si tu savais tout ce que j'ai enduré depuis des années... » ? Elle a dit cette phrase chez elle juste après avoir appris la revendication du corbeau et non lorsqu'elle était encore à la recherche de son enfant. De nombreux témoins étaient présents, notamment Monique et Michel Villemin qui confirmeront avoir entendu cette phrase. La mère de Grégory voulait évoquer les angoisses causées par les agissements cycliques du corbeau : les appels nocturnes, les menaces, les annonces de faux accidents, la porte cassée en pleine nuit en 1981 alors qu'elle était seule à la maison, le pneu crevé, la pose des barreaux à certaines fenêtres, le volet devant la porte d'entrée, le téléphone sur liste rouge, l'arme de défense au fond du sac à main, les nuits chez sa mère avec Grégory quand Jean-Marie travaillait, l'appel à un détective privé, les visites à la voyante qui recommandait la prudence les soirs de pleine lune... Et puis enfin, la paix pendant dix-huit mois, de mai 1983 au 16 octobre 1984. Nous lui redemandons sa version des faits minute par minute. Ses réponses sont les mêmes qu'en novembre dernier sur la poste, le chèque envoyé la veille, les témoins, la nature des pneus de la R 5 à l'avant, à l'arrière, etc. Nous les quittons frappés par leur calme.

J'ai le sentiment que les mots de Christine seraient les miens si l'on m'accusait à tort d'un assassinat. Avec Darcourt, nous refusons de suivre ce phénomène collectif dont nous connaissons la source. A l'époque de l'apparition des filles de la poste, qui demeure le seul élément troublant contre elle, Christine nous avait dit : « C'est ma parole contre la leur. » J'opte, à tort ou à raison, pour la sienne car, pour le reste, ses explications cohérentes et répétées sans une variation depuis cinq mois me convainquent.

Comme celle de novembre, cette seconde interview se retourne contre Christine. Diffusée sur Europe 1 et RMC, envoyée sur les fils de l'agence France-Presse, elle est lue et entendue par tous. *France-Soir* titre : « La mère de Grégory en colère, affirme : " Je ne craquerai pas. " » Comprenez : c'est bien moi mais vous ne m'aurez pas. L'article signé de José Benjamin sous-entend que Christine, dos au mur, se sait découverte. « A l'avance et bien que personne n'en connaisse les résultats, elle récuse les expertises en écriture [1]. » Dans *Le Figaro*, Eulry-Bezzina insiste sur le sens à don-

1. *France-Soir* du 20 mars 1985.

ner à la prochaine convocation chez le juge. « Convoqués, écrit-il, le mot a son importance. Ce ne sont pas les parents, en effet, qui ont demandé à être reçus. Christine Villemin se demande d'ailleurs si ce n'est pas comme suspecte qu'on la convoque [1]... » Les parents de Grégory sont partie civile et, quelle que soit la personne désignée par l'expertise, ils seraient convoqués de la même façon, tout comme Bernard Laroche l'est pour le même jour. Bezzina accuse par ailleurs Christine de se défendre avant chaque convocation gênante. Or, en novembre comme cette fois-ci, c'est nous qui avons sollicité l'interview. Dès les premiers assauts de l'automne, nous l'avons incitée à se battre contre la rumeur et la dénonciation par voie de presse. Le couple ne nous a jamais rien demandé. C'est nous qui avons pensé que le démenti pourrait combattre les soupçons. Mais c'est l'inverse qui s'est produit. Les autres quotidiens accordent toutefois une plus grande place à l'interview de l'AFP, publiée sans commentaires. Darcourt interroge également Garaud, qui surenchérit avec son style de forgeron :

> — La torture morale qu'on inflige à la mère de Grégory est inadmissible... On la torture pour faire de la copie et du sensationnel, qui plus est en étant hypocrite. Il n'y a rien contre cette femme. Elle est partie civile et victime. Si on suspecte Madame Villemin pour masquer l'impossibilité de découvrir l'assassin, qu'on avance des éléments, qu'on l'inculpe : c'est à la justice de prendre ses responsabilités [2] !

Mais qui représente la justice en mars 1985 ? Jean-Michel Lambert ? Il feint d'ignorer la situation comme si les assauts de la presse et de la police sur Christine Villemin ne le concernaient pas. La cour d'appel ? Elle craint les humeurs de la presse. La Chancellerie ? Le ministre déplore la conduite de cette instruction mais ne bougera pas pour faire respecter les droits d'une cliente de Me Garaud. Chaque Ponce Pilate renvoie sur l'autre la responsabilité. Et rien ne change.

Les parents de Grégory pénètrent dans les locaux du SRPJ de Nancy, le 21 mars à 14 h 30. Jacques Corazzi leur présente tour à tour son patron, le commissaire divisionnaire Andrieu, ainsi que l'ensemble de l'équipe chargée de l'enquête. Christine et Jean-Marie sont séparés pour être entendus dans des pièces différentes.

1. *Le Figaro* du 20 mars 1985.
2. AFP du 19 mars 1985.

Leurs auditions simultanées vont durer neuf heures. L'interrogatoire de Jean-Marie porte sur les activités du corbeau et les querelles de famille. Jean-Marie ne peut apporter aucun élément sur la journée du crime. Celui de Christine est plus approfondi. Elle raconte son enfance, son arrivée dans la famille Villemin, la mésaventure de la gifle suivie de la fausse fugue dans le Midi et, une fois encore, l'après-midi du 16 octobre. Le commissaire Andrieu va et vient d'un bureau à l'autre pour recouper les dires du couple. Au fil des heures, Jacques Corazzi insiste longuement sur ce qui lui paraît être la clé de l'affaire, c'est-à-dire la vie amoureuse et sexuelle de la jeune femme. Le policier cherche un amant ou plutôt l'amant du 16 octobre. Christine lui rétorque qu'elle n'a pas d'amant et n'en a jamais eu. Corazzi insiste encore, patelin. Aujourd'hui, quoi de plus naturel que d'avoir un amant... voire plusieurs, en même temps, dans le même lit. Lui-même n'est-il pas en instance de divorce... Christine saisit la balle au bond :

— Ben, c'est pas parce que vous êtes cocu que tout le monde doit l'être!

Le commissaire serre les dents. La grossesse de la jeune femme lui redonne l'énergie perdue après la mort de son fils. Christine n'offre aucune prise aux policiers, bien qu'elle sorte épuisée de l'interrogatoire. La première vague d'intimidation par voie de presse n'a rien donné. Corazzi doit revoir son plan. Pourtant dans le couloir, en raccompagnant le couple, l'un des inspecteurs lâche :

— A vous voir tous les deux, on y comprend plus rien. On a vraiment l'impression que vous êtes sincères.

Sur le chemin du retour, en échangeant leurs impressions les parents de Grégory s'aperçoivent que, de part et d'autre, l'évocation de Muriel ou de Bernard Laroche suscitait un même agacement des enquêteurs et les mêmes critiques sur les méthodes de la gendarmerie. Toutefois, les derniers mots du policier les ont rassurés. Jean-Marie décide de leur donner une chance jusqu'aux grandes vacances et d'abandonner son désir de se venger. Ce premier interrogatoire étant un échec pour les policiers, la « caisse de résonance » n'en donne qu'un faible écho illustré d'une photo de Christine en larmes, prise en octobre à l'issue de leur constitution de partie civile. Il reste soixante-douze heures avant la notification officielle de l'expertise en écriture. Un mois jour pour jour après sa saisine, en dépit de ses rodomontades, la police judiciaire n'a rien apporté au juge, pas un élément matériel, pas une déclaration suspecte permettant d'étayer une inculpation de Christine.

Pour les parents de Grégory, le dimanche s'écoule en Meurthe-et-Moselle dans la famille de Christine avec une visite sur la tombe de son père. Sur le chemin du retour, l'autoradio branché sur RTL diffuse un peu de musique en fond sonore. Jean-Marie monte le son pour le journal du soir. « Coup de théâtre dans l'affaire Villemin », annonce le présentateur. Bezzina enchaîne :

— Les experts en écriture ont identifié le corbeau de la Vologne. C'est la mère, Christine Villemin.

Jean-Marie s'agrippe au volant. Mme Châtel s'écrie : « C'est n'importe quoi ! » Christine éclate en sanglots : « Chéri, dis-moi que c'est pas possible, ils sont fous ! »

Bezzina a doublé tout le monde, Lambert compris, en annonçant les conclusions des experts dès le dimanche soir. Après l'échec de l'audition de Christine et à quelques heures de la convocation chez le juge, ce scoop doit permettre d'augmenter la pression sur la jeune femme. En effet, Christine craque. Mais pas comme l'avait espéré le SRPJ. Le choc est si fort qu'elle est bientôt prise de saignements. A Bruyères, le médecin ordonne un transfert à la clinique de la Roseraie d'Épinal sans attendre une ambulance, car l'hémorragie peut emporter l'embryon encore fragile. Christine voyage couchée dans la Renault 18 conduite par son mari affolé.

15

Interview d'une « étoile » ... « Elle a craqué » ... A l'assaut de la clinique ... Le corbeau selon Buquet et de Ricci ... Le commando Lambert ... « La presse nous a aidés à gagner cette bataille » ... La fin des tabous ... Une vie réécrite à l'encre noire ... « Allons Lambert, pas de faiblesse ! »

Le bar du Mouton-Blanc retrouve son activité, ses apostrophes, ses rires et ses conciliabules à mots couverts. Les journalistes sont revenus, par dizaines, plus nombreux encore que pour l'inculpation de Bernard Laroche. Les commerçants se réjouissent de cette manne à répétition, car les journalistes ne comptent pas les notes de frais. A l'hôtel et dans les restaurants de la ville, fébriles, on ne parle que de « ça ». Inculpera, inculpera pas ? On lance des pronostics. On évalue les pourcentages des experts. Vers minuit, notre pool retrouve Me Garaud, descendu dans un hôtel une étoile plutôt minable qu'il est le seul à fréquenter. Mais à clients modestes, frais limités. Le paysan ariégeois veille. L'avocat a dîné avec plusieurs journalistes dont son ami Lionel Raux, en dépit des attaques de *L'Est républicain* contre Christine. Nous voulons une déclaration en vue des événements du lendemain. Garaud n'a pas grand-chose de nouveau à dire. Officiellement, il est venu assister à une notification d'expertises à ses clients, partie civile. Alors, planté au pied d'un escalier étroit et sombre, il nous ressert son « petit couple » avec une moue chagrinée :

> — Je crois que c'est un petit couple sans histoire. Un couple qui travaille. Un homme qui aime sa femme, un homme qui n'a pas de maîtresse et une femme qui n'a pas d'amant. Et je crois que tout démontre qu'ils aimaient terriblement leur enfant [1].

Soudain surgit Jean-Marie, très pâle, ayant couru d'hôtel en hôtel à la recherche de son avocat qu'il entraîne à l'écart. Nous les quittons, intrigués.

Au petit matin, le téléphone retentit dans ma chambre. Éric Darcourt me prévient :

— Garaud vient de m'appeler. Christine est à l'hôpital...

Je reste sans voix.

La nouvelle se répand sur les ondes et les télex. Elle se mélange sur les tables des petits déjeuners avec les journaux qui, pour la plupart, ont repris le « Je ne craquerai pas » de Christine en prélude à la matinée houleuse. La petite phrase ressemble à un défi perdu. Elle a craqué... se dit chacun d'entre nous avec tristesse ou cynisme selon les pools. Nous nous retrouvons devant la clinique où Christine se repose après avoir reçu des soins anti-hémorragiques. Sur le parking, je me heurte à Bezzina. Rencontre inattendue car depuis des semaines, nous nous évitons. Il doit y avoir des flammes dans mes yeux. J'attaque :

— Tu es content de toi ce matin, je suppose ?

— Moi... pourquoi...? répond-il en ricanant.

— C'est de ta faute si Christine est là et tu le sais aussi bien que moi.

Je fulmine, le regard brouillé par l'émotion, mais il se faufile entre deux voitures pour m'éviter. Je crie dans son dos :

— De toute façon, pour toi, dans cette affaire, il n'y a que le fric qui compte !

Le pool décide d'offrir des fleurs à Christine. Avec cette pointe de misogynie propre à notre milieu, je suis chargée, en tant que femme, de cet achat. Mais bien sûr, comme reporter, les autres me disputent le privilège de les lui porter... De toute façon, les visites sont interdites. Nous faisons livrer le bouquet avec un mot collectif de réconfort. La clinique est en état de siège. Accès fermés, personnel aux fenêtres, soixante à soixante-dix hommes et femmes, piétinant comme une horde de mercenaires avant l'assaut, les marches, les allées et les plates-bandes. L'arrivée de Garaud suivi de Jean-

1. Bande magnétique.

Marie, les traits tendus, indifférent aux visages amis ou hostiles, provoque une cohue agressive. L'attente commence dans le jardin de cyprès et de sapins entourés de gazon et de rocaille.

Dans la chambre, l'avocat tente de réconforter le couple avant la notification qui a été maintenue par le magistrat. A sa sortie, il annonce que Christine ne perdra pas son enfant mais dénonce le traitement infligé à la jeune femme depuis des semaines.

— L'assassin du petit Grégory peut se réjouir. Il n'a plus besoin d'envoyer des lettres anonymes pour torturer ses parents.

Au palais de justice, Jean-Marie, toujours aussi pâle et oppressé, retrouve Jacky, Liliane et Roger Jacquel, convoqués pour un nouvel exercice d'écriture. En lui serrant la main, Lambert lui demande s'il n'est pas trop ennuyé par les journalistes... Puis le magistrat lit les conclusions des experts qu'il retient depuis plus d'un mois. La conclusion s'achève sur la mise en cause de Christine. En comparant les écritures, Alain Buquet n'a pas relevé les concordances entre elles comme le font les autres mais les discordances. L'écriture présentant le moins de discordances est désignée comme la plus proche de celle du corbeau. C'est celle de Christine avec 23,40 % d'incompatibilités.

Jean-Marie prend la parole juste après l'exposé qui accable sa femme et lance au juge :

— Si un jour, vous vous mariez, je vous souhaite de rencontrer une femme comme Christine. Elle est formidable et je ne dis pas cela pour la défendre mais c'est la vérité.

Il accuse ensuite les experts d'avoir été payés par les avocats de Laroche pour désigner sa femme. Certains ont même avancé devant lui la somme de 40 000 francs.

Lambert ne relève pas et propose d'aller retrouver Christine à la clinique pour lui notifier ces résultats.

Le commando Lambert, comme l'appellera Denis Robert le lendemain dans *Libération*, débarque à la clinique dans l'après-midi au milieu des photographes, des caméras et des micros. Le groupe défile sur une seule colonne avec à sa tête le juge Lambert, son greffier, le procureur Lecomte, les deux experts, suivis de Garaud et Jean-Marie qui ne se sont pas opposés à cette visite au chevet de Christine.

Quand la porte s'entrouvre, elle aperçoit d'abord son mari puis ces autres visiteurs imprévus qui s'entassent dans la chambre 108. Les experts demandent de nouveaux échantillons d'écriture.

Bien qu'allongée, elle insiste pour refaire la dictée sur une table roulante amenée à sa hauteur. En écrivant, la mère de Grégory tient tête aux experts :

— Vous ne vous êtes pas beaucoup fatigués pour me désigner. Je le répète et vous le savez bien, je ne suis pas le corbeau. Je n'ai écrit aucune lettre.

Lambert, en retrait, semble compter les minutes. Jean-Marie presse la main de sa femme à chaque accès de colère. Il sent que ses rebuffades aggravent sa situation. Elle tend sa nouvelle copie :

— Voilà. Aujourd'hui vous me désignez à 80 %, là vous pourrez me désigner à 100 % !

Puis le greffier note sa réaction officielle :

> — Je proteste contre ces conclusions qui me mettent en cause. Je vous assure que je n'ai écrit aucune lettre attribuée au « corbeau ». Si on se base sur ces conclusions, on ne trouvera jamais l'assassin de mon enfant. Pour nous, c'est décourageant. Voilà déjà cinq mois que l'on nous a tué le petit [1].

Le cortège refait le parcours en sens inverse en affichant devant les caméras un air grave et préoccupé, puis rejoint le tribunal, cerné par d'autres journalistes. Nous avions déjà connu l'arrestation western de Bernard Laroche sur la chaîne de l'usine, la volteface télévisée de Muriel Bolle et la remise en liberté monnayée et filmée par l'intermédiaire de Benoît Bartherotte. La justice spectacle avance encore d'un cran. A sa sortie, une voix interpelle Me Garaud :

— Il y a du nouveau?

L'avocat, excédé, s'emporte :

> — Y a du nouveau. Y a du nouveau. Y a du nouveau!!! Partout, on décrivait la mère suspecte, la mère corbeau. En définitive, nous sommes toujours partie civile et nullement comme certains semblent le souhaiter, éventuellement inculpé. Et que ça plaise ou ça déplaise, le petit couple Christine et Jean-Marie est un petit couple parfait [2] !

L'écriture de Bernard présente 58,33 % de discordances et arrive en cinquième position du classement, derrière Jean-Marie et juste avant Marie-Ange. Il n'est donc plus soupçonné d'être l'auteur des

1. Procès-verbal de notification à Christine Villemin du 25 mars 1985.
2. Bande magnétique.

lettres anonymes. Pourtant, Lambert ne rend pas une ordonnance de non-lieu puisqu'il attend toujours la substitution d'une inculpation à une autre. Welzer et Prompt revenus sous les projecteurs assurent que pour leur client, c'est une affaire de jours. A la nuit tombée, Marie-Ange, maquillée et vêtue d'un tailleur neuf, quitte le palais en tenant son mari par la main. L'ouvrière boulotte qui sanglotait au même endroit, cinq mois plus tôt, s'est métamorphosée en femme radieuse. Devant les micros, Bernard est plus détendu, avec même un léger sourire :

— Je le savais déjà mais maintenant que c'est officiel, ça va mieux vis-à-vis de l'opinion publique. Je suis mis hors de cause, ma femme aussi mais tant que le véritable coupable sera pas trouvé, il y a des gens qui vont douter [1].

Les avocats apparaissent sur le trottoir, forts d'une nouvelle victoire conquise de vive lutte. Paul Prompt prononce devant les caméras cet aveu imprudent :

— La presse nous a aidés à gagner cette bataille. La violation du secret de l'instruction a permis de résoudre les choses [2].

Les projecteurs se détournent pour se braquer sur les deux experts. Nous avons à peine le temps d'entendre nos interlocuteurs. Françoise de Ricci, enveloppée dans un large col de fourrure, demande d'une voix perchée que l'on cesse d'écorcher son nom, mal orthographié notamment dans *Le Figaro*. Bezzina la questionne sur les conclusions de leur travail :

— On a notifié. Vous savez qui c'est!

Buquet tente de l'entraîner vers une voiture pour la faire taire car les experts sont tenus, eux aussi, au secret de l'instruction. Bezzina la poursuit dans la rue pour lui parler de Christine. Elle finit par concéder :

— C'est son écriture qui se rapproche le plus de celle du corbeau... On est très sûr de ce que l'on dit. Mais on est jamais assez sûr!

Ces bribes de phrases passeront le lendemain sur RTL. L'attitude désinvolte de Mme de Ricci pourrait entraîner l'annulation du rapport si Garaud le voulait. Mais le défenseur de Christine répugne à poursuivre un auxiliaire de justice, surtout quand il s'agit de la

1. Bande magnétique.
2. Cassette vidéo.

femme d'un grand avocat d'affaires parisien. Garaud respecte les gens installés et ménage l'institution. Il se contentera d'adresser une protestation écrite au juge Lambert.

La journée s'achève dans un mélange d'excitation et de frustration. Il ne s'est rien passé d'autre que l'annonce publique d'une certitude répandue dans la plupart des journaux. L'effet de surprise est limité sinon nul. Cinq mois et quatre jours après l'assassinat de Grégory Villemin, on en est encore à mesurer l'inclinaison des l, la largeur des m et les hauteurs de hampes de h ou de p, pour identifier son meurtrier. Pourquoi la voix du « gars » enregistrée à plusieurs reprises, les cordelettes et l'ampoule d'insuline ne sont-elles pas étudiées avec autant d'acharnement? Comment se fait-il que personne n'ait progressé dans l'étude des rancœurs familiales et des obsessions du corbeau : « le bâtard », le grand-père et « le chef »? Ballotté, bousculé par les événements, le juge attend toujours des aveux providentiels pour sauver les apparences de son dossier cahotique, contradictoire et rempli de fautes de procédure. Or, la stratégie de Lambert a échoué. Aucun des moyens utilisés depuis un mois n'a fonctionné : ni la pression psychologique, ni la latitude laissée aux policiers pour enquêter et interroger Christine, ni la divulgation anticipée des expertises. Une seule chose est sûre : pour la première fois depuis la mort de leur fils, les Villemin sont séparés et beaucoup prédisent qu'ils ne se retrouveront plus. Christine pourra-t-elle quitter la clinique librement? A la sortie du palais, dans la cohue, plus personne ne prête attention à l'homme qui regagne, seul, sa voiture blanche, où, dérisoire, repose toujours sur la plage arrière un petit chapeau de cow-boy.

Sur deux pages, *L'Est républicain* titre: « Le verdict des experts. » Dans une région où l'on attend un coupable depuis des mois, le choix des mots n'est pas innocent. Lionel Raux ouvre le dossier et dresse le réquisitoire. Il s'appuie sur le mémoire de Paul Prompt recensant « les invraisemblances de la partie civile ». Ce texte est photocopié un peu partout et ne tient pas compte des vérifications favorables à Christine Villemin. Tous les nouveaux journalistes qui couvrent l'affaire prennent ce mémoire pour argent comptant. Le journal de Nancy instruit le procès de la mère de Grégory en faisant un amalgame d'extraits de procès-verbaux, d' « invraisemblances », de « curieuse insouciance », de « contradictions », d'« horaire possible mais peu vraisemblable », de sincérité « suspecte » et de « conclusions » qu'il reste « bien entendu à tirer sur le plan judiciaire [1] ». Le service photo a choisi pour accompagner l'article un mauvais cliché de Christine aux yeux mi-clos, semblant regarder son mari d'un air sournois et inquiétant. Dans un éditorial faussement apitoyé sur les « vies brisées » de Grégory et de Bernard Laroche, Raux accuse le capitaine Sesmat d'avoir repoussé la thèse de la mère coupable qui, déplore-t-il, « n'est toujours pas inculpée de ce crime horrible [2] ».

Après le « crime de femme » du docteur de Ren, apparaît l'autre formule choc de l'affaire, « la mère, vous n'y pensez pas! » prêtée au capitaine de gendarmerie. L'officier aurait prononcé cette phrase « avec un haut-le-cœur [3] » devant Gérard Welzer cinq mois auparavant. Or Étienne Sesmat a nié avoir tenu des propos de cette nature. Son rapport de synthèse prouve qu'il a recueilli les témoignages des filles de la poste en temps et en heure et effectué les vérifications qui s'imposaient autour de ces dépositions. Mais, pour tout le monde, le saint-cyrien au cheveu ras et au port un peu raide a inconsciemment occulté la piste Christine.

La presse en général et celle des Bezzina en particulier est déçue que Lambert ait reculé devant l'inculpation. La faute retombe sur Christine, suspectée d'avoir simulé son malaise pour se soustraire à la justice. Dans ce cas, ce serait selon Dominique Jamet du *Quotidien de Paris* « le dernier subterfuge d'une criminelle de grand sang-froid et d'un grand cynisme [4] ». L'éditorialiste, capable de disserter un jour sur la Nouvelle-Calédonie, l'autre sur Jean-Luc Godard et le troisième sur les gueules noires, explique que Christine a gagné un sursis « au bénéfice de la décence et non à celui du doute ». Débarrassés de leurs périphrases ambiguës, les articles asssocient désormais des mots hier encore tabous. *Le Parisien libéré* estime qu'en tant qu'auteur présumé de la lettre, on peut la soupçonner « d'être l'assassin de son fils [5] ». Ami de Lionel Raux, Pierre Georges du *Monde* dérape en avalisant dans le style brillant qui est le sien les rumeurs et les interprétations des Bezzina. L'envoyé spécial du plus prestigieux des quotidiens français ignore tout de la Vologne. Mais sur place, entre Garaud de Légitime Défense et Welzer de la Ligue des droits de l'homme, le journaliste choisit son camp sans hésiter.

Deux ou trois voix s'élèvent çà et là pour rappeler comme

1. *L'Est républicain* du 26 mars 1985.
2. *Idem.*
3. *Idem.*
4. *Le Quotidien de Paris* du 26 mars 1985.
5. *Le Parisien libéré* du 26 mars 1985.

Patrice Burnat du *Matin de Paris*, qu'en France « nul n'est coupable avant d'avoir été condamné par un tribunal [1] ». Mais ce principe absolu du droit ne concerne pas l'affaire Grégory. Bernard Laroche en bleu de travail et les menottes aux poings avait été qualifié de « monstre ». Christine Villemin devient sur son lit d'hôpital « la criminelle ». Notre pool refuse de se joindre à la meute. Ma rédaction me laisse libre de dire à l'antenne que Christine Villemin « est toujours sereine face aux injures, aux insultes. Elle maintient sa version des faits mot pour mot. Son mari la soutient entièrement [2] ».

Le Républicain lorrain de Metz publie un plaidoyer de Jean-Claude Hauck :

> « Quelle femme pourra croire qu'une mère ayant élevé son fils dans l'affection pendant quatre ans, pourrait tout à coup le noyer impitoyablement ? Les infanticides agissent dès les premiers jours de la vie de leur enfant, les petits martyrs succombent aux coups sournois après des années de souffrance. Mais noie-t-on brusquement un gamin que l'on a choyé pendant quatre ans [3] ? »

Hauck fait remarquer que si elle n'est pas le commanditaire du crime,

> « on ne comprend pas qu'elle ne se soit pas aménagé un alibi plus convaincant. Pour une jeune femme que l'on taxe de machiavélisme, l'excuse du repassage solitaire est particulièrement faible [4] ».

Les accusations formulées sans preuves contre Christine Villemin par médias et avocats interposés émeuvent quelques juristes dont Me Thierry Lévy qui proteste dans un autre article du *Quotidien de Paris* :

> « Nous sommes en plein délire d'une affaire que personne n'arrive à contrôler [5]. »

Un autre avocat, Me Bernard Prévost, auteur d'un ouvrage sur le droit de la presse, compare l'affaire Grégory à un match faussé par

1. *Le Matin de Paris* du 26 mars 1985.
2. Cahier.
3. *Le Républicain lorrain* du 27 mars 1985.
4. *Le Républicain lorrain* du 27 mars 1985.
5. *Le Quotidien de Paris* du 27 mars 1985.

la peur qu'inspire le public à l'arbitre. Sauf qu'à Épinal, depuis des semaines, il n'y a plus d'arbitre. Seul le « public » a la parole, c'est-à-dire les porte-voix du SRPJ et la presse locale à la recherche d'un coupable-exutoire.

Après avoir désigné Christine Villemin comme corbeau puis comme assassin, les Bezzina tentent de lui imputer un mobile. Marie-France s'interroge dans *Le Quotidien de Paris* : « Christine était-elle aussi heureuse qu'on veut bien le dire ? » La journaliste autopsie de manière négative et sélective sa vie telle que la mère de Grégory l'a détaillée quelques jours plus tôt devant les policiers du SRPJ de Nancy. Son mariage célébré dans l'intimité devint « la plus triste des cérémonies ». Le décès de son père après une double amputation des jambes, une obsession : « Elle ne cesse d'y penser. Au fond, c'est un être secret et tourmenté. » Son existence dans le chalet de Lépanges, un modèle d'ennui et de grisaille.

> « Elle a fait une fugue pendant quinze jours à Nice. Elle se trouve isolée dès qu'elle rentre de l'usine. Elle ne s'y plaît pas [1]. »

Jeandon-Bezzina complète dans *France-Soir* ce portrait affligé d'une jeune femme « inquiète de nature, renfermée, peu expansive [2] ». La chute de son article établit une corrélation entre l'entrée de Christine dans la famille Villemin et les premières manifestations du corbeau. En réalité, il s'est écoulé plus de quatre ans entre les deux événements.

Selon le couple,

> « les policiers essaient de jalonner de témoignages incontestables le parcours présumé de Grégory vers la mort, pour enfermer l'assassin dans ses invraisemblances et contradictions [3] ».

Le langage codé de la police judiciaire n'échappe plus aux initiés de l'affaire qui savent maintenant que la trilogie « invraisemblances, contradictions et assassin » rime avec Christine Villemin. Gérard Welzer, lui, rencontre le juge Lambert dès le lendemain de la notification des expertises. Un seul sujet de conversation : le

1. *Le Quotidien de Paris* du 27 mars 1985.
2. *France-Soir* du 27 mars 1985.
3. *France-Soir* du 27 mars 1985.

non-lieu pour Laroche. Le magistrat s'engage à le rendre de manière imminente, mais ces paroles n'ont pas grand sens et il ne prendra aucune décision avant son retour de vacances.

Entre-temps, le SRPJ trouvera peut-être de quoi étayer une autre inculpation.

Épinal retrouve sa tranquillité après un mois et demi d'effervescence. Jean-Michel Lambert s'apprête à partir en voyage au Sahara. A l'exception des photographes chargés de suivre Christine à sa sortie et qui se relaient devant la clinique, les reporters ont regagné leurs rédactions. Chaque jour, Jean-Marie parcourt soixante kilomètres aller et retour pour retrouver Christine dans la chambre 108. La lecture des journaux et surtout de la presse locale les bouleverse. *Paris Match*, en décalage avec l'actualité brûlante, consacre en outre, pour la première fois, une couverture à l'affaire. A la une, Christine présente le portrait de Grégory. Il s'agit d'un cliché pris par Ker devant la maison de Lépanges et qui exprime la tristesse d'une mère en deuil. Il émane de cette photo des sentiments contraires à l'actualité judiciaire. Le choc entre ce chagrin et les expertises qui la désignent comme le corbeau est d'une grande violence. Le noir apparaît comme la couleur du mensonge. A l'intérieur, on voit les parents de Grégory écoutant les enregistrements de Ker. Mais le cliché a été recadré de telle sorte que le magnétophone a disparu, ce qui change toute la signification de la scène. Il ne reste que le regard interrogateur du mari posé sur sa femme, tête baissée, perdue dans ses réflexions. La légende ment :

> « Dans le regard de Jean-Marie posé sur Christine, une insupportable interrogation [1]. »

Il est précisé également que son hospitalisation est survenue au lendemain d'une échographie rassurante. La lecture des six pages rédigées par Caradec'h emporte les derniers soupçons de pitié : ET MAINTENANT, LE JUGE N'ATTEND PLUS QUE DES AVEUX, annonce l'article. Le prix Albert-Londres fait le récit de l'instruction à la gloire des avocats Prompt, Welzer, et des deux derniers experts en écriture. Le journaliste brosse un portrait avantageux du juge Lambert dont la photo occupe une pleine page, puis l'interpelle sur le mode de la flatterie dont le magistrat est si friand.

1. *Paris Match* du 29 mars 1985.

« Allons Lambert, pas de faiblesse ! Vous le savez bien, si quelqu'un peut s'y retrouver dans ce dossier, c'est vous. Si quelqu'un démasque l'assassin de Grégory, ce sera vous ! »

En deux phrases, Caradec'h exprime sans détours le but de l'enquête :

« Les inspecteurs du SRPJ ont acquis la conviction que Christine Villemin ne dit pas la vérité et vont maintenir la pression sur elle. Il n'y a maintenant plus de doute sur ce que cherche le juge Lambert : des aveux [1]. »

1. *Paris Match* du 29 mars 1985.

16

Les confidences de la nourrice ... Le déclic ... Face à face mortel ... Match *et RTL avant tous les autres ... « On l'a tué, on l'a tous tué » ... Regards et soupirs de dégoût ... Lionel apprend la nouvelle*

Le 29 mars 1985, dès l'aube, Jean-Marie Villemin, allongé, les yeux ouverts, tourne et retourne dans sa tête le désastre de sa vie. Six mois plus tôt, son avenir était plus clair que l'eau. Contremaître à vingt-six ans, un amour profond, un enfant-roi, une maison agrandie pour un nouveau bébé. En quelques semaines, il a tout perdu : enfant, bonheur, maison, travail et maintenant sa femme, accusée d'avoir tué son fils ! Son esprit, comme aimanté, revient sans cesse sur Muriel et ses aveux. Il ne croit pas à la manipulation des gendarmes. Il veut s'assurer de l'état de santé de l'adolescente à l'issue de sa garde à vue auprès du médecin. A 8 h 15, le père de Grégory pénètre dans la brigade de Bruyères pour demander les coordonnées du docteur Rousseau. Assis sur un angle de bureau, Jean-Marie interroge les deux gendarmes présents sur l'évolution de l'enquête. Ils se contentent de dire que « vu la presse... ».

Obsessionnelle, la conviction de Jean-Marie n'a pas changé. Muriel n'a rien inventé et l'expert Buquet est un ami de Me Prompt. Le jeune homme avoue leur expédition nocturne à Aumontzey, empêchée *in extremis* par un journaliste de *Paris Match*. Puis, revenant sur les expertises, il affirme :

— Je n'en resterai pas là.

Il part ensuite chez le médecin en promettant de repasser plus tard. En l'absence du docteur Rousseau, un rendez-vous lui est délivré pour 13 heures. Après l'achat des journaux, Jean-Marie rejoint sa femme qui semble aussi fatiguée que lui. Peu après, une fille de salle entre pour nettoyer la chambre. Jean-Marie part à la rencontre de Christine Jacquot, la nourrice de Grégory, qu'il a aperçue par la fenêtre. La jeune femme l'aborde tout de suite avec inquiétude.

— Il faut que je te parle en tête-à-tête.

La nourrice raconte la visite, la veille, des inspecteurs de la PJ. Les policiers lui ont dit que c'était Christine l'assassin et que si elle ne parlait pas, elle serait considérée comme complice. Les enquêteurs cherchent un amant.

— Mais je leur ai dit que j'ai rien de mal à dire sur elle!

La gardienne a tenté d'argumenter en parlant des témoins qui l'ont vue remonter à la maison avec Grégory dans sa voiture.

— Ils disent que c'est sans valeur.

Les policiers minimisent les déclarations des témoins qui l'ont vue emprunter la rue de Bellevue conduisant chez elle. Le SRPJ veut faire avouer à la nourrice que la mère du petit garçon était vêtue de son blouson jaune et que le bonnet de Grégory était dans le sac du goûter ou dans sa poche. Ces détails sont importants : le blouson jaune est celui qu'elle portait la veille et correspond à la description de sa tenue vestimentaire fournie par les témoins de la poste. Le bonnet de Grégory, rabattu sur son visage avant sa mise à l'eau, était resté sur la table de la cuisine à l'heure du déjeuner. Christine est donc obligatoirement rentrée chez elle à 17 heures. Dans ces conditions, elle n'a pas eu le temps de commettre le crime et le témoignage tardif d'une voisine de la nourrice ayant vu une R 5 noire prendre la direction de Docelles n'est pas valable. Jean-Marie est stupéfait. Il lui semblait que leurs auditions dans les locaux du SRPJ avaient balayé les soupçons. Depuis deux mois, le père de Grégory vit dans un monde de mensonges. Tous ses repères chavirent. Sa famille l'abandonne, de crainte de voir l'enquête se diriger vers son frère Michel. Le juge se veut apaisant, mais agit à l'inverse. Les gendarmes et les journalistes lui racontent les manœuvres des avocats et jettent le doute sur les experts. La presse ment sur sa femme et construit un feuilleton à grand spectacle sur son malheur. Maintenant, le SRPJ répète à qui veut l'entendre que Christine est « l'assassin ».

En rentrant dans la chambre, Jean-Marie et la nourrice informent Christine à son tour. Jean-Marie appelle Garaud :

— J'en ai marre. La PJ essaie de casser les bons témoignages pour Christine.

L'avocat leur propose un rendez-vous à Paris pour le 10 avril.

— Gardez confiance, gardez confiance. Nous verrons bien ce qu'ils vont faire.

Jean-Marie tente de se calmer, puis il se rend dans sa maison de Lépanges pour vérifier que tout est en ordre. Il rencontre son voisin Gilbert Méline et lui demande s'il a eu, lui aussi, la visite de la police judiciaire. Le fermier, gêné, abrège la conversation sous prétexte que sa femme est malade et qu'il doit rentrer chez lui.

Sur la route de Bruyères où il va voir le docteur Rousseau, Jean-Marie s'arrête au cimetière. Debout devant la tombe de son fils, il prie un peu et lui parle en pleurant pendant dix minutes. A cet instant, se produit le déclic meurtrier. Depuis la mort de Grégory, on prend Jean-Marie Villemin pour un « faux dur », un velléitaire, un « pauvre con » selon les mots du corbeau. Tous ceux qui auraient pu le calmer, lui parler, se sont dérobés : les enquêteurs, les magistrats, les journalistes, sa famille. Il restait Christine. Mais maintenant il est seul, étouffé par la douleur. Jean-Marie ne va plus chez le médecin. Il prend son fusil caché chez sa belle-mère. Mme Châtel a peur mais ne dit rien en espérant qu'il reviendra comme les autres fois. Christine l'appelle pour lui demander d'apporter son sèche-cheveux car elle a appris qu'elle sortira le lendemain. Elle veut se faire un shampooing. Il lui dit « OK » puis ajoute d'une voix qu'elle trouve bizarre :

— Chérie... je t'aime !

A 13 h 15, les deux cousins sont face à face au débouché du bois du Creux devant le garage de la maison. Jean-Marie, vingt-sept ans, fusil en joue, et Bernard, trente ans, les bras devant le visage, effrayé. Marie-Ange, courageuse, s'interpose entre les deux hommes en criant :

— Fais pas ça. Ne fais pas ça.

Jean-Marie baisse son arme et propose une discussion, plus loin dans le chemin. Lucien Bolle, le beau-frère, sort de la maison et avance, arrêté par la menace du fusil.

— Dégage, ça te regarde pas !

Bernard incite son beau-frère à rentrer dans la maison où le petit Sébastien est resté seul à l'étage. Il se reprend et propose de discuter à l'intérieur. Jean-Marie, craignant que Lucien soit armé, refuse de bouger et engage la discussion sur place. Bernard affirme que ce n'est pas lui qui a tué Grégory.

— Et le témoignage de Muriel, qu'est-ce que tu en fais?

— C'est les gendarmes, tu sais pas ce que c'est que la garde à vue, toi!

Jean-Marie parle encore de Michel, puis de Bezzina qui a dit que les résultats des expertises correspondaient aux soupçons de Bernard Laroche.

— Ça va pas, j'ai jamais dit ça! réplique le cousin, rassuré par la présence de sa femme.

Jean-Marie aborde les expertises :

— Tu sais bien que c'est pas Christine qui a écrit les lettres...

Il croit déceler de l'ironie sur le visage de l'inculpé :

— Les experts... je sais pas... ils ont dû se faire payer!

Le fusil à hauteur de hanche, Jean-Marie tire. Une seule cartouche de chevrotine atteint son cousin en pleine poitrine. Jean-Marie court à travers le bois vers sa voiture puis il continue en marchant, la respiration coupée et un trou noir dans la tête. Devant la porte du garage, Marie-Ange hurle auprès de son mari qui, après quelques minutes, s'éteint en soufflant ces derniers mots :

— La 22... dans l'armoire.

Et puis c'est tout.

Jean-Michel Caradec'h de *Paris Match* a rendez-vous pour déjeuner avec Gérard Welzer. Avant de quitter ensemble le cabinet, l'avocat téléphone chez les Laroche pour vérifier un point de détail. Pour toute réponse, il entend les cris de Marie-Ange :

— Jean-Marie vient de tuer Bernard...

L'avocat, assommé, part pour Aumontzey tandis que s'organise une chaîne d'alerte efficace. Caradec'h rejoint les photographes de *Paris Match* en faction devant la clinique. Avec sang-froid, il parvient à les éloigner des autres reporters pour leur annoncer la nouvelle. Les paparazzi foncent vers le lieu de ce second drame et croisent Jean-Marie qui roule comme un fou vers sa femme, en grillant plusieurs feux rouges. Il ne veut pas qu'elle apprenne la nouvelle par la radio. Caradec'h prévient ensuite Bezzina qui se fait confirmer la mort de l'inculpé par son plus proche voisin, Marcel Jacob, un frère de Monique Villemin. Le journaliste de RTL appelle le SRPJ qui alerte, à son tour, Jacques Corazzi et son équipe, attablés dans un restaurant de Bruyères. En moins d'un quart d'heure, la police judiciaire arrive chez les Laroche, avant les gendarmes. Quelques secondes avant 14 heures, l'information tombe sur les téléscripteurs de l'AP et de l'ACP. Devant la maison, les photographes de *Paris Match* parviennent à saisir les derniers moments de transe de Marie-Ange penchée sur son mari avant son transport à la morgue de l'hôpital d'Épinal.

Absorbée par la lecture d'un journal, je saisis machinalement ma tasse de thé. C'est le premier après-midi calme depuis mon retour d'Épinal. Rituel immuable, j'écoute le flash d'information de 14 heures.

— Dans les Vosges, un homme armé...

Je bondis, éclaboussée par le thé. J'ai compris. Voilà, c'est arrivé. Rapidement, je commente l'événement en direct sur Europe 1, sans masquer mon trouble. Nous rediffusons l'un des multiples avertissements de Jean-Marie que personne n'a voulu entendre. Je retrouve un photographe de Sygma en panne de voiture. Nous avalons en silence la route connue par cœur. Dans nos têtes revient sans cesse la même évidence, « On l'a tué, on l'a tous tué ! ». Sous l'étroit tunnel de Sainte-Marie-aux-Mines, séparé en deux par une double bande blanche, je dépasse les camions sans les voir.

Devant la maison de Louisette, plus personne n'a envie de rire. Les gendarmes bloquent la route qui conduit chez les Laroche. Ceux qui ont eu le temps de s'y risquer ont essuyé les jets de pierre de la famille Bolle regroupée autour de Marie-Ange. Parmi les adultes, Muriel sanglote derrière sa chevelure rousse qui cache son visage. Gérard Welzer prend soin de collecter les armes de la famille pour éviter que se perpétue la vendetta. Les journalistes commencent à affluer. Éric Darcourt, en costume gris, a été surpris en pleine réunion du conseil général de la Moselle. Il répond d'un hochement de tête à mon soupir dégoûté. L'émotion est trop forte pour parler.

A Paris, les reporters, photographes, cameramen, ont tous été happés par l'information au retour du déjeuner. La plupart ont eu la même réaction incrédule : « Arrête tes conneries ! » Mais le feuilleton médiatico-judiciaire a basculé dans une tragédie bien réelle dépassant tous les *Dallas* en vogue à cette époque. Pour ceux qui n'ont qu'une perception commerciale de l'affaire, c'est l'épisode inespéré. Le patron d'une agence de presse saisit le premier photographe venu et le pousse comme un fou vers la sortie, en vidant ses poches de tout son argent pour qu'il parte le plus vite possible. Une fièvre s'empare de toutes les rédactions, mais ce n'est rien au regard de la brûlure ressentie sur place par chacun d'entre nous. Philippe Jéchoux de *La Liberté de l'Est*, immergé depuis six mois dans l'enquête, sanglote dans les bras de Claudine Cunat de Radio-France Nancy et de Serge Garde de *L'Humanité-Dimanche*.

— C'est nous qui l'avons tué. C'est nous qui l'avons tué!

Devant la cabine téléphonique d'Autmontzey d'où partaient nos premiers reportages six mois plus tôt quand on jouait à Tintin dans la Vologne, un enfant court vers moi. Lionel le petit frère de Jean-Marie rentre de l'école. Il nous a vus de loin, regroupés autour de nos voitures.

— Pourquoi vous êtes tous là aujourd'hui? Qu'est-ce qui se passe?

— Sauve-toi Lionel, rentre vite chez toi.

— Mais pourquoi, qu'est-ce qui se passe? implore le gosse au regard effrayé. Il a déjà deviné ma réponse.

— Rentre chez toi... Jean-Marie vient de tuer Bernard.

L'enfant vacille contre moi et je sens son odeur un peu âcre d'écolier poussiéreux. Puis il me repousse et s'enfuit vers sa mère en oubliant son cartable à mes pieds. Monique Villemin sait déjà qu'elle vient de perdre son neveu mais aussi son fils, sa fierté, « le chef ».

17

L'aveu de Jean-Marie ... L'adieu à Christine ... Le marché du SRPJ ... Autocritiques, accusations et cauchemars ... « La bande d'assassins qui se cache » ... Les questions indécentes de Lionel Raux ... L'appel de la clinique ... Amitiés gâchées ... Le désespoir de Marie-Ange ... Les avocats accusent ... Journée de perdition à Épinal

En passant devant le standard de la clinique, Jean-Marie Villemin demande qu'on appelle les policiers pour se constituer prisonnier. Puis, il réclame la présence d'une infirmière au cas où Christine serait victime d'une nouvelle hémorragie en apprenant la nouvelle. La jeune femme somnole encore :

— Salut Nounours. Ça va?

— Chérie, j'ai fait une connerie. Je viens de descendre Laroche.

Christine fond en larmes :

— C'est pas vrai, t'as pas fait ça! Tu me racontes des conneries?

Son mari insiste pour la convaincre et jure sur la tombe de Grégory qu'il dit la vérité. Christine ne comprend pas.

— Pourquoi tu l'as fait? Maintenant, on va être séparés!

Son mari hurle :

— Je n'en pouvais plus, je n'en pouvais plus. C'était plus fort que moi. Il fallait que je le fasse.

Jean-Marie lui détaille le bref face à face avec sa victime. Il lui raconte que Laroche semblait le narguer, ne voulait pas discuter avec lui et a dit que les experts ont été payés pour accuser Christine. Malgré son état fébrile, le père de Grégory est soulagé et peut à nouveau respirer, comme si l'assassinat qu'il vient de commettre annulait, pour un temps, sa douleur. Il appelle Me Garaud pour lui avouer son geste et lui demande d'assurer sa défense. En son absence, c'est sa femme qui prend le message. Elle lui promet que l'avocat ne l'abandonnera pas.

L'infirmière, silencieuse, assiste à toute la scène. Jean-Marie embrasse Christine et lui dit aussi qu'il l'a fait pour elle. Il ne supportait pas qu'on la salisse pour sortir d'affaire celui qu'ils tiennent tous les deux pour l'assassin. Il ne voulait pas non plus qu'elle partage sa peine de prison. La police va arriver. Jean-Marie étreint une dernière fois son épouse en larmes.

— Je t'aime. Attends-moi et pense au petit que tu portes.

Sans résistance, le meurtrier quitte la clinique sous les regards consternés du personnel. On administre des calmants à Christine qui pleure toujours quand, à 20 heures, deux inspecteurs pénètrent dans sa chambre. Elle comprend leur regard.

— Ne croyez pas que je pleure pour Laroche. C'est Jean-Marie que je pleure.

— Vous aimez Jean-Marie?

— Oui.

— Alors vous pouvez le sauver en avouant que vous étiez la maîtresse de Laroche. Il n'en prendra que pour cinq ans.

Christine refuse ce marché qui arrangerait la police :

— Mais c'est faux! Jean-Marie s'en tirera sans que je dise ça. Vous êtes complètement fous!

Elle raconte ensuite sa version de la journée et les tentatives précédentes, notamment celle ayant connu un début d'exécution interrompu *in extremis* par Ker. La presse est omniprésente dans son récit comme elle glisse depuis le début entre chaque page du roman noir de l'affaire Grégory.

> — Nous avions décidé ce deuxième projet parce que les journalistes nous avaient répété les propos de Laroche selon lesquels l'assassinat de Grégory « était bien fait pour nous » et que de « toute façon on n'avait qu'à pas le laisser dehors [1] ».

A la même heure, Jean-Marie, placé en garde à vue, explique les motifs qui ont brisé sa résistance :

> — (...) le fait que les journalistes s'acharnaient sur mon épouse et le fait que je ne faisais plus confiance à la justice.

1. Procès-verbal de Christine Villemin du 29 mars 1985.

De plus, je me suis trouvé seul et je passais de mauvaises nuits. (...) Depuis le début de la semaine, je suis un peu dépressif en raison de l'hospitalisation de Christine, des soupçons qui pèsent sur elle et des articles de presse dirigés contre nous [1].

Jean-Marie avoue avoir envisagé de prendre Marie-Ange et Sébastien en otages pour contraindre les policiers à entendre Muriel. Ker lui avait offert à cet effet son magnétophone et une cassette vierge. Mais devant la vision de son cousin touché en pleine poitrine, Jean-Marie n'a songé qu'à s'enfuir.

Les soixante chambres du Mouton-Blanc ont été réservées en moins de deux heures. Le dîner se déroule dans les bruit étouffés d'une assistance hébétée. La nouvelle a bouleversé le pays et bien au-delà. On apprendra le lendemain que *L'Orient le Jour* de Beyrouth lui a consacré sa première page tout comme *Les Nouvelles calédoniennes* de Nouméa et bien d'autres journaux francophones ou de langue étrangère. Ce drame dans le drame nous atteint car beaucoup d'entre nous ont partagé, au moins une fois et souvent plus, quelque chose avec le meurtrier ou sa victime. Un verre, un sourire, des larmes, une plaisanterie, une cigarette. Un peu de vie. Chacun se sent peu ou prou responsable et fait un rapide calcul mental de ses erreurs ou de ses excès. Nous sommes unanimes pour admettre que Bernard était condamné au soir de son inculpation. Le reste est affaire de conscience personnelle. Il y a ceux qui ont brisé les points d'ancrage de Jean-Marie en traquant sa femme et ceux qui n'ont pas su endiguer son projet fou qu'il détaillait à ciel ouvert. Je me place dans la seconde catégorie. Mais avant nous, j'estime que les avocats devront payer leur tribut d'imprudence et Lambert celui de son inconscience.

« La violation du secret de l'instruction par la presse nous a aidés à gagner cette bataille », se vantait Me Prompt quatre jours plus tôt. Quant au magistrat, il a ignoré les avertissements qui s'amplifiaient de jour en jour. Plus que tout autre, Ker se sait concerné par ce crime, mais il réserve ses états d'âme à Caradec'h. Dans la nuit, une partie des journalistes investit le bar en expulsant le gardien. On retrouvera des bouteilles dans les couloirs et jusque dans l'ascenseur de l'hôtel. L'affaire fera scandale, en raison de l'impossibilité de facturer les consommations. Les autres s'endorment

1. Procès-verbal de Jean-Marie Villemin du 29 mars 1985.

en proie à des cauchemars. Un photographe me racontera qu'il s'est vu courir dans une forêt dont les arbres s'abattaient les uns après les autres sur des journalistes écrasés par le passage des Villemin et des Laroche, taillés comme des géants.

Le marché du samedi déborde sur la place du palais de justice. Une foule agitée déambule au soleil, mélange de chalands bavards et de journalistes à l'humeur massacrante. Tout le monde cherche quelque chose, n'importe quoi, un témoignage, une information, une rumeur, un visage connu à qui se raccrocher. Les novices dépêchés en catastrophe sur l'événement sont repoussés sans pitié d'un pool à l'autre. Une houle humaine déferle sous les fenêtres de Me Welzer et neutralise la circulation. Aucune force de l'ordre ne se manifeste. Aucune autorité judiciaire n'est visible. La rue et la rumeur font office de loi et d'information. Bezzina, un paquet de feuilles sur le bras, distribue comme un tract l'ordonnance de mise en liberté de Bernard Laroche signée par le juge Lambert, le 4 février. Les avocats improvisent une conférence de presse en plein air. Prompt explique l'assassinat de son client par la conspiration d'une bande organisée.

> — Qu'on découvre la bande d'assassins qui se cache derrière ce beau mot de Légitime Défense. Il se passe de drôles de pratiques. Régler ses comptes à coups de fusil, cela n'existait plus depuis quarante ans [1]!

La mort de son client ne pouvait que renforcer Paul Prompt dans sa hantise du complot. Il nous en détaille les preuves. Les Laroche ont reçu, la veille, des menaces de mort envoyées de la région parisienne. La femme de l'expert Alain Buquet a été la cible d'un appel anonyme deux heures après le décès de Bernard et Bezzina a vu les vitres de sa voiture voler en éclats. On saura bientôt que cet incident relève de la seule vie privée de notre confrère. L'avocat déclare avoir relevé à Aumontzey plusieurs traces de pneus tendant à prouver que Jean-Marie n'était pas seul sur les lieux de son forfait. Enfin, Me Prompt nous demande de nous regrouper sous l'auvent du palais de justice pour échapper aux tireurs isolés embusqués sur les toits. L'heure est tragique mais devant tant d'excès et de délire, il est difficile de garder son sérieux. Les nou-

1. Bande magnétique.

veaux ne comprennent rien à ce salmigondis de politique et d'affaires de famille.

Les titres démesurés des journaux annoncent ce que tout le monde sait déjà. Vengeance, crime, guet-apens, vendetta, geste fou, chaque quotidien a trouvé un mot choc pour sa première page et des articles par dizaines à l'intérieur. Sur treize quotidiens parisiens et régionaux, seul *L'Humanité* s'interroge sur la responsabilité de la presse, « ce n'est pas du journalisme, assure l'éditorialiste Roger Pourteau, mais de l'incitation au crime ».

« Comment a-t-on pu en arriver là ? » ose s'interroger Lionel Raux qui a signé tant de papiers accusateurs contre la mère de Grégory. Mais le journaliste rejette la faute sur les gendarmes : « Pour n'avoir pas supporté le poids d'un échec, ceux-là portent maintenant le poids d'un mort [1] », écrit-il avec indécence. Les hebdomadaires, à contretemps de l'événement, développent avec quatre jours de retard la thèse de la mère corbeau et assassin. Marie-Claude Dubin affirme dans *France-Soir Magazine* que Jean-Marie est rongé par le doute et que Christine a avoué « avoir parfois des trous noirs [2] ». A qui aurait-elle fait cet aveu ? Cela n'est pas précisé.

Les témoignages des ouvrières de la poste s'enrichissent de détails nouveaux sortis de nulle part. Les conclusions des experts varient selon les articles de 85 à 99 % de fiabilité. Ce qui est écrit a été souvent lu quelque part ou entendu sur une radio ou obtenu auprès de confrères qui fréquentent d'autres journalistes, eux-mêmes proches du juge ou des avocats. Il se crée ainsi une chaîne spontanée de déformations successives dont le premier maillon est souvent difficile à retrouver. La presse des autres régions commente avec sévérité les dernières semaines de rumeurs venues des Vosges. « Les articles de presse qui sous-entendaient sans le dire vraiment que la mère de Grégory pouvait être le corbeau étaient d'une irresponsabilité choquante », résume Alain Génestar dans *L'Écho républicain* de Chartres [3].

Mais émotion ou pas, la rumeur repart, alimentée par un nouveau mystère. Quelle est la part de responsabilité de Christine dans le passage à l'acte de Jean-Marie ? Que se sont-ils dit à la clinique pendant la matinée ? Lui a-t-elle révélé comme le pensent certains la clé de l'énigme ? Comme les autres, je bute sur ces questions.

1. *L'Est républicain* du 30 mars 1985.
2. *France-Soir Magazine* du 30 mars 1985.
3. *L'Écho républicain* du 30 mars 1985.

Christine, protégée par des policiers en faction, est inaccessible. Garaud est dans le train entre Paris et Épinal et n'en sait sûrement pas plus que nous. Comment savoir? À 9 heures, un journaliste m'informe qu'Europe 1 vient de lancer sur l'antenne un message urgent à mon intention. Je le regarde, incrédule. Si la rédaction veut me joindre, il lui suffit d'actionner mon Eurosignal. Il insiste tant que la panique me gagne. Un malheur doit être arrivé chez moi. J'attrape le téléphone le plus proche, celui des Merle. J'essuie une vague d'injures qui me rassure. On n'insulte pas quelqu'un à qui on annonce une tragédie. Voilà une demi-heure que Paris s'escrime à me joindre, en vain. Mon appareil est branché mais les ondes ne passent pas. Le rédacteur en chef aboie une série d'ordres :

— S'il y a du monde autour de toi, tu ne réagis pas, tu ne dis rien. Christine Villemin nous a téléphoné depuis la clinique. Elle veut te parler. Débrouille-toi pour l'approcher et motus.

Je dispose de deux heures pour accéder jusqu'à Christine et offrir à ma rédaction ce scoop tombé du ciel. Que dire à mes amis du pool auxquels me lie un pacte de solidarité depuis six mois? Nous qui avons toujours tout partagé dès le début de cette aventure. Je suis piégée, car c'est Paris qui a reçu l'appel de Christine et pas moi. Je suis bloquée par les ordres de ma rédaction. D'ailleurs, j'y songe à peine, envahie par la peur d'entendre Christine m'avouer un rôle quelconque dans l'assassinat de Grégory. J'entraîne mon confrère Xavier Colin d'Europe 1 hors du quartier pour trouver une solution. Dans ma chambre, à genoux devant le lit, il désosse le téléphone et parvient à brancher le Nagra pour enregistrer la conversation. L'émotion fausse mes gestes. Mais que veut-elle me dire? Christine se lance dans un plaidoyer pour son mari qu'elle appelle de son surnom « Nounours ». Elle a lu dans la presse la version des Bolle et de Me Welzer qui affirment que Jean-Marie a tiré sans sommations. Elle raconte leur journée de la veille. Son monologue, poignant, entrecoupé de sanglots, dure onze minutes. Je me borne à poser six questions sur les faits et sur leur tentative précédente. Elle ignorait tout du projet de son mari et ne lui avait rien dit de particulier auparavant. Entre deux réponses, je pousse de longs soupirs de soulagement qui ne seront pas coupés à la diffusion. Elle m'implore pour que la foule n'agresse pas son époux. Sans doute se souvient-elle du climat de lynchage qui suivit l'inculpation de Bernard Laroche. Elle balbutie pour le défendre :

— C'était plus fort que lui. Il fallait qu'il le fasse. Il en pouvait plus. Je te jure, il fallait qu'il le fasse, il avait pas la tête à mentir.

— Oui, je comprends Christine. Je comprends...

Je répète dix fois ces mots. Aucune autre formule n'exprimerait mieux mes sentiments. La jeune femme qui pleure à l'autre bout du fil est bien celle qui m'a souvent accueillie depuis six mois. J'ai eu tellement peur de devoir confesser un crime. Cette confession d'amour me bouleverse. Assis sur le tapis de la chambre, gagné par l'émotion, Xavier Colin, le spécialiste de la guerre au Liban, pleure avec moi. Les confidences de Christine retournent ma rédaction, y compris ceux qui doutaient d'elle. Le document m'échappe aussitôt pour être diffusé et rediffusé dans son intégralité. Les agences, les télévisions sont alertées. Invité du journal de 13 heures d'Europe 1, Gérard Oury s'exclame après cinq ou six secondes de silence accablé :

— Cette femme ne ment pas. Je peux vous dire qu'elle ne joue pas la comédie. C'est un cri du cœur.

A Épinal, mes amis du pool se détournent l'un après l'autre quand je m'approche pour leur expliquer la situation. J'ai trahi. Ils ont pour moi des mots durs et lapidaires que les autres s'empressent de me rapporter. Pourtant j'apprends que RMC a pu obtenir également quelques mots de Christine, mais depuis la rédaction à Paris. Mais pour eux, l'amitié née malgré la concurrence est gâchée par la concurrence. Au regard du drame humain qui secoue cette affaire, cette trahison n'est qu'un petit désordre. Pour moi, c'est une épreuve.

J'aperçois dans la foule Me Garaud débarqué en urgence de Paris. L'avocat, blême, ignore encore tout des circonstances du geste de Jean-Marie et du rôle éventuel de Christine. Il s'accroche à son image de « petit couple » qui fait rire tout le monde. Je tente de l'approcher pour le prévenir de mon entretien avec sa cliente mais il disparaît, emporté par la foule.

Marie-Ange apparaît, désespérée, au bras d'un de ses frères. Gérard Welzer veut qu'elle s'exprime devant les médias. Un autre frère bouscule un photographe. A l'entrée du cabinet, l'avocat sélectionne les journalistes. Je suis repoussée, tout comme Isabelle Baechler d'Antenne 2, mais Xavier Colin peut entrer. Marie-Ange arrache avec peine les mots de sa gorge sèche. Les journalistes n'osent pas la questionner, seul le reporter de FR 3 parvient à mener l'entretien. La jeune veuve répète que Jean-Marie a tiré sans attendre les réponses de son cousin. Mais elle ne s'attarde pas sur cette scène. Elle accuse surtout Christine et le capitaine Sesmat d'avoir poussé Jean-Marie au crime.

Le téléphone de Christine était sur écoutes. Nous ne le savions pas. Avant même que l'interview soit diffusée, les policiers du SRPJ sont venus la chercher. Ils aimeraient profiter de sa faiblesse pour l'interroger également sur la mort de Grégory. Mais le procureur Lecomte s'y oppose et demande que les questions se limitent au cadre strict de l'assassinat de Laroche. Sa deuxième audition est donc plus complète, notamment sur l'expédition nocturne du mois de février et les relations entretenues par le couple avec les gendarmes et le capitaine Sesmat. Elle m'a dit sur ces sujets plus de choses que la veille devant les policiers. En revanche, sa complicité éventuelle passe au second plan puisqu'il est établi qu'elle ignorait tout du projet de son mari. Pour le défendre, Christine n'épargne pas les militaires :

> — (...) à chaque fois, ils nous remontaient à bloc sur Laroche en disant que c'était lui mais qu'ils n'avaient pas assez de preuves. (...) A chaque fois qu'il avait un contact avec la gendarmerie, Jean-Marie revenait changé [1].

Bezzina et les avocats ont annoncé que Christine avait été arrêtée et placée en garde à vue. C'est faux, elle est entendue comme simple témoin. La rue est livrée à l'intox. Les avocats font savoir qu'elle va craquer, tant pour Grégory que pour Laroche. Prompt déclare aux médias qui répercutent : « La question se pose aujourd'hui du rôle de Christine Villemin dans la préparation de l'assassinat de Laroche. » Il va plus loin encore en qualifiant Étienne Sesmat de « directeur de conscience d'un meurtrier », provoquant une réaction indignée du directeur national de la gendarmerie devant ces accusations sans preuves. Welzer ajoute :

> — La véritable raison de l'assassinat de Laroche, c'est qu'on ne voulait pas qu'il puisse contribuer à démasquer le ou les assassins de Grégory. Il y en a d'autres qui devront répondre de ce crime horrible. Laroche était innocent. Sa famille veut savoir [2].

Les mots et les accusations s'emballent devant les caméras sans que personne puisse les maîtriser. Tout le monde prédit des aveux et une inculpation de Christine. L'affaire, nous dit-on, est presque réglée. La mère de Grégory a fait éliminer un témoin gênant ou a

1. Procès-verbal de Christine Villemin du 30 mars 1985.
2. Cahier du 31 mars 1985.

cherché à détourner les soupçons qui s'abattent sur elle. L'autosuggestion collective est très forte. Tous ces bruits, ces rumeurs nous tournent la tête. Seule dans ma voiture, je reprends inlassablement l'effondrement du couple dont la solidité nous avait impressionnés, et aussi la sanction que m'infligent mes amis. Sans vergogne, Bezzina s'installe à mes côtés et me réclame mon précieux et maudit scoop. Je ne proteste même pas et lui tend le cordon qui va permettre de recopier la bande. Xavier Colin arrive au moment où il achève sa copie. Il prend les autres à témoin :

— Mais, elle est devenue folle !

A 18 heures, RTL diffuse l'interview. Mes questions ont été coupées et le document attribué sans doute à Bezzina. Je ne chercherai même pas à le savoir. Europe 1 demande des comptes à RTL. Bezzina dit que la bande lui a été donnée par un avocat. Il m'évite ainsi l'accusation de faute professionnelle. Je me noie dans cette interminable journée de perdition. Épinal connaît une dépression, un vide.

18

Consternation autour de Jean-Marie ... La photo du cadavre ... Conférence de presse au Mouton-Blanc ... Accusation et défense du capitaine Sesmat ... Une cérémonie oppressante ... La gerbe de fleurs des avocats

Jean-Michel Lambert est rentré à Épinal, la tête basse. La nouvelle l'a surpris sur la route de l'aéroport d'Orly où il devait embarquer pour l'Algérie. Le temps de se débarrasser de sa panoplie de randonneur et de son sac à dos, il reçoit Jean-Marie Villemin à minuit dans son cabinet. Dans le couloir, Me Garaud, le procureur Lecomte, les policiers, tout le monde tourne autour du père de Grégory avec des airs de compassion : « Le pauvre type, il s'est fichu dans de beaux draps... » Tous se sentent impliqués et plus ou moins responsables de son geste.

Garaud est défait :

— Jean-Marie, quelle bêtise vous avez fait là ! De toute façon, c'est fait. J'assurerai votre défense. Mais quelle bêtise !

L'avocat s'inquiète de la garde à vue auprès du commissaire Andrieu qui le rassure en affirmant que son client les a convaincus de son mobile.

Le procureur Lecomte cherche à comprendre :

— Mais qu'est-ce qui s'est passé, monsieur Villemin ?

— J'ai perdu confiance en la justice.

Une formule pudique qui recouvre tant de choses. Le magistrat l'avertit que l'avenir va être difficile :

— Sachez que si vous dites avoir tué l'assassin de votre fils, la partie adverse va dire que vous avez tué Laroche pour protéger votre femme.

Jean-Marie le sait, Ker l'avait prévenu, mais il lui avait répondu :

— Ils penseront ce qu'ils veulent, c'est comme ça!

A Nancy, le commissaire Corazzi l'a autorisé à retrouver sa femme pendant une demi-heure et leur a fourni des sandwichs. Puis, on les a séparés.

Christine, non impliquée dans ce meurtre, va se réfugier en Meurthe-et-Moselle chez son frère Alain. Ses déclarations recoupent toutes celles de son époux. Jean-Marie, conduit au « mitard » de la prison d'Épinal, s'écroule sur une dalle scellée dans le béton. Auparavant, en prononçant son inculpation pour assassinat, Lambert lui a dit :

— C'est la première fois que j'inculpe quelqu'un avec autant de regrets.

Benoît Bartherotte a refusé à Éric Préau de Sygma l'autorisation de prendre des photos du cadavre de Bernard ramené chez lui à l'issue de l'autopsie. Préau se débrouille, retrouve Me Prompt et l'accompagne à Aumontzey pour offrir fleurs et condoléances à la famille. Le contremaître, habillé d'un costume gris-bleu, les doigts encore tachés de cambouis, repose dans la salle à manger. Son embonpoint, sa moustache et son air d'ouvrier en costume du dimanche le font ressembler à Lech Walesa. Préau veut cette photo-là et pas une autre. Marie-Ange a coupé ses longs cheveux blonds et glissé les mèches entre les mains inertes de son mari. Dans les cris et les larmes, le photographe négocie sa photo avec les frères Bolle et l'avocat. Il faut montrer à tous, estime ce dernier, le résultat du crime de Jean-Marie Villemin. Alors, l'un de ses beaux-frères entraîne Marie-Ange à côté du corps l'espace de quelques prises de vues. Les reporters amis sont autorisés à s'incliner devant la dépouille du défunt. La famille tient à remettre à la presse locale un avis de décès, au nom de l'usine Ancel-Set, alors que la France entière connaît dans le détail les circonstances de cette mort. Patrick Gless, l'auteur de la photo du repêchage de Grégory, apprend que Préau a réalisé le cliché qu'il espérait lui-même obtenir. Me Prompt lui promet un jeu gratuit de photos en noir et blanc. De fait, *La Liberté de l'Est* les recevra par courrier. L'avocat remettra les mêmes à un photographe de *L'Est républicain*. Les deux journaux s'entendront pour ne pas publier des images aussi macabres.

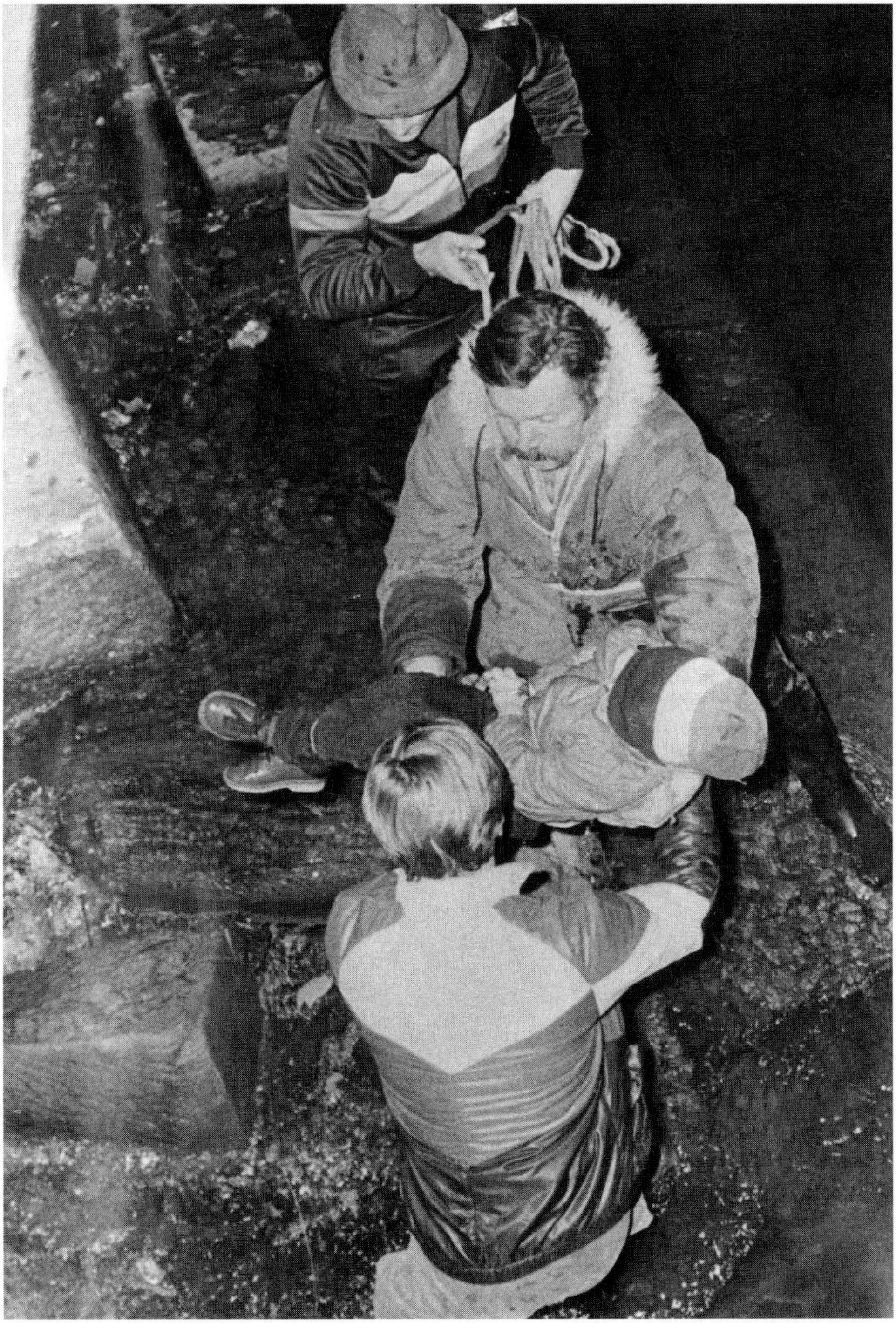

1 La découverte dans la Vologne, le mardi 16 octobre 1984 vers 21h15, du corps de Grégory Villemin est saisie par un photographe local. Ce cliché est immédiatement acheté 500 F par Sygma, puis 4 000 F par *Paris Match*, qui revendront ensuite les droits, à travers le monde entier, pour plusieurs centaines de milliers de francs.

2 Saint-Cyrien d'une grande probité, Étienne Sesmat tente de contenir la déferlante des journalistes à coups de formules maladroites. Dessaisi deux mois plus tard, il constituera pour tout le monde un bouc émissaire commode, car tenu au secret militaire.

3 Muriel Bolle quitte le palais de justice d'Épinal pour la reconstitution de l'itinéraire qu'elle dit avoir suivi avec son beau-frère, lors de l'enlèvement de Grégory. Le lendemain, elle reviendra sur son témoignage, mais les procès-verbaux resteront toujours dans le dossier d'instruction.

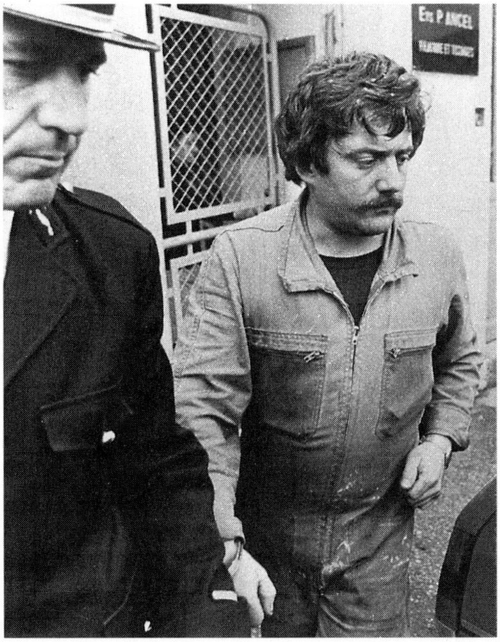

4 La gendarmerie viole la présomption d'innocence en arrêtant, toutes sirènes hurlantes, Bernard Laroche sur son lieu de travail, l'usine de filatures Ancel-Set à Granges-sur-Vologne.

5 Par ricochet, les médias retiennent l'image d'un homme en menottes, les mains tachées de cambouis, déjà coupable. La mécanique est redoutable.

6 La libération de Bernard Laroche le 4 février 1985 est soutenue par une opération médiatique : reportage TV et photos exclusives, journalistes triés sur le volet, interviews dans des lieux secrets... A l'arrestation spectacle d'un coupable succède la réhabilitation d'un père de famille.

7 Benoit Bartherotte est l'ancien patron d'Ancel. Ce P-DG proche du parti communiste est convaincu d'être la cible d'un complot politique. Il dirige dans l'ombre toute la défense de Bernard Laroche.

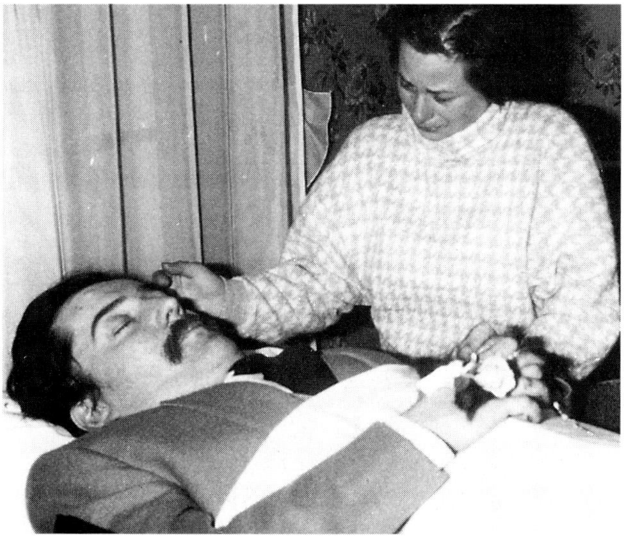

8 *Paris Match* bat un record de vente avec cette photo mortuaire, dont une partie des droits revient à Marie-Ange par l'intermédiaire de Benoit Bartherotte. La douleur de Marie-Ange et du petit Sébastien orphelin confirment un enchaînement exceptionnel de malheurs.

9 La stupeur et la colère de Me Prompt et de Me Welzer face à la presse quelques heures après le meurtre de leur client. Pourtant les deux avocats de Bernard Laroche ne sont pas étrangers au tour de folie qu'a pris l'affaire Grégory.

10 Jeune avocat, Gérard Welzer profite de la notoriété acquise dans l'affaire pour battre Philippe Séguin aux législatives de 1986 et devenir directeur de cabinet de Pierre Mauroy, à la tête du P.S.

11 Les experts en écriture Buquet et de Ricci sont les premiers à accuser la mère de Grégory d'être le corbeau. Rarement comme dans cette affaire, les expertises (médico-légales, psychiatriques, en écriture, etc.) auront été aussi contradictoires et définitives pour la plus grande confusion du dossier.

12 Paul Prompt est un ancien résistant, torturé pendant l'Occupation. Avocat de la CGT, il mène durant neuf ans un combat personnel contre « l'extrême droite » et « les porteurs de fusils »... c'est-à-dire contre les parents de Grégory, coupables d'être défendus par Me Garaud. Avec sa logique de bulldozer qu'aucune invraisemblance n'arrête, il est le fer de lance de l'accusation contre Christine Villemin.

13 Reconstitution du meurtre de Bernard Laroche. Comment et pourquoi Jean-Marie Villemin, à qui tout dans la vie souriait, est-il devenu un meurtrier ? Magistrats, policiers, avocats, gendarmes, journalistes, tous ceux qui ont participé à l'affaire Grégory se sentent, à des degrés divers, responsables de son geste.

14 Avec ses hommes du SRPJ de Nancy, Jacques Corazzi avait promis de régler l'affaire en quinze jours. Il lui faudra neuf mois pour remettre un maigre rapport contre Christine Villemin, sans mobile ni aveux. Entre-temps, le commissaire aura utilisé toutes les ficelles médiatiques pour « faire craquer la mère ». En vain.

15 Le juge Lambert a trente-trois ans quand il est chargé d'instruire l'affaire Grégory, parmi 180 dossiers. Il se laisse porter par le courant et change d'intime conviction au gré des expertises, des pressions d'avocats et des titres de la presse. Avec une candeur appuyée, il semble toujours extérieur à ce qui se passe.

16 Le « petit juge » confie son impuissance, sa boulimie, ses larmes. Il déclare : « Cette affaire est un signe du destin.» Sa fragilité le rend populaire. Il passe à « Apostrophes » et rêve de célébrité durable. Pourtant son instruction est une suite d'incohérences et de dérapages.

17 Introduit dans le dossier par Europe 1 Henri-René Garaud est d'abord un avocat lointain, attendant le procès d'assises pour conforter sa notoriété acquise au sein du mouvement Légitime Défense. Il ne se rend pas compte que sa réputation attire le soupçon et la méfiance sur ses clients.

18 Ci-dessous, Me Garaud protégeant Christine Villemin. Après la mort de Bernard Laroche, l'avocat se lance de toutes ses forces dans une bataille délicate pour un défenseur de l'ordre : un client en prison pour meurtre et une cliente inculpée d'infanticide.

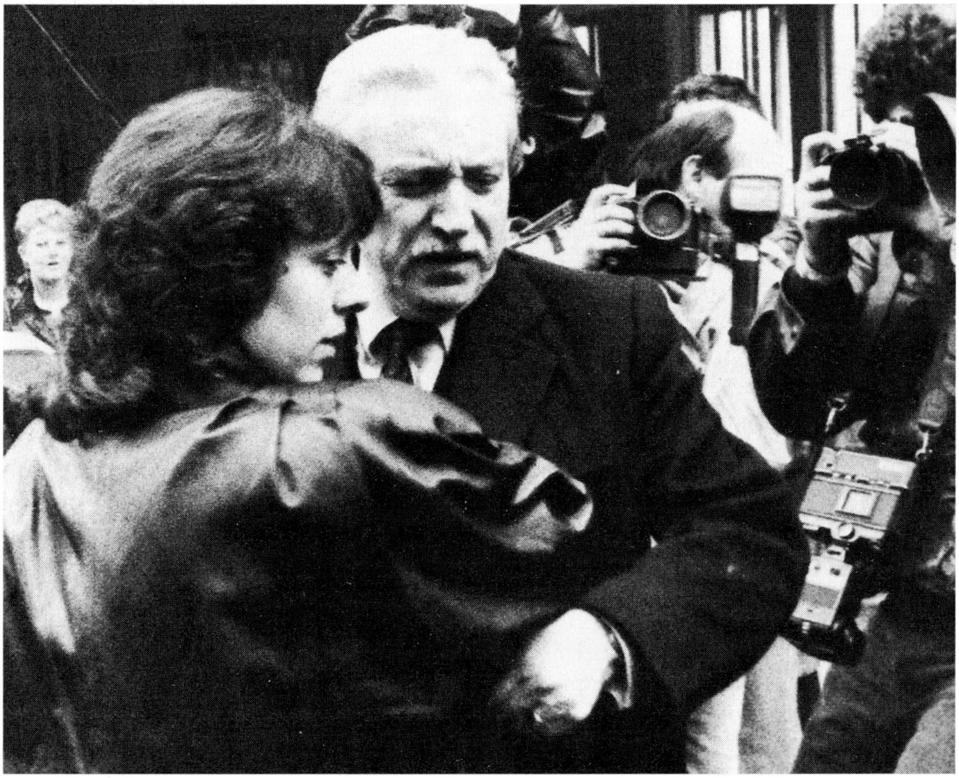

19 Me Lombard entre dans la danse « avec l'amical soutien » des avocats de Bernard Laroche. Aux côtés des parents de Jean-Marie, il se proclame « partie civile de la vérité » (ici avec Me Lagrange). C'est plutôt la partie civile du double langage : toutes leurs actions et leurs confidences visent Christine Villemin. Cela n'empêchera pas l'avocat, une fois le non-lieu acquis, de dénoncer dans les médias le calvaire subi par la jeune femme !

20 La défense des Villemin au complet. Mes Robinet, Garaud, Moser et Chastang. Quand la procédure commence à coûter trop cher et afin de payer ses frais, Me Garaud négocie à la place de ses clients des transactions avec *Paris Match* en échange d'interviews et de prises de vues,.ainsi qu'un contrat d'édition. Cette défense médiatico-financière pèse lourd dans le renvoi aux assises de Christine Villemin et dans sa tentative de suicide.

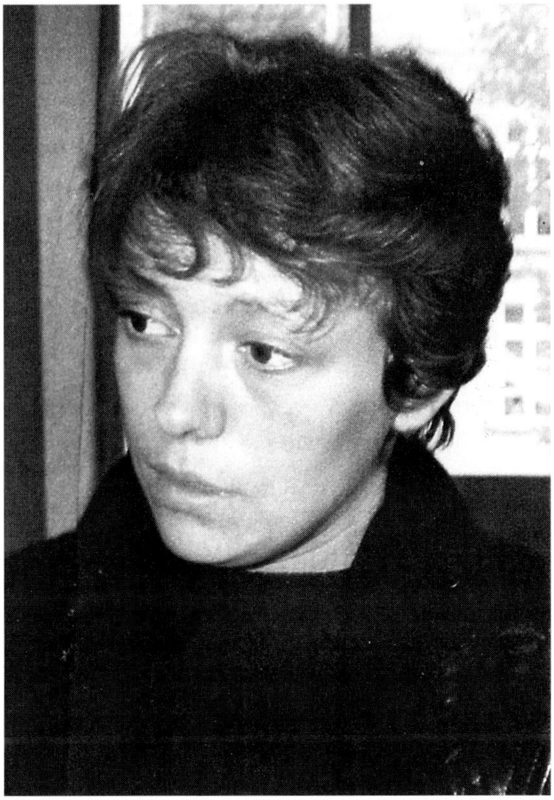

21

22

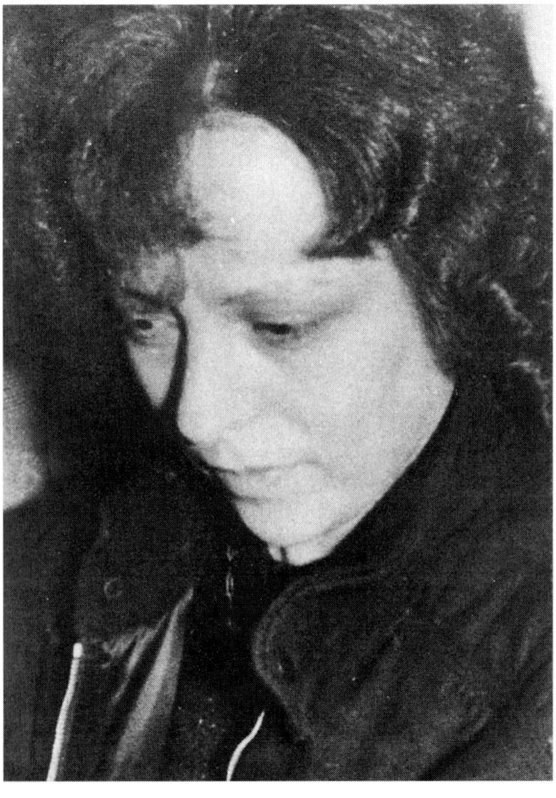

23

21 22 23 Les différents visages de Christine Villemin, mère en deuil, femme traquée, femme enceinte... Pendant neuf ans, elle attire les regards et la haine. Seul l'amour de son mari lui permet de sortir vivante de la page la plus noire du journalisme et de la justice pendant les années 80.

24 En 1987, Maurice Simon, un ancien juge d'instruction, qui fut le premier président du syndicat de la magistrature, reprend entièrement l'enquête. Ce cliché, pris lors d'un survol en hélicoptère de la Vologne, montre son engagement de tous les instants. Recoupant minutieusement tous les témoignages, il établit l'innocence de Christine Villemin.

25 Muré dans le silence et sans doute trop sensible, Maurice Simon supporte mal les menaces de mort à l'encontre de ses petits-enfants. Une vraie-fausse interview à *Détective* déclenche une polémique alors qu'il touchait au but et entraîne des poursuites pénales de la part des avocats de la famille Laroche. Victime d'une grave crise cardiaque, il sort du coma avec une amnésie partielle et une santé très affaiblie.

26 Troisième juge chargé de l'instruction de l'affaire Grégory, Jean Martin étudie longuement le dossier, puis reprend le sillon de Maurice Simon. Il recueille les derniers témoignages sur l'enlèvement de l'enfant et rédige un non-lieu spectaculaire au bénéfice de Christine Villemin.

27 Michel Villemin est, avec sa femme Ginette, le meilleur ami de Bernard Laroche. C'est à lui que le corbeau annonce la mort de Grégory.

28 Des centaines d'appels, des lettres d'injures... Albert et Monique Villemin, ici avec leur fils Gilbert au début de l'affaire, sont les premières cibles du corbeau, qui poursuit le père de Jean-Marie de sa haine et déclare « tenir » sa mère.

Mais, au niveau national, cette photo va connaître d'autres péripéties. Averti que *Paris Match* l'a déjà réservée pour un prix lourd, Me Welzer, opposé à cette diffusion, tente de « casser le coup » selon son propre terme, en offrant gratuitement un exemplaire du cliché à l'AFP. La photo exclusive de Sygma perdrait alors, pense-t-il, beaucoup de sa valeur. Mais l'AFP n'a pas le droit de s'approprier le travail d'une autre agence.

De son côté, Me Prompt donne comme consigne au directeur de Sygma de diffuser à tous ceux qui le demanderont sauf, dit-il sans préciser pourquoi, à *France-Soir* et *VSD*. Mais seuls, *Paris Match* et *Le Figaro-Magazine* vont acheter et publier la photo en couleur, du défunt pleuré par sa femme.

En tout, ce cliché a été vendu 500 000 francs par l'agence : 350 000 au *Figaro-Magazine* et 150 000 à *Paris Match*. Il faut ajouter également le prix de la série de reportages réalisés après la libération de Bernard Laroche n'excédant pas 150 000 francs.

En accord avec Benoît Bartherotte, « la moitié du produit de la vente [1] » est reversée par l'agence Sygma au comité de soutien de Bernard Laroche. En clair, l'argent est revenu à Marie-Ange qui n'avait rien demandé mais ne l'a, évidemment, pas refusé après la perte successive de son emploi puis de son mari et dans la perspective de devoir élever ses deux enfants orphelins de père et dédommager la défense de Bernard Laroche. Cette première entrée massive d'argent dans l'affaire à l'occasion de la mort de Bernard Laroche sera mal assumée par ceux qui l'ont favorisée ou en ont bénéficié. Elle constitue pour eux un épisode honteux.

Les avocats du défunt nous ont convoqués, à la veille de son enterrement, dans une salle enfumée du Mouton-Blanc. Leur entrée solennelle calme l'assistance survoltée. Pendant quelques instants, on n'entend que le ronronnement d'un vélomoteur qui passe dans la rue. Prompt et Welzer déclarent posséder une lettre du juge Lambert leur indiquant qu'il s'apprêtait à rendre une ordonnance de non-lieu « dans les plus brefs délais » mais ne nous montrent aucun document à l'appui. Face à eux, soixante reporters se taisent. Personne n'ose poser de questions qui pourraient ranimer certains soupçons sur un mort. Il est trop tard pour le faire. Leurs phrases sont entrecoupées de longs silences. Dans le désordre de cette instruction décousue, nous prenons conscience, un mois et demi après sa libération, que l'innocence ou la culpabilité de l'inculpé n'ont jamais été établies par la justice. Paul Prompt tranche le problème en estimant que l'intention du juge

1. Attestation de Benoît Bartherotte en vue de production en justice.

« revient juridiquement à blanchir complètement Laroche ». Ses avocats tiennent à l'innocenter avant qu'on le porte en terre. Interrogé un peu plus tard sur les intentions qu'on lui prête, le juge se refusera à confirmer ou infirmer l'imminence du non-lieu. Il n'est même pas certain qu'il ait pris une décision avant son départ raté pour le Sahara. Marie-France Bezzina a révélé dans un article paru la veille l'état d'esprit du magistrat à ce sujet :

> « Qui dit non-lieu pour Bernard Laroche dit inculpation pour une autre personne. En effet, pour le juge Lambert, il n'est pas pensable qu'il y ait un vide judiciaire dans une affaire aussi terrible [1]. »

On peut donc craindre qu'en l'absence d'éléments pour inculper Christine ou un tiers, Laroche serait resté longtemps l'otage de ce raisonnement judiciaire singulier. Enfin, Mes Welzer et Prompt provoquent un murmure de stupéfaction en révélant que Marie-Ange a appris, la veille de l'assassinat, qu'elle est enceinte. Dans les destins parallèles de ces deux couples, la vie s'obstine à se faire l'écho de la mort.

Christine Villemin et Étienne Sesmat supportent à longueur de colonnes le poids du déshonneur. Jean-Marie n'est évoqué que comme l'exécutant de leurs volontés. A l'exception du *Républicain lorrain* de Metz qui les défend l'un et l'autre, la presse se déchaîne contre eux à partir des déclarations de Prompt et Welzer, qui sont nos seules sources d'informations depuis deux jours. Des articles étalés sur six colonnes s'étonnent que Christine soit revenue libre parmi les siens. *Le Figaro* rapporte les phrases de Marie-Ange prononcées dans la douleur :

> « C'est elle qui a poussé à tuer Bernard. C'est une salope. Une menteuse qui a tout manigancé [2]. »

En marge de cette accusation, nous annonçons tous que le juge a rendu à Bernard Laroche une sorte de « non-lieu posthume ». « Un non-lieu moral », écrit Pierre Georges dans *Le Monde* [3]. Jeandon-Bezzina résume dans *France-Soir* le sentiment général :

1. *Le Parisien libéré* du 30 mars 1985.
2. *Le Figaro* du 1er avril 1985.
3. *Le Monde* du 3 avril 1985.

« Bernard Laroche est dans le même temps enterré et innocenté [1]. »

Sur la foi de ce qu'il lit et entend çà et là contre le capitaine Sesmat, Robert Badinter, le ministre de la Justice, demande au parquet général de Nancy de faire inculper l'officier pour incitation au meurtre. Le procureur général Deschärmes aura du mal à convaincre la Chancellerie que Sesmat n'est pour rien dans le geste de Jean-Marie. Le capitaine, entendu par Lambert, reconnaît l'avoir rencontré un mois et demi plus tôt dans le cadre normal de l'enquête. Ils se sont également entretenus par téléphone deux fois pendant le mois de mars, mais il affirme n'avoir jamais excité le désir de vengeance de son interlocuteur. S'il fallait poursuivre tous ceux qui ont émis devant les Villemin des doutes voire des certitudes sur Laroche et ceux qui portent une part de responsabilité dans sa mort, la liste des inculpés serait interminable. L'affaire y perdrait la plupart de ses acteurs, y compris dans le monde judiciaire.

Lambert, fidèle à lui-même, interroge l'officier avec la distance étonnée d'un étranger découvrant le dossier. Le général commandant la sixième région de gendarmerie, alarmé par les critiques de la presse, exige un rapport sur les relations entre les premiers enquêteurs et le juge. Sesmat, qui avait retenu ses griefs jusqu'alors, dresse un récapitulatif de toutes les inconséquences du juge depuis le 17 octobre. Sa méconnaissance de la procédure, ses absences lors d'investigations cruciales, son désintérêt pour l'enquête, son refus d'entendre certains témoins, sa complaisance face aux avocats de la défense et aux violations du secret de l'instruction, et enfin son insouciance face aux mises en garde à propos de Jean-Marie Villemin. Étienne Sesmat assume ce qu'il appelle lui-même la part d'erreurs des gendarmes, mais il conclut :

> « L'affaire Grégory ne serait pas devenue l'affaire Laroche si les investigations le concernant avaient été menées à fond. Il serait aujourd'hui encore vivant, libre ou emprisonné. Les enquêteurs de la gendarmerie n'ont jamais eu une quelconque animosité envers lui, ils n'ont jamais cherché à en faire " le coupable idéal " comme certains, mal intentionnés, l'ont affirmé. Ils ont simplement cherché à découvrir objectivement la vérité [2]. »

1. *France-Soir* du 2 avril 1985.
2. Rapport du capitaine Sesmat du 31 mars 1985.

Cette mise au point restera secrète et interne à la gendarmerie. Personne n'en prendra connaissance.

Marie-Jo tente de se frayer un passage parmi ses convives entassés avec leurs couverts sur les genoux jusque sur les marches intérieures de la pizzeria. Pour une fois, elle ne changera pas les assiettes entre les plats. A 14 heures débute l'enterrement de Bernard Laroche, et cent reporters nerveux se succèdent pour déjeuner afin d'arriver assez tôt, avant la famille. Aumontzey ne possède pas de cimetière, il faut grimper derrière le village pour atteindre celui de Jussarupt, à deux kilomètres. Sur le chemin, on longe la maison d'Albert et Monique. Les volets sont clos mais ils n'iront pas aux obsèques de leur neveu. Marie-Ange ne veut voir aucun Villemin près du cercueil de son mari. Les gendarmes sont également indésirables. Les pompiers volontaires de Jussarupt canalisent le flot des voitures qui s'agglutinent près du mur du cimetière. Gérard Welzer a abandonné sa Porsche pour une petite Fiat plus sobre. Benoît Bartherotte, furieux que Préau soit parvenu à prendre en photo le corps de Bernard, a organisé un service d'ordre avec la CGT. L'ouvrier d'Ancel avait été réélu délégué syndical quelques instants avant sa mort. Aucun photographe ne sera toléré dans le cimetière et les airs agressifs des hommes au brassard noir suffisent à faire respecter la consigne. Le mur d'enceinte se hérisse de caméras, d'appareils sur trépieds et de téléobjectifs énormes braqués par une cinquantaine de photographes sur l'église et la fosse béante qui recevra le cercueil. D'autres, moins équipés, passent avec agilité d'un boîtier à l'autre selon qu'ils « font » de la couleur ou du noir et blanc. En contrebas, les gosses du village admirent leur matériel, les sacoches de cuir et les petites valises de métal.

A l'entrée de l'église, je reconnais les croque-morts qui officiaient pour les obsèques de Grégory. Dix hommes sont nécessaires pour porter le cercueil. Six mois plus tôt, la petite caisse de chêne clair cahotait sur le chariot en traversant l'autre cimetière. Une foule de paysans et d'ouvriers agacés par les journalistes suit le cortège emmené par Marie-Ange soutenue par ses frères. Elle passe sans la voir devant une tombe gravée au nom de Villemin. Marcel Mochet, photographe de l'AFP, saisit en un éclair la juxtaposition de son visage et du patronyme de l'assassin de son mari. L'entrée de l'église nous est interdite. Seuls deux photographes de Sygma sont tolérés, avec l'accord des avocats et au grand dam de

Bartherotte. L'un des deux s'était installé très tôt le matin dans le clocher après avoir subtilisé les clés du curé. Les gendarmes, alertés, ont délogé l'intrus sans ménagement. Les autorités redoutent un incident supplémentaire. Finalement les deux reporters ne bronchent pas, de peur d'être agressés par la famille.

Le prêtre évoque devant la fosse ouverte : « Lui pour qui maintenant tout est lumière et vérité. » Postée de l'autre côté de la tombe encore vide, je perçois les murmures incompréhensibles de Marie-Ange qui étouffe ses mots dans un mouchoir. La foule épie la foule et n'écoute pas les prières. Paul Prompt, enveloppé dans un manteau de cuir, impressionnant de rage, va et vient, les mains jointes derrière son dos voûté. Corazzi et son équipe se sont mêlés à la famille. Welzer est resté avec les journalistes. Cette cérémonie oppressante trouble chacun d'entre nous. Je m'interroge sur ma responsabilité mais aussi sur le fond de l'affaire : enterre-t-on un bourreau, ou une victime? La justice n'a pas su apporter de réponse.

Les nouveaux qui n'ont pas ces états d'âme cherchent Muriel, absente, et suivent du doigt ou du regard Joëlle, sa sœur presque jumelle. Louisette et sa fille, défigurées par la douleur, pleurent leur bienfaiteur, celui qui leur avait évité l'asile et qui veillait sur elles. Malgré l'interdiction, Ouaki s'est approché de la tombe, un appareil autofocus sous sa veste. Considérant que l'accord est rompu, un reporter saute du mur et court vers Marie-Ange prostrée. Bartherotte s'interpose et le rejette d'un violent coup de tête contre une croix voisine. Mme Bolle s'évanouit. Ses enfants l'entourent en criant. Un frisson parcourt le muret. En deux secondes, le cimetière peut être investi et l'enterrement va dégénérer en bagarre générale. Heureusement, personne ne bouge.

La famille jette ensuite des œillets rouges sur le cercueil, descendu dans le caveau malgré les supplications de la veuve. Un journaliste de *L'Humanité* se glisse dans la foule des amis et jette une rose à son tour. L'inhumation s'achève sans autre incident. Reporters et villageois se dispersent ensuite au soleil. En bas de la colline, la Vologne forme un coude argenté. La *vox populi* répète ce qu'elle a lu dans les journaux et mise sur les prochains aveux de Christine. « Si elle ne parle pas, disent les badauds qui haussent le ton en quittant les lieux, c'est foutu, on saura jamais la vérité. » Sur la tombe provisoire, les avocats ont fait déposer un coussin de fleurs barré de cette inscription :

— A Bernard Laroche, victime innocente d'une haine aveugle.

TROISIÈME PARTIE

LA TRAQUE

1

Arrêter cet enchaînement de malheurs ... La victoire à tout prix ... L'anti-justice ... Séparer le couple ... Lettre de prison ... La nourrice à la une ... Décalages successifs ... « Les policiers insistent, insistent... »

Il n'y aura pas de trêve pour cause de deuil. L'enterrement de Bernard Laroche, tout de violence contenue, de sourde douleur, ébranle la société dans son entier. Car ses pouvoirs constitués ont failli. Pas une institution — gendarmerie, police, magistrature, barreau, Chancellerie, presse, élus locaux, Église — n'est exempte de reproches, même si les degrés de responsabilité sont divers. Il n'y a plus de recours. Chacun a les mains sales et la tête basse, comme l'écrit Casamayor, le magistrat, dans un article de *L'Événement du jeudi* :

> « Tous ont fait, plus ou moins, autre chose que ce qu'ils devaient faire. C'est la tête basse qu'ils doivent continuer à tenir leur rôle [1]. »

Enfermés dans leur logique particulière, les uns et les autres n'ont pas su, n'ont pas pu et parfois n'ont pas voulu réagir. Par une conjonction exceptionnelle du destin, les engrenages antagonistes qui se sont mis en place dès les premières semaines du drame ne se sont pas annulés mais enclenchés les uns dans les autres, entraînant Jean-Marie Villemin dans leur mécanique folle.

1. *L'Événement du jeudi* du 4 avril 1985.

Le père de Grégory est bien sûr responsable de son acte de vengeance pure. Mais s'il a appuyé sur la détente, la décharge de chevrotine qui a abattu Bernard Laroche vient d'ailleurs et de plus loin. L'apitoiement qui l'entoure en est la preuve. A l'apathie qui précéda le meurtre et à la vacance qui l'a suivi, va succéder un emballement, une hystérie collective à la recherche d'un coupable dont la découverte laverait tout le monde de ses fautes. Il faut désigner et arrêter le responsable de cet enchaînement de malheurs. Ce sera une coupable, Christine Villemin, la seule rescapée du drame, la seule suspecte immédiatement disponible. La traque qui commence, d'une violence inouïe, est l'une des pages les plus noires de la société française et du journalisme des années quatre-vingt.

Dans l'immédiat, pour l'atteindre, il existe deux voies judiciaires possibles : d'un côté, le dossier Grégory, et de l'autre, le dossier Bernard Laroche. Jean-Michel Lambert, saisi des deux enquêtes, donne au SRPJ de Nancy un délai de quinze jours, du 2 au 17 avril 1985, pour découvrir une implication de Christine dans l'une ou l'autre affaire. Alors, le juge d'instruction disposera d'un éventail d'inculpations assez large pour neutraliser la mère de Grégory. Soit il l'inculpe de complicité avec Bernard Laroche dans l'assassinat de Grégory, selon un scénario et des motivations qui resteraient à élucider. Soit il l'inculpe d'assassinat sur son propre enfant dans des circonstances et pour un mobile tout aussi obscurs. Soit il l'implique pour complicité avec son mari dans la mort de Bernard Laroche, mais l'impact serait plus faible. Cette dernière hypothèse est la moins probable puisqu'il est acquis depuis leurs interrogatoires simultanés, qu'elle ignorait tout du projet de son époux. A moins d'éléments nouveaux, cette troisième solution ne peut pas aboutir. Enfin, l'idée de l'accident maquillé en crime répandue par Me Prompt doit être écartée, incompatible avec les éléments du dossier et le laps de temps trop court dont Christine aurait disposé pour mettre en scène la mort imprévue de son fils. Quelle que soit la solution retenue, elle découle d'un processus aberrant. On désigne un coupable et après, on s'acharne à prouver sa culpabilité. C'est de l'anti-justice.

Jean-Michel Lambert, poussé par les événements, les policiers et une poignée de journalistes, navigue désormais à vue entre ces différents scénarios. Il supervise deux dossiers distincts mais imbriqués au point de dérouter les meilleurs spécialistes du droit pénal. Cependant, la présence d'un second juge nommé au début de l'année va lui permettre de se consacrer entièrement à l'affaire

Grégory et à ses suites. Il prend une première précaution de procédure en s'accordant un délai de deux semaines avant de déclarer éteinte l'action publique engagée contre Bernard Laroche, le 5 novembre dernier. Si Christine avouait, par exemple, avoir été sa maîtresse et avoir commis le crime avec lui, elle se trouverait inculpée dans le cadre de cette information-là. La piste Laroche reste donc ouverte jusqu'à la mi-avril malgré la mort du seul inculpé. Si les policiers échouent dans leur mission, le juge l'abandonnera et se verra contraint d'ouvrir une autre voie encore hasardeuse. Pour l'heure, Lambert se concentre uniquement sur l'assassinat de Bernard Laroche, interroge Jean-Marie Villemin sur ses relations avec Jean Ker et les gendarmes, puis prend une semaine de vacances.

Cette nouvelle stratégie des policiers et du juge d'instruction s'appuie d'emblée sur une campagne de presse menée, comme d'habitude, par le couple Bezzina dans ses huit médias. Le dossier ne recèle pas d'éléments matériels évidents. Il faut donc faire parler Christine. Pour les enquêteurs, on n'obtient pas des aveux avec des politesses mais en soumettant le suspect à une pression psychologique maximale. Ils alimentent donc leur porte-voix en réflexions et révélations quotidiennes. La plupart des reporters sont rentrés chez eux après les obsèques de Bernard Laroche et dans l'attente de nouveaux développements. Pourtant, dans ce vide, la presse va se montrer plus délirante que jamais — les Bezzina et Lionel Raux de *L'Est républicain* se révélant les plus acharnés à détruire le couple Villemin. Leurs amitiés avec la police ou les avocats ne suffisent plus à expliquer cette attitude. Cette implication personnelle à outrance dans l'instruction au point d'accepter de devenir de simples courroies de transmission ressemble fort à une fuite devant leurs propres erreurs. Ils ont constaté l'influence de leurs reportages écrits ou parlés sur le geste meurtrier de Jean-Marie. Seule la victoire — c'est-à-dire l'inculpation de Christine Villemin — peut effacer la tache que constituent leurs articles et propos depuis six mois.

Les Bezzina vont forger, notamment au travers de RTL, de *France-Soir*, du *Parisien* et du *Figaro*, la conviction des autres journalistes d'hebdomadaires, de télés et de radios, qui, à la prochaine alerte, consulteront leurs articles dûment archivés par les services de documentation afin d'écrire leurs propres reportages. Ils répéteront les mêmes éléments même s'ils les entourent de conditionnel. La réputation du couple de porte-parole du SRPJ et son implantation sur le terrain constituent une garantie de l'authenticité de ses informations.

Sur place, les papiers publiés chaque jour dans *L'Est républicain* de Nancy et *La Liberté de l'Est* d'Épinal conditionnent les témoins des deux dossiers. Ils préparent également la population à accepter l'incroyable. La majorité des Vosgiens a été ébranlée par la récente campagne sur les expertises en écriture désignant Christine Villemin dans une proportion de 80 %. Plus encore, sa grossesse rapide et les reportages dans la presse, notamment dans *Paris Match*, provoquent son rejet dans l'opinion publique. Enfin, la situation de son mari, jeune contremaître de vingt-six ans, exclut le couple de la société ouvrière et paysanne des Vosges. Bernard Laroche occupait certes un poste similaire, mais il ne l'avait obtenu que très récemment, au terme d'un parcours laborieux. Adhérent et militant de la CGT, il conservait le sens des luttes sociales sans chercher, comme Jean-Marie, à prendre ses distances avec ses origines. Pour tous et quel que soit le fond de l'affaire, Bernard Laroche mérite maintenant la paix des morts contre laquelle il est tabou de s'élever.

La campagne qui démarre est d'autant plus forte que tous considèrent l'audition de Christine, prévue pour le 17 avril, comme le point d'orgue de deux semaines « décisives ». Tout est écrit et pensé en fonction d'une prochaine inculpation. La trame de l'affaire devient manichéenne, partagée entre d'un côté les bons : les Laroche, leurs avocats, les policiers, le juge, et de l'autre les méchants : les Villemin, les gendarmes et Me Garaud. La presse à sensation, en retrait jusqu'à l'apparition des soupçons sur Christine, a trouvé ses stars de roman noir, intercalées chaque semaine entre les amours du show business et les frasques des princesses.

L'objectif prioritaire étant de faire craquer Christine, il faut d'abord l'isoler de son mari, son dernier lien avec le monde extérieur. Privé de contact avec elle, dans sa prison, il lit la presse sans pouvoir vérifier ce qui s'écrit. Les parents de Grégory sont opposés l'un à l'autre sur des bases simplistes. Le père de Grégory est décrit comme un homme ayant cherché à tuer ses doutes en assassinant son cousin. On le dit « complètement désemparé » par l'évolution du dossier et très seul dans ses certitudes, « plus seul que son épouse » insinue *France-Soir* [1]. Les conversations de Christine enregistrées sur table d'écoute alimentent les articles.

1. *Le Parisien libéré* et *France-Soir* du 6 avril 1985.

Elle est soupçonnée de multiplier les sorties pour voir ses amis. On ne lui prête que des préoccupations matérielles indignes de sa situation, comme de vouloir récupérer à tout prix sa voiture mise sous scellés après l'assassinat de Laroche et les 400 000 francs que peut rapporter la vente de leur maison. Les détails les plus minimes deviennent des informations qui barrent les premières pages. « Christine Villemin met tout en vente » clame *France-Soir*[1] sur huit colonnes à la une, sous-entendant qu'après s'être débarrassée de son enfant et de son mari, elle liquide sans tarder les derniers éléments de son ancienne existence. Or, les Villemin ont choisi de quitter leur maison au lendemain des obsèques de leur fils et l'ont mise en vente, ensemble, dès le mois de décembre 1984.

Les Bezzina et Raux parsèment leurs articles de pointes de méchanceté gratuite. Ils notent que Bernard Laroche avait été soutenu par une pétition des ouvriers de son usine mais que « curieusement[2] » Jean-Marie, lui, n'a fait l'objet d'aucune manifestation spontanée ou de solidarité après son incarcération. La santé de Christine, victime d'hémorragies à répétition, ne leur inspire que des railleries. Grâce aux écoutes, ils connaissent ses problèmes, les conseils des médecins et les dates de ses rendez-vous médicaux. Dans *France-Soir*, Jeandon-Bezzina établit un parallèle entre la mort de Grégory et les risques de fausse couche de la jeune femme. En expliquant que ses jouets reviendront à son petit frère ou sa petite sœur, il émet cette restriction, « si tant est que cet enfant qui comme Grégory, ne demande qu'à vivre, voie jamais le jour[3] ».

Au lendemain de sa visite chez le gynécologue, on lit toujours dans le même journal :

> « Faut-il plaindre Christine Villemin dont la santé s'avère si précaire depuis que son époux a abattu Bernard Laroche et que le juge tient à entendre la gardienne de Grégory[4] ? »

Les efforts déployés pour séparer les Villemin restent vains. Malgré les tracasseries administratives, le couple s'écrit tous les jours et la première lettre de Jean-Marie pour Christine donne le ton d'une correspondance exceptionnelle de confiance mutuelle :

> « Il ne faut pas m'en vouloir de ne pas t'avoir prévenue. Grégory était tout pour moi, l'or pur du trésor que tu es et je ne

1. *France-Soir* du 8 avril 1985.
2. *L'Est républicain* du 4 avril 1985.
3. *France-Soir* du 8 avril 1985.
4. *France-Soir* du 10 avril 1985.

pouvais pas vivre sans me venger. Je t'aime plus que tout au monde et l'amour que j'ai pour toi m'aidera à survivre [1]. »

Le meurtre et la prison n'ont pas entamé ses sentiments. Comme le soir de la mort de Grégory quand ils roulaient par terre, enlacés par la douleur, le premier réflexe de Christine et Jean-Marie Villemin est de s'accrocher l'un à l'autre et de s'aimer, même par lettres interposées.

Christine Jacquot qui gardait le petit garçon jusqu'à la sortie d'usine de sa mère est soumise, elle aussi, à une série d'articles pour la préparer à son audition par les policiers du SRPJ. La gardienne, présentée comme le « témoin clé de l'énigme [2] », est conditionnée plusieurs jours à l'avance. L'association répétée de son nom et de son image à ceux de Christine Villemin et l'idée forte qu'elle détient une partie de la vérité alimentent encore les soupçons sur la mère. Les policiers semblent en savoir plus que le témoin lui-même. Philippe Jéchoux dramatise la situation dans *Le Matin de Paris* dont il est le correspondant :

> « L'interrogatoire sera long si l'on en croit les hommes du SRPJ. " Un minimum de 24 heures ", ont-ils précisé. Comme s'ils étaient intimement persuadés que la jeune femme détient un secret [3]. »

Jeandon-Bezzina est encore plus précis dans *France-Soir* :

> « Les policiers sont convaincus que la jeune femme détient une information capitale permettant de confondre l'assassin du petit Grégory. Un point qui n'a pas frappé Christine Jacquot mais qu'elle connaît et qui pourrait bien concerner un détail vestimentaire [4]. »

En vérité, la police judiciaire espère en revenant à la charge obtenir de la gardienne un témoignage différent de celui qu'elle a fourni dès le surlendemain du crime. Ils veulent toujours lui faire dire que, le 16 octobre, Grégory portait son bonnet quand sa mère vint le récupérer, et que celle-ci était vêtue d'un blouson jaune. L'accusation bute, en effet, sur ces deux éléments. Grégory tête

1. Lettre de Jean-Marie Villemin du 4 avril 1985.
2. *L'Est républicain* du 12 avril 1985.
3. *Le Matin de Paris* du 12 avril 1985.
4. *France-Soir* du 15 avril 1985.

nue chez la nourrice, et Christine n'a pas le temps d'exécuter le crime puisqu'elle doit rentrer chez elle pour prendre cet accessoire à six kilomètres de Docelles. Pas de blouson jaune sur le dos, et la parole des filles de la poste ne tient plus face à celle de Christine qui portait ce vêtement la veille de l'assassinat et un sweat-shirt gris le jour même. Ces deux détails représentent donc un enjeu important, expliquant la pression exercée par les journaux sur la nourrice.

De chaque élément de cette enquête médiatico-judiciaire découle un autre fait, comme une poupée russe en dévoile une seconde puis une troisième, etc. Ainsi, pour accréditer l'idée que la mère de Grégory a bien posté la lettre de revendication du crime entre sa sortie de l'usine et son passage chez la gardienne, Bezzina transforme les déclarations initiales de Mme Jacquot. Il tend à faire croire que la jeune mère avait un comportement anormal lorsqu'elle est venue chercher son enfant peu avant 17 heures. On lit dans *France-Soir* :

> « Alors que régulièrement, Christine Villemin bavarde avec son amie, ce soir-là, elle presse son fils : elle veut rentrer rapidement. Sa voiture démarre. Grégory fait un dernier signe de la main à ses trois copains. Quelques heures plus tard, on le retrouve noyé [1]. »

Le lecteur fait le lien entre la précipitation de la mère, la dernière image de Grégory vivant et sa mort. Les trois idées s'enchaînent sans qu'aucun élément ni personne ne vienne s'interposer entre elles. Le lendemain, il se répète :

> « Mme Jacquot (...) fut la dernière à voir le petit garçon vivant, avant que Christine Villemin, sa mère, manifestement pressée, n'emmène l'enfant qui allait vivre sa dernière heure [2]. »

Quatre jours plus tard, dans *Le Figaro*, il ajoute un détail à cette version :

> « La gardienne a décrit comment Christine Villemin a poussé Grégory dans sa petite R5 noire. Avec un geste de colère [3]. »

1. *France-Soir* du 11 avril 1985.
2. *France-Soir* du 12 avril 1985.
3. *Le Figaro* du 16 avril 1985.

Ces décalages successifs ne sont pas innocents. Dans la logique du journaliste et des policiers, il fallait que la mère soit pressée d'en finir puisque la lettre criminelle venait d'être postée et que l'assassinat devait s'accomplir dans la demi-heure suivante. Or, Bezzina ne peut avoir oublié l'interview de la nourrice qu'il a lui-même recueillie, le surlendemain du drame, et qu'il m'avait donnée à l'époque quand nos relations étaient encore cordiales. Ce jour-là, le 18 octobre, il lui demandait :

— Mardi, quand elle est venue le chercher, est-ce qu'elle vous a donné l'impression d'être nerveuse, est-ce qu'elle avait peur ?

Mme Jacquot avait alors répondu :

— Pas du tout, elle est venue le chercher normalement, on a discuté un petit peu dehors, on regardait les gosses jouer, faire du vélo, jouer au ballon. Puis, elle est partie. Je lui ai dit : « au revoir », elle m'a dit : « A lundi matin, je te l'amène lundi matin », et elle est partie normalement [1].

Ces éléments figurent déjà au dossier puisqu'ils ont été recueillis à la même époque par les gendarmes, mais le parti pris de la PJ contre les militaires les oblige à réécrire l'histoire. La greffe du départ agressif et nerveux de Christine prend immédiatement, on la retrouvera de mois en mois, souvent enrichie d'autres détails, dans les articles retraçant la scène. C'est ainsi que morceau par morceau, le puzzle de l'affaire Grégory est remplacé par un autre, imaginaire et cruel, qui aux yeux de tous, journalistes, lecteurs et bientôt témoins, devient plus vrai que la réalité.

Si tout le monde a oublié le premier témoignage de la nourrice, j'ai personnellement conservé la bande dans mes archives et son audition comparée aux articles des Bezzina me laisse pantoise. Mais la propagande policière fonctionne si bien que je garde pour mon seul entourage mes accès de colère, d'autant que l'air du temps est à l'accusation et non à la défense. Ce ne sont pas mes verbes au conditionnel et mes précautions oratoires qui vont bouleverser des auditeurs loin de ces trucages.

L'exploitation des déclarations de la gardienne prend rapidement un tour grotesque. *France-Soir* annonce sur sept colonnes

1. Bande magnétique.

que « La nourrice dément les propos de la mère du petit Grégory ». A la lecture de cet article, on découvre la nature du « rebondissement [1] ». Christine, décrivant l'entrée de son amie dans sa chambre à la clinique, le matin de l'assassinat de Laroche, avait dit à mon micro : « Elle avait les larmes aux yeux et Jean-Marie était tout blanc. » Les deux jeunes gens venaient de s'entretenir dans le couloir du comportement de la police judiciaire à son égard. Dans les articles qui suivirent, on écrivit que la nourrice « pleurait ». Bezzina joue sur les mots en présentant cette nuance comme un mensonge pouvant en cacher d'autres et en attribuant à la gardienne cette réflexion stupéfaite :

> « Quoi, qu'est-ce que c'est que ces histoires? Je ne pleurais absolument pas. Je vous le garantis. Pourquoi est-ce qu'elle a raconté cela? Je ne comprends pas [2]! »

Dans le même article, Christine Villemin apprend que cette nourrice, personnage symbolique qui a vu grandir Grégory auprès de sa mère, commence, elle aussi, à douter. Bezzina lui prête ce comportement évolutif :

> « Madame Jacquot n'avait jamais varié dans son attitude : défendre sans jamais faiblir son amie Christine accusée par les graphologues d'être le corbeau de Lépanges [3]. Or hier, elle marquait dans ses propos une évolution considérable. Comme si à force de réfléchir, elle s'était posé des questions et que les réponses ne lui apparaissent plus aussi catégoriques et définitives. " Christine dit-elle, c'est vrai, je continue à croire qu'elle n'est pour rien dans la mort de son fils. Mais enfin, on voit des choses tellement bizarres [4]. " »

Le jour de l'audition, les policiers soumettent la nourrice à un transport rocambolesque pour, selon eux, la soustraire aux photographes et aux journalistes revenus nombreux après un battage d'une semaine. Elle effectue une partie du voyage entre Lépanges et Nancy dans le coffre d'une voiture, avec changement de véhicule en cours de route. Il est plaisant dans ces conditions de se souvenir des critiques policières sur les « intimidations » des gendarmes. Christine Jacquot entendue pendant cinq heures répète ce

1. *France-Soir* du 12 avril 1985.
2. *Idem.*
3. *Idem.*
4. *Idem..*

qu'elle avait déjà dit sans rien modifier à son propos. Pour une fois, il n'y aura aucune fuite sur le contenu de ce procès-verbal. La nourrice et le bonnet quittent l'actualité dès le lendemain pour ne plus jamais réapparaître, jetés comme des tickets usagés. De retour dans son HLM de Lépanges, Christine Jacquot confie le soir même à Éric Darcourt de l'AFP :

> — Les policiers insistent, insistent. Ils m'ont dit : on est sûrs que vous cachez quelque chose. Mais je n'ai pas de secret, je ne cache rien. Pourquoi est-ce qu'ils s'acharnent sur Christine, je me le demande [1].

1. AFP du 16 avril 1985.

2

« Je sais tout, ils couchaient ensemble ! » ... Aveu tronqué ... Ker passe au travers du filet ... Un chèque qui fait couler beaucoup d'encre ... Apparition du fantasme de la femme ... Une vie imprimée en négatif

Les soupçons successivement portés sur Bernard Laroche puis sur Christine Villemin et la relation débridée qu'en ont faite les journaux ont convaincu beaucoup de lecteurs ou auditeurs que ceux-ci étaient amants. Cette hypothèse qui ramènerait Christine au simple rang de complice gagne du terrain parmi les journalistes. Mais ce scénario me semble encore énorme. Un jeune reporter de *Détective* clame ainsi lors d'une arrivée triomphale à la Tarentelle.

— Je sais tout, ils couchaient ensemble et le gosse les a vus. J'ai les photos, je vais me faire cinquante bâtons !

Seul Jean-Claude Hauck, le journaliste un peu sauvage du *Républicain lorrain*, résiste à tous les fantasmes avec des haussements d'épaules agacés.

Cette version passionnelle arrangerait tout le monde, le juge, les policiers et la presse, qui se vendrait encore mieux si les deux crimes avaient eu lieu sur fond d'alcôve. Dans cette perspective, le « petit couple » de Me Garaud perdrait de son lustre et l'avocat son repère moral, ce qui réjouirait ceux que son discours vieille France agace.

Depuis la mort de Bernard Laroche, l'intérêt pour l'énigme ne cesse de croître et nous sommes de plus en plus sollicités par les uns et les autres pour décrire les lieux, les gens, leur psychologie, et expliquer l'inexplicable. Chacun le fait selon sa sensibilité ou ses amitiés à l'intérieur du petit monde clos de l'affaire Grégory. Les versions divergent donc selon qui les raconte. A Paris, à chaque dîner mondain, un rédacteur en chef du *Monde* confie l'air grave et entendu que Christine et Bernard étaient amants. Puisque le vide judiciaire est complet sur le sujet à la mode, n'importe lequel des journalistes peut se prévaloir de « savoir » grâce à des confidences qui ne sont que la énième version des mêmes rumeurs. Jamais un journaliste n'est tant jalousé que quand il peut briller au « Qui baise qui ». A ce petit jeu, les Villemin et les Laroche ont remplacé les stars et les puissants. Les femmes sont les plus violentes contre Christine et sabrent l'affaire à coups de « ils couchaient ensemble », « le gosse n'est pas de Jean-Marie » et autres « elle l'a fait tuer pour se débarrasser de son amant et de son mari ». Jean-Marie n'inspire que de la pitié, voire du mépris. Marie-Ange n'intéresse personne. Christine, avec son je-ne-sais-quoi dans le regard, sa future maternité, sa silhouette de gamine en jean et baskets et son machiavélisme supposé, fascine la foule. Plus on étudie son comportement de victime, plus on la voit coupable. Ses sanglots à la morgue, son évanouissement au cimetière, ses silences de mère prostrée, sa main toujours dans celle de son mari, ses protestations d'innocence, ses hémorragies, tout prend maintenant des allures de « cinéma », comme le disait déjà Bezzina devant le cercueil de Grégory. Ainsi, la rumeur dépasse les Vosges pour s'insinuer de Lille à Marseille et des HLM aux cocktails du Tout-Paris.

Dans tous les kiosques, la France découvre le cadavre de Bernard Laroche couché, tel un gisant de chair, dans sa salle à manger. Trois jours après son enterrement, *Paris Match* [1] publie en couverture la photo d'Éric Préau, que celui-ci n'a d'ailleurs pas voulu signer. Le journal consacre au dernier rebondissement de l'affaire dix-sept pages de reportages signées Ker et Caradec'h. Des photos résument, chacune sur une page, la journée du 29 mars. 5 heures du matin : Jean-Michel Lambert, sac au dos et bagage aux pieds, composte son billet de train pour Paris d'où partira l'avion de ses vacances. 9 heures : Jean-Marie, pressé de revoir sa femme, gravit les marches de la clinique de la Roseraie. 13 h 30 : Marie-Ange, emprisonnant un mouchoir dans ses mains jointes, hurle

1. *Paris Match* du 5 au 12 avril 1985.

devant le garage où agonise son mari. 14 heures : Muriel, convulsive, étreint l'un des hommes de la famille formant une haie au passage du défunt porté sur une civière et caché sous une couverture bigarrée. Après cette galerie d'images, Jean Ker révèle son secret en racontant sur deux pages la tentative avortée dont il a été l'acteur, ce qu'il appelle sa « nuit d'épouvante ». Ker en donne une version expurgée. Il oublie soigneusement l'audition sur le petit magnétophone noir des cassettes contenant les procès-verbaux, et surtout celui de Muriel. Celui dont Jean-Marie dira :

— Ce qui nous a bouleversés, c'est le PV d'audition de Muriel. Christine et moi, on a vraiment vu partir le petit comme ça, confiant [1].

La colère du couple arrêtée par le journaliste devient une scène de folie. Christine est décrite comme « en pleine crise de démence » et la plus acharnée des deux à vouloir tuer Bernard Laroche. Il répète les insultes qu'elle lui a adressées lorsqu'il a tenté de les dissuader : « Salaud, Ker. T'es un salaud », sans préciser que cette colère se rapportait à l'attitude de Jean, empêchant à cet instant ce qu'il avait encouragé pendant plusieurs heures la veille, car la phrase exacte est :

— Salaud Ker. T'es un salaud. Tu nous remontes les bretelles pendant trois heures et après tu fais tout pour que ça échoue [2].

Le journaliste se donne un rôle modérateur et ne parle pas des horaires de l'inculpé qu'il se proposait de vérifier pour eux ni du magnéto avec une cassette vierge qu'il a confié plus tard à Jean-Marie au cas où Laroche lui ferait des aveux. Il affirme avoir mis en garde le juge d'instruction et le capitaine Sesmat « contre le risque d'un bain de sang ». Devant Jean-Michel Lambert, le reporter démentira ensuite ce point-là.

— Je dois dire que cette question m'a posé des problèmes de conscience mais je dois faire intervenir un élément, à savoir que pour moi Christine et Jean-Marie étaient des gamins. D'autre part, cela m'ennuyait de passer pour un délateur. Je n'en ai parlé strictement à personne. A fortiori ni à vous ni au

1. Procès-verbal de Jean-Marie Villemin du 25 avril 1985.
2. Procès verbal de Christine Villemin du 17 avril 1985.

capitaine Sesmat, je n'ai pas fait la moindre allusion à cette affaire car dès que l'on dit un mot, il faut tout dire [1].

Et le « tout dire » reviendrait à mettre en lumière sa propre influence dans l'évolution meurtrière du père de Grégory. L'article s'achève sur Jean-Marie Villemin, « l'homme brisé » abandonné dans sa prison à ses « terribles doutes ». La photo de Bernard Laroche sur son lit de mort est accompagnée d'un titre supposé reprendre les dernières paroles de l'inculpé : « Sur la croix, je suis innocent. » Dans l'article, ses mots d'agonie deviennent : « Je jure que je suis innocent, c'est pas moi qui ai tué le gosse [2]. » Or, Bernard Laroche a seulement désigné sa carabine 22 long rifle rangée dans le placard du garage. Lucien Bolle à qui le mourant adressait ces derniers mots l'a déclaré aux policiers et au juge en précisant que Bernard n'avait rien ajouté d'autre. Cette petite phrase imaginaire mais saisissante était déjà parue dans *L'Est républicain* quelques jours auparavant, glissée dans le corps du texte sans qu'il soit mis l'accent sur elle. *Paris Match* lui donne un cachet d'authenticité et dès le lendemain, elle sera reprise par les autres journaux et notamment *Le Parisien* qui titre sur cinq colonnes : « Je jure devant Dieu [3]. »

La position de Jean Ker dans ce dossier est ambiguë. Elle pourrait conduire Jean-Michel Lambert à l'impliquer dans la genèse de l'assassinat de Laroche. Ker estime avoir, ce soir-là, sauvé la vie de Bernard Laroche. Mais il porte au moins une responsabilité morale en ayant négligé d'alerter les autorités pour leur donner des détails là où les autres n'ont pu communiquer que des craintes ou des sentiments. Quoi qu'il en soit, on n'inculpe pas un journaliste impunément et Lambert ne prendra pas ce risque. Ker le fascine par sa connaissance des plus grands faits divers français. Quelques semaines plus tôt, le journaliste l'a invité dans le plus grand restaurant de la région, Les Abbesses de Remiremont, où il a pu donner libre cours à sa gourmandise. Des liens, intéressés de la part de Ker, sont nés entre les deux hommes. Plus encore, pour prévenir toute velléité du magistrat à l'encontre du journaliste de *Match*, Caradec'h a une arme. Il a découvert ses deux visites chez le voyant, que le juge ne veut pas voir étalées dans un journal à grand tirage. Caradec'h lui rappelle cette information gardée sous le coude chaque fois que c'est nécessaire. Les avocats de Bernard

1. Procès-verbal de Jean Ker du 5 juin 1985.
2. *Paris Match* du 5 au 12 avril 1985.
3. *Le Parisien libéré* du 6 avril 1985.

Laroche, si violents à l'égard des « porte-fusils », savent aussi qu'il est périlleux de s'attaquer à un journaliste, surtout lorsqu'il appartient au plus puissant des hebdomadaires français, dont le tirage approche le million d'exemplaires. En outre, leur intérêt est de laisser se propager l'idée de l'entière responsabilité de Christine et des gendarmes. Me Garaud ne va pas impliquer un membre de la rédaction du journal qui, sous la plume de Jean Cau, soutient régulièrement Légitime Défense. Me Welzer ne tient pas non plus à débattre de cette aventure devant un tribunal, sachant que les Villemin ont révélé à Lambert l'origine des procès-verbaux enregistrés par Ker dans son bureau d'Épinal. Le reporter sera interrogé une seule fois par le juge et — dans l'intérêt de tous sauf des Villemin — l'affaire en restera là.

La complicité éventuelle de Christine intéresse beaucoup plus les avocats de Laroche. Grâce à la divulgation des procès-verbaux des interrogatoires du couple, on recense très vite les éléments qui pourraient justifier, selon ses détracteurs, une inculpation dans le dossier Laroche, notamment le fait qu'elle signa le chèque pour l'achat du fusil six mois plus tôt dans une armurerie de Saint-Dié. Mais Jean-Marie ne règle aucune dépense du ménage autrement qu'en argent liquide. Une erreur de libellé et un zéro de trop l'ont conduit à limiter l'usage des chéquiers depuis des années. Christine règle tout, y compris les factures du garagiste ou celles des outils. Elle n'a donc accompli ce jour-là qu'un geste courant. Quant à l'intention que recouvrait cet achat, elle ne constitue pas un délit. Il ne peut être question, non plus, de complicité de tentative, car il n'y a pas eu de début d'exécution du projet lors de leurs trois déplacements à Aumontzey.

Pour le reste, l'infirmière qui accompagna Jean-Marie dans la chambre de Christine après son crime a confirmé la surprise et l'émotion de la jeune femme en reprenant point par point les propos que Christine a tenus ensuite à mon micro :

> — Monsieur Villemin lui a dit : « Chérie, j'ai fait une connerie, je viens de descendre Laroche. » Elle a alors dit : « C'est pas vrai, t'as pas fait ça ! » et elle s'est mise à pleurer. Je précise que madame Villemin avait réellement l'air surprise et elle a pleuré à chaudes larmes. Je me rappelle que monsieur Villemin a encore dit : « J'y suis allé pour discuter. » Il a également parlé d'experts mais je ne peux plus vous donner les propos exacts. En tout cas, il a ajouté que Laroche s'était

> « foutu de sa gueule » et que cela l'avait poussé à tuer. (...) En ce qui concerne le comportement de madame Villemin, je suis formelle. Elle a réellement eu l'air surprise par les déclarations de son mari. Je tiens également à vous dire que toutes les déclarations que madame Villemin a faites le lendemain à la radio sont exactes et correspondent à ce que j'ai moi-même entendu [1].

Dans ces conditions, il paraît difficile de conclure à une complicité active.

Mais voilà des semaines que la réalité des faits importe peu. Christine Villemin est bientôt présentée comme une âme damnée disposant depuis six mois de la vie et de la mort des uns et des autres. « C'est bien la jeune femme qui a armé son mari », résume Jeandon-Bezzina [2]. Le chèque de Christine est un thème récurrent dans tous les articles et les titres, car, du fantasme de la mère, premier terreau des rumeurs de l'hiver, on est passé au fantasme de la femme avec les thèmes éternels de la perversité féminine, intrigante, manipulatrice de l'ombre, maîtresse, etc. Personne ne fait allusion à la sœur et au beau-frère de Jean-Marie qui accompagnaient les parents de Grégory chez l'armurier. Tout est axé sur Christine, avec des phrases lourdes de sous-entendus et de points de suspension.

Dans les journaux, l'information circule à coups de « on murmure... », « on chuchote... », « dans les couloirs du palais, on colporte... », « la rumeur dit que... », et autres formules vagues destinées à dissimuler l'origine trop voyante des éléments dévoilés chaque jour. Christine Villemin est accusée de mentir sur tous les sujets la concernant. Son passé et sa conduite sont revus et corrigés en fonction du postulat de sa culpabilité. Tout se retourne contre elle, sans que personne puisse la défendre ni vérifier les informations données. Les accusations sont bâties sur des éléments du dossier, souvent faux ou tronqués mais exclusifs. La rumeur est multiple mais la source est unique. On joue sur les différences chronologiques entre la nourrice qui ne porte pas de montre et sa version, distincte de sept à huit minutes. Elle est accusée, à tort, d'avoir envoyé les enquêteurs sur de fausses pistes et notamment celle de Bernard Laroche. On se demande qui d'autre, à part elle, aurait pu préciser avec la voix du corbeau « sa

1. Procès-verbal d'Annick Freiheit du 19 avril 1985.
2. *France-Soir* du 9 avril 1985.

mère le cherche déjà mais elle ne le retrouvera pas... » en parlant de Grégory. On décortique sa petite phrase, sortie de son contexte, sur ce qu'elle « a enduré pendant toutes ces années » pour y trouver la trace d'un calvaire intime et d'un mobile. On dit qu'elle a menti lorsque, sur Europe1, elle a raconté l'assassinat de Bernard selon les confidences de Jean-Marie. On la suspecte de vouloir se dérober à la prochaine audition dont il paraît évident qu'elle ressortira inculpée. On tente de démontrer qu'elle a manipulé tout le monde, des gendarmes à son mari. Ce « on » a un nom, une radio, deux agences de presse et cinq journaux, puis, par jeu de miroir, recouvre des dizaines et des dizaines d'articles et de reportages.

Marie-Ange, entendue par le juge revenu de vacances, s'étonne que « Christine ne soit pas embêtée » sur le plan judiciaire. Son étonnement fait l'objet des titres du lendemain. Dans une interview donnée à Bezzina et diffusée dans plusieurs journaux, elle répète ou on lui fait répéter que son mari est décédé en jurant son innocence dans la mort de l'enfant.

> « Cela ne peut plus durer, dit-elle, la mort du petit Grégory doit être éclaircie et l'assassin arrêté. Sinon, Bernard ne reposera jamais en paix [1]. »

Marie-Ange affirme avoir son idée sur l'assassin du petit garçon mais se refuse à donner un nom car, dit-elle, comme Bernard qui partageait ses soupçons, elle ne parvient pas à y croire. Jeandon-Bezzina enfonce le clou pour ceux qui n'auraient pas compris :

> « Cette idée, les gendarmes l'ont repoussée. Les policiers du SRPJ de Nancy qui leur ont succédé ne l'écartent pas, bien au contraire [2]. »

1. *France-Soir* du 13 avril 1985.
2. *Idem.*

3

La corde de Jean-Marie ... Premier article hallucinant de Caradec'h ... « Le monstre de la Vologne » ... Christine réfugiée chez sa grand-mère ... Le retour de Ouaki

Après cinq jours passés dans une semi-inconscience sur la dalle de béton du mitard d'Épinal, Jean-Marie Villemin est transféré à Nancy dans la prison que connut également sa victime. Avant de passer à l'acte, le père de Grégory ne s'était pas interrogé sur la vie carcérale. L'après-vengeance n'existait même pas dans son esprit. La réalité s'impose à lui dans la crasse et la promiscuité d'une vieille bâtisse où les douches lui semblent être des réduits à cochons. Enfermé, le père de Grégory subit de plein fouet la campagne de presse qui s'abat sur sa femme. Il peut lire les journaux et écouter la radio. « La radio », pour lui c'est RTL et les interventions de Bezzina qu'il guette la rage au cœur. Il ignore que le journaliste habite à quelques centaines de mètres à vol d'oiseau de sa cellule. Très vite, Jean-Marie comprend qu'on tente de faire inculper sa femme dans le dossier Laroche et que ceux qui l'ont poussé à tuer vont maintenant se décharger sur elle de leur propre part de responsabilité. Il se dit que si Lambert cède sous la pression, lui-même ne tiendra plus.

Dans son désespoir, le père de Grégory confectionne une longue corde à l'aide d'une couverture déchirée en lamelles, puis il la glisse dans la housse de son matelas. Il projette de mettre fin à ses jours si, après l'assassinat de son fils, on lui prend sa femme pour un crime qu'elle n'a pas commis. Il n'a plus de force pour lutter contre les institutions, la police et la presse. Lors de sa première visite au parloir, il dit à Me Garaud :

— Le juge n'est pas arrivé à nous comprendre. Il aurait fallu qu'il soit père de famille. C'est là que j'ai désespéré. Je pense qu'il comprendra le jour où il sera marié et où il aura un gosse.

Paris Match poursuit son récit. La vente du numéro sur la mort de Bernard Laroche a dépassé le million d'exemplaires, aussi la rédaction en chef décide-t-elle de publier un article toutes les semaines. Les réserves de photos constituées par Jean Ker et les informations récoltées par Caradec'h auprès des Bezzina aideront à tenir la distance dans l'attente d'événements spectaculaires. A partir de cette époque, la mi-avril 1985, le postulat de la culpabilité de Christine ne quitte plus les pensées ni les écrits. Caradec'h livre aux lecteurs de *Paris Match* le scénario imaginé par la police. L'article est si hallucinant qu'il mérite d'être détaillé. Le journaliste affirme d'abord que Christine a menti dans ses déclarations de la clinique et que, ce faisant, elle s'est « dédouanée d'une éventuelle complicité de cet acte ». A sa décharge, il faut savoir que personne ne connaît l'existence de l'infirmière, témoin de l'aveu de Jean-Marie à sa femme, qu'elle confirma de manière formelle aux policiers. Ce procès-verbal n'est jamais sorti du dossier. Il n'a pas été dévoilé, pas plus que celui de la nourrice ou des auditions des Villemin devant la police judiciaire. La violation du secret de l'instruction s'opère dans ce dossier de façon sélective. Grâce à ces méthodes, on peut construire une nouvelle histoire et un nouveau personnage. Celui de Christine Villemin est ainsi transformé progressivement de telle façon que les anciennes strates disparaissent sous l'accumulation de nouvelles couches de sédiments. C'est ainsi que naissent les montagnes et les sorcières.

Quand Christine parle, c'est qu'elle agresse pour mieux se défendre. Quand elle se tait, c'est qu'elle cache un secret. La constance de la jeune femme dans toutes ses déclarations devient ainsi... un élément à charge !

> « “ Elle retourne toujours sur ses rails. ” C'est même ce qui est inquiétant. Elle reste immuablement accrochée à sa première version. Ce manque de flexibilité n'est pas une preuve de véracité. Ce serait plutôt le contraire », écrit Caradec'h [1].

1. *Paris Match* du 12 au 19 avril 1985.

Mêlant la réalité à l'imaginaire, il lui prête un passé, une histoire qui ne sont pas les siens, et colle tout cela à l'assassinat de son fils. Le ton employé par le journaliste comporte quelques conditionnels et points d'interrogation qui ne trompent personne. Le lecteur de *Paris Match* attend-il réellement qu'on lui raconte la vérité ? On imagine le contentement du rédacteur en chef de l'hebdomadaire devant un papier si vivant, si spectaculaire.

« Qui est véritablement Christine Villemin ? » s'interroge Caradec'h. La réponse est effroyable. « L'épouse aimante » est-elle vraiment celle qui « interrogée par les policiers sur son mari laisse tomber " il n'a toujours été qu'un pauvre con ". Ces mêmes mots qui clôturent plusieurs lettres du corbeau » ? Bien entendu, Christine n'a pas proféré une telle insulte à l'encontre de son mari. Cette appréciation ne figure dans aucun des procès-verbaux dressés par la police judiciaire. Le commissaire Corazzi, lui-même, la démentira. En revanche, elle a bien répété aux enquêteurs les paroles de son mari, selon lequel Bernard Laroche, lors de leur court face à face, « le prenait pour un con ». Caradec'h dépeint la mère de Grégory comme une femme « grossière et hystérique » face à Jean Ker lors de l'expédition nocturne. Puis il raconte un scénario contredit en grande partie par des témoignages contraires, inclus au dossier mais dont il n'a cure. Quelques détails nouveaux l'agrémentent, notamment sur la scène du passage chez la nourrice :

> « Est-ce enfin la même femme qui, selon les policiers du SRPJ, a quitté son travail un mardi à 16 h 50 en voiture. Qui s'est dirigée vers la poste et a jeté dans la boîte aux lettres une enveloppe adressée à M. Jean-Marie Villemin puis est remontée chez la gardienne Christine Jacquot, énervée et pressée, a couru après le petit Grégory qui jouait, l'a emmené, ne laissant comme dernier souvenir à cette nourrice qu'une petite main qui dit au revoir par la vitre arrière ? Cette femme qui aurait pris la direction de Docelles et là, dans un lieu désert, aurait comme par jeu ficelé l'enfant, puis attrapant son bonnet dans son sac de classe, le lui aurait rabattu sur les yeux avant de le jeter dans la rivière, regardant un instant le corps entravé dériver au fil de l'eau. Puis repartir vers Lépanges, s'arrêter chez cette nourrice et presque craquer en la revoyant. Remonter chez elle, téléphoner en déguisant sa voix — en parlant dans un verre ou à l'aide d'une bande magnétique ralentie — pour annoncer " j'ai mis le fils du chef dans la Vologne. Sa mère peut le chercher, elle ne le retrou-

vera pas... " Puis sortir après avoir branché la radio en criant : " Grégory, Grégory. " Est-ce la même femme qui va pousser la douleur de son mari jusqu'à ses dernières extrémités pour tuer enfin un homme, comme si c'était une délivrance. Est-ce Christine Villemin le monstre de la Vologne [1] ? »

Caradec'h détruit l'histoire des Villemin pour reconstruire le destin d'une adolescente dont les rêves se sont dissous dans un mariage raté.

« Elle n'est pas malheureuse. Elle est désespérée. L'enfant qui grandit auprès d'elle n'est même pas bien accepté dans la famille. Elle est condamnée à vivre auprès d'eux et va construire un mausolée à la mémoire de ses ambitions déçues. »

Alors Christine devient ce personnage pervers qui prend plaisir à affoler toute la famille. Et, un jour, à imaginer le pire.

« Et puis, un jour, va s'insinuer dans son esprit un plan terrible qui va lui permettre peut-être de se venger d'un mari qu'elle méprise et de se débarrasser d'un enfant qui l'encombre. Alors, elle vendra la maison, prendra la voiture et filera dans le sud refaire sa vie, loin de la Vologne [2]. »

L'homme qui a écrit ces lignes est titulaire d'une carte de presse, lauréat de la plus prestigieuse des distinctions de la profession, le prix Albert-Londres, ancien militant d'extrême gauche dans les années soixante-dix. On ne peut même pas soutenir qu'il est en contradiction avec le dossier d'instruction, puisque rien de tout cela n'y figure. Cet article a été diffusé à plusieurs centaines de milliers d'exemplaires et lu par au moins deux millions de personnes — dont Christine Villemin.

Au bout du chemin bordé de maisons anciennes et basses, de fourrés, d'arbres, et rétréci par des tas de bois, une grande maison émerge d'une haie de conifères. Derrière le portail figurant des sortes d'ailes de papillon en métal, un chien veille sur la tranquillité des lieux. Christine Villemin s'est retirée chez sa grand-mère Jeanne et son frère Alain dans le village de Petitmont, au nord-est

1. *Paris Match* du 12 au 19 avril 1985.
2. *Idem.*

de la Meurtre-et-Moselle, non loin de Baccarat, berceau des célèbres cristalleries. Le village de son enfance, étalé sur les dernières plaines avant l'Alsace, n'a rien de commun avec les communes étagées sur les versants des vallées vosgiennes. Mais qu'importe le décor, Christine n'est qu'une réfugiée sans mari et sans enfant, revenue pour un temps indéfini dans la maison où elle a grandi. Personne dans sa famille paternelle ne doute de son innocence. Ses frères et sœurs l'accueillent et la protègent, quitte à repousser un peu brutalement avec une voiture tout-terrain les photographes trop obstinés. *L'Est républicain* ayant dévoilé rapidement le nom de sa retraite, les paparazzi d'agences et de la presse à sensation viennent la traquer comme une vedette du spectacle.

A peine sort-elle de sa maison qu'elle est suivie, prise en chasse et photographiée. Si elle passe un dimanche en famille dans une localité voisine, *L'Est républicain* fait un rapide compte rendu dès le lendemain en signalant ses points de chute, comme si elle devait rendre des comptes à la France entière. Pour quelques semaines encore, « le monstre de la Vologne » lit la presse, malgré l'opposition grandissante de sa famille. Mais son état ne lui permet guère d'émotions. Après ses trajets entre Épinal, Nancy et Petitmont, Christine a perdu l'un des jumeaux qu'elle attendait. Le médecin a prescrit une ordonnance et un repos complet, mais le lendemain elle doit se rendre à la fameuse convocation du 17 avril et parcourir cent cinquante kilomètres aller et retour.

Les journaux des Bezzina ont déjà écrit que l'on est entré dans « la semaine de vérité », que « le point de non-retour est atteint » et que les « rapports de synthèse de la police judiciaire seront sur le bureau du juge » quand Christine pénétrera dans son cabinet [1]. En clair, Lambert devrait l'inculper demain, sans que l'on sache de quel chef d'inculpation et dans quel dossier. Mais le sait-il lui-même ?

A la veille d'une échéance aussi importante, Éric Darcourt de l'AFP puis Philippe Jéchoux de *La Liberté de l'Est* demandent son sentiment à la jeune femme, qui ne s'est plus exprimée depuis mon interview à la clinique. Ils l'appellent tour à tour chez sa grand-mère. Elle leur répond et leur tient le même langage :

> — J'y vais tranquille et même contente car ça fait longtemps que j'attends le droit de visite pour Jean-Marie mais ce qui me fait peur, ce sont les journalistes. Devant le juge, je dirai tout

1. *France-Soir* du 10 et du 15 avril 1985.

ce que je sais, je lui parlerai franchement comme je lui ai toujours parlé et comme je parle avec mon avocat. Je ne vais pas me laisser suspecter de ce que je n'ai pas fait. C'est dur. On était tranquilles tous les trois. Je ne suis pas une sorcière, je ne me dédouble pas. En tout cas pour Jean-Marie, je dis qu'il a très bien fait. De toute façon ça devait arriver et puis la presse en a mis un rayon comme les gendarmes. Maintenant, il est soulagé. Ce qui est dramatique, c'est que l'on soit séparés. Ce que je veux maintenant c'est que Muriel dise un jour la vérité. Laroche n'en serait pas là s'il n'y avait pas eu Muriel. Moi, je dirai la vérité et si on m'inculpe, ce sera l'erreur du siècle [1].

Le même jour, Gilles Ouaki du *Parisien libéré* parvient à pénétrer, le premier, dans la maison de Petitmont. Sa forte personnalité, conjuguée aux liens qu'il avait noués avec les deux jeunes gens quand il projetait de les emmener aux États-Unis, lui permet d'être reçu dans la maison familiale. Christine, alitée pour se reposer, le reçoit en robe de chambre. Il la convainc de parler pour se défendre face aux campagnes de presse lancées contre elle depuis près de deux mois. Elle accepte un long entretien enregistré sur cassette. A priori, elle est libre de sa parole et de ses mouvements. Elle répond à cœur ouvert aux attaques qui la visent de toutes parts. Sans apporter de révélations nouvelles dans l'un ni l'autre dossier, elle repousse les accusations et réaffirme son amour pour son fils et Jean-Marie qu'elle attend désormais. Ses réponses peuvent se résumer dans les intertitres publiés le lendemain sur deux pages, donnant un écho retentissant à ce que *Le Parisien* appelle « La confession de Christine Villemin ».

> « Oui j'ai acheté le fusil... Les gendarmes ont poussé Jean-Marie... Bernard Laroche n'a jamais été mon amant... Muriel sait la vérité... Les experts en écriture ont bien été payés!... Je ne suis pas le corbeau... Laroche était jaloux de notre couple... Insuline : la piste Laroche... Tuer mon enfant? C'est monstrueux... J'attends mon mari et mon bébé... »

Le dialogue, reproduit dans son intégralité, est accompagné de cet avertissement au lecteur :

1. AFP du 16 avril 1985.

« Notre reporter ne cache pas qu'il est ressorti de ce long face à face ému, conquis par les accents de sincérité que cette femme donne à chacune de ses paroles [1]. »

Ouaki a cédé ensuite la bande à RTL, qui ne possède pas de documents sonores de Christine en raison des papiers de Bezzina. La radio diffusera souvent l'une de ses phrases, qui se retournera contre elle au fil des mois :

— Que faudrait-il faire à une femme qui aurait agi de la sorte?

— C'est la mort qu'elle mériterait, même pas de jugement!

C'est là une vieille ruse de journaliste qui consiste à faire prononcer cet anathème à toute personne impliquée dans une affaire criminelle. Dans l'affaire du petit Bertrand, Patrick Henry avait dit la même chose avant d'être arrêté et d'avouer. Déjà, les Hollard et Bernard Laroche avaient dit la même petite phrase dûment suggérée. Elle aurait été ressortie des archives le jour où...

1. *Le Parisien libéré* du 17 avril 1985.

4

Scènes d'attente à Épinal ... Coups de coude et pieds écrasés ... Audition sans détour ... Christine piégée au téléphone ... L'affront fait à Bezzina ... Combat de mâles au Mouton-Blanc

Rosette Kiravi, son panier à la main, a trouvé sa place sur le trottoir du palais de justice, à l'angle de la rue juste à côté de l'horodateur. On la retrouve à chaque rendez-vous important annoncé dans la presse locale ou à la radio. Éric Darcourt a repéré depuis le début, parmi les badauds assidus, cette ménagère souvent vêtue de rose et semblant posséder un certain goût pour la boisson. Ainsi est né le personnage de Rosette Kiravi, pièce indispensable du décor que se sont créé les journalistes aux abords du tribunal.

En règle générale, le badaud n'a pas — pas encore — d'avis tranché sur la question, bien qu'il s'autorise des commentaires souvent très drôles. Le badaud vient « pour voir » et « la voir elle » évidemment. Il n'est pas agressif sauf à l'égard du photographe ou du cameraman prêt à le piétiner pour saisir un bon cliché. Enfin, il aime bien approcher les journalistes de télévision, en l'occurrence nos consœurs Isabelle Baechler d'Antenne 2 et Catherine Nayl de TF1.

Le trottoir du palais nous tient lieu d'agora, vivier d'informations, de rencontres, d'échanges aigres-doux entre pools ennemis. Là s'improvisent les déclarations des avocats. Bezzina, Raux, Jéchoux et leurs alliés se tiennent toujours près de la grille d'entrée où le concierge leur dispense les derniers potins judiciaires. Chaque pool s'installe dans l'axe du café qu'il fréquente. Les photographes aux aguets doivent surveiller les cinq entrées du tribunal, du parking à la porte de la prison mitoyenne, avec une chance sur cinq de réussir leur prise de vue. Cela les rend très nerveux et ils s'expriment à coups de sifflets et de cris.

Sur ce trottoir, Jean-Michel Lambert passe à heure fixe, allant ou revenant de sa promenade pédestre dans la ville. Il franchit chaque jour, les uns après les autres, les quatre ponts qui enjambent la Moselle. L'expression « le juge fait ses ponts », inventée par Mochet de l'AFP, désigne Jean-Michel Lambert naviguant entre le palais de justice et le Monoprix où il achète sa nourriture de célibataire.

Depuis la mort de Bernard Laroche, les grilles du tribunal sont fermées à clé et, lors de chaque audition, des policiers surveillent les entrées du bâtiment. Le magistrat a annoncé pour la deuxième fois depuis le début de l'année qu'il revenait au principe du secret de l'instruction. Pourtant j'apprends ce matin-là, par un photographe en faction, que l'autre pool, profitant d'un relâchement policier, est monté dans le bureau du juge. En un éclair, je suis derrière sa porte en verre cathédrale d'où filtrent des voix et des ombres connues. Après avoir frappé mollement et sans attendre l'invitation, j'ouvre la porte pour découvrir nos concurrents assis en face du magistrat. Sur le bureau, des procès-verbaux. Lambert, contrarié, geint :

— Oh non!

— J'ai vu ce que je voulais voir, merci!

Et je claque la porte qui vibre sous ma colère. Ce type d'incident creuse encore le fossé entre deux équipes concurrentes et deux parties du dossier. L'entrée de Garaud et mon scoop de la clinique m'ont cataloguée de manière irréversible. Entre nous, la tension devient physique. Lors des bousculades autour des avocats, on ne compte plus les coups de coudes dans les côtes et les pieds volontairement écrasés.

Christine Villemin arrive au palais de justice, à l'insu de tous, pour l'audition « déterminante » annoncée depuis deux semaines. Elle est interrogée comme témoin dans le dossier Laroche, et non comme partie civile dans celui de Grégory. Les policiers des Renseignements généraux, informés « qu'il y a des armes », sont chargés de la protéger. Le matin même, *La Liberté de l'Est*, reproduisant ses déclarations à Philippe Jéchoux, a titré : « Jean-Marie a très bien fait [1] ! » Aussi les autorités ne badinent-elles plus avec les mesures de protection. Elle abandonne sa voiture en cours de route et finit le trajet couchée sur la banquette d'une 4 L administrative, pour éviter d'éventuelles représailles. Elle échappe ainsi aux photographes dépités. Mais si un objectif d'appareil photo peut la viser, une balle peut l'atteindre. D'autres, malins, ont pu récupérer une photo plus intense au cimetière de Lépanges où Christine est allée s'incliner sur la tombe de son fils. Une visite que *L'Est républicain* qualifiera le lendemain de « rendez-vous insolite [2] ». L'audition dure moins de quatre heures et n'apprend rien à Lambert qu'il ne sache déjà. Il interroge la jeune femme sur la journée du 29 mars et leur état d'esprit depuis la libération de Bernard Laroche. Elle reconnaît que le désir de vengeance ne les a jamais quittés. Puis, il aborde leurs relations avec ceux, gendarmes et journalistes, qui ont alimenté la conviction du couple sur Bernard Laroche. Les Villemin pourraient nous charger et noircir le trait mais ils s'en tiennent l'un et l'autre à la réalité des faits. Elle s'en explique devant le juge dans son langage sans détour :

> — Nous avions pensé que vous aviez fait des « conneries », que vous en aviez marre d'avoir les avocats de Laroche sur le dos et que vous préfériez réunir d'autres preuves contre lui avant de le remettre en prison. Les journalistes nous ont dit que vous aviez oublié de signer des PV, que la prolongation de garde à vue de Muriel avait été faite par téléphone et que ce n'était pas dans le dossier. Ces journalistes sont Éric Darcourt de l'AFP, Laurence Lacour d'Europe 1 et Jean-Claude Hauck du *Républicain lorrain*. D'après les PV qu'ils avaient, ces journalistes sentaient bien que Laroche n'était pas clair mais ils ne nous ont jamais « tambouriné » en affirmant que c'était lui [3].

Christine raconte ensuite la visite des gendarmes à leur domicile, la soirée avec Jean Ker et tout cet ensemble de mots, de paroles, de sous-entendus qui ont eu raison de la résistance de son époux.

Elle clôt son audition en résumant la situation :

1. *La Liberté de l'Est* du 17 avril 1985.
2. *L'Est républicain* du 18 avril 1985.
3. Procès-verbal de Christine Villemin du 17 avril 1985. (A l'époque, nous ne possédions pas de procès-verbaux. Christine évoquait la teneur des PV que nous connaissions par un arrêt de la chambre d'accusation et différents mémoires d'avocats.)

— En conclusion, je voudrais dire que les gendarmes ont peut-être armé le bras de Jean-Marie mais que la presse est également responsable. Il fallait voir les articles qu'il y avait huit jours avant le dépôt des expertises [1].

Mais le juge Lambert ne veut pas s'intéresser à cette facette des événements. La jeune femme quitte ensuite le palais de justice aussi discrètement qu'elle y est arrivée. L'après-midi du 17 avril s'achève une fois encore sur un non-événement contraire aux prévisions claironnées depuis deux semaines. Nous ignorons que l'interrogatoire est terminé quand le procureur Lecomte franchit les grilles du tribunal. Quelqu'un l'interpelle.

— Est-ce que Christine Villemin est inculpée?

La réponse fuse devant une assistance incrédule :

— Mme Villemin n'a fait l'objet d'aucune inculpation. Pourquoi y aurait-il eu une inculpation?

En fin de journée, le téléphone ne cesse de sonner chez la grand-mère Jeanne à Petitmont. Depuis trois journalistes réclament un commentaire de Christine à l'issue de son audition par le magistrat. Mais elle ne connaît pas leurs noms et refuse de leur parler. Un quatrième appel survient de la part de Jean-Michel Jeandon qui souhaite, lui aussi, recueillir quelques mots de la mère de Grégory. Christine a bien reconnu celui qui utilise l'un de ses pseudonymes pour s'entretenir avec elle. Elle refuse encore. La réplique de Bezzina est cinglante :

— Ah, madame, vous ne voulez pas me parler! Mais sachez qu'un jour, l'opinion publique vous jugera et que l'opinion publique, c'est moi qui la fais!

Un dernier appel survient, de Philippe Jéchoux qu'elle connaît un peu pour l'avoir vu à Lépanges et Bruyères. Celui-ci téléphone depuis chez Merle, le restaurant-refuge de Bezzina et ses amis qui déjeunent et dînent là le plus souvent possible. L'établissement, enfumé et imprégné d'odeurs de cuisine, ne compte plus à cette heure que quelques clients et journalistes qui se regroupent autour du comptoir décoré de plaques d'émail orange. Sur le zinc, le combiné dont le haut-parleur est branché. La jeune femme, qui semble fatiguée, dit à Jéchoux qu'elle a répondu « franchement à toutes les questions du juge », mais qu'elle est déçue de ne pas avoir obtenu de droit de visite. Jean-Marie sera interrogé sur les mêmes questions avant la fin du mois. Le couple ne doit pas pou-

1. *Idem.*

voir se concerter. La conversation porte sur son moral, ses occupations quotidiennes. Christine confie qu'elle occupe le temps en lisant des livres de la collection Harlequin, ce qui fait s'esclaffer l'auditoire. Les uns et les autres font signe à Jéchoux d'être plus virulent et de la piquer sur l'enquête et l'instruction. L'échec de l'inculpation tant attendue les rend agressifs. Le résultat est immédiat. La jeune femme sait ce que les journalistes espéraient de cette journée :

— Ça vous fait bien ch... que je ne sois pas inculpée!! Vous voulez ma peau hein! Mais pourquoi?

Christine se fâche sans savoir qu'une assistance réduite se régale de sa colère. Quand Jéchoux lui parle du SRPJ de Nancy, elle attaque le complice des policiers.

— Et votre ami Bezzina... vous lui direz de ma part que c'est un vieux con!

Le correspondant multimédias blêmit sous l'insulte publique :

— Ah, la salope!

Sans le savoir, Christine vient de signer sa condamnation médiatique. Bezzina n'oubliera jamais cet affront. Et les auditeurs cachés de cette conversation, Lionel Raux, Annie Chaussier de *France-Soir* et Pierre Georges du *Monde*, ont déduit de ses variations de ton, oscillant en quelques minutes de la lassitude à la virulence, que la mère de Grégory est schizophrène...

Au bar du Mouton-Blanc, on se dispute aussi. La pièce, aux éclairages tamisés et plafond bas, surplombe un affluent de la Moselle qui glisse le long de l'hôtel en couchant de hautes herbes aquatiques. Assis au comptoir sur des sièges de métal, Jean Ker et Jean-Michel Caradec'h de *Paris Match*, face à face, s'empoignent, une nouvelle fois, au sujet de Christine. Leurs querelles sur le fond du dossier troublent leur complicité professionnelle. Elles sont de plus en plus fréquentes et éclatent toujours le soir, quand l'alcool renforce leurs différences. L'affaire Grégory est le seul sujet de conversation des journalistes, du petit déjeuner au dernier verre pris au bar ou dans l'une des rares boîtes de nuit de la ville. C'est un soleil noir qui éclipse tout le reste, un insecte affolé qui vrombit en nous. Une sorte de cancer mental qui nous dévore et nous rend invivables pour les étrangers à l'affaire. D'autres journalistes se mêlent à leurs disputes et prennent parti à leur tour. Des petits groupes se forment. Ker est l'un des rares à défendre Christine avec force. Tassée dans mon fauteuil et immobile dans un coin sombre de la pièce, j'écoute les argumentations inflexibles des uns et des autres qui dérivent en une sorte de règlement de comptes intimes avec toutes les femmes de leur existence, de leur mère à leur maîtresse.

— Cette salope... cette putain... cette garce...

Ker crie qu'ils ne connaissent rien du dossier, qu'ils n'ont pas enquêté comme lui, pas frappé à une seule porte d'Aumontzey, pas bu un seul schnaps dans une ferme de Lépanges. Les insultes qu'on lui renvoie sont adressées à une Christine qui n'existe pas et n'est plus que l'exutoire de tous leurs maux, de tous leurs échecs. L'inculpation ou la non-inculpation à l'origine de l'algarade n'a plus d'importance. La question devient une affaire qui engage chacun dans ce qu'il a de plus intime et de plus secret. C'est aussi un combat de mâles. Ils parlent fort, faisant sauter mon cœur d'effroi. Comment peut-on haïr ainsi quelqu'un que l'on ne connaît pas et dont le seul tort semble d'exister? Quel est ce viol collectif auquel ils semblent vouloir la soumettre?

Le soir, à la recherche d'un sommeil troublé, je tourne et retourne ma tête sur l'oreiller frais pour soulager mes joues enflammées par cette hargne qu'ils n'ont même plus la pudeur de contenir. Je songe à abandonner l'affaire. Mais d'autres viendront derrière moi et parleront aussi fort qu'eux. Et puis un journaliste ne lâche pas une aussi belle affaire. Mes yeux sont humides. Quelque chose d'acide tangue dans mon estomac. Et si Christine se suicide?

5

Carte blanche aux policiers ... Petits trucages et grands mensonges ... Le coup de fil piégé porte ses fruits ... Le juge en visite chez « le mage d'Épinal » ... Jeu de miroirs ... Garaud proteste dans le vide ... Christine charme Lucien Miard ... Je contre-attaque

Le 18 avril 1985, le juge Lambert, suivant les réquisitions du ministère public, prend une ordonnance qu'il rédige ainsi : « Déclarons l'action publique éteinte à compter du 29 mars 1985. Disons que l'information sera désormais suivie contre X. »

Ainsi, Lambert clôt définitivement la piste Laroche. Le premier inculpé et la mère de l'enfant assassiné semblent totalement étrangers l'un à l'autre. Christine ne sera donc pas inculpée comme complice de Bernard. Elle ne sera pas poursuivie non plus comme complice de son mari dans l'assassinat de Laroche puisque aucun élément ne l'implique dans la préparation ou l'exécution de cet acte.

La seule inculpation envisageable reste donc, en l'état, celle pour l'assassinat de son enfant, car il est désormais impossible d'imaginer qu'elle soit victime de tout et étrangère aux deux dossiers. Le crédit du magistrat et des fonctionnaires de police est engagé dans une mécanique affolée. Il est trop tard pour reculer. L'opinion publique et la presse, déjà convaincues de sa culpabilité, ne comprendraient pas. Pourtant, hormis le rapport d'expertise en écritures, aucun élément nouveau n'est apparu en cinq mois d'enquête intensive, depuis les vérifications du 24 décembre 1984 au terme desquelles Jean-Michel Lambert serrait la main de la jeune femme en lui disant :

> « Soyez rassurée, madame, les choses sont claires. Cette reconstitution était nécessaire mais vous ne serez plus inquiétée. »

Dans la foulée de son ordonnance, Jean-Michel Lambert délivre une deuxième commission rogatoire aux policiers, rassemblée dans une seule petite phrase : « Poursuivre l'enquête en cours. » Ce libellé on ne peut plus vague et succinct prouve que le magistrat ne sait pas comment procéder pour faire avancer le dossier. Il ne donne aucune directive étayée. Il laisse aux policiers toute latitude pour régler l'affaire par leurs propres moyens. En attendant leurs résultats, Lambert se concentre à nouveau sur l'instruction du meurtre de Bernard Laroche qui occupe le temps et l'énergie qui lui restent.

La non-inculpation de Christine devient l'événement des jours suivants. Elle plonge les journalistes dans l'embarras, après des jours d'annonces ronflantes sur cette mise en cause imminente. Sans doute les radios sont-elles les moins impliquées dans les arcanes de ces instructions parallèles. Contrairement à la presse écrite qui raconte chaque jour par le menu l'enquête policière, mes confrères de France-Inter, RMC et moi-même avons repris nos autres activités loin des égarements de la Vologne.

Christine est donc sortie libre du palais et « sans la moindre inculpation [1] » comme l'écrit avec dépit Jeandon-Bezzina qui brode quand même en expliquant que l'audition de la veille visait à définir le « personnage aux multiples facettes, parfois pitoyable, parfois provocant mais toujours déroutant de Christine Villemin ». Quelques phrases plus loin, il décrit l'assassin « pervers, cruel, organisé qui a pris le temps de nouer les fils des deux tragédies », sur lequel le magistrat doit mettre un nom et un visage qui ressemble naturellement au personnage « à multiples facettes » de Christine [2]. Le couple Bezzina applique dans ses quatre quotidiens parisiens, ses deux agences de presse et sur RTL, sa technique d'écriture favorite qui consiste à toujours associer la mère et l'assassin dans le même article et dans le même paragraphe. Avec le temps et les répétitions journalières des mêmes mots, des

1. *France-Soir* du 19 avril 1985.
2. *France-Soir* du 18 avril 1985.

mêmes images, l'un finit par se fondre dans l'autre. Par un système de composition, *France-Soir* met en valeur des phrases entières ou des extraits significatifs imprimés en caractères gras et qui se détachent du texte au premier regard. L'emploi des points de suspension alourdit les idées ou les accusations qui ne peuvent être encore ouvertement exprimées.

A défaut d'éléments plus solides, la curiosité se porte sur le caractère de Christine qu'au fond, personne ne connaît autrement que par ses petites phrases. Mais ces confidences recueillies ici et là sont souvent déformées dans leur reproduction. Dans *Le Figaro*, par exemple, un article de Lucien Miard et d'Eulry-Bezzina intitulé « La dérive d'une mère [1] », lui prête cette réaction face aux accusations qui la visent :

> « Moi faire ça, tuer le gosse, c'est impossible à moins bien sûr que je ne sois une sorcière ou que je n'aie une double personnalité. »

Ces propos que Lucien Miard qualifie de « déroutants » contiennent un aveu implicite. Or, Christine Villemin avait seulement dit à Philippe Jéchoux, la veille de son audition :

> « Cette entrevue avec le juge ne sera pas dure. Je ne suis pas une sorcière, je ne me dédouble pas. Le plus dur, ce sont les journalistes [2]. »

C'est le même procédé qui est utilisé pour exploiter la conversation volée devant témoins chez Merle. Le surlendemain, *France-Soir* annonce sur cinq colonnes à la une : « Christine Villemin s'est confiée à *France-Soir.* » L'article de Jeandon-Bezzina et d'Annie Chaussier reproduit sous forme d'entretien téléphonique accordé au journal les propos échangés entre la jeune femme et Philippe Jéchoux. Dès la première phrase, le lecteur se heurte à une femme qui s'exprime de façon vulgaire, comme pour provoquer ses interlocuteurs. « Ça vous fait tous ch... hein que je sois libre et que le juge m'ait pas inculpée ! » Jeandon-Bezzina et Chaussier expliquent que Christine a refusé de les recevoir « comme si elle redoutait un face-à-face avec ses interlocuteurs », précisent-ils. Or, la veille, elle s'était entretenue avec Gilles Ouaki pendant plus d'une heure. Jeandon-Bezzina affirme qu'en revanche, elle accepte « sans

1. *Le Figaro* du 18 avril 1985.
2. *La Liberté de l'Est* du 17 avril 1985.

aucune difficulté de s'exprimer au téléphone. Infininement plus libre, plus sûre d'elle, plus authentique [1] ». On aura reconnu dans cette assurance téléphonique la voix exercée du corbeau. Telle est, bien sûr, l'analyse des policiers qui se disent intrigués par le comportement de Christine à l'égard du téléphone et ses conversations retranscrites sur procès-verbaux. « Absence de face-à-face avec son interlocuteur, possibilité de s'exprimer comme à l'intérieur d'un huis clos, long monologue comme si elle avait besoin de se délivrer de certaines obsessions : Christine Villemin ne s'éloigne jamais de l'appareil et s'en saisit quand par hasard, elle n'a pas elle-même décroché. » Cette analyse ouvre au SRPJ, dit Jeandon-Bezzina, « des perspectives effrayantes [2] ».

Les deux journalistes lui attribuent également de graves propos qu'elle n'a pas tenus. « Mercredi, la jeune femme a déclaré au juge : " Le 4 février, c'est moi qui ai dit à Jean-Marie : Il faut le tuer ! " [3]. » Or cet aveu, s'il avait existé, figurerait sur le procès-verbal du 17 avril et aurait entraîné une inculpation de la jeune femme. La phrase — pur mensonge — sert de titre, sur quatre colonnes, au papier publié en page intérieure. Ces montages passeraient inaperçus dans la masse des feuilles imprimées chaque jour si *France-Soir* n'était pas lu comme l'agenda et le scribe des policiers. Chaque matin, c'est le baromètre de l'affaire Grégory, surtout pour les journalistes de l'audiovisuel qui méprisent le fait divers, un genre mineur. Ce genre d'informations, invérifiables mais régulières et implacables, nous ébranle.

L'Est républicain reprend des propos similaires en décrivant Christine comme une femme vulgaire et agressive. Une seule photo d'elle illustre l'article avec cette légende extraite du texte : « Il faut que tu le fasses [4]. » Pierre Georges du *Monde* condamne la trop grande liberté d'expression de la jeune femme dont il a pourtant profité en se mêlant incognito au coup de fil de chez Merle.

> « On ne sait donc pas ce que Christine Villemin a dit au juge Lambert. Ou plutôt, on ne le saurait pas si la mère de Grégory n'avait estimé nécessaire de parler à nouveau à la presse. Madame Villemin, comme elle l'avait déjà fait au moment des

1. *France-Soir* du 19 avril 1985.
2. *France-Soir* du 20 avril 1985.
3. *France-Soir* du 19 avril 1985.
4. *L'Est républicain* du 19 avril 1985.

rapports des experts en écriture, a parlé. Trop, assurément [1]. »

A la fin de la semaine, *Le Journal du Dimanche*, autre employeur des Bezzina, compose à son tour le nouveau portrait de Christine Villemin avec les petites phrases de la semaine. « Les étranges vérités de la mère de Grégory [2] », titre l'hebdomadaire.

> « Depuis l'exécution de Bernard Laroche, Christine a beaucoup changé. Elle s'est " enragée ", montant au créneau avec une colère, une haine, une vindicte, semble-t-il longtemps contenues. Qui est Christine Villemin? demande François Mattéi en conclusion, la jeune mère de famille effacée d'avant le drame ou cette femme qui parle comme un homme et hurle sa violence? »

L'hebdomadaire voudrait-il insinuer que derrière cette « femme qui parle comme un homme », se cache le corbeau? Les écarts de langage d'une femme poussée à bout par la mort de son enfant, l'emprisonnement de son mari et l'accusation qui la frappe sont autant de charges supplémentaires. Christine Villemin vit dans un cauchemar où chacun de ses gestes l'enfonce davantage.

Les deux visites rendues par Jean-Michel Lambert au « mage d'Épinal » ne sont pas restées longtemps secrètes. Des reporters de *Détective* et Gilles Ouaki s'en emparent. Les réponses du mage prêteraient à sourire si l'on n'avait pas à l'esprit la perspective effrayante de la curiosité du juge d'instruction les quémandant avant les journalistes de *Détective*. La culpabilité de Christine?

> « Pour moi, elle est quand même pour beaucoup dans cette affaire, je dirais à 80 %. »

Quel mobile aurait eu Christine pour tuer son enfant?

> « Le gosse devenait grand, devenait gênant. Disons qu'il fallait qu'on trouve une solution... »

Le mage révèle avoir « vu des images » de l'assassinat impliquant trois personnes dont Bernard Laroche et une femme aux cheveux

1. *Le Monde* du 19 avril 1985.
2. *Le Journal du Dimanche* du 21 avril 1985.

courts qui pourrait « être » Christine Villemin. Le journaliste insiste :

> « Nous sommes d'accord, dans votre esprit, Christine Villemin, la maman du petit Grégory, est à 80 % impliquée dans cette affaire. La réponse est nette et sans fioritures : Oui [1] ! »

Michel Mary, l'auteur de cet entretien, demande enfin au voyant si le juge Lambert croit en sa « science ». « S'il est venu, c'est qu'il y croit... » Le mage dévoile le rapport qu'il a adressé aux grands-parents de Grégory, contenant son jugement personnel sur Christine et Jean-Marie Villemin :

> « Depuis plusieurs années, ce couple avait d'énormes problèmes — pas financiers mais affectifs — puisque à maintes reprises, il voulait se séparer. Leurs deux caractères ne se convenaient pas et ils n'étaient pas faits pour vivre ensemble [2]. »

Détective étant vendu chaque semaine à près de quatre cent mille exemplaires, la vallée de la Vologne comme le reste du pays peuvent désormais se faire une idée « nette et sans fioritures » sur l'assassinat de Grégory...

Denis Robert pose à nouveau un regard ironique et lucide sur l'évolution de l'instruction :

« L'affaire ressemble maintenant à un foutoir à la Prévert. Chacun y retire et y met ce qu'il peut ou ce qu'il veut et construit son petit " scénario maison " avec plus ou moins de bonheur [3]. »

Paris Match réalise en couverture un photo-montage [4]. Christine Villemin et Marie-Ange Laroche sont debout, côte à côte. Le journal exacerbe l'opposition des deux cousines. On a choisi la plus belle photo de Christine et la plus laide de Marie-Ange. Comme sur un ring, à gauche, la mère de Grégory photographiée par Ker. Un air hautain sur un visage fin, une jolie bouche sensuelle, un teint satiné par les retouches des photographes et un blouson sur ses minces épaules. A droite, la veuve du contremaître prise au téléobjectif dès les premières semaines de l'affaire. Une femme épaisse au visage bouffi, le regard absent, enlaidie dans une robe de polyes-

1. *Détective* du 18 avril 1985.
2. *Idem.*
3. *Libération* du 18 avril 1985.
4. *Paris Match* du 19 au 26 avril 1985.

ter fleurie et un gilet à torsades ajouré. Le match de la jolie garce contre la veuve pataude.

Cette affaire a ses propres miroirs qui reproduisent les sentiments avec une force exceptionnelle. Tout est duel : la vengeance du corbeau et la vengeance du père, l'enfant mort et le cousin assassiné, la femme désirée et la veuve laide, les gendarmes et les policiers, sans parler de l'avocat de gauche et de l'avocat de droite. Plus tard, un magistrat chevronné succédera au petit juge. Les émotions ressenties par les protagonistes en face à face provoquent une onde de choc dans chaque lecteur. La haine appelle la haine, et chaque média est une loupe qui répercute à l'infini ces sentiments individuels éprouvés quelque part en Lorraine.

En pages intérieures de *Paris Match*, deux discours. Celui de Christine, enregistré par Ker à son insu lors d'une conversation téléphonique à bâtons rompus. Celui de Marie-Ange, qui a accordé à Jean-Michel Caradec'h une interview, organisée dans le bureau de son avocat. Deux méthodes et deux résultats différents. Les propos de la mère de Grégory sont aussi débridés que ceux de Marie-Ange sont calmes et pondérés. Christine libère sa colère, ses rancœurs à l'égard de sa belle-famille, de Michel et bien sûr des Laroche. Sa colère vise tous azimuts et ceux qui l'accusent et la police judiciaire. Elle traite Marie-Ange de « veuve joyeuse » à qui « Jean-Marie a donné un bon coup de main » parce que celle-ci a passé un week-end de Pâques un peu bruyant à quelques kilomètres de Petitmont. Deux pages de révolte, de tristesse et peut-être d'affolement d'une femme qui se dit « à bout ».

> « Ce qui me retient maintenant, c'est l'enfant et Jean-Marie. Je dois être forte pour l'aider. Sinon, s'il m'arrivait quelque chose, je sais que Jean-Marie ne le supporterait pas. Il se détruirait. »

A la page suivante, les paroles mesurées d'une veuve en plein désarroi appellent la compassion. La jeune femme, dont un autre cliché révèle le visage aminci aux cheveux courts et une certaine joliesse, répète que son mari est mort en jurant son innocence. Marie-Ange accuse Christine de mentir, « elle ment toujours. Elle raconte toujours des histoires ». Elle assure aussi qu'elle a tout fait pour se maîtriser lors de l'enterrement. « On aime pas se donner en spectacle. Je me suis retenue pour lui [1]. »

On se souvient que Christine s'était évanouie devant la tombe de

1. *Paris Match* du 19 au 26 avril 1985.

son enfant. Découvrant la mise en scène de ces propos qui la desservent tant, Christine rompt définitivement toute relation avec Jean Ker.

L'émotion de Me Garaud n'est pas feinte. En quarante ans de carrière, il n'a pas vu un seul de ses clients soumis à un tel traitement. La mère de Grégory, partie civile et jusqu'à preuve du contraire victime d'un meurtre horrible, est traquée dans les journaux et devant chez elle. L'avocat élève une protestation auprès d'Éric Darcourt de l'AFP, qui s'est rapproché de lui pour récupérer quelques bribes d'information afin de contrer le harcèlement quotidien des Bezzina. Mais Me Garaud est presque aussi démuni que nous puisqu'il ne connaît rien de l'enquête policière qui n'est pas encore versée au dossier. Darcourt, l'ancien journaliste de *L'Humanité*, et Garaud, l'avocat de Légitime Défense trouvent au travers de ce dossier un terrain d'entente inattendu. Contrairement à la légende, Me Garaud n'ouvre pas son dossier facilement, aussi n'accorde-t-il ses faveurs très relatives qu'à deux ou trois journalistes. Bien qu'Europe 1 soit à l'origine directe de sa présence dans le dossier, je n'en bénéficie que par ricochet, mais cela me suffit. L'avocat s'en prend aux policiers, accusés de manipuler la presse, et à celle-ci, soupçonnée d'être consentante.

> « Aujourd'hui, Christine Villemin bénéficie d'un traitement spécial : elle est non-inculpée coupable. Cela est grave et devrait interpeller le garde des Sceaux lui-même et le chef de l'État. Qu'importe que Christine Villemin n'ait jamais été placée en garde à vue : la presse l'a écrit. Qu'importe qu'elle n'ait pas été inculpée, alors même qu'on ne cesse de nous dire que tout inculpé est présumé innocent. Juridiquement partie civile dans l'affaire de l'assassinat de son fils, elle est grâce à la puissance de la presse écrite, parlée et télévisée, clouée au pilori sur la place publique. Certains attendent même son suicide dans l'espoir d'un scoop de première classe. On n'hésite même pas à lui attribuer, en allant jusqu'à les publier entre guillemets, des propos qu'elle n'a jamais tenus [1]. »

De fait, Christine Villemin est aujourd'hui « non-inculpée coupable » comme Bernard Laroche fut avant elle « coupable » puis « inculpé non coupable ». Cette valse d'étiquettes aux appellations

1. AFP du 21 avril 1985.

interchangeables, apposées selon les intérêts des uns ou des autres sur des êtres qui souffrent ou ont souffert, est condamnable. Mais qui va se lever dans la hiérarchie gouvernementale pour demander le respect des droits d'une femme représentée par Me Henri-René Garaud? La colère de l'avocat aura peu d'écho. Seul *Le Républicains lorrain* publie, sans commentaires, le communiqué de l'avocat. *L'Est républicain* l'assortit d'un billet de Lionel Raux tendant à justifier le comportement du journal de Nancy qui selon lui, s'est attaché « à rendre compte des faits de manière complète et rigoureuse en écartant toute hypothèse hasardeuse [1] »!

Me Garaud estime qu'il est temps que Christine, acculée par les campagnes de dénigrement, se défende. Si elle se tait, on dit qu'elle donne son aval à l'accusation publique. Si elle répond, on l'accuse de trop parler. Entre deux maux, Garaud choisit le second. Il invite Lucien Miard et Valérie Duponchelle du *Figaro* à rencontrer la jeune femme dans la maison de Petitmont. Christine, déterminée à faire entendre son innocence, rend les coups à l'aveuglette. Elle porte toujours en elle un mélange de douleur et d'amertume, de fatigue et de goût pour les formules. Fauchée par le deuil, cette petite ouvrière de Lépanges-sur-Vologne doit faire face à la violence médiatique. Elle s'engage à fond avec les rares moyens qui lui restent. Lucien Miard pourrait être le père de Christine. Derrière ses lunettes de myope, le petit homme scrute la jeune femme qu'il interpelle souvent dans ses articles : « Christine, dites-nous... ? Christine, nous avez-vous trompés... ? Christine, qui êtes-vous... ? »

Le Figaro a choisi pour titre une phrase brûlante de l'entretien : « Mon beau-frère est mêlé à l'assassinat de Grégory [2]. » A-t-elle conscience de faire maintenant figure de suspecte, lui demandent les deux journalistes?

> « Là-dessus, je vais vous répondre simplement. Jusqu'à présent, il n'y a que les experts et les journalistes qui m'accusent. Jamais le juge et les policiers ne m'ont rien fait ressentir de tel. Comme les gendarmes, la police judiciaire m'a questionnée. Je trouve cela normal. Ils m'ont demandé : " Avez-vous un amant? ", j'ai dit : " Non. " " Avez-vous participé au meurtre de votre enfant? " J'ai dit : " Non. " " Avez-vous eu un déclic parce que vous n'aimiez pas votre enfant? " J'ai

1. *L'Est républicain* du 22 avril 1985.
2. *Le Figaro* du 22 avril 1985.

dit : " Non. " Contrairement à ce que l'on prétend, les gendarmes les premiers m'avaient posé les mêmes questions et cela, dès le début de l'enquête. Je ne vais pas m'accuser de ce que je n'ai pas fait. Quand je lis qu'on m'appelle " le monstre de la Vologne ", j'ai mal. Quand on adore son enfant et que l'on aime son mari, être rabaissée à ce point, c'est horrible. Je ne suis pas une personne qui se dédouble ou alors il est vraiment temps qu'on m'enferme car je ne m'en rends même pas compte moi-même. Et soyons logiques : si j'avais été une pareille criminelle, pourquoi aurais-je berné tout le monde pendant trois ans par des lettres anonymes pour me retrouver sans alibi le jour du crime ? Pourquoi aurais-je fait cela ? J'avais une belle vie, j'allais faire un deuxième enfant, je n'aurais plus travaillé... ceux qui imaginent de telles choses doivent aimer les " séries noires ". »

Lucien Miard poursuit son procès personnel et lui fait remarquer que l'on cite des petites phrases d'elle qui étonnent et qui troublent.

« Tout dépend comment ces journalistes tournent ces phrases qu'ils sortent de leur contexte. Souvent mes propos et ceux de Jean-Marie sont déformés, quand ils ne sont pas purement et simplement inventés. Moi, si on m'enfermait à cause des expertises, avant trois mois, je sortirais les pieds devant. Je ne me laisserais jamais accuser à tort [1]. »

Miard a trouvé Christine « spontanée et énergique malgré sa lassitude ». Ce premier contact avec cette jeune femme de vingt-quatre ans, seule, tendue par l'énergie de son combat, charme le journaliste. Il reviendra régulièrement à chaque grand événement pour recueillir ses paroles insolites de fraîcheur, de mystère, de sincérité et d'humour.

Frappée par cette succession de déclarations parfois maladroites et toujours fracassantes, ma rédaction me demande un papier censé décrypter la frénésie de paroles de Christine. Certains attendent peut-être que je dise elle perd son sang-froid donc elle va craquer. Au contraire, je prends sa défense :

1. *Le Figaro* du 22 avril 1985.

« Si Christine Villemin contre-attaque, c'est justement parce qu'elle se sent elle-même fortement attaquée. De toutes parts. Attaquée par une partie de la presse qui a décidé sans preuves que c'est elle l'assassin de Grégory et qui fait tout pour la faire craquer. Qui distille tous les jours un élément, souvent anodin, vrai ou faux, destiné à la pousser dans ses retranchements. Qui lui prête des propos qu'elle n'a pas tenus. (...) Alors c'est vrai qu'elle s'énerve et se révèle maintenant plus vindicative que soumise. Elle est seule, cible de tous, les policiers, une certaine presse, les ragots de la région et sa belle-famille. Une position délicate qu'il serait audacieux de vouloir interpréter à tout prix [1]. »

Mais les paroles s'envolent...

Jeandon-Bezzina, lui, s'empresse de recueillir les avis de Michel Villemin et de Marie-Ange Laroche après les attaques publiées dans *Le Figaro*. Les réponses sont lourdes de sens et écrites dans le style des Bezzina. Michel :

« Elle accuse tout le monde. Je n'ai jamais accusé personne. La justice fait son travail. J'espère qu'elle arrivera à arrêter l'assassin de mon neveu. Quand on accuse comme ça, c'est qu'on a quelque chose à se reprocher [2]. »

Marie-Ange fait montre de modération et se présente en garante de la mémoire collective.

« Je ne répondrai pas à son flot d'injures et de calomnie. Je ne veux pas me comporter de façon indigne ne serait-ce que pour la mémoire de Bernard et de Grégory. Pourquoi alors que nous nous contraignons au calme, est-elle la seule à dire du mal de tout le monde ? La meilleure réponse : que les policiers arrêtent le meurtrier de Grégory [3]. »

1. Cahier du 22 avril 1985.
2. *France-Soir* du 23 avril 1985.
3. *Idem.*

6

A la recherche du « petit plus » ... Les premières cordelettes ne sont pas les bonnes ... Perquisition dans la maison vide ... « Celle-là ne nous intéresse pas » ... Une étrange réserve ... Garaud protège ses relations ... « C'est sa droiture qui le perdra » ... Les articles fleurissent comme des nénuphars ... « Je suis fière d'être journaliste »

Les duels médiatiques se multiplient mais, deux mois après l'arrivée du SRPJ, l'enquête n'a rien réglé et rien apporté de nouveau, ni preuves matérielles, ni témoignages supplémentaires, ni aveux. Pourtant, un espoir surgit le 15 avril 1985 quand la police découvre un début d'indice. Ce jour-là, un inspecteur tournant autour de la maison des Villemin à la recherche d'un élément quelconque tombe en arrêt devant un chéneau rattaché au toit par une corde du type de celle utilisée pour lier les bottes de foin. En fouillant dans le deuxième garage encore en construction, le policier trouve aussi une vieille paire de chaussures de jardin dont les lacets ont été remplacés par des morceaux de ficelle.

Corde, ficelle, deux mots qui rappellent l'un des indices essentiels de l'assassinat de Grégory : la cordelette qui entourait ses pieds, ses mains et son cou. Cette pièce à conviction avait sombré, comme d'autres, dans l'oubli. Elle constitue pourtant une indication capitale, d'autant que les boucles qui la maintenaient sur l'enfant étaient confectionnées avec des nœuds de tisserand, connus des seuls professionnels du textile.

Le lendemain du crime, les gendarmes ont retrouvé une cordelette semblable dans le jardin de Georges Jacob d'Aumontzey, un frère de Monique Villemin. Elle avait été saisie puis expertisée et reconnue comme identique à celle qui entourait Grégory. Le vieil oncle ayant un alibi, les investigations s'arrêtèrent là. On ne retrouva de cordelettes nulle part ailleurs. La découverte autour du chalet des Villemin de ces deux ficelles différentes de celles du meurtre (différence de torsion de câblage et de masse linéique) relance les recherches sur cet élément matériel. A partir de ce jour, la cordelette revient au centre des préoccupations des enquêteurs qui vont en chercher dans la famille. Il va de soi que retrouver un tel indice chez un proche ou mieux, chez Christine, constituerait un premier succès pour les policiers qui, de l'aveu même de Jeandon-Bezzina « cherchent inlassablement le petit " plus " qui leur manque jusqu'à présent[1]. »

La lecture des états d'âme quotidiens de la police judiciaire confirme l'espoir retrouvé des enquêteurs. *France-Soir* annonce le 20 avril 1985 sous la plume de Jeandon-Bezzina que « les hommes du commissaire Andrieu semblent tout près de découvrir la preuve matérielle qui a toujours fait défaut aux gendarmes ». Le lundi 22 avril, le même journaliste présente le programme « chargé » de la semaine policière, et dévoile des perspectives intéressantes avec « la possible découverte des policiers d'une preuve matérielle qui confondrait l'assassin ». Si l'on en croit leur porte-parole médiatique, les policiers progressent vers cette preuve dont la nature n'est pas encore dévoilée. On apprend néanmoins qu'elle pourrait se trouver dans la liste des indices suivants : la ficelle qui ligotait l'enfant, un jouet ou un bouton de vêtement. « Dans cette gamme d'objets, écrit Jeandon-Bezzina, se place sans doute celui que les policiers pensent avoir trouvé. »

Les choses s'accélèrent le mardi 23 avril 1985, quand on apprend qu'il est prévu pour ce même jour des perquisitions semblant « directement liées à la découverte d'un indice matériel qui conduit les policiers à l'assassin du petit Grégory ».

Le feuilleton des cordelettes démarre le 23 dans l'après-midi, quand l'AP, l'ACP et RTL annoncent à grand fracas la remise par les policiers au juge Lambert des cordelettes trouvées huit jours plus tôt chez les Villemin, sur la gouttière et dans le garage ouvert de la maison, c'est-à-dire à l'extérieur de celle-ci. D'emblée, ces ficelles sont présentées comme identiques à celles qui ligotaient

1. *France-Soir* du 15 avril 1985.

l'enfant. C'est faux, mais on ne le saura que quelques semaines plus tard, quand des experts en textile de Lyon les auront comparées avec celles de la victime. Pendant que toutes les rédactions, y compris la mienne, s'affolent sur la découverte de cette « preuve », les policiers procèdent à deux perquisitions dans la vallée, chez deux amis des Villemin qui gardent l'essentiel de leurs affaires personnelles. Chez le premier, ils ne trouvent rien. Chez la seconde, ils saisissent un tuyau d'arrosage enroulé et maintenu par un morceau de ficelle.

Le lendemain, mardi 24 avril, la presse se déchaîne. Philippe Jéchoux et Éric Darcourt ont téléphoné à Christine pour recueillir ses observations. A Darcourt, elle a répondu qu'elle ne s'occupe pas des outils de son mari et que cela ne l'inquiète pas du tout. Éric me fait part de sa conversation avec elle et de sa sérénité face à cette trouvaille. Je répercute ce ton dans mon commentaire qui rappelle que l'on a déjà trouvé d'autres cordelettes dans la famille. Jéchoux, lui, a avancé l'éventualité de son inculpation. La réponse de la jeune femme a été évidemment plus agressive : « Je saurais me défendre et on entendra parler de moi. Je ne resterais pas en prison sans rien faire. » Elle laisse entendre qu'elle ferait une grève de la faim si pareille chose devait lui arriver.

« Chantage au suicide », répond *France-Soir* annonçant la riposte de Christine en première page sur six colonnes. Les Bezzina et Chaussier savourent ce qu'ils présentent comme un succès policier qui pourrait être « lourd de conséquences pour l'assassin du petit garçon ». Ils qualifient la réaction de sa mère de « pitoyable et irritante », soulignent sa « détresse évidente et l'escalade de la violence » provoquée chez elle par cette révélation. « Comme si elle craquait, écrivent-ils, devant une situation que jusqu'à présent, elle a cru maîtriser et qui désormais semble lui échapper [1]. » Mme Lefevre-Bezzina a les mêmes certitudes dans *Le Parisien libéré* et dans *Le Quotidien de Paris*.

> « Un nouveau soupçon vient de s'abattre sur Christine Villemin. (...) Un grand plus dans l'enquête qui, à n'en pas douter, ne va pas s'arrêter en si bon chemin. Le SRPJ va s'efforcer de trouver d'autres preuves tangibles. Christine Villemin voit l'étau se resserrer [2]. »

1. *France-Soir* du 24 avril 1985.
2. *Le Parisien libéré* et *Le Quotidien de Paris* du 24 avril 1985.

Les policiers décident de perquisitionner dans l'ancienne demeure des Villemin qui est vide, déménagée et nettoyée depuis un mois. Des amis du couple ont procédé à une mise en ordre, deux jours après l'incarcération de Jean-Marie. La perquisition était d'abord prévue pour la veille, le 24, mais les enquêteurs l'ont reportée au lendemain en raison, disent-ils, de la présence des journalistes revenus à Lépanges.

En fin de journée, vers 18 heures, les hommes du SRJP retrouvent Christine accompagnée de l'un de ses beaux-frères. En tant que partie civile, elle doit assister à l'ouverture et à la visite de son domicile. Son mari, également partie civile, est absent. Au même moment, « pure coïncidence », Jean-Marie est interrogé en présence de son avocat Me Garaud, par le juge Lambert, sur la mort de Bernard Laroche. Christine est donc seule. A l'entrée, les quatre policiers repoussent son beau-frère et lui demandent d'attendre dehors. Puis, ils se dirigent vers la cave et le garage en négligeant les trois chambres — pour ne pas salir la moquette —, la salle de bains, la cuisine et les toilettes. Au soir de la mort de Grégory, un gendarme, cordelette en main, a cherché d'autres ficelles du même type dans la maison sans en trouver. Il s'est même hasardé dans les combles mais avec prudence, de peur de traverser le faux plafond. Cependant, comme pour la vérification des pneus de la R 5, il n'a pas été dressé de procès-verbal, l'urgence étant ailleurs. Les policiers ont constaté très vite l'absence de cette perquisition que la « caisse de résonance » présente comme une première faiblesse des militaires vis-à-vis de la mère.

Mais en dépit de la recherche des gendarmes, du nettoyage et du déménagement, les policiers retrouvent neuf morceaux de ficelle : quatre dans le garage fermé, un dans la charpente, deux dans les combles et deux servant à attacher des plaques de zinc dans la cave. Il leur faut à peu près une heure pour les trouver, confectionner les scellés et taper le procès-verbal. Pour la première fois depuis leur saisine, les policiers font preuve d'efficacité et de rapidité. Christine participe, ouvre la trappe de la cheminée et tire le cendrier qui se trouve dessous, mais sans résultat. En attendant, Gérard Dintinger, le beau-frère, inspecte les alentours de la maison et aperçoit deux tuiles du toit empilées l'une sur l'autre. A la fin de la perquisition, il fait remarquer ce détail aux policiers puis grimpe sur le toit avec l'aide de l'un d'entre eux pour remettre les tuiles en place. Les enquêteurs répondent que le vent est sans doute à l'origine de ce déplacement. Gérard Dintinger signale aussi la présence d'une autre ficelle traînant dans la gouttière mais s'entend répondre par le commissaire :

— Celle-là ne nous intéresse pas.

L'homme demande que ses remarques soient notées sur le procès-verbal, d'autant que les tuiles sont entassées dans le sens contraire du vent. Le commissaire Corazzi refuse sans donner d'explication et clôt son PV avec cette mention :

> « Les opérations n'amènent la découverte d'aucun autre objet, document ou indice susceptible d'intéresser la présente enquête [1]. »

En quarante-huit heures, il est acquis pour tous, et avant toute expertise, que l'on a retrouvé chez les Villemin de la cordelette identique à celle qui ligotait leur fils. La plupart des articles précisent que certains morceaux se trouvaient au-dessus du garage où stationnait la voiture de Christine. Les écrits sont contradictoires, confus et mélangent tout : la ficelle trouvée à l'extérieur du chalet, celle découverte chez une amie du couple et le fruit de la perquisition opérée en présence de Christine. Évoquée encore huit jours plus tôt comme un modèle courant et banal, la corde qui entravait le petit garçon devient un produit rare d'un genre « extrêmement particulier [2] » que l'on ne trouve pas dans le commerce. Les neuf cordons ramassés par les policiers se transforment en « rouleau » pour *Le Figaro*, en « pelote » pour *L'Est républicain* et *Le Journal du Dimanche*, et en « pelote complète » pour *Le Matin de Paris* [3]. Jean-Marie Villemin ayant reconnu une partie des scellés, les journaux de Bezzina insistent sur son approbation qui fait de lui l'accusateur indirect de sa femme. Le père de Grégory est présenté comme un homme « défait », « effondré », « le cœur brisé », « blêmissant » à la vue de ces nouveaux éléments versés au dossier [4].

Pour éviter une éventuelle méprise, Jeandon-Bezzina précise que « cela ne signifie pas, loin de là, que Jean-Marie Villemin ait été mêlé au meurtre de son fils qui était pour lui plus précieux que tout. En revanche, cela signifie que l'assassin du petit garçon avait accès à la maison des Villemin [5] ». Seul *Le Républicain lorrain* pré-

1. Procès-verbal de perquisition du 25 avril 1985.
2. *La Liberté de l'Est* du 26 avril 1985.
3. Journaux du 27 avril 1985.
4. *France-Soir* et *Le Parisien libéré* du 26 avril 1985.
5. *France-Soir* du 26 avril 1985.

cise que la présentation des scellés « n'a guère impressionné [1] » le père de Grégory. Certains incrédules, dont je suis, s'étonnent qu'une femme de l'intelligence de Christine n'ait laissé dans sa maison déménagée que des cordelettes accusatrices. A ceux-là, Arnaud Laurence-Bezzina répond dans *Le Journal du Dimanche* :

> « La disparition de cette pelote n'aurait-elle pas intrigué Jean-Marie Villemin? Elle était à lui. Il s'en servait régulièrement [2]. »

La semaine avait débuté dans le fracas de la découverte des cordelettes à l'extérieur de la villa, qui n'ont rien à voir avec l'assassinat. Elle va s'achever dans une relative discrétion sur celles trouvées à l'intérieur de l'habitation, qui pourtant excitent beaucoup les policiers. Jeandon-Bezzina, d'ordinaire si prolixe sur les vertus du SRPJ, se contente d'écrire : « Dans la maison vide, les enquêteurs ont donc trouvé ce qu'ils cherchaient [3]. » Ses articles généralement très détaillés ne comportent là aucun descriptif des neuf morceaux, ni leur localisation dans la maison, ni un commentaire sur l'ensemble de l'opération. Le contenu des neuf scellés va être expertisé par un laboratoire de Lyon. Jeandon-Bezzina ne nous annonce pas non plus les autres perquisitions effectuées chez le grand-père Albert et Michel Villemin, où les policiers ont également saisi des cordonnets. On nous enflamme pour des cordelettes qui ne ressemblent pas à celles de Grégory, alors que deux des bouts de ficelle trouvés dans la cave des Villemin se révéleront être rigoureusement identiques aux premières pièces à conviction. Les relations publiques au SRPJ manquent singulièrement d'enthousiasme.

A l'heure de cette perquisition, tous les journalistes sont regroupés à Épinal autour de Mᵉ Garaud qui vient d'assister Jean-Marie Villemin pendant un interrogatoire de sept heures. Christine, elle, est venue quelques minutes le matin dans le cabinet de Lambert pour la présentation des premiers scellés de cordelettes. Le magistrat les a ensuite autorisés à se voir quelques instants. La jeune femme a été frappée par l'amaigrissement spectaculaire de son mari qu'elle n'avait pas revu depuis la mort de Laroche. Bien que Jean-Marie Villemin ait passé presque une journée entière face au

1. *Le Républicain lorrain* du 26 avril 1985.
2. *Le Journal du Dimanche* du 28 avril 1985.
3. *France-Soir* du 27 avril 1985.

magistrat, nous n'avons qu'une question en tête quand apparaît Me Garaud à la grille du palais.

— Alors... Christine est inculpée?

L'avocat jauge ses interlocuteurs de son œil droit toujours mi-clos et, agacé, pince ses lèvres surmontées d'une fine moustache grise.

— Il n'y a rien de changé et Christine est repartie dans un lieu de paix. Ceux qui espéraient son inculpation seront déçus. Christine Villemin est toujours partie civile.

L'avocat ajoute en appuyant ses mots mais sans regarder Bezzina debout à côté de lui :

— En revanche, elle est affolée par les attaques subies ces derniers temps, non par le magistrat et par la justice, mais par la presse et même une certaine presse...

Les uns et les autres ricanent et je ne comprends pas que l'avocat les ménage ainsi et se contente de sous-entendus pour initiés. Garaud protège ses relations avec la presse populaire de droite, tenue en l'occurrence par les Bezzina (d'ailleurs anciens correspondants de *Minute*) dont les faits divers favoris recoupent souvent ses propres dossiers. L'avocat des Villemin n'oublie pas qu'il y aura un jour un après-Grégory.

Jean-Marie s'est expliqué pendant sept heures sur ce qui l'a conduit à assassiner son cousin. Sa déposition recoupe tous les propos de Christine, recueillis par le juge deux semaines plus tôt. Il redit encore qu'il a tenu sa femme à l'écart de son projet du 29 mars. Il relate ses rencontres et ses relations avec les gendarmes, la presse et notamment Jean Ker. Il explique son acte par sa crainte de voir la mort de son fils rejoindre les grandes énigmes judiciaires non jugées à ce jour.

— En conclusion, je voudrais dire que j'ai tué Laroche parce que j'avais peur que l'affaire se termine comme celle de Bruay-en-Artois.

La parole du père de Grégory est prise pour argent comptant. Le jeune homme a une excellente réputation humaine, sociale et professionnelle et personne ne doute de lui. Son caractère entier s'accommode mal de faux-fuyants. Sa mère dira d'ailleurs de lui, quelques années plus tard, devant le président Simon aux prises avec les dizaines de mensonges accumulés dans le dossier :

— Jean-Marie, c'est sa droiture qui le perdra!

La fin d'une campagne en appelle une autre comme le ressac de la mer. Au lendemain des derniers articles sur les cordelettes, la

« caisse de résonance » lance deux nouvelles offensives contre Christine à propos du complément d'expertises en écriture et de trois voisins des Villemin. Les premières confirment la désignation de Christine. Les seconds disent n'avoir pas vu de mouvement suspect ni le ravisseur de l'enfant à l'heure de sa disparition. De manière générale, les reportages accusateurs s'accumulent un peu partout, y compris dans les hebdomadaires. *Le Nouvel Observateur* s'en prend à Jean-Marie Villemin présenté, à tort évidemment, comme « affilié à un mouvement paramilitaire néonazi [1] ». Les thèses de Me Prompt ont trouvé au moins une oreille attentive. *Paris Match* revient sur le bonnet de l'enfant et sur les cordelettes avec un agrandissement de la photo du repêchage de Grégory sur laquelle on distingue les ficelles qui serraient ses chevilles et ses poignets.

Le Meilleur et *Le Journal du Dimanche* ont dépêché sur l'enquête d'anciens commissaires de police à la retraite, Pierre Ottavioli et Honoré Gévaudan, qui alimentent la guerre contre la gendarmerie et donc son corollaire, les soupçons sur Christine. Si Honoré Gévaudan se contente d'un seul article rendant hommage à « la discrétion absolue [2] » des policiers, Pierre Ottavioli publie pendant quatre semaines ses conclusions dans *Le Meilleur*. Une longue analyse du témoignage de Muriel, au travers d'articles de presse et une rencontre avec Marie-Ange, lui permet d'affirmer que « Bernard Laroche était innocent à 100 % ». La semaine suivante, sur une double page, il émet un avis très clair sur la mère de Grégory : « Christine Villemin sait tout... mais ne dit rien. » Son jugement se fonde, à nouveau, sur des coupures de presse.

> « Ses dernières déclarations faites à des journalistes de *France-Soir*, de *Paris Match* et du *Figaro* sont terrifiantes. Christine Villemin laisse éclater méchanceté, violence et haine de façon confondante [3]. »

Les intervenants successifs écrivent sur la foi d'articles qui sont de toute façon biaisés voire inventés de toute pièce. Mais le système se reproduit comme les nénuphars.

La presse à sensation, *Ici-Paris*, *France-Dimanche* et *Détective*, alterne des titres d'une grande finesse. « Maintenant qui va mourir? », « Marie-Ange Laroche a peur d'être assassinée », « Le père de Grégory a peut-être tué pour rien », « Le mage a tout vu », etc. [4].

1. *Le Nouvel Observateur* du 5 avril 1985.
2. *Le Journal du Dimanche* du 14 avril 1985.
3. *Le Meilleur* des 20 et 27 avril 1985.
4. 4-18-26 avril et 2 mai 1985.

Ces journaux rajoutent à la matière copiée dans les quotidiens des détails pour rendre les événements plus graves ou plus pathétiques. Christine et sa cousine Marie-Ange qui se traitent toujours mutuellement de « veuve joyeuse » et de « salope » sont les héroïnes déchirées d'un feuilleton idéal. Ce feu d'artifice de passions, d'imaginaire et de centaines de photos, forge l'intime conviction des Français qui, s'ils ne font pas tous partie des trois ou quatre millions de lecteurs de la presse populaire, lisent malgré eux ces affichettes et ces couvertures géantes dans les kiosques. Les témoins de l'enquête ne sont pas indemnes. Ainsi, une habitante de Lépanges-sur-Vologne révèle aux policiers du SRPJ que lorsque Christine était au lycée, elle écrivait des lettres anonymes signées « Le corbeau ». Dans un sursaut d'honnêteté, elle témoignera quelques jours plus tard en avouant avoir mal compris des propos de sa fille qui avait déduit cette information de sa lecture de *Paris Match*. « Je suis fière d'être journaliste... », écrit Claude Sarraute dans l'un de ses billets persifleurs du *Monde* intitulé « Noblesse [1] ».

1. *Le Monde* du 26 avril 1985.

7

Garaud à l'offensive ... Confrontation avec les gendarmes ... L'imprudente franchise des Villemin ... Pêche à la mouche dans la Vologne ... Les horaires du routier ... Le SRPJ innocente Bernard Laroche

Quand Henri-René Garaud chausse ses lunettes d'écaille, on devine que l'heure est grave. L'avocat, qui d'ordinaire quitte le palais de justice en repoussant mollement les questions des journalistes, s'arrête, sort un papier de sa poche et lit une déclaration au nom de Christine Villemin. Le fond est d'elle, la forme est de lui :

> — Je suis à bout. Je continue à lutter pour Jean-Marie car si je venais à mourir, il ne pourrait pas le supporter. Je suis sûre que certains iraient jusqu'à dire : si elle s'est tuée, c'est qu'elle était coupable. Ceux qui me torturent seraient alors contents. Grégory est devenu une nouvelle forme de loto. L'assassinat de mon petit garçon est une mine d'or qui doit être exploitée tous les jours.
> De jour comme de nuit, on tente de violer ma porte. Je suis harcelée par ceux qui ont décidé de me juger sur la place publique et de me déclarer coupable. J'ai dit ce que je savais. Je n'ai rien à cacher. Les experts se trompent. Je n'ai jamais écrit de lettres anonymes. Pour la justice et pour les avocats, je suis la victime-partie civile mais dans les journaux, je suis

désignée comme la coupable. C'est monstrueux. Pour nous, Grégory était le bon Dieu [1].

Un malaise plane autour de l'avocat. On toussote en se poussant du coude. Personne n'ose prendre la parole après lui. Il enchaîne en s'insurgeant contre les insinuations des journaux qui prétendent que Christine se serait rendue directement au bord de la Vologne en quittant la nourrice. Fait rare, l'avocat viole publiquement le secret de l'instruction en lisant au nom de sa cliente des extraits de dépositions des voisins l'ayant vue remonter en voiture chez elle avec son fils.

— Pourquoi n'a-t-on jamais évoqué ces témoignages et refuse-t-on de savoir pourquoi Muriel a accusé Laroche? Je regrette que Jean-Marie ne m'ait pas prise avec lui pour venger Grégory. Il était notre enfant à tous les deux [2].

Plus personne ne se hasarde à parler d'inculpation devant Me Garaud. Le juge vient de notifier à Christine le complément d'expertises qui la désigne toujours en tête des scripteurs anonymes possibles. L'avocat demande aussitôt une contre-expertise, dans l'espoir que les prochains spécialistes contredisent les précédents et que s'engage une bataille stérile.

Dans ses relations avec les médias et l'opinion publique, on constate que plus Christine parle, plus ses adversaires durcissent leur lutte. Plus ses propos sont pathétiques, plus on les raille. La patte de Me Garaud dans cette déclaration, avec son lyrisme de circonstance, sonne faux dans la bouche d'une femme que l'on décrit violente et atrabilaire. La réplique de la presse du lendemain est sévère. Sur le fond, les Bezzina contestent les témoignages qui, selon eux, « ne sont pas aussi précis [3] » que le dit l'avocat. *L'Est républicain* imagine un itinéraire meurtrier qui contourne ces témoins pourtant incontestables. Jéchoux dans *La Liberté de l'Est* avance qu'un promeneur, Bernard Colin, qui passait devant la maison à cette heure-là, ne mentionne pas la présence de la voiture de Christine dans le garage ouvert ni celle de Grégory à côté du tas de sable. Le journaliste néglige de préciser que la voiture noire était dans un garage sans lumière et que le témoin marchait avec le soleil dans les yeux. Quant à Grégory, il pouvait soit jouer dans le garage, soit s'occuper de ses voitures rangées sur le côté de la mai-

1. Déclaration de Me Henri-René Garaud du 29 avril 1985.
2. Déclaration de Me Henri-René Garaud du 29 avril 1985.
3. *France-Soir* du 30 avril 1985.

son. M. Colin, le témoin, le disait lui-même devant une caméra de TF1 dès le mois de novembre.

— La voiture? Sûrement qu'elle était rentrée dans le garage et que moi je l'ai pas vue! Le gosse, il pouvait très bien être de l'autre côté de la maison et que moi, j'aie pas fait attention!

Jean-Michel Lambert, toujours très appliqué dans l'instruction sur la mort de Bernard Laroche, organise une confrontation entre les gendarmes et le couple Villemin. Il veut déterminer la part de responsabilité des militaires dans le geste meurtrier du père de Grégory. L'arrivée des intervenants se fait comme d'habitude dans la confusion. Devant chez Merle, on aperçoit Marie-Ange et ses frères qui guettent Christine et les gendarmes avec des éclairs de haine dans le regard. La mère de Grégory se faufile entre les voitures et, agile comme une adolescente, grimpe les quelques marches de la partie ancienne du palais. Vêtue d'un jean noir, d'un blouson et de ballerines blanches, elle ressemble à une lycéenne. A la main, un sac de vêtements propres pour Jean-Marie. Gérard Welzer, alerté de la présence de la famille Bolle, accourt pour calmer ses clients et leur demande de s'éloigner.

La confrontation entre les dix gendarmes et les Villemin se déroule dans une grande salle où Christine et Jean-Marie vont rester main dans la main pendant six heures. Ils n'ont toujours pas obtenu de droit de visite. Les parties en présence sont à peu près d'accord sur le fond. Tout est question de nuances dans les propos. Le gendarme mis en cause pour avoir dit : « On aurait fait cela à mon fils, je saurais ce qui me reste à faire » reconnaît le fond de sa pensée à mots couverts :

— Moi je me souviens d'avoir dit : « De toute façon, je n'accepterais pas que l'on fasse du mal à mon enfant. » C'est l'être humain qui parle.

En fait, personne ne conteste les rencontres ni les paroles échangées en ces occasions. Seule est discutée l'interprétation que faisaient les Villemin des silences ou des phrases d'acquiescement recueillies pendant ces conversations. Le capitaine Sesmat résume la situation :

— Il me semble que les époux Villemin interprètent un peu trop facilement les marques de compassion, de compréhen-

> sion que nous avions à leur égard dans le drame qu'ils vivaient [1].

Les gendarmes cherchent à aplanir les choses. Les Villemin, eux, se souviennent des critiques émises par les premiers enquêteurs vis-à-vis du magistrat, dès les jours suivant l'inculpation de Bernard Laroche. Les griefs de la gendarmerie contre le magistrat sont toujours nombreux. Cependant, avec le recul et devant les proportions prises par leur mise en cause, les uns et les autres minimisent leurs critiques. Cela n'échappe pas à Christine qui s'adresse avec ironie à Jean-Michel Lambert :

— On vous jette des fleurs aujourd'hui !

Le juge découvre, avec cet étonnement qui le rend désarmant, qu'il n'est plus pris au sérieux par ses interlocuteurs depuis plusieurs semaines. Jean-Marie confirme son sentiment, et le couple met tout sur la table avec franchise.

Christine :

— Moi je ne vous faisais plus confiance parce que j'avais le sentiment que c'étaient les avocats de Laroche qui vous dictaient ce que vous aviez à faire.

Jean-Marie :

— Moi aussi, d'ailleurs je disais : « C'est le dernier qui cause qui a raison. »

Le couple raconte que deux gendarmes leur ont affirmé que c'était Me Welzer qui menait l'enquête. Ils pourraient ajouter que les journalistes leur ont dit la même chose. Devant la tournure que prennent les débats, le capitaine Sesmat demande de clore la discussion, « pour la sérénité de la justice ».

Jean-Marie conclut la confrontation en disant :

> — Je tiens à dire que le capitaine n'a fait aucune pression sur moi, sur l'acte que j'ai fait, ni aucun gendarme [2].

Dans l'école qui fait face au palais de justice, un photographe de *Paris Match* caché dans l'embrasure d'une fenêtre a suivi toute l'audition grâce à son téléobjectif. Ce soir-là, Me Garaud, toujours à l'affût d'une petite économie, cherche une voiture pour rentrer à Paris. Je lui propose la mienne puisque je dois m'y rendre. Nous partons tard dans la nuit après un dîner à La Tarentelle. Les autres me poussent à l'interroger pendant le

1. Procès-verbal de confrontation du 3 mai 1985.
2. *Idem.*

voyage. Nous discutons du jeu de la presse, puis du dernier rapport des experts en écriture qu'il balaie d'un geste mou : « Vous pensez bien que les experts ne peuvent pas se déjuger. » L'avocat n'a pas envie de me dévoiler les secrets d'un dossier qu'il connaît mal. Il sait que je ne suis pas dangereuse pour ses clients. Cela lui suffit. Il s'endort et m'abandonne à ma propre lutte contre le sommeil. A soixante-dix kilomètres de Paris, il prend le relais et je m'assoupis à mon tour jusqu'à notre arrivée. Les relations coupables entre Europe 1 et Me Garaud, tant décriées par les avocats de Laroche, ne sont pas vraiment celles que l'on croit.

Les protestations de Christine Villemin et de son défenseur ne restent pas longtemps lettre morte auprès du service de police judiciaire. Alors qu'ils avaient cessé toute investigation sur le cas de Bernard Laroche depuis le 12 mars, les enquêteurs reprennent cette piste avec frénésie et vont dresser sur ce thème vingt-neuf procès-verbaux en deux mois. Jeandon-Bezzina révèle les raisons de cet intérêt inattendu : « Les enquêteurs veulent prouver l'innocence de Bernard Laroche [1]. » « Il faut absolument, dit-on, que plus aucun doute ne subsiste sur l'innocence de Laroche [2] », confirme Marie-France Lefevre-Bezzina dans *Le Parisien libéré*.

En effet, la police judiciaire a intérêt à faire entrer dans le dossier le plus d'éléments possible pour annihiler cette piste restée en suspens et jamais éclaircie. Celle de Christine Villemin s'en trouvera d'autant consolidée. En dépit du maelström déclenché depuis six mois, le procès-verbal de Muriel est toujours présent dans le dossier, et valable. Sa version de l'enlèvement de Grégory par Bernard Laroche reste exploitable. La police judiciaire va déployer autant d'énergie pour établir l'innocence du premier inculpé qu'elle en met pour accuser la mère du petit garçon. Le service est d'ailleurs un peu désœuvré dans l'enquête sur Christine, et mise tout désormais sur les expertises des cordelettes qui seules pourraient étayer un début d'accusation. Le SRPJ travaille dans deux directions. Muriel d'abord, puisque les policiers sont « convaincus » qu'elle a tout inventé et qu'on lui a soufflé le récit de son expédition dans Lépanges. Et la recherche d'alibi pour Bernard Laroche.

Marie-Ange leur a déjà indiqué un premier témoin, un routier qui affirme avoir croisé cet après-midi-là Bernard dans une rue

1. *France-Soir* du 13 mai 1985.
2. *Le Parisien libéré* du 22 mai 1985.

de Granges-sur-Vologne. Celui-ci avait déclaré s'être rendu dans cette commune tout près d'Autmontzey. La question est de savoir à quelle heure les deux hommes se sont rencontrés. Après 16 heures, écrit *Le Parisien libéré*. A 16 h 30, dit *France-Soir*. Entre 16 h 30 et 17 heures, selon *L'Est républicain* qui se rapproche de l'heure de la disparition de Grégory. Les autres journaux reprennent ces horaires situés dans un créneau flou. L'examen du contrôlographe du routier tranchera la question à 15 h 50. Si Bernard Laroche s'est rendu à Granges à cette heure-là, cela n'exclut pas sa participation à l'enlèvement de Grégory puisque, quel que soit l'assassin, tout démarre à 17 heures. Malgré son inanité sur le fond, cet élément devient une preuve médiatique : « Aux yeux des policiers, c'est la preuve de l'innocence de Bernard Laroche », résume Jeandon dans *France-Soir* [1]. « L'élément le plus déterminant pour étayer la thèse de son innocence », confirme *Le Parisien* [2]. Marie-Ange déclare dans une interview à *L'Est républicain* : « Bernard n'avait jamais menti, le témoignage de Gaudel en est une preuve supplémentaire [3]. » Puis l'affaire du routier, abondamment commentée pendant cinq jours, va être relayée par un élément plus captivant, l'audition de Muriel par la police judiciaire.

Muriel a quitté l'école depuis sa mise en cause dans l'enquête. Elle a passé des mois renfermée sur elle-même, ignorée par Marie-Ange, livrée à l'oisiveté de la télévision. Elle séjourne maintenant en Meurthe-et-Moselle, comme Christine, chez une tante qui la recueille. Les hommes du commissaire Andrieu ont préparé la jeune fille en lui rendant plusieurs visites avant de procéder à son interrogatoire. Ils voulaient la mettre en confiance et faciliter son expression après plusieurs mois de mutisme terrorisé. Le jour venu, elle répète avoir menti sous la pression des gendarmes et revient, une fois de plus, sur ses aveux. Les policiers écoutent avec complaisance ce récit qui les conforte sur la piste de Christine.

Dès le lendemain de l'audition de Muriel, les Bezzina la relatent dans leurs journaux avec des accents émus :

> « Devant les policiers, elle a donné une grande impression de sincérité, s'exprimant avec son vocabulaire de tous les

1. *France-Soir* du 15 mai 1985.
2. *Le Parisien libéré* du 15 mai 1985.
3. *L'Est républicain* du 22 mai 1985.

jours, assez éloigné des expressions compliquées de sa fameuse déposition dactylographiée par les gendarmes [1]. »

Les autres vérifications consistent à entendre des témoins susceptibles de nier certains éléments collectés par les gendarmes. Un exemple : les gendarmes ont recueilli, le surlendemain de l'inculpation de Bernard Laroche, les témoignages de deux femmes travaillant avec Isabelle Bolle, sœur de Marie-Ange et de Muriel. Isabelle leur aurait raconté que Bernard était allé chercher Muriel au CES, qu'il s'était rendu à Docelles où il avait arrêté sa voiture, ouvert le coffre et mis quelque chose à l'eau. La jeune femme aurait entendu cela chez ses parents. Les policiers questionnent Isabelle Bolle qui dément formellement les propos rapportés par ses deux camarades de travail. Ils cherchent aussi une voiture Golf bleue avec laquelle le cousin de Jean-Marie aurait évité une collision de justesse à vingt kilomètres de Lépanges, peu de temps avant la disparition de Grégory. Les gendarmes avaient déjà lancé à ce sujet un appel à témoin par voie de presse. Le conducteur de la Golf ne s'est jamais manifesté. La Golf occupe les articles des journaux pendant quarante-huit heures puis disparaît comme, avant elle, le bonnet, la nourrice et autres éléments dits « déterminants ». Quant à ceux qui n'ont pas pu être éliminés, ils seront oubliés. Ainsi, Marie-France Lefevre-Bezzina peut clore ce chapitre après quatre semaines « d'investigations » sur la piste Laroche :

> « Tous les éléments défavorables collectés par les gendarmes chargés de la première enquête se sont effondrés les uns après les autres [2]. »

Pour la première fois depuis le mois de février, l'affaire entre dans une période de relative accalmie. La tension se relâche et l'inculpation de Christine annoncée depuis le 12 mars tarde à venir. Nous comprenons que les accents de victoire de la police judiciaire ne sont que des esbroufes bien orchestrées. Nous sommes plus libres pour découvrir la beauté de la région. Les Vosges aux cimes arrondies comme de petits ventres dévoilent leurs forêts de bois tendre et de torrents gorgés de neige fondue. La campagne revit dans les prairies et les sous-bois embaumés que l'on traverse pour atteindre des lacs cachés entre deux ver-

1. *France-Soir* du 16 mai 1985.
2. *Le Parisien libéré* du 23 mai 1985.

sants. Certains ont apporté leurs cannes à pêche pour attraper des ombles chevaliers dans la Vologne. Ils initient les autres à la pêche à la mouche pendant le week-end. Nous prenons nos premiers repas sur la terrasse d'une auberge forestière que l'on atteint par des chemins creusés d'ornières. L'air pur, le ciel indigo et le soleil déjà chaud apaisent nos esprits chargés de querelles sourdes, d'alcool et de tabac.

8

Les anciens combattants de la Vologne ... « Ta copine l'assassin » ... L'attente des photographes ... Comme un linge blanc au soleil ... Hebbat l'inconnu ... Dans l'intimité de Muriel ... Première visite à l'infirmière ... La piste de l'insuline ... Rires des journalistes et frayeurs d'avocats ... Fiasco à 100 000 francs

La couverture de l'affaire Grégory ne laisse personne indifférent. Cette avalanche d'informations, de rumeurs, de titres et de photos passionne et exaspère ou provoque à la fois : le cocktail dérange. *L'Événement du jeudi* charge Luc Bernard d'enquêter sur le comportement des journalistes dans cette affaire. Isabelle Baechler suggère au reporter qui l'interroge à Paris d'aller s'immerger dans le petit monde des « anciens combattants de la Vologne » comme nous nous désignons nous-mêmes. « Allez voir là-bas, allez voir, vous verrez ce qui se passe... » L'envoyé spécial de *L'Événement* débarque à Épinal comme d'autres vont découvrir dans la jungle des espèces rares ou dangereuses. Il rencontre des hommes et des femmes en proie à des cauchemars obsessionnels, poursuivis par ce qu'il appelle « le complexe Laroche ». Seul Caradec'h de *Paris Match* refuse les états d'âme et se vante même d'avoir été le premier à écrire que Christine a pu tuer son enfant. Lucien Miard, dans sa voiture du *Figaro* conduite par un chauffeur, guide Luc Bernard à travers Lépanges, Bruyères, Aumontzey, Granges, comme autant d'étapes d'un parcours initiatique. Jean Ker lui raconte sa « nuit d'épouvante » des heures durant. Chaque pool refait l'histoire à sa manière en l'invitant dans son antre respectif. De l'hôtel au palais de justice règnent la suspicion, l'espionnite, la haine. Le reporter se sent gagné par l'oppression ambiante.

Son bref séjour entraîne cette question en couverture du journal : « Affaire Grégory : les journalistes sont-ils des pourris ? » Cette interrogation est prêtée à Tintin assis, songeur, sur un piédestal. Marqué par les excès anecdotiques de notre petit groupe, l'article ne démonte pas le mécanisme enclenché depuis la mi-mars par les policiers et la « caisse de résonance ». Europe 1 organise également un débat sur ce thème, mené par Olivier de Rincquesen. Autour de lui, Jean-François Held de *L'Événement du jeudi*, Caradec'h de *Paris Match* et Catherine Tardrew du *Parisien libéré*, sommée de s'expliquer sur la photo des jouets posés sur la tombe. Jean-Louis Calderon et moi-même, en duplex, complétons ce tour de table. La discussion s'engage à partir de questions posées par les auditeurs. L'une d'elles tient pour acquise la culpabilité de Christine dans l'assassinat de son enfant. Olivier de Rincquesen relève cette distorsion entre la réalité judiciaire d'une mère partie civile et le sentiment populaire qui en fait une criminelle.

— Rappelons, précise le journaliste, que Christine Villemin n'est inculpée de rien !

Caradec'h raconte que la mère de Grégory avait donné son accord pour la publication dans *Paris Match* de sa conversation avec Ker, présentée en opposition avec l'interview de Marie-Ange — ce qui est faux. Il ment également quand il dit que le même reporter a « arraché le fusil des mains de Jean-Marie Villemin » lorsqu'il l'a rejoint devant le monument aux morts d'Aumontzey : Jean-Marie a rangé son arme sans y être contraint, et Caradec'h se garde bien de parler du rôle de Ker dans les heures précédentes. De mon côté, j'ai découvert dans *L'Événement* [1] que Luc Bernard a été « stupéfait » d'apprendre que j'embrasserais « Christine Villemin sur les deux joues ». J'étais absente quand Luc Bernard a enquêté et je n'ai pas pu lui démentir cette information lâchée par le pool Bezzina pour me discréditer. Je nie avoir jamais eu un tel geste à son égard, mais je reconnais à l'antenne avoir noué des liens d'estime avec elle :

— Il est effectivement vrai que je l'ai prise en affection, elle comme beaucoup d'autres personnes de cette affaire et je ne vois pas ce qu'il y a là de répréhensible.

Quelques années plus tard, en écoutant à nouveau la bande de mon interview de la clinique, j'ai constaté que j'avais clos notre

1. *L'Événement du jeudi* du 23 mai 1985.

entretien téléphonique en lui disant : « Je t'embrasse très fort, Christine. Bon courage. » Ces paroles aussi machinales que sincères ont été piégées par les écoutes téléphoniques. Je les avais oubliées. Désormais, quand j'arrive dans la rédaction ou ailleurs, j'entends régulièrement une petite phrase moqueuse qui me dit :

— Alors, elle va bien ta copine l'assassin... ?

Parmi les dizaines de reporters envoyés à Épinal par leurs rédactions, on compte beaucoup de photographes francs-tireurs tentant leur chance contre les géants de *Paris Match* ou des agences telles que l'AFP, Sygma ou Gamma. Leur style de vie est différent du nôtre, reporters de radio, de télévision, de quotidien ou d'hebdomadaire. Nous descendons dans les meilleurs hôtels sans restrictions de dépenses ; le téléphone, les repas, les journaux, les consommations, la location de voiture, l'essence, etc., tout nous est payé. Les photographes, eux, participent pour 50 % à leurs frais, aussi n'ont-ils pas le même intérêt que d'autres à faire traîner une affaire en longueur. Pourtant beaucoup vont s'installer à demeure, mêlant débrouillardise et copinage pour suivre l'instruction à moindres frais. On en a vu s'établir chez de jeunes Spinaliennes ou dormir sous des toiles de tente et même dans leurs voitures. Notre attitude à leur égard n'est pas très confraternelle. Combien, parmi eux et d'autres journalistes venus ponctuellement à Épinal, se sont vu refuser une place à table pourtant ostensiblement libre !

Ils sont là pour illustrer le contenu des journaux et donc traquer Christine Villemin dans ses moindres gestes et tous ses déplacements. En alerte permanente dans l'attente de cette inculpation que l'on nous promet en vain depuis deux mois, il leur faut beaucoup de patience pour prendre au vol un cliché que les autres n'auront pas. L'un d'entre eux est resté dix heures d'affilée devant le chalet des Villemin, le jour où était prévue la perquisition différée de vingt-quatre heures. Il guettait l'image symbolique et inédite de Christine et des inspecteurs du SRPJ pénétrant ensemble dans cette habitation. Les clichés les plus prisés sont ceux de ses visites au cimetière sur la tombe de Grégory. La seule vision qui résume le duel entre la réalité et la fiction. La réalité d'une femme au visage triste fixant la tombe de son petit garçon assassiné. La fiction d'une criminelle de grande envergure qui défie tout le monde en continuant de « jouer » à la perfection son rôle d'épouse attentive et de mère éplorée.

Les plus valeureux de tous attendront ainsi Christine des dizaines d'heures, debout les pieds dans la neige ou la tête brûlée par le soleil, retranchés derrière l'un des côtés du mur d'enceinte. Ils se tiennent sur une planche récupérée dans une décharge et posée sur deux grosses pierres. Certains collent sur le haut du mur une étiquette avec leur nom et celui de leur agence de façon à retrouver leur place en cas d'absence, à l'occasion des ravitaillements. La jeune femme, choquée par « ces gens sans savoir-vivre [1] », apprend vite à déjouer leur présence en baissant la tête ou parfois en se voilant d'un gilet. De guerre lasse, elle finira par les ignorer et agir comme s'ils n'existaient pas. Après son départ, ils vont voir et commenter les fleurs ou la plaque qu'elle a déposées en hommage à son enfant.

Notre pool se rend aussi, régulièrement, sur la tombe de Grégory, mais avec un air détaché, parfois en plaisantant. Quels sont les sentiments qui nous conduisent si souvent devant sa sépulture, visible de loin comme un linge blanc au soleil? Un mélange de curiosité, de pitié et d'attachement que chacun garde au fond de soi sans jamais l'exprimer. La tombe de Bernard Laroche, pourtant gravée d'une allégorie sur un pasteur et une brebis égarée, est moins visitée, moins épiée, même si Marie-Ange vient y prier parfois à genoux sur la terre. Christine attire tout, malgré elle.

Quand Sylvain Hebbat s'immobilise à son tour devant la tombe de Grégory, il devient fébrile et jure à l'enfant mort de trouver son assassin. Ce photographe inconnu de vingt-cinq ans est arrivé dans la vallée bien après les autres, deux semaines après la mort de Bernard Laroche. Autant dire qu'il s'agit aux yeux de ses confrères d'un étranger. Photographe du journal *Sept Jours Madame* et pigiste pour Sygma, il revenait d'un reportage en Alsace en compagnie d'une secrétaire de rédaction inconnue elle aussi, Catherine Lévitan. Ils se sont arrêtés dans les Vosges pour saluer un ami. Ils ignorent encore s'ils vont devenir chacun et à des époques différentes, lui en 1985 et elle trois ans plus tard, des personnages centraux de cette affaire.

Hebbat cherche à tenir sa promesse. L'atmosphère de complot, de clans, de suspicion qui empoisonne la vallée et les quartiers généraux de la presse le fascine, mais il est condamné à errer autour de nous car personne ne prête attention à ce jeune photographe sans relations. Hebbat, jeune Français d'origine kabyle, est rompu à l'indifférence. Il s'en va traîner tout seul dans la vallée et sympathise à droite, à gauche, sans éveiller la méfiance. Il n'a ni la

1. Lettre de Christine Villemin du 16 octobre 1985.

panoplie ni l'allure d'un reporter. Grand, mince, le cheveu très noir et long, vêtu de sombre, il ressemble à un acteur de théâtre torturé, miné par le trac. Il décide de reprendre l'affaire à contre-courant de l'actualité. Son obsession : rencontrer Muriel.

Avec une amie venue de Paris, il parvient à entrer dans la famille Bolle, sans décliner sa profession. Il raconte aux parents de Marie-Ange et de Muriel sa propre histoire d'adolescent accusé par les gendarmes, à tort selon lui, d'un vol de bijoux. Amadoués, les Bolle le reçoivent et discutent avec lui. Ils lui confient même qu'ils cherchent un avocat pour Muriel, afin de « la rétablir dans la presse », selon eux. Hebbat, intrigué par cette intention alors que Muriel est sortie de l'enquête, propose de les mettre en rapport avec une avocate de Paris, ce qu'il fera, mais le couple ne donnera pas suite.

En trois semaines, il parvient à revenir quatre fois dans la famille et à parler avec les uns et les autres, y compris Marie-Ange, toujours ignorante de son identité. Son bagou est tel qu'il paie leur ravitaillement hebdomadaire dans un supermarché. Hebbat parle et fait parler les uns et les autres en partant du postulat de la culpabilité de Christine. Il prétend avoir des relations dans la presse et propose de faire paraître un article centré sur Muriel pour « la rétablir » aux yeux de l'opinion publique. Il enregistre leurs conversations et il prend même des photos de l'adolescente occupée à des tâches ménagères ou posant dans sa chambre au milieu de ses objets familiers. Le photographe propose de l'emmener passer un week-end à Paris, « pour se détendre », mais ses parents et Marie-Ange refusent cette proposition. Il parvient néanmoins à s'isoler avec elle chez une de ses tantes et réalise son interview, a priori sans grand intérêt sur le fond de l'affaire dont elle se refuse à parler.

Parallèlement, Hebbat mène une enquête active. L'indice de l'insuline l'intrigue. On ne l'a jamais évoqué pendant la première partie de l'enquête. Les policiers se sont interrogés à son sujet à la mi-avril et les Bezzina ont préparé un papier pour chacun de leurs médias. Mais, cet indice les éloignant de Christine, ils l'ont abandonné, imités par la presse, d'une égale discrétion sur la question. Hebbat est donc le seul à s'y intéresser quand tous les autres journalistes sont braqués sur les cordelettes retrouvées par la police dans la maison des Villemin. Le reporter se renseigne sur les effets d'une injection d'insuline sur un non-diabétique. Il découvre qu'elle peut entraîner assez rapidement un coma profond. C'est le crime parfait, qui ne laisse aucune trace décelable à l'autopsie. Il recherche l'infirmière de la famille Bolle, facile à retrouver car il n'y en a que deux qui exercent dans le canton. Il est le premier journaliste à lui rendre visite. Elle s'en étonne, puis lui confirme ce que tout le monde sait déjà, Jeanine Bolle, la belle-mère de Bernard Laroche, est diabétique. En revanche, elle lui apprend que seule Muriel sait pratiquer sur sa mère, en cas de malaise, des injections de glucagon, un produit de substitution. Et si Muriel avait piqué Grégory avant que celui-ci soit jeté à l'eau dans un état comateux? se demande le jeune reporter. Cette hypothèse expliquerait d'une part la présence insolite de la jeune fille dans l'enlèvement et d'autre part, le visage serein du petit garçon, ainsi que l'absence de traces de lutte constatée sur son corps intact. Excité par ses découvertes, Hebbat poursuit ses recherches et rencontre un témoin qui lui révèle qu'avec l'ampoule d'insuline dont a parlé la presse se trouvait une seringue — ce qui est exact — et que les deux objets n'ont pas été découverts au lieu et à la date indiqués dans le dossier. Selon les constatations officielles du dossier, sur la foi des déclarations du garde champêtre de Docelles, cet indice a été découvert le 9 novembre 1984 au bord du Barba, le petit affluent de la Vologne qui se jette dans la rivière en plein centre du village. A quelques mètres du lieu où l'on avait retrouvé Grégory flottant contre une retenue d'eau. Or, d'après ce témoin, le flacon et la seringue auraient été, en fait, cachés sous une pierre, en bordure d'une petite route peu fréquentée reliant indirectement Lépanges à Docelles. Si cette version de la découverte de l'insuline était confirmée, elle dévoilerait une curieuse mise en scène près du Barba.

Enfin, parmi d'autres éléments plus ou moins importants, Hebbat apprend qu'un riverain de cette petite route aurait vu Bernard Laroche et Muriel longeant, en voiture, la Vologne à cet endroit. Cet homme et son frère ont été effectivement entendus par les inspecteurs du SRPJ mais le riverain est resté évasif et les policiers n'ont pas insisté.

Pendant que les autres reporters cantonnés dans les cafés ou les hôtels d'Épinal attendent les prochaines fuites policières, Hebbat rencontre encore une dizaine d'habitants de Docelles ou d'autres villages aux alentours de Lépanges. Les réactions agressives, gênées ou fuyantes de certains d'entre eux lui font penser que, çà et là, des gens connaissent tout ou partie de la vérité mais se taisent par peur des représailles ou par lâcheté. Pour parachever son enquête, il envoie une série de lettres du bureau de poste de

Lépanges. A l'arrivée, certaines afficheront des horaires qui ne correspondent pas à leur heure de levée, notamment quelques-unes glissées après 17 h 15 et portant malgré tout le cachet de cette heure-là. Le reporter fait connaître ses informations au juge Lambert qui ne les prend pas du tout au sérieux.

Son reportage est explosif, en pleine campagne sur la mère de Grégory. Il possède par ailleurs des photos exclusives de Muriel dans son intimité que personne n'a jamais pu pénétrer. Hebbat, rentré à Paris, propose le fruit de ses investigations à *Paris Match*, mais demande une avance pour repartir dans les Vosges et un délai pour se faire confirmer certains points. Il est interviewé par Gilles Martin-Chauffier, auquel il raconte son aventure, son serment sur la tombe de Grégory, son introduction dans la famille Bolle et sa certitude d'avoir découvert la vérité sur la mort de l'enfant. Cette histoire fascine l'un des directeurs de la rédaction, prêt à publier le début de son enquête sans en attendre la fin. Ainsi paraît dans *Paris Match*, le 30 mai 1985, un article anonyme, écrit à la première personne et mettant Hebbat en scène dans ses investigations.

Le reportage s'intitule : « Un simple témoin qui cherche un avocat, j'ai trouvé ça curieux. » Il se contente de dévoiler ses méthodes, en gardant pour la semaine suivante ses révélations. Le jeune photographe semble très sûr de lui.

> « Je sais dans quelles circonstances Grégory est mort. La solution va éclater. (...) Je me suis rendu compte que, contrairement à ce que l'on a dit partout, il est absolument impossible de savoir si oui ou non, il y avait de l'insuline dans le corps de Grégory. (...) Pourtant, cette ampoule d'insuline retrouvée par les gendarmes sur les lieux de la mort de Grégory, elle était importante. Essentielle même. »

En pleine déroute policière et judiciaire, *Paris Match* promet, ni plus ni moins, la vérité pour la semaine suivante.

> « Les lecteurs de *Paris Match* seront les premiers informés. (...) Ce qui ne signifie pas que Christine soit coupable. Ni que Laroche n'ait rien eu à voir avec la fin tragique du petit garçon. Ce qui signifie seulement que l'on va enfin comprendre [1]. »

1. Ce numéro de *Paris Match* est daté par erreur, sur sa couverture, du 7 mai 1985. En fait, il s'agit du numéro 1880, du 30 mai au 7 juin 1985.

A Épinal, les observateurs aguerris de l'affaire s'étonnent puis s'esclaffent en découvrant cet article surgi de nulle part et dont l'auteur est inconnu. On flaire vite une supercherie. Comment un journal de cette envergure a-t-il pu se laisser piéger ainsi ? Ker et Caradec'h, les deux grands reporters, se réconcilient pour exprimer leur colère face à ces affirmations surréalistes, à l'opposé de la thèse propagée par la police depuis des semaines.

Hebbat est vite repéré, trahi aussi par son assurance et ses vantardises face aux reporters incrédules qui l'avaient tenu à l'écart. Sa personnalité, un peu fantasque et fragile, ne plaide pas pour lui. L'article anonyme a provoqué l'hilarité de tous, sauf de Mes Welzer et Prompt et de la famille Bolle lorsqu'elle comprend le véritable dessein du jeune homme qui l'a trompée en s'introduisant chez elle. Mais personne n'en lira la suite si prometteuse, car Gérard Welzer intervient *in extremis* auprès de la rédaction de *Paris Match* pour en empêcher la parution. L'avocat dispose d'un argument de poids pour obtenir une satisfaction immédiate : les poursuites éventuelles contre Jean Ker dans l'affaire de la tentative d'assassinat de Bernard Laroche. La semaine suivante, le journal ne parle plus de la mort de Grégory, ni de la « vérité » promise huit jours plus tôt. Il ne présente même pas une ligne d'excuses à ses lecteurs, comme le remarque *Le Canard enchaîné* en se moquant du « journaliste masqué qui est resté muet ». *Paris Match* a acheté le reportage 100 000 francs à l'agence Sygma dont Hebbat est également pigiste. Le jeune homme perçoit sa part, soit 50 %, puis est prié de se faire oublier. Très vite, une rumeur se répand, le qualifiant de fou et de drogué. Tout le monde croit ces bruits et le reporter est discrédité pour longtemps. Le commissaire Corazzi dresse un procès-verbal de renseignements sur lui. Hebbat, qui se promène encore un peu dans la vallée en évitant le quartier des Bolle à Laveline-devant-Bruyères, est désormais *persona non grata* dans le périmètre de l'affaire Grégory.

9

Un faux suicide ... Séparer le petit couple ... Bras de fer personnel ... Accablement et intoxication policière ... « Nounours, maintenant ils disent qu'ils vont m'enfermer » ... Lettres d'amour ... Les angoisses de Jean-Marie Villemin ... Courrier tronqué

Jean-Marie Villemin quitte la prison de Nancy pour celle de Saverne, en Alsace. Il a réclamé ce transfert pour se rapprocher de Christine dont le village est plus proche du Bas-Rhin que de Nancy. Sa femme a obtenu un permis de visite après leur confrontation avec les gendarmes et, depuis, elle se rend trois fois par semaine au parloir de la prison. Ces nombreux kilomètres troublent encore un peu plus sa grossesse. La maison d'arrêt de Saverne est plus petite, plus familiale, que celle de Nancy. Une grande maison de grès rose située en plein centre-ville dans une rue étroite et montante bordée sur un côté de maisons à colombages.

Là, Jean-Marie Villemin va pouvoir travailler et gagner trois mille francs par mois en rangeant des agrafes dans des boîtes. L'inactivité à laquelle il était contraint à Nancy minait le jeune contremaître, laborantin à l'usine Auto-Coussin, si actif au travail comme à la maison. Peu après son départ, les gardiens de Nancy découvrent dans la housse du matelas qu'ils s'apprêtaient à nettoyer la longue corde confectionnée par le père de Grégory deux mois plus tôt, quand il redoutait l'inculpation de Christine pour complicité dans la mort de Bernard Laroche. Depuis, ses craintes se sont apaisées et il a oublié la corde. Cette découverte tombe à point nommé pour une presse quotidienne en manque.

« Le père de Grégory a voulu mourir », titrent de concert *France-Soir* et *Le Parisien libéré* [1]. Les Bezzina sont convaincus ou veulent faire croire que Jean-Marie, rongé par le doute sur Christine, va s'effondrer. Marie-France Lefevre-Bezzina écrit ainsi :

> « Il comptait bien se pendre après s'être ouvert les veines. Effondré par la mort de son fils, rongé par le doute - a-t-il tué un innocent? — miné par des soupçons qu'il s'efforce d'oublier, Jean-Marie a craqué [2]. »

En dépit du démenti de Me Garaud et d'un gardien de la prison, la pseudo-tentative de suicide du père de Grégory trouble beaucoup d'entre nous, tentés de croire que ses forces l'abandonnent. Son parcours depuis le mois d'octobre 1984 justifierait d'ailleurs n'importe quel désespoir. En fait, tout est bon pour introduire un coin entre les parents de Grégory. Car, contre toute attente, le « petit couple » plie mais ne rompt pas. Sa résistance exaspère ceux qui ont organisé depuis des semaines la traque de Christine Villemin. Un élément imprévu qui complique leur tâche et annihile leur scénario du crime. Au bout de sept mois et demi d'observation à la loupe déformante, rien n'a démenti l'amour de la jeune femme pour son enfant et son mari. L'hypothèse de l'amant s'est effondrée. Chacun, policier, journaliste et magistrat, a dû en convenir. Les parents de Grégory vivent à ciel ouvert depuis son assassinat. On a pu voir ou surprendre leurs attentions l'un pour l'autre, leurs mains enlacées se caressant d'un léger mouvement. Pourtant, la culpabilité supposée de Christine exige qu'elle nourrisse de la haine contre son mari. Sinon, à quoi correspondrait cette vengeance dans la lettre criminelle dont on lui attribue la rédaction? L'amour obstiné qui les unit contrarie le raisonnement de leurs détracteurs. Aussi, pendant plus de deux mois, jusqu'à l'été, tout est prétexte pour détruire ce duo. Christine et Jean-Marie Villemin sont visés chaque jour, alternativement, dimanche compris. Bras de fer personnel entre les Bezzina, la police judiciaire et les Villemin, cette guerre d'usure vise également, au-delà du couple, un autre personnage qui, malgré sa passivité, détient la force de frappe : Jean-Michel Lambert, maître des inculpations.

1. *France-Soir* et *Le Parisien libéré* du 1er juin 1985.
2. *Le Parisien libéré* du 1er juin 1985.

Dans sa cellule, Jean-Marie lit la presse tous les jours. Il enregistre les reportages à la radio et découpe les articles soigneusement classés. Les Bezzina assènent les certitudes policières et posent les questions sur lesquelles bute toujours l'enquête. Il existe pourtant dans le dossier les réponses à certains de ces points capitaux, comme les témoignages des voisins Grémillet et Colin qui ont vu une voiture monter la rue des Villemin vers 17 h 05-17 h 10. Mais ils sont négligés, car ce sont les fruits de l'enquête des gendarmes. Les policiers, partant du postulat définitif que Christine Villemin a tué son enfant, suppriment tout ce qui peut les gêner dans leur démonstration. Leur vision du dossier est désormais largement connue, grâce à leurs soutiens indéfectibles et quotidiens.

Les témoins de la poste :

> « Elles sont équilibrées, n'ont pas été victimes d'un mirage. Elles ont bien aperçu Christine Villemin séparément [1]. »

La lettre de l'assassin :

> « Elle n'a pu être postée qu'entre 16 h 40 et la dernière levée de 17 h 15. C'est-à-dire dans le créneau où l'on a reconnu Christine devant la poste. Troublante coïncidence [2]. »

Le passage d'un éventuel ravisseur dans le quartier :

> « Les quatre témoins cités par la mère de Grégory elle-même auraient dû apercevoir le ravisseur dans un rayon de deux cents mètres. Or tous les quatre n'ont aperçu qu'une personne, la mère de l'enfant [3]. »

L'expertise des cordelettes dont les résultats ne seront connus qu'un mois plus tard :

> « Le cordonnet qui ligotait l'enfant est bien identique à celui trouvé chez ses parents et auquel l'assassin peut avoir eu accès [4]. »

Les contre-expertises en écritures :

> « Ces constatations que seul le juge Lambert connaît ne sont sûrement pas favorables à la mère de Grégory [5]. »

1. *France-Soir* du 14 mai 1985.
2. *Idem.*
3. *France-Soir* du 25 mai 1985.
4. *France-Soir* du 27 avril 1985.
5. *France-Soir* du 26 avril 1985.

L'identification du corbeau mystérieux :

« Le psychologue (de la PJ) a pu établir une longue liste des mots et des réactions caractéristiques que l'on retrouve dans le vocabulaire de Madame Villemin et du corbeau. En analysant les termes, il tente de mesurer son degré d'attachement à Grégory [1]. »

Le mobile introuvable :

« Le portrait psychologique de ce " témoin " et l'explication psychiatrique qui conduisent à la mort du petit Grégory sont déjà établis [2]. »

L'organisation du crime :

« Les différents éléments recueillis par les policiers leur permettent d'élaborer un scénario plausible de cet assassinat [3]. » « A ceux qui reprochent aux policiers du SRPJ de s'acharner sur Madame Villemin, ces derniers se contentent de répéter ce qu'ils ont déjà dit à Christine : " Si vous n'êtes pas totalement innocente, vous êtes coupable... " » « Pour les policiers, l'heure ne semble plus aux interrogations mais aux certitudes [4]. »

Les intentions du juge Lambert :

« Le faisceau de présomptions qui s'entasse sur le bureau du juge Lambert prend peu à peu des proportions accablantes [5]. »

Les échéances :

« On murmure à Épinal que les choses pourraient se précipiter avec, autour du 10 juin, une nouvelle inculpation [6]. »

1. *Paris Match* du 2 mai 1985.
2. *France-Soir* du 22 mai 1985.
3. *L'Est républicain* du 20 mai 1985.
4. *Paris Match* du 2 mai 1988.
5. *Idem.*
6. *Le Parisien libéré* du 1er juin 1985.

Durant toutes ces semaines d'accablement, une seule voix s'élève pour combattre encore l'intoxication policière, Jean-Claude Hauck du *Républicain lorrain* :

> « La mère en question survit depuis plus de sept mois à un effroyable cauchemar. Selon ses proches, elle est au bord de la dépression nerveuse. La guerre des polices, dont Me Garaud dit " qu'elle est parfois implacable ", tue parfois à petit feu [1]. »

Le lundi, le mercredi et le vendredi, les photographes s'installent devant la maison d'arrêt de Saverne, s'appuient sur les capots des voitures encombrés de leur matériel ou se balancent d'un pied sur l'autre pendant des heures. Ils attendent Christine Villemin qui vient rendre visite à son mari. L'étroitesse de la rue et le nombre des visiteurs l'empêchent souvent de stationner près du bâtiment. Elle doit alors remonter le trottoir, à pied, sous les regards des badauds qui la frôlent ou se penchent aux fenêtres. Sur son trajet, les téléobjectifs dansent autour de son visage imperturbable. Elle avance, tête haute, sans un mot ni un regard pour ces sentinelles de sa liberté. On la voit toujours vêtue d'une large salopette noire portée sur un polo blanc et chaussée de ballerines blanches également. Tout son être s'arrondit, son ventre mais aussi son visage et sa poitrine décorée du médaillon d'argent renfermant la photo de son fils. Plus son image morale se dégrade dans les médias, plus elle est belle et son allure rassurante. Elle porte à la main toujours le même sac contenant des vêtements propres pour Jean-Marie et sa carte d'identité qu'elle doit présenter au contrôle. Le couple a droit à une entrevue de trente minutes pour laquelle, comme tous les autres, il peut demander une prolongation d'un quart d'heure. Christine et Jean-Marie s'installent l'un contre l'autre autour d'une table ronde. Parfois, si le gardien veut bien fermer les yeux, elle peut poser sa jambe sur celle de son époux.

A Nancy, le parloir contenait une trentaine de détenus environ et leurs visiteurs, soit une centaine de personnes. Ils ne s'entendaient plus. Saverne est plus intime, même si les regards des autres s'appesantissent encore sur eux. Souvent, Christine pleure sur l'épaule de son mari qu'elle-même est censée réconforter.

— Nounours, tu as vu les journaux. Maintenant ils disent qu'ils vont m'enfermer.

Jean-Marie hausse les épaules et balaie ses craintes :

1. *Le Républicain lorrain* du 23 mai 1985.

— Tu rigoles. Ils peuvent pas t'enfermer. T'inquiète pas, c'est les journalistes qui chantent ça. C'est des fumiers!

Malgré toutes les embûches, le couple réussit à maintenir un dialogue quotidien, car Jean-Marie ne doute pas un instant de sa femme. L'un et l'autre s'écrivent tous les jours et poursuivent leurs conversations entre les parloirs. Christine lui raconte ses cauchemars :

> « J'aimerais tant être auprès de Grégory. Si c'est vrai qu'il y a un autre monde, je me demande s'il est heureux. J'ai toujours l'impression qu'il dort dans son cercueil et qu'il m'appelle, qu'il a besoin de mon aide. Quand il pleut et qu'il fait très mauvais, je me mets en tête qu'il a froid et j'en fais des cauchemars. Si seulement tu étais là mon amour, tu me disais à chaque fois que Grégory n'était plus vivant et qu'il n'avait besoin de rien et qu'il n'avait plus froid. Oh, Nounours, tu me manques tellement que j'ai l'impression de perdre la tête. (...) Le soir, je parle à notre enfant chéri et s'il m'entend, qu'il nous aide à surmonter tout ce qu'il nous arrive et surtout qu'il aide son papa adoré à avoir un bon moral [1]. »

Acculée par la rumeur, elle doit se défendre, bien que son mari ne doute pas d'elle, et confie ses angoisses ainsi que ses remords :

> « J'espère que nous nous en sortirons, j'ai du mal à croire que je suis la première nommée comme étant le corbeau. Mon amour, sur notre amour et sur notre Grégory, il faut que tu me croies, je n'ai écrit aucune de ces lettres et je n'ai fait aucun mal à Grégory. La seule chose qui est contre moi et je m'en veux c'est de l'avoir laissé tout seul devant la maison. Si le corbeau avait continué à nous embêter au téléphone ou autrement, jamais je n'aurais laissé Grégory dehors mais ce soir-là, je ne pensais vraiment pas à cela [2]. »

Elle passe constamment de l'abattement à la colère, notamment contre la police judiciaire, la presse et bien sûr Bezzina :

> « Les policiers n'avancent pas plus que la gendarmerie. Ils m'ont dit que je ferais 20 ans de prison à cause des témoignages qui sont contre moi, malgré ce que je dis. C'est

1. Lettres de Christine Villemin des 15-18 avril et du 7 mai 1985.
2. Lettre de Christine Villemin du 29 avril 1985.

dingue, faire de la prison alors que je n'ai rien fait. (...) J'en ai vraiment marre Nounours, tu peux pas savoir à quel point. (...) En ce moment, je suis vraiment à bout. Les journalistes n'arrêtent pas d'être sur mon dos, mais le pire de tous, c'est ce fameux Bezzina. Le jour qu'il se présente devant moi, je crois que je pourrais pas me retenir, il aura une paire de claques. Même si cela doit me porter préjudice après, il l'aura bien mérité. (...) Les journalistes ont encore écrit de sacrées salades ce week-end. Ils ont écrit que tu aurais voulu te suicider car tu doutais de moi et que tu regrettais ton geste. Enfin, je vois que rien ne les arrête. (...) [1]. »

« Cela me fait très mal quand ils m'accusent de la mort de notre petit homme. Tu sais à quel point j'aimais notre enfant, il était tout pour moi comme pour toi, notre petit homme adoré, nous ne voyions que par lui. Pourquoi les journalistes s'acharnent contre moi ? Ils ne voyent pas qu'ils sont en train de nous détruire. C'est vraiment dégueulasse ce qu'ils font. C'est dur pour moi mais pour toi ça doit être pire. (...) Avec leurs conneries je vais avoir un bébé hypernerveux. (...) On croirait qu'ils veulent que je me fasse du mal. Mais je ne leur donnerai pas ce plaisir, en plus ils s'enrichiraient encore avec la vente de leurs torchons [2]. »

Ainsi, il ne s'écoule pas un jour sans que l'un et l'autre s'écrivent, du simple petit mot rédigé avant de s'endormir au terme d'une journée chargée à la longue confession d'amour réciproque pleine d'encouragements à survivre dans l'espoir d'un avenir serein et de la venue du bébé.

« Je t'aime à un point que s'il t'arrivait malheur, je te suivrais immédiatement. (...) Jamais il n'y aura un autre homme dans ma vie, tu es tout pour moi et lorsque tu ressortiras, nous ferons beaucoup d'enfants [3]. »

Jean-Marie lui envoie les mêmes sentiments :

« Je ne pourrais pas rester des années séparé de toi, c'est impossible, je t'aime tellement que j'en mourrais de chagrin. (...) Je pense à toi avec tout le mal qu'ils te font. (...) Tu me manques mon amour, si j'étais un oiseau, je m'envolerais

1. Lettres de Christine Villemin des 20-23-24 avril 1985 et du 2 juin 1985.
2. Lettres de Christine Villemin des 11-12-18 avril 1985.
3. Lettres de Christine Villemin des 15 avril et 7 juin 1985.

pour te siffler des mots d'amour. Mais je ne suis qu'un prisonnier, ces mots d'amour, je ne peux que te les écrire. (...) Tu es belle ma chérie, cela te va tellement bien de porter un enfant, tu es encore plus belle [1]. »

Le juge Lambert lit ces lettres et peut constater ce qu'Éric Darcourt, informé par Me Garaud, appelle dans une dépêche AFP « leur foi mutuelle, douloureuse mais intacte ». Mais, pour le SRPJ comme pour la « caisse de résonance », il ne s'agit que d'une mise en scène, tout comme leur attitude tendre lors de la confrontation avec les gendarmes.

Jean-Marie a besoin de toute la force de sa femme, car son désarroi n'est pas une légende. Le décès de son fils le hante, ainsi que sa propre déchéance entre quatre murs. Il n'a plus d'avenir, plus de projets. Sans Christine et sans Grégory, il n'a plus de vie. Mais la presse bezziniste ne le ménage pas pour autant. On le dit « abattu après les derniers rebondissements de l'enquête [2] ». On écrit que son transfert à Saverne est la conséquence d'une hostilité de ses codétenus. Et surtout, on lui prête des inquiétudes à propos de sa femme.

« A la sortie, Christine avait perdu le sourire qu'elle affichait à l'entrée de la prison : elle était pâle et paraissait défaite. Qu'avait pu lui dire Jean-Marie ? Est-il lui aussi, maintenant, rongé par le doute et l'angoisse ? Christine était-elle seulement bouleversée de quitter son mari [3] ? »

En regard, la mère de Grégory est présentée comme un personnage aux abois.

« Christine traverse des périodes d'abattement. Il n'est pas rare qu'elle pleure en se demandant pourquoi on la " persécute " comme si elle devenait de plus en plus suspecte [4]. » « La jeune femme est inquiète, très inquiète [5]. » « Elle est de plus en plus sombre, de plus en plus irritable et elle, si coquette jadis, ne prend plus de soins particuliers pour se vêtir [6]. »

1. Lettres de Jean-Marie Villemin des 22 avril, 8-28 et 30 mai 1985.
2. *France-Soir* du 29 avril 1985.
3. *France-Soir* du 11 mai 1985.
4. *France-Soir* du 17 mai 1985.
5. *Le Parisien libéré* du 17 mai 1985.
6. *Détective* du 23 mai 1985.

Tout cela est faux, bien sûr, mais le sillon est creusé.

Bien qu'en froid avec ses parents depuis la Saint-Nicolas, Jean-Marie a répondu à une lettre de sa mère. Celle-ci a ébranlé ses sentiments en vantant le « cœur d'or » de son fils. Le père de Grégory brise la glace, l'espace de quelques lignes marquées par ses angoisses face à l'avenir, son épuisement physique et moral. Inquiets, Albert et Monique Villemin remettent la lettre au juge Lambert en lui demandant de faire surveiller leur fils. Les Bezzina ont connaissance de ce courrier et en déforment le sens pour le diriger, une fois de plus, contre Christine.

> « Pour la première fois, il a exprimé à mots couverts mais compréhensibles ses doutes. De plus en plus, il croit que son cousin était innocent et regrette ce geste. Cet homme fier a-t-il aujourd'hui une certitude [1] ? »

Or la lettre ne contient ni doutes ni interrogations conjugales, seulement son angoisse quant à la durée de sa peine. Après la guerre, le grand-père de Jean-Marie s'est suicidé par pendaison à son retour de captivité. Quelques années auparavant, son épouse avait été condamnée à dix-huit mois de prison pour avoir blessé mortellement leur enfant, tombé la tête contre une cuisinière après avoir reçu une gifle. Les Bezzina réécrivent ce passé familial en expliquant que le suicide du grand-père était dû à la condamnation de sa femme, alors que les deux événements sont indépendants et distincts de plusieurs années. Ils s'empressent d'établir un parallèle entre la situation de son aïeul et celle de Jean-Marie qui a écrit :

> « Je crois que je vais faire une connerie comme le père de papa. J'en ai marre [2]. »

Sous la plume de Jeandon-Bezzina, l'allusion devient :

> « Jean-Marie s'interroge au point d'écrire : " Ça commence à me tourner la tête... " Quoi ? Ses interrogations ? Ses doutes ? Sûrement [3]. »

1. *France-Soir* du 1er juin 1985.
2. Lettre de Jean-Marie Villemin du 26 mai 1985.
3. *France-Soir* du 7 juin 1985.

Marie-France Lefevre-Bezzina enfonce le clou :

« Il ne fait aucun doute que le dossier en est au stade final. Jean-Marie Villemin s'en rend bien compte, puisqu'il écrit à ses parents, désespéré : " Je sens que je vais faire une connerie comme le père de papa [1]. " »

Mais le couple infernal a soigneusement coupé la phrase suivante :

« Il y a longtemps que je l'aurais fait si je n'avais pas une femme merveilleuse comme Christine [2]. »

1. *Le Parisien libéré* du 8 juin 1985.
2. Lettre de Jean-Marie Villemin du 26 mai 1985.

10

Des cartes de visite dans la poche de Christine ... Jamborees de plus en plus belliqueux ... « C'est ton petit juge ! » ... La meute ... Résistance hors du commun ... Rodéos oppressants ... Les airs des jours heureux ... Toujours rien

Qui sera le défenseur de Christine Villemin ? La jeune femme n'est pas inculpée, mais la question hante déjà les palais de justice de Paris et d'ailleurs. Il est évident pour tous que Mᵉ Garaud va bientôt devoir choisir entre les intérêts du père de Grégory, partie civile, et ceux de la mère, future inculpée. La logique voudrait qu'il reste aux côtés de Jean-Marie dont le geste est assimilé, à tort, par certains à un acte de « légitime défense a posteriori ». On s'imagine qu'il va abandonner Christine, indéfendable pour un partisan de l'ordre et de la morale. L'enjeu pour les avocats est de voir leur nom et leur visage tous les jours dans la presse nationale écrite et audiovisuelle. Mais Mᵉ Garaud ne lâchera pas sa cliente. D'abord, il s'est pris d'affection pour le petit couple. Ensuite, il ne tient pas non plus à abandonner un dossier qui fait augmenter la clientèle après chaque passage dans le journal de 20 heures. Il se garde bien d'aller chercher quiconque lui ferait de l'ombre sous les projecteurs. Seule sa jeune belle-fille et associée Marie-Christine Chastang le seconde depuis la mort de Bernard Laroche, date à laquelle s'est ouvert le deuxième dossier. Pourtant, les journalistes sont sollicités pour glisser des cartes de visite dans la poche de Christine.

Je n'échappe pas à la règle, mais je ne donne pas suite à la demande qui m'est faite de lui suggérer une avocate de Marseille.

Je n'ai d'ailleurs plus de contacts avec elle. Depuis la mort de Bernard Laroche, j'ai tenté à une ou deux reprises de la joindre à Petitmont, en vain, et je n'ai pas insisté. La situation dans laquelle on nous fait vivre et travailler ne me convient pas du tout. Comme une partie de mes confrères, je tente de rester en dehors de ce jeu malsain jusqu'aux limites du possible. Les rêves des avocats resteront vains. Christine est isolée au bout de sa rue à Petitmont, en lisière de forêt, et se sent abandonnée de toutes parts. François Mattéi, reporter au *Journal du Dimanche*, parvient, par chance, à s'entretenir avec elle. La jeune femme pleure en commentant ce que la presse lui fait endurer.

– Je ne veux pas aller en prison. Je n'ai rien fait de mal. Je ne sais plus quoi faire.

Sa belle-sœur et sa mère, en colère, ne comprennent pas qu'on laisse accuser et poursuivre ainsi une future maman si jeune. Elles en veulent à Me Garaud qui se fait encore très discret, sans doute ébranlé par ce qu'il lit et ce qu'il entend.

– Faites-vous conseiller autrement, suggère Mattéi.

– Mais je connais pas d'autre avocat, Garaud c'est comme mon père !

Le journaliste lui donne le nom de celui qu'il était venu recommander. Christine le remercie, réfléchit et accepte de recevoir l'avocat un peu plus tard. Celui-ci la secoue :

– Arrêtez de dire oui au juge. Apprenez à lui dire non !

Ces arguments n'ont pas beaucoup de sens, car Christine n'est pratiquement jamais confrontée au juge qui ne l'a pas interrogée dans le cadre de la mort de son fils depuis le 24 décembre dernier, mais elle est séduite par l'énergie de ce jeune avocat. Il la met en garde d'une phrase dont elle comprendra le sens quelques semaines plus tard :

– Attention, madame Villemin. Quand la justice s'empare d'un innocent, elle peut en faire un coupable ! Une fois que l'engrenage est en route, il est très difficile d'en sortir.

Elle promet d'en parler à son mari, puis se rend compte que l'entrée en lice d'un nouveau conseil supposerait l'abandon de Me Garaud et de sa belle-fille. Ni Christine ni son époux ne veulent se séparer de celui qui remplace désormais leurs pères respectifs. Me Garaud est la seule personne étrangère à leur famille et à la presse qui leur a témoigné un peu de soutien et un peu d'écoute depuis la mort de leur enfant. La réponse sera négative, mais l'anecdote de la venue de l'avocat à Petitmont va se répandre. La rumeur en déduit que Christine, lâchée par Garaud, cherche un nouvel avocat en prévision de son inculpation.

A l'approche du 10 juin, l'état d'alerte est déclenché, car cette date limite a été avancée par le SRPJ. Aussitôt, les journalistes reviennent à Épinal pour prendre possession de leur chambre et de leur table favorites et retrouver leurs amis ou leurs ennemis. Seules les saisons changent lorsque s'organisent ces sortes de jamborees de plus en plus belliqueux. Nous avons vécu l'automne, l'hiver puis le printemps, et voici l'été, toujours dans l'attente du même événement : la chute de Christine Villemin. Le moindre déplacement du juge Lambert engendre une course-poursuite, parfois sur près de cent kilomètres comme lors de sa visite à Saverne puis à Petitmont pour une présentation de scellés aux parents de Grégory. Lorsque le magistrat rencontre Christine, il la traite en partie civile, plaisante sur « le petit ventre » qu'elle « attrape » et se garde bien d'avaliser la pression médiatique par un geste ou une parole. Il leur arrive même de se téléphoner, elle pour lui demander d'intervenir auprès de l'organisme de crédit qui réclame les remboursements de la maison ou pour se plaindre des fuites policières. Dans les deux cas, il lui répond qu'il ne peut rien pour elle. Lui l'appelle pour proposer telle ou telle date de notification ou autres actes secondaires dans son instruction. La grand-mère Jeanne interpelle alors Christine, qui se trouve parfois dans le jardin ou au premier étage :

– Christine... c'est ton petit juge...!

La jeune femme sermonne sa grand-mère car elle ne veut pas de familiarité avec un homme qu'elle tient pour responsable en partie de son malheur et de celui de son mari. De part et d'autre, tout le monde vit dans l'attente de cet événement et dans la hantise de le manquer. Cette expectative use les nerfs et nous fait perdre le sommeil. Attendre, certes, mais où? A Épinal, devant le palais de justice où se déroulera l'inculpation? A l'hôtel, près du téléphone mais sans être sur le terrain? A soixante-cinq kilomètres de là, dans le village de Petitmont où aura lieu l'arrestation? A Saverne, en Alsace, pour vérifier que Christine ne craque pas, jauger son regard et son visage? A Nancy, au siège du SRPJ d'où sortent toutes les informations? Ailleurs, dans un lieu tenu secret pour nous soustraire à l'événement?

Le triangle Épinal-Nancy-Saverne dans lequel doit se jouer ce nouvel épisode représente une distance d'environ trois cents kilomètres à parcourir, parfois plusieurs jours de suite alors que rien ne justifie ces déplacements fatigants en pleine chaleur. Les policiers s'énervent devant l'immobilisme de Lambert et le temps pris par les expertises de cordelettes et d'écritures. Sans elles, rien ne sera possible. Mais quelles assurances ont-ils que les résultats seront positifs et susceptibles d'entraîner une inculpation ? Pourtant, tous les jours depuis trois mois et demi, on nous martèle leurs certitudes. De guerre lasse, on a presque envie de les croire, ne serait-ce que pour légitimer notre comportement. Imaginer que l'on en soit à traquer une femme innocente serait encore plus oppressant. Il faut être doté d'une très forte résistance intellectuelle pour lutter contre le doute. Seul Jean-Claude Hauck possède une image de Christine, le lendemain du drame, qui lui permet de rester à l'écart de la meute.

La force de Christine Villemin devient la principale curiosité des journalistes dépêchés dans les Vosges. Tout le monde qualifie de « terrible » la pression exercée sur elle, mais chacun contribue à la renforcer par sa seule présence devant le pavillon familial de Petitmont ou la maison d'arrêt de Saverne. Pour notre pool, son innocence est son armure et elle seule peut expliquer sa résistance hors du commun. Pour les autres, son inflexibilité trahit un caractère « monstrueux » et constitue une preuve irréfutable de son crime. Qu'importe s'ils la poussent au suicide. C'est la fuite en avant. La fuite devant le cadavre de Bernard Laroche sur lequel ils ne veulent pas se retourner de peur d'y reconnaître leur marque.

Derrière les haies qui bordent le refuge de Christine Villemin, les voitures de télévision ou des radios sont garées pare-chocs contre pare-chocs, prêtes à bondir. A l'intérieur, tels des inspecteurs de la DST, les reporters espionnent les mouvements des alentours en mâchonnant quelques herbes fraîches. Certains l'ont menacée par téléphone car elle a refusé de les recevoir. Me Garaud a protesté, notamment auprès de la rédaction de *Détective*, contrainte de rapatrier son reporter trop agressif. Les rares sorties de la jeune femme provoquent des rodéos, la forçant à conduire plus vite même sur des routes glissantes. Les photographes hissés sur les tas de bois surplombent les lieux et la guettent au milieu des arbres et des fleurs des champs. L'endroit est aussi serein que l'atmosphère est malsaine.

Une voisine leur offre parfois du café en leur racontant que Christine pleure toute la journée. Pour la calmer, la grand-mère Jeanne lui explique que le bébé va finir par ressembler à ceux qui sont à l'origine de ses tourments. La méthode est parfois efficace car Christine n'a pas envie que son enfant ait les traits de Bezzina, du commissaire Corazzi ou du juge Lambert!

Le couple a espacé son courrier depuis la parution de la lettre tronquée de Jean-Marie. Par ailleurs, le magistrat les fait remettre au détenu avec retard, par paquets de dix. Ils se sont déjà revus plusieurs fois quand leur correspondance croisée parvient à destination. Christine a trouvé, à l'insu de tous, un autre moyen de se rapprocher de son mari entre deux parloirs. Le samedi soir, la radio locale de Saverne, Couleur 3, diffuse une émission de dédicaces très prisée des auditeurs. Elle sélectionne les chansons préférées de son époux et les accompagne d'un mot tendre. Jean-Marie attend avec impatience la fin de la journée pour se recroqueviller sur son matelas, blottir la radio contre lui, entendre la voix de sa femme et les airs des jours heureux. Il l'enregistre et la réécoute tous les soirs jusqu'au samedi suivant.

Le 10 juin se termine comme le 9. Le soir, je note sur mon cahier : « Journée d'attente. Pour rien. Comme d'habitude. » Christine Villemin est toujours partie civile et cette échéance annoncée par le couple Bezzina n'était sans doute qu'un fantasme policier. Le soir au bar, la déception et le soulagement se mêlent sur nos visages de combattants du désert des Tartares. Sur un vague fond de piano ou de musique douce, on se croise dans la pénombre, on se frôle sans se parler, on s'évite dans l'ascenseur et on se regroupe dans la chambre de l'un ou de l'autre, après le dîner, pour des conciliabules secrets sur nos stratégies du lendemain. Nous pouvons rester ici longtemps, nous avons tous trouvé nos marques.

Ker, maintenu depuis des semaines dans les Vosges, change régulièrement de chambre et d'étage pour casser la monotonie du décor. Toujours en quête d'un scoop, il ne téléphone qu'à voix basse, la main sur le combiné pour qu'on ne l'entende pas du couloir mais parfois, on le surprend l'oreille collée à la porte de Ouaki ou d'un confrère moins prudent que lui. TF1 et RTL Télé ont dressé les lits contre le mur pour installer un banc de montage. Les photographes s'arrachent les salles de bains sans fenêtres qu'ils transforment en labo de développement. Darcourt a trouvé une cache pour nos rares documents tirés du dossier dans le faux plafond de sa chambre dont une plaque se soulève aisément. Gérard Welzer fait courir le bruit qu'il a exercé une pression, en accord avec la gendarmerie, sur Lambert pour qu'il inculpe Bernard Laroche. Éric a averti le magistrat que si l'avocat « s'enhardit dans la calomnie », il saura engager les poursuites nécessaires. L'état-major alerté lui a promis d'être à ses côtés, le cas échéant. L'ambiance est très tendue. Le personnel de l'hôtel a vite appris à différencier les pools et à ne pas prononcer certains noms ou certains mots devant les uns ou les autres. Les serveurs et les femmes de chambre écoutent avec diplomatie les scénarios différents tirés d'une même histoire. Seule Laurence Fagnot, la jolie réceptionniste de vingt ans, croit en l'innocence de Christine et ne le cache pas, quitte à froisser certains de ses clients. Elle deviendra même une amie, partageant plus tard nos dîners et nos sorties. Parfois, la tension retombe et l'on peut se détendre en flânant sur une terrasse au bord de la Moselle ou au Number One, la boîte de nuit investie chaque soir par les reporters.

11

Date anniversaire ... Les relevés téléphoniques ... « Une formidable carapace de haine, de cynisme et d'intelligence glacée » ... L'inculpation n'aura pas lieu ... Le corbeau selon France-Soir *... A la recherche d'un mobile impossible ... Héricotte, colporteur de malheurs ... Un bouillon de culture ...*

Le répit ne dure qu'une nuit. Le 11 juin *France-Soir* annonce officiellement sur huit colonnes en première page : « GRÉGORY : LA POLICE N'A PLUS QU'UNE SUSPECTE. » Pendant le petit déjeuner, Éric Darcourt lit les journaux à voix haute pour notre pool, à peu près consolidé après mes écarts du mois de mars. Ma quarantaine est finie. Ses phrases sont ponctuées par nos exclamations de colère et le bruit des tasses que l'on cogne contre les soucoupes en les repoussant. Le SRPJ de Nancy a visiblement décidé d'accentuer la pression sur Jean-Michel Lambert en lui lançant des messages impératifs et quotidiens par médias interposés. Le temps presse car la police est fixée sur une nouvelle échéance, le 20 juin. Ce jour-là, le juge organisera la reconstitution de l'assassinat de Bernard Laroche. En bonne logique, elle devrait mettre un terme à l'affaire. D'ici là, Christine devrait être inculpée pour avoir assassiné son enfant, et l'on verra que Jean-Marie a tué son cousin pour écarter les soupçons qui s'orientaient sur sa femme. Le rideau tombera et le prochain acte se jouera devant la cour d'assises des Vosges. Voilà comment les policiers envisagent l'avenir immédiat.

La date du 20 juin est d'autant plus importante pour eux qu'elle marquera l'anniversaire de leur entrée triomphale dans le dossier qui devait être, disait-on à l'époque, bouclé en dix jours. Or, quatre mois après leur saisine du 20 février, leur enquête n'a donné aucun résultat. La gendarmerie n'avait pas travaillé plus de quatre mois, du 17 octobre au 19 février. Pour éviter à la police l'affront de voir ses investigations durer plus longtemps que celles des gendarmes et le risque que les vacances engloutissent leurs efforts, tout doit se régler rapidement. La mise au point du 11 juin, à l'intention du juge et du public, est claire :

> « Dans quelques jours, Jean-Michel Lambert va devoir prendre une décision importante. Après huit mois d'enquête, il semble qu'il n'ait rien à espérer à poursuivre l'instruction d'un dossier où chaque élément a été plusieurs fois passé au crible. Il n'a plus rien à attendre qu'il ne sache déjà. Aujourd'hui Bernard Laroche fait figure d'innocent. Depuis longtemps, un autre nom est venu s'inscrire à sa place, désigné par tous sans ménagement. Christine Villemin, la propre mère du petit Grégory, est la seule personne sur qui pèse le poids du soupçon. »

Pour appuyer son ultimatum, la police judiciaire fait savoir qu'elle dispose d'un nouvel élément à charge contre Christine : ses notes de téléphone. Arnaud Laurence-Bezzina a déjà lancé le sujet dans *le Journal du Dimanche* de la veille :

> « Les relevés des Villemin seraient en forme de montagnes russes avec des écarts du simple au quintuple. Il est vrai que 700 appels téléphoniques anonymes, même répartis sur deux ans, doivent laisser des traces matérielles [1]. »

Voilà donc un nouvel indice, invérifiable comme les précédents mais qui sera répété en écho. Nous sommes prisonniers les uns des autres comme les alpinistes d'une même cordée.

Trois jours plus tard, *Paris Match* publie à son tour un article en phase avec les espérances des policiers : « ET MAINTENANT L'AFFAIRE CHRISTINE COMMENCE. » Caradec'h anticipe comme s'ils allaient de soi des actes qui ne sont pas encore accomplis : le dépôt du rapport de synthèse des policiers et, surtout, l'arrestation et l'inculpation de la mère. Le reste est une réé-

1. *Le Journal du Dimanche* du 10 juin 1985.

criture des articles déjà parus, mais le résultat est spectaculaire. Morceaux choisis :

« Plus de mère éplorée, plus de père justicier, et même plus une seule plume sur les ailes du corbeau. Le roman de Grégory est terminé. Commence maintenant l'enquête sur l'assassinat d'un enfant de moins de cinq ans : Grégory Villemin.

« Une enquête froide glacée, brutale dans ses conclusions et qui ne laisse plus de place ni aux pleurs, ni aux constructions sentimentales, ni aux exégèses romanesques. " Monsieur le juge d'instruction, notre conviction est faite maintenant " a dit le commissaire Andrieu au juge Jean-Michel Lambert en lui remettant son rapport de synthèse. " Notre enquête est carrée, solide, les conclusions indiscutables : Bernard Laroche est innocent de la mort de Grégory. Tous les éléments que nous avons réunis et que vous trouverez dans ce rapport convergent vers une seule et unique personne, les preuves et les témoignages que nous avons recueillis désignent la propre mère de l'enfant, madame Christine Villemin. Notre enquête est terminée. A vous de jouer. "

« Puisque neuf mois après la mort de cet enfant, le mystère sera enfin dissipé, il faudra en tracer le lourd bilan. A la mémoire de Bernard Laroche, innocent. (...) A son fils Sébastien, cinq ans, orphelin. A Muriel Bolle, quinze ans, qui ne pourra jamais se pardonner d'avoir servi à accuser son beau-frère. A Jacky Villemin, meurtri dans son identité même et à son épouse. A tous les Jacob, Villemin et Bolle dont les noms ont été traînés dans la boue, dont les secrets les plus intimes ont été exposés au grand jour. Faut-il ajouter à cette liste : A Jean-Marie Villemin qui n'a jamais rien compris ? Peut-il même comprendre ? " J'ai des doutes maman " écrit-il à sa mère depuis la prison de Nancy, exprimant ainsi sa solitude et l'effroyable torture morale qu'il subit depuis son emprisonnement. Entré comme un justicier, sûr, arrogant, l'incorrigible " petit chef " s'est fait remettre à sa place brutalement par ses codétenus, fermement par le gardien et le directeur de l'établissement. Son attitude a même exigé son transfert, après que d'autres détenus lui eurent infligé une correction. A Saverne, où il est actuellement incarcéré, les gardiens ont retrouvé dans ses affaires des médicaments dangereux. Jean-Marie voulait se suicider. Qui lui a procuré ces barbituriques ?

Il a refusé de le dire. Mais c'est dans un état proche de l'hébétement qu'il reçoit les visites de son épouse. Pendant la demi-heure de parloir, il se contente souvent de la fixer intensément, répondant à peine à ses questions. Écoute-t-il son long monologue ? Le récit de ses journées à Petitmont, ses plaintes continuelles sur le manque d'argent et sur la maison de Lépanges qui ne se vend toujours pas ? (...)
« Compte tenu du résultat de l'enquête policière du SRPJ, des deux rapports d'expertise graphologique et de sa connaissance d'un dossier qu'il porte depuis de longs mois, le juge Lambert prendra la décision que lui dictera son intime conviction. Sans préjuger de ce qu'elle sera, on peut tout de même prévoir que Christine Villemin, la mère de Grégory, sera interpellée par les hommes du commissaire Andrieu et inculpée d'homicide volontaire avec préméditation sur un enfant de moins de cinq ans et vraisemblablement d'incitation au meurtre pour l'assassinat de Bernard Laroche. Et Christine Villemin devra répondre, dans le bureau du juge d'instruction, à toutes les questions graves qu'il a à lui poser. (...) »

Caradec'h récite la litanie des « charges » telles qu'on nous les a enseignées depuis des mois, avec en surplus quelques horaires mélangés, détails inédits et versions tronquées glanés çà et là au comptoir de chez Merle ou au bar de l'hôtel.

« Enfin, lui demandera le juge : pourquoi avez-vous tué votre enfant ? Comment avez-vous procédé ? Il se pourrait bien que le gentil juge Lambert devienne méchant et lui repasse une partie des enregistrements téléphoniques recueillis sur table d'écoute, lui mette devant le nez les procès-verbaux qu'elle a signés chez les policiers du SRPJ, qu'enfin peut-être, pour la première fois, les yeux vides de Christine Villemin se troublent. Que cette formidable carapace de haine, de cynisme et d'intelligence glacée construite autour des déceptions et des rancœurs d'une petite fille folle d'ambition et de romans à l'eau de rose s'écroule soudainement. Alors Christine Villemin pourra se reposer. Le " corbeau " de la Vologne atteint totalement son objectif, au-delà même de ses espérances. L'affaire Christine Villemin peut commencer [1]. »

1. *Paris Match* du 14 au 21 juin 1985.

On a beaucoup écrit et beaucoup dérapé dans cette affaire. Mais « la formidable carapace de haine, de cynisme et d'intelligence glacée construite autour des déceptions et des rancœurs d'une petite fille folle d'ambition et de romans à l'eau de rose » ressemble quand même plus à un portrait déformé de Caradec'h par lui-même qu'à une description de Christine Villemin, la jeune ouvrière des Vosges qui n'est plus qu'un leurre, un objet de fantasme. En lisant ces lignes avec frisson, je me retrouve projetée en arrière, lors des soirées de perdition au bar du Mouton-Blanc.

Dans ce magma, on peut cependant noter que les écoutes téléphoniques n'ont pas apporté d'éléments à l'enquête et n'ont servi qu'à nourrir les articles de presse. Elles seront même annulées par la chambre d'accusation de Nancy qui les qualifiera de « machination contre Christine Villemin [1] ». Quant à ses « procès-verbaux » recueillis par le SRPJ, il n'en existe qu'un, celui du 21 mars qui raconte sa vie et la journée du 16 octobre, sans plus. Plus tard, Caradec'h donnera différentes versions de l'origine de cet emballement, car il n'y aura ni inculpation ni arrestation avant plusieurs semaines. Selon le journaliste de *Paris Match*, c'est Jean-Michel Lambert qui lui aurait confié son intention d'inculper Christine en milieu de semaine; l'article devait paraître en même temps que l'événement. Mais Robert Badinter, le ministre de la Justice, aurait exigé du magistrat qu'il diffère son projet pour ne pas sembler obéir aux injonctions de *Paris Match*. Le ministre démentira cette explication qualifiée par lui de « pur fantasme [2] ». Cette version paraît peu probable puisque les expertises sont toujours en cours. Toutefois, Lambert est capable de telles confidences, car le 30 octobre déjà, il nous avait annoncé l'inculpation de Bernard Laroche pour le lendemain alors qu'il n'en fit rien. Quoi qu'il en soit, on peut remarquer que cette mise en accusation de Christine survient dans la semaine suivant la non-parution de l'enquête de Sylvain Hebbat sur la piste de l'insuline. Comme la réponse d'une thèse à une autre.

Des articles comme celui-là nous rivent sur place. Personne ne quittera Épinal tant que l'autre n'aura pas commencé à boucler son bagage. Il ne s'y passe rien et il n'y a rien d'autre à faire que d'attendre en lisant les journaux. Dans les chambres d'hôtel, dans les cafés, dans les voitures, on attend. On rédige des articles pour

1. Ordonnance de renvoi de Jean-Marie Villemin du 22 juillet 1986.
2. Entretien avec l'auteur.

expliquer que l'on attend et avec nous, les lecteurs attendent. Nous n'avons même plus de goût à nous amuser et ni le baby-foot ni quelques parties de flipper ne peuvent nous arracher à notre malaise.

La presse « porte-parole » du SRPJ sait cependant comment nous tenir en haleine malgré le vide judiciaire. On apprend qu'avant le 20 juin, Christine sera soumise à une dictée supplémentaire sous les yeux des contre-experts en écriture. Mais, d'ici là, doit s'écouler ce que l'on nous présente comme la énième « semaine décisive » de l'affaire, sans autres précisions. Aussi, de peur que les événements s'accélèrent, on reste à Épinal ou à Petitmont à tourner en rond comme des fauves en cage. Seuls les Bezzina sont actifs qui, depuis Nancy, multiplient les articles. Ils alternent chaque jour un ou plusieurs thèmes différents : l'anticipation des résultats des expertises, le scénario criminel attribué à Christine, le remodelage de son portrait psychologique, la contagion du doute autour d'elle, etc. Reprendre encore ces mêmes articles, mal écrits, sournois, répétitifs car fabriqués à la chaîne, marqués par le souci de nuire, prendrait des pages et des pages. De cette marée violente de mots accusateurs, de fantasmes débridés, on ressort quand même l'un des morceaux de choix, la description du meurtre selon Jean-Michel Bezzina, ou sa femme, puisqu'ils se partagent l'écriture des articles signés Jeandon dans *France-Soir*.

> « Grégory est un Villemin. Il ressemble à son père Jean-Marie comme deux gouttes d'eau. Qui plus est, l'enfant a le même ongle mal formé du pied. Une marque de famille. Jean-Marie en est tout fier. Sa naissance le comble de joie. Christine le soigne comme il convient. Fils unique, il est très gâté, surtout par son père. Sa chambre est remplie de jouets. Des vieilles voitures courent du sol au plafond sur le papier peint. Jean-Marie a acheté aussi une moto-trial : Grégory adore jouer au casse-cou sur l'engin bruyant. Un vrai petit homme qui adore jouer au foot avec ses copains. Un enfant de son temps qui adorait la vie, bagarreur, désobéissant, têtu mais attachant. (...)
>
> « Et puis le 16 octobre 1984, le " corbeau " l'a pris, lui le sauvage qui refusait toujours de suivre n'importe qui. Il l'a emmené en voiture, puis a bifurqué dans le petit chemin qui longe la voie ferrée et la Vologne. Main dans la main, le " corbeau " et le petit garçon sautillant de joie ont traversé le champ. Entre deux arbres immenses, protégé par un bosquet,

le " corbeau " a alors pris trois morceaux de ficelle. Pour jouer encore une fois, le petit s'est laissé lier. Quelques instants plus tard, Grégory qui a peut-être essayé d'appeler au secours sa maman, était entraîné comme un pauvre ballot dont on veut se débarrasser [1]. »

Tout le monde aura reconnu Christine Villemin dans ce corbeau-là et dans cette « maman » que l'enfant aurait appelée dans sa dérive. Mais quelle brûlure profonde ce couple de journalistes veut-il donc étouffer en s'acharnant ainsi sur la mère de Grégory?

De jour en jour, l'image de Christine et Jean-Marie Villemin se déforme sous la pression. Puisque, sans que rien ne s'y oppose, Christine est devenue « assassin », la presse accompagne la police dans sa recherche d'un mobile. L'occasion de s'emparer à nouveau du passé du couple, réécrit, inventé, sali et détruit. *Le Figaro Magazine* est l'un des plus acharnés à sculpter leur nouveau visage. A cette époque, le journal de Louis Pauwels tente de faire concurrence à *Paris Match* et de prendre sa place de premier hebdomadaire à grand spectacle. Les lecteurs du magazine ont déjà pu découvrir en avril dernier, comme dans *Paris Match*, le cliché du cadavre de Bernard Laroche.

Après plusieurs semaines d'indifférence, le journal lance une série d'articles qui vont suivre avec une violence progressive le parcours de Christine jusqu'à son inculpation. L'auteur de ces reportages est un inconnu de la Vologne, un pigiste du nom de René Héricotte dont le principal atout est d'être le mari d'Annie Chaussier, de *France-Soir*, venue seconder Bezzina depuis le début du mois d'avril. Une chaîne sans fin. Dans un long article-réquisitoire contre la mère de Grégory, Héricotte recense tous les poncifs propres à l'affaire : la manipulation de la gendarmerie, celle de Christine orientant l'enquête de sa voix « off », poussant son mari à tuer, etc. La fausse fugue dans le Midi comble l'absence de mobile :

« Elle songe depuis longtemps à s'évader d'un milieu trop médiocre à ses yeux. Ces Villemin et autres ne l'ont jamais acceptée et elle n'a jamais fait le moindre effort pour les comprendre. Elle les méprise. Elle les snobait comme une Marie-Chantal de la Vologne, sans bien savoir comment elle leur échapperait, comment elle amènerait son Jean-Marie à

1. *France-Soir* du 14 juin 1985.

se dépasser, à ne pas se contenter d'être un " petit chef " fiérot, dominant Lépanges du haut de son coteau et prêt à prolonger de quelques mètres le toit de sa maison neuve. Elle a fait une fugue assez brève deux ans plus tôt dans le temps où le corbeau empoisonnait leur vie.

« Ça n'a pas suffi à convaincre Jean-Marie qu'elle en a ras le bol dc cette " verte vallée " où il pleut trop, où l'hiver est trop long, où il faut se livrer à une gymnastique de banlieusard pour courir poser Grégory chez sa nourrice, filer au boulot, reprendre Grégory après le déjeuner, le ramener à la bonne Jacquot, refiler au boulot, reprendre Grégory et retrouver sa villa standard en se pliant toujours aux horaires cassés des 3 x 8 de Jean-Marie.

« Ah! Elle peut bien escalader la rude grimpette qui la ramène chez elle, en conduisant la R 5 comme dans un rallye et en faisant crisser les pneus dans les virages, il y aura toujours du repassage ou autre chose à expédier avant de pousser le bouton du rêve et d'entrer dans un nouvel épisode de Châteauvallon. Alors, elle ferme les volets, elle ne veut plus les voir. Mais Laroche mort, Laroche assassiné, le juge doit obligatoirement revenir à « l'hypothèque Christine " qu'on n'a, par scrupules, jamais levée. Comme elle sonne étrangement aujourd'hui cette apostrophe de Christine devant un inspecteur de la PJ : " Jean-Marie? C'est un con [1] ! " »

Cet article étiré sur cinq pages dans le journal favori de la bourgeoisie française illustre la dérive définitive d'une histoire dont les détails sont modifiés, amplifiés ou supprimés par le jeu du bouche à oreille. Ici, la formule orale qui autrefois déformait les faits d'un village à l'autre, d'un homme à l'autre, est remplacée par le copiage d'un article à l'autre. Au Moyen Age, les colporteurs reprenaient déjà, pour les villageois attroupés, des faits divers mi-réels, mi-fantastiques, éternelle complainte du malheur. Mais il n'existe pas de Héricotte sans lecteurs. Rien n'explique l'acharnement subit d'un journaliste qui, contrairement à d'autres, n'a rien à combattre ni à fuir dans les Vosges. Rien sinon le besoin que les lecteurs éprouvent depuis toujours de contempler la douleur des autres, à l'abri de la souffrance et des passions.

Héricotte ne connaît ni la région, ni le dossier, ni les protagonistes, ni leur passé, ni leur histoire. Il en invente une autre dans l'air du temps qui correspond à l'attente d'un public chauffé à

1. *Le Figaro Magazine* du 8 juin 1985.

blanc. Sous sa plume comme sous celle de ses semblables, les adjectifs plus durs les uns que les autres pleuvent sur Christine : « vindicative et venimeuse », « corbeau? », « monstre? », « folle? », « accusatrice féroce ou insidieuse », « âme damnée », « fantasque, irritable et insatisfaite »[1].

Tous nos reportages publiés en cette période de pré-inculpation contiennent des erreurs de dates, d'horaires, des confusions de témoignages, des petites phrases sorties de nulle part, des détails inventés, des mensonges délibérés et de faux récits des faits. Ils ne sont pas tous écrits dans l'intention de nuire mais procèdent de cette méthode de répétition que nous impose l'absence de sources d'informations. A ce jour, il a été publié sur cette affaire, dans la presse parisienne et régionale, quelque 990 articles sans compter les commentaires des radios et des télévisions. Les archives s'accumulent et les erreurs se développent de photocopies en photocopies comme dans un bouillon de culture. Mon dernier reportage date du 3 mai, jour de la confrontation des Villemin et des gendarmes, mais, sous la pression générale, je dois à mon tour reprendre le chapelet des charges que l'on matraque sans répit, sans réfléchir ni prendre du recul pour les passer au crible de la raison. Les cordelettes, les écritures, les témoins de la poste, les notes de téléphone, les voisins qui n'ont rien vu, tout s'accumule et s'embrouille dans mon cerveau. L'ampleur du battage fait autour de la culpabilité de la jeune mère devrait pourtant rendre suspectes les vérités policières. Il semble plutôt qu'à travers nous, l'on veuille préparer la France à l'idée de la mère infanticide pour faire passer sans effroi une inculpation à l'assise bancale. Nos auditeurs et nos lecteurs ne s'y retrouvent plus, mais ce n'est pas important. Tout le monde a retenu l'essentiel : la mise en cause de la mère. Il ne s'agit plus de journalisme tel qu'on l'enseigne dans les écoles ou tel que le définit la charte de ce métier. Le succès du feuilleton Grégory ne tient pas à la qualité ou à l'authenticité des informations transmises tous les jours mais à l'intensité des émotions et des fantasmes qu'il suscite dans le public. Chacun y prend ce qu'il veut et construit une autre histoire. On le voit bien au travers des articles qui rajoutent à chaque mouture là un détail nouveau, là une phrase ou une attitude qui n'ont pas existé. La vérité est souvent trop fade pour entretenir l'imagination et les sentiments extrêmes. Christine Villemin le dira elle-même quelques mois plus tard : « On croirait que les gens sont envieux du malheur qui vous arrive. » C'est pourquoi elle supporte, à son corps défendant, le

1. *France-Soir* du 4 mai-12 juin, *Le Figaro* du 19 juin, *France-Dimanche* du 17 juin 1985.

costume de sorcière qui va permettre de lui attribuer en toute impunité des maux et des actes répréhensibles à travers lesquels chacun peut se défouler. Dans ces conditions, comment apprécier le travail d'un juge qui, tous les jours, plie un peu plus sous la pression, et d'experts qui ne voient, n'entendent et ne lisent qu'un seul nom omniprésent et maléfique ? S'il n'est plus question de journalisme, il est difficile de parler également de justice sauf à considérer que la justice, comme l'écrivait Durkheim, est « faite pour les honnêtes gens ». Elle est l'instrument de vengeance et de régulation des pulsions collectives. Chacun d'entre nous, lecteur ou acteur, conscient ou inconscient, fabrique ainsi avec ses émotions le piège qui va se refermer sur Christine Villemin. Coupable d'avoir réveillé, malgré elle, la bête qui dort en nous.

12

Départ d'un fusible ... La tête haute ... Enquête favorable à Christine ... Le roman plus fort que la réalité ... Des corbeaux à ciel ouvert ... « C'est une véritable danse du scalp » ... Nouvelle dictée ... Un marin à la mer ... Elle ou lui

Comme pour rendre plus crédible encore la suprématie policière, le capitaine Étienne Sesmat quitte Épinal, à sa demande, pour prendre le commandement de la compagnie prévôtale de Berlin. L'atmosphère vosgienne l'étouffe; le jeune capitaine ne supporte plus d'être regardé, montré du doigt ou mis en cause tous les jours pour un travail dont il ne veut pas rougir.

Jean-Michel Lambert, trop heureux de trouver un fusible, a sacrifié son premier enquêteur à son propre sauvetage. Dans ces conditions, les relations professionnelles entre les deux hommes ne peuvent plus se poursuivre. Lambert n'a jamais mis un terme aux rumeurs lancées des cabinets d'avocats puis du SRPJ qui accusaient l'officier d'avoir saboté l'enquête et refusé de l'orienter sur Christine Villemin. Ces assertions sont fausses et le magistrat le sait mieux que quiconque, mais il se garde bien de rétablir la vérité. Elle serait trop cruelle pour lui qui a multiplié les erreurs et les inconséquences dont il se décharge avec sa candeur exaspérante. Jean-Michel Lambert pourrait notamment révéler qu'au moment où Muriel faisait ses aveux à la brigade de Bruyères, lui-même entendait les trois filles de la poste. Il était donc bien informé de l'existence de ces dépositions et ce avant que n'apparaisse l'adolescente dans l'enquête. Il avait toute latitude pour envisager d'éventuelles suites judiciaires à l'encontre de Christine. Il ne l'a pas fait car les témoins ne l'avaient pas convaincu et, s'il y est revenu trois semaines plus tard, c'est sous la férule des avocats de Bernard Laroche, désireux de voir remplacer leur inculpé par un autre.

La presse, un peu essoufflée dans l'attente vaine de l'inculpation de Christine, se jette sur la nouvelle pour relancer les rumeurs. « Celui par qui le scandale est arrivé », écrit Lucien Miard dans un article du *Figaro* qui résume la légende du capitaine :

> « Il avait très vite trouvé " son " coupable et n'en cherchait pas d'autre. Il est vrai qu'en n'y regardant pas de trop près, Bernard Laroche faisait un bon suspect. Un si bon suspect qu'on " arrangea " le témoignage de la jeune Muriel qui finit par déclarer ce que les gendarmes voulaient entendre, c'est-à-dire que son beau-frère avait enlevé le petit Villemin. Étienne Sesmat était si convaincu d'aller dans le sens de la vérité qu'il en oubliait parfois la procédure. Ainsi, on ne jugea pas utile de pratiquer une autopsie complète. " Pourquoi charcuter le gosse? On est déjà sur une piste [1] ". »

Or, l'autopsie de Grégory a été pratiquée le 18 octobre et Bernard Laroche n'est arrivé dans le champ de l'enquête que le 23, après la venue spontanée de sa femme à la gendarmerie.

En quittant les Vosges, le capitaine terminera son discours d'adieux sans baisser le regard :

> — J'espère messieurs que vous garderez la tête haute comme je la garde aujourd'hui en partant d'ici.

Bravant les accusations, les prédictions et les soupçons, Christine traverse le cimetière de Lépanges avec dans les bras un bouquet de roses rouges parsemées de gypsophile. Malgré son ventre imposant, elle parvient à s'incliner devant la tombe de son fils pour arranger les fleurs blanches, retirer les tiges fanées et accomplir les rites du deuil. Sa mère et sa sœur l'accompagnent en ce 16 juin, huit mois jour pour jour après l'assassinat de son enfant. Le petit groupe se signe puis se hâte pour échapper aux photographes regroupés derrière le mur d'enceinte et qui pensent fixer les derniers instants de la liberté de la mère.

1. *Le Figaro* du 14 juin 1985.

Si elle ouvre *Le Journal du Dimanche* paru le matin même, elle va, pour une fois, se reconnaître dans le portrait que brosse d'elle Jean-Noël Fournier, envoyé depuis Paris pour enquêter sur le territoire des Bezzina. Ceux-ci n'aiment pas voir arriver les reporters des journaux dont ils sont correspondants, et les privent souvent d'informations. Les reportages des autres sont autant de piges qui disparaissent de leurs revenus.

Fournier a cherché dans la vie et la jeunesse de Christine les signes avant-coureurs du geste criminel qu'on lui attribue. Il n'a rien trouvé et l'écrit franchement.

> « Dans toutes les écoles où elle est admise (...) Christine laisse le souvenir d'une petite fille tranquille et sage, toujours polie. Jamais un mot plus haut que l'autre, pas d'adolescence difficile et un début d'études secondaires prometteur. (...) Christine ne redouble pas une seule fois. A Lépanges, elle a une réputation de bonne mère de famille, de bonne épouse. Rien dans son comportement ne laisse sous-entendre un problème quelconque avec son mari ou sa famille. Discrète, effacée, elle se cantonne dans son rôle d'épouse modèle et soumise. Vus de l'extérieur Jean-Marie et Christine donnent l'image d'un couple uni et sans histoires. Le seul accroc entre eux serait une fugue de Christine à la suite d'une dispute. (...) Si elle a souffert en silence, si elle a rêvé en secret de changer de vie, elle ne s'en est jamais confié à quiconque. Ses camarades d'usine qui la connaissent depuis six ans n'ont rien remarqué d'anormal. " Christine, dit l'une d'entre elles, elle ne parlait que de son fils. Elle racontait toujours ses dernières bêtises et elle en riait. " (...) " Elle adorait son gamin, raconte Caroline qui la rencontrait tous les jours à la sortie de la maternelle. Jamais je ne l'ai vue lever la main sur lui, lui donner une gifle ou une fessée ou même le gronder. Pour moi, il est impossible que Christine ait assassiné son enfant " [1] ».

Étrange article d'un journaliste qui a enquêté sans a priori, loin du théâtre d'ombres de l'affaire. Cette bulle de vérité dure l'espace d'un jour. Le lendemain, un article de *France-Dimanche* reprend le roman plus vrai que la réalité de l'affaire Villemin.

> « Christine aurait-elle eu quelque infernal secret qui l'aurait poussée à commettre le pire? Christine, si différente, si mys-

1. *Journal du Dimanche* du 16 juin 1985.

> térieuse, aurait-elle été habitée par quelque torturant démon ? Dans la vallée de la Vologne, ses voisins, ses collègues, ceux et celles qui la connaissent se souviennent à présent que tout n'était pas si rose dans le couple Villemin. « Elle a toujours caché son jeu », affirme l'une de ses camarades de travail. Même quand ça n'allait pas dans son ménage, Christine continuait de jouer la comédie du bonheur. En vérité, elle semblait n'avoir qu'un seul but dans la vie, poursuit sa camarade, elle voulait à tout prix pousser son mari à quitter la région pour aller vivre sur la Côte d'Azur. C'était devenu une obsession chez elle. Mais Jean-Marie faisait la sourde oreille au souhait de la jeune femme. Ce rêve impossible d'un pays de soleil et de fleurs qui lui aurait fait oublier le ciel plombé de la Lorraine, a-t-il fini par obséder son esprit au point de la rendre fantasque, irritable, insatisfaite ? Que faut-il penser de ceux qui laissent entendre que la jeune femme avait un double visage [1] ? »

La date d'arrestation et d'inculpation de Christine Villemin est fixée. Le *Figaro Magazine* nous l'apprend dans le deuxième volet de « l'enquête » de René Héricotte. On ne connaît toutefois pas le calendrier arrêté. L'information doit pourtant intéresser les experts en écriture qui vont venir dans quelques heures pour superviser la quatrième série de dictées imposée à la jeune femme ! Le magazine admet que le dénouement annoncé comme certain la semaine précédente n'a pas eu lieu. On apprend que le juge l'a reculé « par prudence », sachant « que la justice a déjà broyé un faux coupable ». Dans la lignée de son article précédent, Héricotte dépeint avec mépris ce qu'il croit être le naufrage du couple Villemin.

> « Il l'aime d'un amour fou qui peut conduire au crime. Muré dans son orgueil de " petit chef ", fier de sa réussite et de la promotion sociale qu'il offrait ingénument à sa Christine, il n'a probablement jamais entrevu les calculs froids auxquels elle se livrait pour fuir cette vallée de la Vologne où toute la famille la tenait en lisière. A plus forte raison, il n'a jamais osé lui prêter le rôle capital dans le jeu pervers du corbeau. Où est la fêlure dans ce petit bonheur enviable ? Dans les vacances en Italie qui auraient insinué l'idée d'autre chose dans le cerveau de Christine ? Dans la fugue ridicule qu'elle fit

1. *France Dimanche* du 7 juin 1985.

pour affoler Jean-Marie? Elle n'a probablement pas lu *Madame Bovary* mais elle a souvent échafaudé des rêves autour des feuilletons télévisés dont elle raffolait. Elle est devenue l'héroïne d'un roman noir le jour où elle a perdu le contrôle d'une enquête qu'elle orientait. Depuis, elle assume son personnage, elle joue le rôle impossible où elle s'est enfermée, celui d'une mère qui aurait sacrifié son enfant à une certaine fureur de vivre. Elle crâne et c'est ce courage qui fait encore douter un peu, malgré tant d'évidences [1]. »

S'ils lisent *Le Figaro Magazine* avant de se rendre à Épinal, on n'ose imaginer le regard que vont poser les deux experts en écriture sur Christine quand elle commencera à écrire sous leur contrôle.

Sans le comprendre, Héricotte, les Bezzina, Caradec'h, et d'autres à moindre échelle, reproduisent les obsessions et les jalousies du corbeau qui insultait Jean-Marie en le traitant de « chef » et de « pauvre con » et qui se moquait de Christine un peu fière, « sa pimbêche de gonzesse [2] ». Ce sont les mêmes idées et les mêmes sentiments qui motivent aujourd'hui ceux qui s'acharnent sur le couple au-delà de toute raison et de toute justice. Quelle image intolérable portent en eux Christine et Jean-Marie Villemin pour attirer tant de haine, du corbeau de la Vologne aux articles de cet été 1985?

« C'est une véritable danse du scalp », tonne Me Garaud dans *Le Figaro* [3]. L'avocat a fait connaître à Lucien Miard sa colère. Miard l'interroge d'abord sur « les éléments réunis » contre Christine. Ses réponses sont à son image, percutantes.

« Quels sont-ils? Où sont-ils? C'est bien la première fois qu'une personne est désignée par l'opinion comme une coupable sans que la justice intervienne. Elle n'est même pas inculpée et l'on assiste déjà à une véritable danse du scalp autour elle! »

Pour la première fois de sa carrière, l'avocat se retourne contre ses alliés naturels, les policiers.

1. *Le Figaro Magazine* du 15 juin 1985.
2. Lettre anonyme du 17 mai 1983.
3. *Le Figaro* du 18 juin 1985.

« Ils se servent de la caisse de résonance qu'est la pressse pour faire pression sur Christine Villemin pour essayer de la " faire craquer " comme ils disent.

« Résultat : une mère innocente à qui l'on a tué son unique enfant vit un véritable calvaire jour après jour. Imaginez qu'elle se suicide ! Cela arrangerait tout le monde ! La situation est à ce point malsaine que je me vois contraint à défendre Christine Villemin à qui la justice n'a jamais rien reproché. »

La suite de l'interview porte sur la guerre des polices entre SRPJ et gendarmerie. L'avocat tente aussi de redresser certaines contre-vérités répandues depuis plusieurs mois sur ses clients et dément les doutes prêtés à Jean-Marie :

« Il a gardé toute sa confiance dans sa femme et puise sa force en elle. Si Jean-Marie est abattu, c'est parce qu'il est séparé de son épouse après le choc de la mort de son fils. Il n'est pas en proie aux affres du doute comme on l'a écrit si légèrement. Et pourtant ce déballage aurait pu le pousser au pire... »

Il répète, enfin, ce que les autres ne supportent pas d'entendre :

« Une chose est sûre : ce couple s'entend bien, vit l'un pour l'autre, adorait son enfant et le pleure aujourd'hui. Elle ne rêvait pas de la Côte d'Azur où d'ailleurs elle n'est jamais allée. Il n'est pas l'homme arrogant détesté de ses codétenus que certains dépeignent. Elle n'a pas d'amant. Il n'a jamais eu de liaison. C'était un bonheur simple, ordinaire. Pourquoi en douter ? »

Christine écrit. Debout, assise, penchée, de la main gauche, de la main droite, le stylo entre chaque doigt de chaque main, elle trace ou tente de tracer ces mots, « chef, con, pognon, fils, vengeance, crèveras, chagrin ». On peut imaginer la torture que ces mots doivent lui infliger si, comme elle le répète, elle n'a rien à voir dans cette expédition criminelle. Mais sa douleur de mère a été occultée ; celle qui écrit est une coupable désignée. *Le Journal du Dimanche* a résumé cette absence de sentiment deux jours plus tôt : « Elle est toujours en noir mais plus personne ne la plaint [1]. » L'exercice dure des heures dans la chaleur d'une pièce du tribunal,

1. *Le Journal du Dimanche* du 16 juin 1985.

fermée pour échapper aux paparazzi. Christine doit rédiger dix-sept documents. Les photographes ont pourtant pu l'approcher quelques instants avant son entrée dans le palais. Tous s'étaient agglutinés devant la petite porte de fer de la prison mitoyenne du palais de justice, alors les inspecteurs des RG ont choisi une autre entrée. Elle était fermée à clé. Le temps que le concierge arrive, la meute a foncé sur elle. Elle est restée de longues minutes, son ventre lourd plaqué contre une porte de verre, soumise aux appareils photo qui tentaient de lui arracher un regard, celui de mère coupable.

Inculpera, inculpera pas? La danse macabre reprend autour de questions de dates. Le fond ne se discute même plus : elle est coupable. Il ne fait pas bon émettre des doutes ou un avis contraire. Chez Merle, on pavoise avec la complicité des patrons, trop heureux d'augmenter leur activité et de fréquenter tous ces messieurs-dames de la presse, des têtes et des signatures connues. On voit M. Merle, son gros visage rougeaud suant sous sa toque blanche, à la télévision, chaque fois qu'un journaliste filme Épinal ou Lépanges transformés en décor de théâtre. Maintenant, tout le monde le reconnaît lors des réunions du syndicat des restaurateurs. « La Christine », les habitants de la région la voient quand elle entre dans le palais. Une belle garce. On le leur répète assez au comptoir. Ceux qui fréquentent cet établissement jouissent de petits privilèges de caste : la fille du patron gare et déplace les voitures à leur convenance pour échapper aux PV, l'usage du téléphone est illimité et la terrasse au soleil leur est réservée. A la brasserie du Commerce, nous constatons qu'en dépit du matraquage policier, la situation n'a pas évolué depuis trois mois, et l'on se demande ce que l'on va encore découvrir ou apprendre le lendemain en ouvrant les journaux concurrents. On sait déjà que Jeandon va insister dans *France-Soir* sur cet exercice supplémentaire qui ne trahit pas, « bien au contraire [1] », une hésitation des experts. On se doute que Mme Lefevre, qui ne sort jamais de son bureau, va décrire Christine ainsi dans *Le Parisien*, « le visage un peu bouffi, avec son air des mauvais jours. Tendue, inquiète et même prostrée », et Jean-Marie « envahi par le doute [2] ». Et tout va se dérouler effectivement ainsi. En attendant, Garaud, contacté par téléphone, nous rassure :

— Il ne va rien se passer... Il n'y a pas le rapport de synthèse du SRPJ dans le dossier... non il ne va rien se passer.

1. *France Soir*, du 19 juin 1985.
2. *Le Parisien libéré* du 19 juin 1985.

Garaud a vu juste. Il ne se passe rien en ce 18 juin qui s'achève comme le 24 mars après que Christine était soumise à une autre dictée sur son lit d'hôpital. Me Marie-Christine Chastang, venue assister la jeune femme, nous dit simplement à sa sortie :

— La presse a montré qu'elle sait à quoi s'en tenir sur cette instruction mais en l'état actuel du dossier, il n'est pas question d'inculpation. Le juge me l'a confirmé.

Dans cette tempête, Jean-Michel Lambert surnage tant bien que mal comme un marin tombé à la mer. Il émeut ceux qui le connaissent et voient cet homme se débattre seul, pour « se mettre à niveau » selon l'expression d'un reporter devenu, pour un temps, son ami. Mais le juge n'y parvient pas et les vagues le submergent avant qu'il ait le temps de reprendre son souffle. A aucun moment depuis le début de l'affaire il n'a eu la maîtrise des événements, à tel point qu'il confiera plus tard à Miard : « Quelqu'un m'a dit : " C'est le diable qui mène cette enquête ". C'est vrai [1]. » Guidé par les gendarmes, poussé par les avocats de Laroche, influencé par le SRPJ et écrasé par la presse, celui que l'on appelle maintenant « le petit juge » perd le sommeil ou sombre dans des cauchemars. Au début, il était flatté que la presse s'intéresse à lui, écrivain et journaliste frustré. Ensuite, il a été vexé par les critiques émises sur sa personne. Un article du *Nouvel Observateur* l'a même profondément blessé, dans lequel François Caviglioli le tournait en dérision en le comparant à un gamin : « Malheur à la ville dont le juge est un enfant [2] », concluait le reporter dans une version romancée et cruelle de la vie du juge. Après la mort de Laroche, Patrice Burnat écrivait déjà qu'il « n'a plus vraiment le cœur à sourire en prenant connaissance de certaines affabulations. Tout est allé beaucoup trop loin. Il en a marre, Lambert [3] ».

Mais qu'a-t-il fait pour redresser ces « affabulations » ? Rien. Hier comme aujourd'hui, il se pose en observateur impuissant alors qu'officiellement, il est le directeur de l'instruction. De même, à chaque étape de sa procédure, il a été sommé d'avaliser des situations dont il n'avait pas la maîtrise. Il sait que l'engrenage est lancé et que la prochaine victime en sera Christine ou lui. Il connaît la fragilité de l'accusation contre la jeune femme, sans quoi il l'aurait inculpée depuis longtemps. Il mesure les ravages des campagnes de presse. La magistrature d'Épinal et de Nancy a pris ses distances avec lui, par peur d'être broyée à son tour, le laissant seul

1. *Le Figaro* du 10 avril 1986.
2. *Le Nouvel Observateur* du 12 avril 1985.
3. *Le Matin de Paris* du 25 avril 1985.

en proie aux difficultés de son dossier en perdition. Il ne lui reste plus qu'à prier pour que les expertises soient défavorables à Christine et desserrent ainsi l'étau qui l'étouffe. Elle ou lui. Comme six mois plus tôt, c'était Sesmat et les gendarmes ou lui. Mais là, il y va de la vie et de l'honneur d'une femme.

13

La femelle est pleine ... « Avant les vacances » ... Positions de tranchées ... Marie-Ange en pleurs ... Jean-Marie flotte dans son gilet pare-balles ... « Assassin, tu n'es qu'un assassin ! » ... « Je connais ma femme depuis dix ans » ... La partie rose du dossier ... Duras comme un médium en transe ... Effarant tête-à-tête ... La dissertation du dimanche ... « Je suis écœuré »

« Tout est en place pour l'hallali », prévient *Le Parisien libéré* [1]. L'hallali est cette phase de la chasse à courre durant laquelle l'animal, aux abois, s'arrête à bout de souffle, cerné par la meute. Il reçoit alors du maître d'équipage le coup de grâce, soit d'un coup de lame dans la carotide soit d'une décharge de carabine dans le front. L'hallali c'est la mort. Mais il existe une différence entre ce que l'on vit ici à Épinal et les rites de la vénerie : dans ces chasses ancestrales, on ne poursuit pas les femelles, a fortiori si elles sont pleines. Et avant la mort de l'animal, les équipages se dégantent, parfois se découvrent, par respect pour la bête qui va mourir.

Le Parisien a choisi cette métaphore au matin de la reconstitution du meurtre de Bernard Laroche qui, selon la rumeur policière doit marquer le tournant du dossier. Cet acte n'est pas vraiment indispensable pour élucider un crime dont on connaît l'auteur, la date, l'heure, le lieu, le mobile et les circonstances. Mais Lambert s'applique à réussir cette instruction-là. Il ne s'agit que d'une mise en scène souhaitée par les enquêteurs pour marquer la fin de l'ins-

1. *Le Parisien libéré* du 20 juin 1985.

truction et le début de l'autre affaire. Après l'affaire Grégory, l'affaire Laroche, voici l'affaire Christine. C'est une question d'heures ou de jours. C'est écrit noir sur blanc :

« Pour les enquêteurs, c'est Christine Villemin qui a assassiné son enfant. Reste à l'arrêter. (...) Une chose est sûre, l'inculpation et la mise en détention de la jeune femme doivent se faire avant les vacances [1]. »

On reconstitue le geste de son mari, mais l'on ne parle encore que d'elle, « la tête et le cœur de cette exécution sommaire [2] » selon Héricotte. De Laroche presque absent, on écrit simplement qu'il est mort en jurant son innocence et qu'il était un faux coupable, puisque telle est la nouvelle donne. Le jour même, *Le Monde* publie un droit de réponse de l'un des experts en écriture, Mme Berrichon-Seyden, qui avait désigné le cousin de Jean-Marie comme étant le corbeau. Pierre Georges avait écrit quelques semaines plus tôt que ces premiers experts avaient désavoué leur propre travail. L'information est qualifiée de « grossière inexactitude ». « S'il est vrai que ces rapports ont été annulés pour vice de forme, à aucun moment ils n'ont été désavoués par leurs auteurs qui demeurent sur leurs positions [3] », affirme Mme Berrichon-Seyden en son nom et celui de son homologue Mme Jacquin-Keller. Pour ma part, sur Europe 1, je pose la question qui me hante :

— Jean-Marie a-t-il tué oui ou non un innocent [4]?

Dès l'aube, Gilles Ouaki, armé d'une pelle, a creusé un trou à quelques mètres de la maison de Bernard Laroche pour s'y installer et ne rien manquer du spectacle. Un autre photographe s'est perché dans un arbre malgré la pluie et une position inconfortable. Les « voyous » de *Paris Match* ont investi une maison plus ou moins habitée qui plonge sur les lieux de la reconstitution. D'autres se sont enfermés dans leur voiture sur les lieux où devront évoluer l'inculpé, Marie-Ange, les avocats et toutes les autorités judiciaires et policières.

Tout le monde cherche le moyen de suivre, d'entendre et de photographier les événements qui se préparent à Aumontzey. Jean-

1. *Le Parisien libéré* du 20 juin 1985.
2. *Le Figaro Magazine* du 15 juin 1985.
3. *Le Monde* du 20 juin 1985.
4. Europe 1, le 20 juin 1985.

Claude Hauck et moi pénétrons dans le bois au-dessus de la maison, cette petite forêt d'où, le jour de l'assassinat, Jean-Marie a surgi, son fusil à la main. Munis de jumelles et de cartes d'état-major, nous espérons, nous aussi, approcher au maximum le père de Grégory et les autres. Nous glissons sur l'humus des terrains en pente creusés par la pluie, avec des éclats de rire un peu indécents qui résonnent dans les arbres. Pour la première fois, je découvre ce journaliste timide, toujours en retrait, qui deviendra au fil du temps l'un de mes amis les plus chers. Finalement, faute de trouver un accès correct, nous rentrons au village où nous rejoignons une cinquantaine de nos confrères en négociation avec Jean-Michel Lambert. Cent cinquante gendarmes mobiles doivent assurer un périmètre de sécurité qui nous éloigne trop à notre goût. Des militaires tentent de déplacer *manu militari* les voitures dans lesquelles sont enfermés les reporters. La scène tourne au ridicule, et au bout d'une heure, après maintes tractations, Lambert nous fixe une frontière derrière la corde à linge d'une maison voisine. Les photographes peuvent enfin planter leurs appareils sur pieds dans la terre mouillée. Un front compact de gendarmes se forme devant nous, dos tourné à l'événement pour nous maintenir dans nos limites avec force chiens policiers, téléphones de campagne et talkies-walkies. Plus loin encore, des habitants, surtout des cousins, des oncles ou des tantes de Bernard et de Jean-Marie tentent d'apercevoir quelque chose. Au bar-épicerie du village, Max Florentin, le secrétaire général de l'association Légitime Défense, attend de retrouver Me Garaud mais ne se risque pas sur les hauteurs. Si Me Prompt l'identifiait, le complot des « porte-fusils » reviendrait aussitôt à la surface !

Marie-Ange apparaît dans une robe bleue, arrondie par sa grossesse, et piétine discrètement devant le garage où s'écroula Bernard. Jean-Marie descend de la fourgonnette de CRS qui l'a conduit jusqu'à son village natal. Pendant le trajet, les policiers du SRPJ lui ont vivement recommandé d'aller embrasser ses parents. Jean-Marie a compris qu'ils cherchent une réconciliation publique devant la presse, qui aurait pour effet d'isoler un peu plus Christine. Il refuse catégoriquement et n'a pas un regard pour l'habitation familiale aux volets bleus zébrés de rouge, celle de son enfance, posée en contrebas de la colline comme une maison de poupée. Pas un coup d'œil non plus pour les sous-bois alentour où les petits cousins Laroche et Villemin allaient construire des cabanes de branchages dans lesquelles ils s'éclairaient à la bougie. Enfin, il n'a pas un regard pour nous qui le dévorons des yeux.

Nous le revoyons pour la première fois à l'air libre depuis le mois de mars. Un silence presque honteux souligne son arrivée et celle de Marie-Ange en pleurs. Le père de Grégory a perdu dix-huit kilos et flotte dans un gilet pare-balles bien trop grand pour lui. Son visage est creusé, dévasté de l'intérieur. Était-il vraiment nécessaire de les remettre en présence l'un de l'autre alors que les faits sont connus et reconnus? Mais Lambert s'avance vers Jean-Marie et, se voulant sans doute poli, le salue en lui demandant : « Ça va bien? »

Jean-Marie refait les gestes qu'on lui demande. Il dévale le petit chemin forestier, brandit son fusil et, devant tout le monde, fait mine de tirer sur un fantôme. On lui dit de recommencer une fois, deux fois, trois fois, quatre fois comme s'il s'agissait de refaire une prise de vue ratée. Un homme, un policier, mime les derniers gestes de Bernard en repliant les bras sur son visage. Marie-Ange rectifie de temps en temps, un détail, un mot. Lambert sourit.

De loin, nous suivons cette agitation pénible et plus d'un se demande en silence si l'inculpé va évoquer les conversations qu'il a eues avec nous avant de passer à l'acte. Apparemment, Lambert s'en tient aux seuls faits et gestes. Marie-Ange essuie son visage en tournant le dos aux photographes. Me Prompt bondit vers le père de Grégory en criant :

— Assassin, tu n'es qu'un assassin!

Garaud proteste. Un avocat ne traite pas un inculpé d'assassin tant qu'il n'est pas jugé. Après cela, il ne se passe plus grand-chose. Le vent nous rapporte quelques bribes de discussion sans intérêt. Les photographes et les caméras ont l'image voulue. Elle fera ce soir la une des télévisions et demain celle des journaux : Jean-Marie Villemin épaulant son fusil. Les gendarmes se replient en bon ordre et les journalistes se dispersent en désordre.

Les deux parties se retrouvent ensuite dans le cabinet du juge Lambert où Welzer et Prompt posent vingt et une questions au père de Grégory. Ils veulent lui faire dire qu'il regrette son geste, qu'il doute et qu'il a tué son cousin pour protéger sa femme. Comme elle est partie civile, ils évitent de prononcer son nom et parlent en général, de témoignages ou d'expertises qui auraient pu le faire douter de la culpabilité de Laroche. Jean-Marie nie avoir été ébranlé dans ses convictions par ces éléments.

— Pourquoi? lui demandent les avocats.

— Parce que je connais ma femme depuis dix ans et que je connais l'importance qu'avait l'enfant pour nous [1].

Le lendemain, tous ceux qui ont eu des échos de cette confrontation écrivent qu'à l'idée d'un autre meurtrier possible de son enfant, Jean-Marie a évoqué spontanément sa femme comme s'il s'agissait d'un aveu inconscient. Et pour le dépeindre comme un être entêté face à l'évidence, on lui prête cette exclamation de rejet qu'il n'a pas eue :

— Impossible ! je connais ma femme depuis dix ans [2].

Certains suppriment la deuxième partie de la phrase sur l'importance que revêtait pour elle cet enfant. A sa sortie, Me Garaud se contente de dire en décrivant l'état d'esprit de Jean-Marie :

— Mon client est un jeune homme clair et sincère. Il ne voit nulle part la malignité et la perfidie.

Les avocats de Marie-Ange ont déposé une demande de jonction de leur dossier avec celui de l'instruction sur la mort de Grégory. Ils estiment que les liens existant entre les deux affaires justifient leur présence dans toutes les investigations concernant le ou les auteurs de l'assassinat de l'enfant. En fait, cette jonction leur permettrait surtout de réintégrer la procédure dont ils pourraient surveiller l'évolution et recueillir les fruits médiatiques. Elle leur assurerait aussi une participation au procès qui s'annonce comme étant celui « du siècle ». Jean-Michel Lambert va refuser cette demande plusieurs fois dans les années à venir, toujours suivi par la cour d'appel. Ils tenteront même de se constituer partie civile au nom du petit Sébastien, dont le préjudice dans la mort de Grégory n'est quand même pas évident. Ils échoueront dans toutes leurs tentatives. D'abord, cette jonction compliquerait encore davantage l'imbroglio judiciaire et, surtout, le juge Lambert garde un souvenir amer de la pression exercée sur lui par les deux avocats entre l'inculpation et la libération de Bernard Laroche. Il a peur de revivre des moments aussi éprouvants. Évoquant un jour ces difficultés devant Me Garaud qui, contrairement à ses adversaires, réserve toute son agressivité pour les prétoires, il lui avoue :

— Ah vous, vous êtes vraiment la partie rose de ce dossier !

A Paris, une femme âgée, petite, à la voix rauque, le visage griffé sous de grosses lunettes, lit tous les articles sur l'affaire Grégory. Comme notre ménagère mascotte d'Épinal, c'est la Rosette Kiravi

1. Procès-verbal de confrontation Villemin/Laroche du 20 juin 1985.
2. *L'Est républicain* du 21 juin – *France-Soir* et *Le Monde* du 22 juin 1985.

de Saint-Germain-des-Prés. Marguerite Duras aime le fait divers et celui-là la passionne. Elle rencontre Serge July, le directeur de *Libération*, sur un plateau de télévision. Dans ces endroits comme dans les dîners, on ne parle que d'elle, « la Villemin », sacrée déesse du Mal. Serge July propose ses colonnes à l'écrivain pour expliquer le crime de la Vologne. Marguerite Duras souhaite d'abord s'imprégner de la vallée et tenter de rencontrer son héroïne. Avec son compagnon, Yann, elle part pour les Vosges, conduite par Éric Favereau de *Libération*. Denis Robert leur servira de guide et de spécialiste ès qualités. Chez Mme Dossman, en lisière des sapinières, Marguerite Duras parlemente par téléphone avec Henri-René Garaud. Denis Robert et elle sont enfermés dans le cagibi du téléphone à côté des cuisines.

L'écrivain veut rencontrer Christine et lui parler de son geste absolu. L'avocat répond innocence et « petit couple ». L'entretien dure une heure « dont une demi-heure de silences » précise avec ironie Denis Robert. Garaud n'est pas hostile à cette rencontre mais Christine ne veut plus voir de gens qu'elle ne connaît pas. Un rendez-vous manqué. On les retrouve ensuite le long de la Vologne, dans les rues de Lépanges et devant chez la nourrice. Éric Favereau lui demande si elle accepterait de s'entretenir avec Marguerite Duras.

— Qui c'est ça? interroge Christine Jacquot intriguée.

Finalement, elle ne verra que la maison sur la colline, abandonnée et balayée, ce jour-là, par une vilaine pluie grise. La voiture s'immobilise dans l'endroit désert. Duras entre en transe comme un médium :

— Le crime a existé, s'écrie-t-elle.

L'écrivain gagne ensuite le palais de justice d'Épinal où Jean-Michel Lambert s'offre le bonheur de la recevoir pendant plus d'une heure. Le jeune romancier à ses heures perdues rencontre le plus grand écrivain français vivant, prix Goncourt 1984 pour *L'Amant*. Un entretien secret. Ils parlent, fascinés l'un par l'autre. Elle détient la magie du verbe. Lui possède, du moins le croit-elle, la clé de la vérité. Par chance, leurs convictions se rejoignent : Christine a tué Grégory pour se venger de Jean-Marie mais, ce faisant, elle s'est punie elle-même et son crime échappe à la justice des hommes.

Sur le chemin du retour, la femme de lettres raconte sa découverte à ses compagnons de voyage : le juge est possédé par l'affaire et amoureux de Christine. Elle repart convaincue de cette vérité, mêlant dans son discours fantasmes et réalité ainsi que ses propres histoires d'amour ajoutées à celle qu'elle vient de mettre au jour. Marguerite Duras racontera cette entrevue quelques années plus tard dans un entretien télévisé avec Luce Perrot [1].

> « Il y a eu des épisodes très beaux... il m'a dit... il m'a raconté quelque chose que je n'ai jamais oublié... Il m'a dit, un jour, il n'y avait pas longtemps, il (Jean-Marie) avait amené deux steaks qu'elle (Christine) avait cuits et qu'elle avait ratés. Et elle a reçu des claques... J'entendais les claques sur la figure, des claques qui auraient pu la faire tomber, tellement elles étaient fortes. Je parlais avec lui, j'ai dit :
> — Ça peut donner envie de tuer...
> Il m'a dit :
> — Je crois, oui... »

A 6 h 30, le téléphone sonne de chambre en chambre pour nous réveiller. C'est un samedi, mais il faut être prêt au cas où Lambert se déciderait à agir. Il a confié à Garaud qu'il ne possède pas encore le rapport des policiers, mais on se dit que tout peut arriver quand même. Nous avons mis en place un système de surveillance efficace. Dès le petit jour, des reporters se rendent sous les fenêtres du juge pour guetter les lumières, les mouvements. Les photographes de Petitmont surveillent les allées et venues autour de chez Christine, et nous serons alertés par ceux de l'AFP. L'agence a dépêché sur « l'événement » plus de reporters photo que pour la visite de Ronald Reagan au Parlement européen de Strasbourg ou celle de Jean-Paul II à Lyon. Lucien Miard, qui s'est pris d'amitié pour notre pool, nous sert de sous-marin. Son contact permanent avec les Bezzina lui permet de suivre les déplacements policiers. Mais ses correspondants se méfient et ne lui disent pas tout. Nous pensons être parés, mais cela n'enlève rien à notre angoisse d'être à Épinal s'il se passe quelque chose à Nancy ou à Petitmont si tout démarre à Saverne. Charles Villeneuve m'assure que je garderai au maximum la maîtrise de mes reportages pour ne pas foncer sur la première rumeur lancée depuis Nancy. La plupart du temps, nous nous enfermons chacun dans sa chambre pour plonger dans nos dossiers et préparer des portraits de Christine, imaginer son arrestation, son inculpation, et expliquer le mobile. Nous n'avons même plus envie d'en parler. Ceux qui ont déjà tout écrit, tout imaginé, traînent dans les couloirs enfumés ou sirotent verre sur verre, confinés au bar par la pluie qui les empêche de sortir. Le

1. TF1, « C'est à lire », 26 juin 1988.

moindre départ furtif soulève une vague d'inquiétude et de regards en coin. Les employés évitent de prononcer les mots tabous qui mettent nos nerfs à vif. Mon imagination est en panne et je ne trouve pas de mobile à Christine. Bien sûr, tout le monde s'attarde sur le bovarysme, l'insatisfaction romanesque d'une petite ouvrière en mal d'exotisme. Cette thèse me paraît très peu convaincante. On nous dirait tous penchés sur une dissertation. Il y a ceux dont l'imagination se débride et ceux qui, comme moi, sèchent. Excédée par ce silence avant la furie, je ne parviens pas à me concentrer. Sous la pluie, je cours d'une rive à l'autre de la Moselle pour acheter là un pull-over, ici des chaussures et puis un parfum, de la pacotille, enfin tout ce qui peut me ramener vers le futile. En le faisant, je panique à l'idée de trouver l'hôtel vide à mon retour. Le soir, je note encore sur mon cahier : « Journée d'attente. Déjeuner d'attente. Attente l'après-midi du communiqué des oiseaux de proie. On est encore là pour longtemps. Samedi tendu. »

Darcourt, Marchand, Expert, Hauck et moi multiplions les rencontres avec Me Garaud à Épinal, Nancy ou Baccarat. Nous l'avons rebaptisé Zorro depuis qu'il a volé au secours de sa cliente en tempêtant un peu dans les médias. Alors que tout nous sépare de l'avocat, nous ne cessons de nous rapprocher de lui. Un verre pris au buffet de la gare d'Épinal, un déjeuner dans une auberge ou un routier bruyant, de longues discussions à bâtons rompus devant le palais de justice nous ont permis d'entrevoir l'homme sous l'étiquette. Me Garaud est un homme de caractère, matois, travailleur infatigable, qui s'accroche avec nous à ce dossier naufragé. Il pourrait être notre père et tient volontiers ce rôle de doyen paternaliste qui lui échoit dans une assemblée de débutants. Au fil du temps, il nous enseigne d'indispensables notions de droit pénal pour suivre la procédure. J'avoue avoir un peu baissé la garde devant lui, car il ne parle jamais de politique. L'idéologie n'est pas son fort, seule la propriété l'intéresse. Le devenir des Villemin meuble toutes nos conversations. A propos du comportement du SRPJ, il nous dit : « Je suis écœuré », ce qui dans sa bouche prend un certain relief, et il ajoute, confiant :

— Ce que je connais du dossier ne résiste pas devant une chambre d'accusation.

14

La haine à l'état brut ... Quelques voix s'élèvent ... « Le lynch n'est pas notre métier » ... Rencontre au sommet ... Le petit couple résiste à tout ... « J'aurai la peau de cette salope » ... Propos volés chez le juge ... Lambert désespérant ... Dans les rues d'Épinal

Le Figaro Magazine persiste et signe pour la troisième fois en moins d'un mois, en titrant sur deux pages : « ON RECHERCHE PRISON-HÔPITAL POUR FEMME ENCEINTE. » René Héricotte, toujours lui, pris en défaut depuis trois semaines, tente de justifier la non-inculpation de Christine, le seul événement qui nous tienne en haleine depuis des semaines. Nous sommes dans une actualité à rebours construite sur un non-événement au sujet d'un dossier vide. En cela, l'affaire Grégory est un non-sens. Néanmoins, Héricotte s'interroge sur le futur lieu de détention de la mère de Grégory. L'article est illustré d'une photo de Christine disposant son dernier bouquet sur la tombe de Grégory.

> « C'est par humanité que le juge Lambert a retardé sa décision. Après l'ultime épreuve de la dictée de la main gauche, c'est maintenant " les cinq dernières minutes ". Elles seraient déjà expirées si le juge n'avait pas tenu compte de l'état d'une jeune femme traquée et enceinte de six mois. Qu'ils sont respectables les scrupules d'un juge d'instruction. (...)
> « L'hypothèse Christine, elle s'impose au juge Lambert depuis des semaines. Fin avril déjà, le magistrat s'informait des éta-

blissements de détention susceptibles de recevoir une jeune femme enceinte de six mois à la grossesse difficile. De telles maisons pénitentiaires sont rares. Faudrait-il la transférer au " quartier réservé " de la prison de Fleury-Mérogis dans la banlieue parisienne? C'est bien loin d'un juge fixé à Épinal. La consigner dans un hôpital lorrain si son état l'exige? (...) Ce qui est certain, c'est qu'il faudrait d'abord protéger Christine Villemin contre elle-même. Il n'y a pas si longtemps qu'elle livrait un chantage au suicide parce que les faits s'inscrivaient en faux contre ses allégations. Il faudrait lui éviter aussi au maximum la promiscuité. La prison est un enfer. Christine Villemin serait bien vite prise en grippe par ses codétenues. En raison des préventions qui jouent contre elle, on lui ferait la vie dure, comme à toutes celles à qui les autres peuvent reprocher d'avoir fait d'un enfant leur victime. Le juge Lambert a sûrement réfléchi à tout cela. Par scrupule, par pitié, par humanité, il a retardé l'inéluctable décision qu'il doit prendre. Il ne convient pas d'interpréter autrement la lenteur prudente qu'il impose à l'instruction dont il est responsable. »

L'article a beau contenir une phrase pour rappeler la présomption d'innocence, on recherche celle-ci en vain. Héricotte poursuit son remodelage au travers de son autre cible privilégiée : Jean-Marie Villemin.

« Aux yeux de Jean-Marie, le " petit chef ", Christine était aussi insoupçonnable que la femme de César et sa sécurité passait par l'élimination de Laroche. Quand le doute l'a effleuré, quand la rumeur consécutive aux échos parvenus des rapports d'expertise mettait dans la main de Christine la plume du corbeau, Jean-Marie confiait, peut-êre pour se rassurer un peu : " Rien ne dit que le corbeau est fatalement le meurtrier. Ce pourrait être seulement un complice. Un complice forcé? " Mais n'était-il pas depuis longtemps manipulé par Christine? Ne l'a-t-elle pas dès avant la disparition de Grégory braqué contre un « corbeau »? Sinon comment expliquer que, le soir du rapt, avant que le corps de Grégory soit repêché dans la Vologne, Jean-Marie se rue, une carabine à la main, chez celui que Christine dénonce, celui dont elle dit une heure plus tôt : " Si c'est lui, je ne reverrai jamais mon Titi. " Supposons un instant que Villemin ait tué ce soir-là.

Qu'il ait tué un autre que Laroche. La suite? Un dossier au carré. Un " beau " procès sur le thème : " Fou de douleur, un père... " Il y a gros à parier que Christine n'eût jamais été invitée à une dernière dictée de la main gauche [1]. »

En fait, lorsque Jean-Marie s'empara, sans un mot, de sa carabine pour se rendre chez Jacquel, Christine tenta de le retenir par le bras, sachant où il allait et quelles pouvaient être ses intentions. Il la repoussa dans le couloir de la maison et elle alerta le gendarme Lachaussée auquel elle signalait par téléphone la disparition de son fils, en le suppliant d'empêcher son mari de « faire une bêtise ». Neuf mois après, ce sont des faits inconnus, oubliés ou gommés.

Devant cette poursuite collective, quelques voix commencent à s'élever pour protester contre ces méthodes d'inquisition et d'acharnement à l'encontre d'une jeune femme de vingt-cinq ans, seule et sans défense. On lit une phrase par-ci par-là, parfois au milieu d'un article accusateur mais qui rappelle quelques principes du bon sens, perdu à Épinal depuis des mois.

« En attendant des preuves, on n'a pas le droit de la traiter en coupable. Sinon, demain, c'est peut-être vous ou moi qui aurons à vivre ce calvaire [2] », écrit Bernard Groslier, le seul journaliste présent lors de la mise en bière de l'enfant et qui garde dans sa mémoire quelques scènes fortes en émotion. Serge Garde de *L'Humanité* s'émeut de cet « inacceptable climat de chasse au coupable [3] ». Sylvie Caster ironise dans *Le Canard enchaîné* : « Au tour qu'a pris le climat, il est étonnant que personne ne lui lance des pierres. Étonnant qu'on ne la lapide pas encore [4]. »

Comme l'écrit *France-Soir Magazine :*

> « Le plus grand mystère, en fin de compte, n'est sans doute pas de savoir si le juge Lambert va ou non l'inculper – et de quoi au juste? – à plus ou moins brève échéance. Il est de comprendre comment, innocente ou coupable, Christine peut endurer tout cela sans devenir folle ou suicidaire [5]. »

1. *Le Figaro Magazine* du 22 juin 1985.
2. *Le Parisien libéré* du 20 juin 1985.
3. *L'Humanité-Dimanche* du 21 juin 1985.
4. *Le Canard enchaîné* du 26 juin 1985.
5. *France-Soir Magazine* du 15 juin 1985.

A quelques jours d'intervalle Christine écrit à son mari, après que Ouaki a trouvé son nouveau numéro de téléphone placé sur liste rouge :

> « C'est pas possible, les journalistes arrivent toujours à leur but. J'en ai marre, s'ils continuent ainsi, ils vont me rendre dingue. Enfin, vivement que tout soit mis au clair et qu'ils arrêtent d'être après moi comme cela [1]. »

Darcourt de l'AFP plaide pour une instruction dans le respect des règles :

> « Ayant pour mission d'instruire à charge et à décharge, le juge Lambert devra apprécier la valeur de ces éléments de présomption mis en avant par les enquêteurs. A cet effet, il lui faudra également considérer que, en l'absence d'aveux, de témoignage direct ou d'élément matériel, les présomptions ne constituent pas des preuves, pas plus que le résultat des contre-expertises en écriture ou d'expertises des cordelettes quand ils lui parviendront [2]. »

Enfin, les mots les plus justes viennent de François Caviglioli, du *Nouvel Observateur*. Ils tiennent sur une petite colonne discrète et sans titre [3].

> « Nous aurions pu dans ce numéro vous parler de l'affaire Grégory. Nous aurions pu vous révéler les dernières fuites organisées par le SRPJ de Nancy, énumérer les nouveaux indices réunis par les hommes du commissaire Andrieu contre Christine Villemin, cette jeune femme qu'on accuse maintenant ouvertement d'être la meurtrière de son fils et qui exaspère la justice et les médias par sa résistance, par son attitude déconcertante parce qu'elle ne sait ni observer la prudence et l'humilité d'une coupable ni trouver les accents de l'innocence.
> « Nous aurions pu nous joindre à la longue traque menée contre Christine Villemin depuis des mois. On compte sur nous pour faire craquer cette fille de vingt-cinq ans, trop jeune ou trop simple pour son innocence ou son crime.
> « Nous ne voulons pas être les porte-parole des policiers de Nancy, trop sûrs de leur affaire, trop avides de démontrer

1. Lettre de Christine Villemin du 19 juin 1985.
2. AFP du 21 juin 1985.
3. *Le Nouvel Observateur* du 21 juin 1985.

l'inefficacité de leurs prédécesseurs, les gendarmes. Nous n'avons pas non plus à assister un juge qui, décidément, supporte mal la solitude de sa fonction. Le lynch n'est pas notre métier [1]. »

Ces réserves, ces avertissements, contrepoints au dérèglement ambiant, tiennent sur deux pages, petits fantassins isolés contre une armée entière de signes, de titres, de mots et de photos qui ont envahi le terrain.

Une nouvelle semaine commence après un dimanche agité par plusieurs fausses alertes. « Le dénouement de l'affaire Grégory devrait se jouer dans les prochains jours », a prévenu *Le Journal du Dimanche* [2]. Dès 5 h 30, des ombres fatiguées glissent dans les couloirs de l'hôtel à la recherche d'un indice annonçant la délivrance. Les premiers articles, livrés avec les croissants, ne désarment pas : « Vers une arrestation », prédit *Le Parisien libéré* [3]. Les Bezzina nous annoncent « une rencontre au sommet [4] » entre le juge et les policiers du SRPJ. « La décision lui appartient. Difficile, dramatique [5]. » Ainsi, ce serait pour ce soir. Évidemment, un présentateur d'un journal d'Europe annonce comme RTL « l'inculpation imminente de Christine Villemin » et ce en dépit de nos résolutions de la veille.

Lucien Miard, fort des confidences d'Eulry-Bezzina, signe avec lui le portrait de Christine, revu et corrigé par la police judiciaire. Bezzina a lu le rapport de police avant le juge d'instruction et Me Garaud. *Le Figaro* annonce : « Le rapport de police accable Christine [6]. » On apprend qu'il contiendrait une note de plusieurs psychologues. Il n'existe pas d'article du code de procédure pénale autorisant des médecins ou des experts à émettre un jugement sur une partie civile sans l'avoir rencontrée ni questionnée. C'est pourtant ce qui s'est fait.

> « Ceux-ci se sont penchés sur la personne de Christine : ils ont fouillé derrière le visage meurtri de la mère éplorée. Leur analyse est sèche : " C'est une femme intelligente, rusée, résistante et coléreuse. " (...) Les policiers dessinent dans leur rapport une nouvelle Christine. Amère, exaspérée par la vie conjugale et la « médiocrité » de sa vie quotidienne, pleine de

1. *Le Nouvel Observateur* du 21 juin 1985.
2. *Le Journal du Dimanche* du 23 juin 1985.
3. *Le Parisien libéré* du 24 juin 1985.
4. *France-Soir* du 24 juin 1985.
5. *France-Soir* du 25 juin 1985.
6. *Le Figaro* du 24 juin 1985.

rancœur contre celui qu'elle aurait traité de " pauvre con " devant les enquêteurs alors que, en prison, il pleure son enfant. Deux mots qui résonnent de manière lugubre. C'est dans les rêves de cette jeune femme déçue que les policiers cherchent maintenant le mobile d'un pareil crime. Selon eux, l'image du couple uni vole en éclats : Grégory n'est plus l'enfant chéri mais celui imposé par un homme à sa femme qui veut le quitter. Le chalet de Lépanges n'est plus " la maison du bonheur " mais la certitude d'une vie entière coincée entre une belle-famille détestée et un ciel sans soleil. L'avenir n'est plus celui d'un foyer épanoui mais celui de deux êtres qui s'épient pour mieux se dominer. Un crime de femme? Christine a-t-elle voulu supprimer l'obstacle à son évasion vers un monde irréel, fait d'héroïnes et de villégiatures? Est-ce possible de sacrifier son enfant au rêve de son propre bonheur? Les policiers de Nancy répondent " oui " dans leur rapport de synthèse [1]. »

Parvenir à un tel degré d'imaginaire, c'est la démonstration par l'absurde que l'enquête a été avant tout un défouloir et un exutoire personnel pour la poignée de journalistes et de policiers qui fabrique depuis des mois cette affaire Grégory. Ces frustrations, ces rêves brisés, cette amertume, cette médiocrité dépeints avec mépris ne sont pas ceux des parents de Grégory, mais bien les leurs. Ils font voler ce couple en éclats pour casser l'image insupportable qu'il leur renvoie. Il nous aura fallu quelques mois pour comprendre leurs motivations. Ce « petit bonheur enviable », comme l'écrivait Héricotte avec dédain, ce « petit couple » dont on se moque depuis six mois, n'a rien de commun avec les existences éclatées de ces hommes et femmes divorcés, séparés, trahis par la vie. L'unité de ce couple, sa fidélité réciproque, son contentement d'un bonheur simple sont tout simplement des valeurs décalées et exaspérantes.

Christine et Jean-Marie ne sont pourtant que des ouvriers d'origine modeste dont la vie ne devrait pas souffrir la comparaison avec nos métiers et notre condition. Ils ont en outre atteint depuis le 16 octobre un degré de nudité matériel et social total. On ne peut plus rien leur envier. Ils n'ont plus d'enfant, plus de maison, plus de travail, plus d'argent, plus d'avenir, plus d'honneur, et ils sont séparés. Il leur reste pourtant une chose qui exaspère leurs détracteurs : leur amour, vécu au travers des retrouvailles au par-

1. *Le Figaro* du 24 juin 1985.

loir, du courrier, des messages radio et du futur bébé. C'est pour lutter contre cet amour que les uns et les autres s'usent à pousser Lambert à les séparer une bonne fois pour toutes. Qui peut imaginer qu'un couple, quel qu'il soit, résistera à l'accusation d'infanticide frappant la mère jetée en prison et séparée de son mari enfermé pour assassinat ? Il faut briser cet amour qui résiste à tous les engrenages et au délire collectif. L'impatience dévore les accusateurs. Devant chez Merle, sur la place du palais de justice, on voit Bezzina en colère frapper du poing le toit de sa voiture en jurant :

– J'aurais la peau de cette salope... j'aurai sa peau !

Jacques Expert arrivant devant la porte entrebâillée du juge Lambert, entend la voix de Caradec'h exhorter le magistrat sur le même ton :

– Alors, quand est-ce que tu l'inculpes cette salope ?

Darcourt et moi parvenons à échanger quelques mots avec Lambert sur le trottoir. Il nous apparaît perdu et étouffé par la pression. Il révélera lui-même plus tard qu'il est victime à ce moment-là de crises de boulimie (« qui me poussaient à me jeter sur les réserves de biscuits à apéritif sans que je puisse contrôler mes gestes... [1] ») et d'impuissance sexuelle (« qui duraient parfois pendant des semaines entières [2] »). Avec sa candeur naturelle, il nous confie :

– Je suis sûr que c'est elle mais je n'ai pas de preuves.

De retour dans ma chambre, affligée, je note, sa réflexion sur mon cahier, assortie de ce commentaire vengeur : « Abruti. Oiseau de malheur ! »

Pour la première fois, nous voyons de près le commissaire Jacques Corazzi qui passe devant nous avant d'entrer dans le palais de justice. L'homme de l'ombre vient remettre son rapport, en fait une note de vingt-cinq pages, au magistrat. La tension grandit sur les trottoirs. Iront-ils chercher Christine à l'issue de leur réunion ? Non, évidemment. Ce n'est pas dans les déceptions conjugales supposées de Christine que Lambert va trouver les preuves qui lui font défaut. On frôle l'explosion dans le camp adverse. Ils nous ont tant raconté tous les jours que ce rapport est accablant, que les présomptions sont lourdes, que l'heure a sonné, que l'assassin est démasqué, que Christine va être inculpée, qu'il s'agit d'un crime de femme, que l'enfant a été noyé par jeu ! Et ces cordelettes, ces notes de téléphone, ces filles de la poste, ces charges écrasantes ressassées tous les jours jusqu'au dimanche sans répit depuis des

1. et 2. Jean-Michel Lambert, *Le Petit Juge*, Albin Michel.

semaines et des semaines dans la presse écrite et sur RTL! Neuf mois après la mort de son fils, Christine Villemin est toujours libre, innocente et partie civile. Une pluie drue nettoie bientôt les rues de leurs passants et baigne la ville dans une lumière grise et dorée. Nous errons, seuls, crispés et un peu désemparés.

15

Contre-attaque verbale ... Il suffirait de deux coups de fil ... Le serment de Me Garaud ... « La presse ne marche pas comme cela, si facilement » ... Algarade devant la prison ... « Hier à 19 heures, le juge ne l'avait toujours pas inculpée » ... Jours de violence ordinaire ... « Christine en colère » ... Le sermon de Gérard Welzer

Garaud se débat seul pour défendre Christine, avec les mêmes armes que celles que l'on utilise contre elle. La parole et l'écrit. Alors, il court de tribune libre dans *Le Figaro* en communiqué à l'AFP, jusqu'au micro de Jean-Pierre Elkabbach qui l'invite dans l'espoir de pouvoir approcher Christine à son tour.

L'avocat s'exprime d'abord dans un billet du *Figaro*, publié juste à côté de l'article sur le rapport de la police...

> « Ça suffit, c'en est trop ! Se taire serait devenir le complice de ceux qui veulent immoler Christine Villemin sur la place publique. De la suspicion on vient de passer à l'accusation sans appel. Sommation est donnée au juge d'instruction d'inculper et pour tout délai : les cinq dernières minutes. Notre droit est anéanti. Est-ce là le respect des droits de l'homme ? Toutes les voix officielles se taisent. Demain, les médias dicteront le montant de la peine [1]. »

1. *Le Figaro* du 24 juin 1985.

Mais Garaud peut s'époumoner dans le vide, interpeller les « grandes signatures des multiples comités de soutien », en appeler à la Chancellerie pour qu'elle rappelle qu'en droit français, « celui qui relate un assassinat ne peut faire planer une suspicion sur un tiers que la justice n'a pas inculpé », rien n'y fera. Personne parmi ceux qui ont le pouvoir de la parole ne manifestera aux côtés d'un avocat réputé d'extrême droite qui n'est pas un intellectuel mais un besogneux attaché à sa charge, sa propriété, son argent et ses biens.

Place Vendôme, au ministère de la Justice, Robert Badinter comme les membres de son cabinet savent bien que l'avocat a raison. Depuis des semaines, ils peuvent intervenir pour que cesse la traque. Un coup de fil au ministère de l'Intérieur suffirait pour endiguer les fuites policières. Un autre au parquet général de Nancy pour envisager une solution et peut-être contraindre Lambert à s'autodessaisir dans l'intérêt d'une « bonne administration de la justice ». Mais le « petit juge » est soutenu par la presse et ce serait prendre le risque d'en faire un martyr et de braquer la magistrature, les journaux ou la police contre le ministre. Robert Badinter part du principe qu'il est trop tard pour sauver ce dossier de la débâcle, mais se penche avec encore plus de soin sur son futur projet de loi de la réforme de l'instruction afin que de tels excès ne puissent plus se renouveler. En attendant qu'on légifère, une femme de vingt-cinq ans joue sa liberté et même sa vie, car Christine mourra en prison plutôt que de se laisser accuser à tort.

Garaud termine avec emphase sa tribune libre du *Figaro* sur un serment qui scelle pour de longues années son sort à Christine et Jean-Marie Villemin.

> « Je viens de passer de longues heures avec ce couple : Christine et Jean-Marie. Ma foi et ma confiance en eux, en leur amour et en celui qu'ils portent à Grégory, est totale. Un jour ils m'ont dit : " Pour nous, vous êtes comme un père. Aidez-nous à retrouver l'assassin. " Aujourd'hui, je leur réponds : " Oui, Jean-Marie et Christine, je vous défendrai comme mes enfants et Grégory comme mon petit-fils [1]. »

Ce discours n'ébranle plus personne, au contraire. Il fait rire. Le même jour, Jean-Pierre Elkabbach l'invite dans son émission Découvertes. Garaud dénonce cette fois les fuites policières :

1. *Le Figaro* du 24 juin 1985.

— Quand je dis les fuites de la police, c'est les chutes du Niagara, c'est plus des fuites. On a l'impression que le SRPJ, pour des raisons qui lui sont propres, se sert de la presse comme d'un relais ou d'une caisse de résonance [1].

Elkabbach, dubitatif, balaie l'argument, censé masquer à ses yeux le fond du dossier qui gêne l'avocat :

— Oui mais la presse ne marche pas comme ça, aussi facilement...
— Tous les journalistes ne marchent pas et je fais des distinctions, concède Garaud, seulement, sans évoquer le nom de personne, il faut reconnaître que dans l'est de la France, il y a un de vos confrères qui a environ une dizaine de casquettes, c'est quand même important... un grand journal du soir, un autre du matin, une agence de presse...

L'avocat ne donne pas de nom et se garde de faire allusion à RTL, la radio voisine et concurrente. De toute façon, Guillaume Durand lui coupe la parole pour enchaîner sur « l'inculpation imminente » de Christine Villemin.

Le bras de fer avec le SRPJ se poursuit sans relâche le lendemain en première page de *France-Soir*. L'avocat a dit : « Il n'y a pas de preuves. » Le journal répond : « Les policiers espèrent la faire craquer. Ils veulent des aveux [2]. » Garaud a expliqué que le rapport de synthèse n'est qu'une note de vingt-cinq pages, Jeandon réplique : « Il fera au moins cent pages dans sa version qui n'est pas encore prête [3]. » Le défenseur de Christine répète : « Où sont les preuves ? Où sont les éléments contre ma cliente ? » Jeandon a encore la réponse : « Les policiers ne sont pas pressés de dévoiler toutes leurs cartouches. Veulent-ils surprendre la mère de Grégory en lui montrant au dernier moment qu'ils en savent plus qu'elle ne le croit, créer un choc décisif [4] ? »

Mais les arguments de la police ne sont que des leurres. Ils ne disposent d'aucune carte maîtresse. Leur rapport définitif ne comptera que cinquante-cinq pages largement aérées, sept mois plus tard, à la fin de leur instruction. Pour l'heure ils n'ont qu'une construction intellectuelle et des présomptions passionnelles. Pris

1. Europe 1, le 24 juin 1985.
2. *France-Soir* du 27 juin 1985.
3. *Idem.*
4. *Idem.*

au piège de leur postulat de départ : la mère coupable, ils espèrent effectivement une seule chose, des aveux.

A Saverne, chaque venue de Christine fait grossir le bataillon des photographes et des caméramen qui l'attendent devant la porte de la prison. Désormais son frère l'accompagne, car elle n'ose plus sortir seule et Jean-Marie lui a interdit de s'aventurer hors de chez elle sans protection. Les reporters la serrent de plus en plus près pour saisir son regard. Deux photographes se sont embusqués dans le renfoncement du portail pour saisir par surprise son visage. Mais c'est son frère Alain, le bûcheron, qui arrive le premier. Sans hésiter, il empoigne l'un des photographes, le plus frêle, et le fait rouler sur la chaussée sans ménagement. Le second, de petite taille, parvient à esquiver un coup de poing qui s'écrase sur la porte de fer. Malgré la douleur, le bûcheron le projette à son tour sur le trottoir. Dans la confusion, une femme se jette sur Christine et l'embrasse sur les joues. Excédée, la jeune femme se retourne vers les deux garçons qui sont à terre et lâche avant d'entrer dans la prison :

— Vous l'avez cherché!... C'est bien fait pour vous.

« Hier à 19 heures, le juge ne l'avait toujours pas inculpée », écrit Patrice Burnat dans *Le Matin de Paris* qui n'a pas envie, dit-il, de voir se réaliser « l'abominable prophétie [1] ». Lambert ne peut rien faire avec les seules présomptions des policiers et il attend le dépôt des expertises de cordelettes et d'écritures. Le SRPJ s'énerve et le fait encore savoir sous la plume de Jeandon. « La situation peut-elle s'éterniser? Il est clair que non [2]. » « Un compte à rebours particulièrement difficile semble avoir débuté hier pour le juge Lambert », annonce Jéchoux dans *La Liberté de l'Est* qui tient tous les jours la région en haleine. « M. Lambert peut-il reculer face à cette échéance [3]? » *Le Monde* décalque à son tour les articles de *France-Soir* pour « informer » ses lecteurs, sous la plume d'Agathe Logeart.

> « A ce jour, Christine Villemin reste partie civile et n'est que cela. Et pourtant... dans l'esprit de tous ou presque, elle a pris la place de Bernard Laroche pour devenir le nouveau corbeau meurtrier de la Vologne. C'est, à n'en pas douter, ce que les policiers nancéiens sont venus exposer au juge d'instruc-

1. *Le Matin de Paris* du 25 juin 1985.
2. *France-Soir* du 25 juin 1985.
3. *La Liberté de l'Est* du 25 juin 1985.

tion en lui remettant un résumé du rapport de synthèse. Surtout, les policiers ont fouillé là où les gendarmes ne pouvaient se résoudre à chercher : dans les contradictions de Christine Villemin. L'emploi du temps de la jeune femme ne " tient " pas. Les policiers en sont convaincus : les heures, les itinéraires ne " collent " pas. Il faut, estiment-ils, prendre au sérieux les témoins qui affirment avoir vu Christine Villemin à proximité de la poste. Les notes de téléphone qui pouvaient atteindre six fois leur montant habituel au moment où se déchaînait le corbeau. De plus, les policiers sont sûrs que les liens qui ont servi à entraver Grégory proviennent de chez les Villemin. Pourquoi, si les policiers sont tellement convaincus de la culpabilité de la jeune femme, le juge Lambert ne l'inculpe-t-il pas ? D'une conviction l'autre... [1] »

Le Monde est entré dans la danse avec Pierre Georges et n'en sort pas. Chantre de la distance, *Le Monde* participe à la traque. Les dépêches sobres de l'AFP ne pouvaient-elles suffire au quotidien de l'establishment ?

Chaque jour apporte son lot de violence ordinaire. *France-Soir* barre sa une avec un titre en caractères gras : « Grégory : trois mots terribles du procureur : " Maintenant, je sais... " [2]. » En découvrant ces mots qui lui sont prêtés pour accuser Christine, Jean-Jacques Lecomte adresse au parquet général de Nancy une lettre de mise au point. Il dément avoir prononcé une seule phrase à la sortie de la réunion à laquelle assistaient les commissaires Corazzi, Andrieu, et le juge Lambert. Le procureur affirme être rentré dans son bureau sans faire de commentaires et ne pas vouloir publier de démenti pour « ne pas envenimer la situation par crainte d'une polémique ». Dans ce courrier comme dans les précédents, Bezzina n'est cité que par ses initiales. Quelques jours plus tard, le procureur prendra des réquisitions contre l'inculpation et contre l'incarcération de Christine Villemin.

Darcourt et Miard sont invités par Garaud à rencontrer Christine à Petitmont. Les journées de l'avocat sont désormais occupées à défendre sa cliente partie civile. Dans quelques jours, elle s'exprimera également sur Europe 1 au micro de Jean-Pierre Elkabbach. La jeune femme reçoit les deux journalistes dans la cuisine. Elle

1. *Le Monde* du 26 juin 1985.
2. *France-Soir* du 26 juin 1985.

porte un tee-shirt et une salopette noire. Ses yeux sont rougis, comme irrités. Évoquer son avenir est une tâche délicate. Faut-il lui dire : « Alors, quelle est votre impression d'aller bientôt en prison pour le meurtre de votre enfant? » Éric Darcourt entame la conversation dans ce sens. Christine parle et dit sa colère :

> — Mais la liberté, j'en ai plus! Ni moi, ni ma famille. C'est normal que les journalistes puissent faire autant de mal? J'ai le sentiment d'être traquée. Moi et ma famille nous souffrons. Aujourd'hui je n'attends plus que d'accoucher et que Jean-Marie sorte de prison. Quand je vais le voir, c'est moi qui devrais lui remonter le moral et c'est lui qui m'encourage. Il faut bien que je garde le moral pour me défendre. Je ne peux pas endosser un crime affreux que je n'ai pas fait. C'est toujours les mêmes journaux qui m'accusent. J'ai du mal à croire qu'on m'inculpera. Il n'y a rien dans le dossier pour pouvoir m'inculper.
> — J'espère que le juge ne commettra pas cette erreur sinon on ne trouvera jamais la vérité. Ça fait mal tout ça et j'espère que le juge y réfléchira à deux fois. Je garde confiance parce qu'il y a Jean-Marie et Me Garaud mais c'est difficile de faire confiance à la justice après tout ça. C'est difficile. Si j'en viens à me suicider, vous verrez les gros titres dans les journaux! Mais non, je ne me suiciderai pas. Il ne faut pas je flanche, pour Jean-Marie. Les gendarmes ont bien travaillé. Pour moi, c'est bien Laroche qui a tué Grégory et il est bien là où il est. Je ne comprends pas pourquoi on laisse Muriel. Elle accuse, elle se rétracte et on la laisse. Si Jean-Marie a tué Laroche c'est à cause de son témoignage. Pour moi, la justice est faite [1].

En attendant les preuves manquantes, Lambert tente de se faire une idée définitive sur les charges existantes. Il convoque à nouveau les filles de la poste qui répètent qu'elles ont vu Christine le 16 octobre et non pas le 15 comme elle l'affirme. Le détail de son habillement a disparu. Dans ce contexte, que peuvent-elles dire d'autre? Toute la population est convaincue qu'elle était la maîtresse de Laroche et qu'elle l'a fait tuer, donc qu'elle a participé à l'assassinat de son fils. Lambert entend également le promeneur, Bernard Colin, qui affirme qu'il n'a vu devant la maison entre 17 heures et 17 h 20 ni enfant ni la voiture garée dans l'appentis

1. AFP du 26 juin 1985.

ouvert. Un mois après le crime, il disait n'avoir fait attention ni à l'un ni à l'autre.

Ces certitudes font les gros titres du lendemain. Me Welzer, interrogé sur les propos tenus la veille par Christine, sermonne la jeune femme.

> « Les paroles prononcées qui font monter la haine et la passion n'ont jamais conduit à une bonne justice. Il faut laisser M. le juge d'instruction mener son enquête sans faire pression sur lui [1]. »

1. *France-Soir* du 28 juin 1985.

16

Une spécialiste qui ne sait rien ... Accueil d'une femme-enfant ... Christine séduit Elkabbach ... « Je pleure et il me remonte » ... Un micro pour deux ... « Mais, Laurence, cette femme n'a rien fait ! » ... Henri-René Garaud s'éponge le front ... Les reproches du ministre

La R5 de Jean-Pierre Elkabbach avance au ralenti sur le périphérique-sud en direction d'Orly. Le journaliste vedette d'Europe 1 est un homme pressé. Il avance, freine, débraye, regarde dans le rétroviseur, se tourne vers moi et écrit appuyé sur le volant, le tout presque en même temps. Il prend quelques notes sur de petites fiches en vue de notre arrivée quelques heures plus tart à Petitmont. Après une semaine d'indécision, Me Garaud s'est décidé à accepter une interview de trois quarts d'heure. L'avocat a hésité, mais Christine a besoin de parler et besoin que l'on entende sa voix et ses intonations. Je tente de décrire l'atmosphère spéciale qui règne sur le terrain, les pools des journalistes, la presse du SRPJ, mais Elkabbach s'impatiente. Il égrène les charges relevées dans les articles de presse. Je comprends qu'il vient voir « la salope qui a tué son gosse ».

– Et les cordelettes, les notes de téléphone, les écritures, les filles de la poste, vous avez bien vu les rapports de police !

– Euh... non, aucun.

Elkabbach fronce les sourcils. Il ne s'attendait pas à cet aveu. Il pensait que j'étais une « spécialiste » de l'affaire. Je reprends ma démonstration sur la collusion presse-police-justice, mais mes états d'âme l'agacent un peu. Dans l'avion, il essaie d'en savoir plus auprès de Me Garaud retrouvé à l'aéroport. Mais l'avocat est dans la même situation que moi et n'a lu que la presse. Elkabbach s'étonne, incrédule.

Pour passer le temps, je raconte au réalisateur de l'émission, Sydney Bitoun, une version abracadabrante de l'affaire, tirée d'une lettre anonyme envoyée à Lambert et signée d'un « corbeau justicier » de la région parisienne. Darcourt et moi en avons récupéré une copie qui nous passionne depuis des semaines. Il s'agit d'une histoire de généalogie croisée entre Grégory, qui serait le fils du couple Laroche, et Sébastien, celui du couple Villemin. A en croire ce corbeau justicier à l'imagination très fertile, un échange entre les deux nouveau-nés se serait opéré à leur naissance à dix jours d'intervalle, pour une affaire d'argent. Pour compliquer le tout, Bernard Laroche est présenté comme frère illégitime de Jean-Marie, son aîné tenu dans l'ombre et le mépris. Son père est accusé d'avoir été le premier corbeau et les grands-parents Villemin les instigateurs de l'échange des nouveau-nés. L'enfant assassiné serait donc initialement celui des Laroche! Nous nous sommes beaucoup acharnés sur cette lettre car elle contient des détails intimes et médicaux qui sont exacts et qui nous semblaient émaner d'un médecin ou d'une infirmière détenteur d'un secret de famille. Mais nous constaterons quelque temps plus tard que cette missive fantaisiste s'est inspirée d'informations puisées dans un article de *Paris Match* paru en mars dernier. En attendant, Sydney écarquille les yeux en découvrant cette version inédite de l'affaire.

Les voitures de télévision et des photographes font toujours le guet sur les bords du chemin qui conduit chez Christine. La surveillance ne s'est jamais relâchée depuis un mois. Nous les doublons pour accéder jusqu'à la maison sous des regards jaloux. Elle nous accueille en souriant aux côtés de sa grand-mère et propose une tasse de café avant de commencer l'enregistrement de l'émission. Ses rondeurs la rendent plus solide, quand nous l'avions connue si frêle.

La chaleur rougit les pommettes de son visage mutin et intimidé. Elkabbach l'observe en retrait et je le sens décontenancé. Cette femme-enfant accueillante est-elle le « monstre de la Vologne »? Elle me propose du thé et nous allons le préparer ensemble à la cuisine. Pour elle, le journaliste est un personnage du monde politique auquel elle ne connaît rien. Elle sait ce que Miard et Darcourt lui veulent, mais Elkabbach...? Les lèvres pincées, elle agite sa main comme une élève avant un examen :

– Qu'est-ce qu'il va me demander? me chuchote-t-elle.

Je ne lui dis pas que le plan de l'émission est arrêté. On commence sur des platitudes et ensuite, selon Jean-Pierre, « on attaque sur les charges ».

Elle déroule son enfance. Elle voulait être religieuse pour soigner les petits noirs en Afrique. Elle est allée à Paris une fois pour voir la tour Eiffel. Elle a grandi ici, dans cette maison. Elle fut majorette. Autant d'épisodes dont elle garde des souvenirs heureux. L'ambiance est sereine. La tranquillité de Petitmont permet d'enregistrer l'entretien la fenêtre ouverte sur les pépiements d'oiseaux de la forêt. Nous en oublierions presque l'objet de notre visite si Me Garaud, assis à côté d'elle, ne griffonnait pas de temps en temps des notes sur un petit carnet. Quelque chose passe entre Christine et Elkabbach, une sorte de séduction mutuelle. Il la dévore de ses yeux noirs. Elle lui répond franchement, sans hésiter, avec ses accents de colère, ses larmes dans la voix ou ses silences émus. Après une pause, nous abordons le fond et la gravité revient. Elle raconte avec son accent traînant vosgien les jalousies que suscitaient leur couple et leur enfant et qui, selon elle, sont à l'origine de leur malheur:

– On nous appelait les Giscard parce qu'on avait deux voitures et une belle maison...

Elkabbach et moi partageons le même micro. Je sens dans son bras et sa jambe gauches collés aux miens, ses émotions et ses sentiments inattendus. Pourtant, il ne la ménage pas, avec ses phrases lentes et ses mots appuyés :

> – L'opinion en France a évolué ou est en train d'évoluer, elle a d'abord été très émue par votre douleur et maintenant vous sentez qu'il y a une sorte de doute, même d'effroi dans certains cas, qui gagne. Vous sentez cette pression?
> – Oui, je la sens beaucoup. Bon je vais toujours faire mes courses mais j'y vais toujours accompagnée avec ma belle-sœur ou avec mon frère.
> – Pourquoi, vous avez peur?
> – Ben... vous savez, avec tout ce qui se dit, faut voir les réactions des gens hein! Il suffirait d'un maniaque. Et puis Jean-Marie, il me le dit : « Sors pas toute seule. »
> – Et Jean-Marie, il est gagné par le doute?
> – Le doute??... Envers moi? Oh non pas du tout. Les journaux, ils pourront marquer ce qu'ils veulent, eh ben jamais il

aura le doute. De toute façon, on a jamais douté l'un de l'autre.

– Et dans ce climat, Jean-Marie, il redoute votre inculpation prochaine ?

– Non, quand je vais à la prison, je pleure, je lui dis qu'ils vont m'enfermer. Il me dit : « Ils peuvent pas t'enfermer tu rigoles. » Il me remonte, lui il pense que c'est les journaux qui chantent ça, c'est tout.

Le bras et la jambe de mon voisin se font toujours plus pressants. Un coup d'œil à Sydney Bitoun pour constater qu'il n'est pas le seul à vaciller. Je respire mieux et pourtant l'air est chaud et moite. Elkabbach repart à l'attaque avec « les cent pages du rapport des policiers qui serait mauvais pour vous, accusateur » ?

– Je sais pas combien qu'il y a de pages et je vois pas ce qui pourrait être mauvais contre moi. J'ai pas fait de mal. Je suis rentrée chez moi alors je sais pas ce qu'ils peuvent trouver contre moi au bord de la Vologne ou ailleurs.

– Alors à votre avis, pourquoi vous avez le portrait de la coupable qui peut les intéresser ?

– Ben peut-être que ça les arrange, si ça tourne autour de moi. C'est qu'ils veulent se rendre meilleurs que les gendarmes et là, ils se trompent, hein.

– Sur votre dos, si je puis dire !

– Ben voilà, c'est plus facile d'accuser la mère. Mais j'ai pas fait de mal, j'ai pas tué mon enfant.

Arrive le temps du réquisitoire :

— Et les cordelettes qui seraient semblables à celles qui liaient Grégory ?

– Ça je peux pas vous le dire. Il n'y a pas encore les rapports d'expertises.

– Oui mais on le dit, insiste Elkabbach.

– Ben oui mais avec les on-dit, on peut faire beaucoup de choses. Je peux pas vous le dire. Depuis le début, j'ai dit la vérité.

Elle répond avec le même aplomb et la même sincérité quand on lui jette à la figure, sans ménagement, les filles de la poste et les écritures. Je m'étonne avec une pointe d'admiration.

– On dirait que rien ne peut vous démonter!
– Ben parce que ce qu'il y a contre nous c'est faux, donc on a les réponses. Je ne vais pas me mettre à hurler à chaque coin de rue : « C'est pas moi, c'est pas moi ! » Le principal c'est que je sois franche et sincère devant le juge et le SRPJ et après on verra bien. Je suis déjà jugée par la presse alors que le juge ne m'a jamais fait sentir qu'il allait m'inculper. Mais alors la presse, en gros titres, faut voir comment!

Quand elle s'emballe ainsi, nous lui faisons signe d'être plus ardente encore.

– Le juge, il m'a quand même eue devant lui plus souvent que le SRPJ. Il est juge, il voit bien quand même si la personne devant lui est sincère ou pas...

Sa voix se casse et son regard se voile. Un silence ému succède à l'ambiance cordiale. Elle respire, se reprend et continue d'une voix tremblante :

– ... parce que j'ai rien fait, j'ai pas fait de mal alors je vois pas pourquoi j'irais en prison. Et puis si je suis en prison, qu'est-ce que vous voulez que je fasse, je vais pas me laisser engraisser en disant : « J'attends qu'on me ressorte, j'attends qu'on me ressorte. » Si je vais en prison, je ferai la grève de la faim. Cela tuerait mon enfant mais je ne me laisserai pas faire.
– A force de répéter : « Je ne suis pas coupable, je ne suis pas coupable », est-ce que vous arriverez à nous faire croire que vous êtes innocente? poursuit Elkabbach décidé à vider l'abcès.
– Mais je suis innocente. Parce que le juge va me mettre en prison, je vais quand même pas dire : « Oui je suis coupable. » J'y suis pas, alors il faudra bien que je me défende autrement!

Nous discutons ainsi pendant près d'une heure et quart. Droite sur sa chaise, gênée par son ventre pour approcher la table de la salle à manger, Christine fait front, sans défaillance. Nous la fixons, nous l'écoutons, nous sourions avec elle, nous contenons nos émotions quand ses yeux s'embuent et qu'elle raconte ses cauchemars, lorsque son enfant l'appelle. Elkabbach clôt l'entretien, dérouté par le charme et la solidité de son interlocutrice, une gamine de vingt-cinq ans.

– Qu'est-ce que vous dites à tous ceux qui doutent encore, à tous ceux qui s'attendent au pire?
– Ben je leur dis que je suis innocente, que je n'ai pas tué mon enfant, que Grégory était tout pour moi. On était heureux tous les trois, on vivait bien, on avait une belle maison, on avait des projets. Je ne vois pas pourquoi j'aurais détruit ça du jour au lendemain.
– L'image que vous avez à l'extérieur, c'est l'indifférence, la froideur, la calculatrice aussi. Or nous, avoue Elkabbach d'une voix compatissante, on vous voit depuis tout à l'heure, vous émouvoir, sourire et puis vous emporter...
– On me voit! Quand on me voit, c'est dans la rue alors je vais pas montrer mes sentiments dans la rue. Quand j'ai de la peine et que je pleure, je préfère être toute seule chez moi. C'est pas parce que les gens me verront en pleurs qu'ils changeront d'opinion.

Pour faire bonne mesure et ne pas sembler trop acquise à sa cause, je lui demande si elle pense de temps en temps à Sébastien Laroche, orphelin de son père. Elle me désarme en répliquant que c'est à Muriel d'y penser car c'est elle qui est à l'origine du malheur de sa famille.

Dans le jardin, une lumière rose tombe à l'oblique sur les graviers de l'allée. Christine marche devant avec Me Garaud qui n'a pas soufflé un mot pendant tout l'entretien. Jean-Pierre Elkabbach agrippe mon bras et me retient pour me dire à voix basse :

– Mais Laurence, cette femme n'a rien fait!
– Je suis contente de vous l'entendre dire...

Quel chemin parcouru en une journée! Garaud aussi est touché. Sans doute n'avait-il jamais autant entendu sa cliente en une seule rencontre. Dans la voiture, chacun fait part de son sentiment stupéfait. Engoncé dans son costume gris de notable, l'avocat s'éponge le front en maugréant à l'intention de Lambert :
– S'il me l'enchriste... s'il me l'enchriste...
Enchrister est un terme argotique que je ne connaissais pas, qui signifie emprisonner et que murmure Bezzina depuis des semaines. « Elle sera enchristée le... »
De retour à Paris, Elkabbach doit affronter ses proches et collaborateurs qui l'assaillent sur « la criminelle ». Robert Badinter a été choqué par l'émission.

> « Monsieur le procureur Elkabbach, quand on se permet de faire une instruction et un procès sur une antenne comme la vôtre, avec des charges mais sans avocat et sans défense! Bravo! »

En fait, nous sommes tombés dans un piège grossier. Nous voulions lui donner le droit de répondre aux accusations des autres, et c'est nous qui avons fait son procès. Nous avons rassemblé pendant quarante-cinq minutes tout ou presque ce qui a été dit et écrit depuis trois mois que dure la traque. Le SRPJ peut se réjouir, son travail vient de recevoir une formidable publicité. On se demande après cela si Lambert peut encore éviter de l'inculper. Le soir, je note sur mon cahier :

> « Nous avons passé plus de deux heures avec Christine. Je la crois toujours innocente. Pourtant les charges ne manquent pas. Elkabbach s'est converti à son innocence. »

17

Une débandade imprévue ... « Cette putain-là » ... « Que ferez-vous si elle ne se suicide pas? » ... L'arme du crime ... Le procureur contre l'inculpation et l'incarcération ... Le phare de la pensée contemporaine ... « Christine Villemin est l'auteur des lettres anonymes » ... « Si tu ne le fais pas, ils vont te massacrer »

Soudain, il ne se passe plus rien. Le 29 juin, Épinal se vide de ses reporters désabusés après un mois d'attente inutile. On n'y croit plus et moi-même, je repars pour Strasbourg avec le sentiment amer de m'être fait voler près d'un mois d'existence et de nuits troublées de cauchemars. Bien sûr, Mme Bezzina formule une critique très sévère à l'encontre de Christine, accusée d' « avoir parlé de ses visites à la prison mais pas de celles au cimetière, d'exercer sur le juge un odieux chantage au suicide et de se dérober habilement aux questions qui la gênent [1] ». Bien sûr, René Héricotte explique à Lambert, pour la quatrième semaine consécutive, dans *Le Figaro Magazine*, que « c'est elle qui a murmuré les noms des faux suspects y compris celui du malheureux Bernard Laroche » et que « ce n'est pas au stade actuel de l'affaire qu'il convient d'invoquer le bénéfice du doute. Deux morts réclament justice : le petit Grégory et son oncle Bernard Laroche [2] ». Pourtant, l'hôtel du Mouton-Blanc se vide et plus rien ne nous retient. Jeandon trouve vite une explication à cette débandade imprévue : « Un calme

1. *Le Parisien Libéré*, du 29 juin 1985.
2. *Le Figaro Magazine* du 29 juin 1985.

voulu par les magistrats et par les enquêteurs, un calme nécessaire, selon eux, à la découverte de la vérité. Quelle qu'elle soit [1]. »

Sur la route, j'ai hâte de reprendre le cours de ma vie manipulée depuis des semaines, de revoir Strasbourg et mes deux chats dont la femelle attend des petits d'un jour à l'autre. Peut-être sont-ils déjà nés? Mais ma voiture hoquette et s'immobilise, à quelques mètres d'un garagiste installé en pleine campagne. L'embrayage est cassé. Encore des heures d'attente sur un bitume surchauffé luisant de flaques d'huile, dans une odeur écœurante de cambouis et d'essence mélangés. J'enrage en comptant le temps perdu qui s'ajoute au temps volé. Avisant le sigle d'Europe 1 collé sur ma voiture, le pompiste et sa femme m'interrogent sur la raison de ma présence dans la région. Je cite le nom de Christine. Le couple se hérisse soudain, comme si je lui parlais du diable. L'homme crie, les yeux exorbités :

— Ah! cette putain-là, il faudrait la plonger dans l'eau et la retirer jusqu'à ce qu'elle meure!

Je me retiens de lui écraser sur la figure un pot de moutarde dans lequel sa femme plonge des frites avec ses doigts sales. J'ai envie de vomir, de pleurer. Je n'ajoute rien de peur de craquer. Mais ils se répondent tout seuls avec des propos violents où je saisis des bribes de mots et d'idées entendus sur RTL ou lus dans *L'Est républicain*. Je ne peux plus supporter cela. Je harcèle le garagiste pour qu'il accélère la réparation, à tel point qu'il remonte les plaquettes de frein à l'envers. Je m'enfuis, traversant la Lorraine et les Vosges comme une furie, les nerfs à vif. Je ne veux plus voir personne en dehors de mes chats qui ne parlent pas, n'accusent pas et ne connaissent pas la haine.

Après plusieurs semaines d'absence, je retrouve mon appartement-oasis avec impatience. Seul le mâle se faufile dans mes jambes en miaulant, un peu perdu. Je cherche partout la petite famille dans un silence inquiétant. Porte après porte, je découvre dans la salle de bains la chatte... ou plutôt son cadavre, blotti sur une pile de draps en éponge, la tête désarticulée dans le vide au-dessus de la baignoire rougie de gouttes de sang séché, les yeux ouverts et pleins de reproches sur mon absence.

Jean-Pierre Elkabbach ne parvient pas à oublier Petitmont, les roses du jardin, la mélodie des oiseaux et le courage de Christine aux pommettes enflammées. Plus que tout, les images des voitures

1. *France-Soir* du 29 juin 1985.

de télévision et des photographes en faction devant la maison l'ont frappé. De Paris, on ne peut pas comprendre cette atmosphère de traque. Il faut venir dans la campagne lorraine pour palper cette attente insupportable au soleil. Il décide d'inviter à son tour Bezzina dans son émission Découvertes pour tenter d'éclairer cette chasse à la mère inédite.

— Préparez-moi une série de questions.

J'en rédige huit, sans ambages, axées sur son monopole de l'information, son intérêt financier dans l'affaire, sa complicité avec la police judiciaire et sa haine de Christine Villemin. Des questions dures, à l'image de son implication personnelle dans ce dossier : « Que ferez-vous, qu'écrirez-vous si la mère de Grégory n'est jamais inculpée, si elle ne se suicide pas, si on trouve le vrai coupable ? » Mais, quelques heures avant l'émission, Bezzina, flairant le risque, reprend son accord et fait savoir par sa femme qu'il ne pourra pas répondre à l'invitation.

Sur place, la ville a retrouvé son calme. Les articles sont rangés dans les archives en attendant d'inspirer les prochains commentaires. Lambert sue à grosses gouttes sur son dossier en lisant et relisant les procès-verbaux des filles de la poste et des voisins. Il a appris par téléphone que les expertises des écritures et des cordelettes sont positives. « Les enquêteurs seraient bien en présence de l'arme du crime », écrit Eulry-Bezzina dans *Le Figaro* [1]. Comme cela paraissait acquis depuis le mois d'avril, personne ne l'annonce sauf la presse régionale, très critique par ailleurs sur la liberté de ton de Christine vis-à-vis de la police judiciaire et de la presse.

Le juge informe le procureur Lecomte de son intention d'inculper et d'incarcérer Christine dès l'arrivée des deux rapports. Une fois de plus, le magistrat du siège et celui du parquet sont en désaccord. Le procureur estime qu'avant « d'apprécier l'opportunité de tels actes, il convient de continuer à informer [2] », puis, dans un réquisitoire supplétif, il donne quelques idées de travail au petit juge : procéder à l'audition de Christine Villemin en sa qualité de partie civile, lui communiquer les rapports d'expertises et recueillir ses observations, procéder aux confrontations utiles, rechercher la provenance des cordelettes de Grégory, de celles trouvées chez ses parents, et se renseigner sur leur commercialisation. Lambert ne reprend que cette dernière suggestion et néglige

1. *Le Figaro* du 3 juillet 1985.
2. Réquisitoire du procureur Jean-Jacques Lecomte du 2 juillet 1985.

les autres. Il interroge Jean-Marie qui explique que cette ficelle lui a été donnée par son père lors de travaux au cours de l'été 1984, mais précise avoir donné la fin de la pelote à Bernard Laroche lorsque celui-ci lui emprunta une règle à béton au mois d'août. Elle servit à arrimer l'outil sur le toit de la voiture de son cousin. Le père de Grégory en profite pour redire à Lambert toute sa confiance et son amour dans sa femme. Il se plaint également du traitement que lui infligent les médias.

Jean-Paul Pradier débarque de fort mauvaise humeur dans la vallée de la Vologne. A l'heure où l'enquête se calme, *Détective* l'envoie dans les Vosges remplacer le reporter trop fougueux qui avait menacé Christine afin d'obtenir une interview. A quelques années de la retraite, Pradier estime avoir passé l'âge de jouer à cache-cache avec la police judiciaire de Nancy et une gamine de vingt-quatre ans. Depuis quarante ans, il a partagé en Indochine, en Algérie, en Afrique noire, la gloire puis la chute de colons déracinés, de mercenaires décidés à casser du Viet ou du fellagha.

Le reporter de guerre s'est spécialisé ensuite dans ces marécages humains que l'on appelle pudiquement faits divers. Ses années passés à *Détective* ont parachevé sa vision de l'homme à coups de meurtres à la hache, à la tronçonneuse, de viols, de prostitution et trafics en tous genres. La guérilla de la Vologne ne l'émeut donc guère. Pradier de Manosque, c'est un peu Fernandel. La même tête et le même parler. Un Fernandel du Sentier en tenue de cuir, bracelets et chaînes en or, triple stylo Montblanc agrafé à la chemise et Mercedes lancée compteur bloqué dans les cols tortueux des Vosges. Désabusé, Pradier installe ses quartiers d'été à Lépanges-sur-Vologne et, six mois après nous, reprend l'affaire à zéro en pratiquant le porte à porte comme Ker. Pour atténuer la mauvaise image de marque de son journal, il pratique l'humour en se présentant d'une phrase rituelle bien articulée et ensoleillée :

— Pradier... de *Détective*, le phare de la pen-sée con-tem-poraine.

Il interroge à son tour tous les voisins, note chaque mot, met en marche son chronomètre, l'arrête, recommence, repart pour Docelles, accélère, ralentit, revient à Lépanges en fronçant les sourcils, se passionne et finalement, comme nous, en perd le sommeil. Au bout de quelques jours, on l'interroge :

— Alors?

— Alors, elle a pas tué le petit... Elle a pas pu le tuer, c'est ma-thé-ma-tique.

Il se fâche devant ceux qui raillent son avis :

— Je dis pas qu'elle est innocente. Je dis qu'elle a pas pu le tuer. C'est pas pareil.

Pradier expose dans *Détective* le résultat de ses investigations. Il sort de l'ombre Marcelle Claudon, la fermière voisine dont les repères horaires et visuels confirment exactement ceux de Christine et de la nourrice. Il exhume également le témoignage du fils de la fermière, Christian, conducteur de car scolaire, dont les indications de temps dédouanent la jeune femme. Deux nouveaux témoignages négligés par les enquêteurs et par Lambert. Pradier, peu au fait du climat de l'affaire, s'en étonne :

> « Est-ce parce que la ferme est située en contrebas du chalet, invisible, comme cachée ? On dirait qu'on l'a oubliée ! » Il conclut ainsi sa démonstration « arithmétique » : « Son emploi du temps qui devait, selon les enquêteurs, la confondre, semble aujourd'hui de nature, au contraire, à la mettre hors de cause [1] ! »

Christine, nonobstant la surveillance médiatique, se rend chez le coiffeur d'où elle ressort le cheveu court et bouclé. Demain, au parloir de Saverne, Jean-Marie appréciera cet effort de coquetterie. Il attend avec impatience ces moments qui lui insufflent l'énergie pour tenir jusqu'à sa prochaine visite. Sa lettre du 4 juillet témoigne de son amour intact :

> « Aujourd'hui, jeudi une belle journée de soleil. C'est dur d'être enfermé. J'espère que toi ma chérie, tu as passé une bonne journée au soleil, que tu as bon moral et que notre bébé se porte bien. Demain sera une merveilleuse journée pour nous deux, on sera ensemble pendant 45 minutes [2]. »

Quelques heures plus tard, Lambert reçoit le rapport des experts en écriture, Laufer et Glénisson. Ils sont encore plus affirmatifs que Buquet et de Ricci, qui donnaient des probabilités. Les contre-experts concluent :

> « Madame Christine Villemin est l'auteur des quatre écrits anonymes commençant par les mots suivants : " J'espère que tu mourras de chagrin le chef... ", " Je vous ferez votre

1. *Détective* du 4 juillet 1985.
2. Lettre de Jean-Marie Villemin du 4 juillet 1985.

peau... ", " Je vois que rien à changer chez vous... ", " Si vous voulez que je m'arrête... " [1]. »

De leur côté, les experts en textile de Lyon, David et Rochas, affirment que deux des morceaux de cordelette retrouvés dans le garage fermé de Jean-Marie ainsi que celle qui entourait le tuyau d'arrosage entreposé chez des amis du couple « présentent des caractéristiques parfaitement identiques à celles de la victime [2] ». Le juge dispose enfin de la preuve matérielle qui lui faisait défaut depuis neuf mois, le « petit plus » annoncé par Bezzina cinq jours avant la perquisition chez les Villemin. Par chance, les Villemin en ont laissé traîner à l'extérieur et à l'intérieur de la maison.

Lambert a espéré jusqu'au bout un effondrement forcé par la pression médiatique. Il n'a désormais plus le choix. Ce soir-là, les derniers observateurs postés à la sortie du palais de justice ne décèlent pas dans la démarche claudicante du juge et son sourire crispé le poids qui l'accable. Lambert rentre chez lui, s'enferme dans sa solitude et pleure longuement en écoutant « Y en a marre » de Léo Ferré. Pleure-t-il sur elle, ou sur lui? Le commissaire Corazzi et l'un de ses inspecteurs viennent griller une dernière cigarette avec lui. Ils l'abandonnent ensuite aux prises avec ses angoisses, comme l'ont abandonné avant eux sa hiérarchie et ses collègues magistrats d'Épinal. Avec sa naïveté désarmante, il confiera lui-même plus tard :

> « Un ami au fait du dossier m'a dit : " Tu dois l'inculper et sans trop attendre. Tu dois prendre tes responsabilités comme tu les a toujours prises depuis le début de cette affaire. Et tu ne dois pas oublier la presse : les journalistes attendent une décision. Ils vont te massacrer si tu ne bouges pas [3] ". »

Pendant que le juge pleure, Christine cherche en vain le sommeil.

> « J'ai du mal à m'endormir, j'étais couchée mais comme je m'énervais au lit, je me suis relevée et je t'écris, il est passé

1. Rapport des experts en écriture Laufer et Glénisson du 4 juillet 1985.
2. Rapport des expertises de cordelettes David et Rochas du 4 juillet 1985. Ces résultats positifs étaient déjà tenus pour acquis dans *France-soir* des 27 et 29 avril, 2, 11, 17, 18, 25, 31 mai, 1er, 8, 9, 10, 11 juin 1985.
3. Jean-Michel Lambert, *Le Petit Juge*, Albin Michel, p. 262.

onze heures. Demain sera une bonne journée, je vais te serrer dans mes bras, c'est merveilleux Nounours de pouvoir se voir, tu me manques énormément. Je t'aime mon amour et je te donnerai un très bel enfant. J'espère qu'il sera aussi beau que l'était Grégory [1]. »

1. Lettre de Christine Villemin du 4 juillet 1985.

18

Le filet se resserre en silence ... « Vous m'arrêtez pour Laroche ? » ... Les sanglots du juge ... Crever l'abcès ... Le cauchemar de Jean-Marie Villemin ... Pour l'amour de Grégory ... « Les salauds, les salauds » ... Un blockhaus bardé de miradors ... Jéchoux s'effondre ... La dette

Jamais matin d'été n'aura été, dans cette affaire, aussi calme. Un faux calme d'avant l'orage. Quatre journaux seulement publient un article : *France-Soir*, *Le Parisien*, *La Liberté de l'Est* et *L'Est républicain*. Chez lui, Jean-Michel Lambert choisit une cravate bleu marine, alors qu'il n'en portait plus depuis la canicule. Garaud, pressentant le pire, lui téléphone pour connaître ses intentions. Le juge lui confirme qu'il va faire arrêter Christine et l'inculper dans la journée. L'avocat alerte Darcourt, puis saute dans le premier train pour Épinal. Éric m'appelle à six cents kilomètres des Vosges où je me prépare pour le mariage de mon meilleur ami dont je suis le témoin. J'informe ma rédaction qui me demande de repartir aussitôt pour la Lorraine. Le choix est difficile, mais je refuse net. Calderon me remplacera au pied levé. La nouvelle se répand de rédaction en rédaction, provoquant en quelques heures le raz de marée habituel sur Épinal. Mais cette fois, les photographes et les télés se répartissent à pas de loup autour de Petitmont et du palais de justice. Le filet se resserre en silence. Ce 5 juillet, les radios et les télés restent muettes, les télex immobiles et les stylos en suspens. L'affaire n'est plus qu'un souffle retenu.

Pradier bat la semelle tout seul devant la prison de Saverne. Il attend la visite habituelle de Christine, et rien d'autre. Elle arrive, accompagnée d'un couple de cousins de Jean-Marie. On lui demande de suivre un gardien chez le directeur de la maison d'arrêt. Surprise, elle s'exécute et découvre dans le bureau les commissaires Andrieux et Corazzi ainsi que trois inspecteurs. Ils lui tendent un mandat d'amener. Elle se trouve en état d'arrestation.

— Vous m'arrêtez pour Laroche?

— Non, madame, pour Grégory.

— Vous voulez rire?

Christine s'apprêtait à signer le mandat. Comprenant ce qui se prépare, elle se rebiffe et repousse le papier. Désormais, elle refusera de signer tout document judiciaire en signe de révolte. Avant de quitter la prison, la jeune femme demande que l'on prévienne son mari, mais personne n'en fera rien. Dehors, Bezzina alerté par le SRPJ et Caradec'h par Gérard Welzer se délectent de cet épilogue qui a tant tardé à venir. Ils occupent Pradier pour l'empêcher de voir la sortie de Christine dans la Renault 9 beige de la police. Seul *Paris Match* aura la photo. Pendant tout le trajet, Christine entoure son ventre de ses mains, craignant d'avoir des contractions. Pour contenir ses larmes et sa colère, elle fixe obstinément le paysage à l'extérieur.

La foule s'est massée sur les trottoirs du palais comme pour une arrivée de course cycliste. Les forces de l'ordre entourent le quartier. De sa fenêtre du premier étage, Lambert voit Christine descendre de la voiture de police. Il éclate en sanglots et panique à l'idée de ne pas se contenir devant elle. Dans la foule, Hauck et Darcourt sont inquiets. Soudain, une pensée traverse leur esprit.

— Merde! Si elle avouait!

Ils n'ont préparé aucun papier dans ce sens. Moi-même, je n'ai enregistré qu'un portrait de la jeune femme et un récapitulatif de l'enquête. A aucun moment nous n'avons envisagé des aveux.

Christine est introduite dans une salle d'attente. Elle retrouve Me Garaud qui lui présente un homme jeune, très grand et chaleureux, à l'accent alsacien : Me Moser, son nouveau défenseur. Elle leur reproche de ne pas l'avoir prévenue afin qu'elle puisse envoyer un télégramme à son mari. Garaud exige le retrait des policiers et lui explique ce qui va se passer : inculpation et incarcération. Mais il déposera dans la seconde suivante une demande de mise en liberté. La jeune femme n'entend qu'une chose : on va la jeter en prison pour l'assassinat de son fils.

Lambert s'est repris et ne craque pas quand elle se présente face à lui. Un semblant de débat contradictoire s'engage dans le petit bureau. Le procureur Lecomte assisté d'un substitut requiert pour Christine la liberté ou au pire un contrôle judiciaire en expliquant qu'elle n'a jamais fait obstruction à la justice ni détruit de preuves ni fait pression sur des témoins. La veille, il s'est déjà prononcé contre l'inculpation. Enceinte de six mois, sa santé nécessite en outre des égards.

Garaud et Moser plaident de toutes leurs forces. Mais le juge est souverain dans ses décisions. Lambert baisse la tête et murmure :

— Tant pis, je me lance.

Il ajoute pour se justifier :

— Je lève l'hypothèque et je crève l'abcès.

Il inculpe Christine Villemin d'assassinat sur un enfant de moins de cinq ans, le sien, sans preuves, sans aveux et sans mobile. Juste quelques présomptions, des témoignages troublants, des expertises en écritures et trois morceaux de ficelle.

La jeune mère sanglote et crie :

— C'est pas possible, c'est pas possible. C'est dégueulasse. Je voudrais bien savoir ce qu'il y a contre moi.

« C'était comme si on l'écorchait vive », nous dira Me Garaud. Comme promis, l'avocat dépose sa demande de mise en liberté. Christine insulte Lambert en cherchant, en vain, son regard qui se dérobe. Le procureur et ses avocats l'entraînent hors du bureau pour couper court à cette scène pénible. Dans le couloir, les policiers, tendus, espèrent encore des aveux. Le désappointement se lit sur leurs visages. Reconduisant Christine dans la salle d'attente, Garaud leur lance avec hargne :

— Messieurs, vous saurez que l'innocence ne craque pas!

L'ambiance est à la débâche. Lambert revient vers la jeune femme et lui demande le nom des médicaments qu'elle devra prendre en prison. Elle refuse de le lui donner. Il tente de l'amadouer :

— Christine, ne faites pas de bêtises.

Puis il lui tend la main. La mère de Grégory tourne la tête en refusant de répondre au geste de celui qui vient de l'inculper. Avant de suivre la police, elle donne ses ultimes consignes aux deux avocats.

— Ne vous occupez pas de moi, allez voir Jean-Marie et surtout dites-lui de ne pas se faire de mal.

Puis Lambert lui ordonne de se couvrir la tête pour, dit-il, échapper aux photographes. Les nombreux curieux la voient ainsi sortir du palais, sans menottes mais avec un gilet noir devant le visage. Tous sont tenus à distance derrière la barrière du parking. Mais la foule muette ne réagit pas. Christine ne lui jette pas un regard, pas un cri en s'engouffrant dans la voiture.

En quittant le palais, Corazzi confirme l'inculpation à Bezzina, d'un petit signe discret. Dès 18 heures, RTL annonce, seul, l'événement alors que le communiqué de l'AFP tombe en urgent à 18 h 36, après la déclaration officielle de Garaud.

> — L'irréparable vient d'être commis. Les pressions d'une certaine presse ont été plus fortes que les procès-verbaux de gendarmerie et les accusations de Muriel.

Garaud, noyé dans une foule de journalistes, roule sur chaque mot. Campé derrière lui, Thierry Moser est intimidé par les caméras et gêné par sa haute taille qui dépasse son confrère.

Interrogé à chaud, Me Welzer continue de tenir son rôle hypocrite de modérateur soucieux des grands principes :

> — Mes pensées vont à la mémoire de Bernard Laroche et à sa famille. Le meurtre de Grégory ne peut pas rester impuni. Néanmoins, mon client a trop souffert des mouvements d'opinion pour que je n'appelle pas au calme et à la sérénité, conditions indispensables d'une bonne justice.

L'avocat peut s'exprimer sans emphase. L'inculpation de Christine est pour lui une victoire éclatante qu'il savoure discrètement. Quel retournement depuis l'appel de Marie-Ange, un soir de novembre ! A l'intérieur du palais déserté, Lambert erre dans les couloirs en pleurant, « à chaudes larmes. Aucun chagrin d'amour ne m'a procuré un tel effet », écrira-t-il plus tard dans ses mémoires [1].

Sur la route de Metz, les policiers refusent à Christine l'autorisation de passer à Petitmont pour prendre des affaires personnelles et l'éléphant en peluche de Grégory avec lequel elle s'endort chaque soir. Alors commence un voyage pénible, long de deux heures, vers la prison ultra-moderne de Metz-Queuleu. Les trois hommes et leur passagère se taisent. La radio débite des infor-

1. *Le Petit juge*, p. 273.

mations qui meublent le silence. A Marseille, quatre policiers « ripoux » sont tombés pour trafic de drogue.

Christine lâche :

— Ah, elle est belle la police en France !

Vexés, les hommes du SRPJ coupent l'autoradio.

Dans sa cellule, Jean-Marie Villemin attend depuis 14 heures. 14 h 30, 15 heures, 16 heures. Personne ne lui annonce son parloir. De plus en plus inquiet, le père de Grégory envisage le pire : l'accident de la route. Depuis le mois d'avril, sa femme, enceinte et épuisée, parcourt chaque semaine plus de deux cent cinquante kilomètres pour venir le voir. Bien sûr, il songe à l'inculpation, mais il se dit que Lambert ne peut pas faire « une telle connerie ». A 16 h 30, un gardien lui ordonne de préparer ses affaires de toilette.

— Pourquoi ?

— Transfert.

Lambert a ordonné le retour de Jean-Marie à la prison Charles-III de Nancy où la surveillance est plus facile. Le juge redoute le suicide du père de Grégory. Dans la voiture, les hommes du SRPJ ne lui disent rien. A Nancy, on l'enferme dans une cellule où il fait les cent pas pendant quatre heures et demie, dans un cauchemar, croyant devenir fou. Vers 20 heures, un gardien passe la tête :

— Parloir avocat.

Jean-Marie bondit en se disant : « Là, c'est grave ! »

Garaud le prend par le bras, comme il aurait sans doute pris le fils qu'il n'a pas eu.

— Il va falloir être solide...

Garaud raconte l'après-midi passé au palais de justice d'Épinal. La tête entre ses mains, Jean-Marie pleure comme un enfant. Il se révolte avec les mêmes mots que sa femme :

— C'est pas possible. Le juge ne nous a pas compris. Il aurait fallu qu'il soit père de famille.

Il demande aux avocats de ne pas s'occuper de lui, de soutenir sa femme et de faire savoir que pas un instant, il n'a douté et ne doute d'elle. Garaud est frappé par la similitude de leurs suppliques respectives. Le père de Grégory rédige aussi une courte lettre à l'intention du juge pour l'informer qu'il renonce à toutes ses prérogatives de partie civile en cas de notification de pièces ou de présentations de scellés, et ce afin que la chambre d'accusation puisse statuer au plus vite sur le sort de sa femme.

Puis il regagne une nouvelle cellule et rédige une longue lettre pour Christine :

> « (...) Le juge m'a transféré à Nancy. Il a peur que je me fasse du mal. Mais il n'y a aucun risque, bien au contraire, on va se battre jusqu'au bout et ils se rendront compte de l'erreur qu'ils ont commis, une erreur irréparable. (...) Cela va être dur de ne pas se voir pendant tout ce temps. Mais nous tiendrons, il le faut ma chérie, en respect de notre amour et de l'amour que nous avions pour Grégory. Nous sommes jeunes et nous avons encore de bons moments à vivre et je veux te faire d'autres enfants ma chérie. Je t'aime et je ne pense qu'à toi, ne te laisse surtout pas aller. J'ai vraiment et terriblement besoin de toi ma petite femme adorée. (...) [1]. »

Une fois la lettre cachetée, Jean-Marie Villemin grimpe sur la couchette du haut, se tourne face au mur et restera ainsi jusqu'à la libération de sa femme, ne descendant que pour sa toilette et les visites de ses avocats.

A l'issue du cocktail du mariage, je m'éclipse pour suivre le journal de 20 heures. Agenouillée tout près de l'écran pour mieux capter le commentaire, je vois Christine encadrée par les hommes de la PJ, sortant du palais. Depuis longtemps je suis préparée à cette nouvelle, mais je la reçois comme une gifle. Les mains plaquées sur le visage, je murmure :

— Les salauds, les salauds, les salauds!

Darcourt m'appelle longuement du Mouton-Blanc et me raconte tout ce que je n'ai pas pu vivre. Je retiens une chose : Christine n'avait pas de menottes.

— Ça prouve qu'ils n'ont pas eu le courage d'assumer leur geste jusqu'au bout.

Finalement, ce mariage organisé un vendredi tombe fort à propos et m'évite de me lancer comme les autres dans des commentaires sur des thèmes hasardeux du type : « Pourquoi a-t-elle fait ça? » et « Comment s'y est-elle prise? » Je n'aurais pas plus d'inspiration que je n'en avais deux semaines plus tôt.

La prison de Metz-Queuleu forme un rectangle de béton blanchâtre troué de meurtrières et planté au milieu des champs dans la

1. Lettre de Jean-Marie Villemin du 5 juillet 1985.

banlieue nord de Metz. Un blockhaus bardé de miradors, de grilles à commande électronique, doté d'un poste de surveillance ultra-perfectionné et d'un centre de soins moderne où l'on peut surveiller l'évolution d'une grossesse délicate. Les policiers du SRPJ de Nancy se hâtent d'y abandonner leur prisonnière. Christine doit déposer toutes ses affaires personnelles, y compris le médaillon renfermant la photo de son fils, subir une fouille corporelle et enfiler des vêtements et sous-vêtements informes. Fidèle à elle-même, elle écrit sur le formulaire d'entrée :

> « J'estime que je suis en prison injustement. Je suis contre mon incarcération car je n'ai rien fait de mal à mon enfant. »

Ses deux codétenues tentent de la réconforter, font son lit en lui proposant la couchette inférieure et lui offrent du café et des cigarettes. Bezzina annonce en fin de soirée sur RTL qu'elle a été accueillie aux cris de « A mort, à mort », ce qui est faux. Tout au long des couloirs la menant à sa cellule, la jeune femme n'a rien vu ni entendu, sauf le bruit métallique des clés heurtant les grilles disposées tous les cinq mètres et qui se refermaient dans son dos.

Épinal s'anime d'une foule survoltée, entre les habitués de l'affaire et les éclaireurs du Tour de France qui fera étape le lendemain dans la cité des images. Philippe Séguin, le maire, fulmine après Lambert :

— Il a fallu qu'il me fasse ça ce week-end!

Le député-maire espérait que l'actualité sportive effacerait l'espace de deux jours ce fait divers poisseux qui ternit sa ville. Pour le reste, il se garde bien du moindre commentaire. Bezzina est le journaliste le plus puissant de la région. *L'Est républicain* et *La Liberté de l'Est* monopolisent à eux deux toute la presse du département. Séguin a trop de coups à prendre dans cette affaire. Il préfère donc se taire, après s'être retranché au début de l'affaire derrière des principes à géométrie variable tels que le respect de l'instruction et la liberté de la presse. Cette dérobade n'est pourtant pas à son honneur.

Comme au soir de la mort de Laroche, les journalistes envahissent le bar du Mouton-Blanc. Dans les volutes de tabac, on ne sait plus très bien ce qui du Tour de France ou de la chute de Christine fait sauter les bouchons de champagne. L'incarcération de la jeune femme apaise pour un temps ceux que taraude la mort de Bernard Laroche. En rejetant sur la mère toutes les fautes commises depuis neuf mois, ils croient échapper au spectre de leur propre responsabilité. Mais quoi qu'ils fassent, ils trébucheront toujours sur ce cadavre.

Philippe Jéchoux s'effondre. Le pigiste de *La Liberté de l'Est* s'est impliqué jour et nuit dans l'affaire depuis neuf mois en diffusant toutes les informations du cabinet de Welzer ou de celui du juge pour une pige de misère : 3 000 francs par mois. Il se rend au siège de son journal pour exiger son embauche comme salarié mais, ivre et incontrôlable, il saccage des appareils de transmission. Il sera congédié le lendemain, interpellé à la sortie du cabinet de Me Welzer et condamné plus tard à 2 000 francs d'amende.

De l'autre côté des Vosges, dans un chalet alsacien, Mes Garaud et Thierry Moser, son jeune correspondant local, préparent la mise en liberté de Christine. Les deux hommes s'embarquent ensemble dans une aventure sans fin, sans doute la plus marquante de toute leur carrière. Au vu du dossier, Garaud demande son sentiment sincère à Thierry Moser qui répond – mais que peut-il dire d'autre ? – qu'il croit Christine innocente. C'est à ces deux avocats, assistés de Me Chastang, que revient désormais la tâche de remonter le courant qui a emporté la jeune femme. L'Ariégeois s'endort sur ce défi impressionnant. Sur le fond, cette inculpation larvée depuis neuf mois et annoncée depuis cent seize jours avec une violence inouïe a au moins un mérite : Christine Villemin va enfin pouvoir se défendre. Mais avons-nous bien conscience, tous, protagonistes et lecteurs, de la dette que nous venons de contracter envers elle ?

19

Le zoo de Lépanges ... Marcelle Claudon en colère ... Le Fangio de la Vologne ... De la cellule 210 à la cellule 210 ... Lionel Raux libère sa hargne ... Nouvelles coulées de lave ... Racisme social ... Diffamation à la chaîne ... Le « sacré courage » du petit juge ... Jean-Claude Hauck résiste, seul

La BBC et les chaînes de TV américaines nous rejoignent dans les Vosges à propos de celui qu'ils appellent « Little Grégory ». Ils viennent gonfler les troupes des reporters français, suivis de peu par les Italiens, les Belges, les Allemands, les Espagnols, les Scandinaves, les Japonais et bien d'autres qui, tour à tour, plongent leur plume dans la Vologne. Les Brésiliens arrivent devant le cimetière de Lépanges en chemises à fleurs, radio-cassette hurlant dans leurs grosses cylindrées, et commencent à filmer une autre tombe que celle de Grégory. Tous les journaux d'outre-mer et les organes de presse francophones africains ou canadiens suivent de près l'évolution des choses. Même le quotidien d'affaires international *Wall Street Journal* envoie un reporter. L'écho de l'affaire Villemin se propage au-delà des frontières. Les photographes apprennent régulièrement par leurs agences que leurs clichés ont été vendus dans le monde entier, jusqu'en Australie, en Nouvelle-Zélande et en URSS. Un journaliste de l'AFP raconte que lors d'une réunion de Jeunesses communistes à Moscou, des Russes l'ont interpellé pour savoir si on avait « enfin trouvé l'assassin du petit Grégory ». Tous veulent connaître « l'histoire qui déchire la France ». « Who killed

Petit Grégory [1] ? » s'interroge à son tour *Newsweek*, l'hebdomadaire américain. L'assassinat du fils de Christine et Jean-Marie est tombé dans le tronc commun des images universelles.

Cette curiosité exaspère un peu plus la population de la vallée, réduite à l'état de bêtes dans un zoo. Pendant leurs vacances dans le Midi ou ailleurs, les habitants de Lépanges-sur-Vologne n'osent pas sortir leur chéquier ni présenter une pièce d'identité, certains que l'on va leur parler du corbeau, de Grégory ou de Christine, ou se moquer d'eux. Des cars de touristes, français et étrangers, se détournent de leur itinéraire lorrain ou alsacien pour faire le « circuit Grégory ». La tombe, la poste et la maison des Villemin sont photographiées des centaines de fois et le tas de sable près duquel jouait l'enfant a disparu, emporté poignée par poignée par des mains fétichistes.

Pour se venger, certains jeunes de Lépanges envoient les touristes dans une mauvaise direction. Caroline Parisse, la propriétaire du bar de l'Est, rabroue les curieux en leur disant que « pour le pèlerinage, il n'y a qu'à suivre les autres », ce à quoi une touriste vexée lui répond un jour, sur un ton pincé :

– Puisque c'est comme ça, on ira sur la tombe de Bernard Laroche !

Quel tourisme indécent ! s'exclament les journaux en publiant les photos des badauds surpris dans le cimetière de Lépanges où la presse a si souvent défilé...

Marcelle Claudon profite de cette ruée sur la colline où habitaient les Villemin pour exprimer sa colère devant quelques journalistes, dont Éric Darcourt de l'AFP. La voisine proteste contre le peu d'intérêt que son témoignage suscite chez Lambert et les policiers. Le 16 octobre, elle a vu Christine sortir de chez elle à 17 h 20, au moment où elle-même reconduisait ses trente-six vaches de leur pâture à l'étable. Son pré se trouve un peu en contrebas du jardin des Villemin. Ce jour-là, elle était en retard, car d'ordinaire les vaches doivent être rentrées pour 17 h 15. Ses repères sont précis et son témoignage affirmatif :

> « Je ramenais mon troupeau de bêtes en passant à proximité de la maison des Villemin, lorsque j'ai vu Christine courir. Affolée, elle m'a demandé si je n'avais pas vu Grégory. Après quoi, elle a pris sa voiture et est descendue vers Lépanges. Je

1. *Newsweek* du 29 juillet 1985.

l'ai revue qui remontait à 17 h 30. 17 h 20 et 17 h 30. C'est tout ce que j'ai à dire[1]. »

Ces repères chronologiques sont ceux donnés par Christine aux gendarmes, mais la mère de Grégory a parlé en « horaire usine » avec les sept ou huit minutes de décalage par rapport à la vie du village que l'enquête policière s'obstine à ignorer. La fermière, avec ses habitudes réglées, est un témoin fiable dont les horaires ont plus de poids encore que ceux donnés par Christine, interrogée en état de choc, quelques heures après la mort de son fils. Ces recoupements horaires réduisent le temps dont la jeune femme aurait disposé pour se rendre à Docelles. Le parcours meurtrier qu'on lui impute devient alors impossible, en raison de la distance et de tous les actes à accomplir. De plus, Christine savait que chaque jour, à partir d'environ 17 h 10, la route était barrée pour le retour à l'étable des vaches de Mme Claudon. Compte tenu de ces éléments, il ne lui reste plus qu'entre dix et dix-huit minutes pour accomplir le crime et le revendiquer.

— Il faudrait qu'elle soit le Fangio de la Vologne, conclut Me Garaud après s'être lancé lui aussi dans des chronométrages sur la départementale 44.

En prison, Christine Villemin fait la grève de la faim. Elle a commencé le lendemain de son incarcération. Elle annonce qu'elle se laissera mourir si l'on ne reconnaît pas son innocence. Jean-Marie, informé par la radio, l'imite aussitôt. L'un et l'autre décident à soixante kilomètres de distance de mourir ensemble plutôt que de se résigner. Christine et Jean-Marie Villemin sont enfermés tous les deux dans la cellule 210. Plus tard, ils y verront un signe d'unité. Parfois, les médecins qui viennent au chevet de la jeune femme tentent de la convaincre d'avaler un ou deux bonbons. Elle refuse en pensant qu'ils sont de mèche avec le juge et que le lendemain les journaux dénonceront cet accès de faiblesse. Mais quand ses avocats, qui ne cessent de faire la navette entre les deux grévistes de la faim, glissent un sucre à Christine, elle l'accepte volontiers. Toute la journée, elle reste allongée sur sa couchette en répétant : « C'est pas possible, c'est pas possible... » Elle écrit à son mari : « J'ai besoin de toi, de ta force et de ton soutien. Je t'aime mon amour, tu es tout pour moi[2]. »

1. AFP du 10 juillet 1985.
2. Lettre de Christine Villemin du 6 juillet 1985.

La presse reprend sa danse autour de Christine. Dès le lendemain de l'inculpation, le ban et l'arrière-ban des journalistes signe une cascade d'articles assortis de titres géants et de photos agrandies de la jeune femme s'évanouissant dans les bras de son mari pendant les obsèques de leur fils. Le sourire mutin du petit garçon côtoie les regards vides de sa mère après son décès. Le message est clair. Les Bezzina, Chaussier-Héricotte et Raux savourent le succès policier auquel ils ont tant contribué.

Lionel Raux, commentant « ce monstrueux secret qui n'en était plus un depuis longtemps » affirme qu'il va falloir se faire à l'idée qu'une « jeune femme peut tuer son enfant (...) non pas dans un accès de folie ou de colère aussitôt regretté mais froidement, sciemment, méthodiquement selon un plan établi et réalisé dans ses moindres détails avec une perfection digne d'un hold-up [1] ». Raux s'interroge sur le sens de ses paroles prononcées devant le cercueil de son fils : « " Non, Grégory, reviens... " Peut-on ajouter aujourd'hui : " Je ne voulais pas " [2] ? » Lionel Raux est une figure des prétoires et un chroniqueur judiciaire apprécié depuis longtemps. On voit dans tous les grands procès sa silhouette courte et ronde et son visage aux yeux clairs à la barbe poivre et sel. Son amitié avec Bezzina ne suffit pas à expliquer sa hargne. Plutôt l'ombre de Bernard Laroche, toujours... Les autres articles s'abritent, en général, derrière quelques artifices de prudence, « selon le juge... » ou « selon les policiers... », auxquels les lecteurs ne sont guère sensibles et qui permettent d'écrire le pire. Comme si le précédent Bernard Laroche n'avait pas existé, on retrouve les mêmes mots, les mêmes accusations sans appel d'où s'exhale toujours, sous les mêmes signatures, un ressentiment incontrôlé. Hormis une ou deux exceptions, pour tous les journaux Christine est coupable, cela ne se discute même plus. Comme à chaque étape médiatique, de nouveaux bruits surgissent, venant enrichir une liste déjà longue. La presse bezziniste laisse entendre que la jeune femme aurait été vue au bord de la Vologne lors de deux mercredis après-midi de congé qu'elle avait passés chez elle avec Grégory. On parle de « repérage de terrain [3] ».

Ces supputations se propagent dans la vallée et Marie-Ange Laroche répète aux enquêteurs que selon une de ses amies, « trois femmes avaient vu Christine Villemin au bord de la Vologne [4] » ces

1. *L'Est républicain* du 6 juillet 1985.
2. *Ibid.*
3. *France-Soir* du 10 juillet 1985.
4. Procès-verbal de Marie-Ange Laroche du 24 juillet 1985.

jours-là. Quand les policiers interrogent ce témoin, il dément savoir quoi que ce soit mais leur remet l'article de *France-Soir* qui avait inspiré sa remarque. La rumeur tourne sur elle-même en vase clos.

Les mêmes écrivent que « comme par hasard [1] », Christine ne travaillait pas le 17 octobre au matin et aurait pu récupérer la lettre si son plan avait échoué. Or, elle aurait dû travailler le lendemain de la mort de son fils comme d'habitude de 7 h 15 à 11 h 20, tandis que son mari aurait passé la matinée à la maison avant de repartir pour l'usine à 13 h 15. Christine est accusée formellement d'avoir envoyé la lettre de revendication, assassiné Grégory puis inspiré le meurtre de Laroche « innocent », et enfin de s'apprêter à provoquer la mort du bébé qu'elle attend et qu'elle a conçu uniquement pour se protéger. Que la jeune mère soit acculée à une telle violence pour se défendre contre une accusation aveugle n'effleure personne.

Pour lui trouver un mobile, on réécrit, une fois de plus, sa vie. Un mois plus tôt, on la soupçonnait d'avoir voulu s'évader dans le Midi pour fuir « l'âpre contrée des Vosges ». Après son inculpation, l'objet de ses rêves déçus monte d'un cran, surtout dans les hebdomadaires : les pays lointains, les palmiers, la mer bleue. « Elle se gave de romans-photos et de dépliants exotiques [2]. » On décide une bonne fois pour toutes qu'il y avait « une certaine froideur dans le couple [3] » et que son mari, taciturne, vivait enfermé dans le silence, provoquant « plusieurs fugues [4] » chez son épouse. On lui invente un petit ami pendant la durée du service militaire de son fiancé, en 1977. On lui trouve finalement un regard « pas franc [5] » et on décrète qu'à cause d'elle, « le malheur s'est abattu sur deux familles [6] ».

Sa grossesse « calculée comme le reste [7] » et sa grève de la faim sont la preuve qu'elle est une mère indigne qui exerce un chantage sur la justice : « Remplace-t-on un enfant par un autre quand, au cimetière de Lépanges, la tombe du premier n'est pas achevée [8] ? » s'indigne Annie Chaussier-Héricotte dans *France-Soir*. « Une mère digne de ce nom ne doit rien faire pour nuire à sa santé et à celle de son bébé pendant la grossesse [9] », fait dire Jeandon-Bezzina à un

1. *France-Soir* du 9 juillet 1985.
2. *V.S.D.* du 11 juillet 1985.
3. *Le Figaro* du 6 juillet 1985.
4. *Le Matin de Paris* du 8 juillet 1985.
5. *Le Parisien libéré* du 6 juillet 1985.
6. *France-Soir* du 9 juillet 1985.
7. *Le Matin de Paris,* du 8 juillet 1985.
8. *France-Soir* du 8 juillet 1985.
9. *France-Soir* du 10 juillet 1985.

Vosgien anonyme. La seule « faute » de Christine Villemin est bien là, dans cette grossesse gênante pour ceux qui s'acharnent à détruire son couple. *L'Est républicain* prévoit « Trente jours jusqu'au coma ». Pour imaginer les répercussions de cette grève de la faim sur l'enfant qu'elle attend, « il est possible de recourir aux observations faites à l'occasion des naissances dans les camps de concentration [1] », écrit le journal de Nancy avec son fiel coutumier. Christine est, bien sûr, consciente du danger qui les guette, elle et le fœtus, mais elle s'est renseignée auprès des médecins et elle explique à son mari :

> « Je ne peux pas me laisser accuser de ce que je n'ai pas fait. Le bébé ne risque rien. Il prend toutes ses forces en moi, lui se protège. En faisant cette grève, il n'y a que moi qui me détruis mais il faut que je continue [2]. »

Jean-Marie Villemin est présenté comme un homme faible, sous influence de sa femme, qui n'ose pas se désister de sa partie civile de peur de la désavouer publiquement : « Jean-Marie est vaincu [3] », estime Miard dans *Le Figaro*. « Tout tourne dans sa tête [4] », écrit Marie-France Lefevre-Bezzina. Parallèlement à cet imaginaire sentimental, s'abat sur le couple une sorte de racisme social. Visiblement, une classe se penche avec mépris sur une autre.

« Dynastie chez les contremaîtres [5] », ironise *Le Point* en référence au feuilleton concurrent de Dallas. On reproche à Jean-Marie d'être « un contremaître ponctuel, économe et sobre [6] » dont Christine aurait subi et condamné les projets et les ambitions jugés médiocres. On suppose qu'elle ne supportait plus « cette maison toute neuve que l'on paye à coup d'heures sup [7] », « cette bicoque blanche [8] » qui engloutit les deux salaires et les économies. On retrouve toujours sous la plume des journalistes ce même dédain pour « le chef » que haïssait et jalousait le corbeau. Les auteurs des articles ne supportent pas le profil social de Jean-Marie Villemin, attaché à sa famille et ses biens immobiliers ou de consommation. Ils s'appliquent à en détruire l'image et à attribuer cette destruction à Christine, alors qu'aucun signe avant-coureur,

1. *L'Est républicain* du 9 juillet 1985.
2. Lettre de Christine Villemin du 6 juillet 1985.
3. *Le Figaro* du 8 juillet 1985.
4. *Le Parisien libéré* du 8 juillet 1985.
5. *Le Point* du 15 juillet 1985.
6. *Le Figaro* du 9 juillet 1985.
7. *VSD* du 11 juillet 1985.
8. *Le Parisien libéré* du 6 juillet 1985.

aucun décalage, n'a jamais rien révélé de tel dans son comportement antérieur.

Les journaux présentent encore une nouvelle version de l'enquête supposée être dirigée dans l'ombre par Christine. On lui attribuait déjà, à tort, depuis des mois, l'orientation des recherches vers Bernard Laroche, la désignation de Jacquel à son mari, elle supporte aujourd'hui la dénonciation des cousins Hollard. Héricotte affirme dans *Le Figaro Magazine* qu'elle et son mari n'ont pas été soumis à la dictée au début de l'affaire, alors que, dès les premières heures de l'enquête, ils écrivaient l'un et l'autre sur leur table de cuisine et sous le contrôle des enquêteurs, elle assommée par les calmants et lui le poignet droit foulé. Dans ces conditions, on peut difficilement taxer les gendarmes de compassion à leur égard. Le capitaine Sesmat supporte pourtant avec elle la plus grande responsabilité des « erreurs » : absence de perquisition, pourtant faite dans la maison sous forme de visite domiciliaire, de comparaison des pneus de la R5 et des moulages, pourtant effectuée le jour où les traces furent relevées.

Gavés des « vérités » par la presse du SRPJ, les journalistes qui découvrent l'affaire suivent aveuglément la voie tracée depuis des mois. Ainsi en est-il pour *Le Point, L'Express, VSD. Le Nouvel Observateur* publie une interview hors sujet de Frédéric Pottecher s'obstinant à propager, en dépit des données du dossier, la thèse de l'accident maquillé en crime. Sans nuances, le chroniqueur judiciaire, dont la parole compte tant dans certains milieux, inclut dans cette hypothèse aberrante Jean-Marie Villemin, supposé avoir aidé sa femme à monter cette mise en scène. « Les Villemin font coup double : leur honneur est intact et ils se débarrassent d'un ennemi [1]. »

Les relations de Christine avec les médias sont très critiquées. Lionel Raux dénonce sa « frénésie d'interviews » et l'accuse d'avoir donné sur Europe 1 « une version abracadabrante de l'assassinat de Bernard Laroche, démentie par son propre mari [2] », ce qui est faux puisque ses propos ont été entièrement confirmés par l'infirmière présente lors de l'aveu de Jean-Marie. D'autres l'accusent de

1. *Le Nouvel Observateur* du 12 juillet 1985.
2. *L'Est républicain* du 7 juillet 1985.

s'être « servie des médias pour se protéger de l'instruction [1] » et d'avoir « orchestré une véritable campagne en sa faveur [2] ».

Des qualificatifs terribles pleuvent sur Christine : « monstre, sorcière, assassin, infanticide, redoutable manipulatrice, diabolique meurtrière, machiavélique, maudite, dangereuse, simulatrice, vengeresse solitaire » et, dans un registre moins violent, on dépeint son tempérament tel qu'on l'imagine en accord avec le crime commis sur son fils : « orgueilleuse, moqueuse, pète-sec, froide, autoritaire voire agressive », jusqu'à l'affubler de ce surnom trouvé dans l'un des papiers d'Héricotte, « Marie-Chantal de la Vologne [3] ».

Toute cette violence est d'autant plus incongrue qu'à l'heure où on accable ainsi Christine Villemin, Lambert ne lui a pas posé une seule question sur son éventuelle participation dans la mort de son fils et pas un rapport psychiatrique ou psychologique n'a été rédigé sur son état mental. Ce ne sont pas trois bouts de ficelle et l'étude de son écriture qui apportent un début de preuve autorisant une telle vindicte.

René Héricotte poursuit néanmoins sa croisade contre la mère de Grégory dans *Le Figaro Magazine* en décrivant son arrivée – imaginaire elle aussi – à la prison de Metz : « Des huées cruelles l'accueillaient au quartier des femmes de la prison : " Christine assassin ! " mêlées à d'horribles injures perçues au-delà des murs. » Le journaliste salue « le sacré courage, la mesure, la patience et l'indépendance » du petit juge Lambert qui, selon lui, a eu l'élégance de prévenir Me Garaud avant l'inculpation. En fait, si l'avocat ne l'avait pas appelé de lui-même, ce matin-là, Lambert inculpait Christine sans l'assistance de son conseil en espérant tirer avantage de son désarroi et de sa solitude. Mais Héricotte continue de s'égarer et trouve que cette « belle marque d'honnêteté et de confiance » de la part du juge « est mal payée en retour par la réaction hargneuse et spectaculaire » de la jeune femme : « un chantage à la grève de la faim ». Il invente des actes d'instruction qui n'existent pas en affirmant que Christine refuse de « discuter pied à pied témoignages et expertises malgré l'assistance de l'un des plus habiles avocats de notre temps [4] ». Héricotte prête à Christine Villemin un comportement qu'elle n'aura jamais,

1. *Le Matin de Paris* du 6 juillet 1985.
2. *Le Parisien libéré* du 6 juillet 1985.
3. *Le Figaro, Le Parisien libéré, Détective, L'Express, VSD, Ici Paris* du 6 au 15 juillet 1985.
4. *Le Figaro Magazine* du 13 juillet 1985.

comme en témoignera plus tard Marc Bertrand, le greffier du juge Lambert, interrogé au cours de la seconde instruction :

« Dans toutes les circonstances, Christine Villemin a toujours répondu immédiatement aux questions qui lui étaient posées. Elle ne se retournait pas vers ses avocats pour connaître leur avis [1]. »

Dans cette litanie, relevons encore cette « explication » fournie par un quelconque anonyme de la vallée, de Lépanges ou d'ailleurs, et rapportée par *France Dimanche* : « Christine Villemin a mis quatre ans pour avorter de Grégory [2]. »

Toujours debout mais de plus en plus seul, Jean-Claude Hauck du *Républicain lorrain* refuse toujours de troquer sa carte de presse contre l'habit d'inquisiteur.

« Ses plus proches voisins, M. et Mme Méline, nous ont dit dès le lendemain (du crime) quelle avait été sa douleur la veille au soir : " le médecin est venu, il a fallu lui faire une piqûre pour la calmer ". Deux jours après la découverte du petit, je l'ai vue inondée de larmes dans la voiture de Jean-Marie. Elle était seule, sans public, dans la Grand-Rue de Lépanges, liquéfiée de chagrin. »

Hauck dénonce la traque qui a précédé l'inculpation :

« Ses photos s'étalent sur les pages des magazines, sa vie tout entière est mise à plat, piétinée, laminée. On scrute son enfance, on énumère ses flirts, on commente ses fugues, on cite les amants qu'elle n'a jamais eus. Christine ne s'appartient plus, on lui invente une autre vie, avec tous les détails que les lecteurs ne demandent même pas. (...) Certains journaux affirmaient déjà alors que le juge hésitait encore. Certes, la jeune femme a certaines apparences contre elle. Son attitude parfois bravache et ses réponses à tout indisposent souvent. Quoi qu'il en soit, il faut des certitudes avant d'installer un pilori. Il sera bien temps pour les amateurs de gloser par la suite. Mais la calomnie est comme une limace entêtée,

1. Procès-verbal de Marc Bertrand du 1er mars 1989.
2. *France Dimanche* du 15 juillet 1985.

elle démarre trop tôt et va toujours trop loin. Elle aussi progresse en rampant, dans une traînée de bave [1]. »

Dans la presse nationale, l'émotion la plus sensible vient de François Raoux qui s'indigne dans *Le Quotidien de Paris* du sort réservé à Christine Villemin :

> « Personne ne dit plus rien. Personne n'ose plus rien dire (...). Or, le scandale est là. Dans ce silence qui accueille ces bavures ou plutôt ces énormités judiciaires [2]. »

Dans ce silence qui est déjà un consentement quand il n'ose pas, Isabelle Baechler, Paul Lefevre et Jean-Pierre Elkabbach, interrogés par *Elle*, expriment en une phrase ou deux leur scepticisme devant ce nouveau rebondissement. Mais ces réserves se perdent dans la masse des accusations. Pour le reste, les médias renvoient, chaque jour, par ricochet la calomnie comme s'il s'agissait de la vérité, tout cela en dépit de l'article 1er de la charte du journaliste :

> « Un journaliste digne de ce nom prend la responsabilité de tous ses écrits, même anonymes; tient la calomnie, les accusations sans preuves, l'alteration des documents, la déformation des faits, le mensonge pour les plus graves fautes professionnelles. »

1. *Le Républicain lorrain* du 6 juillet 1985.
2. *Le Quotidien de Paris* du 26 juillet 1985.

20

Où l'on reparle des cordelettes ... Les Villemin arrêtent leur grève de la faim ... L'irruption des psychiatres ... La « Schweppes » tombe mal ... Ballons d'essai sur l'article 64 ... Conclusions accablantes ... Trucages ou expertises médiatiques? ... Autopsie de trois rumeurs

Avant dix jours, Lambert doit étoffer son dossier transmis à la chambre d'accusation de Nancy pour qu'elle se prononce sur la demande de libération de Christine. Il délivre une nouvelle commission rogatoire aux policiers, afin qu'ils retrouvent l'origine de la cordelette découverte chez les Villemin et identique à celle qui ligotait leur fils. Par ailleurs, le juge dépêche auprès de Christine deux collèges de psychiatres et de psychologues, espérant qu'ils décèleront en elle des accès de folie justifiant l'application de l'article 64. Cet article du Code pénal stipule qu'on ne peut poursuivre l'auteur d'une infraction s'il est établi qu'il a agi en état de démence. L'action publique est alors éteinte et l'inculpé enfermé dans un hôpital psychiatrique. Faute de preuves, Lambert veut convaincre qu'elle a agi sur un coup de folie. Dix-huit à vingt minutes de folie dans une vie rectiligne.

La campagne sur l'origine des cordelettes durc cinq jours. Selon l'usage, les informations sont délivrées crescendo. On apprend d'abord, dans *L'Est républicain* que la ficelle est vendue par un droguiste de Granges-sur-Vologne. L'auteur de l'article, Jean-Louis Antoine, l'ami du juge Lambert, fait remarquer que pendant l'été

1984, Jean-Marie Villemin a préféré réaliser un appentis plutôt que de partir en vacances en famille. Subtile association d'un indice matériel important et d'un « mobile » possible : la rancœur d'une jeune femme privée de vacances. Le lendemain, Jeandon-Bezzina confirme cette version en ajoutant que ce choix a provoqué une « violente colère de Christine Villemin qui voulait partir sur les plages du sud [1] », ce qui est faux, le couple ayant choisi de réaliser une deuxième chambre pour son futur enfant.

Enfin, Philippe Jéchoux affirme dans *Le Matin de Paris* que « c'est bien Jean-Marie Villemin qui a acheté au début du mois d'août la cordelette qui a servi à entraver Grégory [2] », précisant que le commerçant l'a confirmé aux policiers. Ces informations, en apparence anodines et diluées dans d'autres, ont un double but essentiel : suggérer l'objet de la vengeance motivant l'assassinat de Grégory et asseoir l'idée que Jean-Marie a bien acheté lui-même la cordelette à Granges-sur-Vologne, qu'elle ne vient pas d'ailleurs et qu'il n'y a pas eu d'intermédiaire entre le vendeur et l'acheteur. Toutes ces subtilités pour contrer les explications données au juge par Jean-Marie qui assure ne jamais acheter de ficelles et que celles-ci lui ont été données par son père Albert pour les travaux du mois d'août. En conséquence, d'autres membres de la famille pouvaient en posséder et l'indice s'en trouve amoindri. En fait, les policiers n'ont pas encore interrogé le droguiste en question et sa réponse les décevra beaucoup, une semaine plus tard :

> « J'ai comme clients habituels les époux Albert et Monique Villemin, leurs fils Michel et Gilbert ainsi que Jacky. Seuls Jean-Marie et Christine Villemin ne sont, à ma connaissance, jamais venus chez moi [3]. »

Plus ennuyeux encore, le commerçant déclare n'avoir jamais vendu de cordelette du type de celle qui enserrait l'enfant. Bien que lançant des vérifications dans de nombreuses corderies du nord au sud de la France, les policiers ne trouveront pas l'origine de la ficelle. L'opération est donc un fiasco pour le dossier, mais un succès pour l'instruction médiatique puisque les fausses informations ne seront pas démenties.

Christine et Jean-Marie Villemin cessent leur grève de la faim simultanée au bout de cinq jours, dès que la date d'audience de la

1. *France-Soir* du 12 juillet 1985.
2. *Le Matin de Paris* du 13 juillet 1985.
3. Procès-verbal du 18 juillet 1985.

chambre d'accusation est fixée au 15 juillet. Ils ne veulent pas sembler faire pression sur la justice. La mère de Grégory qui a perdu cinq kilos en cinq jours avale goulûment la pâte de fruit que lui tend Me Moser. Elle ne doute pas un instant que les hauts magistrats vont infirmer la décision du petit juge et demande déjà qui va venir la chercher ce jour-là. Sa tête tourne quand elle se lève, mais elle retrouve du tonus face aux deux premiers experts psychologues qui viennent l'examiner. Le contact est électrique. Christine constate la célérité avec laquelle le juge Lambert lui adresse des psychiatres, six jours seulement après son inculpation. Ils lui posent les mêmes questions que les enquêteurs. La jeune femme, les sentant imprégnés de la lecture des journaux, repousse d'un geste leur présence et leur « charabia ». La femme médecin lui rétorque :

— Vous avez perdu votre enfant, votre mari est en prison... Croyez bien que vous êtes aussi bien là que toute seule dehors.

Christine réplique à son tour :

— Vous êtes là sur l'ordre du juge. Lambert veut me faire passer pour folle. Vous allez sûrement établir le rapport qu'il attend. Je n'ai pas confiance en vous [1].

Au bout d'une heure d'escarmouches, on prévient Christine de l'arrivée de ses avocats, alors que les experts n'ont pas terminé leur examen et leurs tests. La « patiente » s'emporte :

— Dites donc, ça fait une heure que vous m'ennuyez à vouloir me coincer avec vos questions pièges. Moi, j'ai de vraies questions à poser à mes défenseurs. Écrivez ce que vous voulez sur moi. Je sens bien que vous avez votre idée sur mon compte. Je m'en fous [2] !

Et elle abandonne les deux experts pour rejoindre Garaud et Moser. Il ne restera de cette séance que le surnom qu'elle donne au docteur Jacqueline Schweich : « la Schweppes ». Garaud lui explique que son attitude va se retourne contre elle si elle ne se montre pas plus coopérative avec les médecins suivants. Elle s'y

1. Christine Villemin, *Laissez-moi vous dire*, Michel Lafon, p. 206-207.
2. *Ibid.*, p. 207.

résigne pour les six autres examens qu'elle aura à subir pendant l'été, soit dans la prison soit chez elle, de retour à Petitmont. Le professeur Brion, venu l'examiner dès le lendemain du premier collège, déposera un mois plus tard un rapport faisant état des commentaires de Christine sur sa situation personnelle depuis neuf mois.

> « Christine Villemin explique bien que cette première grève était destinée à protester contre son incarcération mais ajoute que si la décision ne lui était pas favorable, elle est résolue à refaire une grève de la faim.
> — Je préfère rejoindre Grégory que de me laisser accuser à tort. Que voulez-vous qu'on fasse contre la justice? Ils m'auraient mise en prison pour complicité avec Jean-Marie pour le meurtre de Laroche, j'aurais accepté, mais je ne vais pas me laisser accuser du meurtre de mon fils.
> « Quand on lui demande si elle ne craint pas d'aggraver le désarroi de Jean-Marie en adoptant une telle attitude pouvant conduire à sa disparition, elle répond :
> — Il faut bien que je réagisse, Jean-Marie le comprendrait très bien. (...)
> « Elle conclut que finalement, toute cette affaire dont elle est victime est le fait de la jalousie de certains membres de sa famille, de l'acharnement du juge d'instruction et du rôle de la presse. Du juge d'instruction, elle dit :
> — Il a peut-être fait des études mais il a pas la pratique. Il y en a qui sont pas habiles pour travailler.
> « Enfin elle se montre très critique à l'égard de la presse en affirmant qu'elle ne lirait pas les journaux, ne regarderait même pas la télévision :
> — J'aime autant pas avec tout ce qu'ils brodent, toutes les conneries qu'ils mettent. Il faut être impliqué dans une affaire pour savoir tout ce qu'ils mettent.
> « Elle ajoute à propos des photographes :
> — Ils nous suivent à la trace, ils nous prennent en photo et ils nous demandent rien. Ça c'est dégueulasse par contre [1]. »

L'irruption de la psychiatrie dans ce dossier déclenche une nouvelle vague de délire informatif qui parachève avant les vacances d'août la traque entamée quatre mois plus tôt. Dès la désignation des experts par le juge Lambert, *France-Soir*, suivi par d'autres

1. Rapport Brion et Leyrie du 26 juillet 1985.

journaux, publie deux confidences attribuées à Christine Villemin. La première aurait été recueillie par le juge d'instruction. « " Quand ça me lance dans les jambes, j'ai parfois si mal que j'ai des trous noirs et que je ne sais plus ce que j'ai fait avant ", a-t-elle confié un jour au juge Lambert, très intrigué par cette petite phrase », écrit Jeandon-Bezzina. La seconde se rapporterait à son enfance : « Je n'aimais pas les poupées. Quand on m'en donnait, je les jetais à l'eau [1]. »

Par miracle, voilà le scénario idéal : la petite Christine, qui avait une répulsion enfantine pour les poupées et les jetait dans la rivière, aurait, quelques années plus tard pendant un trou noir de dix-huit minutes, jeté Grégory dans la Vologne puis tout oublié pour se défendre aujourd'hui avec une sincérité touchante. Un régal pour les experts. Le genre d'acte qui conduit tout droit à l'article 64, l'hôpital psychiatrique, et à un dossier refermé sans recours possible.

Le 12 juillet, au lendemain de ces révélations, *L'Est républicain* fait état de diagnostics de psychiatres anonymes censés avoir étudié le comportement de la jeune femme sur la seule base de ce qu'on leur a raconté. Évidemment, leurs conclusions sont négatives. Jean-Louis Antoine a recueilli ces observations qui avancent, sans aucune garantie médicale, que la « trajectoire » de Christine Villemin se situerait « aux confins du pathologique et de la perversité [2] ». Ce sont les deux premières étapes sur le chemin de la folie que, depuis le mois de mai, l'on sentait poindre dans certains articles dictés par des « proches de l'enquête ».

Quelques jours après ces ballons d'essai, apparaissent les premières fuites sur les rapports des psychiatres Brion et Leyrie qui, eux, ont réellement examiné tour à tour la jeune femme. Leurs rapports ne sont toujours pas déposés sur le bureau du juge ni même rédigés, mais les phrases que l'on cite d'eux entre guillemets sont garanties de sources « dignes de foi », judiciaire ou policière. A partir de là, les diagnostics les plus sombres s'abattent sur sa santé psychique, publiés sur des pages entières par *L'Est républicain* et *France-Soir* puis repris, comme d'habitude, par le troupeau.

> « État mental confus qui voit la patiente sombrer dans un état de demi-conscience de ce qu'elle fait ou ce qu'elle dit [3] »

1. *France-Soir* du 11 juillet 1985.
2. *L'Est républicain* du 12 juillet 1985.
3. *L'Est républicain* du 16 juillet 1985.

> « Une jeune femme sans instinct maternel, dotée d'une personnalité pouvant aller jusqu'à martyriser son enfant. » « Une femme supérieurement intelligente et calculatrice. » « Hystérie à caractère pervers [1]. »

Ces informations qui dénoncent la jeune mère sont reprises par les télévisions, et plus personne ne doute de la noirceur de son âme et de sa capacité à avoir tué son petit garçon.

> « Après ça, on comprend pourquoi le " petit juge " ne fait pas le poids devant le " monstre " », s'exclame Lucien Miard dans *Le Figaro* [2].

Garaud, furieux de ce nouvel assaut contre sa cliente, interroge Lambert qui lui dit n'avoir reçu aucun rapport psychiatrique. L'avocat s'émeut de « cette chose énorme : une violation du secret de l'instruction avant même qu'elle soit menée » et demande au procureur de faire toute la lumière sur cette nouvelle manœuvre, en vain. En guise de riposte, il fait venir un autre psychiatre, le docteur Lavoine, qui avait examiné entre autres l'assassin de Sharon Tate aux États-Unis. Le docteur Lavoine décrète que Christine est absolument normale.

« Je voyais venir l'article 64, gros comme une maison », nous dira quelques semaines plus tard l'avocat. *Le Canard enchaîné* s'en mêle et interroge le docteur Leyrie qui répond en son nom et celui de son confrère :

> « Nous n'avons déposé ni rapport, ni pré-rapport sur le bureau du juge d'instruction. Ce que la presse présente comme des extraits de notre travail est totalement inventé [3]. »

Alors, Bezzina et Jean-Louis Antoine ont-ils tout fabriqué pour nuire à Christine? Est-ce une nouvelle intoxication de la part des policiers ou du juge Lambert pour impressionner les experts et les magistrats de Nancy? Tout le monde se défend évidemment d'avoir parlé, menti ou inventé quoi que ce soit, mais pourtant ces fuites ne sont pas dues au hasard. La réponse est peut-être dans une autre voie : selon Philippe Jéchoux, proche de Lambert, celui-ci a remis aux experts des coupures de presse pour leur donner une première approche de la personnalité de Christine. Denis

1. *L'Est républicain* des 19 et 24 juillet 1985.
2. *Le Figaro* du 18 juillet 1985.
3. *Le Canard enchaîné* du 31 juillet 1985.

Robert est plus précis et cite « *Le Parisien libéré, France-Soir,Elle* et *Paris Match* » dans un article sur l'atmosphère du moment : « Le feuilleton de la Vologne a changé de registre, on ne joue plus Dallas mais les Bargeots [1]. »

Et si les avis émis par les experts correspondaient au seul contenu de ces articles? On remarque, en effet, une certaine concordance entre les « diagnostics » avancés et le contenu de récents articles. « L'état mental confus qui voit la patiente sombrer dans un état de demi-conscience » renvoie aux « trous noirs » prêtés à Christine. La « personnalité pouvant aller jusqu'à martyriser son enfant » correspond au lancement des poupées dans la rivière. Enfin, le portrait brossé par la presse depuis cinq mois donne, en général, l'image d'une femme hystérique, perverse, machiavélique, etc., tous ces qualificatifs ayant déjà été maintes fois employés avant son inculpation. Pourtant Lambert connaît les coulisses médiatiques de l'affaire Grégory et ne peut ignorer les circonstances et les méthodes souvent déloyales employées pour approcher Christine Villemin.

Toutefois l'opération n'a pas l'impact souhaité car, lorsque les experts s'entretiennent avec Christine, il découvrent une jeune femme équilibrée et l'expliquent longuement dans leur rapport, sans préjuger pour autant du fond qui n'est pas de leur compétence :

> « (...) Au travers de l'entretien et une rapide exploration, le niveau intellectuel est bon et correspondant au niveau BEPC qu'elle annonce. Le vocabulaire est assez riche et correctement utilisé. On ne relève aucun déficit de raisonnement. Certains commentaires font preuve de possibilité d'abstractions. Au fil des propos, Christine Villemin fait un certain nombre d'observations qui ne manquent pas de finesse. L'intéressée n'allègue aucun trouble de la mémoire et on ne retrouve, de fait, au jour de notre examen, aucun signe évocateur des troubles passagers de ce type tant au moment de faits qu'actuellement. L'examen psychiatrique ne met en évidence aucune manifestation clinique réalisant une maladie mentale évolutive ou constituée. On ne relève à aucun moment des deux entretiens, des troubles du cours de la pensée, de barrage, de fading, d'étrangeté dans les attitudes ou les propos. On ne relève pas davantage de manifestations cliniques pouvant faire évoquer une activité délirante et en particulier un

1. *Libération* du 25 juillet 1985.

> délire de persécution. (...) Nous ne pouvons que retenir que l'examen ne met en évidence chez Christine Villemin aucun symptôme de névrose organisée, qu'il s'agisse en particulier de névrose anxio-phobique ou de névrose obsessionnelle. (...) Il est de notre mission d'écrire que nous n'avons constaté aux jours de nos examens, aucun état d'aliénation justifiant un placement d'office dans un établissement psychiatrique. (...)[1]. »

Lambert est déçu, car la folie était son dernier recours. Il s'acharnera quand même en multipliant les contre-expertises et en soumettant la mère de Grégory à onze spécialistes dont les conclusions seront concordantes pour souligner sa bonne santé mentale. Ce rapport nous éloigne des diagnostics envoyant Christine Villemin à l'asile. Où sont passées les petites phrases attribuées aux mêmes médecins quelques jours plus tôt? La réponse n'est pas à l'honneur du magistrat : soit les experts (psychiatres ou médico-psychologues) ont examiné les coupures de presse et confié leurs conclusions, très négatives, au juge Lambert, lequel les a répétées voire déformées auprès de ses amis. Puis, après leur rencontre avec Christine Villemin, les médecins ayant découvert la réalité se sont dédouanés en qualifiant de mensonges médiatiques leur premier avis. Soit les experts sont effectivement étrangers à l'opération qui n'est alors qu'un montage des milieux dits proches de l'enquête (juge, avocats ou policiers) pris au dépourvu face à la résistance de Christine.

Quelle qu'en soit l'origine exacte, cette opération répand un terreau fertile dans l'esprit du public qui associe bientôt Christine Villemin aux deux adjectifs si féminins de perverse et hystérique. *L'Est républicain* de Nancy consacre une page aux « tenants et aboutissants de l'hystérie à caractère pervers[2] », avec des explications que l'on suppose médicales, censées éclairer la culpabilité de Christine. Celle-ci n'est pas citée, mais l'article est illustré de sa seule photo et inséré dans un dossier sur les examens psychiatriques la concernant. Cette névrose se caractérise par une propension à la mythomanie et une sexualité troublée. Derrière le descriptif des symptômes, le lecteur reconnaît le profil de la mère-corbeau et meurtrière qu'on lui rabâche déjà depuis des mois : rêves inaccessibles, statut modeste et quotidien morose, difficultés des relations affectives avec l'environnement, mise en

1. Rapport psychiatrique Brion et Leyrie du 26 juillet 1985.
2. *L'Est républicain* du 24 juillet 1985.

cause de l'équilibre de la famille en utilisant « toutes sortes de moyens [1] » et enfin, absence d'un quelconque sentiment de culpabilité. Pendant trois semaines, ces expertises sont présentées comme la clé du dossier mais lorsque les rapports seront remis au juge, évidemment personne n'en parlera.

Personne n'a jamais su non plus que les « petites phrases » de Christine ont été inventées. Ainsi l'histoire des poupées jetées dans l'eau : elle débute en mars 1985, quand une rédactrice de l'hebdomadaire *Elle* rend visite aux Villemin. Au cours de la conversation cordiale, la journaliste interroge la mère de Christine sur un ou deux traits de caractère de sa fille lorsque celle-ci était enfant. Mme Châtel répond qu'elle était farceuse et raconte cette anecdote : un jour elle a attrapé le coq de la basse-cour familiale qui piquait sans cesse la tête et les jambes de sa sœur Chantal et l'a jeté dans une fosse à purin voisine. Les deux petites filles ne se sont pas vantées de leur exploit, laissant leur grand-père déplorer la disparition mystérieuse du volatile. Dans le contexte de suspicion de l'époque, la journaliste préfère taire cette petite histoire, sachant que tout est repris contre Christine mais plus tard, elle finit par en parler et l'anecdote parvient aux oreilles de Jean-Michel Caradec'h dont la femme travaille également à *Elle*. Le journaliste de *Match* s'en empare avec jubilation. L'histoire du coq subit alors une lente évolution de récit en récit dans les rédactions ou les dîners. Le coq devient d'abord poulet. Une version intermédiaire raconte que Christine liait les pattes des poulets avant de les jeter dans le purin. La référence à la mort de Grégory étant vraiment grossière, personne n'ose la publier. Puis, au fur et à mesure de l'instruction, les poulets deviennent des poupées et le purin, une rivière. Six mois après, on peut lire cette confession achevée dans la bouche de la mère d'un enfant noyé : « Quand j'étais petite, je détestais les poupées et je les jetais dans la rivière. »

Les « trous noirs » prêtés à Christine Villemin ont une origine tout aussi douteuse. Lambert a interrogé la jeune femme au début de l'affaire sur ses problèmes de santé, dus au fait qu'elle possède trois reins. En élargissant la question, elle lui a expliqué qu'elle souffre régulièrement d'une phlébite qui l'empêche, en cas de crise, de marcher. Le procès-verbal a été établi à une époque ou Lambert commençait à la soupçonner, et, si elle lui avait confié avoir des « trous noirs » et ne plus savoir ce qu'elle fait lorsqu'elle a mal aux jambes, cette confidence figurerait sur le document

1. *Idem.*

enregistré par le greffier. Or, sur le tiers de page consacré aux effets physiques de cette phlébite (douleurs dans les mollets et mauvaise circulation sanguine), on ne trouve aucune trace de « trous noirs » ni d'une quelconque affection mentale engendrée par ses soucis de santé.

Enfin, pour son malheur, son gynécologue d'Épinal, le Dr Jean Cussenot, dément à un journaliste local que Christine ait attendu des jumeaux, ce qui rend fantaisiste sa fausse couche annoncée au mois d'avril. Les anti-Christine sautent sur ce démenti pour dénoncer ce « mensonge » et la mise en scène de son malaise à quelques heures de la notification des expertises en écriture. Or, la jeune femme n'a rien inventé et s'est contentée de répéter le diagnostic d'un autre gynécologue. Lors d'une échographie, le Dr Dietsch de Lunéville lui a montré l'emplacement du deuxième embryon emporté par l'hémorragie. Le médecin d'Épinal ne l'avait tout simplement pas vu car les embryons étaient trop petits et l'un cachait l'autre. Le compte rendu de l'examen médical pratiqué à Lunéville en témoigne :

> « (...) L'échographie a mis en évidence une très bonne vitalité fœtale de taille correspondant à l'âge de la grossesse. De plus, on note la présence d'une cloison isolant un deuxième sac ovulaire vide. (...) En conclusion, il s'agit d'une menace d'accouchement avec une bonne vitalité fœtale ce qui impose un repos strict et un traitement par Salbutamol, Tocogestan et Suphaston (...) [1].

Le lendemain, Lambert lui imposait un trajet de cent vingt kilomètres pour déférer à l'une de ses convocations. L'erreur du gynécologue prend des proportions incontrôlables puisqu'on retrouvera le thème de la fausse couche « inventée » à intervalle régulier dans différents journaux et encore neuf ans plus tard. Sans rien vérifier, Marie-France Bezzina en fera l'un de ses arguments massues pour prouver que Christine Villemin est une affabulatrice. Le passif de la jeune femme s'alourdit sans cesse de choses irréelles. Exaspérée par ces nouvelles campagnes lancées contre elle, la jeune femme réplique devant ses avocats, avec son bon sens habituel :

— Ceux qui disent que je suis folle, c'est eux qui sont sinoques !

1. Compte rendu de l'échographie du 16 avril 1985.

21

Albert et Monique chez Me Welzer ... L'accord de Vittel ... L'anniversaire de Christine ... Bal place Stanislas ... Des pistes larges comme des autoroutes ... Christine Villemin est libre ... La première joie depuis neuf mois ... Sous les applaudissements des détenues ... Lettres croisées

A quatre-vingt-cinq kilomètres à l'ouest de la Vologne, le Club Méditerranée de Vittel est installé dans un parc thermal de 450 hectares de forêt et de silence, bordé par deux golfs dix-huit trous et des sentiers équestres. C'est dans ce cadre discret que Me Paul Lombard s'informe pour la première fois sur le dossier Grégory. Ses nouveaux clients, Albert et Monique Villemin, les grands-parents de la victime, ont décidé de se porter partie civile après l'inculpation de leur belle-fille. Le couple, resté en retrait après l'inculpation de Bernard Laroche, n'a pas pris sa décision seul et à l'aveuglette. Il y a d'abord eu la parution d'un livre portant sur l'affaire écrit par Bernard Groslier et Catherine Tardrew, et publié chez Michel Lafon. Comme l'ouvrage laisse planer un doute sur une complicité éventuelle de Michel Villemin avec Bernard Laroche, les grands-parents de Grégory ont voulu le faire interdire et se sont adressés pour cela à la Chancellerie. La réponse du ministère est arrivée peu de temps avant l'inculpation de Christine, leur recommandant de prendre conseil sur ce sujet auprès d'un avocat du barreau d'Épinal.

Aussi Albert et Monique se rendent-ils dans les premiers jours de juillet chez Gérard Welzer. Très vite, les grands-parents comprennent qu'il y a mieux à faire que de protester contre un livre à l'impact éphémère : se porter partie civile pour entrer à leur tour dans le dossier et y jouer un rôle actif. Albert et Monique lui demandent de les représenter, mais l'avocat de Bernard Laroche refuse. Il y a là un problème de déontologie qui lui interdit de défendre deux parties distinctes. Grâce à son réseau d'amitiés, Me Welzer offre à Me Lombard ce second rôle capital dans ce que certains appellent « l'affaire du siècle ». Pour l'avocat d'Épinal, il faut à tout prix un contrepoids à Garaud dans cette procédure. Si l'homme de Légitime Défense reste seul dans l'enquête sur la mort de Grégory, il peut laminer le magistrat, si influençable, sauver Christine et peut-être parvenir à relancer l'enquête sur la piste Laroche. Il sait que Christine et Jean-Marie vont se battre pour rappeler un certain nombre d'événements familiaux datant de l'époque où le corbeau était « un gars à la voix rauque ». Jean-Marie a déjà demandé au juge d'organiser à la rentrée une confrontation familiale. Le couple en parle dans son courrier, lu par Lambert.

Les intérêts de Gérard Welzer et ceux de Monique Villemin concordent. La grand-mère de Grégory ne veut pas non plus d'un éventuel retour de la « piste Laroche » qui supposerait que l'on s'intéresse à Michel. Elle incite d'ailleurs celui-ci à se porter partie civile à ses côtés, tout comme Jacky, le demi-frère, pour faire bonne mesure. Les deux frères qui se haïssaient encore un an auparavant se réunissent ainsi derrière la façade d'une famille en quête de vérité. Désormais, ils ne pourront plus être entendus, les uns et les autres, comme témoins, et seront assistés d'un avocat pour répondre à la défense d'en face. Les réunions de famille ne se feront plus qu'en présence de la Justice, même si les deux autres frère et sœur, Jacqueline et Gilbert restent solidaires de Christine et Jean-Marie. Enfin, Monique Villemin cherche également à reporter sur Christine la responsabilité morale de l'assassinat de Bernard Laroche afin d'obtenir le maximum de circonstances atténuantes lors du procès de Jean-Marie, puis de le récupérer plus tard avec l'enfant attendu par Christine. A l'heure des choix, Monique Villemin tranche dans le vif. Il vaut mieux sacrifier une pièce rapportée que de perdre ses fils l'un après l'autre.

Gérard Welzer et Paul Lombard se rencontrent donc au Club Méditerranée de Vittel, lors d'un rendez-vous secret loin des curieux et des reporters, pour envisager cette stratégie multiple à quelques heures de l'audience de la chambre d'accustion. L'avocat mi-marseillais, mi-parisien, se fera assister par Joël Lagrange de Nancy, un ami de Gérard Welzer, et Denis Bourdelle de Remiremont, correspondant local qui ne fera pas d'ombre au premier ni au second. Le trio devra, en signe de gratitude pour ce cadeau, convaincre le magistrat de faire revenir au plus vite Welzer dans le dossier. Dans huit mois, l'avocat spinalien sera candidat aux élections législatives, et quelle meilleure publicité peut-il espérer que d'avoir sa photo et son nom plusieurs fois par semaine dans la presse locale ?

Pour sa première présentation dans le cabinet du juge Lambert, Me Lombard, précédant ses clients, se pose en défenseur des grands principes et assure devant la presse se refuser à toute chasse aux sorcières :

— Cette constitution de partie civile n'a qu'un but : contribuer à la marche de l'information et à la recherche de la vérité.

L'avocat dévoile quand même un peu son plan en annonçant que ses clients veulent « rechercher la vérité sur la mort de Bernard Laroche dont ils demeurent persuadés que leur frère ou fils ne supporte pas la responsabilité morale ». Rien n'est dit mais tout est dit. Me Welzer, interrogé sur ce nouveau rebondissement, salue discrètement cette initiative familiale :

— Elle ne peut qu'aider la justice. Elle est tout à fait compréhensible.

L'éclatement officiel de la famille Villemin entretient la fièvre. Du *Monde* à *France-Soir* et au *Quotidien de Paris*, on explique que cette démarche vise à « porter assistance à Jean-Marie Villemin [1] » en lui ouvrant les yeux sur l'évidence qu'il refuse d'admettre. On glose beaucoup sur sa solitude et son amour obstiné, tourné en ridicule. On attribue à sa famille des soupçons larvés depuis longtemps et qui vont enfin pouvoir s'exprimer. Bezzina annonce sur RTL que tous les frères et la sœur du jeune homme se constituent partie civile contre Christine. Les avocats retrouvent celle-ci en larmes au parloir, persuadée que tout le monde l'abandonne le jour de ses vingt-cinq ans. Garaud dément l'information de RTL puis la réconforte en lui montrant son cadeau d'anniversaire, offert par Jean-Marie : un cadre de bois sculpté par un détenu renfermant une photo de Grégory. Il lui fait également parvenir vingt-cinq roses, mais on ne lui permet d'en garder qu'une seule.

1. *Le Monde* du 13 juillet 1985.

La Lorraine défile de chaque côté du pare-brise de vallons en collines asséchés, de campagnes nonchalantes avant l'orage en villages pavoisés pour le 14 juillet. J'avale les petites routes désertes accablées par la chaleur en roulant vers Nancy où va se jouer la liberté de Christine. Éric Darcourt est déjà là, fidèle entre tous, sur la place Stanislas parée pour la fête. Nous reprenons le fil de ce que je n'ai pas vécu, des journées dans les prés des Claudon à l'intégration rapide de Pradier qui participe déjà aux fenaisons de Lépanges. Les reporters n'ont pas quitté les Vosges, préférant s'assoupir sur les plages du lac de Gérardmer, faire de la planche à voile ou du tennis, pêcher dans la Vologne ou traîner d'une terrasse à l'autre entre deux repas au bord de la Moselle plutôt que de rentrer à Paris.

Comme il n'est pas un jour sans rebondissements dans l'affaire Grégory, les rédactions finissent par les considérer comme des envoyés spéciaux permanents et parfois les oublier. De nouvelles équipes de télévision apparaissent pour cet énième épisode, un peu égarées dans les données de ce dossier confus et cette ambiance communautaire où elles n'ont pas encore leur place. Au début de la nuit, les fusées multicolores et les éclairs se croisent dans un ciel encore chaud et sec. Puis l'orage crève quand nous entamons nos premiers tourbillons de valse malgré la pluie qui chasse les danseurs. Peut-être dansons-nous sans l'avouer pour Christine et Jean-Marie, prisonniers de leurs cellules ?

Indifférents au tapage extérieur, Mes Garaud, Chastang et Moser, retranchés dans un hôtel proche de la place, achèvent de construire leur plaidoirie pour Christine. Quelques heures auparavant, ils ont rencontré Lambert venu notifier quelque rapport à Christine dans sa prison. Avant de partir, le juge a, une nouvelle fois, voulu serrer la main de la jeune femme dont il vient de refuser la libération. Celle-ci lui a rétorqué :

— Ça va pas non ?

Lambert est resté planté devant elle, l'air suppliant. Il aime bien Christine et supporte mal qu'elle le méprise. Garaud, exaspéré par ces enfantillages, a finalement demandé à sa cliente de s'exécuter :

— Bon, serrez-lui la main qu'on en finisse !

La première phrase de mon papier du lendemain est claire :

« Sans aveux, ni preuves matérielles irréfutables, le dossier d'accusation contre Christine Villemin risque d'être sérieusement dégonflé tout à l'heure devant la chambre d'accusation (...) [1]. »

L'inculpation n'a rien changé à mes convictions. A 9 heures, Garaud apparaît frais et souriant, décidé à démolir le dossier du petit juge à « l'itinéraire intellectuel déconcertant ». Devant la cour d'appel, l'avocat dispense des « Bonjour cher ami, comment allez-vous? » à tour de bras et dans son élan serre même la main de Pierre Georges du *Monde* qui pourtant ne l'aime guère. L'Ariégeois va appuyer sur les failles du dossier Lambert en exhumant notamment les sept pistes abandonnées par le juge, les gendarmes et les policiers, braqués tour à tour sur Laroche puis Christine.

— Il y a des pistes larges comme des autoroutes qui n'ont pas été suivies, nous confie l'avocat, jamais à court de métaphores.

Il songe par exemple à cette femme tenant une baraque à frites sur le parking d'un supermarché de Bruyères qui a relaté aux gendarmes une conversation surprise entre trois jeunes gens, deux garçons et une fille, le 13 octobre, soit trois jours avant l'assassinat de Grégory :

« La jeune fille a demandé aux deux autres :
— Alors qu'est-ce qu'on fait? Le garçon à moustaches a répondu : Oui, qu'est-ce qu'on fait?
« J'écoutais leur conversation, le plus grand a dit : Oui, il faut qu'on fasse quelque chose, il commence à nous emmerder. Il commence à nous faire chier sérieusement...
Le garçon plus grand a ensuite parlé d'un " Titi " mais je n'ai pas entendu la phrase. Il a dit ensuite : " Le Titi, si je le prends... " puis il a baissé le ton. Il avait à ce moment-là l'air très méchant. J'ai servi ensuite d'autres clients. Les trois jeunes gens sont repartis, et à ce moment-là, le grand a dit : " Si je le prends, je le fous à la Vologne. Tu peux être sûr que je le fais, il le retrouvera dans la Vologne. " Ensuite, ils sont partis. J'ai vu une photographie sur le journal *La Liberté de l'Est* du 21 octobre. Il me semble reconnaître les deux garçons. En ce qui concerne la jeune fille, je l'ai aperçue devant la gendarmerie, un soir après les obsèques du petit Villemin [2]. »

Les gendarmes ont entendu ce témoin par trois fois, mais sans résultat, et les policiers ont cru repérer en l'homme moustachu un

1. Europe 1, 15 juillet 1985.
2. Procès-verbal de Mme Belgembe du 29 octobre 1985.

beau-frère de Christine et Jean-Marie, et ont tenté de lui faire dire qu'il était amant de la jeune femme. Comme cet homme, qui habite à soixante kilomètres de Lépanges a vigoureusement nié cette hypothèse, la PJ n'a pas donné suite. Mais aucune confrontation ni recherche vraiment approfondie n'a été effectuée. Pourtant, Grégory était bien surnommé « Titi » et les photos parues le 21 octobre étaient celles de la famille assistant aux obsèques de l'enfant.

Les avocats plaident dans une ambiance dépouillée de tout effet dans le huis clos de la chambre d'accusation. L'avocat général Renauld requiert sur ordre de la Chancellerie qu'on élargisse la jeune femme en la soumettant à un contrôle judiciaire. C'est tout ce que Robert Badinter peut faire pour elle.

Garaud et Moser voient s'embuer le regard du magistrat du parquet quand il s'exclame :

— On ne peut pas envoyer cette femme au bagne avec un dossier pareil !

Tout le monde plaide la libération y compris Paul Lombard qui, en l'absence de preuves contre Christine, ne peut décemment s'y opposer. Albert et Monique redoutent que Jean-Marie se laisse mourir si on le prive de sa femme et de leur futur bébé. Il sera temps pour la partie civile d'agir plus tard. La liberté de Christine ne changera rien à la situation. Un camouflet se prépare pour la police, la presse et le juge.

Les anti-Christine tentent de se rassurer en écrivant qu'elle va être placée dans une « maison spécialisée ou un hôpital [1] » avec un « contrôle judiciaire très strict [2] » lui interdisant de rencontrer d'autres personnes que sa famille et ses avocats. On précise bien qu'elle ne sera libérée que pour des raisons humanitaires et que cela ne changera rien au fond. Jeandon-Bezzina prévient qu'il pèse des risques sur la jeune femme « hors de la protection de la prison [3] ». Lambert menace de se dessaisir du dossier si le désaveu de ses pairs est trop flagrant.

Le 16 juillet 1985 à 16 heures, sous les lambris craquant de sécheresse de la cour d'appel, Garaud ajuste ses lunettes d'écaille et bombe son torse drapé de noir. Autour de lui et des autres avocats serrés devant les caméras, vibrionne un essaim de journalistes qui attend l'annonce officielle :

— Christine Villemin est libre. L'injuste incarcération a cessé...

1. *Le Matin de Paris* du 11 juillet 1985.
2. *France-Soir* du 13 juillet 1985.
3. *France-Soir* du 15 juillet 1985.

Ma main tressaille sur mon micro tendu vers l'avocat. L'attroupement frémit en silence. Tout le monde a la gorge prise par l'émotion ou la stupéfaction. Bezzina baisse les yeux.

La première, je romps le silence :

— Considérez-vous cette décision comme un désaveu du juge Lambert ? Christine est-elle placée sous contrôle judiciaire ?

— Oui, un petit... concède l'avocat d'un mouvement de tête avec une moue modeste. Sa réponse me suffit, je me rue vers la première cabine téléphonique. Je ne descends pas l'escalier de pierre, je le survole. Sur Europe 1, je me fais l'écho de Me Garaud :

— Christine Villemin est libre...

Je pense à Jean-Marie, je pèse mes mots pour lui.

« C'était un cri du cœur ! » me dira-t-on. Dans la salle des pas perdus de la cour d'appel de Nancy, les avocats révèlent leurs stratégies à venir. Garaud et ses associés annoncent qu'ils vont désormais se battre pour un non-lieu. Me Lombard, lui, déclare :

— Pour la partie civile, l'affaire commence...

J'appelle Me Prompt pour recueillir sa réaction, il coupe court à ma question et raccroche en disant :

— Je ne parle pas à la radio qui a armé le bras de Jean-Marie Villemin.

L'avocat fait allusion à l'entrée dans le dossier de Me Garaud qu'il tient pour le mauvais génie du jeune homme. Déterminé, le père de Grégory n'a pas quitté sa position, couché face au mur depuis onze jours, sauf pour écrire à sa femme. Les autres prisonniers ont allumé la radio en attendant la décision. Jean-Marie sait ce qu'un refus pourrait entraîner chez Christine. Tendu comme un arc, il redoute les secondes qui s'avancent. Quelqu'un monte le son quand il entend une voix, peut-être la mienne :

— Christine Villemin est libre !

L'homme bondit de son lit comme s'il s'agissait de sa propre libération. Ses codétenus lui tapent sur l'épaule pour le féliciter comme si on avait dit « c'est un garçon ! ». Neuf mois jour pour jour et presque heure pour heure après la disparition de son enfant, Jean-Marie Villemin redécouvre un sentiment oublié : la joie. Heureux, il dira à ses avocats :

— On commence enfin à nous comprendre.

La levée d'écrou est immédiate. Une course s'engage jusqu'à Metz, à l'heure où l'autoroute la reliant à Nancy est encombrée par les embouteillages. A l'approche de la ville, nous nous faufilons en avalant quelques kilomètres sur la bande d'arrêt d'urgence. Une foule de photographes est déjà en place devant la maison d'arrêt. Agglutinés à une petite fenêtre de surveillance striée de barreaux, ils nous renseignent sur les mouvements de l'intérieur. Dressés sur la pointe des pieds derrière eux, nous les harcelons pour qu'ils nous détaillent ce qu'ils voient mais pendant une petite heure, il ne se passe rien. L'administration pénitentiaire attend les avocats qui, eux, ne circulent pas sur les bandes d'arrêt d'urgence. L'attroupement grossit et l'on remarque l'absence de Bezzina qui a préféré envoyer Jéchoux à sa place.

— Elle arrive... elle arrive !

Quelqu'un a vu Christine franchir la cour de la prison.

— Elle sourit... elle a maigri... elle a l'air contente... la voilà... attention, la voilà...

Christine quitte l'établissement sous les applaudissements de ses codétenues. Le portail de la prison s'ouvre lentement sur la Renault 25 blanche de Garaud venu chercher, pour l'occasion, sa cliente avec sa propre voiture. Deux rangées de gendarmes s'interposent entre la berline et nous pour retenir les photographes prêts à se coucher sur le capot. Christine assise à l'avant tourne son visage vers l'intérieur mais nous saisissons une joie discrète sur ses traits tirés. Malgré les paparazzi qui s'accrochent à la voiture, Garaud, rajeuni, fonce vers la route, précédé d'un véhicule de gendarmerie. Les voitures de presse démarrent toutes portes ouvertes pour ne pas perdre la trace de l'avocat. La justice a lâché prise mais la traque reprend. Christine rentre à Petitmont où Annie sa sœur l'accueille avec un bouquet de fleurs. Les fantasmes de prison-hôpital, de contrôle judiciaire très strict et de visites interdites disparaissent soudain dans la lumière ocre d'une soirée presque ordinaire.

La chambre d'accusation présidée par Jacques d'Alteroche fonde sa décision d'élargissement sur les trois critères habituels. La prévention du trouble public, les risques de soustraction de l'inculpé à la justice, de pression sur les témoins ou de disparition de preuves et enfin sa protection.

Les troubles à l'ordre public, s'ils sont certains, ne peuvent lui être imputés et une détention n'y changerait rien, estiment les hauts magistrats qui s'attardent plus sur l'absence de risques d'une soustraction éventuelle de la jeune femme à la justice. Ils critiquent au passage le rôle de la presse, à laquelle ils ont pourtant laissé toute latitude pour frayer avec le SRPJ et le juge Lambert :

« Attendu en effet que Christine Villemin a démontré par son comportement depuis plusieurs mois, alors qu'elle est la cible constante de certains organes de presse et même accusée par une fraction de l'opinion publique qu'elle n'a cherché ni à se soustraire à la justice, ni à faire pression sur les témoins, ni à faire disparaître des preuves ou des indices matériels (...) [1]. »

Enfin, la protection de Christine peut s'assurer hors des murs d'une prison à condition que la jeune femme soit interdite de séjour dans les Vosges et surveillée par les gendarmes. Ces dispositions destinées à éviter un troisième drame choquent nombre de Lorrains auxquels on répète depuis le mois de mars qu'elle est l'assassin de son enfant. Ils voient là un traitement de faveur scandaleux. Les journaux reçoivent des lettres de haine contre celle qu'ils appellent avec aigreur " la Reine Christine ". La presse joue sur la différence de protection accordée à Christine et à Bernard Laroche pour monter les habitants contre elle. Mais la liberté de Bernard Laroche résultait d'une décision du juge Lambert qui n'a pas su assurer sa protection. Ce serait une folie qu'après cet assassinat, les autorités ne cherchent pas à éviter une nouvelle vengeance.

Sur le fond, la chambre relève l'absence de témoin direct mettant Christine en cause, l'insuffisance des indices matériels, la constance des dénégations de la jeune femme, l'impossibilité de trouver un mobile, l'affection dont Grégory était l'objet de la part de sa mère et la solidité du couple Villemin, paraissant uni y compris dans l'épreuve.

Comme pour confirmer ce jugement, Christine et Jean-Marie reprennent leur correspondance sans attendre :

« Je suis fou heureux, je viens d'apprendre par la radio que la cour d'appel te met en liberté. (...) On a toujours été sincères, on a toujours dit la vérité, on n'a jamais fait de cinéma et on ne mérite pas tout ce qui nous arrive. Maintenant nous demandons une seule chose, la vraie vérité et que nous puissions vivre en paix. Tu es une femme forte, courageuse, affectueuse et merveilleuse en tous points, je t'aime [2]. »

1. Arrêt de la chambre d'accusation du 16 juillet 1985.
2. Lettre de Jean-Marie Villemin du 16 juillet 1985.

Leurs lettres se croisent. Celle de Christine est de la même veine :

« J'espère que tu as meilleur moral depuis hier soir. (...) Quand je suis rentrée, Annie m'a donné un très joli bouquet de roses et du parfum de ta part. Tu es adorable mon amour, je t'aime et je ne cesserai jamais de t'aimer. J'ai le temps long d'être auprès de toi Nounours, tu me manques beaucoup. J'espère que le juge sera dessaisi du dossier car sinon nous ne saurons jamais la vérité [1]. »

1. Lettre de Christine Villemin du 17 juillet 1985.

22

Et Duras vint ... Retouches sur le crime ... Christine V., héroïne universelle ... Moins d'écho à Épinal qu'à Saint-Germain ... Critiques de formes ... Sagan en rajoute ... Mort d'Heinrich Böll ... L'honneur perdu des Villemin

Jean-Michel Lambert va-t-il se dessaisir comme il l'a laissé entendre? Les magistrats de la cour d'appel envisagent aussi cette solution mais elle n'est pas simple à appliquer. Le dossier pourrait être confié à un juge d'instruction de Nancy, Gilbert Thiel, qui entame au même moment une autre enquête délicate sur une femme soupçonnée d'avoir fait disparaître son amant, Simone Weber. Mais pour confier le dossier à Gilbert Thiel il faudrait passer par-dessus le doyen des juges d'instruction de Nancy, en créant d'inévitables problèmes de protocole et de susceptibilité. Seul Thiel aurait l'envergure pour prendre à bras-le-corps l'énigme de la Vologne. Mais, en Lorraine comme à la Chancellerie, la justice considère que les erreurs du dossier Grégory sont irréversibles. Alors, sa hiérarchie prend le parti d'abandonner Lambert à ses inconséquences, l'essentiel étant que l'institution donne l'impression de fonctionner. Marguerite Duras l'appelle pour lui renouveller son soutien et l'inviter chez elle à Trouville pendant les vacances. Ragaillardi, Lambert décide de rester en place pour poursuivre ce qui devient un combat intime.

Depuis sa visite dans les Vosges, l'auteur de *L'Amant* a rendu une première copie à Serge July, le directeur de *Libération.* Mais la rédaction du journal se divise à propos de ce très long récit construit sur une vérité imaginaire. L'article met en scène Christine Villemin tuant son enfant, scène de fiction écrite par Marguerite Duras à partir de confidences du juge Lambert. A-t-on le droit de décrire une femme en train d'assassiner son petit garçon alors qu'elle est peut-être innocente, du moins pas encore jugée ni même renvoyée devant les assises, et que l'on ne connaît rien du scénario criminel ?

Les réponses diffèrent entre ceux pour qui un texte d'écrivain possède sa propre loi et les autres qui craignent qu'une limite ne soit franchie. Serge July joue le droit de l'écrivain contre celui du justiciable. L'écrivain l'emporte, à condition de fournir une deuxième mouture moins réaliste.

L'article illustre la libération de Christine. Si elle avait été maintenue en prison, paradoxalement, *Libération* n'aurait rien publié, en accord avec l'auteur. Car pour le Goncourt 1984, il s'agit bien d'un plaidoyer. Précaution de style, le V. de Christine rappelle que le genre relève plus de la nouvelle que du reportage.

Marguerite Duras nourrit une grande tendresse à l'égard de son héroïne, magnifiée pour avoir bravé Le tabou. Elle a agressé l'homme non pas dans un face-à-face sans merci mais en détruisant froidement le maillon archaïque qui enchaîne les deux sexes : l'enfant. L'enfant supprimé parce qu'avant d'être un enfant, il est un esclavage. Pour l'auteur, Christine a tué en dédommagement de toutes les nuits glaciales vécues par les femmes du monde entier, avilies par le sexe de l'homme. Elle a tué en ignorant la porté héroïque et universelle de son geste. Ainsi Christine est devenue libre, hors d'atteinte des hommes et de leur justice. Marguerite Duras prend la plume pour défendre ce geste mythologique.

L'inconvénient de la littérature appliquée à la réalité est qu'elle emmêle le vrai et le fantasme et restitue ses personnages plus ou moins brisés, sacrifiés à la splendeur de la chose écrite. *France-Soir, Paris Match* et les autres ont-ils fait cependant autre chose depuis des mois, sans même l'excuse de la beauté du texte ni l'humilité d'attendre l'inculpation pour le publier ? Alors, pourquoi pas Marguerite Duras dont le texte consacrant Christine V. sublime, forcément sublime, n'est finalement qu'un moindre mal.

« Dès que je vois la maison, je crie que le crime a existé. C'est ce que je crois. C'est au-delà de la raison. (...) L'enfant a dû être tué à l'intérieur de la maison. Ensuite, il a dû être noyé. C'est ce que je vois. C'est au-delà de la raison. (...) On a fermé les volets pour ça. C'est ensuite qu'on est allé le noyer dans la rivière. On l'a tué ici, sans doute dans la douceur, ou bien dans un amour soudain incommensurable, devenu fou d'avoir à le faire.

« De la rivière, il n'est parti aucune plainte, aucun cri, personne n'a entendu l'enfant, quand on l'y a mis, il était déjà mort.

« La première personne qui a parlé de la disparition de l'enfant, c'est la mère de l'enfant, Christine V. (...)

« Une fois chez la nourrice, chose inattendue, bouleversante, je dois dire, Christine V. pose la question et aussitôt après, elle parle d'elle, de son existence. Elle dit : " Tu ne peux pas imaginer ce que j'endure depuis des années. "

« Est-ce que ce sont des lettres du corbeau qu'elle parle? Il me semblerait que dans ce cas, elle aurait dit : la vie que nous endurons lui et moi. Au lieu d'être dans une angoisse immédiate, atroce à cause de la disparition de son enfant, Christine V. parle de l'existence qu'elle a endurée. Comme si la disparition de cet enfant en inaugurant un malheur à venir fermait les vannes d'un malheur passé. (...)

« Il se pourrait que Christine V. ait vécu avec un homme difficile à supporter. Ce ne devait pas être un homme méchant, non, ce devait être un homme d'ordre, de devoir. Je vois la dureté de cet homme s'exercer sans trêve aucune (...). Je crois voir qu'il dresse sa femme selon son idée et qu'il prend à ce dressage un certain plaisir grandissant, un certain désir. (...) Elle est donc dans une prison de liberté. Elle n'a que faire de la liberté. Elle pourrait penser à rendre des coups, rendre le dressage, donner les gifles à son tour pour, par exemple, un beefsteack mal cuit. (...)

« La nuit, elle rêverait qu'elle le gifle, qu'elle lui arracherait les yeux. Aucun homme au monde ne peut savoir ce qu'il en est, pour une femme, d'être prise par un homme qu'elle ne désire pas. La femme pénétrée sans désir est dans le meurtre. Le poids cadavérique de la jouissance virile au-dessus de son corps a le poids du meurtre qu'elle n'a pas la force de rendre : celui de la folie. (...)

« Elle n'a jamais crié Christine V., sauf au cimetière. Si elle criait je crois, ce serait ceci : " Que tout le monde meure autour de moi, ce nouvel enfant, mon mari et moi-même mais coupable comme la justice le veut, je ne le serai jamais. " Elle a dit qu'on la mette en prison pour l'homme tué, d'accord mais pas pour l'enfant tué. Ça ne peut pas se comparer un homme et un enfant. C'est une absurdité d'appeler ça du même nom dans les deux cas. Mettre ce crime sur le marché du crime, c'est impossible. Elle le sait, elle, la mère. (...) Reste cet autre crime : cet homme abattu devait savoir quelque chose (...) On dit que c'est elle, Christine V. qui aurait inciter à le tuer. C'est elle qui aurait persuadé l'assassin que ce ne pouvait être que cet homme. Pourquoi lui ? Pour en finir. (...) Elle l'a ainsi désigné comme l'assassin officiel de son enfant. Tout se passe comme si ce n'était pas à la justice de distribuer les rôles dans cette affaire, y compris celui de l'assassin. C'est la première fois sans doute, que l'homme avec qui elle vit aurait cru ce qu'elle avance, la mère de son enfant.

« Cette fois, Christine V. aurait pu être comblée : l'assassin avait été trouvé, il avait été abattu et celui qui l'avait tué était allé habiter la prison. Une fois les trois meurtres accomplis, il est probable que Christine V. ait connu une certaine période de paix. (...)

« Ce qui aurait fait criminelle Christine V., c'est un secret de toutes les femmes en commun.

« Je parle du crime commis sur l'enfant, désormais accompli, mais aussi je parle du crime opéré sur elle, la mère. Et cela me regarde. Elle est encore seule dans la solitude, là où sont encore les femmes du fond de la terre, du noir, afin qu'elles restent telles qu'elles étaient avant, reléguées dans la matérialité de la matière. Christine V. est sublime. Forcément sublime [1]. »

Il n'y aura pas d'affaire Duras à Petitmont où Christine Villemin, éberluée, ponctue la lecture de Me Garaud en disant :

— Elle est dérangée celle-là ! J'ai pas tué mon enfant. C'est pas possible d'écrire des trucs pareils !

Dans les Vosges, *La Liberté de l'Est* ou *L'Est républicain* ont bien plus d'impact que *Libération*. Mais à Paris, c'est la révolution, l'indignation. La presse populaire a dressé, pendant des mois, l'opi-

1. *Libération* du 17 juillet 1985.

nion publique contre une mère partie civile, personne ne s'en est ému. *Le Figaro, Le Matin* et *Le Monde* ont rejoint la danse, et rien n'a bougé. *Libération* mêle en un seul jet l'imaginaire et l'absolution, et le monde s'écroule. Pourtant, l'indignation se trompe de cible. Car ce qui est choquant, ce sont les coulisses du théâtre et la lecture des journaux qu'a faite Marguerite Duras tous les matins pour fignoler sa fiche anthropométrique de la mère coupable.

Ce qui est inadmissible, c'est le rôle d'oracle assuré par l'écrivain auprès d'un juge de trente ans en panne de mobile, auquel elle communique ses certitudes sur des « steaks mal cuits » qui n'existent pas dans le dossier et « des gifles » là où il n'y en eut qu'une.

Pour Lambert, il est maintenant plus séduisant de suivre à la lettre cet article que de mettre des bottes pour aller patauger au bord de la Vologne où on ne le voit jamais ou encore d'écouter les cassettes du corbeau. Désormais, le juge s'en ira répétant à qui veut l'entendre que ce crime « relève d'une sorte de folie et ne regarde pas la justice des hommes ». Au point où on en est! Le scandale n'est pas l'article en soi mais plutôt que *Libération* accepte de cautionner cette fascination trouble de l'écrivain et du juge.

L'héroïne de Duras fait entrer officiellement les intellectuels dans le syndrome de la Vologne. Serge Maury (pseudonyme de Jean-François Kahn) raconte dans *L'Événement du Jeudi* :

> « Pendant plusieurs jours, pas un dîner en ville où il n'a été question de l'article de Duras. Rarement le petit monde de l'intelligentsia française n'avait connu pareille ébullition [1]. »

Une poignée de femmes écrivains se ligue contre l'auteur de *L'Amant* pour dénoncer son texte : Françoise Mallet-Joris, Régine Desforges, Benoîte Groult, Michèle Perrein mais aussi Simone Signoret et Françoise Sagan. Toutes critiquent l'initiative de Marguerite Duras « un bon texte mais une mauvaise action », estime Régine Desforges, mais peu défendent Christine à défaut de la plaindre. On s'émeut de la forme, mais le fond reste imperturbablement acquis. Le commentaire de François Sagan est même plus sévère que le texte de Duras qui se voulait au moins une plaidoirie :

1. *L'Événement du Jeudi* du 25 juillet 1985.

« Elle parle de Christine Villemin comme si elle était Médée. Mais Médée a tué parce qu'elle aimait Jason! Christine, elle, si elle est coupable, a commis le pire sans amour. Jean-Marie Villemin, comme Jason, est fidèle.

« Tandis que Christine Villemin ne l'aimait pas : c'est elle qui a laissé accuser Laroche, c'est elle qui a fait de cet homme, un homme traqué aux abois. Dans toute cette histoire, il n'y a pas un moment d'humanité ni de tendresse de la part de Christine. (...) En vérité, le seul être qu'elle soit capable d'aimer, c'est elle! (...) D'ailleurs si on refuse les jugements des hommes sur les hommes, on peut aussi se rappeler que Christine a osé trancher, juger et décider que Laroche devait être exécuté [1]. »

Ces réactions prouvent que l'on n'est plus dans le dérapage de la presse populaire mais dans l'imaginaire d'une société tout entière plaqué sur une femme qui n'existe pas, qui n'est qu'un mirage.

Dans *L'Express*, Angelo Rinaldi refuse d'aborder le fond pour accuser seulement l'écrivain, « Marguerite D. comme détective », d'avoir placé son ego en guise de plaque mortuaire sur la tombe de Grégory. Rinaldi rappelle qu'en général et « par tradition quand un écrivain aborde une affaire criminelle c'est pour défendre un innocent » ou présumé tel et pas pour accuser à l'aveuglette :

« A l'inverse de Sartre naguère toujours prêt à protester et à innocenter quand se profilait, où que ce fût, l'ombre des policiers et des juges, elle n'a que le souci d'exhiber à la Une les frisson de son moi en perpétuelle expansion. Elle ne serait que ridicule, une fois de plus, si dans son numéro de vedette s'attardant sur le devant de la scène après le départ des machinistes du Goncourt et le baisser de rideau, elle ne poursuivait sa quête d'applaudissement sur le cercueil d'un gosse... [2]. »

L'écrivain ne comprend pas qu'on lui fasse ce procès et l'analyse comme une rancœur collective après son Goncourt de 1984. Marguerite Duras estime même être allée au-delà de sa mission d'intellectuelle en osant sublimer et défendre contre tous une coupable. Une journaliste de la BBC, Jane Ellison, refroidit brutalement le débat en rappelant qu'en Angleterre, « on ne badine pas avec de telles déclarations. Pour cela, Marguerite Duras serait en prison... »

1. *L'Événement du Jeudi* du 25 juillet 1985.
2. *L'Express* du 26 juillet 1985.

Dans cette effervescence, personne ne songe à faire le rapprochement entre la situation de Christine Villemin et la mort, le jour de sa libération, de l'écrivain allemand, prix Nobel, Heinrich Böll, auteur de *L'Honneur perdu de Katharina Blum.* Ce roman qui dénonçait, en 1972, les pratiques de la presse populaire allemande au travers de l'histoire d'une jeune fille rangée soupçonnée un temps d'avoir apporté son soutien à un terroriste de l'extrême gauche en cavale. Dans ce récit, Katharina Blum est poursuivie pendant quatre jours par un journaliste particulièrement acharné contre elle qui multiplie les petites phrases déformées ou inventées, réinvente sa vie, harcèle sa mère sur un lit d'hôpital au point d'accélérer sa mort et dresse l'opinion publique contre elle en la présentant comme « froide et calculatrice », les mêmes termes que ceux employés contre Christine. Quand, après quatre jours d'enquête, la jeune femme est blanchie, elle décide de se venger et, sous couvert d'accorder une interview exclusive à son poursuiveur, tue le journaliste, sombrant à son tour dans la violence. Non, personne ne songe à déplorer l'honneur perdu de Christine Villemin, sans doute parce qu'on est convaincu maintenant qu'elle n'en a jamais eu. *Libération* peut annoncer le même jour à la une le texte de Duras et la mort de Böll sans que quiconque réagisse.

Quelques journalistes étrangers parviennent quand même à analyser avec recul les excès de la presse française dans cette affaire. Klaus-Peter Schmid du *Spiegel* a signé au lendemain de l'inculpation de Christine un article pour rappeler l'existence de l'ouvrage de Henrich Böll et critiquer le fonctionnement des journalistes :

> « A mon goût, les journalistes français sont trop facilement tentés par les petits mots, les allusions du genre : dans la vallée de la Vologne on raconte, les proches de Laroche pensent entendre, etc. (...) Depuis l'admirable livre de Heinrich Böll, *L'Honneur perdu de Katharina Blum,* tout le monde sait mesurer les conséquences néfastes pour l'individu provoquées par des informations truquées [1]. »

Un journaliste suisse de *La Tribune de Genève,* Olivier Pauly, s'affole que l'intime conviction d'un seul homme, le juge Lambert, puisse engendrer un tel déchaînement.

> « Les erreurs et les errements qui peuvent en découler autorisent-ils pour autant les actuels débordements? S'ils favo-

1. *Le Nouvel Observateur* du 17 juillet 1985.

risent les commentaires délirants auxquels se livrent certains médias, ceux-là seraient avisés de s'abstenir car il leur serait impossible en cas de dérapage et de nouvelle escalade dans le drame de se dédouaner et de se laver de toute responsabilité [1]. »

Mais ces avertissements n'ont aucune portée. Au contraire, dans l'instruction qui démarre – car en dépit des apparences nous n'en sommes qu'à ses prémices – l'escalade ne s'arrêtera pas, pour frôler le pire un an plus tard avec la tentative de suicide de Christine Villemin.

1. *La Tribune de Genève* du 29 juillet 1985.

23

Une offense aux Bezzina ... Dernier article de René Héricotte... Garaud porte plainte, la mort dans l'âme ... Un signe du destin ... Première transaction avec Match *... L'anti-égoïsme absolu ... Encore un peu de haine avant les vacances ... « Si c'est pas elle, je suis un salaud » ... Qui maintenant va nous écouter? ... Parloir d'été*

Onze jours après l'inculpation, l'enquête revient à son point de départ ou presque. La police judiciaire de Nancy doit refaire sa copie. Les Bezzina accueillent la décision de la cour d'appel comme une offense personnelle. Ils multiplient au nom des policiers les critiques contre l'arrêt de la chambre d'accusation. Le couple revoit à la loupe chaque phrase des magistrats qui, par exemple, qualifient les cordelettes de « semblables » à celles de Grégory. Jeandon rétorque :

> « Les experts avaient conclu : " identiques ". Dans la langue française, " identique " veut dire " même provenance " [1]. »

Marie-France Lefevre-Bezzina, en porte-parole docile des policiers, affirme :

> « L'enquête du SRPJ de Nancy est d'ailleurs beaucoup plus précise actuellement que ne veut bien le dire la chambre d'accusation. La haute juridiction critique les imprécisions

1. *France-Soir* du 21 juillet 1985.

du rapport mais elle-même ne respecte guère les données très spécifiques des enquêteurs et s'en tient à des considérations générales qui ne coïncident pas toujours avec l'enquête des policiers [1]. »

Pour preuve, cet exemple qui se veut édifiant cité par Jeandon-Bezzina dans *France-Soir* :

« Alors que l'appel téléphonique du " ravisseur " est de 17 h 32, l'arrêt évoque l'heure de 17 h 27. Une erreur particulièrement grave dans un crime qui se réalise en un peu plus d'une demi-heure et où chaque minute est capitale [2]. »

Il n'y a pas d'erreur, et le journaliste se garde de rappeler l'origine du décalage entre les deux horaires. Ils ont été établis, tous les deux, grâce aux versions successives de Michel Villemin qui a revisionné avec les gendarmes le feuilleton diffusé à la télé au moment où, selon lui, le corbeau téléphona pour avertir que la vengeance était accomplie. Le 22 octobre 1984, soit une semaine après les événements, il donna une image de référence diffusée à 17 h 27. Puis, le 5 février 1985, le lendemain de la libération de Bernard Laroche, il se présenta spontanément pour corriger ses dires et donner une autre image de référence fixant l'appel à 17 h 32. Les policiers ne veulent retenir que cet horaire-là, car il élargit le créneau du temps dont aurait disposé Christine pour accomplir le crime. A 17 h 27, il ne peut plus lui être imputé faute de temps. « Encore que cela ne soit pas impossible », insite Jeandon-Bezzina [3].

Dans *Le Monde*, Pierre Georges estime que le public « mal informé de la procédure » risque de voir dans cette libération anticipée « un peu rapidement la preuve de l'innocence de Christine Villemin [4] ». Sa libération provoque également la colère de René Héricotte du *Figaro Magazine* qui s'acharne sur la jeune femme au-delà de toute raison.

« Il est peu vraisemblable toutefois que la compréhension dont les magistrats font preuve à son égard et la modération des conditions qu'ils imposent à son état d'inculpée satisferont Christine Villemin. (...)

1. *Le Parisien libéré* du 20 juillet 1985.
2. *France-Soir* du 20 juillet 1985.
3. *France-Soir* du 21 juillet 1985.
4. *Le Monde* du 17 juillet 1985.

« On peut donc s'attendre de sa part à de nouvelles initiatives plus ou moins spectaculaires pour bloquer l'instruction judiciaire de cette affaire hors du commun. Ayant résolument usé du chantage en mettant en péril par sa grève de la faim la vie de l'enfant qu'elle porte, elle peut récidiver en invoquant sa grossesse avancée pour se dérober aux interrogatoires du juge Lambert ou à l'expertise des psychiatres qui doivent l'examiner. »

Or, c'est justement l'attitude contraire qui a permis aux magistrats de la libérer.

« Les médecins bien entendu espèrent la revoir longuement pour démêler un peu la confusion d'esprit et cerner la tendance obsessionnelle qu'ils ont notée à l'issue d'un entretien préliminaire. Dans son désir de fuir tout débat contradictoire, Christine Villemin peut protester contre l'intolérable torture que le juge lui inflige par psychiatres interposés. (...) Il y a un acquis dans l'affaire Grégory : les charges sérieuses dont la cour de Nancy reconnaît l'existence contre Christine Villemin. Il y a aussi un passif à épurer : l'affaire Laroche. Il serait indécent désormais de " faire porter le chapeau " à un mort. Si quelqu'un a été injustement inculpé et incarcéré, c'est Bernard Laroche [1] ».

René Héricotte signe là son dernier article sur cette affaire. Au bout du sixième reportage, Me Garaud se décide, la mort dans l'âme, à poursuivre pour diffamation le journal dont il est le plus proche, *Le Figaro Magazine*, comme il l'a déjà fait à l'encontre de *Paris Match* après l'article de Caradec'h anticipant trois semaines à l'avance l'inculpation de Christine. Garaud prépare également une série d'assignations contre *France-Soir*, mettant en cause tous les articles écrits par Jeandon-Bezzina depuis le mois de mars.

La mère de Grégory tente d'oublier ses onze jours de « stage » à la prison de Metz, comme elle appellera plus tard, avec amertume, sa détention. D'emblée, elle demande à Jean-Michel Lambert l'autorisation d'aller voir Jean-Marie à Nancy. Pour l'heure et pour des raisons de sécurité, elle n'a droit qu'à une visite par semaine, mais reprendra le rythme antérieur tri-hebdomadaire dès le mois de septembre. Sa détention et sa grève de la faim ont altéré son

1. *Le Figaro Magazine* du 20 juillet 1985.

état de santé. Les trajets la fatiguent, elle souffre du dos et du ventre mais préfère le cacher au médecin plutôt que d'être hospitalisée et à nouveau séparée de son mari. Lambert avait promis de le faire revenir à Saverne en cas de libération de Christine, mais il ne tiendra pas sa promesse. Il sait que ce retour en Alsace adoucirait la détention du père de Grégory et raccourcirait les voyages de sa femme. Mais il le maintiendra à Nancy jusqu'à la fin de l'instruction, sans doute pour se venger de la solidarité que le couple lui oppose. A ses questions répétées à ce sujet, il se contentera de répondre de sa voix traînante :

— J'y pense... J'y pense.

C'est là l'une des petites cruautés du juge à l'égard des Villemin, comme de retenir leurs lettres pendant un certain temps ou de faire venir Christine à Épinal pour un acte très court en la cantonnant deux heures dans une salle d'attente, le temps que les journalistes concluent tout et n'importe quoi sur la « longueur » de son entrevue avec le magistrat.

Ainsi, le 24 juillet, jour de la Sainte-Christine, elle est convoquée au palais de justice. Avant de s'y rendre, elle s'incline pour la première fois depuis son inculpation pour assassinat sur la tombe de son enfant. Alors que la presse fait encore de gros titres sur son « hystérie à caractère pervers » et disserte sur la signification des poupées jetées dans la rivière, elle pénètre dans le cimetière de Lépanges avec des fleurs qu'elle répartit sur la tombe de Grégory sans prêter attention aux photographes alignés derrière le mur, ni aux curieux. Les gendarmes chargés de sa protection l'attendent à l'entrée des lieux, la laissant seule dans le secret de son tête-à-tête avec son petit garçon. Quand elle se présente au palais, la porte est fermée, comme souvent. Est-ce un hasard, mais ses arrivées ne peuvent jamais être discrètes. Christine doit donc traverser toute la place du marché sous les regards et les murmures des badauds, tandis que les photographes la harcèlent jusqu'au ras des cils. Devant l'entrée principale, certains murmurent sur son passage : « Bonne fête Christine. » Ceux qui l'ont traquée restent en arrière devant chez Merle. *France-Soir* annonce que l'interrogatoire portera sur un point « ultra-confidentiel [1] » et *L'Est républicain* parle d'une « banderille [2] » que le juge va poser sur la jeune femme. L'entrevue dure à peine trois quarts d'heure et Lambert l'interroge sur l'endroit où elle rangeait ses clés de voiture. Le procès-verbal

1. *France-Soir* du 24 juillet 1985.
2. *L'Est républicain* du 23 juillet 1985.

tient sur une demi-page. Le juge voit les bras de la jeune femme marqués par les prises de sang. Il lui demande si elle accepterait un autre prélèvement sanguin en vue d'une expertise salivaire. Son but est de déterminer l'origine de la salive portée sur le timbre de la lettre de revendication du crime. Christine Villemin répond :

— Oui, aucun problème [1].

Me Moser demande que soit mentionné sur le procès-verbal que cette réponse « est apportée tout à fait spontanément [2] » ce que le juge n'avait visiblement pas l'intention de faire.

Dans *France-Soir*, Jeandon-Bezzina découvre que finalement ce test serait « aléatoire : on sait qu'il est sans résultat dans 80 % des cas [3] ». A la rentrée, le juge Lambert abandonnera d'ailleurs cette idée d'expertise sans fournir d'explications.

Robert Badinter manque de s'étrangler de fureur en lisant dans *Elle* les confessions de Jean-Michel Lambert. Patricia Gandin, la femme de Caradec'h a obtenu quelques confidences intimes du magistrat en le conviant à un déjeuner discret dans un restaurant de la forêt vosgienne. « Les femmes ont besoin de vous connaître », lui dit-elle pour le convaincre de parler et en lui présentant une photographe américaine chargée d'illustrer l'entretien. Lambert accepte car il a, dit-il, un message à transmettre à Chantal, un amour déçu. « Nos relations sont maintenant amicales. Mais pour moi, il y a toujours un espoir... » Plus tard, le juge dira avoir été « piégé » par une interview qui se voulait innocente. Il a pourtant accepté le déjeuner et posé devant l'objectif avec un sourire rayonnant, et avec la veste de Jean-Michel Caradec'h négligemment posée sur ses épaules.

Le portrait n'est pas à l'avantage du magistrat, Patricia Gandin ayant mis en valeur son narcissisme. Ainsi, on apprend qu'il en est « sûr, cette affaire est un signe du destin ». Il ne cache pas qu'il se croit élu pour mener à bien cette mission. On lui découvre pour cela de solides atouts : « Je suis Taureau ascendant Scorpion, je viens donc à bout de tout [4]. » Il dévoile ses larmes d'avant l'inculpation, ses soucis, ses kilos et ses cheveux blancs qui, en neuf mois, ont modifié son allure. Les angoisses de ses parents, peinés des critiques qui s'abattent sur leur fils. Il les rassure : « Je connais mon métier ainsi que toute cette affaire. Je sais ce que je fais et je me fiche des commentaires... » Le juge Lambert confirme

1. et 2. Procès-verbal de Christine Villemin du 24 juillet 1985.
3. *France-Soir* du 25 juillet 1985.
4. *Elle* du 24 juillet 1985.

ainsi ce que nous redoutions : dans cette affaire, seul compte son « moi » en permanence satisfait :

> « Dès le début, je me suis senti armé pour attaquer cette affaire. (...) Si des erreurs ont été commises (...), je crois qu'un magistrat de 50 ans aurait pu les commettre aussi. Moi, je considère comme une chance que cela me soit arrivé à 33 ans (...) J'ai vieilli et j'en suis heureux. J'ai souffert et cela m'a donné une sorte de sérénité [1]. »

De la souffrance de Grégory, de ses parents, de Bernard, Marie-Ange et Sébastien Laroche, on ne trouve pas trace.

Les magistrats de la chambre d'accusation tancent une fois de plus le petit juge. Le ministre de la Justice ne trouve pas de mots assez durs pour qualifier l'homme et son comportement, mais l'affaire n'ira pas plus loin car on ne peut pas dessaisir un magistrat sous prétexte qu'il révèle sa vie privée. *Le Canard enchaîné* épingle très vite Lambert et révèle l'appréciation restrictive portée sur son dossier de l'École nationale de la magistrature de Bordeaux : « Apte à toutes les fonctions sauf celle de juge d'instruction. » L'intéressé démentira cet avis et la Chancellerie me confirmera plus tard ce démenti. Toutefois, si l'information est exacte, ni l'un ni l'autre n'ont intérêt à la répandre.

Le journal satirique consacre une page aux « bavures » de l'affaire sous le titre : « Le festival des bons à rien [2]. » Dans une avalanche d'anecdotes plus ou moins exactes, beaucoup se font éreinter, magistrats, gendarmes, journalistes, témoins et experts, excepté le pool adverse et la police judiciaire. Isabelle Baechler d'Antenne 2, bien que non citée dans l'article, se voit reprocher d'avoir adressé aux Villemin une carte postale du Japon, information puisée dans leur correspondance. Moi-même, je suis encore accusée d'avoir embrassé la jeune femme sur les deux joues. Les règlements de comptes volent bas et de manière unilatérale aussi, dans ces conditions, je m'abstiens d'adresser ces quelques lignes de réconfort que j'avais rédigées pour Jean-Marie Villemin après l'inculpation de sa femme.

« L'épreuve que tu traverses est terrible. Je te souhaite d'avoir la force nécessaire pour la surmonter. La vérité éclatera un jour et la vie reprendra. J'en suis sûre. Ne prête pas attention à ceux qui cristallisent leur haine et leur mal de vivre sur ta femme [3]. »

1. *Elle* du 24 juillet 1985.
2. *Le Canard enchaîné* du 31 août 1985.
3. Notes personnelles du 29 juillet 1985.

Les bévues du juge Lambert pourraient aider Christine et Jean-Marie Villemin, mais simultanément d'autres éléments contribuent à noircir leur image. D'abord la diffusion d'un communiqué de Légitime Défense appelant au soutien moral et financier du jeune couple. Ensuite, l'entrée en lice de *Minute* qui, dûment renseigné par Me Garaud, publie deux semaines de suite un dossier très complet sur l'affaire et des couvertures agressives à contretemps de l'actualité : « Christine Villemin : Le dossier de l'innocence [1] », paru dans la semaine suivant sa libération, et « Nous accusons le juge Lambert [2] » publié dans la foulée. Dans les kiosques, ces affichettes repoussent la majorité des passants comme elles m'auraient sans doute repoussée si je n'avais pas vécu cette affaire de l'intérieur.

Minute joue sur l'opposition facile entre le sort réservé à une jeune femme enceinte traquée sans limites, jetée en prison, et le « laxisme » des autorités de gauche face à la délinquance. Mais quand le journal de l'extrême droite pose la question : « Combien le juge Lambert fera-t-il encore de victimes avant que la justice ne se décide à le dessaisir [3]? on devine que la Chancellerie s'empresse de laisser Lambert en place. En écho à *Minute*, *Le Meilleur* d'Alain Ayache et *Spécial Dernière*, autres journaux populaires de droite, accusent eux aussi le magistrat. (« Faut-il mettre le juge Lambert en prison [4]? ») et prennent le parti de Christine Villemin, lui causant plus de tort que de bien. L'alliance Garaud, *Minute* et *Le Meilleur* enferme Christine Villemin dans le ghetto de la droite populiste, voire de l'extrême droite, et interdit aux intellectuels déjà rendus muets par Marguerite Duras de s'émouvoir de la situation de la petite ouvrière de Lépanges-sur-Vologne.

Paris Match opère également un revirement spectaculaire depuis Me Garaud a entamé des poursuites en diffamation contre l'hebdomadaire après l'article de Caradec'h publié au moins de juin. Garaud a envoyé ce « papier bleu » tant redouté dans les rédactions et demandé un million de francs de dommages et intérêts au nom de ses clients. La somme est arbitraire et les tribunaux souverains pour la transformer s'ils le veulent en franc symbolique. Une telle procédure est souvent longue à aboutir, les journaux n'aiment pas être poursuivis et encore moins condamnés, et les plaignants peuvent être déboutés. Aussi, lorsqu'un arrangement est possible,

1. *Minute* du 20 juillet 1985.
2. *Minute* du 27 juillet 1985.
3. *Minute* du 27 juillet 1985.
4. *Le Meilleur* du 20 juillet 1985.

les deux parties concluent, sur proposition de l'organe de presse poursuivi, une transaction financière. « Une bonne transaction vaut mieux qu'un mauvais procès », a-t-on coutume de dire à *Match*.

L'avocat de l'hebdomadaire fait donc savoir à Me Garaud qu'il est disposé à étudier un accord arrangeant tout le monde. Le conseil des Villemin, qui travaille gratuitement depuis près d'un an, tout en multipliant les déplacements, les frais de séjour, de téléphone, de secrétariat, les honoraires, les expertises privées (en écritures et en psychiatrie), etc., trouve là un moyen inédit de se défrayer rapidement. Une aide judiciaire inespérée. La transaction est fixée à 250 000 francs, intégralement versés sur le compte Carpa [1] de Me Garaud. Garaud dit aux Villemin : « On a besoin de fonds... » Ils doivent assurer leur double défense et personne ne se propose pour payer leurs avocats, qu'ils n'ont ni appelés ni choisis eux-mêmes. Ils exigent en plus la restitution de leurs photos de famille « empruntées » par Ker et jamais rendues. Ils s'engagent enfin à vendre en exclusivité les photos de leur futur nouveau-né. Du fond de sa cellule, Jean-Marie étudie la proposition et accepte, estimant que la presse a assez détruit et sali sa famille. Maintenant, elle peut payer.

L'hebdomadaire change aussi de ton à l'égard de Christine grâce à la rencontre entre Me Garaud et le journaliste écrivain Jean Cau. Les deux hommes partagent les mêmes idées et l'ancien Goncourt 1961 va défendre la jeune femme sans jamais la rencontrer. Son premier reportage : « Christine : le combat pour l'innocence. » « Plaidoyer pour une mère traquée [2] », est une interview-tribune de Garaud qui décrit l'amour de Christine pour Grégory, leurs farces complices et la solidité à toute épreuve du couple Villemin qu'il qualifie d'« anti-égoïsme absolu ».

« Chacun ne pense qu'à l'autre. Ils s'aiment et c'est passionnément [3] », bref tout ce que le même journal a soigneusement omis d'écrire quand la jeune femme était partie civile. Situation paradoxale d'une presse déboussolée qui fait d'une victime « le monstre de la Vologne [4] puis rend, mais trop tard, à la mère inculpée d'assassinat la vérité de ses sentiments.

1. Carpa (Caisse des règlements pécuniaires des avocats).
2. *Paris Match* du 26 juillet 1985.
3. *Paris Match* du 26 juillet 1985.
4. *Paris Match* du 12 avril 1985.

Avant de partir en vacances, Jeandon-Bezzina et Chaussier-Héricotte s'acharnent une dernière fois dans *France-Soir* sur Jean-Marie Villemin. Un article sans pitié pour un homme que les journalistes considèrent comme perdu. Ces mots hors actualité sont puisés dans la jalousie que leur inspire la correspondance échangée entre Nancy et Petitmont. A les lire, on a même l'impression que l'assassinat de son enfant est, au fond, une punition méritée. Et l'on décrypte encore derrière ces propos mal écrits la même obsession que celle du corbeau : détruire le père de Grégory.

> « (...) il lui reste une seule bouée à laquelle il puisse se raccrocher : l'amour. Celui du moins qu'il clame et proclame par-delà les hauts murs de la prison de Nancy et par la voix de ses avocats, pour Christine. (...) Jean-Marie Villemin suscite, à première vue, des images qui lui ressemblent. Celles d'un personnage sans nuances, entier, exaspérant dans son comportement de " petit chef ", dans sa vie familiale ou professionnelle, détestable dans son rôle de cow-boy justicier, réglant ses comptes lui-même, pitoyable dans son désespoir de père amputé à jamais de son fils, pathétique dans l'acharnement qu'il met à crier sa confiance en Christine. Entêté, ombrageux et emporté, Jean-Marie Villemin l'a toujours été.
> « (...) Ambitieux, le " petit chef " l'a toujours été, imposant ses choix à son entourage quitte à rompre les ponts s'il se sentait contesté. (...) Les témoignages abondent : " Christine nous méprisait et Jean-Marie ne voulait pas lui donner tort ", dit l'un de leurs proches. (...) Douter de son épouse ? Impossible pour Jean-Marie Villemin. A aucun prix. Ce prix, c'est la mort de Laroche plutôt que l'anéantissement pour le père de Grégory de l'univers qu'il s'est construit. (...) Grégory a été sacrifiée parce que quelqu'un le hait à la folie lui Jean-Marie. Indirectement, il est de par la volonté du corbeau, à l'origine de la fin atroce de son enfant. Une telle cruauté émanerait de son épouse ? Impossible ou bien c'est l'abîme sans fond, c'est la démonstration qu'il s'est trompé en tout [1]. »

Au cours de la traque, les Bezzina se sont découvert une nouvelle raison d'être : briser les parents de Grégory. Ils ne s'en cachent même plus auprès de leur entourage et entraînent tous les journaux dans cette spirale personnelle. Aucun de leurs neuf rédacteurs en chef, occasionnels ou permanents, ne tente de les freiner. Au

1. *France-Soir* du 5 août 1985.

contraire, les Bezzina sont de trop bons informateurs policiers pour qu'on prenne le risque de les perdre. Mais leur entreprise échoue, comme en témoignent les lettres d'amour auxquelles ils ont, seuls, un accès privilégié. Nous, nous ne les connaissons pas car on ne nous les montre pas. En revanche, cet engrenage les conduira quelques années plus tard à leur propre perte.

Contrairement à sa femme, isolée dans son monde et son bureau qu'elle ne quitte jamais, Jean-Michel Bezzina a parfois quelques éclairs de lucidité. Pour preuve, un incident survenu entre lui et Jacques Expert de France-Inter après l'inculpation de Christine Villemin. Devant la réception du Mouton-Blanc, les deux hommes venaient d'échanger une nouvelle fois quelques propos amers sur le thème : « Toi et nous, on ne fait pas le même métier ! » Un peu plus tard, Bezzina frappait à la porte de la chambre d'Expert, entrait mais restait debout quelques secondes, silencieux, avant de repartir en murmurant :

— Si c'est pas elle... je suis vraiment un salaud !

Mais la machine à broyer est lancée, rien ne pourra plus l'arrêter.

Désormais, « Les Français ont leur opinion » sur l'affaire, comme l'annonce *Détective* en publiant quelques échantillons de l'abondante correspondance reçue à son propos par le journal. Une mauvaise opinion. Les femmes, toujours plus virulentes, dénoncent « la douleur voyante de Christine au cimetière, ses déclarations fracassantes, ironiques, cyniques, son sourire rayonnant ». Une lectrice s'indigne : « Comment avaler qu'elle retombe enceinte trois mois après ? Je me mets à sa place : dans de telles circonstances, je n'aurais pas eu la tête à avoir des rapports avec mon mari. »

« Marie-Ange a toutes les excuses d'être enceinte, Christine ne les a pas, si ce n'est pour apitoyer la galerie, ce qu'elle réussit fort bien. C'est honteux de sa part. Quand on perd un enfant cher à son cœur, on n'essaie pas de le remplacer dans les trois mois qui suivent. » « Je la crois coupable, il faut que justice soit faite », affirme une autre. Si Christine est condamnée, Jean-Marie n'est guère mieux jugé : « Un immature. C'est elle qui doit commander ! Pour avoir tué un homme qui n'était pas coupable, sous l'influence de sa femme, il ne faut pas être un " chef " comme il le prétend. Je crois simplement que c'est un pauvre type [1] », conclut une lectrice.

Il est vraiment temps de faire une pause. Nous quittons les Vosges avec soulagement et un peu de tristesse. Qui va maintenant

1. *Détective* du 15 août 1985.

partager nos obsessions et nous écouter parler de l'affaire Grégory du lever au coucher? Nous laissons derrière nous ces lieux marqués depuis bientôt un an par nos rires et nos cauchemars, nos rancœurs et nos coups de foudre. Dans le creux de la main, nous emportons des paysages couleur de miel, des souvenirs noyés d'eau de pluie, des regards ombrés de rage, des paroles coupantes, des courses infantiles, des pas glissants sur les pavés de la ville et tant d'autres saveurs vivantes. Sur un dernier air de Paolo Conte, on se disperse avec des promesses de retour. Certaines ne seront pas tenues.

Les acteurs de l'affaire retrouvent le calme. Christine et Jean-Marie s'étreignent au parloir de Nancy comme si le mois de juillet n'avait jamais existé, comme si personne derrière les murs ne mentait, personne ne délirait ou ne persécutait Christine. En lui caressant les cheveux, le père de Grégory demande à sa femme :

— Surtout ne fais pas de bêtise, il y en a qui seraient trop contents... tu me promets?

Entre deux visites, ils répondent à l'imposant courrier qui leur parvient tous les jours de France mais aussi du Canada, d'Angleterre, de Nouvelle-Calédonie, des États-Unis, de Suisse, de Belgique, du Maroc et d'ailleurs. Malgré les campagnes de presse, le couple trouve un peu de réconfort dans une fraction de l'opinion publique rétive au battage médiatique. Des retraités de Romainville adressent 200 francs par mois à Jean-Marie et le couple reçoit quelque 50 000 francs de petits chèques, consacrés aussitôt et intégralement au paiement de sa double défense. Plusieurs couvents prient pour eux et leur fils disparu.

Christine s'occupe du dessin de la pierre tombale qui sera scellée pendant l'été sur le caveau de Grégory. Cette stèle de marbre et de granit surmontée des ailes d'un ange et fabriquée par un marbrier de Meurthe-et-Moselle et payée 55 000 francs grâce à la vente des meubles des Villemin. Dans un dernier sursaut d'aigreur, *L'Est Républicain* écrit que le monument est l'œuvre d'un artisan de Bruyères et offert par un donateur anonyme, comme si les parents négligeaient la sépulture de leur fils. La jeune femme tricote et tapisse la chambre du futur bébé en espérant la pluie pour que se rafraîchisse la cellule de son mari. Celui-ci écrit à l'un de ses avocats qui me le répétera : « Je vois Christine régulièrement. Je l'aime à en mourir. »

24

Jouir de la douleur des autres ... Jeux de miroir ... Comme un conte populaire ... Crise de sorcellerie ... La répétition du malheur ... Le juge ensorcelé ... Christine, sorcière ... La presse au secours du juge ... L'affrontement ... La parole, c'est la guerre ... Éviter le contact ... « La salope » ... L'enjeu ... Un « crime de société »

Après le décès de Grégory puis celui de Bernard Laroche, l'inculpation de Christine Villemin constitue le troisième sommet de cette affaire. On dénombre dans la presse parisienne et lorraine 88 articles publiés dans le mois suivant la mort de l'enfant, 209 en avril 1985 après l'assassinat du premier suspect et 247 en juillet après l'inculpation de la mère, chiffre record qui ne sera jamais plus égalé en neuf ans d'instruction. Mais, avec cette inculpation, l'affaire change de nature.

La mort de Bernard Laroche peut s'expliquer rationnellement par l'enclenchement, dès son inculpation, d'engrenages multiples et occultes qui vont pousser Jean-Marie Villemin au pire : concurrence médiatique, hésitations judiciaires, affrontement politique, opposition d'avocats, guerre des polices, rumeurs, isolement du couple, etc.

Mais, durant la traque de Christine Villemin qui n'a qu'un rapport lointain avec la mort de son fils, ces mécanismes s'effacent devant une force plus grande encore. Pendant ces trois mois, on sent bien que chacun poursuit autre chose que la vérité. Pour comprendre ce dérèglement de la raison, il convient de distinguer d'un côté ce qui tient en haleine des millions de lecteurs, c'est-à-dire le roman de l'affaire, et, de l'autre, la partie qui se joue dans les Vosges entre ceux qui dirigent les événements : avocats, journalistes, policiers et juge. Il faut expliquer le succès de la fiction pour essayer de comprendre la folie du réel.

Si les couvertures de *Paris Match*, les unes de *France-Soir*, du *Parisien libéré*, et les reportages du *Figaro* ou de RTL, avaient laissé indifférents leurs destinataires, l'affaire Grégory se serait médiatiquement éteinte en quinze jours. Mais les Français, de Lille à Marseille, de Pointe-à-Pitre à Strasbourg, des chauffeurs de taxi au prix Goncourt 1984, se sont repus pendant des mois de ce feuilleton. Au départ, la caisse de résonance de Bezzina a ameuté l'opinion publique. Ensuite, l'engouement des lecteurs et des auditeurs a alimenté le brasier qui, depuis, brûle un à un les acteurs de ce drame.

Mais à quoi correspond cette curiosité générale? L'historien Maurice Lever explique dans une étude de la naissance des faits divers que l'homme a besoin de contempler le malheur de ses semblables et que ce sentiment est à l'origine de la presse. Jouir de la douleur d'autrui à l'abri derrière un imprimé renvoie le lecteur à sa vie, à sa mort, et le détourne du malheur, comme le faisaient autrefois les histoires tragiques racontées à la veillée ou sur les places publiques. Christine Villemin résume bien ce phénomène quand elle donne son sentiment sur l'attrait morbide que suscite son drame : « On croirait que les gens sont envieux du malheur qui vous arrive [1]. » Très vite, la vallée de la Vologne devient une scène où une poignée d'hommes et de femmes s'aiment, se déchirent, se dénoncent et souffrent jusqu'à la mort en direct. Devant ces vies mises à nu, « Nous sommes les voisins et la France est un village [2] », reconnaît Max Gallo en avouant la fascination qu'exerce sur lui et les autres l'affaire Grégory.

En 1455, la Bible est le premier ouvrage qui sort de l'imprimerie de Gutenberg. Mais, à peine trente ans plus tard, naissent les premiers « occasionnels », ces pages de faits divers qui relaient les colporteurs. Le sang était déjà à la une presque un siècle avant la création de la *Gazette* de Théophraste Renaudot, l'ancêtre des journaux actuels. Les faits divers ne sont pas une invention de la presse populaire du XIXe siècle ou plus tard des médias audiovisuels. Cinq

1. Décryptage des cassettes ayant servi à l'écriture de *Laissez-moi vous dire.*
2. *Le Matin de Paris* du 10 juillet 1985.

siècles avant l'affaire Grégory sont apparues en France ces brochures à bas prix où abondaient déjà, écrit Maurice Lever, ces

> « ces vocables mélodramatiques et porteurs d'angoisse : cruauté, mort, massacre, assassinat, horrible, épouvantable, tragique, pitoyable, funeste, étrange, barbare, inhumain [1] ».
> « Le canard d'information plonge au plus profond de la conscience collective dont il révèle à la fois les fantasmes, les aspirations, les refoulements et les peurs. (...) [2]. »
> « Les médias ont remplacé l'arène, mais l'enjeu n'a guère changé : il s'agit toujours d'un homme ou d'une femme aux prises avec la mort. Tel est d'ailleurs, à bien y regarder, le principe de tout spectacle [3]. »

Déjà, la femme était au pilori des passions humaines. La faute retombait invariablement sur elle.

> « Parjure, infidèle, vindicatrice, monstre de perfidie, de ruse, d'égoïsme... Malheur à qui se laisse prendre par ses maléfices! Inexorablement, l'amour entraîne sur les pentes du désespoir et de la mort [4]. »

Telle est la leçon, mi-païenne, mi-religieuse, qui clôt les faits divers du XVIIe siècle. Depuis, la société a évolué, la science et la technique ont modifié les mœurs, mais le cœur de l'homme n'a pas changé. Le moteur de la curiosité humaine est donc ce besoin de voir souffrir et plus l'objet de la souffrance nous ressemble, plus l'intérêt est grand. Qui ne s'est pas retrouvé dans cette grande famille déchirée par de petites querelles et de grandes jalousies? Qui n'a pas reconnu en Grégory l'enfant que l'on a, celui que l'on aura ou que l'on aurait aimé avoir, le petit-fils, le neveu ou le filleul aimé? En 1984, l'affaire Grégory prend donc le pas sur les autres événements dans une actualité pourtant riche en faits divers, avec notamment les assassinats en série de vieilles dames dans le XVIIIe arrondissement de Paris et l'inversion des tubes d'oxygène et d'azote dans un hôpital de Poitiers.

Avec ses miroirs en vis-à-vis (vengeance et vengeance, fils et cousin, femme et veuve, gendarmes et policiers, etc.) et son enchaînement de malheurs, l'histoire des Vosges est déjà en soi un drame exceptionnel, porteur de ressorts romanesques.

1. Maurice Lever, *Canards sanglants. Naissance du fait divers*, Paris, Fayard, 1993, p. 12.
2. *Idem*, p. 17.
3. *Idem*, p. 8.
4. *Idem*, p. 24.

De plus, sociologiquement, la vallée de la Vologne est un concentré de l'histoire de la France depuis un siècle avec ses grandes époques : la base paysanne, l'industrialisation, le taylorisme et puis la crise et le chômage. Mais alors que, ailleurs, cette évolution s'est accompagnée d'un exode rural, ici les familles et les structures sociales et humaines sont restées intactes. Dans les Vosges, les usines sont venues aux paysans et non l'inverse. D'où ces villages peuplés d'ouvriers ou d'employés mais aux racines et à l'enchevêtrement familial propres au monde paysan. Les grandes familles Villemin, Jacob et Bolle sont à cet égard une sorte de condensé social de tous les Français.

En 1989, Léonore Le Caisne, étudiante en ethnologie à la faculté de Nanterre, a consacré son mémoire de maîtrise à l'affaire Grégory. Elle s'est livrée à une analyse structurelle des articles de presse parus en 1985. Fille d'une journaliste de *L'Express*, Léonore ne s'est pas interrogée, au-delà des mots publiés, sur la véracité du récit. Ce n'était pas son but. Elle a décortiqué ce que les lecteurs ont lu sans savoir ce qui se tramait derrière ces mots. Comme dans *La Psychanalyse des contes de fées* de Bettelheim, elle a retrouvé dans le roman médiatique des Villemin et des Laroche les éléments mythiques des contes populaires : la rivière, la vallée, la forêt, la clairière, le bûcheron, la grande famille, la fille rousse, les clans, l'enfant victime, le beau, le laid, etc.

Son étude tend à prouver que les journalistes plaquent sur les événements leurs clichés sociaux et économiques. Ils s'emparent des personnages d'un fait divers et les marquent de leurs idées préconçues. Léonore Le Caisne a dégagé les deux schémas de pensée préétablis que nous, journalistes, avons imaginés en découvrant cette affaire. Lors de l'inculpation de Bernard Laroche, ce fut le schéma « ouvrier », issu d'une compétition personnelle et professionnelle supposée entre Bernard Laroche et Jean-Marie Villemin. Puis, lorsque Christine fut à son tour mise en cause, la presse a fabriqué le schéma « bovaryste » en imaginant qu'elle s'ennuyait dans son chalet et rêvait d'une vie meilleure sous d'autres cieux plus ensoleillés. Dans un cas comme dans l'autre, remarque l'étudiante, les deux personnages ont été accusés d'être des sorciers des temps modernes. « L'accusation de sorcellerie ne rassure-t-elle pas en expliquant l'inexplicable ? » dit Léonore Le Caisne qui conclut : « Le récit d'une affaire est non seulement préconstruit dans son contenu mais aussi dans sa forme : des schémas mythiques qui enlèvent à l'événement sa particularité et aux personnages leur individualité [1]. » En clair, le récit médiatique de l'affaire Grégory n'a jamais effleuré la vérité. La presse s'est contentée de remplir son office originel : fabriquer deux histoires fortes qui satisfassent la curiosité des lecteurs et les détournent de leurs propres malheurs.

Il reste la seconde interrogation en amont de ces millions de pages imprimées et de messages radio lancés à propos de Christine Villemin. Pourquoi quelques dizaines d'hommes et de femmes, qui n'ont pas vécu comme les Villemin ou les Laroche la souffrance dans leur chair, ont-ils connu, sur place, une telle exacerbation de leurs sentiments ?

La mort de Bernard Laroche est la pierre d'achoppement de ce dossier. C'est l'événement le moins surprenant de cette affaire, c'est pourquoi tous ceux qui l'ont vécu à un degré quelconque se sentent confusément coupables. Certains ont retourné ce remords contre eux, nourrissant un lot de cauchemars, d'insomnies et de dépressions. D'autres ont déversé avec une sauvagerie verbale inouïe leur culpabilité sur un bouc émissaire extérieur, Christine Villemin. L'explication manichéenne – les bons d'un côté, les méchants de l'autre – peut donner bonne conscience à certains d'entre nous mais n'explique pas la logique interne de cette traque qui ne doit rien au hasard. Elle procède d'un mécanisme plus profond, un schéma qui reproduit des mécanismes ancestraux que l'on croyait disparus, *a fortiori* dans un État de droit : la sorcellerie. Au cœur du dérapage, un homme, sans doute le moins actif de tous mais dont le comportement conditionne et autorise tous les excès survenus sous son autorité : Jean-Michel Lambert, le juge d'instruction.

Dans les années 1970, Jeanne Favret-Saada, ethnographe, chercheur au Centre national de la recherche scientifique, s'est installée dans le bocage de l'Ouest pour enquêter sur la sorcellerie contemporaine. Son livre *Les Mots, la Mort, les Sorts* [2], tiré d'une longue étude sur le terrain, donne des repères pour cerner les causes, les rouages et les méfaits de ce phénomène irrationnel. Léonore Le Caisne s'est d'ailleurs appuyée entre autres sur cette étude pour réaliser son mémoire d'ethnographie. La comparaison, vulgarisée, des composantes de l'affaire Grégory et d'un phénomène de sorcellerie moderne tel que le démonte Jeanne Favret-Saada est saisissante.

1. Léonore Le Caisne dans *L'Autre Journal*, 1993.
2. Jeanne Favret-Saada, *Les Mots, la Mort, les Sorts*, Paris, Gallimard, 1977.

Selon l'ethnographe, une crise de sorcellerie suppose une relation entre quatre personnages distincts ou groupes de personnages.

1) « L'ensorcelé » qui se croit victime d'un « maléfice » parce que, à un moment donné, il perd la maîtrise de sa vie ou de ses actes.

2) « L'annonciateur » qui lui désigne le sorcier œuvrant contre lui dans l'ombre.

3) Le « désorceleur » appelé pour opposer sa force à celle du sorcier afin de le neutraliser.

4) Enfin, le « sorcier » lui-même, considéré comme l'auteur de tous les maux.

Les correspondances avec l'affaire Grégory sont simples à établir :

1) Le juge Lambert tient le rôle d'ensorcelé qui, très rapidement, voit les événements lui échapper jusqu'au paroxysme de l'assassinat de Bernard Laroche.

2) Les avocats de Laroche, les experts en écriture puis les policiers se comportent en annonciateurs et lui désignent les uns après les autres celle qui, dans l'ombre, déséquilibre l'institution et le système.

3) La presse se met en position de désorceleur et engage un rapport de force de plus en plus violent avec le sorcier.

4) Christine Villemin supporte le rôle de sorcière avalisé plus tard par son inculpation.

Dans les campagnes étudiées par l'ethnographe, une attaque de sorcellerie se caractérise d'abord par la répétition du malheur. Exemple : un agriculteur perd une ou deux bêtes de son cheptel. Pour expliquer ses ennuis, il invoque le hasard ou la fatalité. Si, en peu de temps, une épidémie décime son troupeau, sa récolte pourrit sur pied et son enfant est renversé par une voiture, l'homme s'affole et, plutôt que de chercher des causes rationnelles à ses problèmes (mauvais état vétérinaire des animaux, abondance de pluies, imprudence de l'enfant, etc.), il se décrète victime d'un mauvais sort et cherche celui qui, dans son entourage ou son village, tente avec des moyens occultes de porter atteinte à sa propriété voire à sa propre vie.

Le juge Jean-Michel Lambert se retrouve très vite placé dans la situation de cet agriculteur. Les premiers errements de son dossier ne l'inquiètent pas. Ils sont le fait d'une instruction ordinaire : tâtonnements sur des pistes incertaines (Jacquel, Jacky, les Hollard), garde à vue infructueuse (le couple Laroche), procédure bâclée pour cause de surcharge de travail, violations du secret de l'instruction dues à une demande trop forte des journalistes, absence de présomption d'innocence dans les commentaires sur Bernard Laroche, bref les aléas classiques d'une instruction retentissante comme il en survient en France une ou deux par an, notamment après un assassinat d'enfant. Mais, au bout d'un mois d'affaire, les choses se dégradent en profondeur, provoquant une remise en question de son autorité de magistrat et de directeur d'enquête.

Mise en cause publique de la gendarmerie et donc de sa décision d'inculper, plainte de Muriel dénonçant des pressions et des menaces, risque d'une plainte pour violation du secret de l'instruction ou d'une requête en suspicion légitime après ses interviews trop explicites, remontrances de la chambre d'accusation, incapacité à élucider l'énigme et annulation des expertises. La libération de Bernard Laroche marque un tournant décisif à partir duquel les voies d'eau se multiplient dans l'instruction du magistrat. Soupçons portés sur Christine Villemin hors de toute logique judiciaire aboutissant à une culpabilité médiatique, tentatives d'assassinat de Jean-Marie Villemin sur son cousin, campagnes contre la mère guidées par le SRPJ... Cet enchaînement aboutit au pire des malheurs pour un juge chargé de protéger la société : l'assassinat de l'inculpé et la chute de l'autre grande victime après Grégory : Jean-Marie Villemin, la cible privilégiée du corbeau.

Jean-Michel Lambert porte une part de responsabilité dans chacun de ces engrenages. A chaque étape, il est un peu plus dépassé par les événements, preuve qu'il ne possède pas la force que doit détenir un magistrat censé représenter un pouvoir dans la société. En six mois, il perd tout crédit et il le sait : « Malheur à la ville dont le juge est un enfant [1] » résume François Caviglioli dans *Le Nouvel Observateur* quelques jours après la mort de Bernard Laroche. Dans *Le Canard enchaîné*, Bernard Thomas le qualifie de « Sherlock Holmes de ce désastre [2] ».

Aussi, quand la majeure partie de la presse, hypocrite, s'interroge, en écho à la société, sur ce second assassinat : « Comment a-t-on pu en arriver là [3]? Jean-Michel Lambert peut apporter deux réponses. Soit il admet les limites de sa compétence en reconnaissant ses erreurs et en sollicitant son propre dessaisissement. Soit il

1. *Le Nouvel Observateur* du 5 avril 1985.
2. *Le Canard enchaîné* du 4 avril 1985.
3. *L'Est républicain* du 31 mars 1985.

poursuit sur sa lancée en reportant sur quelqu'un d'autre les fautes qui ont abouti à ce « crime de société ». Par un réflexe primaire de sauvegarde, parce qu'il manque de maturité intellectuelle et se croit désigné par le destin pour mener cette enquête, Lambert choisit la deuxième solution et va se défausser, comme l'agriculteur malchanceux, sur une puissance occulte rendue responsable de tous ses maux.

Le magistrat confie à Lucien Miard du *Figaro* : « Quelqu'un m'a dit un jour : " C'est le diable qui mène cette enquête. " C'est vrai [1]. » Devant Marguerite Duras, il convient que ce crime « ne regarde pas la justice des hommes » et le répétera plus tard devant Bernard Pivot lors de l'émission Apostrophes [2]. Le juge vit à ce moment-là ce que le chercheur appelle « le moment de déperdition », durant lequel un être dépourvu de force magique est aux prises avec un être fort non encore identifié.

Lambert se place alors, inconsciemment, dans la position d'un ensorcelé. Pour sauver sa situation et récupérer cette puissance qui lui échappe, il lui faut démasquer à tout prix le sorcier qui peut avoir déclenché dans l'ombre cette succession d'erreurs et de malheurs. Lorsqu'il sera identifié, on connaîtra également le responsable de la mort de Grégory. Car qui d'autre que l'assassin de l'enfant pouvait avoir intérêt à manipuler et égarer depuis cinq mois successivement les gendarmes, le juge et, pour finir, Jean-Marie Villemin? Jean-Louis Antoine, journaliste de *L'Est républicain* et ami du juge Lambert, résume parfaitement cette philosophie quelques jours après l'inculpation de Christine Villemin :

> « Qui, si ce n'est Jean-Marie, doit supporter la responsabilité morale de la mort de Bernard Laroche? Qui, en amont de ce qu'il faut bien ramener à l'état de péripétie tragique, a pu provoquer l'enchaînement d'autant de drames [3]? »

L'ethnographe nous apprend que le « sorcier » responsable des malheurs pratique la politique de l'escalade en graduant ses méfaits sur une durée assez longue, dans une guerre d'usure. La force de ce sorcier est d'autant plus grande que, jusqu'à ce qu'il soit identifié, il peut opérer à son aise parce que « personne n'a de doute sur lui ».

En général, lorsque survient une crise de sorcellerie, l'ensorcelé ne connaît pas celui qui cherche à lui nuire, tout au plus a-t-il un

1. *Le Figaro* du 10 avril 1986.
2. Apostrophes du 10 avril 1987.
3. *L'Est républicain* du 13 juillet 1985.

doute sur son identité. Ainsi, Lambert cherche celui ou celle, *a priori* insoupçonnable, qui, pendant cinq mois, a placé et déplacé les pions du jeu à son insu. Il s'en réfère alors au diagnostic d'un « annonciateur » généralement bien avisé qui, au fur et à mesure que les attaques se répètent, lui désigne l'auteur de cette avalanche de malheurs. Les avocats de Bernard Laroche puis les experts en écriture et enfin les policiers du SRPJ de Nancy tiennent tour à tour ce rôle d'« annonciateur » en lui désignant de manière constante Christine Villemin. C'est donc bien elle la « sorcière ».

Lambert va s'en convaincre en reconsidérant sous cet angle le parcours des cinq premiers mois de l'enquête.

Effectivement se dit-il, c'est elle qui entre deux sanglots désigne Bernard Laroche sur la piste duquel s'engouffrent les gendarmes. En les égarant, elle provoque une série de catastrophes : la mise en cause d'une adolescente de quinze ans, les trois mois de détention de l'inculpation et le traumatisme infligé à Marie-Ange et son fils Sébastien, le discrédit de la gendarmerie et le sien par ricochet, et enfin la perte simultanée de deux « innocents », Laroche décédé et Jean-Marie emprisonné pour de longues années. Ultime élément qui convainc le juge comme il le confiera plus tard à une journaliste de *VSD* : la grossesse rapide de Christine. A ses yeux et après avoir consulté un certain nombre de ses amies, cette grossesse n'est qu'une protection. Tout cela procède d'une relecture sélective du dossier mais une fois de plus, entre elle et lui, Lambert a fait son choix. Il sait qu'elle n'a pas lancé les gendarmes sur la piste Laroche. Il sait aussi qu'elle n'a pas poussé son mari à tuer, c'est pourquoi d'ailleurs, empêtré dans ses contradictions, il ne l'inculpe pas de complicité. Deux mois plus tôt, il savait également que les enquêteurs n'avaient pas produit de faux en écriture ni exercé de pressions sur Muriel, mais cela ne l'a pas empêché de laisser Prompt et Welzer déposer contre eux une plainte pour subornation de témoin, faux et usage de faux. Il reproduit le même schéma avec Christine Villemin.

Le sorcier étant localisé, l'ensorcelé a besoin du quatrième personnage indispensable pour lui rendre sa force : le désorceleur. « Celui qui possède une puissance supposée supérieure à celle du sorcier et qui va entreprendre de le combattre. Il s'agit du " moment du recours " qui permet à l'ensorcelé d'éviter sa propre mort ou du moins la déperdition de sa force vitale. »

Dans le schéma de Jeanne Favret-Saada, le désorceleur fait corps avec son patient et c'est pourquoi il faut les considérer comme une unité. Le désorceleur a pour fonction de mettre la victime à l'abri du sort qu'on lui a jeté, c'est-à-dire d'empêcher le sorcier d'exercer sur elle sa puissance négative. Ainsi, il fait écran entre l'émetteur des ondes négatives et le récepteur. La surabondance des articles des Bezzina trouve donc ici sa justification. Elle sert à isoler Christine quotidiennement, dimanche compris. Le juge fait entièrement corps avec les médias, d'une part en s'alliant directement à ces journalistes qu'il reçoit et informe et d'autre part en les laissant mener avec la police l'instruction à sa place, quitte à ce que se propagent un certain nombre d'affabulations comme ces phrases symboliques prêtées à tort à Christine : « C'est moi qui ai dit à Jean-Marie : " Il faut tuer Laroche " [1] », ou Jean-Marie? : C'est un con [2] ! »

La collusion du magistrat avec la presse bezziniste et la police est d'autant plus naturelle que tous ont intérêt à imputer à Christine Villemin leur propre part de responsabilité dans la mort de Laroche. On constate également que le juge s'arrange toujours pour que les journalistes soient présents lors des convocations de la jeune femme, qui ne sont parfois que des actes anodins sans aucun intérêt pour le fond. De sorte qu'il n'est jamais seul face à Christine, même si les désorceleurs sont maintenus à l'extérieur du palais de justice. Devant elle, il tente de sauver la face et, si elle l'interroge sur les expertises annoncées dans les journaux ou sur les fuites de l'enquête, il lui répond que la presse raconte « n'importe quoi ». Ainsi se donne-t-il une autorité factice en faisant mine d'être étranger à la pression médiatique alors qu'en fait, il en est le complice et le bénéficiaire. Christine Villemin le croit puisque, deux semaines encore avant son inculpation, elle déclare devant Jean-Pierre Elkabbach et moi : « Ce sont les journaux qui écrivent que je suis suspecte mais le juge ne m'a jamais fait ressentir qu'il allait m'inculper... [3] » A son mari, elle écrit : « Vivement que tout soit éclairci, comme cela ils arrêteront d'être après moi [4]. »

L'affrontement entre le sorcier et le désorceleur est toujours d'une extrême violence. C'est une lutte entre deux pôles de puissance, car la sorcellerie repose avant tout sur un rapport de forces, excédentaire chez l'un (Christine), minoritaire chez l'autre (Lambert). Intercalé entre les deux, le désorceleur doit inverser le rap-

1. *France-Soir* du 19 avril 1985.
2. *Paris Match* du 12 avril 1985 et *Le Figaro Magazine* du 8 juin 1985.
3. Europe 1 – Découvertes du 28 juin 1985.
4. Lettre de Christine Villemin du 19 juin 1985.

port. Bezzina alimente cette idée de puissance chez Christine Villemin en écrivant : « Elle manifeste une telle force que la plaindre serait superflu [1] », et en ne la ménageant pas.

Chacun des deux protagonistes, sorcier et ensorcelé, possède des caractéristiques qui lui sont propres. Jeanne Favret-Saada dresse une liste des correspondances entre les forces de l'un et les faiblesses de l'autre.

Le sorcier puise sa force dans la méchanceté, la puissance sexuelle et l'enrichissement. Or, ce sont trois des composantes du personnage de Christine Villemin tel que les médias l'ont présenté. La méchanceté quand elle affirme que, pour elle, l'assassin de son fils est Bernard Laroche et qu'il « est bien là où il est [2] », quand, dans les propos volés par Ker, elle traite Marie-Ange Laroche de « veuve joyeuse [3] », quand elle s'obstine à rappeler que Muriel est à l'origine du malheur de sa famille. Sa grossesse traduit la puissance sexuelle d'une femme capable de faire l'amour deux mois seulement après la mort de son enfant et immédiatement fécondée. Enfin, les apparitions répétées de Christine dans *Paris Match* posant devant l'objectif de Ker laissent à penser qu'il existe entre elle et l'hebdomadaire des transactions financières, ce qui est faux, les parents de Grégory ayant participé à ces reportages gratuitement en échange des informations que Ker leur communiquait. Méchanceté, sexualité, enrichissement, tels sont les trois attributs de la sorcière qui sont plaqués sur le personnage de Christine Villemin, revu et corrigé par les médias et le juge Lambert.

A l'opposé, l'ensorcelé tient sa faiblesse de son innocence, de son impuissance sexuelle et de son appauvrissement. Or, qui d'autre qu'un magistrat à la blanche hermine peut incarner dans une organisation sociale, l'innocence absolue? Jean-Michel Lambert a lui-même révélé l'impuissance sexuelle qui le frappe à chaque « moment fort » de l'affaire. Or ces moments forts correspondent généralement à un échec de sa part. Enfin, le magistrat voit son image de marque et son crédit s'appauvrir de mois en mois. Le juge apparemment sérieux des premiers jours de l'enquête est devenu huit mois plus tard le « petit juge » supportant les railleries plus ou moins compatissantes de son entourage professionnel et celles parfois cruelles de quelques journalistes franc-tireurs : le juge « Bibi Fricotin » décrit par Jean-Claude Hauck ou le juge enfant portant « malheur à sa ville » de François Caviglioli.

1. *Le Figaro* du 4 juillet 1985.
2. L'AFP du 26 juin 1985.
3. *Paris Match* du 19 au 26 avril 1985.

La victime ayant trouvé son désorceleur, celui-ci propose une méthode pour arriver à renverser le rapport de forces. Il faut rendre coup pour coup au sorcier dont l'identité formelle n'est généralement établie qu'après des recherches souvent fort longues.

En sorcellerie nous dit Jeanne Favret-Saada, l'acte c'est le verbe. C'est une parole et seulement une parole qui noue et dénoue le sort « (...) la parole c'est la guerre ». Rien dans le comportement ou l'allure de Christine Villemin ne justifie l'acharnement qui s'abat sur elle. C'est une femme douce, polie, aimable, jolie et mutine, qui n'a jamais eu un geste ni un mot déplacé à l'égard des journalistes et encore moins du juge Lambert, hormis l'insulte lancée à l'égard de Bezzina au soir du 17 avril. Celle-ci ne justifie toutefois pas l'ampleur et la durée du pilonnage que lui livre la presse et qui avait commencé bien avant. Le combat entre Christine Villemin et les journalistes dure trois mois, d'une part car les annonciateurs (experts en écriture et policiers) mettent du temps à confirmer les doutes du juge et qu'il faut tenir jusqu'à ce qu'ils y parviennent, d'autre part parce que la jeune femme se défend parfois avec agressivité auprès de ceux qui l'approchent ou lui téléphonent. Le pool Bezzina rend alors systématiquement coup pour coup. Ses réponses sont décortiquées, déformées et retournées contre elle pendant plusieurs jours jusqu'à sa prochaine protestation ou celle de son avocat, soupçonné de faire son jeu. D'ailleurs, les journalistes (les Bezzina, Lionel Raux, Philippe Jéchoux, Jean-Michel Caradec'h, Pierre Georges, René Héricotte) lui reprochent de trop parler : tout en les provoquant, on critique ses interviews diverses, son « entretien » avec Jean-Marie à la clinique le matin de la mort de Laroche, l'interview qu'elle me donne pendant son hospitalisation, ses conversations téléphoniques, le communiqué lu en son nom par Garaud, les visites au parloir de son mari, l'interview au micro d'Elkabbach, etc. Les désorceleurs n'ont pas d'autres armes à lui opposer que leurs propres mots parlés ou écrits. Personne ne tente rien de physique contre elle, tout reste de part et d'autre dans le domaine du verbe.

Le rôle du désorceleur est précis. Il doit prendre les paroles prononcées dans une situation de crise par le sorcier et les retourner contre celui-ci. L'affaire Grégory n'étant qu'une crise permanente, il est facile d'y rechercher les paroles, parfois inventées, de Christine Villemin pour les utiliser contre elle. Ces phrases sont supposées être dirigées dès le départ contre le juge Lambert pour écarter ses éventuels soupçons et endormir sa méfiance. Les exemples sont multiples.

Ainsi, après avoir appris l'enlèvement de son fils, Christine dit à la nourrice de Grégory : « ... Si tu savais tout ce que j'ai enduré toutes ces années. » Elle évoquait les manifestations du corbeau, les nuits passées chez sa mère avec Grégory quand son mari travaillait le soir et l'angoisse vécue entre 1981 et mai 1983, date de la dernière lettre anonyme envoyée à la famille. Dès la mort de Laroche, la presse lui soutient qu'en fait, elle voulait parler du « calvaire » de sa vie conjugale auquel l'assassinat de Grégory était censé mettre un terme.

Pendant les obsèques de son enfant, elle s'effondre en disant : « Mon Titi, reviens, ne t'en vas pas... » *France-Soir* et *L'Est républicain* s'interrogent quelques mois plus tard : « Peut-on ajouter aujourd'hui : je ne voulais pas ? » Quand Jean-Michel Lambert lui demande : « Quelqu'un vous a-t-il fait des propositions, que vous avez éconduit ? » elle cite Bernard Laroche parce qu'il l'a draguée, sans succès, lors d'un mariage quelques années plus tôt, comme il a courtisé ses belles-sœurs Ginette et Liliane. Cette réponse est maintenant interprétée comme l'origine du malheur du cousin inculpé, emprisonné et assassiné. Au lendemain de la confrontation avec les filles de la poste, elle déclare à Éric Darcourt : « Ceux qui me soupçonnent se trompent... » *France-Soir* et *L'Est républicain* assènent en retour « Les certitudes des témoins ».

Quand, après un mois de campagne médiatique contre elle, elle affirme : « On peut créer un climat pour me faire craquer, c'est peine perdue, je ne craquerai pas car je n'ai rien à me reprocher », la presse ne retient de sa phrase que « Je ne craquerai pas », présenté comme le défi d'une coupable solide et déterminée.

Lorsqu'elle dit à Ker, au moment de la tentative d'assassinat de Laroche : « Ker, tu es un salaud, tu nous remontes à bloc pendant toute une soirée et après tu viens nous empêcher de le faire... », *Paris Match* ne publie que la première partie de la phrase : « Ker, tu es un salaud » pour la dépeindre comme la plus acharnée à éliminer Laroche.

De même lorsqu'elle dit à Jéchoux, le soir de l'appel lancé depuis chez Merle, « Ça vous fait bien ch... que je ne sois pas inculpée. Vous voulez ma peau. Mais pourquoi ? », la presse ne retient que la première phrase vulgaire. Ce qui permet à François Mattéi d'écrire dans *Le Journal du Dimanche* : « Qui est Christine Villemin ? La jeune mère de famille effacée d'avant le drame ou cette femme qui parle comme un homme et qui hurle sa violence ? »

Après la découverte des cordelettes, elle répond à ceux qui

l'interrogent : « Je n'ai rien fait de mal, je ne suis pas une sorcière, je ne me dédouble pas, le plus dur ce sont les journalistes... », les journaux déforment son propos et transcrivent une autre phrase contenant un demi-aveu : « Moi, faire ça, tuer le gosse? c'est impossible à moins bien sûr que je ne sois une sorcière ou que je n'aie une double personnalité. »

Enfin, devant Jean-Pierre Elkabbach, elle assure : « Si le juge me met en prison, je ressortirai les pieds devant... » Dès le lendemain, sa détermination à se laisser mourir l'accuse d'être une mauvaise mère prête à sacrifier son second enfant à son honneur, sous-entendu, après avoir éliminé le premier. « Si cet enfant qui, comme Grégory ne demande qu'à vivre, voit jamais le jour... », écrit également Jeandon-Bezzina quand elle confie risquer de faire une fausse couche.

Enfin, il faut ajouter à ces phrases, à l'origine réelle, celles inventées sur les « poupées jetées dans la rivière » et les « trous noirs » attribués à Christine Villemin.

Pendant ces trois mois de combat, Jean-Michel Lambert-ensorcelé se met à l'abri de Christine-sorcier affaiblie par l'acharnement de la presse-désorceleur. Parce que le désorceleur dans le grand combat des mots possède le pouvoir de retourner la force du sorcier, il occupe la scène, protégeant du même coup l'ensorcelé démuni.

L'opération de la presse est une victoire. Elkabbach traduit la perception négative de la jeune femme en lui disant au terme de ces campagnes de presse : « L'image que vous avez à l'extérieur, c'est l'indifférence, la froideur, la calculatrice aussi », ce qui est mot pour mot le portrait en négatif de Christine Villemin que ses proches qualifient de spontanée, vive et attirante. La mère éplorée a disparu pour laisser place à un « monstre » comme l'a déjà écrit, le premier, *Paris Match*. Le retournement se réalise et Lambert commence à récupérer peu à peu sa puissance au détriment de Christine. Il ne la recouvrera totalement qu'en exerçant sa fonction de juge, c'est-à-dire en prononçant une inculpation et en l'emprisonnant, le seul moyen de l'empêcher de parler et de lui nuire.

Jeanne Favret-Saada explique que la toute-puissance du sorcier s'exprime au travers de trois éléments que l'ensorcelé doit éviter à tout prix : la parole, le toucher, le regard. Or, on constate qu'en sept mois, Lambert se dérobe soigneusement à tout contact avec elle dans le dossier Grégory et se borne à l'interroger deux fois dans l'affaire Laroche. Le reste du temps, il la laisse aux prises avec les médias. Le 5 juillet, il l'inculpe d'assassinat sans lui avoir posé une seule question à ce sujet depuis le 24 décembre précédent, jour de la reconstitution de ses faits et gestes du 16 octobre au terme de laquelle il la rassurait en ces termes : « Tout est clair, maintenant vous ne serez plus inquiétée. » Entre ces deux dates, c'est le vide et la mort de Bernard Laroche. Lambert refuse même son audition en qualité de partie civile, que lui suggère le procureur Lecomte. Quand il prononce l'inculpation, Christine cherche jusqu'au dernier instant à croiser son regard fixé sur le bout de ses chaussures et qui ne se lève pas. En revanche, dès l'instant où elle est inculpée, donc en position de faiblesse et lui en position avantageuse, il revient vers elle pour lui serrer la main. Elle refuse mais trois jours plus tard, lors d'une visite à la prison, il renouvelle le même geste. Pour lui, le désenvoûtement est réussi, son adversaire est rejeté du côté des faibles. Il a récupéré l'excédent de force que possédait Christine. Quant à la force du désorceleur, elle reste constante.

En temps ordinaire, nous explique l'ethnographe, les sorciers ne sont évoqués qu'à mots couverts et dans des phrases à double sens : par exemple, une allusion énigmatique à « l'autre salaud » et à « cette saloperie ». On ne parle pas de sorcier mais de salaud. On remarque qu'à Épinal, en dépit du traitement qui lui est infligé, ceux qui remplissent l'office de désorceleurs ne parlent jamais de Christine Villemin en terme de sorcière. Le faire supposerait qu'ils admettent participer à un combat irrationnel, alors que leur démonstration se prétend policière, rigoureuse, fondée sur des éléments solides. Ils n'évoquent donc Christine Villemin qu'en terme de « salope ». Quand Bezzina perd son sang-froid publiquement en affirmant qu'il aura « la peau de cette salope », preuve qu'il se sait investi de cette « mission » et qu'il s'en sent le pouvoir. Quand Caradec'h exhorte Lambert à « inculper cette salope ». En revanche, dès qu'un observateur extérieur analyse ce phénomène d'hystérie collective, il découvre la vraie nature du problème. « Soyons courageux, brûlons la sorcière [1] » remarque Sylvie Caster dans *Le Canard enchaîné*. Un peu plus tard, François Caviglioli démonte les rouages de la mécanique médiatico-judiciaire et conclut ainsi : « Innocente ou coupable, ce qu'on est en train de monter contre elle, c'est un procès en sorcellerie [2]. » Dans le journal *L'Alsace*, Paul Bœglin prévient : « Espérons qu'on ne fabrique

1. *Le Canard enchaîné* du 26 juin 1985.
2. *Le Nouvel Obervateur* du 12 juillet 1985.

pas contre Christine Villemin un procès en sorcellerie. Ce n'est plus d'époque [3]. »

La violence de cet affrontement se justifie par l'enjeu que représente pour chaque protagoniste la crise dans laquelle il se trouve impliqué. Selon Jeanne Favret-Saada, pour chacun d'entre eux, la défaite signifie la mort, en tout cas une atteinte corporelle grave, et, pour ceux qui prétendent avoir le sang fort – le sorcier et le désorceleur – la perte brutale de leur pouvoir. La lutte est donc sans merci jusqu'au bout. Ainsi Christine Villemin va-t-elle entamer une grève de la faim jusqu'à ce que la chambre d'accusation fixe une date pour l'examen de sa demande de mise en liberté. Elle la cessera dès qu'elle sera certaine d'être hors du champ d'action de Lambert. Lui-même dévoile cet enjeu en relatant les « conseils d'un ami » recueillis peu avant l'inculpation : « Si tu ne bouges pas, les journalistes vont te massacrer. » Pour le juge, l'enjeu est double. Il doit d'une part prouver que Christine a tué son enfant, et donc retrouver son autorité de juge, et d'autre part lui imputer sa part de responsabilité dans la mort de Bernard Laroche. Au terme de trois mois de combat, c'est lui qui l'emporte et se retrouve dans la situation de départ, quand il possédait encore toute son autorité. Il a trouvé un coupable pour la mort de Grégory et le responsable occulte, selon lui, de la mort de Laroche.

Dans le même temps démarre la campagne de fausses informations accusant Christine d'être « perverse et hystérique », l'hystérie étant la maladie prêtée aux sorcières à l'époque de l'Inquisition.

Deux ans plus tard, en juin 1987, Jean-Michel Lambert, soustrait à cette crise de sorcellerie et porté par le succès de son livre, déclarera lors d'une réunion publique tenue en Belgique :

« L'affaire Grégory est au fond une affaire banale où la justice n'a joué aucun rôle... L'affaire du meurtre de Laroche par Villemin, elle, est autrement plus préoccupante pour la justice. »

Le magistrat avouera ainsi que ce « crime de société » dont il a à peine conscience résulte d'un certain nombre de dérèglements de l'institution et non d'une quelconque influence souterraine de Christine Villemin sur son mari. En disant cela, le magistrat oubliera un peu vite qu'il était, à l'époque, responsable du bon fonctionnement de l'instruction et que sans ses propres erreurs, Laroche ne serait peut-être pas mort. Le jour où la justice commence à mettre en péril ses justiciables, l'institution meurt avec eux.

1. *L'Alsace* du 16 juillet 1985.

QUATRIÈME PARTIE

LA NUIT

1

Gangster ou témoin gênant? ... Redistribution des cartes ... Entre ténors du barreau ... Les anciens combattants de la Vologne sont dispersés ... L'ombre de Jean-Marie Villemin ... Les psychanalystes au royaume d'Ubu ... Les vingt commandements de la partie civile ... Le jugement de François Mitterrand ...

Muriel Bolle, le cheveu court, le regard sombre et le menton rentré dans son cou, pénètre dans le bureau de Jean-Michel Lambert en compagnie de sa mère. L'adolescente revient la première dans l'actualité, dès le 2 septembre. Les deux femmes déposent une plainte pour atteinte à la vie privée après la découverte d'un micro-émetteur caché sous l'armoire de la chambre de la jeune fille. Un appareil qui permet d'écouter les conversations captées sur une radio FM placée dans un rayon de cent mètres environ. Les Bolle ont alerté Me Prompt, en vacances dans les Vosges, puis le commissaire Corazzi, venu constater les faits et récupérer ce petit objet noir de la taille d'une boîte d'allumettes.

Pour tous, l'auteur de l'infraction est Sylvain Hebbat, le reporter qui avait enquêté quelques semaines plus tôt sur l'insuline et la piste Laroche. Il est le seul étranger à avoir pénétré dans la chambre en question, le temps d'une conversation avec Muriel et ses parents. La presse fustige pendant plusieurs jours les agissements supposés de cet « informateur peu scrupuleux [1] », ce « per-

1. *France-Soir* du 2 septembre 1985.

sonnage scandaleux [1] » selon différentes formules des Bezzina bien renseignés sur cet espion encore anonyme. Serge Garde l'accuse ouvertement dans *L'Humanité-Dimanche* en dévoilant son prénom et l'initiale de son nom et en le qualifiant de « limier indic de *Paris-Match* [2] ». Quand Hebbat découvre sa mise en cause dans l'hebdomadaire communiste, il porte plainte à son tour pour diffamation, dévoilant ainsi son adresse vite récupérée par Lambert puis les policiers du SRPJ.

Quelques jours plus tard, deux inspecteurs l'interpellent à son domicile, dans le XVe arrondissement de Paris. Hebbat et son amie, qui était présente lors de leur première visite chez les Bolle, sont placés en garde à vue. Le reporter nie avoir posé un micro-émetteur chez les parents de Muriel et Marie-Ange. Deux inspecteurs de la PJ de Nancy perquisitionnent chez lui et trouvent un petit magnétophone et un micro télescopique dont il se servait pour enregistrer les témoins, parfois à leur insu, des notes manuscrites sur la négociation avec le juge Lambert d'éventuels aveux filmés dans son bureau, les cinquante et un feuillets de son enquête jamais publiée et l'autoradio de sa R 5. L'affaire est menée tambour battant. Après quarante-huit heures de garde à vue, Hebbat est retenu deux autres jours à la prison de Fresnes, puis transféré sous bonne escorte à Épinal où Lambert l'inculpe d'atteinte à la vie privée. Le juge remet le journaliste en liberté tout en lui infligeant un contrôle judiciaire très serré. Il doit déposer sa carte d'identité, sa carte de presse et son permis de conduire, et se présenter pendant plus d'un an, trois fois par semaine, dans un commissariat de Paris. Sylvain Hebbat ne pourra donc plus se rendre dans les Vosges, ni conduire, ni exercer sa profession jusqu'à la fin de l'instruction d'Épinal.

Lambert neutralise le jeune reporter avec une vélocité inhabituelle chez lui. Par-delà sa culpabilité éventuelle, il est évident qu'Hebbat est dans cette affaire un personnage gênant, et traité comme tel. L'instruction n'apportera pas de preuves contre lui, mais le fait qu'il se soit introduit sans décliner sa qualité de journaliste auprès de la famille Bolle et qu'il ait eu une discussion avec les parents de Muriel dans la pièce en question pèsera dans le jugement. Pourtant, ce dossier contient d'une part des incohérences sur les dates de visite du journaliste et, d'autre part, une distorsion inexplicable entre les références techniques du micro incriminé, largement diffusées dans la presse par les avocats (RKS 2002, prix :

1. *Le Parisien libéré* du 5 septembre 1985.
2. *L'Humanité-Dimanche* du 13 septembre 1985.

1 882 francs)[1], et celles présentées par la police judiciaire de Nancy aux vendeurs de ce type de matériel (RKS 2040, prix : 3 500 francs)[2].

Jugé deux ans et demi plus tard par le tribunal correctionnel d'Épinal et lâché entre-temps par *Paris Match*, Hebbat sera condamné à six mois de prison avec sursis, 10 000 francs d'amende et 25 000 francs de dommages et intérêts pour la famille Bolle. Puis, tout le monde oubliera ce reporter marqué par une réputation de « gangster », propagée notamment par Me Welzer. On ne parlera plus avant longtemps de la « piste de l'insuline » mise au jour par Sylvain Hebbat. A l'occasion de cette plainte, on découvre un nouvel avocat, celui de Muriel, Me Teyssonnière de Bobigny.

Après un mois de vacances, la presse s'empare à nouveau de ce dossier qui semble lui appartenir au même titre qu'à la justice. Une autre partie commence, avec les mêmes personnages mais des cartes redistribuées. Les forces en présence changent. Les avocats de Bernard Laroche sont toujours en retrait forcé. Toutefois, ils vont être très vigilants sur tout ce qui peut atteindre la mémoire de leur client et sa famille. Lambert a récupéré un peu de son autorité en inculpant Christine Villemin et, de fait, la crise de sorcellerie semble retombée. Mais sa libération au bout de onze jours laisse planer une menace. Si, d'aventure, la jeune femme était innocentée, le juge retrouverait un dossier sans coupable, entaché par la mort d'un homme qu'il serait difficile de passer par profits et pertes. Depuis la mort de Bernard Laroche, le magistrat ressemblait à un bateau démâté dans la tempête. Maintenant, il s'accroche à son coupable. Il lui faut donc étayer son inculpation et préparer le renvoi de la jeune femme aux assises. Le SRPJ va l'assister de son mieux après l'échec de ses pressions pour obtenir des aveux.

Le commissaire Corazzi doit débusquer des indices matériels, des preuves et un mobile, toutes choses qui lui font encore défaut. La partie civile de Mes Lombard, Lagrange et Bourdelle, ne sera pas en reste, selon l'accord de Vittel, en veillant à ce que l'enquête ne revienne pas sur la piste Laroche.

Le clivage entre les avocats n'est plus politique comme pendant la première partie de l'affaire, Mes Lombard et Garaud se disputent seulement la place devant les caméras. Pour le reste, les deux

1. Communiqué des avocats de la famille Bolle diffusé le 2 septembre 1985.
2. Procès-verbal de renseignements sur le micro n° 476/44 du 14 octobre 1985.

hommes entretiennent des relations courtoises, empreintes de connivence professionnelle. Me Garaud partage de plus avec son confrère la science des ficelles médiatiques. Chacun va défendre avec âpreté sa thèse, mais l'un et l'autre ne seront jamais dupes de leurs manœuvres qu'ils jaugeront en connaisseurs.

Parmi les journalistes, les anciens combattants de la Vologne sont un peu dispersés. Jean-Michel Caradec'h et René Héricotte ne s'occupent plus du dossier à la suite des procès en diffamation intentés à leurs journaux. Isabelle Baechler d'Antenne 2 et Jacques Expert de France-Inter accèdent bientôt au grand reportage. Éric Darcourt va quitter son poste et regagner l'AFP à Paris, très troublé par près d'un an de passions extrêmes. *Paris Match* décroche une sorte de contrat oral et exclusif avec Me Garaud qui alimentera régulièrement l'hebdomadaire en photos, textes et autres arrangements qui assureront le paiement de ses honoraires. Seuls les Bezzina et Raux restent les geôliers quotidiens de la prison médiatique où est enfermée la mère de Grégory. Au-delà de toute raison, ces trois-là ne désarmeront jamais. La traque a laissé en eux des marques plus profondes que chez le juge Lambert, protégé par une sorte d'imperméabilité à la douleur des autres. Ils ont nourri la haine avec leur propre vie. Et ils vont l'entretenir, peut-être pour ne pas vaciller.

Mais la ligne de fracture la plus violente sépare désormais la famille Villemin qui, pour partie, se protège en lâchant Christine et Jean-Marie. A la guerre des mots succède un affrontement au couteau sur la culpabilité de Christine, largement diffusée et entretenue par Lambert et les policiers du SRPJ. Comme toujours depuis le 16 octobre 1984, le pire est à venir. L'enjeu est resté le même, la mort physique ou mentale des uns et des autres, puisque cette énigme happe et broie tous ceux qui, un jour, la pénètrent.

Pour sa rentrée devant les médias, Lambert convoque le même jour les parties civiles et les défenses des deux dossiers, soit quatorze personnes, avocats compris. Le magistrat, souriant, fier de son bronzage, ménage son arrivée devant les caméras et les photographes, suivis de Marie-Ange en robe de grossesse grise à pois bleus et volants aux poignets (venue entendre les rapports psychiatriques sur Jean-Marie) et de Christine en salopette et tee-shirt noir, aux prises avec des dizaines de photographes. Jean-Marie Villemin est tiré d'une voiture de gendarmerie sans ménagement et, les poignets attachés, doit se frayer un passage au milieu de la foule des journalistes. L'homme, très amaigri, avance l'air égaré, telle une ombre, nous méprisant. Je tente de croiser son regard mais il ne voit personne. Ceux, qui parmi nous, se refusent à reconnaître leur part de responsabilité dans son geste meurtrier, justifient sa dégradation en disant qu'« il n'avait qu'à pas faire le con ! ». Je suis choquée, mais je ne proteste pas. Nous aussi sommes un peu vaincus.

Devant l'assistance, Lambert lit les véritables conclusions des experts psychiatres, présentées comme accablantes pour Christine quelques semaines plus tôt. Les spécialistes n'ont décelé chez elle aucune névrose ni maladie mentale.

Seuls les deux médico-psychologues qu'elle avait mal reçus à la prison lui ont trouvé deux personnalités différentes, l'une « juvénile, bien éduquée et soumise », l'autre « farouche, décidée, qui sort bec et ongles quand on aborde les faits [1] ». Le portrait prévisible d'une jeune femme ordinaire qui se défend de toutes ses forces contre l'infanticide qu'on lui attribue. Dans un raisonnement laborieux, les experts tentent de lui imputer un mobile puisque, comme beaucoup, ils la supposent coupable. Grégory serait devenu, expliquent-ils, « le représentant d'une angoisse insurmontable pour sa mère car en grandissant, il constituait un pont entre l'enfance innocente et le monde noir des adultes [2] ».

Les spécialistes ne s'encombrent pas de la présomption d'innocence pour émettre un jugement sur leur patiente. Ses dénégations sont considérées comme « l'expression de sa culpabilité psychologique ».

> « On est sensible, tout au long de l'examen, au déguisement de sa culpabilité derrière le déni, dont la perception explique, sans doute, que malgré l'horreur des faits, elle reste humainement attachante »,

notent avec une certitude osée les deux auteurs du rapport [3].

En somme, pour la justice psychiatrique, nier un crime est un déguisement attachant. C'est Freud au royaume d'Ubu. Quoi qu'elle dise, la jeune femme est coupable. Qu'auraient-ils écrit si elle avait avoué le meurtre de son enfant? Christine Villemin écoute la lecture du document, « ébahie » selon ses avocats. Dépité par la faiblesse de cette argumentation, Lambert ordonne aussitôt une contre-expertise. La presse du jour comme celle du lendemain

1. Rapport médico-psychologique Schweich et Dubec.
2. *Idem.*
3. *Idem.*

cite encore des extraits de rapports sortis de nulle part et, faute de mieux, étire en tous sens les cinq lignes du mobile débusqués par les spécialistes.

La partie civile de Me Lombard ne s'est pas déplacée à Épinal pour apprendre que Christine Villemin est une femme parfaitement normale. Après avoir découvert la fragilité du dossier, Me Lombard décide de suggérer plutôt à Jean-Michel Lambert une méthode d'enquête. Les vingt propositions de la partie civile, pratiquement toutes orientées vers Christine Villemin, ont le mérite de la cohérence. En dehors des recherches encore possibles sur la voix, l'écriture du corbeau ou les cordelettes, les trois conseils d'Albert et Monique Villemin suggèrent au magistrat d'organiser une reconstitution du crime, des essais de dérive avec un mannequin jeté dans la rivière, l'expertise du contrôlographe d'un bus dont le conducteur a déclaré avoir coupé son moteur au moment où Christine remontait chez elle après ses recherches au village, diverses vérifications, et enfin de joindre les dossiers Grégory et Laroche. L'accord de Vittel supposait en effet le retour du tandem Welzer et Prompt dans l'instruction.

Les avocats du barreau d'Épinal appellent ces suggestions, non sans ironie, « Les vingt commandements de la partie civile. » Le juge, soulagé qu'on vole à son secours après la libération de Christine, accepte tout sauf la jonction des deux procédures déjà refusée à plusieurs reprises aux avocats de Bernard Laroche. Le magistrat se souvient de son hiver 1984-1985. La manière dont Jean-Michel Lambert se range du côté du plus fort exaspère Lucien Miard du *Figaro* qui le critique avec férocité : « Le juge a suscité plus de méfiance que de confiance. (...) Il a fait peur à tout le monde. Surtout à ceux qui avaient la conscience tranquille [1] », écrit-il en résumant une situation perceptible dans la vallée de la Vologne : des gens savent quelque chose sur la mort de Grégory mais se taisent, effrayés par les hésitations, les errements et les bavures de cette enquête, mais aussi par peur des représailles.

Ainsi, des fermiers voisins des Villemin, les Claudon et leur fils Christian, ont confié à Ker et Pradier avoir vu le jour du crime, vers 16 h 30, dans une Peugeot 305 vert bronze, un homme ressemblant à Bernard Laroche. Le conducteur de la voiture était alors seul et se dirigeait vers la maison de Christine et Jean-Marie. « Par peur d'une mauvaise publicité », écrit Jean Ker dans un article recensant huit témoignages sur « L'inconnu de la voiture verte », ces témoins dont Ker préserve l'anonymat « n'en n'ont pas parlé

1. *Le Figaro* du 12 septembre 1985.

aux gendarmes [1] ». La famille Claudon révèle également à Pradier les menaces d'incendie de sa ferme, reçues très peu de temps après le 16 octobre. D'autres voisins partagent ce secret mais tous se taisent malgré l'inculpation qui frappe la mère de Grégory, qu'ils soupçonnent sans doute d'être la maîtresse de Bernard Laroche.

Deux semaines après la publication de ces éléments dans *Paris Match*, Marie-France Lefevre-Bezzina prévient dans un article du *Parisien libéré* que les avocats de Bernard Laroche vont demander des investigations sur « ceux qui ont assisté » Jean-Marie Villemin « dans les tentatives qui ont précédé » le crime du 29 mars. « Il pourrait en ressortir une ou plusieurs inculpations [2] », glisse Mme Lefevre-Bezzina. Jean Ker est visé au travers de cette phrase. Il ne sera toutefois jamais inculpé, mais Me Welzer veille. Dès les premiers jours de septembre, il prévenait : « Si la mémoire de Bernard Laroche devait être à nouveau souillée, nous attaquerions inexorablement ceux qui la souilleraient. » Benoît Bartherotte a donné carte blanche aux deux avocats pour poursuivre en justice tous les journaux et demander des dommages et intérêts afin de subvenir aux besoins de Marie-Ange Laroche, toujours au chômage et sur le point d'accoucher, comme Christine, de son deuxième enfant.

« Ces jeunes juges, de temps à autre, perdent la tête [3] ! » Cette réflexion est attribuée par *Le Point* à François Mitterrand lors d'un dîner avec Robert Badinter. Le garde des Sceaux est pressé par le président de la République d'en finir avec le problème des « petits juges » dont certains ne semblent pas à la hauteur de leur charge. Robert Badinter présente donc, en cette rentrée de 1985, sa réforme sur la collégialité des juges. Le garde des Sceaux a encore en mémoire les déclarations de Lambert assurant que ce dossier est pour lui « un signe du destin » ou « une chance ». Si le projet de loi était voté par le Parlement, les décisions concernant la détention seraient prises par un collège de trois membres, écartant le magistrat instructeur. Ainsi celui-ci ne déciderait-il plus seul de l'avenir des inculpés. Le projet est ambitieux mais irréaliste et soulève un tollé dans la magistrature. Faute d'effectifs suffisants, ce collège ne serait qu'une chambre d'entérinement qui nécessiterait la mobilisation de trois juges à n'importe quelle heure du jour ou de la nuit au gré des événements. Cette réforme appelée du nom de Lambert sera votée, puis très vite abrogée sous la cohabitation en 1986. Le problème restera donc en suspens, tout comme celui de

1. *Paris Match* du 6 septembre 1985.
2. *Le Parisien libéré* du 26 septembre 1985.
3. *Le Point* du 9 septembre 1985.

l'article 11 sur le secret de l'instruction que l'institution judiciaire ne parvient pas, non plus, à résoudre. A l'annonce de ce projet, Jean-Charles Marchand de RMC et moi rendons visite à Jean-Michel Lambert, qui se refuse à tout commentaire et s'étonne que l'on associe son nom à cette modification du statut des juges d'instruction. Toujours satisfait de lui-même, il ne semble pas prêt à une quelconque remise en question.

2

Les grands-parents entre plusieurs feux ... Albert en veut aux « bonnes femmes » ... Retrouvailles chez Lambert ... « La nullité, elle est là ! » ... Un étau à trois faces ... Le corbeau change de sexe ... Un attelage de choix ... Le juge ne répond pas ... Nouvel « élément capital » ...

Albert et Monique Villemin n'ont pas revu Jean-Marie depuis décembre 1984. Bientôt un an de séparation. Au mois d'août, alors qu'ils se risquaient au parloir de la prison de Nancy, ils ont eu la cruelle déception de le voir tourner les talons sans un mot ni un regard. Jean-Marie ne leur pardonne pas leur récente constitution de partie civile. Il y voit une manœuvre de ses parents et de ses frères pour s'abriter derrière des avocats. Sa dernière lettre est sans appel :

> « J'ai la chance d'avoir une femme merveilleuse pour l'éternité. Jean-Marie Villemin qui veut vivre loin de cette famille, avec sa femme et son nouvel enfant. Adieu [1]. »

Depuis l'inculpation de Christine, son mari ne quitte plus sa cellule. Il se privera ainsi de sortie et de « promenade » dans la cour de la prison pendant les trente-trois mois de sa détention préventive. Contraint à l'inactivité, Jean-Marie Villemin consacre toute son énergie à la défense de sa femme. Il apprend vite, aidé de ses avocats, les arcanes du code de procédure pénale pour éviter les

1. Lettre publiée dans *Paris Match* du 13 au 20 septembre 1985.

chausse-trappes des deux instructions en cours, la sienne et celle concernant la mort de son enfant, et assimile l'organisation judiciaire, les recours et les formes d'appel possibles. Il se plonge dans un monde qui lui était encore étranger dix mois plus tôt et qu'il va peu à peu maîtriser avec brio. Entre deux lettres d'amour, il reconstitue la trame de son passé et de celui de sa famille, avec des dates et des faits qui ne figurent pas encore dans le dossier. Dès la rentrée, Jean-Marie Villemin demande ainsi au juge d'organiser une confrontation entre ses parents et lui. Il est persuadé que les origines de son drame datent de bien avant le 16 octobre, quand le corbeau s'en prenait à son père et déclarait « tenir » sa mère. Pourquoi ? Quel secret se cachent, depuis quatre ans, les uns aux autres, les membres de la famille Villemin ?

La position des grands-parents de Grégory, pris entre plusieurs feux, est difficile à saisir et cette indécision va durer des années. Leurs avocats, introduits par Gérard Welzer, ont dirigé la plupart de leurs demandes d'investigations contre Christine, mais Albert et Monique ne cessent de répéter aux journalistes qu'ils aiment leur belle-fille et ne portent aucune accusation contre elle. Ils ont même demandé à Lambert de laisser Jean-Marie assister à l'accouchement de Christine, ce qui leur sera refusé. Le SRPJ multiplie les visites officieuses ou officielles pour les convaincre que Christine est l'assassin de son enfant. Pourtant, Albert Villemin continue d'affirmer que le corbeau qui le persécutait était un homme. Son insistance exaspère les hommes du commissaire Corazzi qui, un jour, le quittent en déplorant cette obstination :

— Décidément monsieur Albert, vous nous désolez !

De même chez Gilbert Villemin qui leur a dit :

— Moi, j'ai eu le corbeau au téléphone, c'était une voix d'homme.

Les inspecteurs lui ont coupé la parole :

— Arrêtez de dire que c'est un homme. C'est Christine... Il faut vous y faire !

Monique Villemin est plus souple. Au début de l'enquête policière, lorsqu'elle a émis des réserves sur la mise en cause de sa belle-fille, les enquêteurs lui ont fait comprendre que revenir sur la piste Laroche suppose des investigations vers Michel.

Lambert va les étourdir en leur répétant pendant plusieurs mois, tout en leur prenant la main pour appuyer son propos : « C'est elle Madame, c'est elle Monsieur ! » Il va également essayer de persuader les autres frères et la sœur de Jean-Marie, allant jusqu'à tenir devant Jacqueline Villemin ces propos stupéfiants dans la bouche d'un juge d'instruction :

— Vous direz de ma part à votre frère que c'est un con, qu'il ne voit pas clair.

A la veille de la confrontation avec leur fils, Albert et Monique accordent une série d'interviews, sur les conseils de leurs avocats soucieux de ne pas donner l'impression d'accabler, a priori, Christine. Accoudée à la table de la cuisine, Monique s'exprime devant Darcourt, Marchand et moi. Elle pleure devant nos micros dans l'espoir que son fils l'entende à la radio. Elle escamote chaque fin de phrase comme si elle était à bout de souffle, en implorant une réconciliation :

— Christine est toujours notre belle-fille. Je n'ai aucune haine, ni aucune accusation contre elle.

Albert Villemin, tremblant, ravagé par l'épreuve, les médicaments et le tabac, frappe soudain le bord d'un meuble et hurle en me désignant :

— Tout ça, c'est la faute des bonnes femmes !

Il ne nomme pas la ou les femmes que vise cet accès de colère. Mes confrères s'interposent entre le grand-père et moi, de crainte d'un geste violent de sa part. Surexcité, il disparaît dans son garage à la recherche de ce que nous croyons être un fusil. Monique garde son sang-froid et nous enjoint de partir immédiatement. Albert nous poursuit, armé seulement d'un gourdin et, l'instant de frayeur passé, au bout de la route, nous reprenons notre souffle, secoués d'un fou rire digne de notre première arrivée chez la tante Louisette armée de sa poêle à frire.

Quelques heures plus tard, Jean-Marie fait face à ses parents. Après quelques secondes d'observation et de silence, le fils tend les bras vers sa mère et son père. Ils s'étreignent avec une force venue du désespoir. Garaud et Lombard, qui ne s'émeuvent pas facilement, regardent la scène, saisis par l'intensité de ces retrouvailles. Jean-Marie relâche ensuite son étreinte, reprend ses esprits et s'installe pour ce qui est d'abord une confrontation. La discussion porte sur les cordelettes qu'Albert avait données à son fils. Le père reconnaît le prêt mais nie la nature et l'épaisseur des ficelles. L'échange se poursuit avec ce qui est à l'origine de la rupture familiale : la voix du petit Daniel entendue sur une cassette contenant un appel silencieux du corbeau et sur laquelle Monique se montre dubitative depuis la mort de Grégory. Jean-Marie expose ensuite, avec force détails et références datées, cinq appels du corbeau faisant allusion à des événements ignorés de Christine et adressés aux grands-parents à une heure où celle-ci travaillait à la MCV de Lépanges. A chaque fois, le corbeau évoquait des faits et gestes qu'il pouvait observer et critiquer, ce qui tend à prouver qu'il était à Aumontzey. Albert et Monique confirment, parfois avec difficulté, les dires de leur fils. Lambert ne semble pas impressionné par ces explications. A aucun moment il n'intervient pour demander des détails supplémentaires sur ces cinq appels qui dédouanent Christine. Jean-Marie ne relâche pas son attention et poursuit en posant la question qui lui tient à cœur depuis que sa femme est accusée :

— Je voudrais demander à mes parents s'ils croient Christine capable de faire un acte pareil.
Monique Villemin : je ne le pense pas.
Albert Villemin : Pareil.
— Je demande à mes parents pourquoi.
Monique Villemin : Non, parce que l'enfant était toujours bien tenu. Christine aimait son enfant [1].

Lambert enchaîne :

— M. et Mme Villemin voient-ils dans leur entourage familial quelqu'un capable de commettre un tel assassinat?
Monique Villemin : Je connais mes enfants et leur caractère ainsi que les autres membres de la famille. Comme dans toutes les familles nombreuses, il y a des hauts et des bas. On ne se reçoit pas souvent mais quand on se voit, on se voit. Je tiens à dire que je ne vois personne dans la famille au sens le plus large de faire cela.

Albert confirme et Jean-Marie conclut avec des mots d'apaisement puis, comme Christine, s'abstient de signer procès-verbal :

— Je veux rester dans ma peine avec ma femme et savoir toute la vérité. Les paroles de mes parents m'ont réchauffé le cœur. Il sera temps de réunir la famille quand toute la vérité sera connue [2].

1. Procès-verbal de confrontation du 12 septembre 1985.
2. *Idem.*

A l'issue de ces six heures d'entrevue, Me Garaud relève dans la procédure du magistrat quelque chose qui ne lui paraît pas conforme aux règles de l'instruction. L'avocat se penche vers Paul Lombard et lui souffle à l'oreille :

— N'y a-t-il pas là un cas de nullité?

Le conseil des grands-parents lui répond dans un murmure, en désignant du menton Jean-Michel Lambert :

— Mais, mon cher, la nullité, elle est là...

Les deux hommes rient sous cape, bien conscients de la farce qui se jouent sous leurs yeux. Mais Garaud et Lombard n'attendent qu'une chose : un beau procès où ils donneront, chacun dans son genre, toute leur mesure. C'est leur métier, leur raison d'être.

En attendant, par-delà tout ce qui les sépare, ils se comprennent à demi-mot :

— Finalement, vous et moi nous sommes deux vieux parapluies sur lesquels il a beaucoup plu, dit un jour Lombard, un peu las, à son adversaire, en le prenant par le coude.

— Ah, il est quand même sympa, Lombard, concède Me Garaud devant Hauck à qui il rapporte l'anecdote.

L'écho de cette confrontation, axé principalement sur les retrouvailles des parents et de leur fils, montre le changement de ton qui s'opère dans la presse. Les campagnes d'insinuations de l'hiver puis la grande traque du printemps et de l'été sont retombées. Désormais, hormis le couple Bezzina et Lionel Raux qui s'obstinent à écrire des réquisitoires quotidiens, les médias vont amplifier une instruction à sens unique où les rôles de chacun sont prédéterminés, comme gravés dans la cire. Jean-Marie est toujours l'homme faible et abattu, sous l'emprise d'une femme machiavélique qui sème le malheur. Albert et Monique sont les chantres de la vérité. Seule compte leur souffrance, qui prend le pas sur celle des parents de Grégory. Les journaux se saisissent de toutes les bribes de leur vie (là une plaque mortuaire enlevée sur la tombe de l'enfant, ici un quiproquo, etc.) pour exciter en termes fielleux les querelles d'une famille qui ne manque pourtant pas de motifs de discordes. Marie-Ange, veuve digne et courageuse, disparaît de l'actualité. Elle y reviendra, pour réclamer justice, en donnant des interviews sélectionnées à chaque fois que Lambert aura un accès de faiblesse face à Christine. Pour celle-ci et Jean-Marie, ce harcèlement devient un mauvais bruit de fond qui ne les empêche pas de lutter ensemble. Désormais ils affrontent moins les journalistes qu'un étau à trois faces constitué du juge, du SRPJ et de la partie civile qui tous ont intérêt à leur séparation et à la chute de Christine. Dans leur correspondance quotidienne entre deux parloirs, ils se soutiennent mutuellement avec des mots simples.

> « Je ferai tout ce que tu me diras mon amour. Tu es tout pour moi, tu es mon mari, mon amant, le père de nos enfants et mon confident. Sans toi, je serais comme un oiseau à qui on aurait coupé les ailes, je tomberais au fond du gouffre. Je ne veux pas te perdre mon amour et tout ce que tu décideras pour nous ne sera jamais contredit de ma part. Nous nous sommes toujours très bien sortis des petits ennuis que nous avions quelques fois avant le drame, je suis sûre que nous arriverons à nous sortir de ce cauchemar, tous les deux, la main dans la main [1]. »

Le juge Lambert et les journalistes qui lisent ces lettres se gardent de les divulguer. Si nous les avions lues, dans le contexte de l'époque, nous aurions sans doute cru à des faux et les psychanalystes auraient découvert un nouveau « déguisement » rendant les parents de Grégory « attachants ».

Loin de ce courrier amoureux, l'enquête se poursuit et s'oriente vers la voix du corbeau. Me Lombard et ses deux associés lorrains, Joël Lagrange et Denis Bourdelle, guident Lambert vers les appels téléphoniques. A l'issue de plusieurs auditions sur ce sujet de Michel et Ginette puis Jacky et Liliane, Me Lagrange de Nancy annonce devant un parterre restreint de journalistes :

— Il est maintenant une quasi-certitude pour toute la famille que le corbeau pourrait être une femme ayant déformé sa voix.

La même « famille » nous affirmait onze mois plus tôt que l'individu malfaisant était « un gars », relayé parfois par une femme chargée de farces macabres comme la commande d'un cercueil livré à Albert Villemin. De cette femme, on nous parlait très peu car elle ne constituait pas une menace directe. Aujourd'hui, elle occupe, seule, toute la scène, « le gars » a disparu.

Pourtant, deux semaines après l'assassinat de Grégory, les docteurs Yana et Pfauwadel, experts en acoustique, ont étudié les trois cassettes recelant certains appels et formellement identifié la voix d'un homme. Ces expertises ayant été d'abord passées sous silence puis annulées, on considère qu'elles n'ont jamais existé. Quant au juge Lambert, il semble qu'il n'ait jamais écouté les cassettes du ou des corbeaux. Aussi incroyable que celui puisse paraître, il ne subsiste dans le dossier, aucune trace ni preuve de cette audition. Il en

1. Lettre de Christine Villemin du 13 septembre 1985.

est de même pour les policiers du SRPJ. En délaissant de telles pièces à conviction, on comprend comment il est possible de lancer, avec des titres en capitales, une campagne sur le thème : le corbeau du téléphone est une femme. Il est inutile de préciser son nom, tout le monde a compris qui vise cette nouvelle agitation.

Lionel Raux écrit qu'à l'heure du crime, Michel Villemin avait « spontanément [1] » déclaré avoir entendu une voix féminine revendiquant au bout du fil l'enlèvement et l'assassinat de l'enfant, avant de changer de version pour une raison indéterminée. C'est faux : Michel, placé en garde à vue dès l'annonce du drame, a dit qu'il s'agissait de l'homme à la voix rauque entendu entre 1981 et 1983. Bezzina persiste dans l'erreur ou le mensonge en répétant que c'est « au lendemain du mariage de Jean-Marie que le corbeau a commencé à persécuter la famille Villemin [2] ». Or, le couple s'est marié le 20 janvier 1979 et l'individu s'est manifesté pour la première fois en août 1981. « Le corbeau est aujourd'hui cerné [3] », conclut celui qui cumule désormais les confidences du SRPJ et celles du pool d'avocats Lombard, Lagrange et Bourdelle.

Des trois conseils des grands-parents, Joël Lagrange est le seul qui vit à Nancy, au cœur du volcan médiatique créé par le couple Bezzina et entretenu depuis des mois par le commissaire Jacques Corazzi. Bien que distante d'Épinal de soixante-quinze kilomètres, la ville de Nancy constitue l'épicentre du phénomène. Peut-être la distance qui la sépare de Lépanges-sur-Vologne favorise-t-elle une autre lecture des faits, des lieux ou des êtres. Me Lagrange est un jeune avocat, camarade de faculté de Gérard Welzer et décidé à aider sa cause. C'est cet homme, grand, fort brun et plutôt avenant, au visage aplati et masqué par d'épaisses lunettes, qui alimente désormais la presse bezziniste en petites phrases pleines de sous-entendus, toujours dirigés contre Christine, et en certitudes d'un jour jamais réellement étayées. Ses interventions et parfois celles de Me Bourdelle, plus discret, vont entretenir la confusion ambiante. C'est lui aussi qui, pendant sept ans, possédera la connaissance du dossier. Il préparera dans l'ombre le terrain du ténor Paul Lombard qui se réserve pour l'instant les déclarations de grands principes, suffisantes pour impressionner le juge et les caméras. D'ici à un éventuel procès, Paul Lombard aura tout le temps de s'informer.

Grand bourgeois à l'esprit éclairé, l'avocat sexagénaire, d'origine

1. *L'Est républicain* du 14 septembre 1985.
2. *France-Soir* du 17 septembre 1985.
3. *Idem.*

marseillaise, élégant et séducteur, partage son activité entre deux types de dossiers : les causes bien rémunérées et prestigieuses du monde de la politique, des arts ou des affaires, traitées de manière feutrée derrière les doubles portes de son cabinet, et celles purement médiatiques qui lui apportent des parcelles supplémentaires de célébrité. Il a marqué de sa présence les affaires Dominici, Recco, Saubin, de Broglie, Ranucci, etc. Il se devait d'être dans l'affaire Villemin. Il aurait sans doute aimé défendre Christine mais, à défaut, il saura la combattre pour élever la partie civile d'Albert et Monique Villemin au rang de premier rôle. On le verra arriver sur les bords de la Vologne dans sa voiture avec chauffeur et suivre, méprisant mais complice, les traces sinueuses de Jean-Michel Lambert.

L'avocat n'est pas dupe un seul instant des capacités réelles du « petit juge ». Mais qu'importe le fond, pourvu que lui-même trouve un marchepied supplémentaire pour accéder à son ambition suprême : la Chancellerie. En attendant son heure, de ses appartements surplombant ici le jardin du Luxembourg et là les côtes de la Méditerranée, Paul Lombard jalonne sa carrière d'un certain nombre d'ouvrages, biographies historiques ou essais sur la justice. Le contre-exemple réalisé sous ses yeux par le juge Lambert dans l'instruction d'Épinal vient à point nommé pour lui inspirer les ultimes projets de réforme dont il aime à débattre avec son ami Robert Badinter. Jusqu'au non-lieu de Christine Villemin, il regardera surtout ce dossier d'un point de vue cynique. En 1986, il donnera même l'impression de vouloir envoyer la jeune femme devant les assises pour pouvoir s'attribuer le mérite de l'acquittement qu'il aurait, de toute façon, plaidé. Le duo Lombard-Lagrange est, en tout cas, un attelage de choix, à la fois local et parisien, détaché des passions et intéressé. Les obsessions de Me Prompt et les louvoiements de Me Welzer sont bien loin.

La défense de Christine réagit à l'assaut de la partie civile et remet à son tour au juge Lambert neuf propositions d'investigations. Sa tactique est simple : en marge des éléments susceptibles de conforter la version de Christine comme le témoignage de la fermière Mme Claudon, Garaud et ses confrères reviennent un an en arrière et demandent que le magistrat redésigne, correctement cette fois, les premiers experts en écriture et en acoustique qui citaient Bernard Laroche dans leurs conclusions.

Lambert accepte d'entendre, à nouveau, trois témoins présents sur le parcours de retour de Christine vers son domicile, mais refuse les autres requêtes de la défense : joindre au dossier les rapports internes de la gendarmerie sur l'interrogatoire de Muriel et le comportement du magistrat à cette époque; redésigner les premiers experts en écriture aux travaux annulés pour vice de forme; entendre le beau-frère de Christine ayant remarqué les tuiles empilées sur le toit, « par le vent » selon les policiers du SRPJ; rechercher les photos du foulage LB relevé sur la lettre de revendication; redésigner les premiers experts en acoustique qui avaient identifié un corbeau de sexe masculin; délivrer, aux frais de l'inculpée, la copie d'une cassette du corbeau. Le juge ne répond même pas aux dernières demandes qui restent lettre morte : chronométrages des différents itinéraires prêtés à Christine par la PJ; vérifications sur certains appels téléphoniques qu'elle ne pouvait matériellement passer; étude des emplois du temps des uns et des autres, les jours où furent postées en avril et mai 1983 les deux autres lettres du corbeau; examen de l'emploi du temps des parents de Grégory le 17 octobre dans l'hypothèse où le crime n'aurait pas eu lieu et vérification auprès des PTT des appels ayant pu être passés des différents téléphones de la famille, le 16 octobre 1984 vers 17 h 30, heure de la revendication criminelle. Enfin, la défense demande au juge Lambert d'entendre tous les témoins susceptibles d'éclairer les sentiments et le comportement de Christine Villemin envers son enfant (institutrice, aide maternelle, gardiennes successives, mères de camarades d'école de Grégory, oncles, tantes, etc.). Le juge estime ces interrogatoires superflus, l'amour de la jeune femme pour son petit garçon lui paraissant, dit-il, un point définitivement acquis.

Les échanges entre « la partie civile dite de la vérité » et le petit juge vont bon train. Au sortir d'une audition banale et pour une fois sans observateurs, Joël Lagrange annonce aux Bezzina :

— Il y a aujourd'hui sur le bureau du juge Lambert un élément important sinon capital et nous avons fait un grand pas dans la recherche de la vérité.

L'information, aussitôt répercutée par la « caisse de résonance », laisse les autres démunis, or il est impératif d'en savoir plus pour les journaux du soir. Comment imaginer qu'un « élément capital » concernant la mort de Grégory Villemin nous échappe? Marchand de RMC se décide à appeler Mme Bezzina, certain qu'elle sait tout. Il ne se trompe pas. Malgré nos dissensions de fond, elle lui révèle qu'il existe dans le dossier un tableau des horaires d'appels du corbeau comparés aux emplois du temps des uns et des autres. Marchand me rapporte les certitudes de notre consœur :

« C'est accablant pour Christine. Un point de plus vers sa culpabilité. Elle est le corbeau. Dans un mois, elle retournera en prison [1]. »

Ce tableau à l'existence encore officieuse a été dressé à partir des données consignées par Monique Villemin dans un cahier d'écolier vert. Sur les conseils des gendarmes saisis d'une enquête sur les appels anonymes bien avant la mort de Grégory, la grand-mère notait les dates et les heures d'appel. Ce cahier, qu'elle remit le 19 octobre 1984 aux premiers enquêteurs, a été placé sous scellés mais personne ne l'a exploité alors qu'il renferme, sans doute, une mine de renseignements. Les policiers l'ont retrouvé, et il n'est pas certain que le juge Lambert s'y soit intéressé depuis bientôt un an. En fin de journée, Me Bourdelle, joint à son bureau, oriente notre conversation vers une nouvelle lettre du corbeau dont la rédaction ne pourrait être imputée, selon lui, qu'à Christine. Notre pool échange ses informations, vite répétées sur France-Inter, RMC et Europe 1, pour talonner RTL.

En pleine confusion, nous privilégions la source « avocat » en annonçant que cette lettre porte à cinq le nombre de missives envoyées avant la mort de Grégory. Mais l'information est démentie quelques heures plus tard. Me Bourdelle a commis une gaffe. Monique Villemin a bien reçu en juillet, une lettre apparemment de la même écriture carrée que l'une des précédentes, lui annonçant qu'elle est la prochaine victime sur la liste de l'assassin. Bernard Laroche, décédé, ne peut en être l'auteur. Reste Christine, mais il s'avère que la jeune femme, surveillée en permanence par les gendarmes, était auditionnée par Jean-Michel Lambert le 24 juillet, jour où la lettre fut postée à Darnieulles, une commune de l'ouest des Vosges. L'éventualité d'une complicité dans l'entourage de la jeune femme (composé de son frère, sa belle-sœur et sa grand-mère) est peu plausible. Chaque allée et venue hors de la maison de Petitmont fait l'objet d'une attention particulière. Christine est donc éliminée des scripteurs possibles et la missive rejoint au fond d'un carton des centaines d'écrits anonymes sans faire l'objet d'autres recherches. Mais, pendant quarante-huit heures, les informations contradictoires se croisent de flashes radio en dépêches d'agence, titres de quotidiens, et l'on ne retient de ce désordre qu'une seule chose : Christine Villemin est encore accablée par un « élément capital » dont Me Lagrange prédit qu'il sera « parlant... très parlant [2] », une « botte secrète [3] » et une lettre à

1. Notes personnelles du 25 septembre 1985.
2. *France-Soir* du 16 septembre 1985.
3. *Journal du Dimanche* du 29 septembre 1985.

éclipses. « Ça faisait longtemps [1]... », plaisante Denis Robert dans *Libération*. Paul Lombard tente de calmer le jeu en rejetant la faute sur ses deux jeunes collaborateurs : « Je crois que quand vous n'avez pas l'habitude de ce genre de dossier, que vous n'êtes pas trop vieux dans le métier, on peut être excité de peu [2] », me déclare-t-il par téléphone avec un rien de mépris dans la voix. Dans un entretien avec Miard diffusé dans *Le Figaro*, Me Garaud s'insurge devant cette reprise des rumeurs et cette campagne qu'il qualifie d' « aussi ignoble que celle qui a abouti à l'incarcération de ma cliente, le 5 juillet dernier [3] ».

1. *Libération* du 27 septembre 1985.
2. Notes personnelles du 26 septembre 1985.
3. *Le Figaro* du 27 septembre 1985.

3

Le drôle de monde de Julien Villemin ... Un cadeau d'anniversaire pour Jean-Marie ... Goutte-à-goutte de fiel ... 250 000 francs l'exclusivité ... La preuve manquante ... Les avocats de Laroche s'engouffrent dans la voie royale ... Commémoration tragique ... Visite au cimetière ...

Vers 21 heures en ce lundi 30 septembre, Christine ressent des contractions imprévues. Le matin même, sa gynécologue lui a confirmé que la grossesse devrait durer encore quinze jours et lui a conseillé du repos. Elle souffre du dos et des reins et passe trop d'heures en voiture chaque semaine pour se rendre à Nancy. Mais Lambert refuse toujours le transfert de Jean-Marie à Saverne, qui rapprocherait le couple. L'enfant s'annonce et la valise est prête depuis plusieurs jours. Les gendarmes accourent pour ouvrir la route sur les quarante kilomètres qui les sépare de la clinique de Lunéville. Christine supplie sa belle-sœur de se dépêcher, effrayée à l'idée d'être accouchée par les forces de l'ordre. A 21 h 50, quelques instants après l'arrivée de sa mère à la maternité, Julien, Jean-Marie, Gilbert Villemin ouvre les yeux, sans peine, sur le drôle de monde qui l'attend.

Jean-Marie se prépare pour le parloir du mardi matin. La veille, pour son vingt-septième anniversaire, sa femme lui a envoyé un télégramme de mots doux. En même temps, il a trouvé cinq lettres d'elle retardées par la censure. A 8 heures, RTL annonce la naissance du bébé, appelé Jonathan, un prénom évoqué par le couple quelques mois plus tôt. Pour contrarier la presse qui s'obstine depuis des semaines à personnifier ainsi leur futur enfant, Christine et Jean-Marie ont choisi, en secret, Julien. Incrédule, le jeune père suspend ses gestes.

L'enfant serait né avec quinze jours d'avance, le jour de son propre anniversaire ? Ce serait trop beau mais, accoutumé au malheur, il ne veut pas y croire. D'ailleurs, un maton ouvre la porte :

— Villemin parloir !

Jean-Marie hausse les épaules, de lassitude :

— Encore une fausse information !

Mais devant lui, son frère Gilbert a pris la place de Christine. Le parrain de Grégory ne parle pas, les yeux brillants d'émotion. Face au silence de son frère, Jean-Marie prend enfin conscience de la bonne nouvelle et se fait raconter tout ce qu'il aurait tant voulu vivre. Puis le jeune homme regagne sa cellule, envahi par un mélange inconnu de bonheur et de douleur extrêmes.

Le parking de la maternité de Lunéville est vite encombré de visiteurs indésirables. Les journalistes et les paparazzi ne sont pas admis dans l'établissement. Un photographe, ayant appris que Christine séjourne au dernier étage, grimpe sur le toit glissant de pluie. Mais la mère de Julien a tiré le store de sa chambre que le reporter ne parvient pas à localiser. Christine Villemin est une jeune accouchée, certes, mais inculpée pour infanticide, on ne peut pas l'oublier et, forcément, on l'imagine enfermée. D'où vient l'information selon laquelle elle serait « dans une lingerie aménagée à la hâte pour elle, sans fenêtre ni téléphone. Avec des serrures spéciales sur la porte », selon les termes de mon propre reportage [1] ? Une rumeur glanée sur le parking, que tout le monde reprend, sans prudence, pour replacer la nouvelle dans son cadre judiciaire. De même, les Bezzina et Raux vont s'acharner à la décrire, jusqu'à sa sortie, comme une patiente encombrante, exaspérant le personnel hospitalier et s'ennuyant « à mourir [2] », sous-entendu, indifférente au nourrisson qui succède à l'enfant assassiné. Cette naissance ne stoppe même pas un instant le goutte-à-goutte de fiel infligé depuis maintenant sept mois par les journalistes de Nancy à la jeune femme.

1. Europe 1, 1er octobre 1985.
2. *France-Soir* du 4 octobre 1985.

Christine est pourtant une mère traitée comme les autres dans une jolie chambre avec téléphone, assistance médicale et tant de fleurs qu'il a fallu les disposer dans une pièce mitoyenne. Elle reçoit les intimes dont elle a remis la liste aux policiers en faction dans le couloir. Albert et Monique Villemin, bravant les consignes de leur fils, se voient refoulés par les gardes puis finalement autorisés par Christine, pour « éviter d'autres histoires ». A l'entrée de la clinique, un photographe de *France-Dimanche* leur a glissé un appareil photo Polaroïd pour prendre quelques clichés de Julien. Christine n'ose pas protester, mais sa sœur, informée de l'engagement pris par Me Garaud auprès de *Paris Match*, refuse à sa place toute photo. Sur la table de chevet, les télégrammes de félicitations s'amoncellent, parmi lesquels celui de Jean-Marie Villemin :

> « Je t'aime pour ta beauté, ta gentillesse, ton cœur, ton amour et pour les beaux enfants que tu me donnes. Tu es merveilleuse, tu ne pouvais pas faire mieux [1]. »

La distorsion entre la réalité et sa représentation atteint son comble. Christine et Jean-Marie vivent l'événement avec les mots de tous les autres couples, même s'ils ont pour eux une intensité et un prix particuliers. Mais le monde extérieur considère cette naissance comme le stratagème malsain et pathétique imaginé par une femme infanticide prise à son propre piège. Quant au père, on le voit toujours comme un homme « blafard, couleur d'enfermement, couleur de la muraille. (...) une ombre, l'ombre pitoyable de l'homme qui crut peut-être tuer ses doutes à coup de chevrotines » que dépeignait Pierre Georges quinze jours plus tôt dans un article du *Monde* [2].

Julien Villemin n'est âgé que d'une quinzaine d'heures quand arrive dans sa chambre un photographe de *Paris Match* envoyé au chevet de la mère et de l'enfant. Me Garaud et Me Marie-Christine Chastang sont présents pour la photo de famille, organisée dans le cadre de la transaction conclue entre *Paris Match* et les Villemin *via* leur défenseur. Les photos du nouveau-né sont achetées 250 000 francs par *Paris Match*. Le cataclysme qui s'est abattu sur les Villemin depuis un an les a laissés financièrement exsangues, et il leur faut rembourser la maison de Lépanges qui ne se vend pas. Ces 250 000 francs sont considérés par le couple comme le dédommagement des propos diffamatoires de Caradec'h et des autres. *Match* paye pour toute la profession.

1. Télégramme de Jean-Marie Villemin du 1er octobre 1985.
2. *Le Monde* du 14 septembre 1985.

1 Pourquoi cette avalanche de titres, de fureur, de roman noir plaqués sur le drame d'un enfant ?

2 En 1984, Jean-Michel Bezzina - ici avec Me Garaud - est le journaliste le plus influent de tout l'est de la France : rédacteur en chef de RTL, correspondant sous divers pseudonymes du *Figaro*, de *France-Soir*, du *Parisien*, du *Quotidien de Paris*, du *Journal du dimanche*, de *Ouest-France* et des agences de presse AP et ACP, il peut toucher chaque jour jusqu'à douze millions de personnes.

3 Jean-Michel Bezzina est aidé par sa femme Marie-France, installée à Nancy. Le couple fait de la traque de Christine Villemin un enjeu personnel. Ils prêtent leur concours à tous ceux qui veulent « faire craquer la mère ». Ce sera, entre autres, le cas de l'avocat Gérard Welzer, trop heureux de cette caisse de résonance à signatures multiples, et du commissaire Jacques Corazzi, dont Jean-Michel et Marie-France sont les confidents exclusifs. Pendant les périodes chaudes de l'affaire, le couple multiplie ses revenus par quatre.

4 Bien que vieux complice de Me Garaud, Lionel Raux lance *L'Est Républicain* de Nancy, premier quotidien de Lorraine, sur la piste de Christine Villemin.

5 Philippe Jéchoux couvre l'affaire pour *La Liberté de l'Est*, le quotidien n° 1 des Vosges. Il appartient au « réseau Bezzina ». Après la mort de Bernard Laroche, il s'écroule en pleurs : « C'est nous qui l'avons tué ».

6 Figure de *Paris Match*, Jean Ker gagne la confiance des parents de Grégory, récoltant dans les premières semaines une moisson de confidences et de photos de famille. Il est le premier à rencontrer Bernard Laroche. Il joue également un rôle décisif dans la détermination meurtrière de Jean-Marie Villemin, en lui faisant écouter le PV de Muriel Bolle.

7 Prix Albert-Londres, grand reporter tout terrain, Jean-Michel Caradec'h écrit dans *Paris Match* des articles accablants sur celle qu'il appelle « le Monstre de la Vologne ».

8 La journaliste Catherine Lévitan et le photographe Michel Serres s'installent dans les Vosges quand la troupe médiatique a quitté la région. Suivant à distance les pas du juge Simon, ils vendent une série de scoops retentissants à *Paris Match* et au *Figaro Magazine*. Passant d'un camp à l'autre, Catherine Lévitan accable alors Marie-Ange Laroche, Michel et Monique Villemin dont elle avait d'abord acquis la confiance.

9 Jean-Paul Pradier, de *Détective*, connaît toutes les turpitudes humaines, depuis les guerres coloniales jusqu'aux faits divers glauques. Pourtant ce journaliste scrupuleux se laisse lui aussi dévorer « par cette affaire qui rend fou «. Il est l'auteur malgré lui de la vraie-fausse interview du juge Simon montée par sa rédaction en chef.

10 Durant neuf ans, Denis Robert, de *Libération,* cherche à rester un esprit libre. Ses articles ironiques contribuent à donner une étoffe littéraire à l'enquête, loin du style habituel des comptes rendus de faits divers.

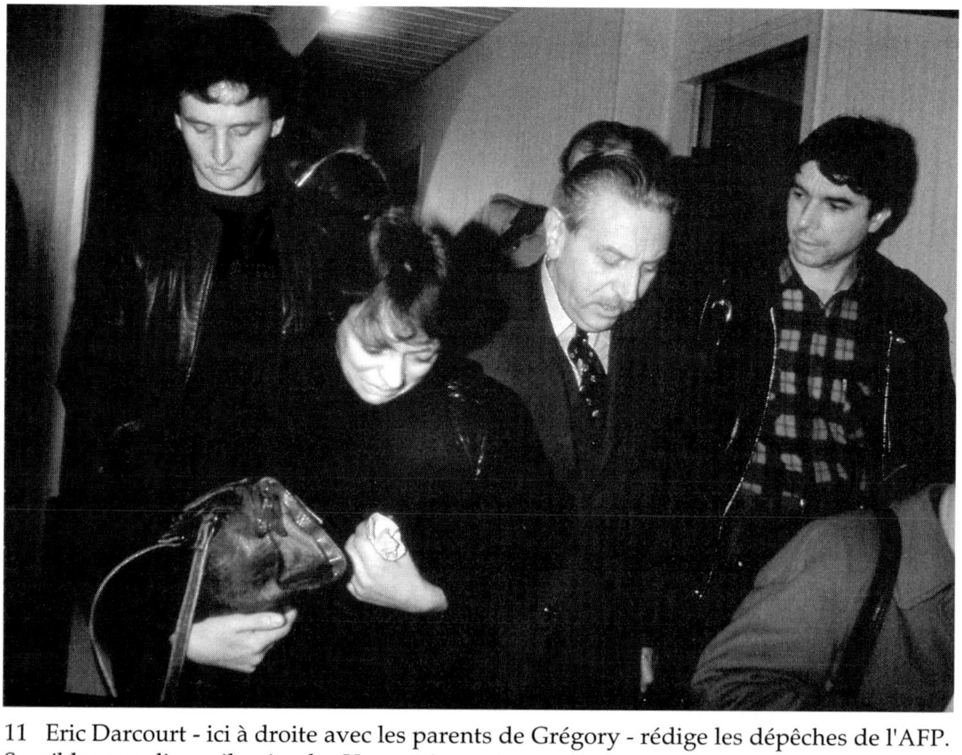

11 Eric Darcourt - ici à droite avec les parents de Grégory - rédige les dépêches de l'AFP. Sensible et pudique, il quitte les Vosges écœuré par ce qu'il a vu.

12 Journaliste à Europe 1, Laurence Lacour fait partie de ce que les journalistes appellent entre eux « les anciens combattants de la Vologne », avec ce que cela suppose d'erreurs, d'engagement et de passions.

13 Lucien Miard, journaliste à l'ancienne, envoyé par *Le Figaro* avec chauffeur et assistante personnelle, sait parfois échapper aux « informations » des Bezzina et du SRPJ. Il est séduit par la spontanéité de Christine Villemin.

14 Jean-Charles Marchand de RMC et Jacques Expert de France-Inter, ici avec Me Prompt, font également partie du pool, auquel appartient Laurence Lacour et Eric Darcourt, qui se constitue autour d'une même conception du journalisme.

15 Envoyé spécial du *Républicain lorrain* de Metz, Jean Claude Hauck découvre Christine Villemin, le lendemain du drame, seule dans une voiture, le visage défiguré par le chagrin. Cette image résistera à la rumeur, à l'appât du gain et aux intoxications policières. Tenace et solitaire, ce journaliste signe pendant plusieurs années des articles à contre-courant qui sauvent l'honneur de la presse française. Il pose ici avec les « cordelettes », son plus beau scoop sur les bizarreries de la perquisition des policiers.

16 On comptera par instants plus de journalistes dans la vallée de la Vologne - ici lors de l'enterrement de Bernard Laroche - que pour les grands événements internationaux.

17 Lors de la reconstitution du meurtre de Bernard Laroche, les reporters cherchent à revivre au plus près l'événement et ses émotions.

18 Devenu un simple objet, une image familière, Grégory Villemin n'a plus droit au respect élémentaire de la douleur et du deuil.

19 Pendant des mois, Christine Villemin est la femme la plus photographiée de France. Ces flashes tiennent autant du rituel que de la nécessité.

L ' E V E N E M E N T

AFFAIRE DE LA VOLOGNE, 273 ème JOUR

Dès que je vois la maison, je crie que le crime a existé. Je le crois. Au-delà de toute raison.

Marguerite Duras: sublime, forcément sublime Christine V.

Je ne verrai jamais Christine V. C'est trop tard. Mais j'ai vu le juge qui est certainement celui qui est le plus près de cette femme. C'est à lui qu'elle aura parlé le plus. Il dit : *« C'est affreux pour moi d'avoir à l'inculper, d'avoir à en passer par ce moment-là »*. Il dit que Christine est intelligente, qu'elle est fine, spirituelle. J'ai demandé comment était son visage. Comme Denis Robert, il parle aussi d'un joli visage mais d'une légère absence dans le regard. Ce matin, samedi, je vois une photo d'elle dans l'auto qui l'emmène à la prison, je retrouve aussi cette absence, cette inexpressivité légère qui vitrifie le regard.

La maison, je l'ai vue. Eric Favereau n'arrivait pas à trouver le chemin. C'est au gré des tours et des détours qu'elle nous est apparue, tout à coup. Seule sur le sommet d'une colline nue. Dès que je vois la maison, je crie que le crime a existé. C'est ce que je crois. C'est au-delà de la raison. Il fait une pluie légère que le vent rabat sur les portes et les fenêtres fermées comme le jour du crime. La maison est neuve. Elle est à vendre. C'est le châlet vosgien, aux toits de pentes inégales. Tout autour, des collines vides, des chemins déserts, en bas, les sapinières très sombres... Entre les sapinières, la rivière.

Le soir nous parlons du crime, nous en parlons tout le temps pendant quarante-huit heures. Là j'essaye de savoir pourquoi j'ai crié quand j'ai vu la maison. Je n'arrive pas à le savoir. Je rentre à Paris le lendemain, je téléphone à S.July, je lui dis que je ne ferai pas d'article. Et puis à deux heures du matin je commence à l'écrire. Je l'ai repris ce matin-là après un téléphone qui m'annonce que Christine V. est arrêtée.

Seule comme avant la vie

L'enfant a dû être tué à l'intérieur de la maison. Ensuite il a dû être noyé. C'est ce que je vois. C'est au-delà de la raison. Je vois ce crime sans juger de cette justice qui s'exerce à son propos. Rien. Je ne vois qu'elle au centre du monde quant à moi et ne relevant que du temps et de Dieu. Par Dieu je n'entends rien. Personne n'a vu l'enfant jouer devant la maison. La fermière qui est la première voisine n'a pas vu l'enfant ce soir-là, alors qu'elle le voyait tous les soirs lorsqu'elle ramenait ses vaches à l'étable. D'ailleurs ce tas de sable pour jouer, il n'existe pas. C'est un tas de gravier, mélangé à du ciment et du sable. Ça ne tient pas la forme, on ne peut pas jouer avec ça. La pelle qu'on a plantée dans le tas de gravier, je la vois comme un mensonge ou une erreur. Pour faire croire seulement. Un journaliste, un photographe ou un criminel. Le père avait fait poser sur les murs de la chambre de cet enfant un papier peint représentant des rallyes de motos. Il avait aussi acheté une petite moto pour se promener avec lui, pour lui apprendre. C'était les motos que cet enfant aimait, les gros engins de course, rapides. Il n'avait que faire de jouer autrement.

L'enfant, oui, je ne peux pas m'empêcher de le croire, tout à coup, quel que soit le tueur, il a dû être tué dans la maison. On a fermé les volets pour ça. C'est ensuite qu'on est allé le noyer dans la rivière. On l'a tué ici, sans doute, dans la douceur, ou bien dans un amour soudain, incommensurable, devenu fou, d'avoir à le faire. De la rivière il n'est parti aucune plainte, aucun cri, personne n'a entendu d'enfant, quand on l'y a mis il était déjà mort.

La première personne qui a parlé de la disparition de l'enfant, c'est la mère de l'enfant, Christine V. C'est elle qui est allée voir la nourrice pour lui demander si elle ne l'avait pas vu, s'il n'était pas retourné chez elle. Une fois chez la nourrice, chose inattendue, bouleversante, je dois dire, Christine V. pose la question et aussitôt après elle parle d'elle, de son existence. Elle dit : *« Tu ne peux pas imaginer la vie que j'endure depuis des années »*. Est-ce que ce sont des lettres du corbeau dont elle parle ? Il semblerait que dans ce cas elle aurait dit : la vie *que nous* endurons lui et moi. Au lieu d'être dans une angoisse immédiate, atroce, à cause de la disparition de son enfant, Christine V. parle de l'existence qu'elle a endurée. Comme si la disparition de cet enfant en inaugurant un malheur à venir fermait les vannes d'un malheur passé. C'est là, il me semble, que la raison du meurtre se rapprocherait de nous, qu'une sorte de relation causale décisive s'établirait entre la vie de Christine V. et la disparition de son enfant. Mais peut-être est-ce tout simplement trop tôt pour qu'elle s'inquiète vraiment de la disparition ? Peut-être. On ne saura jamais. On peut dire ça : ou bien elle n'est pas inquiète pour l'enfant et dans ce cas elle vient parler avec la nourrice, prétextant de l'enfant disparu pour parler avec elle de sa vie. Peut-être qu'elle n'est pas inquiète aussi parce que c'est souvent qu'il partirait cet enfant. Qui sait ? Comme ça, qu'il partirait avec son père et qu'ils oublieraient parfois de la prévenir et qu'elle ne s'en plaindrait pas parce qu'elle aimerait être abandonnée de la sorte, se retrouver seule comme avant la vie. C'est possible. Et que ce soit dans cet abandon que la confirmation du malheur s'installerait irrémédiablement chaque soir plus avant, c'est également possible. Et que les progrès de ce malheur elle ne les voit pas se faire, c'est certain elle ignorerait de plus en plus où elle va : une nuit qui descendrait sur elle Christine V. innocente qui peut-être a tué sans savoir comme moi j'écris sans savoir, les yeux contre la vitre à essayer de voir clair dans le noir grandissant du soir de ce jour d'octobre.

Ou bien elle a oublié. Quoi aurait-elle oublié ? Cela : que pour elle il n'y aurait pas eu de disparition de l'enfant, que c'est seulement pour les autres qu'il y aurait eu disparition de l'enfant, qu'elle aurait dû cacher qu'elle savait du moment que les autres ignoraient encore. Cette imprudence, cette distraction, à savoir qu'au lieu de ne parler que de l'enfant, de sa disparition brutale, vertigineuse, ou de se taire, Christine V. fait une confidence profonde, intemporelle, sur sa propre existence. Je crois qu'on peut dire davantage encore : croire que Christine V. est allée voir la nourrice pour lui dire ça, cette phrase-là qui dirait tout en une fois l'enfer du passé et celui de l'avenir.

Elle a oublié autre chose. La nourrice, amie de Christine, habite à plus d'un kilomètre de chez elle. Que l'enfant ait pu retourner chez sa nourrice, qu'il ait fait cette distance à pied, paraît être la plus improbable des hypothèses, et c'est pourtant là que Christine V. va chercher son enfant.

Là où elle a le moins de chance de le retrouver. Donc elle y serait allée pour y être allée ? Dans ce cas la confidence sur le malheur de sa vie aurait été de surcroît.

La vie, dans ces maisons, personne ne la connaît

Toutes ces circonstances, ces erreurs, ces imprudences, cette priorité qu'elle fait de son malheur sur celui de la perte de son enfant – et autre chose comme ce regard toujours pris de court – me porterait à croire que l'enfant n'aurait pas été le plus important dans la vie de Christine V. Pourquoi pas ? Il arrive que les femmes n'aiment pas leurs enfants, ni leur maison, qu'elles ne soient pas les femmes d'intérieur qu'on attendait qu'elles soient. Qu'elles ne soient pas non plus les femmes de leur mari.

Qu'elles ne soient pas de bonnes mères, de même qu'elle ne soient pas fidèles, des fugueuses, et que malgré cela elles aient tout subi, le mariage, la baise, l'enfant, la maison, les meubles et que ça ne les ait changé en rien même pour un seul jour.

Pourquoi une maternité ne serait-elle pas mal venue ?

Pourquoi la naissance d'une mère par la venue de l'enfant ne serait-elle pas ratée elle aussi par les paires de gifles de l'homme pour les beefsteaks mal cuits par exemple ? Comme la jeunesse peut l'être de même par la paire de gifles pour un zéro en maths.

Quand elles ont un enfant qu'elles ne reconnaissent pas comme leur propre enfant, c'est peut-être qu'elles ne voulaient pas de cet enfant, qu'elles ne voulaient pas vivre. Et dans ce cas aucune morale, aucune sanction ne leur fera reconnaître que cet enfant est le leur. Il faut les laisser tranquille avec leurs histoires, ne pas les insulter, les frapper. Que toutes ces circonstances dites plus haut se soient trouvées enchaînées autour de Christine V. et qu'elle ait laissé faire comme si ces choses-là ne l'avaient pas regardé, c'est possible. Il se peut que Christine V. ait vécu une existence tout à fait artificielle dont elle n'avait que faire.

Christine V., il se pourrait qu'elle soit une vagabonde en vérité, une rocky de banlieue en vérité, sans feu ni loi, sans mariage contracté, à dormir avec n'importe qui, n'importe où, à manger n'importe quoi et que c'eût été dans ce malheur là qu'elle aurait pleuré pour de bon et ri de même. La vie qu'on mène réellement dans cette maison de la colline ou ailleurs, dans des maisons équivalentes, personne ne la connaît, même pas le juge. Entre ceux qui la connaissent le moins mal il y a d'abord des enfants et puis il y a des femmes.

La loi du couple faite par l'homme

Il se pourrait que Christine V. ait vécu avec un homme difficile à supporter.

Ça ne devait pas être un homme méchant, non, ce devait être un homme d'ordre, de devoir. Je vois la dureté de cet homme s'exercer sans trêve aucune, être de principe, éducative. Je crois voir qu'il dresse sa femme selon son idée et qu'il prend à ce dressage un certain plaisir grandissant, un certain désir. Quand la loi du couple est faite par l'homme, elle englobe toujours une sexualité obligée par l'homme de la part de la femme. Regardez bien autour de vous : quand les femmes sont comme celle-ci, inattentives, oublieuses de leurs enfants, c'est qu'elle vivent dans la loi de l'homme, qu'elles chassent des images, que toutes leurs forces, elles s'en servent pour ne pas voir, survivre. Il n'y a pas de jardin autour de la villa, c'est resté dans l'état du jour de finition des travaux. Elles ne font pas le jardin. Celles-là, elles ne plantent pas les fleurs de saison. Parfois elles s'asseyent devant la maison, exténuées par le vide du ciel, la dureté de la lumière. Et les enfants viennent autour d'elles et jouent avec leur corps, grimpent dessus, le défont, le décoiffent, le battent, et rient et elles, elles restent impassibles, elles laissent faire, et les enfants sont enchantés d'avoir une mère pour jouer et l'aimer.

Non, l'enfant ne devait pas être le plus important dans la vie de Christine V. Il ne devait rien y avoir de plus important dans sa vie à elle qu'elle-même. Dans sa vie à lui, si, l'enfant devait être le plus important de tout ce qu'il avait vécu, le plus beau, le plus inattendu, la manne de Dieu. C'est terrible. Il a dit d'elle que c'était une épouse merveilleuse et qu'il souhaitait

La transgression de l'écriture

« *J'aime le crime* » : Marguerite Duras dit tout haut ce que nous pensons tous, plus ou moins bas. A preuve, cette passion collective pour l'affaire de Lépanges. D'entrée, Marguerite Duras a été fascinée par Christine Villemin, qui au fil de ses lectures devenait intérieurement une héroïne de l'écriture de l'auteur de *L'Amant* dont j'invente à la fois l'idée et le titre : *Le Crime*. Marguerite Duras attendait que quelqu'un lui demande d'entrer dans « *la matérialité de la matière* », comme elle l'écrit. Elle s'est précipitée à Lépanges pour photographier les lieux et les visages. Pour mesurer la densité de l'air. Mais surtout pour « voir » Christine Villemin. C'est ce qu'elle avait demandé à son avocat Me Garaud : « *seulement la voir quelques minutes, ne pas la déranger, surtout ne pas l'interroger* ».

Ce n'est pas un travail de journaliste, d'enquêteur à la recherche de la vérité. Mais celui d'un écrivain en plein travail, fantasmant la réalité en quête d'une vérité qui n'est sans doute pas la vérité, mais une vérité quand même, à savoir celle du texte écrit. Ce n'est de toute évidence pas la vérité de Christine Villemin, ni vraiment celle de Marguerite Duras, mais celle d'une femme « *sublime, forcément sublime* » flottant entre deux langages, celui de l'écrivain d'une part et celui bien réel, en grande partie non-dit, de Christine Villemin.

Reste que Christine Villemin est une personne vivante accusée du meurtre de son enfant, mais nécessairement « *présumée innocente* », parce que rien ne prouve que cette femme soit effectivement coupable. Et pour en revenir à Roland Barthes à propos de l'affaire Dominici : « *Voler son langage à un homme au nom même du langage, tous les meurtres légaux commencent par là.* » En cela, le texte de Marguerite Duras est scandaleux, car si elle ne vole pas son langage à Christine Villemin, elle ose rêver publiquement de la douleur de cette femme, transgressant son propre malaise et le nôtre, pour affoler le jeu de miroirs qu'offre à chacun de nous toute grande affaire criminelle. Parce qu'elle met en scène « la part maudite » de l'homme.

La littérature et la justice font rarement bon ménage. L'une dérègle quand l'autre règle. L'une transgresse quand l'autre est censée protéger, rendre théoriquement des individus réels plus intouchables encore. Et Christine Villemin, à l'heure actuelle, est une intouchable.

Pour Marguerite Duras, cette femme, Christine, d'une manière ou d'une autre, impose silence à la justice. Parce qu'elle ne peut pas être jugée pour ce qu'elle n'a pas fait ou pour ce qu'elle a fait : car plus que tout autre le monde de la douleur est un monde de silence.

S.J.

On l'a tué dans la douceur ou dans un amour devenu fou

4 LIBERATION • MERCREDI 17 JUILLET 1985

20 En découvrant la maison abandonnée des Villemin, Marguerite Duras est prise d'une vision. Devant un Jean-Michel Lambert fasciné, elle livre ensuite son oracle : en tuant son enfant, Christine aurait rompu la chaîne ancestrale de l'oppression masculine... Le texte de *Libération* ne sera jamais suivi d'une seule ligne d'excuses ou de remords.

21 La vente à *Paris Match* des photos de Julien (aujourdhui bloquées par l'hebdomadaire) poursuivra longtemps Christine Villemin, accusée d'avoir vendu son malheur. Ce cliché-ci, pris par Jean-Claude Hauck, n'a pas fait l'objet d'une transaction.

22 Par réaction, Me Welzer offre à l'AFP les photos de Marie-Ange Laroche, après la naissance de Jean-Bernard, l'enfant posthume de son mari. Christine et Marie-Ange, mère en deuil et femme en noir, sont les pôles d'attraction et de répulsion des lecteurs.

23 Pour *France-Soir*, devenu l'agenda des policiers, l'affaire Grégory est une manne quotidienne et Christine Villemin une cible de choix.

24 *Le Parisien* est un autre client du couple Bezzina. Neuf ans plus tard, le quotidien présentera ses excuses officielles aux familles Villemin et Laroche.

25 Christine Villemin n'est même pas au courant de la signature du contrat d'édition la concernant, négocié directement par Me Garaud. Livre d'une inculpée, *Laissez-moi vous dire* fait scandale. Pour la Justice, c'est un affront. Pour l'opinion, c'est l'exploitation d'un drame. Cette opération douteuse enfonce la mère de Grégory, qui tentera de se suicider quelques mois plus tard.

26 La presse populaire a son feuilleton, ses héros, son intrigue à rebondissements. Mais tout cela n'a plus rien à voir avec la réalité des choses.

27 Sur le plateau de « Face à France » l'émission de Guillaume Durand sur la Cinq, Marie-Ange Laroche réclame le jugement de Jean-Marie Villemin, suspendu, à la clôture de l'instruction sur la mort de son fils. Pendant neuf ans, les médias ont servi de moyens de pression et de Cour de justice sauvage.

28 Les parents de Grégory - ici avant une audition à Dijon - sont l'objet d'une attraction mécanique de la part des médias, qui s'auto-alimentent avec les héros qu'ils ont créés.

Garaud veut également faire passer le message médiatique de Christine Villemin, mère admirable. Vêtue d'un pyjama rose et blanc, elle penche vers son nouveau-né, un visage éclairé par une joie qu'elle ne cherche pas à dissimuler. Jack Garofalo, le photographe, a apporté le portrait de Grégory reproduit et agrandi par Ker qui illustre les deux faces, noire et blanche, de son histoire. Ces sourires et ce mélange des genres lui seront âprement reprochés. *Paris Match* [1] publiera dix jours plus tard ce cliché en couverture, Christine volant la vedette à Simone Signoret décédée la même semaine. Parmi les lecteurs, pour la plupart choqués par l'étalage de ce bonheur dérangeant, Marguerite Duras est déçue de voir son héroïne revenir dans le moule étriqué de la jeune accouchée rayonnante. En six photos édifiantes, Christine Villemin détruit le mythe de Christine V., héroïne universelle de la lutte contre l'oppression masculine!

A son entrée en clinique, Christine pouvait encore apparaître (mais aux yeux de qui?) comme la victime d'un drame sans fond, enfin adouci par cette naissance. Elle en ressort six jours plus tard, salie par l'argent et un peu plus coupable. *Libération* qualifie l'accord, légal, intervenu avec *Paris Match* de « magouilles [2] », avance la somme (revue à la hausse) de 650 000 francs et plaisante sur d'éventuelles photos de la mère de Grégory à la une de *Play-Boy*. *L'Est républicain* redécouvre soudain les anciens francs pour évaluer en « millions » ou en « briques [3] » la somme échangée contre les photos. *Le Matin de Paris* rajoute à la séance de la clinique « une maquilleuse et un éclairagiste [4] » qui n'existent pas. Je glisse une phrase piquante, comme les autres radios, sur « le cher petit Julien » et sa mère « superstar [5] ».

Personne ne s'était ému de l'entente financière conclue autour des photos de la libération de Bernard Laroche. Les conditions entourant la photo de la veillée funèbre avaient créé un malaise discret et honteux. Mais Christine Villemin est devenue une figure mythique et maléfique. L'argent constitue la preuve manquante : puisque Christine peut vendre son second nouveau-né, alors... Si la justice lui avait alloué la même somme au terme d'un procès clas-

1. *Paris Match* du 11 octobre 1985.
2. *Libération* du 4 octobre 1985.
3. *L'Est républicain* du 3 octobre 1985.
4. *Le Matin de Paris* du 5 octobre 1985.
5. Europe 1, 5 octobre 1985.

sique, personne n'aurait bronché. La naissance du second fils des Villemin marque un tournant crucial dans la trajectoire sociologique de sa mère. Un an presque jour pour jour après la disparition de Grégory, Christine Villemin quitte le fait divers pour entrer, malgré elle, dans le monde du show-business qui, longtemps, dégradera son image. La voilà devenue un mythe, une de ces figures de papier qui accompagnent la vie de chacun, vieillissent avec nous et souffrent devant nous. Garaud confiera benoîtement avoir choisi *Paris Match* « parce que c'est la couleur... », en oubliant que le deuil s'accommode mal d'un tel argument. À quelques semaines de la naissance du petit Laroche, Gérard Welzer rebondit opportunément sur le scandale et annonce, pour prévenir « toute surenchère ou scoops et éviter des excès humainement regrettables [1], que Marie-Ange recevra, gratuitement, un seul photographe chargé de donner le cliché à tous ceux qui le réclameront.

« Marie-Ange ne parle pas », dit Gérard Welzer à ceux qui veulent sa réaction sur l'attitude de Christine, « c'est la victime et la victime se tait [2] ». La presse approuve cette attitude digne qui renvoie à l'attitude « coupable » de la mère de Grégory. Me Prompt résume le sentiment de l'autre famille :

— Nous ne voulons pas nous prêter au show-business.

Les avocats de Bernard Laroche s'engouffrent dans la voie royale ouverte par Me Garaud.

Les symboles et les dates s'entrechoquent. Deux semaines après la naissance de Julien, on commémore le premier anniversaire de la mort de Grégory. Toute la presse consacre une page entière voire plus à « l'événement ». Les télévisions abondent en rétrospectives. Seules les radios, à l'espace plus limité, se contentent d'un rapide récapitulatif d'un an de malheur et de désordre. Le traitement du jour est à l'image du traitement de l'année écoulée. Jeandon-Bezzina écrit un morceau d'anthologie en s'inspirant d'un rapport médico-psychologique sur Christine Villemin. Il brosse pour *France-Soir* [3] un portrait de Grégory mais efface obstinément sa mère, citée deux fois, presque par hasard, dans ce long article de 170 lignes. Tous les souvenirs heureux que Christine a confiés aux experts sont attribués par le journaliste aux oncles et tantes de l'enfant. Ses acrobaties sur son vélo de cross, la cueillette des fruits, le coloriage, l'apprentissage du temps, du chant, de la

1. *L'Est républicain* du 9 octobre 1985.
2. *Le Figaro* du 17 octobre 1985.
3. *France-Soir* 16 octobre 1985.

nature, des couleurs, toutes les choses que lui a enseignées sa mère deviennent sous la signature de Jeandon les souvenirs des autres. Il ne reste dans ce portrait que le fantôme d'une enfance privée d'amour maternel. Catherine Tardrew a visité les deux cimetières de l'affaire pour *Le Parisien libéré*. Elle n'y a vu que les fleurs fraîches sur la tombe de Bernard Laroche et les tiges flétries retirées par la sœur de Christine, sur celle de l'enfant, sans préciser que, pour sa sécurité, la jeune mère n'a pas le droit de se rendre dans les Vosges, sauf autorisation spéciale de la chambre d'accusation de Nancy. Notre consœur n'a rencontré que des habitants de Lépanges agressés par la nouvelle donne médiatico-judiciaire : « Madame Villemin est devenue aussi célèbre que Caroline. On en a ras-le-bol [1]. » La récitation des poncifs reprend, avec son chapelet de monstre, de visage double, d'hystérie, de perversité, de scénario satanique, de sabbat infernal, de mère démoniaque et ces deux innocents, Bernard Laroche et le « petit Grégory » sur lesquels on s'apitoie pour mieux convaincre de la culpabilité de la femme maudite. L'écrivain Michèle Perrein semble découvrir dans le prénom de l'enfant assassiné l'esquisse d'un mobile : « Grégory, un prénom d'acteur américain, un prénom d'évasion. Qui voulait s'évader de Lépanges [2] ? » Or, il suffirait à la romancière d'ouvrir n'importe quel journal régional pour découvrir les Jennifer, Jonathan et autres Sue Ellen qui prolifèrent depuis dix ans. Toute cette « commémoration » est à l'avenant.

Jean-Claude Hauck, le fidèle pèlerin de la présomption d'innocence, est le seul à restituer aux deux familles leurs mérites et leurs douleurs respectifs, au gré des événements qui les ballottent depuis un an. Sur l'argent tant décrié à l'heure où les loteries et jeux de hasard envahissent la société française, il s'interroge :

> « Où est la turpitude ? Chez les intermédiaires qui vendent au plus offrant pour permettre aux intéressés d'assurer leur coûteuse défense ou chez les patrons de presse qui paient pour offrir des informations à leur public ? »

Face aux plumes acérées qui s'acharnent sur Christine Villemin, il objecte : « Elle a été si gratuitement salie [3]... »

Je n'arrive pas à suivre Jean-Claude sur cette voie. L'argent me gêne. A l'antenne, je critique l'accord, même si je précise qu'une partie servira à payer la défense. Je suis agacée par cette transac-

1. *Le Parisien libéré* du 16 octobre 1985.
2. *Le Figaro* du 16 octobre 1985.
3. *Le Républicain lorrain* du 16 octobre 1985.

tion dont le but et le montant exacts ne sont pas bien définis. La mort, l'accusation et l'argent forment un mélange repoussant. Il ne me vient même pas à l'idée d'imaginer que, pour Christine, c'est nous qui sommes repoussants.

A l'entrée du cimetière, nous sommes tous là pour traquer les mots, la démarche, les larmes de Christine. Albert et Monique Villemin aussi la guettent, dissimulés dans un renfoncement. Qu'attendent-ils au juste ? Leur belle-fille ou l'occasion, dûment suggérée par leurs avocats, d'être sur la photo ? Les objectifs et les caméras sont en batterie derrière le mur. Christine ne fixe que la tombe de marbre rose, serrant les mâchoires, remuant à peine les lèvres et triturant son mouchoir. Tout le village la scrute sous ses rideaux de commères. Les grands-parents claudiquent vers elle et l'embrassent après un temps d'hésitation. Quand Albert la prend dans ses bras maigres, Christine s'effondre sur son épaule. En quittant les lieux, sa mère et sa sœur doivent soutenir sa silhouette affaiblie par l'accouchement. Le lendemain, *France-Soir* qui ne connaît pas le sens du mot « trêve », titrera : « Grégory : Les fleurs de sa mère, les pleurs de sa grand-mère [1]. » Mais ce harcèlement n'est plus perceptible que par les initiés.

1. *France-Soir* du 17 octobre 1985.

4

Les visages marqués par l'épreuve ... Les Villemin se déchirent dans le bureau du juge ... 80 appels sur 87 ... Ambiance au couteau « Chez Merle » ... Déclarations devant le palais et confidences « off » ... Le mensonge du jour ... Reconstitution désinvolte ... Marcelle Claudon face à Maître Lombard ... Le SRPJ dépité ... Le mouchard accuse avant d'avoir parlé ... La marche inexorable de l'accusation ...

Me Garaud nous retrouve à minuit dans le hall de l'hôtel pour une dernière mise au point à la veille d'une nouvelle confrontation qui dévoilera l' « élément capital » annoncé depuis un mois par la partie civile. Christine ayant accouché vingt-deux jours plus tôt, Lambert estime qu'il est temps de reprendre l'instruction. Nous écoutons l'avocat des Villemin avec scepticisme. Nos questions sont de plus en plus précises, de plus en plus nombreuses. Depuis la transaction financière avec *Paris Match*, quelque chose s'est brisé, nous ne voyons plus la même femme. Nos rencontres douloureuses de l'hiver sont balayées par les images en trompe-l'œil des magazines. En dehors de Hauck, notre pool n'est plus aussi étanche au matraquage ambiant. Les expertises en écriture ou les notes de téléphone nous troublent, bien qu'il soit difficile de démêler le vrai du faux en la matière. En revanche, nous sommes convaincus qu'elle n'est pas l'assassin de Grégory. C'est une certitude mathématique dans ce dossier, et il faut avoir l'esprit aux abois comme Lambert, Corazzi ou les Bezzina pour s'accrocher à ce scénario techniquement irréalisable.

Lambert entend Christine et Jean-Marie séparément, puis les confronte pour vérifier leurs dires sur les appels du corbeau. Comme tout concorde, l'affaire n'est qu'une formalité et les deux jeunes gens en profitent pour mêler leurs mains et leurs regards. Tôt le matin, nous avons entrevu leurs visages derrière un essaim de photographes et de caméras, lui décharné et rabougri par quatre mois passés immobile sur sa couchette, elle, le minois blafard et fatigué de l'accouchée. En attendant la fin de l'audition, des journalistes novices font un « tour de Vologne », guidés par quelques anciens. Une de nos consœurs du *Quotidien de Paris*, Duras d'occasion, découvre la colline de Lépanges, tout en automne, forcément nue, fraîche et humide, et s'exclame devant l'évidence du mobile :

— Mais comment peut-on vivre ici, je me le demande?

A la fin d'une matinée frigorifiée et sans intérêt, nous retrouvons Christine et sa défense dans l'un de nos restaurants favoris. De loin, nous la regardons picorer dans son assiette. Dans la discussion, encore et toujours, elle tient tête :

— On ne me fera pas avouer ce que je n'ai pas commis. Je ne suis pas folle.

Elle se plaint de la meute des photographes qui se jette sur elle, dès qu'elle descend de voiture. Elle s'étonne qu'ils ne soient pas plus « raisonnables » :

— Je ne change pas de tête tous les jours, quand même!

L'après-midi, le juge rassemble à nouveau toute la famille Villemin, parents, enfants, conjoints, et leurs avocats. Christine espérait bien pouvoir s'expliquer, se défendre, mais Lambert a tranché :

— J'ai réfléchi, cette confrontation ne vous concerne pas, lui dit-il en la renvoyant, furieuse, à Petitmont. Lambert ne parvient pas à démasquer Christine, aussi cherche-t-il à isoler le père de Grégory de sa femme.

Pendant neuf heures et demie, sous les néons d'une grande salle dépouillée, Jean-Marie, soutenu par son père Albert, son frère Gilbert, sa sœur Jacqueline et son beau-frère Bernard Noël, démontre une fois de plus que sa femme ne pouvait passer la majeure partie des appels cités.

Albert précise que, derrière le corbeau, il entendait parfois « les pas d'une femme [1] » montant un escalier, or la maison de Christine et Jean-Marie est de plain-pied et l'on ne voit pas de quel autre

1. Procès-verbal de confrontation du 22 octobre 1985.

endroit elle aurait pu lancer ces appels anonymes, ni qui aurait pu monter ces degrés derrière elle. Finalement la mère de Grégory est peu évoquée, à l'inverse de Bernard Laroche. Les frères et sœur mettent en cause Michel et Ginette, décrits comme jaloux, ce qui provoque la colère de Monique Villemin, sur le point de gifler son gendre. Gilbert remarque avec amertume que ses enfants n'ont pas tous eu droit à une défense aussi ardente. Il ajoute qu'à son avis, Monique cache quelque chose. Me Lombard menace le fils qui ose douter de sa mère :

— Attention, vous portez des accusations, nous pouvons nous retourner contre vous !

Jean-Marie, découragé, s'exclame :

— C'est pas possible, dans notre famille, il y a un secret !

Il cherche ensuite à résumer son sentiment vis-à-vis de Lambert. Il ne trouve qu'un geste et retire ses chaussures en les désignant au magistrat :

— Vous voyez où vous êtes, monsieur le juge : à côté de vos pompes...

Garaud revient au fond et demande à ceux qui ont entendu la voix du corbeau, ou le prétendent, s'ils confirment leurs déclarations initiales selon lesquelles il s'agissait d'un homme. Les réponses, recueillies de façon sommaire par le magistrat, marquent la fracture qui sépare la famille depuis un an :

> — Jacqueline Villemin : j'ai entendu cette voix une fois chez mes parents. Pour moi, il s'agissait bien d'un homme.
> — Monique Villemin : c'était une voix rauque masquée.
> — Albert Villemin : c'était une voix d'homme masquée.
> — Ginette Villemin : c'était une voix masquée.
> — Michel Villemin : c'était une voix masquée.
> — Jacky Villemin : vu la tournure des événements, je dirais ni l'un ni l'autre.
> — Liliane Villemin : comme mon mari [1].

Pendant ce temps, « Chez Merle » où, exceptionnellement, nous sommes tous réunis, poussés par la nuit et le froid, les commentaires portent sur le tableau comparatif des appels et des emplois du temps, révélé à la presse par les avocats Lombard, Lagrange et Bourdelle. On apprend que, sur 87 appels téléphoniques répertoriés grâce au cahier de Monique, 80 peuvent être imputés à Christine Villemin, seule disponible aux heures

1. *Idem.*

d'appel. Je suis ébranlée par cette présomption lourde, la plus décisive depuis la découverte des cordelettes à son domicile. On s'empresse de l'annoncer dans les journaux de la soirée, convaincus que la confrontation porte sur ce sujet, au détriment de Christine. On s'imagine qu'à l'intérieur du palais, le juge envisage sa réincarcération prochaine et que le débat porte sur la présence ou non de Julien à ses côtés. On se trompe, une fois encore. Le bouillon de culture que constitue un rassemblement de reporters désœuvrés l'emporte sur la réalité d'une confrontation dont nous ne savons rien.

Garaud pose la question de confiance à la famille :

— Grégory était-il, selon vous, l'objet d'affection et d'amour de la part de sa mère ?

Les neuf personnes présentes répondent : « oui ».

— Elle adorait ce gosse-là, elle aurait fait n'importe quoi pour lui. S'il voulait un ballon ou une voiture, il l'avait, ajoutent Jacqueline Villemin et son mari Bernard Noël [1].

Lambert enchaîne, toujours à la recherche d'un coupable, et demande alors qui a pu tuer Grégory. Les mêmes récusent l'accusation contre Christine. Bernard Noël affirme que Jean-Marie ne s'est pas trompé en tuant Bernard Laroche et les couples d'Albert, de Michel et de Jacky se réfugient dans une réserve prudente, estimant que ce n'est pas à eux de répondre à cette question mais à la justice. Un an après le crime et malgré des heures de confrontation, la question n'avance pas d'un iota.

Mme Merle a réparti ses soixante-dix convives comme elle a pu à travers son petit restaurant, rénové pendant l'été dans la perspective du procès de Jean-Marie Villemin et peut-être celui de Christine. Notre pool est repoussé avec des alliés de passage au fond de la salle, loin du bar, du téléphone et de la sortie. A l'entrée, les « tables de la haine » que l'on ignore même en les frôlant pour se frayer un passage. Nos affrontements, depuis un an, ont creusé un fossé terrible. Notre rivalité a évolué en haine. Nous ne nous supportons plus physiquement. La présence de Jean-Michel Bezzina nous fait, presque instinctivement, nous déplacer de quelques

1. Procès-verbal de confrontation du 22 octobre 1985.

mètres ou changer de trottoir. Ses méthodes et celles de ces proches nous révoltent. Nous ne sommes pas des saints. Il nous arrive de participer à l'escalade verbale contre Christine Villemin, mais nous ne la traquons pas, tous les jours, dimanche compris, pour « avoir sa peau » selon l'expression favorite du correspondant de RTL. Ce sentiment de répulsion est décuplé par la concurrence qui nous tient et par la tournure de l'enquête, défavorable à l'inculpée. J'en pleurerais de les voir atteindre leur but avec des moyens si lâches. Qu'elle soit coupable ou pas ne m'importe plus. L'enjeu maintenant est de voir cesser ce règlement de comptes personnel et haineux qui n'a rien à voir avec la mort de son enfant.

Juchés sur les tabourets du comptoir, les reporters d'*Ici Paris* et *France-Dimanche* s'affrontent dans d'interminables parties de yam, de cartes ou de quatre-cent-vingt-et-un. Leurs éclats de rire et le bruit mat des dés qui s'entrechoquent sur la feutrine verte rythment la soirée. Le désœuvrement accentue l'inquiétude. L'atmosphère est irrespirable, empestée par des centaines de cigarettes grillées dont la fumée imprègne nos cheveux et notre peau. Les tables sont jonchées de détritus divers que l'on ne prend même plus la peine de repousser. Le thé et le café sont froids, l'alcool lourd. Incrédule, le successeur de Darcourt à l'AFP, Jean Pasquelin, découvre l'ampleur du syndrome Grégory. Il s'égare dans les horaires de Mme Claudon, le temps de trajet de ses vaches et l'heure d'appel du corbeau, variable selon que l'on accuse Laroche ou Christine. Il trouve cela tout absurde et confus, et comprend mal notre passion fratricide pour cette énigme. Pasquelin se ronge les ongles et regarde sans cesse la pendule en prenant conscience que personne ne partira d'ici avant la fin, même s'il faut rester assis dix-huit ou vingt heures d'affilée.

Dehors, les photographes cantonnés sur le trottoir du palais dans l'attente de la sortie des Villemin et des avocats se vengent de nous savoir au chaud en provoquant de fausses alertes. Le signe convenu, un coup bref frappé sur la vitre opaque du restaurant, fait se lever d'un bond soixante-dix hommes et femmes, renversant chaises et patères pour atteindre la sortie. Le temps que Lucien Miard enfile son manteau, ajuste sa casquette et noue son écharpe rouge, tout le monde rentre en maugréant contre ces farces énervantes mais, deux heures plus tard, on réagit de même à l'alerte suivante.

Le marathon se termine vers minuit. Cinq minutes avant la fin, Lambert sort le tableau comparatif des appels « accablant pour

Christine Villemin », comme l'ont répété les journaux du soir. Finalement, le juge ne dispose plus d'assez de temps pour en parler. Les parties civiles et la défense prennent acte qu'on leur glisse sous les yeux une grande feuille remplie de données diverses. Jean-Marie voudrait dire qu'à première vue, il note des inexactitudes, mais il est trop tard.

Lombard apparaît le premier dans la nuit, visiblement harassé :

— Le juge est déçu, la brèche ne s'ouvre pas.

— Est-ce qu'elle va retourner en prison ?

— Non.

Pour moi, l'essentiel est dit. Fatiguée, je m'assieds à l'écart sur un muret, en attendant, la tête entre les mains, que les avocats terminent leurs déclarations interchangeables d'une audition à l'autre. Ce rituel devient insupportable. Seule la passion qui nous dévore peut expliquer que nous soyons tous là, après seize heures d'attente, à tendre le bras vers quatre ou cinq avocats qui n'ont rien à dire. Ils profitent de nos micros et des caméras pour jeter quelques mots bien calibrés, ni trop vides pour éviter de passer à la trappe, ni trop véhéments pour ménager l'avenir. L' « innocence » et la « vérité » se succèdent dans un ballet parfaitement réglé. Puis vient le temps des confidences « off », hors micro, douloureuses pour ceux qui ne sont pas du sérail et restent, frustrés, sur le trottoir. Garaud nous entraîne à l'écart pour nous raconter que la confrontation fut « morne et triste » et que l'on s'éloignait constamment de Grégory. L'avocat nous dresse un rapide inventaire, conforme au procès-verbal du jour : acquiescement général sur les sentiments de Christine envers son fils, doute sérieux quant à sa culpabilité, l'aveu de Ginette Villemin à qui, au lendemain du crime, Marie-Ange Laroche demandait de cacher aux gendarmes les relations excellentes existant entre les deux familles. Enfin, la confirmation de l'existence d'un couple de corbeaux, homme et femme.

> — Et l'élément capital ?
>
> — Pas d'élément capital. On a désamorcé Christine mais pas avancé d'un pouce pour Grégory [1].

Nous avons dit tout le contraire pendant une partie de la journée et les rotatives sont lancées sur les nouveaux ennuis de Christine Villemin, le tableau qui la dénonce et sa voix maquillée pour devenir masculine. « Face à Jean-Marie, toute sa famille charge Chris-

1. Notes personnelles du 22 octobre 1985.

tine Villemin », titre *France-Soir*[1] en résumant le mensonge du jour. Marchand de RMC, qui connaît Me Lombard, nous rapporte les commentaires de l'autre partie qui s'obstine à décrire un seul et unique corbeau, une femme ayant déformé sa voix :

— J'ai l'impression que l'étau se resserre autour de la vérité. Dans quinze jours, le corbeau aura un nom...

Lambert, désorienté, annule purement et simplement une autre confrontation prévue pour la semaine suivante entre Christine et sa belle-famille. La jeune femme qui, depuis son inculpation, n'a été entendue que sur des points de détail, proteste auprès de Me Moser :

> — J'en ai marre. J'ai des choses à dire. A chaque fois que je pourrais me défendre, on ne m'en donne pas la possibilité[2].

Une fois de plus, le juge attend qu'on lui apporte un indice ou un témoignage qui pourrait débloquer la situation. Après l'échec de la réunion familiale, l'artillerie des Bezzina retentit aussi fort qu'au printemps dernier. Chaque jour, on subit la litanie du « catalogue des indices », selon l'expression du *Journal du Dimanche*[3]. Derrière eux, la partie civile et les policiers qui incitent le juge à faire une lecture accusatrice de tous les éléments qui vont surgir de manière désordonnée pendant les dernières semaines de l'année 1985. Ces indices nous seront assenés jour après jour, semaine après semaine, en dépit des vérifications élémentaires qui ne sont pas encore faites ou d'expertises qui, pour la plupart, entreront dans le dossier quatre mois plus tard sans apporter rien de nouveau ou une conclusion à décharge. Mais c'est la loi depuis des mois. Christine Villemin va traverser un automne noir, poursuivie par deux adjectifs accolés tous les jours à son nom : « défavorable » et « accablant ».

Lambert retrouve le premier flirt de Christine, Bruno, connu à quinze ans et demi, qui l'abandonna six mois plus tard, en 1976. Le juge se convainc qu'elle ne s'est jamais remise de cet échec, d'autant que la famille de ce garçon dit avoir reçu des appels téléphoniques injurieux deux et trois ans plus tard. De là à imaginer qu'en 1984, elle s'est vengée de sa déception sur Jean-Marie en tuant Grégory... le juge franchit le pas. La démonstration est cependant difficile à étayer, et cela n'éclaire pas le contentieux du cor-

1. *France-Soir* du 23 octobre 1985.
2. Notes personnelles du 24 octobre 1985.
3. *Journal du Dimanche* du 25 octobre 1985.

beau avec Albert Villemin. Le flirt déçu est laissé de côté en attendant des jours meilleurs.

A la demande de la partie civile, le magistrat organise une reconstitution. Il ne s'agit pas de retracer les étapes de la mort de Grégory, puisqu'on ne les connaît toujours pas. Tout se passe autour de la maison des Villemin et, dès le petit matin, glacé par un vent boréal, les photographes s'installent en ligne dans l'un des champs des Claudon. Pradier a loué une camionnette jaune visible de loin dans la brume, sur laquelle se hissent les plus téméraires. Lambert fait mine de vouloir nous éloigner, mais de rapides tractations viennent à bout de sa résistance. Christine, la première, gare sa voiture et gravit la rue des Champs, la tête droite, sans un regard pour la soixantaine d'observateurs qui, à quelques dizaines de mètres, la scrutent en silence, parfois à la jumelle. Devant la maison, elle dédaigne ses beaux-parents, le magistrat et les policiers du SRPJ qui la guettent d'un air inquiet. Elle s'adosse le long du garage, puis fait le tour de son jardin en attendant l'arrivée de Jean-Marie. Une trentaine d'avocats, de témoins, d'auxiliaires de justice, de policiers et même de gendarmes, s'affairent et discutent sur la route, sans oublier les caméras qui les épient. Debout derrière un mur de militaires, les « pro » et les « anti » Christine, séparés par une ligne invisible, attendent que commence le spectacle, les yeux pleins de larmes de froid.

— Voilà Jean-Marie...

L'arrivée du jeune père impressionne toujours, sans doute parce que sa situation apparaît comme le comble de l'absurde. Il est assis dans un fourgon, le cou tendu vers les lieux de son bonheur disparu, à la recherche de Christine. Bien qu'il soit partie civile, Lambert le laisse seul dans le véhicule, pendant une heure. Il n'a visiblement rien à lui demander. Le juge ordonne aux différents voisins de se remettre en situation, comme le 16 octobre. Bernard Colin, l'homme qui promenait Jimmy le Dalmatien, déclare n'avoir pas vu Grégory en passant devant la maison entre 17 heures et 17 h 30. Au début de l'enquête, il disait aux gendarmes n'avoir pas prêté attention à la maison des Villemin. Marcelle Claudon qui rentrait ses vaches est une pièce irréductible et gênante pour l'accusation, mais elle ne change rien à ses déclarations. Lambert, les mains dans les poches ou fumant un cigarillo, va de l'un à l'autre de sa démarche saccadée. Cette désinvolture provoquera, un an plus tard, l'annulation de ce déplacement. Les déclarations des témoins ne sont pas recueillies par écrit et le magistrat oublie de faire signer celles qui, par hasard, sont consignées. Mme Claudon, solide et rustique, parle fort et tempête après le petit juge. Elle tend le bras vers un point, change brutalement de direction, agite une longue ficelle et tient tête à Paul Lombard qui tente de la contredire.

— Vous z'allez pas me faire dire des conneries! prévient la fermière en tapant son doigt râpeux sur l'épaule de l'avocat, vêtu d'un manteau de cachemire bleu marine.

Le vent nous apporte sa colère. Nous comprenons l'objet du litige. Le juge et les policiers se sont trompés au sujet du pré où paissaient les vaches dont les horaires de départ vers l'étable conditionnent le témoignage de Christine! Un éclat de rire ponctue cette découverte tandis que le petit groupe, penaud, se dirige vers le bon pré d'où il faut refaire les chronométrages. Garaud, lunettes sur le nez, évite soigneusement Albert et Monique Villemin, prend des notes et, satisfait, compte les points. Christine laissée dans l'indifférence, comme son mari, s'impatiente dans le froid. L'avocat lui prend la main pour l'entraîner à l'écart et lui parler. Elle la retire prestement en nous désignant au loin :

— Attention, Maître, les journalistes vont dire qu'on sort ensemble.

La jeune femme reçoit, en effet, des lettres d'injures anonymes qui, au vu de photos prises dans la bousculade devant le palais de justice, ont imaginé des relations coupables entre l'avocat et sa cliente, certains allant jusqu'à lui attribuer la paternité de Julien!

D'un point de vue technique, Lambert vérifie quelques points sur ses déclarations mais se limite au périmètre du domicile des Villemin, sans aller à Docelles au bord de la Vologne où l'on retrouva l'enfant. Le juge veut s'assurer que de l'intérieur de la maison, on peut entendre le bruit de l'éclatement d'un pneu. Christine a déclaré avoir été victime d'une agression du corbeau, une nuit de novembre 1982, alors que son mari travaillait à l'usine. La vitre de la porte d'entrée fut cassée et auparavant, un pneu de sa voiture crevé. Elle dit avoir entendu ce bruit de l'intérieur. Lambert pense qu'elle a monté cette histoire d'agression nocturne et tente l'expérience. Le bruit mat de l'éclatement du caoutchouc nous atteint à plusieurs dizaines de mètres. Les policiers rangent vite leur couteau et passent à autre chose. Les pieds dans la boue d'un champ, on s'amuse de leur déception. Le clan des Bezzina ricane, mal à l'aise. Les Villemin sont finalement autorisés à se retrouver dans leur maison vide pour un tête-à-tête surveillé par un gendarme. En rejoignant sa femme, Jean-Marie ignore ses parents. La présence des uns et des autres n'a guère d'intérêt pour cette reconstitution qui consiste en une série de chronométrages des faits et gestes des voisins. Le couple réapparaît main dans la main, deux heures plus tard. Jean-Marie très maigre, en chemise, a déposé son blouson sur les épaules de sa femme. Ils se dissimulent derrière le fourgon pour se séparer dans les larmes. On devine de loin, au travers des vitres, leurs mains enserrant leurs visages respectifs et leurs derniers baisers. Les appareils photo se déchaînent, dans une sorte d'orgasme métallique, sur cette seule image forte de la matinée. Le fourgon disparaît au bas de la côte. Par trois fois, Jean-Marie Villemin se retourne vers Christine restée au bord de la route. Par trois fois, il brandit vers elle ses mains entravées. La reconstitution est terminée.

Dans l'après-midi, Lambert confronte à nouveau Christine aux filles de la poste. Les deux parties maintiennent leurs versions de l'envoi des lettres, l'une sur la date du 15, les autres sur celle du 16. On n'avance toujours pas. Il ne reste de cette journée que les sentiments des parents de Grégory l'un envers l'autre, d'autant plus saisissants qu'ils sont en contradiction avec les charges censées accabler Christine de jour en jour. Sur le fond, le témoignage de Marcelle Claudon reste un obstacle pour l'accusation. La PJ, Lambert et la partie civile balaient le problème en affirmant que, de bonne foi ou pas, elle se trompe de dix minutes.

Les policiers espèrent bien prouver leurs certitudes en retrouvant le contrôlographe du bus scolaire conduit par le fils de la famille Claudon, décidément au cœur de l'événement. Quand Christian Claudon coupa le moteur de son véhicule, Christine qui le suivait depuis, selon lui, deux minutes, se trouva bloquée dans sa R5 noire par les vaches qui pénétraient dans la cour de la ferme. Elle revenait alors de ses recherches vaines. Cet horaire exact est inscrit sur le mouchard. Le SRPJ veut démontrer qu'elle a eu le temps d'aller à Docelles pour noyer son fils. A défaut de prouver qu'elle l'a fait, ils tenteront de prouver qu'elle a pu le faire. Avant qu'ils ne retrouvent l'objet, égaré avec 40 000 autres au ministère des Transports, et que celui-ci soit expertisé, il règne une grande confusion sur les horaires cités et personne ne parvient à fournir une version cohérente de cet élément. Mais il est d'ores et déjà décrit comme une charge lourde. Hauck estime que l'on nous manipule de plus en plus et s'émeut dans *Le Républicain lorrain* :

> « Le juge ne peut pas se rabattre sur la torture physique. La torture morale, elle, se prolonge [1]. »

Une cassette alourdit soudain le dossier. Celle remise par Christine et Jean-Marie aux gendarmes et sur laquelle on entend la voix d'un enfant sur fond d'un appel téléphonique silencieux. Christine déclare l'avoir enregistré à son domicile un soir vers 19 heures. Elle a dit : « allô », n'a rien entendu, a posé le combiné et laissé tourner le magnétophone en vaquant à ses occupations. Puis elle a raccroché. Au retour de Jean-Marie, en écoutant la bande, l'un et l'autre ont cru reconnaître parmi divers bruits de fond la voix du petit Daniel, le fils de Michel. Avant la mort de Grégory, la majeure partie de la famille partageait cet avis. Depuis l'assassinat, plus personne n'est sûr de rien. Comme il s'agit d'un enfant qui appelle sa mère, Lambert en déduit qu'il s'agit de Grégory et que Christine a mis en scène cet appel pour se déclarer victime du corbeau. Mais elle maintient que ce n'est pas la voix de son fils. Elle réclame une expertise de la voix du petit Daniel. Lambert refuse mais envoie le « scellé numéro sept » comme on l'appelle communément, chez des acousticiens. Au sortir du palais, Me Bourdelle nous donne des détails en nous expliquant que Christine a enregistré, d'une voix maquillée, des injures à l'intention de son mari et d'elle-même, mais que, derrière elle, Grégory la trahit. On nous explique d'ailleurs que le bambin réclame son nounours ou « nounours ». Or, tout le monde sait que Christine surnomme Jean-Marie « Nounours ». *France-Soir* qualifiera l'enfant de « témoin contre sa mère par voix posthume interposée [2] ».

Pour la première fois, notre pool bascule réellement vers l'accusation. C'en est trop. Je ne peux m'empêcher de maudire sa maladresse d'avoir fabriqué ce montage grossier. « Quelle idiote ! » L'avocat de Remiremont ajoute que Jean-Marie a tout compris et qu'il tuera Christine à sa sortie. L'argument est impressionnant. Me Lombard révèle d'autre part que les premiers mouchards retrouvés permettent de lui imputer un quart d'heure supplémentaire dans son emploi du temps, celui qui lui manquait pour se rendre à Docelles. L'expertise du disque du 16 octobre 1984 confortera certainement ces nouvelles certitudes. Les déclarations de Christine et celles des Claudon peuvent se trouver contredites par un élément matériel. Pour nous, il ne s'agit plus d'une rumeur.

1. *Le Républicain lorrain* du 31 octobre 1985.
2. *France-Soir* du 3 janvier 1986.

Le dossier semble se construire inexorablement et engranger les pièces à charge contre la jeune femme.

Me Paul Lombard nous déclare :

— Des éléments nouveaux sont intervenus dans le sens de l'accusation. A propos de l'horaire, le butoir a reculé. Le 29 novembre, la partie civile se réserve de vous faire une déclaration, peut-être même un communiqué [1].

On imagine que le communiqué annoncera le retour en prison de Christine tant attendu par ses détracteurs. Finalement, nous convenons tous que Christine Villemin peut être le corbeau. Par déduction, il est possible de lui attribuer l'assassinat, même si les preuves à ce sujet font toujours défaut. Je ne crois pas à cette thèse dominante, penchant plutôt pour la thèse d'une simple complicité se limitant à l'écriture et l'envoi de la lettre. Complice de qui ? Bernard Laroche ? Un ou une autre ? Quand ? Pourquoi ? Comment ? L'énigme est loin d'être résolue. La presse écrite et parlée pilonne sans retenue, alternant pendant plusieurs semaines le tableau comparatif des appels, la cassette truquée, les prochaines expertises en écritures décrétées « défavorables » avant d'être réalisées, le mouchard et la voix « accusatrice » de l'enfant. Jean-Marie Villemin, l'homme perdu, n'est plus, selon *France-Soir*, qu'un « rempart dérisoire devant sa femme [2] ». Le célèbre titre du Goncourt 1984 devient : « Christine Villemin, coupable, forcément coupable. » On le retrouve formulé ainsi dans un plaidoyer de Yann Queffélec, le Goncourt 1985, prenant, à peine primé, la défense de Christine. Échaudé par le battage du printemps dernier, Me Garaud attend de connaître la vraie consistance des charges avant de s'émouvoir sur le fond, mais il proteste une fois de plus, dans *Le Figaro*, contre cette instruction « qui donne lieu à des commentaires polémiques comme s'il s'agissait d'un match de football de Coupe d'Europe [3] ! ».

1. Bande magnétique du 5 novembre 1985.
2. *France-Soir* du 8 novembre 1985.
3. *Le Figaro* du 7 novembre 1985.

5

Derrière le mur ... « Je serais si bien avec mon Titi » ... « Notre amour sera plus fort que notre souffrance » ... Christine se moque de Lambert ... L'humiliation faite au juge ... Le retour du sérum de vérité ... « Un non-lieu sur un plateau d'argent » ... L'étau se resserre ...

Même si sa famille et son mari lui interdisent de lire les journaux, Christine Villemin plie sous le refrain quotidien des charges. Elle s'accroche à Jean-Marie tout en redoutant que ses propres ennuis lui portent préjudice. Sa tension est tombée à 8,5 et elle ne pèse que 48 kilos, mais sa colère contre la justice de Lambert et son mépris envers l'homme qui l'accuse ne cessent de croître. Elle bout de rage et l'écrit à Jean-Marie, en dépit de l'œil critique du magistrat porté sur leur courrier. Elle lance des cris d'amour et de révolte mais ils ne parviennent qu'au père de ses enfants. Un mur s'est élevé entre eux et le monde entier. A force de l'entendre dire ici et là, nous les croyons cimentés par on ne sait quelle haine secrète. A force de le croire, nous finissons par en convaincre nos lecteurs et nos auditeurs. A force de se les représenter ainsi, nous les voyons comme des monstres, elle de machiavélisme et lui de bêtise. Et pourtant, si nous avions accès à leur correspondance, jamais entamée par l'épreuve, nous saurions qu'il n'en est rien.

« Tu sais Nounours, cela ne serait pas pour toi, je ne répondrais plus aux questions du juge. Il ne me croit pas, j'en ai marre de parler dans le vide. Je suis fatiguée de lui prouver mon innocence. Après la confrontation de demain, aux autres convocations, je ne lui réponds plus. Il aura qu'à écrire ce qu'il lui conviendra le mieux, faire comme la PJ. Il est têtu, il ne veut entendre que ce qui l'arrange. Les premiers experts pour les cassettes donnaient une voix d'homme mais pour lui, c'est bidon. C'est dégueulasse, tout ce qui peut m'aider, il l'enlève de son dossier. C'est un homme qui devrait être le plus honnête de toute la France vu son métier, et il est tout le contraire. Ce n'est pas étonnant qu'il est pour la partie civile de Lombard. Il est aussi faux et injuste qu'eux. Tant que tu ne seras pas de leur côté et contre moi, il ne te remettra pas à Saverne. Il avait promis mais il n'a aucune parole. Si seulement il était muté, nous aurions au moins un autre juge plus réaliste et plus juste que lui. J'adorais Grégory, tout ce que je pouvais faire pour le gâter, je le faisais. Et j'ai eu le malheur de le laisser quelques instants dehors et voilà ce qui est arrivé. Et maintenant, ils font tout pour m'accuser, je n'arrive pas à le croire, c'est affreux. Tes parents racontent des tas de méchancetés sur mon dos à tout le monde. Ta mère a même dit à Odile qu'ils feront tout avec leurs avocats pour te prouver que tu avais tué un innocent, afin que tu te mettes avec eux contre moi. Je suis innocente de tout ce qu'ils veulent m'accuser. Le juge a fait une très grave erreur en relâchant Laroche, alors lui aussi, il fait comme la PJ, il ne veut pas revenir sur lui. C'est dégueulasse, ignoble, ils ne cherchent pas la vérité sur la mort de Grégory, le principal pour eux, c'est de pas revenir sur Laroche. Il pourra lire et relire cette lettre, je m'en fiche car il ne peut pas me faire plus de mal qu'il m'a déjà fait en m'accusant. (...)

« Je serais si bien aux côtés de mon Titi, ils ne me feraient plus souffrir comme en ce moment. Mais cela, je ne peux pas le faire pour toi pour notre Julien, mais aussi pour savoir la vérité. Le juge m'en fait tellement voir que maintenant, je n'ai plus aucune rancœur envers lui, c'est plutôt de la pitié. Car il se fait avoir par la PJ et il ne s'en rend même pas compte. Quand la vérité éclatera et j'espère qu'on y arrivera, qu'est-ce qu'il va faire ? Être juge, il ne le pourra plus. Et ce serait tout à fait normal, car détruire des familles comme il l'a fait envers nous, il n'est pas à sa place. Et c'est monstrueux. Mais je serai toujours là pour me défendre et crier mon innocence. Je ne vais pas leur donner ce qu'ils voudraient, mon suicide et l'affaire serait classée. Ah non, ça jamais. Je t'aime très fort

Nounours. J'embrasse Julien tous les jours, très très fort pour toi ».

En écho à ces accents d'une femme seule contre tous, Jean-Marie puise dans le peu d'énergie qui lui reste pour croire encore en l'avenir. Il transmet, du fond de sa cellule, cette foi à sa femme.

« Tu me manques tellement ma chérie et dire que ces fumiers veulent te détruire. Surtout ma chérie, ne fais pas de bêtises, ils seraient trop heureux, il ne faut surtout pas. Ton innocence sera prouvée un jour ou l'autre, je t'en donne ma parole. J'espère que tu n'es pas trop fatiguée avec toute la route que tu fais en ce moment. Je t'aime ma Kiki et je t'aimerai toute ma vie. Tous les trois nous partirons loin de ces pauvres cons qui ne sont pas capables de faire la lumière sur la mort de notre enfant. (...)

« Après-midi, cela m'a fait mal de te voir pleurer. Je sais que cela fait du bien mais il ne faut pas t'en faire. Nos avocats nous sortiront de ce cauchemar d'acharnement. Gardons confiance et courage pour notre amour et pour notre petit Julien que nous devons combler de bonheur. Tu sais ma chérie, moi aussi je souffre terriblement de voir la torture qu'ils te font subir et je suis en prison sans pouvoir t'aider, être à tes côtés en tous temps. Mais notre amour, ma chérie, sera plus fort que notre souffrance [1] ».

Comme deux enfants perdus, ils s'accrochent l'un à l'autre au milieu de l'ouragan. Ils n'ont plus rien. Lui n'est plus que meurtrier et prisonnier et, aux yeux des étrangers, elle est sorcière et infanticide. Pourtant ils s'écrivent des mots d'amoureux, pleurent ensemble, se consolent tour à tour, se dévorent des yeux au parloir. Un voile noir les isole de la société et de la justice. Insensiblement, ils se sont séparés des autres. Il faudra des années pour que le voile commence à se déchirer.

« Avec ce juge, il faut s'attendre à tout! » La confidence est de Christine, mais elle tient sur six colonnes dans *Le Figaro*. Lucien Miard et Jean-Paul Pradier de *Détective* sont parvenus à rencontrer l'inculpée, le temps d'un déjeuner informel dans un restaurant de campagne entre deux auditions. La jeune femme a surtout parlé de Julien, de ses fossettes, de la couleur de ses cheveux, de sa ressemblance avec Grégory et puis fatalement, un peu de l'enquête. A

1. Lettre de Jean-Marie Villemin du 14 novembre 1985.

côté de ses avocats impassibles, elle s'est exprimée sans réserves, comme on pouvait le redouter dans l'état de crise qui l'oppose à Jean-Michel Lambert.

— Je n'ai rien à me reprocher. Avec ce juge, il faut s'attendre à tout. Celui-là, il va falloir le muter [1].

Le reste se perd en moqueries sur le portrait du magistrat « avec un nœud papillon », accroché dans son studio : « Il doit être drôle comme ça. En fait il s'aime bien ! » ou sur son caractère : « C'est pas mon type d'homme, il est trop mou. » « Trop mollasson », rajoutera *Détective* [2] pour faire plus authentique. Une fois de plus, la presse critique vivement ses confidences. Le juge Lambert rappelle sèchement à « Mme Villemin », qu'il appelle pourtant d'habitude « Christine », son devoir de discrétion implicitement lié à son contrôle judiciaire. Il espère que la chambre d'accusation va sermonner l'inculpée pour sa trop grande liberté de langage. Amer, il constate qu'il n'en est rien, alors que ses propres écarts dans *Elle* ou le même *Figaro* ont fait l'objet de critiques virulentes. Lambert se sent humilié et abandonné par ses pairs. Ces jugements publics le ramènent quelques mois en arrière, quand ses forces semblaient l'abandonner et que Christine paraissait posséder en elle toute la puissance. Dès lors qu'un inculpé peut critiquer ainsi et dans la presse nationale un magistrat dans l'exercice de ses fonctions, sa conception de l'ordre et de l'autorité est renversée. Le juge ne se sent pas épaulé. Ses relations avec le procureur Lecomte sont réduites au minimum. L'un et l'autre ne communiquent plus que par petits mots interposés. On avait d'ailleurs remarqué l'absence du magistrat du parquet lors de la reconstitution du 30 octobre à Lépanges-sur-Vologne. Jean-Jacques Lecomte désapprouve le fond de l'instruction et ne croit pas en la culpabilité de Christine Villemin. Il laisse donc son collègue du siège se débattre seul dans les fils de la toile tissée autour de lui depuis des mois.

Sans recours, Christine réclame, à nouveau, qu'on la soumette au sérum de vérité, question déjà éludée une fois. Me Thierry Moser se pique au jeu et rassemble une documentation importante sur deux méthodes de détection de mensonges inédites en France mais appliquées aux États-Unis. Il s'agit du narco-analyse, consistant en un examen médical et psychanalytique du patient, plongé dans un état second par une injection de Penthotal, et du poly-

1. *Le Figaro* du 5 novembre 1985.
2. *Détective* du 14 novembre 1985.

grahe de Keeler, appareil qui enregistre la pression artérielle, les rythmes respiratoire et cardiaque d'un inculpé lors d'un interrogatoire. Différents magistrats et universitaires s'interrogent régulièrement sur ces méthodes, mais en dépit des études et des colloques multipliés sur ce thème, la justice française reste indifférente à cette substitution de l'aveu. La documentation remise au juge Lambert finit dans sa poubelle. Christine en appelle ensuite à la Chancellerie puis à Mme François Mitterrand, mais elle n'obtient pas de réponses.

Après la relance de l'accusation, Mes Garaud, Chastang et Moser ripostent avec une procédure inattendue. Le 29 novembre, les parents de Grégory portent plainte contre Muriel Bolle pour complicité d'assassinat, non-opposition au crime, non-assistance à personne en danger et non-dénonciation de crime. Une ultime parade pour contraindre Lambert, après ses refus d'investigations successifs, à reprendre cette piste abandonnée, selon eux, à tort. Bien que Bernard Laroche soit décédé, Jean-Marie et Christine Villemin considèrent que Muriel est un témoin susceptible d'apporter des éléments nouveaux. Mais cette plainte contre une adolescente est interprétée comme un acharnement sur un mort au moment où Christine semble en difficulté, sur le point d'être démasquée. Elle se retourne contre ses auteurs. Me Bourdelle, l'un des trois avocats d'Albert et Monique, réagit aussitôt pour surenchérir :

> — Cette plainte est, en fait, un non-lieu définitif pour Bernard Laroche qu'ils offrent à ce dernier sur un plateau d'argent. Tout cela n'est destiné qu'aux médias mais ne nous détournera pas de notre objectif [1].

En tout cas, cette action inquiète les avocats de Marie-Ange Laroche et Muriel Bolle, Mes Prompt, Welzer et Teyssonnière qui, deux semaines après, réclament à nouveau au juge Lambert la jonction des dossiers Grégory et Laroche. Ils sont accompagnés des trois avocats du pool Lombard, venus appuyer leurs confrères dans leur requête. Le magistrat persiste à refuser, comme il refusera toutes les prochaines tentatives de retour des avocats de Bernard Laroche. Mais, de toute façon, il n'instruira pas cette plainte, se contentant d'y annexer les six procès-verbaux des différents interrogatoires de Muriel ou de confrontations avec les gendarmes. Un an plus tard, Lambert rendra un non-lieu, annulé par

1. *France-Soir* du 2 décembre 1985.

la chambre d'accusation de Nancy pour vice de forme. Après quelques péripéties de procédure, la plainte sera instruite à Dijon et un nouveau non-lieu sera rendu en appel, faute « actuellement » de charges suffisantes, pourra-t-on lire dans l'arrêt définitif du 11 octobre 1988.

A Nancy, Me Lagrange, de la partie civile, se souvient soudain des moulages d'empreintes de pneus réalisés par les gendarmes, le lendemain du crime, à l'entrée de Docelles. Lambert les avait oubliés, mais ils sont toujours dans la cave de la gendarmerie de Bruyères. Ainsi redeviennent-ils rapidement des pièces à conviction importantes dans ce dossier. Ces bandes de pneus, incomplètes, et le trou pouvant évoquer un talon de chaussure de femme, avaient été abandonnés lors de l'enquête initiale quand le lieu d'immersion de Grégory fut remis en cause par les essais de flottaison de mannequin. Le corps et les vêtements intacts de l'enfant laissaient d'ailleurs supposer qu'il n'avait pas été charrié par les tourbillons de la rivière encombrée de barrages de pierres et de branchages. A l'époque, il semblait établi que Grégory avait été déposé dans l'eau, au centre du village, depuis la berge cachée par le local des pompiers. Mais, un an plus tard, « l'époque » n'est plus la même. Ces empreintes correspondent aux pneus d'un véhicule de petite cylindrée type R 4, R 5, Ami 8 et Citroën LN, mais très vite, on ne parle que « des pneus de R 5 » comme celle que possédait en 1984 Christine Villemin, et de traces de « bottines [1] »

La nouvelle présomption est présentée comme une preuve supplémentaire. Le SRPJ décide que l'enfant a été jeté dans la rivière à l'endroit où l'on releva ces empreintes, à 400 mètres en amont du lieu de sa découverte, que l'on va appeler « l'endroit privilégié ». Quatre cents mètres en amont sont autant de distance en moins à parcourir entre Lépanges et Docelles et donc quelques instants supplémentaires pour le chronométrage imputé à Christine. Selon une formule souvent employée depuis le mois de mars, l'étau se resserre. Cette fois, nous sommes tentés de le croire.

1. *France-Soir* du 30 novembre 1985.

6

Images maternelles en face à face ... Jean-Marie découvre Julien ... Premier interrogatoire sur le fond ... Christine a peur de la foule ... Ce soir ou jamais ... L'angoisse au ventre ... « Avec cinquante mots, elle bétonne » ... Les trois visages de Christine Villemin ...

Assise au bord d'un lit de la clinique de la Roseraie, Marie-Ange Laroche, vêtue d'une robe de chambre noire, ne sourit pas. Elle berce Jean-Bernard, l'enfant posthume de Bernard Laroche, venu au monde quelques heures plus tôt. Quatre photographes de l'AFP, Reuter, *La Liberté de l'Est* et *L'Est républicain* réalisent très vite la photo de la mère et l'enfant qu'ils se sont engagés à distribuer gratuitement auprès des organes de presse désireux de la publier. Dans un bel ensemble, les journaux soulignent « la leçon de dignité [1] » donnée par Marie-Ange à sa cousine.

Pourtant, *Paris Match* l'affiche également sur sa couverture, avec un titre en lettres noires. Le journal joue l'opposition des deux femmes en plaçant côte à côte, un cliché de Christine souriant en embrassant Julien et un autre de Marie-Ange au « visage fermé par la douleur [2] ». *Match* publie aussi deux articles sur les thèses successives de l'enquête. Caradec'h réapparaît pour recenser les charges nouvelles pesant sur Christine Villemin. En parallèle, après la plainte déposée contre Muriel, Jean Ker retranscrit le procès-verbal de ses aveux, entrecoupé de réflexions du capitaine Ses-

1. *Paris Match* du 20 décembre 1985.
2. *L'Est républicain* du 8 décembre 1985.

mat sur leur authenticité. Les propos du militaire sont issus d'une conversation privée, enregistrée quelques mois plus tôt par le journaliste. Mes Welzer et Prompt tentent de faire saisir *Paris Match*, mais la justice les déboute parce que leur référé est trop tardif. L'hebdomadaire et le capitaine Sesmat seront ensuite poursuivis pour diffamation. L'officier, qui ignorait que ses propos allaient être publiés, ne sera pas inquiété par les tribunaux, mais *Paris Match* sera condamné, pour cet article-là et les deux suivants reparlant de la piste Laroche, à verser 600 000 francs de dommages et intérêts à Muriel et Marie-Ange. Cette première action positive va ouvrir la longue liste des procès en diffamation intentés par Me Prompt pour les sœurs Bolle et contre la presse, souvent condamnée à payer de lourds dommages et intérêts.

A la mi-décembre, Christine Villemin amène pour la première fois son nouveau-né, âgé de deux mois et demi, au parloir de la prison de Nancy. Depuis sa sortie de la maternité et la révélation de la vente des photos du bébé, les médias critiquent la jeune femme, mise en accusation pour ne pas avoir encore présenté le nourrisson à son père. Le thème n'est évidemment pas innocent. On dit et on écrit qu'elle le retient tout d'abord pour des raisons d'exclusivité médiatique, le nouveau-né ne devant être vu nulle part avant la parution de *Paris Match*, puis, comme l'argument est devenu caduque au bout de dix jours, on la soupçonne de torturer Jean-Marie en gardant pour elle l'enfant et l'argent. En fait, les jeunes parents décidèrent d'un commun accord d'attendre avant de plonger le bébé dans l'atmosphère malsaine d'une prison sale et décrépite où s'époumonnent à chaque parloir une centaine de personnes. Par ailleurs, Christine doit quitter Petitmont à 6 h 30 pour voyager souvent dans le brouillard, puis attendre debout et dans le froid avant d'être admise dans la prison vers 10 h 30. Les familles des détenus ne sont souvent guère mieux traitées que les prisonniers eux-mêmes. Dans ces conditions, comment assurer la continuité des biberons ou des changes jusqu'à son retour vers 13 heures ? Ce sont des détails auxquels ses détracteurs ne veulent pas songer. En revanche, ils remarquent, fielleux, que cette « première » présentation du bébé à son père survient quelques jours après la naissance de Jean-Bernard Laroche. En fait, Christine a enfin obtenu un parloir du samedi, plus facile d'accès et moins encombré. Les journalistes font comme s'ils ne savaient pas que Jean-Marie connaît déjà son second fils. Quelques semaines plus tôt, le juge Lambert l'a autorisé à retrouver sa femme et leur enfant chez Mme Châtel, à Bruyères. Le jour de leur constitution de partie civile dans la plainte contre Muriel, Lambert n'a pas le cœur de leur refuser cette requête. Ainsi, à quelques instants d'intervalle, Jean-Marie Villemin a-t-il pu se rendre sur la tombe de Grégory, puis prendre dans ses bras le petit Julien âgé d'à peine deux mois. Exceptionnellement, il a quitté le fourgon sans menottes pour grimper, seul et presque libre, les quatre étages de l'immeuble. Là, en compagnie de Christine, il a démailloté avec précaution son fils pour s'extasier fièrement devant le petit corps à la peau rose sentant le lait de toilette. Fidèle à sa lignée, Julien présente la même légère déformation au doigt de pied que son frère Grégory, son père Jean-Marie et son grand-père Albert.

Quatorze mois après les faits qui lui sont, désormais, reprochés, Christine Villemin est convoquée pour son premier véritable interrogatoire sur le fond. Précédée depuis longtemps par une accusation plus médiatique que judiciaire, la jeune femme est invitée par le magistrat instructeur à décortiquer son emploi du temps du 16 octobre et à répondre à ses questions. Elle doit répéter ce qu'elle a déjà raconté des dizaines et des dizaines de fois, aux gendarmes, aux journalistes, aux policiers, aux experts, à ses avocats et à ses proches. Sa mémoire n'est pas usée et ses réponses ne varient pas. A l'issue de l'interrogatoire, Lambert lui soumet les trois itinéraires meurtriers imaginés pour elle par les enquêteurs de la police judiciaire. Des parcours l'obligeant soit à rentrer chez elle (à cause du bonnet de Grégory resté sur la table de la cuisine) puis à repartir sans être vue des voisins pour accomplir, en plein jour, son geste à Docelles, soit à éviter le pavillon mais en gommant le détail du bonnet pourtant retrouvé sur la tête du petit garçon. Le juge s'embrouille un peu dans les parcours, dont l'énumération n'émeut guère l'inculpée :

— Ce que vous venez de dire est totalement absurde. D'abord, je me suis arrêtée chez nous puisque j'ai mis le bonnet à Grégory. Je n'ai ressorti la voiture que pour redescendre en ville le rechercher.

Pendant cinq heures, elle répond sans hésitations puis fond en larmes en prononçant ces derniers mots :

— En conclusion, je voudrais dire que je ne comprends pas que la justice agisse avec une personne comme un pion que l'on déplace sur différents itinéraires. Je voudrais ajouter que demain, c'est la dernière fois que je réponds à vos questions. Après, je refuse, tant que je ne passe pas au sérum de vérité [1].

Le regard creusé et fiévreux de Christine Villemin, étalé dans les journaux, offre une bonne entrée en matière avant la grande confrontation familiale plusieurs fois reportée entre elle et sa belle-famille. Les anti-Christine arrivent triomphants, certains qu'elle va retourner en prison le soir même. Ils ne rêvent que de sa réincarcération. Leurs pronostics ont échoué depuis la rentrée et, si Christine passe Noël en liberté avec son bébé, ils savent que le spectre des assises s'éloignera. Déjà, depuis des semaines, les policiers du SRPJ font le siège du parquet général de Nancy avec une seule phrase sur les lèvres : « Il faut qu'elle retourne en prison, il faut qu'elle retourne en prison. » Mais Lambert ne pourra prendre une telle décision que lorsqu'il disposera des résultats des diverses expertises en cours, au sujet de la cassette comportant la voix d'un enfant, des moulages de pneus, des écritures et du mouchard, et à condition que tous ces éléments s'opposent à la jeune femme. Car il existe une véritable distorsion dans cette affaire entre les charges rapportées aux médias et qui ne sont souvent, comme on le verra, que des extrapolations avant expertise, et une démonstration cohérente et argumentée, apportant des preuves et un mobile. Malgré cela, Me Garaud se dit « pessimiste » quelques heures avant cette curieuse réunion de famille. Ce retour de l'hallali ne l'inspire pas. Il sait désormais ce que le présage signifie.

Quand Christine se jette dans la foule en fermant les yeux pour accéder aux grilles du palais de justice, j'ai le sentiment que pour la première fois, on va l'agresser physiquement. Elle doit ressentir la même terreur car elle se recroqueville en s'accrochant au bras de Me Garaud. Je vois sa peur que des mains hostiles s'agrippent soudain à ses cheveux ou déchirent son manteau. Avant la naissance de Julien, personne n'osait la toucher, on s'écartait plutôt lorsqu'elle passait. Mais la future mère n'est plus là pour protéger la femme, rapetissée par l'effroi et les cris qui résonnent autour d'elle. Pourquoi ses avocats lui infligent-ils à chaque convocation ces bains de folie, sinon pour être sur la photo à ses côtés, eux dont le premier souci du matin est d'acheter les journaux pour s'y contempler ? Ce rituel de la justice revient à donner en pâture aux médias leur lot quotidien d'images et d'émotion. Le lendemain,

1. Procès-verbal du 19 décembre 1985.

France-Soir publiera la photo de cette arrivée bousculée, assortie de ce commentaire.

> « Prise en flagrant délit de mensonge chez le juge Lambert, elle sort, réfugiée en larmes dans les bras de Me Garaud [1]. »

La confrontation va durer dix heures, mais seuls Albert et Monique Villemin sont présents. Les autres couples ne sont pas convoqués. Jean-Marie pensait venir, le juge le lui avait laissé croire. Il s'est préparé dans l'espoir de passer la journée avec Christine et de défendre leur position, mais personne n'est venu le chercher à Nancy. Lambert laisse donc passer la dernière chance de faire jaillir une étincelle de vérité d'un affrontement familial. Le petit juge n'attend qu'une chose : des aveux de Christine. La partie civile de Lombard, Lagrange et Bourdelle, a rassemblé une quarantaine de questions qui suppléent celles du magistrat à court d'idées. Tous veulent l'amener à avouer qu'elle n'était pas heureuse avec Jean-Marie, qu'elle voulait fuir dans le Midi et que là est le mobile de la mort de Grégory. « Racontez-moi votre vie et je vous envoie aux assises », disait un avocat célèbre. La partie civile tente d'appliquer ce redoutable adage. En vain Christine se cabre et résiste, sans même que Garaud ait à intervenir. Elle aime ses enfants, elle aime son mari, et personne ne lui fera renier ses sentiments. Quand Lambert avance, qu'à son avis, elle a mis en scène l'appel contenu sur la cassette du scellé numéro 7, elle éclate :

> — Je n'ai pas tué mon enfant, pourquoi mes beaux-parents ne disent-ils pas combien je l'aimais ? J'en ai rien à foutre, j'en ai marre, c'est moi qui suis accusée, mon mari est en prison. Je n'ai jamais fait d'enregistrement. Pourquoi ne voulez-vous pas me faire passer au sérum de vérité ? Vous n'avez qu'à faire une exception dans votre justice. Qui c'est qui découchait la nuit, c'est pas elle !

Lambert lui demande de préciser le sens de sa phrase.

> — Je veux dire par là que j'allais coucher chez ma mère quand Jean-Marie travaillait la nuit. Ce n'est pas ma belle-mère. J'emmenais le petit et j'avais même un revolver dans mon sac.

1. *France-Soir* du 21 décembre 1985.

Mais ses arguments n'ébranlent personne. On ne l'a pas fait venir pour qu'elle s'explique ou se défende mais pour la faire avouer.

> — Vous pouvez écrire ce que vous voulez. Je suis innocente, un point c'est tout. [Vos questions] ne sont pas embarrassantes pour moi. Mais j'en ai marre d'être prise pour une menteuse, une girouette et une criminelle [1].

Albert et Monique Villemin se retranchent derrière leurs avocats. On leur répète depuis des semaines : « C'est elle, c'est elle... » alors survient l'instant inévitable où Albert finit par l'appeler « Madame ». Il est loin, l'été 1982 de leurs vacances en Italie, quand Albert, Monique, Jean-Marie, Christine, Jacqueline, son mari et Lionel partaient en vacances ensemble. Il n'en reste que des photos bientôt craquelées par le temps. Christine avait vingt-deux ans et sa belle-mère la serrait contre elle par la taille. Toutes deux souriaient. Les mains de Jacqueline et de Jean-Marie se frôlaient sur l'épaule de leur père. Les parents encadraient leurs enfants heureux. Et le petit Lionel, accroupi devant eux, clignait de l'œil, paré de ses espoirs d'enfant. C'était il y a trois ans, une éternité. La photo n'est plus qu'un vestige, comme après un tremblement de terre.

Un brouillard dense enveloppe les convives de Chez Merle, plus dense encore que celui qui s'abat sur la ville déserte. L'attente a repris, bourdonnante de dépit et d'angoisses. Tous les quarts d'heure, on scrute la pendule avec l'envie de la briser. A 20 heures, Claudine Cunat de Radio-France-Nancy est autorisée à monter des sandwichs et des boissons au premier étage du palais. Dans un couloir, elle croise Albert et Monique, seuls, un peu égarés. Par la fente d'une porte, elle entrevoit Christine en larmes, livrée à sa solitude et semblant très éprouvée. Ce sont les seuls détails qui filtrent du palais de justice. La ville est ailleurs, rentrée chez elle. Il ne reste pour seule vie dans ce quartier qu'une salle mal éclairée à côté du bureau d'un juge et un estaminet chauffé à blanc dans une atmosphère irrespirable. A 23 heures, j'ouvre mon troisième paquet de cigarettes, les entrailles nouées par une angoisse indicible, comme si mon propre avenir se jouait ce soir.

J'ai l'impression que nous avons tous misé notre propre vie sur l'innocence ou la culpabilité de Christine. Qu'une partie l'emporte,

1. Procès-verbal de confrontation du 20 décembre 1985.

et l'autre sombrera. Je me souviens des heures passées avec Jean-Marie et Christine, d'abord lointaine puis regardée à la loupe. Si elle avoue le meurtre de Grégory, c'est toute ma perception des êtres qui s'effondre avec elle. Je ne rejette pas l'idée qu'une mère puisse tuer son enfant. Cela me semble faire partie des désordres naturels de l'humanité, comme le soleil qui brûle les récoltes, la pluie qui inonde les terres, ces phénomènes excessifs qui sèment la mort quand, d'ordinaire, ils donnent la vie. En 1979, devant les assises de Chartres, j'ai suivi le procès d'une jeune femme, condamnée à vingt ans de réclusion criminelle pour avoir donné la mort à son enfant de quatre ans, à la suite d'une longue série de coups et de sévices. J'avais vingt-deux ans et, implacable dans mes jugements, j'attendais un monstre dans le box des accusés. J'ai vu une femme étonnante. Elle savait pourquoi sa relation avec son fils avait basculé dans l'horreur et l'expliquait comme aucun expert n'aurait su le faire. Elle ne se dérobait pas, dialoguait avec le président et considérait comme justes les vingt années de prison qu'on allait lui infliger. Son mari et ses deux filles avaient demandé son retour à la maison. Elle était quand même partie à la centrale de Rennes pour longtemps. Avec elle, j'avais compris ce parcours criminel même si je ne l'acceptais pas.

Cette leçon ne m'a jamais quittée, aussi, depuis un an, le fait que Christine Villemin ait tué Grégory ne me heurte-t-il pas en théorie. Mais je n'y crois pas, car je connais un peu Christine, je lui ai parlé, je l'ai écoutée, j'ai ressenti sa peine, ses désespoirs et ses révoltes. En lui faisant confiance, je me suis peut-être trompée et c'est cela, plus qu'une éventuelle « terrible vérité », qui me terrorise ce soir. Je suppose qu'il est de même pour le « camp d'en face ». Ils ont tant écrit et tant accusé, mais à l'inverse de nous sans chercher à la connaître, que leur miroir intérieur dépend du sort judiciaire de Christine Villemin. Coupable, le miroir reste lisse. Innocente, il se brise.

La confrontation a repris sans apporter d'éléments nouveaux. Christine bute sur un seul point : ses notes de téléphone plus élevées en 1982 que sur les autres factures. Elle confirme l'information en rappelant qu'il existe dans le dossier la photocopie de la lettre de protestation qu'elle et son mari ont adressée à l'époque aux Télécommunications. Les questions pleuvent. On les retrouvera le lendemain, toutes détaillées, avec d'autres, imaginaires, dans *L'Est républicain*, mais sans les réponses survenues trop tard pour être imprimées. Quand le journal de Nancy affirme avoir respecté la présomption d'innocence de la jeune femme...

Lambert, Lombard, Lagrange, Bourdelle se coalisent pour la faire craquer. Mais elle a réponse à tout et reprend même au vol les erreurs ou les trous de mémoire du juge. C'est elle, encore, qui, dans les larmes, a le dernier mot de cette débâcle :

— Je jure que je n'ai jamais écrit de lettres anonymes, je n'ai jamais téléphoné de façon anonyme et je n'ai pas tué Grégory. Je le jure sur la tête de mon nouvel enfant [1].

C'est la fin, presque le dernier acte de cette instruction. Ces dix heures de harcèlement, ajoutées aux cinq heures d'interrogatoire de la veille, n'ont rien révélé et Christine ne retournera pas en prison, au moins pas avant Noël. Mais le lendemain matin, à 8 h 20, elle quittera Petitmont avec Julien dans son couffin, pour se rendre au parloir du samedi. Le même jour, Jean-Michel Lambert partira en vacances en emportant ses certitudes, mais en laissant derrière lui trop de questions en suspens. Est-ce bien cette jeune femme de vingt-deux ans à l'époque des faits, à qui les membres de la famille s'adressaient comme à un homme mûr?

— Si t'es mon maquereau, je saurais qui tu es alors...

disait Monique Villemin dans un appel enregistré sur cassette.

Est-ce bien cette jeune mère de famille qui était obsédée par Jacky et cet autre « bâtard » insaisissable?

— Bien sûr le bâtard, mais il y en a d'autres des bâtards et je suis peut-être le seul à savoir qui c'est... Et ta mère, elle le sait aussi...

insinuait le corbeau lors d'un appel à Jean-Marie Villemin, dans la matinée du 23 mars 1983, à une heure où Christine était rivée sur sa machine à coudre de l'usine MCV. A la lueur de ce nouvel échec, on peut se demander si la mère de Grégory n'est pas devenue, à la faveur d'un phénomène collectif incontrôlable, le bouc émissaire idéal d'une famille décidée à cacher ses vilaines plaies.

Me Lombard quitte le palais en lâchant :

— Avec cinquante mots, elle bétonne. Elle n'avouera jamais. C'est le syndrome de Manosque.

L'avocat fait référence à un assassin qui niait son geste en affir-

1. Procès-verbal de confrontation du 20 décembre 1985.

mant être allé au cinéma de Manosque au moment des faits. Le cinéma était fermé, mais le suspect maintenait qu'il était bien à la séance de ce soir-là. Trois ans plus tard, Mᵉ Lombard me dira avec cet aplomb qui le caractérise.

— Elle était impressionnante de dignité...

Mᵉ Garaud tente de nous faire comprendre ce que Christine vient de vivre :

— Cette femme a réussi à surmonter une épreuve extraordinaire. Imaginez ce qu'elle ressent. Il lui arrive le comble de ce qui peut arriver à un être humain.

Mais on ne s'attarde pas beaucoup devant les défenseurs de Christine, car la partie civile reprend pour exhorter le parquet à « prendre ses responsabilités » c'est-à-dire à rassembler les charges dans un réquisitoire destiné à faire envoyer la mère de Grégory aux assises. Cela pourra se faire dès que les expertises attendues pour le début du mois de janvier « auront confirmé ou infirmé les précédentes. Dans la première hypothèse, assez vraisemblable, dit-on, la tâche sera rude », prévient à la manière de *France-Soir*, Pierre Georges dans *Le Monde* [1].

En quarante ans de carrière, Mᵉ Garaud n'a jamais connu un pareil casse-tête. De Christine Villemin, il n'a que des images simples : celle d'une mère attendrie par son nouveau-né et émue par son enfant disparu, celle d'une épouse qui ne se plaint jamais du rythme des parloirs et des centaines de kilomètres qui, de semaine en semaine, s'accumulent, et celle d'une femme dont les gestes et la sincérité toucheraient même les plus insensibles.

Pourtant, ce dossier d'instruction lui renvoie l'image, certes mal ficelée et mal construite mais apparemment concordante, d'une femme corbeau à qui, par simple déduction, on veut attribuer à tout prix un infanticide.

La presse, à l'exception toujours notable du *Républicain lorrain* de Metz, s'est installée dans une haine coutumière à l'égard de Christine Villemin. Les plus prudents, comme moi, jouent sur les mots, souvent hypocrites. Après avoir dit « martyre ou innocente », je m'empresse d'ajouter « monstre ou criminelle » pour contenter tout le monde et faire semblant d'être équitable, mais ces artifices sont pauvres face à ce qui se joue.

On comprend et on partage, sans peine, la perplexité de Mᵉ Garaud devant ce triple portrait de Christine Villemin. Celui qu'il

1. *Le Monde*, du 22 décembre 1985.

peut voir tous les jours : courageuse, amoureuse et victime. Celui qu'il aperçoit dans le dossier : corbeau, machiavélique, traquée. Et celui que lui renvoie la presse : monstre, dangereuse, maléfique. Qui ment? Qui se trompe? La justice, la presse ou ses propres yeux? Les voies de recours se raréfient, alors l'avocat rédige dans un courrier de six pages une longue supplique au premier magistrat de France, François Mitterrand, le président de la République.

> — Vous êtes le seul à pouvoir arrêter la marche au désastre dans cette affaire judiciaire, la plus terrible de votre septennat.

Officiellement, François Mitterrand n'a pas de pouvoir direct pour intervenir sur cette procédure mais il peut, *via* le garde des Sceaux, donner des instructions afin que le parquet compétent examine les différents points soulevés par la défense et prenne d'éventuelles dispositions nécessaires. Les avocats de Christine savent bien que ce courrier est voué à l'échec, mais au moins a-t-il le mérite d'alerter le plus haut personnage de l'État dont l'affaire Grégory serait, selon des échos en provenance de l'Élysée, « le souci ».

7

Charlemagne et la guerre des polices ... Encore un peu plus loin, un peu plus fort ... Le juge et l'assassin ... L'imagination de Jack Slipper ... Christine Villemin désespérément normale ... Cruelle accoutumance ... Jet-Set chez Christine ... La stratégie catastrophe de Me Garaud ... Des cassettes exceptionnelles ...

La première information de l'année 1986 tombe le 3 janvier à 5 heures du matin. Le commissaire Jacques Corazzi a rendu son rapport de synthèse, et la « caisse de résonnance » le détaille dans tous ses organes de presse. Les cinquante-cinq pages du document sont une synthèse des articles parus dans *France-Soir* depuis dix mois. Deux surprises. D'une part, les faits, dates et horaires concernant la mort de Grégory sont exposés « sur la base d'articles de presse [1] ». Une légèreté incompréhensible, d'autant que les enquêteurs ont photocopié pendant une journée entière l'épais dossier des gendarmes, renfermant toutes les constatations relevées dès que l'alerte fut déclenchée. Les horaires et témoignages cités comme base de travail sont donc approximatifs et ne présentent aucune garantie de fiabilité. On frémit en imaginant les déductions qui peuvent en être faites. Seconde surprise : l'aveu de la guerre des polices. Jacques Corazzi porte une accusation grave contre la gendarmerie, sans que personne ne la relève ni ne s'en étonne. Le commissaire explique que Bernard Laroche fut libéré après sa première garde à vue « car les gendarmes n'ont pas réussi à inventer

1. Rapport de synthèse du SRPJ, page 6.

des éléments de preuve à son encontre [1] ». Ces deux extraits résument toute la philosophie de l'enquête menée par la police judiciaire.

Les avocats de Christine n'apprennent rien qu'ils ne connaissent déjà dans cet exposé visant à accuser la mère de Grégory de l'assassinat de son fils et à innocenter Bernard Laroche. Dans une note critique, ils y relèvent nombre d'approximations, omissions ou partialités. Mᵉ Garaud n'en retient que le passage lyrique dans lequel Jacques Corazzi décrit les Vosges au VIᵉ siècle en se référant à Grégoire de Tours. Il y parle de « terres giboyeuses, peuplées au temps où Charlemagne venait chasser sur ces terres ». A chaque fois qu'on l'interrogera sur ce document, l'avocat s'esclaffera d'un ton moqueur :

— Ah, vous voulez parler des terres giboyeuses de Charlemagne !

Le rapport des policiers relance dans les médias l'idée de la réincarcération de Christine Villemin. L'heure du bilan a sonné. On dit que Lambert s'interroge, soupèse les risques, avance et recule. La Chancellerie et le parquet général de Nancy se renseignent et attendent les expertises en tous genres. Les autorités sont indécises. Le magistrat n'a aucune preuve de son implication dans l'assassinat de Grégory pour la faire renvoyer nettement devant les assises en ordonnant son retour en prison. Par ailleurs, il dispose de trop de présomptions et la pression policière et médiatique est trop forte, pour y renoncer. La voie médiane consistant à l'envoyer libre devant un jury populaire semblerait ridicule et la perspective d'un non-lieu après un an de réquisitoire, inimaginable. Lambert est encore dans l'impasse.

La presse ne partage pas ces indécisions et, comme dans les semaines précédent l'inculpation de juillet 1985, les journaux dressent tous les jours des réquisitoires pleins de cassettes, de pneus et autres mouchards accusateurs, relayés ensuite par les hebdomadaires. Le même mécanisme de pression s'ébranle, d'autant plus puissant qu'il s'abat sur une société française déjà convaincue depuis des mois que Christine Villemin est le corbeau de Lépanges-sur-Vologne. Le sillon est creusé et ensemencé depuis près d'un an.

Le Figaro Madame opte pour les assises et propose à ses lectrices un grand article : ET SI VOUS ÉTIEZ JURÉ DANS L'AFFAIRE VILLEMIN [2] ?, accompagné d'une interview de Mᵉ Paul Lombard qui

1. *Idem*, page 19.
2. *Le Figaro Madame* du 11 janvier 1986.

se félicitera ailleurs de l'action de la partie civile grâce à laquelle des « zones d'ombres ont tendance à s'estomper[1] ». *Le Figaro Magazine* assène « Les arguments massues du juge Lambert » dans un article de Philippe Benet, qui collabora avec René Héricotte. Il cherche toujours un mobile à Christine et en choisit un, au hasard :

> « Une mère qui hait son enfant en silence, jalouse de l'amour exclusif du père. (...) une mère incomprise qui veut sortir de la masse et qui veut sa photo dans les journaux. (...) Elle pense un jour simuler l'enlèvement de son enfant. Juste pour qu'on s'intéresse enfin à elle. Tout est prévu pour le 16 octobre. On retrouvera l'enfant le soir et le lendemain, on la plaindra. Elle aura sa photo dans le journal local. (...) On endort l'enfant, on le ficelle pour faire comme si. On le conduit à Docelles à six kilomètres. On le dépose en plein bourg à la tombée de la nuit. (...) Puis on téléphone en hâte en maquillant la voix qui donne l'alerte. Aucun doute pense cette mère : les battues vont commencer. (...) Pourvu qu'il n'attrape pas froid. Mais les pompiers de Docelles ne sortiront pas. Ce sont ceux de Lépanges qui découvriront l'enfant dans la Vologne à Docelles. Il aura glissé dans l'eau glacée[2]. »

Les mêmes signatures, l'ex-commissaire Pierre Ottavioli ou Dominique Jamet, reprennent leur plume pour exhorter Lambert à faire son devoir sans pitié.

> « C'est à lui qu'il revient d'en tirer les conséquences, toutes les conséquences, sans se laisser arrêter par rien, ni par une vedettisation dont la base même est un crime, ni par un chantage au suicide, que la justice ne tolérerait même pas d'une innocente, ni même par l'existence d'un pauvre enfant qui ne serait sans doute jamais né si son frère n'était pas mort. Qui prétendrait que la décision est facile ? Mais c'est à ce prix-là que les petits juges deviennent grands »,

écrit Dominique Jamet dans un éditorial du *Quotidien de Paris* intitulé « Le juge et l'assassin[3] ». « Christine Villemin sait qu'elle va être jugée », annonce *France-Soir* sur sept colonnes à la une. Dans l'article, Marie-Ange Laroche prononce des phrases définitives : « J'espère que la justice va faire son travail. Si Christine est cou-

1. *Le Journal du Dimanche* du 16 février 1986.
2. *Le Figaro Magazine* du 18 janvier 1986.
3. *Le Quotidien de Paris* du 10 janvier 1986.

pable, il faudra bien qu'elle paye. » Et si elle est acquittée faute de preuves déterminantes ? « On avisera... de toute façon, cela ne se passera pas comme ça. » Elle ne cache guère sa volonté de devenir « justicière » si toutes les autres voies échouent [1], prévient Jean-Louis Morillon.

VSD dépêche dans les Vosges un ancien enquêteur de Scotland Yard. Jack Slipper lit les articles archivés, puis rencontre le commissaire Corazzi et le juge Lambert, flatté qu'un « as de la police anglaise [2] », comme l'écrit l'hebdomadaire, daigne s'adresser à lui d'égal à égal. Le magistrat s'épanche volontiers sur son affaire et confie s'être convaincu de la culpabilité de Christine après avoir interrogé les femmes de son entourage qui toutes se déclarèrent « choquées » par cette grossesse rapide.

Le résultat de ce voyage dans les Vosges est un article implacable pour la mère de Grégory, mais surtout incompatible avec les quelques données acquises de ce dossier. Signé par Dominique de Saint-Pern, le reportage s'achève sur une perspective nouvelle que personne n'avait encore envisagée, pas même les Bezzina. Le limier de Scotland Yard estime qu'il est possible que l'auteur du crime ne se souvienne de rien mais « qu'un jour, dans des mois, voire des années, il commettra un geste aussi fou que le premier [3] ». Me Garaud fera un procès. Il en fera un autre au journal d'astrologie *Vous et votre avenir* [4], proposant à ses lecteurs des thèmes astraux pleins de violence et de pulsions criminelles et basées – pour les initiés – sur des horaires de naissance erronés.

Christine Villemin se rend à Lyon pendant deux jours pour être à nouveau examinée par des psychiatres. Quelques jours plus tôt, c'était à l'hôpital psychiatrique Sainte-Anne de Paris. En six mois et sur ordre du juge Lambert, onze spécialistes vont fouiller son âme, son psychisme et son moi profond. Le juge cherche toujours l'article 64 (la folie), mais les diagnostics sont concordants pour lui trouver un équilibre et une santé mentale sans faille. L'examen a lieu à l'hôpital Édouard-Herriot puis à l'institut médico-légal où il faut entrer par les sous-sols, longer les poubelles et marcher sous des plafonds bas, mal éclairés, en passant à côté des salles de dissection. On lui pose mille questions sur Grégory, sur ses rapports avec lui, sur la façon dont elle l'a élevé, toutes choses que ne lui a jamais demandées le juge Lambert. Christine est plutôt satisfaite de

1. *France-Soir* du 15 janvier 1986.
2. *VSD* du 6 février 1986.
3. *VSD* du 6 février 1986.
4. *Vous et votre avenir* du 2 mars 1986.

ces entretiens, même si elle n'en voit pas tellement l'intérêt. Sur le trottoir, elle demande à son avocat :

— Ça va encore durer longtemps tout ça? C'est pas ça qui va faire éclater la vérité...!

A la fin de sa deuxième journée d'examens, l'ACP, RTL et l'AP annoncent que la jeune femme vient d'être inculpée de tentative d'assassinat et de tentative d'enlèvement sur les personnes de Marie-Ange Laroche et de son fils Sébastien. Tout le monde reprend l'information, y compris les télévisions. Pourtant, Jean-Michel Lambert et le parquet démentent. Marie-Ange avait bien déposé une plainte dans ce sens contre Christine et Jean-Marie Villemin, car celui-ci avait avoué avoir envisagé de la retenir avec Sébastien afin que Muriel soit entendue par les policiers. Mais la justice n'a pas l'intention de donner suite. Lambert me le confirme par téléphone :

— Ça ne tient pas la route.

Garaud, rentré de Lyon, rugit à l'autre bout du fil :

— C'est entièrement faux. C'est un coup de Bezzina. Je vais lui foutre un procès [1] ...

Le « coup » est d'abord une erreur, celle du greffier qui a accolé, distraitement, le nom de Christine à celui de son mari, sur une commission rogatoire lancée mollement par le juge Lambert après le dépôt de cette plainte. Quand les policiers du SRPJ ont découvert les deux noms des Villemin sur la feuille de papier, ils en ont déduit que Christine avait été inculpée, en catimini. Aussitôt, les Bezzina ont répandu la nouvelle. Malgré le démenti des autorités judiciaires, l'information est délayée pendant quarante-huit heures en ravivant l'éternel fantasme de voir Christine Villemin neutralisée, inculpée ou emprisonnée par tous les moyens. Dans un article anonyme, *L'Est républicain* de Nancy renâcle pour reconnaître l'erreur de départ et écrit, en dépit de toute réalité judiciaire, que Christine est « bien en situation d'inculpée virtuelle aux côtés de son époux dans la mort de Bernard Laroche [2] ». Après le « non-lieu moral », voilà l' « inculpation virtuelle », la justice médiatique ne s'embarrasse pas de détails. Bezzina se sort de ce mauvais pas en reportant cette faute retentissante sur Jean-Michel Lambert accusé de mener une instruction brouillonne et de n'en être plus « à un cafouillage près [3] ». Le juge vit très amèrement la trahison des Bez-

1. Notes personnelles du 20 janvier 1986.
2. *L'Est républicain* du 23 janvier 1986.
3. *France-Soir* du 23 janvier 1986.

zina et de la police judiciaire, qui refroidit la qualité de leurs rapports. Si tout le monde s'émeut de ces échanges judiciaires incontrôlés, personne ne songe à l'impact de l'annonce sur Christine, son mari ou sa famille. « Comme une cruelle accoutumance [1] », résume Denis Robert dans *Libération*.

Dans son bureau de l'avenue George-V, Denis Tarento cherche un scoop. Il est directeur de l'agence de photos Jet-Set, spécialisée dans le show-business. Danièle Gilbert posant nue dans *Lui*, Ira de Furstenberg à Monaco, Ornella Muti et ses enfants, Julio Iglésias dans sa villa somptueuse, c'est lui. A l'aube de 1986, il s'interroge une nouvelle fois : « Qui est la femme de l'année ? »

— Mais c'est Christine Villemin ! lui répondent tous ses amis.

Denis Tarento, très peu intéressé par le fait divers, n'y avait pas songé. Convaincu, le photographe décide de « découvrir l'image qui se cache derrière le monstre de la Vologne [2] ». Tarento appelle Garaud qui est déjà en pourparlers avec l'éditeur Michel Lafon, alors en plein essor après le succès de la médecine selon Rika Zaraï, pour publier les « Mémoires » de la mère de Grégory. Tarento, Lafon, issus d'un même milieu de strass et de fausses perles, ces hommes se connaissent et s'entendent pour conclure des affaires ensemble.

A Petitmont, Christine ignore tout ce qui s'organise autour d'elle et de son histoire. Garaud la prévient au dernier moment de la visite d'une équipe, envoyée avec son accord. Un matin, elle voit arriver une Renault Espace avec un coiffeur, un photographe, un maquilleur et, à l'arrière, un important matériel de prises de vues ainsi qu'une caméra vidéo. Le rendez-vous se décompose en une séance de photos et une interview réalisée par Denis Tarento.

Christine pleure, refuse de se soumettre aux exigences du ballet efféminé qui virevolte autour d'elle. Elle n'a pas oublié les critiques violentes après la publication des photos de Julien dans *Paris Match*. Son frère refuse d'ailleurs de cautionner cette mise en scène. L'équipe est obligée de se déplacer chez un autre membre de la famille, à quelques kilomètres de là. Garaud, de passage sur le chemin d'Épinal, parlemente. Il faut qu'elle réponde à ses détracteurs et que disparaissent les images de la femme traquée, abattue. Christine doit apparaître comme une mère sereine et souriante

1. *Libération* du 23 janvier 1986.
2. Entretien avec l'auteur.

avec Julien. Et puis la défense coûte cher, l'avocat a besoin de rentrées d'argent. Il lâche l'argument ultime :

— Ce sera bon pour Jean-Marie...

Alors, si cela peut aider son mari, Christine accepte l'entretien et les photos, à condition qu'on ne la maquille pas. Chaque cliché de Xavier Martin est arraché dans une ambiance tendue, dans les larmes. Christine apprend que tout est déjà vendu à *Paris Match*. Elle est furieuse car elle croyait les relations apurées avec ce journal à la suite du dédommagement obtenu après leurs articles diffamatoires :

— *Paris Match*, c'est ceux qui m'ont traitée de « monstre de la Vologne » !

Bien que très aimable avec l'équipe, elle se désintéresse de la séance et ne parle que de Jean-Marie et de la réincarcération qui, selon les journaux, la guette.

— On va venir m'arrêter, répète-t-elle avec angoisse.

Denis Tarento réalise l'interview dont le décryptage accompagnera les photos dans *Paris Match*. Ses propos portent, entre autres, sur Muriel :

> — J'espère que Muriel m'écoutera et qu'elle réfléchira enfin. Je voudrais qu'elle revienne sur ses déclarations. On a assez souffert. Elle devrait comprendre que nous sommes vraiment détruits. Il n'y a qu'elle qui puisse nous aider.
> — Que peut-elle dire de plus ?
> — Elle peut d'abord confirmer et dire surtout ce qu'elle a vu. Au début de son témoignage, elle était claire et honnête. On voyait la scène. A la fin, on croirait qu'elle a participé... Alors elle se blanchit et dit qu'elle n'a plus rien vu, qu'elle ignore ce que Laroche a fait avec le petit... Mais Jean-Marie et les avocats pensent qu'elle en sait plus.
> — Pourquoi reviendrait-elle sur sa décision ?
> — Pour nous aider, quitte à ce que le juge la laisse en liberté ! Nous, on s'en moque pourvu qu'on nous aide. On n'a qu'à la mettre dans un foyer ou l'éloigner de sa famille. Je ne demande pas que Muriel aille en prison mais qu'elle mette fin à notre cauchemar [1].

La suite de son plaidoyer *pro domo* revient, une fois encore, sur l'attitude de ses beaux-parents qui l'ont « beaucoup déçue », Michel et Ginette, leurs avocats, l'acharnement de Lambert et de la

1. *Paris Match* du 17 janvier 1986.

police judiciaire. Christine vide son cœur en tenant des propos suicidaires à l'heure où la justice s'interroge sur son retour éventuel en détention et l'issue de l'instruction.

La stratégie suivie par Me Garaud est catastrophique. Les propos de la jeune femme, détaillés dans *Paris Match*, s'accompagnent de nouvelles photos de Julien dans les bras de sa mère et d'une autre la représentant en train d'écrire à son avocat, de cette écriture scolaire derrière laquelle les experts croient déceler le corbeau. Sur quatre pages, le reportage résume le message de son défenseur. Une mère parfaite et une écriture sage. Cette image est tellement en décalage avec l'accusation médiatique que le public a le choix entre deux lectures : la pitié ou la répulsion. Il choisira en majorité la deuxième solution, flairant derrière ces images trop bien léchées de nouvelles transactions financières.

Tarento enregistre les déclarations de Christine en vidéo dans l'espoir de les vendre à TF 1 ou Antenne 2. Les chaînes de télévision appartiennent encore au service public et s'entendent entre elles pour ne pas acheter le document, de médiocre qualité, proposé par Jet-Set pour près de 300 000 francs. La cassette restera dans un tiroir d'où elle ne sortira plus jamais.

Un autre matin de janvier 1986, Me Garaud se gare devant la maison de Petitmont. A l'intérieur de la voiture, deux journalistes, Marianne Orsini et Dominique Grimaud, rédacteur en chef du *Parisien libéré*, attendent que l'avocat expose à Christine le but de leur visite, cette fois impromptue. Me Garaud minaude devant sa cliente :

— Vous allez leur raconter votre histoire et ils vont écrire un livre pour vous.

— Un livre? Mais mon histoire n'a aucun intérêt, rétorque Christine étonnée.

Intérêt ou pas, le projet de Me Garaud et Michel Lafon est arrêté : Christine Villemin va « écrire » ses mémoires qui devront couronner l'instruction et plaider, en désespoir de cause, les arguments de sa défense que la justice ne veut pas entendre. Les deux journalistes s'installent et posent leur magnétophone sur la table. Très vite, Marianne Orsini reste seule pour enregistrer les souvenirs et confidences de Christine. Entre deux cassettes, celle-ci se rend à la prison et fait part de ses réticences à Jean-Marie qui, au contraire, est enthousiaste.

— Il faut que tu te défendes! Ça ne peut pas durer de te laisser traîner dans la boue comme ça.

Alors, pendant trois jours, Christine raconte toute sa vie, depuis son enfance dans cette même maison où elle attend de connaître son sort jusqu'à ce jour, en passant par la soirée du 16 octobre 1984.

En dehors de l'instruction, les thèmes d'actualité sont nombreux, même s'ils ne sont pas soulevés de manière contradictoire : le comportement de la presse à son égard, son vedettariat, la suspicion, l'argent, ses vœux et l'avenir. Elle parle sans fard, comme toujours, avec sa logique d'innocente qui sait où se trouvent le bien et le mal, les mauvais et les justes. Elle parle comme si, dans cette logique, elle apercevait le bout du cauchemar. Le décryptage des cassettes est un document unique, plus complet et plus brûlant que tous les procès-verbaux du juge Lambert aux réponses sommaires et à sens unique. Le livre et sa syntaxe sans reproche ne sauront pas leur rendre cette authenticité.

— Avant le drame, que représentaient les journalistes pour vous?
— Il faut dire qu'on ne regardait pas les infos, sauf ceux de Lorraine. Autrement, on achetait pas de journaux. Mais on pensait pas que les journalistes étaient des gens aussi emmerdants. Ce sont vraiment des gens antipathiques. Ils détruisent une vie, incroyable! Je disais à Jean-Marie : des fois, il y a des vedettes qui se suicident, c'est pas étonnant. S'ils ont toujours les journaux comme ça autour d'eux. Ce sont des gens qui pousseraient les personnes au suicide, avec tout ce qu'ils marquent, avec leur acharnement à être toujours derrière vous!
— Vous sentez-vous victime de la presse?
— Oh oui. Heureusement que Jean-Marie était là. En dernier, il me disputait. Il me disait : « Ne lis plus les journaux, tu vas te faire du mal. » C'est vrai qu'en lisant leurs conneries, je me serais fait du mal. Ce n'est pas possible qu'ils puissent tout inventer et tout tourner à leur façon. Et puis, ils profitaient de nous. Ils faisaient une photo, publiaient des interviews qu'on leur avait pas accordées [1].
Des interviews bidon. Ils m'ont fait beaucoup de mal. A cette époque-là, la presse disait que c'était moi qui aurait tué mon enfant, que j'étais un monstre, que j'avais poussé Jean-Marie à tuer Laroche pour me défendre. Ils ont été trop loin. Ça fait mal quand même!

1. Décryptage des cassettes (janvier 1986).

Marianne Orsini aborde ensuite le thème de la prison et de l'enquête :

— Cela vous obsède à ce point de pouvoir retourner en prison ?
— Quand on est entre quatre murs, on se demande comment on va en ressortir. Surtout quand on a rien fait. C'est à devenir dingue.
— Plus les choses traînent, plus on se dit, même si on a pas de preuves contre vous, de toute façon, si on ne trouve rien d'autre, c'est elle. Qu'est-ce que cela fait de se sentir toujours suspectée ?
— Je ne peux rien y faire. Je ne peux pas crier. Je ne peux pas me couper la tête pour prouver mon innocence. C'est pour cela que j'évite de sortir.
— L'autre jour, vous m'avez dit cette phrase qui m'a marquée : on vous dit parfois : « c'est LA Villemin » avec ce que cela comporte de mépris, de curiosité.
— Je lis dans leurs regards : « C'est elle qui a tué son enfant. » C'est pour cela que je sors le moins possible.
— Que répondez-vous aux gens qui peuvent vous critiquer en disant : « Elle se complaît dans ce rôle de star » ?
— On croirait que les gens sont envieux du malheur qui vous arrive. J'ai été beaucoup critiquée pour *Paris Match* mais avant les journalistes prenaient des photos et ils marquaient n'importe quoi. Je ne demandais rien. Quand je sortais, ils me prenaient en photo et toutes les semaines, j'étais dans les journaux. Si les journalistes avaient eu un autre comportement, je crois que j'aurais plutôt accepté de faire prendre Julien gratuitement. Si je l'ai fait payer, c'est pour pouvoir payer les avocats. Avec tous les frais qui s'ensuivent. Les gens critiquent, mais je veux bien lancer un appel : je ne fais plus de photos, je n'accepte plus de reportages, les journalistes prendront ce qu'ils voudront, à condition que les gens payent nos avocats. De nos jours, pour se défendre, pour avoir de bons avocats, il faut avoir de l'argent. C'est pas normal. Il va falloir beaucoup d'argent aussi pour Jean-Marie. Il va passer en jugement. Marie-Ange s'est portée partie civile. Elle va demander des dommages, plusieurs millions.
— Quand on vous dit que l'affaire Villemin est l'une des plus grandes affaires criminelles de ses cinq dernières années et

qu'elle passionne, qu'elle fait vibrer tout un pays, ça vous dérange?

— Ça me gêne beaucoup. On a perdu notre petit garçon. Beaucoup d'autres familles ont perdu aussi un enfant, des viols, ou des petites filles ont été tuées. Comme cette petite Algérienne... Les journalistes en ont parlé un peu, c'est tout.

— Y a-t-il des gens auxquels vous ne pardonnerez jamais rien?

— C'est envers Muriel que je porte le plus de haine en ce moment. Si Muriel ne s'était pas rétractée, Laroche serait en prison. Il aurait été jugé. Et Jean-Marie ne serait pas en prison. Il serait toujours à mes côtés et moi, je ne serais pas accusée à tort. Mais il faudra connaître la vérité un jour. On veut savoir pourquoi on nous a pris Grégory. Pourquoi on nous a embêtés pendant deux ans alors qu'on n'avait pas fait de mal.

— Comment imaginez-vous la suite de votre vie?

— Il faut déjà attendre un non-lieu pour moi et le jugement pour Jean-Marie. Ça dépendra combien il aura d'années.

— A votre avis, il bénéficiera de circonstances atténuantes?

— Ah oui! Je pense pas qu'il aura beaucoup.

— Quand Jean-Marie sortira de prison, vous reprendrez votre vie avec Julien qui aura grandi. Pensez-vous que vous aurez un deuxième enfant?

— Oh oui! On ne restera plus avec un seul enfant. On ne peut pas savoir l'avenir. Une maladie... c'est trop dur de perdre d'un seul coup un enfant et de se retrouver seuls.

— Vous la voyez où la vie?

— Le plus loin qu'on pourra aller. A l'étranger. Avec tout ce que la presse a dit, si on restait en France, on nous reconnaîtrait toujours. Ou alors, il faudrait se faire une chirurgie esthétique. Les journalistes nous ont toujours suivis à la trace. Plus tard, ils viendront voir la vie qu'on aura refait. Si on réussit à s'installer à l'étranger, on ne reviendra en France pour que se faire enterrer auprès de Grégory. C'est tout. On reviendra parce qu'on ne peut pas le prendre [1].

— Y a-t-il aujourd'hui quelque chose qui vous tienne à cœur?

— S'il arrivait à d'autres une chose aussi horrible que ce qui nous est arrivé à nous et à notre couple, il faudrait que les journalistes ne s'acharnent pas sur les parents, ni sur la

1. Les Vilemin avaient envisagé d'emporter le cercueil avec eux à l'étranger, mais ce type de transfert est interdit.

famille comme ils l'ont fait dans notre affaire. Ils ont fait beaucoup de mal plutôt que de nous aider.

— Vous pensez à Bezzina, à Ker?

— A beaucoup. Il n'y en a que quatre ou cinq qui ont été corrects. C'est tout. Ceux-là ont relaté dans leurs canards le déroulement de l'enquête sans en ajouter. Sans modeler, sans en inventer pour faire du sensationnel comme Bezzina, Ker, *Ici Paris*...

— Je suppose que le juge Lambert n'a pas été très brillant non plus. Sinon, on n'en serait peut-être pas là.

— Dans une telle affaire, un juge devrait avoir du caractère, ne pas se laisser intimider, manœuvrer. Il devrait prendre tous les témoignages en considération, pas uniquement ceux qui l'intéressent.

— Est-ce que vous pardonnerez au juge Lambert?

— Non. Jamais. Il nous a fait beaucoup de mal depuis le début, que ce soit dans l'enquête, dans les expertises... Il a fait beaucoup d'erreurs. Si Jean-Marie en est là aussi, c'est en grande partie de sa faute. Je ne lui pardonnerai jamais parce qu'il m'accuse et si je me mettais à genoux devant lui, il ne me croirait pas. Je ne sais pas quoi faire pour lui montrer qu'il se trompe.

— Si, un jour, on apprend que la vérité c'est Laroche, je suppose qu'il aura quelques scrupules, quelques remords envers vous et qu'il viendra se faire pardonner!

— Je ne lui demanderai pas. Je ne sais pas s'il le fera.

— Bezzina aurait dit : « Si on me démontre qu'elle n'est pour rien dans ce meurtre, je ne sais pas ce que je ferai mais je ferai forcément une action par rapport à elle. »

— Mais il ne faudra pas qu'il vienne devant moi. Ni devant Jean-Marie. Il a fait beaucoup de mal. C'est lui qui a commencé et tous les journalistes l'ont suivi. C'est vraiment lui qui a été à la tête du troupeau [1].

1. Décryptage des cassettes (janvier 1986).

8

Eléments à décharge ... Les contradictions des experts ... Concurrence littéraire ... Mensonges à la pelle ... Le non-lieu en pointillé ... Lambert désabusé et amer ... Défense en quadrichromie ... Un procès barbare ... L'argent fait monter la pression ... L'annonce d'une seconde crise de sorcellerie ...

Le juge Lambert reçoit les résultats des diverses expertises ordonnées au cours de l'automne. Une grande déception l'attend. Hormis les travaux des experts en écriture et en acoustique, tous les autres infirment son intime conviction. L'heure relevée sur le contrôlographe du bus de Christian Claudon indique qu'il a coupé son moteur à 17 h 32. A cette heure précise, il voit Christine à l'arrêt dans sa R5, bloquée par les bêtes de retour à la ferme. 17 h 32 étant également l'heure de l'appel de revendication du crime par le corbeau chez Michel Villemin, il ne peut plus lui être imputé. Et si l'on s'en tient au premier horaire indiqué par Michel, 17 h 27, c'est encore moins envisageable, faute de temps. Le mouchard « accusateur » vanté pendant trois mois devient donc un réel élément à décharge. Par ailleurs, il signifie que Christine a bien quitté son domicile dix minutes plus tôt, le temps de se rendre jusque chez la nourrice et de sillonner la rue principale de Lépanges. Mme Claudon disait vrai quand elle affirmait pendant l'été avoir vu Christine une première fois à 17 h 20 quand elle appelait Grégory pour qu'il rentre à la maison, et une seconde fois à 17 h 30 quand elle revenait du centre du village. Le chronométrage est ajusté et lui retire toute possibilité matérielle d'aller jusqu'à Docelles pour assassiner son enfant.

Les expertises des moulages des pneus et de l'empreinte de talons corroborent cette première indication. Les quatre pneus de sa R5 ont été étudiés. Deux d'entre eux sont « rigoureusement différents » des moulages et deux autres « ont une largeur de crampons très légèrement différente ». Ses bottes et les empreintes laissées sur la berge de la rivière sont elles aussi « rigoureusement différentes [1] ». Quand le juge Lambert lui présente ces rapports et recueille ses observations, Christine déclare :

> « Je sais très bien que je ne suis pas allée au bord de la Vologne donc qu'il y ait eu expertise ou pas, je savais très bien qu'elle reviendrait négative. Quant au résultat du mouchard, il confirme le témoignage de Mme Claudon [2]. »

S'il est désormais établi que Christine Villemin n'est pas allée sur les bords de la Vologne, le jour de l'assassinat de son fils, les autres résultats apportent des réponses qui lui sont moins favorables. Les acousticiens estiment que le corbeau « est presque certainement *(sic)* une femme qui déguise sa voix [3] ». Quand les premiers experts en audiométrie, les docteurs Yana et Pfauwadel de Paris, découvrent ces résultats dans la presse, ils sont interloqués et se demandent si leurs confrères ont bien travaillé sur les mêmes cassettes qu'eux. En un an, les avis des spécialistes qui ont écouté ces cassettes, ont suivi une progression curieuse. Les premiers disaient sans nuance : « c'est un homme », les deuxièmes : « on ne peut pas déterminer le sexe », et les troisièmes : « c'est une femme qui déguise sa voix ».

Enfin reste le scellé numéro 7 avec le babil enfantin entendu en fond sonore. Les experts affirment que « l'enfant qui parle se trouvait à proximité du magnétophone qui l'a enregistré [4] ». La thèse de la voix du petit Daniel ne tient plus. Mais Christine n'en démord pas, pour elle, ce n'est pas Grégory. Finalement, Jean-Marie lui conseille de le reconnaître pour avoir la paix, ce point lui paraissant insignifiant. Christine suit le conseil de son mari et capitule :

1. Rapport Haguenœr et Roelandt.
2. Procès-verbal du 20 février 1986.
3. Rapport Pinel et Lienard.
4. *Idem.*

« Si l'enfant se trouvait dans la pièce où a été fait l'enregistrement, cet enfant doit être Grégory mais je répète que je n'ai pas fait d'enregistrement bidon [1]. »

Enfin, le troisième collège d'experts en écritures, Petit, Gilles et Ourliac, a relevé dans le graphisme de la jeune femme « des présomptions graves et suffisamment concordantes pour attribuer à Mme Christine Villemin, les documents litigieux [2] ». Les experts, qui regrettent de n'avoir eu que la lettre de revendication du crime et son enveloppe à étudier, excluent, des huit autres écritures examinées, celles de Marie-Ange et Bernard Laroche. Christine accueille ce nouveau résultat sans trouble :

« Il y a peut-être des concordances dans mon écriture avec celle du corbeau mais je jure que je n'ai écrit aucune lettre [3]. »

Comme celle de la voix, l'étude de l'écriture du corbeau a évolué au rythme de l'enquête. Antoine Argoud a désigné Jacquel. A l'époque Jean-Marie le soupçonnait. Le foulage et le diagnostic de Mmes Jacquin-Keller et Barrichon-Seyden sont concomittants avec la déposition de Muriel et l'incarcération de Bernard Laroche. Buquet et de Ricci désignent Christine quand le soupçon du triangle Welzer-Corazzi-Bezzina se dirige vers la mère de Grégory. Cette dernière expertise défavorable tombe après plusieurs mois d'accumulations de charges matérielles supposées contre l'inculpée. L'honnêteté et la bonne foi des experts ne sont pas en doute. Mais les conditions de désignation, d'expertise, l'environnement, ne peuvent pas être neutres au moment où, toute technique n'étant pas mathématiquement implacable, joue aussi l'intime conviction des spécialistes, ce mélange d'expérience et d'intuition qui fait les grands experts. On se souvient de l'article du *Figaro Magazine* décrivant, en juin 1985, Christine comme une criminelle hors pair, la semaine où elle fut soumise à une dictée sous le contrôle des experts. Rarement comme dans ce dossier, le nombre des expertises et les conclusions contradictoires auxquelles elles ont abouti auront atteint un tel degré de confusion. On apprendra par ailleurs plus tard que les différents spécialistes n'ont pas tous travaillé sur les mêmes documents dans le cadre de leurs missions respectives.

1. Procès-verbal du 20 février 1986.
2. Rapport Gilles, Petit de Mirbeck et Ourliac.
3. Procès-verbal du 20 février 1986.

Pour parachever ce tour d'horizon d'une instruction tournant en débâcle, Lambert lit le dernier rapport des psychologues qui n'apporte rien à l'enquête. Christine est décrite comme une jeune femme intelligente, un peu adolescente, fleur bleue, entêtée et un brin insolente. Ces formalités étant réglées, le juge tente d'en savoir plus sur le futur livre de son inculpée. Jean-Michel Lambert est fasciné par cette démarche inédite, bien que Christine le devance sur son ambition de toujours : écrire. Sans savoir s'il doit s'en agacer ou admirer, le juge s'inquiète de savoir ce qui sera dit de lui. Christine se sentant, pour une fois, une once de supériorité sur le magistrat, le laisse dans l'expectative. « Ça le regarde pas ! » dit-elle à ses avocats en quittant le bureau. Puis, elle sort du palais de justice, libre et sereine, et demande qu'on la conduise sur la tombe de son fils, ensevelie sous la neige, avant de regagner la Meurthe-et-Moselle.

Nous découvrons à notre tour que la plupart des charges de l'automne se sont volatilisées. Les anti-Christine, déçus, qualifient le mouchard d'élément peu fiable là où il devait être implacable, les moulages deviennent imparfaits et peu probants alors qu'ils étaient encore « superbes » quinze jours plus tôt. On retrouve çà et là quelques traces de « déficience maternelle » sorties de rapports psychologiques imaginaires. En revanche, les expertises en écritures et la cassette numéro 7, toujours présentée comme « un faux », fournissent les gros titres de première page. Incrédules, nous soupesons, une fois de plus, le poids de cette intoxication répétée béatement sans avoir jamais le temps ou la possibilité de vérifier nos informations. On ne parle même plus du tableau comparatif des appels téléphoniques, l'« élément capital » qui semble n'avoir existé que le temps d'une campagne de presse. L'autre exemple affligeant porte sur le fameux scellé numéro 7. Cette cassette comporte dix-huit secondes de silence troublées par la voix de l'enfant mais, contrairement à ce qui a été dit, ni injures de la part de Christine, ni voix maquillée, ni « nounours », rien qu'un « allô » féminin et du silence. Le seul point de litige porte sur la localisation de la voix de l'enfant. Il suffisait que Christine déclare d'emblée qu'il s'agissait de son fils pour qu'il n'y ait pas de cassette « truquée ». Je songe à Jean-Marie et à sa réaction impuissante s'il nous a entendus répéter ces mensonges. Parfois je demande à Me Moser de lui transmettre un mot de réconfort de ma part, mais je doute que dans un tel contexte, ma sollicitude soit bien reçue par le détenu.

Que va faire Jean-Michel Lambert de ces charges qui se délitent? Assises ou non-lieu, c'est désormais la seule question qui nous préoccupe. Un nouvel obstacle survient sur sa route. Me Garaud s'est adjoint les services d'un troisième avocat, François Robinet de Nancy, redoutable procédurier. Depuis quelques semaines, il passe le dossier au crible des règles du code de procédure pénale et a constitué un rapport épais sur toutes les erreurs commises par le juge Lambert. Il s'agit d'une véritable épée de Damoclès sur la tête du magistrat qui peut voir disparaître une grande partie de son travail. Le risque est évident : si Lambert transmet son dossier à la chambre d'accusation de Nancy aux fins de renvoi aux assises, les hauts magistrats vont annuler son travail et seront obligés de désigner un autre juge pour reprendre une nouvelle instruction. Cette perspective paraît inconcevable compte tenu du retentissement de l'affaire. La seule solution pour y échapper : un non-lieu. Dans une conversation téléphonique, Me Lagrange me confirme l'état d'esprit du moment :

> — Le procureur s'est renseigné à la Chancellerie sur les nullités soulevées par Robinet. Ils ne veulent pas courir ce risque. C'est tragique pour l'image de la justice. Ils vont au non-lieu [1].

A quelques semaines des élections législatives et d'un probable changement politique avec l'arrivée de la cohabitation, la Chancellerie choisit de temporiser pour laisser au successeur de Robert Badinter le choix d'une décision difficile. Ce sursis exaspère la partie civile et Me Welzer. Les uns et les autres savent que Me Garaud aura une meilleure écoute dans une Chancellerie de droite. Par ailleurs, le temps qui passe éloigne chaque jour Christine Villemin d'un éventuel retour en prison. Jean-Michel Lambert part en vacances : en Bretagne, il va réfléchir au moyen de sortir, la tête haute, de cette aventure finissante.

A son retour, lors d'une conversation téléphonique, le magistrat, beaucoup plus accueillant depuis les attaques de Bezzina à son égard, me confie son dégoût de tout, d'être abandonné par sa hiérarchie et le parquet.

> — Je suis désabusé, amer. Je ne vais pas prendre de responsabilités. C'est fini. La prison est exclue, les assises à peu près pareil. Je la crois coupable plus que jamais. Elle est très forte, elle a mis les psy dans sa poche. La Bretagne m'a fait du bien.

1. Notes personnelles du 18 février 1986.

> Grâce à cela je sais comment me sortir de ce dossier. J'ai pris de la hauteur, du recul philosophique et judiciaire. J'ai tiré les leçons. Elle est très forte mais je suis tout seul. Je suis très déçu par le nouveau parquet. Je suis dans un piège. La prison est exclue et si elle va libre aux assises, personne ne comprendra. Je songe à ma reconversion. J'ai déjà fait un stage à *France-Soir*. J'en veux à la Chancellerie qui ne veut pas de vagues. Le bouquin m'emmerde beaucoup. C'est scandaleux, il est écrit par des nègres. Elle a eu de la chance de tomber sur Garaud. J'en veux beaucoup à Bezzina, je lui reproche sa trahison. J'ai une grande fatigue physique. Je suis très ébranlé, vidé [1].

Jean-Michel Lambert a effectivement trouvé la solution pour survivre à son dossier : il va écrire, lui aussi, un livre, rattrapant son inculpée sur ce terrain qui lui est cher. Ensuite, fort de ses amitiés nouvelles tissées dans la presse au travers de cette affaire, il changera de métier pour devenir journaliste ou écrivain comme il l'a toujours rêvé.

Alors qu'une accalmie se profile pour plusieurs semaines dans l'instruction, l'équipe de Jet-Set revient en Lorraine pour une nouvelle séance de photos avec Christine Villemin. Denis Tarento apporte son matériel, réservé d'ordinaire aux stars : parapluie, projecteurs, fond blanc. Christine doit se soumettre aux exigences des professionnels. On lui tend des vêtements neufs et on la maquille outrageusement :

— Oh! si Jean-Marie me voyait, j'ai l'air d'une pouffiasse! s'exclame-t-elle en grimaçant devant la glace.

Toutes les photos sont posées et toutes sonnent faux. Christine marche dans la forêt, écrit « son » livre sur des cahiers d'écolier. Son sourire n'est qu'un rictus et seul son regard reste serein. Les photos sont organisées pour soutenir le prochain lancement du livre publié par Michel Lafon, l'éditeur des chanteurs et présentateurs de la télé. Christine, emportée par le tourbillon, se laisse faire.

En fabriquant sa nouvelle image, ses conseillers accumulent les erreurs psychologiques. L'opération « séduction du public » tourne au fiasco. Que reste-t-il du deuil de la mère de Grégory Villemin derrière cette fille trop maquillée, habillée d'un gilet jaune criard, croisant les bras dans une attitude de défi et signant de son écri-

1. Notes personnelles du 10 mars 1986.

ture « maudite » un appel à son propre fils assassiné : « Ah Grégory, si tu savais ! » ? En découvrant *Paris Match* [1], je la trouve laide à gifler. On a même mis du fard sur les joues de Julien qui, dans ses bras, apparaît plus comme un bouclier que comme un refuge. Pourtant, Me Garaud, obstiné, persiste dans la voie « de la couleur » pour défendre sa cliente et se défrayer. Depuis des mois, on savait que l'affaire Villemin n'est qu'un procès barbare exécuté par médias interposés. Après l'accusation et la condamnation survenues dans le désordre, voici la défense en quadrichromie. C'est l'aboutissement d'un processus révoltant où même les victimes sont salies par le système qui les broie. La justice observe le comportement insolite de cette inculpée, accusée d'avoir assassiné son enfant et soupçonnée d'avoir fomenté un autre drame. Pour l'heure, personne ne dit rien, mais tout le monde surveille attentivement la montée des audaces.

Les journaux, eux, se déchaînent. Une nouvelle crise de sorcellerie, à l'échelle de la société tout entière, se prépare. Les mots se bousculent et s'échauffent. La tension monte. Verbe contre verbe.

> « Est-ce que cela ne vous a pas jeté comme moi une goutte de poison dans le cœur et la conscience quand vous avez vu une mère inculpée pour l'assassinat de son enfant se transformer en star et en tirer des millions [2] ? »

Ménie Grégoire de RTL et *France-Soir*, à la conviction forgée depuis longtemps par Bezzina, rejoint la meute, car qui a transformé Christine Villemin en figure mythique, sinon sa radio et son journal ?

> « Non, on ne tire pas de l'argent de la mort de son enfant. (...) Si j'avais eu le malheur de perdre un enfant, et qu'on était venu me proposer la gloire et des millions pour en repaître les foules, je crois que je leur aurais jeté à la tête leurs caméras et leurs millions, comme un chien enragé ! Pas vous [3] ? »

Si les preuves judiciaires font défaut contre Christine Villemin, les preuves de société s'accumulent au travers de ce vedettariat monnayé, dont elle ne bénéficie pas puisque une partie des ventes de Jet-Set à *Paris Match*, soit 193 000 francs, revient directement à

1. *Paris Match* du 24 février 1986.
2. *France-Soir Magazine* du 1er février 1986.
3. *Idem.*

Me Garaud. Jeandon-Bezzina s'empresse pourtant d'écrire que Christine se vend aussi cher « que certains mannequins top-models » et qu'elle gagne avec ses photos « beaucoup plus qu'en un an de salaire, ses anciennes camarades de travail à la manufacture de confection vosgienne [1] ».

On imagine l'impact de ces allusions sur les ouvrières de l'usine de Lépanges, dont les quatre « filles de la poste ». Dans cette deuxième crise de sorcellerie en gestation, l'argent sera le moteur de l'accusation. Le sujet de reportage à la mode devient « Villemin et l'argent » longuement développé notamment par Canal Plus, *VSD* et *France-Soir*.

Christine Villemin devient la proie des fantasmes les plus violents. On la dit frivole, se montrant dans les meilleurs restaurants de Nancy, portant des tailleurs Chanel ou des vêtements Courrèges... elle qui ne porte jamais que des blue-jeans. Une photo avec son sempiternel sac de linge propre de Jean-Marie à la main la signale faisant du shopping à Saverne ou Nancy. « Madame la princesse se fait conduire partout avec une escorte digne d'un président de la République et cela à nos frais », s'indigne un lecteur de *L'Est républicain* [2]. Comme Ménie Grégoire, on ne parle plus de charges mais de « poison » et la jeune femme, traitée un an plus tôt de « salope » par Marie-Ange, est insultée par tout le monde avec les mêmes mots. Une fois de plus, tous ses faits et gestes, hors instruction, l'enfoncent sans que personne ne cherche à connaître la véritable destination de cet argent ou à comprendre les motivations de sa défense. On lui dénie le droit de se défendre puisque, de toute façon, elle est coupable. La justice se sent agressée. La chambre d'accusation de la cour d'appel de Nancy refuse une demande de mise en liberté de Jean-Marie en s'appuyant, entre autres, sur les « passions attisées périodiquement par des interviews données par l'épouse de l'inculpé [3] ». On l'accuse d'entraver une éventuelle libération de son mari et d'entretenir en même temps chez lui l'espoir qu'il pourra bientôt revivre avec elle et Julien. La rédaction de son livre complète le concert de réprobation. « Mémoires d'un enfant d'outre-tombe », sans doute, écrit Ménie Grégoire en citant, selon elle, une lectrice anonyme en colère [4].

Le chœur familial se joint à ce tohu-bohu médiatique. « Gagner

1. *France-Soir* du 20 janvier 1986.
2. *L'Est républicain* du 20 janvier 1986.
3. Arrêté de la chambre d'accusation de Nancy du 5 février 1986.
4. *France-Soir Magazine* du 1er février 1986.

des millions avec son enfant mort, c'est abominable [1] », s'écrie Monique Villemin. « Je sais qu'elle l'a fait pour l'argent. J'espère que pour elle, Grégory représentait autre chose que de l'argent [2]. » En fait, c'est la réponse des grands-parents aux soupçons des parents de Grégory sur Michel et sa femme.

Jean-Marie Villemin mesure son impuissance à aider sa femme. Bien qu'il ait déjà perdu dix-sept kilos, il entame une grève de la faim, son seul recours pour alerter l'opinion publique. En désespoir de cause, il en appelle, une fois de plus, au président de la République. Des mots pathétiques, tellement éloignés des images publiques qu'ils résonnent dans le vide.

> « Pour moi et mon épouse, notre enfant Grégory était le Bon Dieu. (...) J'ai espoir à un futur grand bonheur avec notre nouvel enfant, Julien. Mais la torture de ce calvaire dépasse mon espoir. Mon épouse est une femme et une mère admirable, la torture qu'on lui fait subir est monstrueuse. Sous ma seule responsabilité, je viens vers vous et je décide de faire la grève de la faim, pour mettre fin à ce calvaire qui ne devrait pas se produire en 1986 [3]. »

Mais cette lettre, comme celle de Me Garaud, reste sans réponse. Neuf jours plus tard et dans l'indifférence générale, Jean-Marie met un terme à son action afin de n'être pas transféré à la prison-hôpital de Fresnes qui l'éloignerait encore de Christine. Ses avocats me montrent la photocopie de la lettre manuscrite et peu protocolaire du matricule 15991. Le choc entre l'accusation violente qui s'abat sur sa femme et la profondeur de ses sentiments pour elle entretient en moi la peur d'une erreur judiciaire irréparable. Lors d'un reportage dans la centrale d'Ensisheim, en Alsace, où sont enfermés des détenus condamnés à de longues peines ou à perpétuité, j'ai l'impression de marcher sur les traces de Jean-Marie Villemin et celles de Bernard Laroche. Dans les couloirs à l'odeur pestilentielle, aux murs suintant une eau jaunâtre, je m'attends à les voir apparaître parmi ces petites colonnes d'hommes marchant groupés et en silence, qui se déplacent à heure fixe lors des mouvements carcéraux. Presque toutes les nuits, des cauchemars me réveillent, de plus en plus oppressants.

1. *France-Soir* et *L'Est républicain* du 12 mars 1986.
2. *L'Est républicain* du 12 mars 1986.
3. Lettre de Jean-Marie Villemin du 5 février 1986.

9

Bataille autour de l'argent ... La contre-attaque de Me Moser ... Le non-lieu s'éloigne soudain ... Tout mais pas la piste Laroche ... Garaud enfonce un coin dans la partie civile ... Réunion au parloir ... Seconde erreur de la défense ... Le feu gagne ... « J'ai peur Nounours » ... Lambert voit Christine pour la dernière fois ...

Le 16 mars 1986, Gérard Welzer, 31 ans, devient l'un des plus jeunes députés de France dans cette législature marquée par la première cohabitation entre François Mitterrand et la droite. Inconnu un an plus tôt, l'avocat a été élu face à Philippe Séguin sous l'étiquette « apparenté socialiste ». Très discret depuis la mort de Bernard Laroche, il n'en reste pas moins un témoin privilégié de l'instruction qui se déroule face à son cabinet, de l'autre côté de la rue, au palais de justice.

La défense de Marie-Ange, constatant les remous financiers autour de Christine Villemin, dépose une demande de saisie des droits d'auteur de la jeune femme en prévision des dommages et intérêts que Jean-Marie devra verser à la famille de sa victime. La veuve de Bernard Laroche est toujours officiellement au chômage et ne perçoit qu'une indemnité de 1 800 francs par mois. Ses avocats cultivent son image de femme désintéressée et font savoir qu'elle refuse tous les chèques qui peuvent lui être adressés. « Toute personne normale ne peut que juger indécent que l'on fasse de l'argent avec la mort de son enfant », précise le bâtonnier de Montille, de Dijon, devenu son troisième défenseur.

L'audience, au tribunal de grande instance d'Épinal, est rude. Me Prompt explique que les Villemin ont organisé leur insolvabilité en vendant leur maison (finalement achetée par des Alsaciens mais mise en vente avant la mort de Bernard Laroche). Il dresse ensuite l'inventaire, coupures de presse à l'appui, des interviews accordées par Christine à *Paris Match*, et dans son élan évoque même un hypothétique contrat pour une adaptation cinématographique de l'affaire Grégory. Me Moser est le seul avocat des Villemin présent. Sans doute Me Garaud préfère-t-il éviter ce débat dans lequel il est juge et partie. Me Moser se lève pour opposer les arguments de la défense devant une salle pleine à craquer. L'avocat considère comme acquis le non-lieu que Jean-Michel Lambert s'apprête à rendre en faveur de sa cliente. Le brouillon en est même, paraît-il, déjà prêt. Alors, il attaque :

— A supposer que Christine ait son non-lieu, il se pourrait que par le biais des plaintes en cours, on puisse démontrer la culpabilité de Bernard Laroche et que les époux Villemin aient bientôt une créance à faire-valoir contre ses héritiers.

Le tribunal est stupéfait. Christine est évidemment coupable pour tout le monde. L'argument fait l'effet d'une bombe. Personne n'avait imaginé qu'un non-lieu relancerait la piste Laroche. Pourtant, la défense veut s'appuyer sur les deux procédures en cours dont on parle très peu – la plainte contre les gendarmes instruite à Dijon et celle déposée contre Muriel pour complicité d'assassinat – pour tenter de faire la lumière sur la mort de Grégory.

Gérard Welzer réagit aussitôt :

— Attention ! Depuis l'assassinat de Bernard Laroche, ses avocats ont tout fait pour apaiser les tensions, pour calmer les esprits. Il ne faut pas souffler sur le feu. Les interviews, les Mémoires et autres, cela excite les gens. Nous prenons acte en tout cas qu'ici, publiquement, le juge Lambert, le parquet ont été prévenus : un non-lieu en faveur de Christine Villemin serait interprété comme un retour à l'hypothèse de la culpabilité de Bernard Laroche.

Me Prompt n'est pas en reste et fustige les parents de Grégory :

— On s'est fait faire un enfant. C'est le passeport pour la liberté. On a pris la responsabilité de tuer. On l'a proclamé. Maintenant on en fait de l'argent, alors on paie.

Et les avocats demandent une saisie des droits d'auteur à concurrence d'un million de francs. A l'issue de l'audience, Gérard Welzer se rend chez Jean-Michel Lambert pour lui relater l'incident et la stratégie des Villemin. En cette journée du 26 mars 1986, parce que ses défenseurs ont crié victoire trop tôt, le non-lieu s'éloigne soudain de Christine Villemin. Car, si les débats s'en tenaient au fond, l'affaire pourrait se terminer calmement par ce non-lieu fantomatique que Lambert s'apprête à délivrer comme on jette l'éponge. Soit une sorte de non-lieu pour insuffisance judiciaire, soit un « non-lieu accusateur », selon un néologisme des Bezzina. Mais l'hypothèse d'une relance de la piste Laroche ravive les plaies des protagonistes. Lambert aperçoit le retour de l'année 1985 et son scénario catastrophe. Alors qu'il veut tout oublier, refermer le dossier et utiliser sa notoriété pour changer de vie. La partie civile sait qu'une nouvelle enquête s'intéresserait aux querelles familiales et au « secret » éventuel. Et puis, il y a l'accord de Vittel. La Chancellerie redoute de nouveaux soubresauts et un scandale permanent. Quant aux avocats des familles Bolle et Laroche, ils voient se profiler, comme un boomerang, la dialectique redoutable qu'ils avaient employée pour défendre leur client. « Ce n'est pas lui car c'est elle », répétaient les avocats pendant l'hiver de 1984-1985. « Ce n'est pas elle, alors c'est lui », se prépare à assener Garaud. L'instruction s'était calmée faute de munitions et se délitait peu à peu. La plaidoirie de Me Moser agit comme un catalyseur. D'autant plus qu'un nouvel élément à charge est apparu contre Christine Villemin : l'argent.

Alors, chacun parle et donne des interviews, Albert et Monique, Christine, Lambert. Leurs confidences augmentent la tension. La crise de sorcellerie approche à pas lents. La parole c'est la guerre. Aujourd'hui, les grands-parents ne disent pas : « Christine a tué Grégory » mais : « Nous avons été trop salis. Toute la famille a été traînée plus bas que terre. Il faut que ça s'arrête. Aujourd'hui, on ne veut plus être insultés par une bru [1]. » Les avocats n'ont plus qu'à exploiter cette rancœur pour pouvoir faire appel du non-lieu dans la perspective d'un renvoi aux assises de leur belle-fille. Le premier affrontement a pour cadre les contradictions entre la position publique des avocats des grands-parents de Grégory et l'attitude privée de ceux-ci qui écrivent à leur fils :

1. *L'Est républicain* du 12 mars 1986.

« Tu sais très bien que Christine, on ne lui veut pas de mal. Je ne demande qu'une chose : qu'on lui donne son non-lieu au plus tôt, pour tous et pour toi mon gamin [1] ».

Me Garaud adresse une lettre confidentielle à ses confrères de la partie civile :

« Nous avons appris, notamment par des articles de presse dont l'inspirateur paraît être Jean-Michel Bezzina alias Jeandon ou Eulry, que vous envisagiez une contre-offensive particulièrement pugnace pour tenter de faire échec à la possibilité d'un non-lieu qui semble pouvoir être espéré en faveur de Mme Christine Villemin. Cette contre-offensive de votre part vous serait demandée par les grands-parents paternels du petit Grégory. (...) S'il en est vraiment ainsi, il est évident qu'il est donc de votre devoir de tout mettre en œuvre pour tenter d'obtenir que Madame Christine Villemin soit renvoyée devant la cour d'assises. Mais je suis très étonné de cette position de la part des grands-parents paternels car je possède une très abondante correspondance émanant de ceux-ci et adressée à leur fils Jean-Marie où ils l'assurent de leur entier soutien et de leur conviction profonde de l'innocence de son épouse, la mère de Grégory. (...) Je veux croire que seules comptent les prises de position de vos clients dans leur correspondance adressée à leur fils. (...) [2]. »

Pris en tenailles et pour donner des preuves de leur bonne foi, Me Lagrange décide de provoquer une rencontre entre les parents, leur fils et son épouse au parloir de la prison de Nancy. Pendant la durée du parloir, Monique pose sa main sur celles déjà enlacées de Christine et Jean-Marie. Celui-ci demande que cesse ce double langage, le leur et celui de leurs avocats. Les grands-parents, impressionnés par la maigreur de leur fils, donnent leur promesse en savourant ces quelques minutes de retrouvailles. De son côté, Christine s'engage à envoyer des photos de Julien. A la sortie de la maison d'arrêt, Raux et Bezzina, prévenus, attendent Albert et Monique Villemin pour les reconduire à la gare. Les articles du lendemain laissent entendre que Jean-Marie exerce un chantage affectif sur ses parents : le droit de visite et la possibilité de voir Julien contre l'abandon de leurs soupçons sur Christine. C'est le

1. Lettre de Monique Villemin d'avril 1986.
2. Lettre de Me Henri-René Garaud du 11 avril 1986.

premier combat en cours. Qui va l'emporter : Jean-Marie, ou les avocats de ses parents ?

Alors que le feu couve, la défense de Christine Villemin fait une seconde erreur, plus grave encore. Ses avocats laissent une totale liberté d'expression à Christine qui devrait se taire, compte tenu de l'expérience terrible de la pré-inculpation, quand chacune de ses phrases décuplait l'énergie de ses adversaires. « Christine Villemin règle ses comptes », titre Lucien Miard après une rencontre à Petitmont. Florilège : Lambert : « Un incapable, toujours du côté du plus fort. » Laroche : « C'est lui l'assassin, sa mort a été trop belle. » Ses beaux-parents : « Des hypocrites qui sont là pour faire monter la mayonnaise [1]. » La jeune femme, meurtrie par des mois d'accusation, ne cache pas son amertume.

Bezzina saute dans sa voiture avec un exemplaire du *Figaro* qu'il va porter à Albert et Monique à Aumontzey. La tension remonte d'un cran. Le lendemain, devant mon micro et celui de Jean-Charles Marchand de RMC, Christine répète les mêmes propos et donne en plus son sentiment sur la police judiciaire de Nancy : « De la vraie magouille. » Je lui demande : « Et si vous n'avez pas votre non-lieu ? » Elle sursaute, incrédule : « Oh ben non, ça n'ira pas si loin, quand même [2] ! »

Le feu gagne. Au téléphone, Joël Lagrange, interrogé, se rebiffe :

– Ça risque de remettre beaucoup de choses en question. Elle n'avait rien à dire, ni de positions à prendre dans un moment aussi délicat pour elle. Pour nous, il n'est plus question de non-lieu pour le moment, loin s'en faut. On en est loin [3] !

Pourtant, Christine n'est pas aussi battante qu'en juillet 1985. Son énergie n'est qu'une façade. Soutenue par Jean-Marie et ses avocats, elle donne le change, mais seule chez elle, penchée sur son courrier, elle livre sa faiblesse au père de ses enfants :

> « Parfois je me demande si un jour, nous serons de nouveau ensemble, j'ai tellement peur que jamais nous nous retrouvions. Bien sûr, je ne pense qu'aux mauvais côtés, mais depuis des mois et des mois, on m'en fait voir de toutes les couleurs. Je commence à être à bout mon amour et si je n'ai pas mon non-lieu et que je dois aller devant les assises, je ne pourrai le supporter. Être jugée de ce que je n'ai pas fait, cela serait trop affreux à vivre. (...) Mais j'ai peur Nou-

1. *Le Figaro* du 16 avril 1986.
2. Europe 1, 17 avril 1986.
3. Notes personnelles du 16 avril 1986.

nours, il y a trop de personnes qui s'acharnent contre moi et qui me détruisent à petits feux [1]. »

Ses avocats, eux, triomphent un peu trop vite et un peu trop fort. Lors d'une seconde audience, à Nancy, sur la demande de mise sous séquestre des fonds des Villemin, Me Robinet enfonce le clou :

— La créance de Marie-Ange reste entachée d'incertitude. Ce n'est pas parce que Bernard Laroche est mort qu'il est devenu un saint. Quand il est mort, il était toujours inculpé pour l'assassinat de Grégory. La plainte déposée contre Muriel n'est pas instruite avec une ardeur extraordinaire mais qu'est-ce qui nous dit que demain, il n'y aura pas d'autres inculpations autour de Bernard Laroche ? Muriel Bolle tient la clé de ce dossier. Elle n'a pas pu inventer ce qu'elle a dit aux gendarmes.

Mais ces arguments n'enlèvent rien aux dommages et intérêts que Jean-Marie Villemin devra verser à la veuve de sa victime. Le tribunal de Nancy le condamne à verser une provision de 300 000 francs.

L'instruction n'est pas tout à fait terminée. Lambert doit encore dresser l'interrogatoire récapitulatif de Christine Villemin. Ils se retrouvent pour leur dernier face-à-face dans un contexte conflictuel. Mais le juge évite d'évoquer les jugements peu flatteurs qu'elle porte sur lui dans la presse. Pendant sept heures, Lambert reprend tout mais n'évoque jamais la période maudite pour lui du 16 octobre 1984 au 5 juillet 1985, comme si entre la mort de l'enfant et l'inculpation de sa mère, il ne s'était rien passé. Déjà un premier trou de mémoire. Christine clôt l'audition en sanglots et sans signer son procès-verbal :

— En conclusion, je voudrais dire que je n'ai pas tué mon enfant. Ce que vous faites là est ignoble, un point c'est tout [2].

— C'est la dernière fois que je vous vois, lui dit comme avec regret Jean-Michel Lambert en lui tendant la main.

1. Lettre de Christine Villemin du 18 avril 1986.
2. Procès-verbal du 23 avril 1986.

A la sortie du palais, le magistrat quitte la scène sur ce dernier acte. En passant devant nous, énigmatique, il lance cette phrase dont le sens nous échappe :

— On se reverra en d'autres circonstances...

10

« Pour ne pas avoir un cadavre sur les bras » ... L'écriture de Christine à la une ... La guerre est ouverte ... Deux inculpés de trop ... Le livre de tous les tabous ... Christine refuse une troisième séance ... Jean-Marie devant les assises ... « La star des médias, elle commence à nous énerver » ... La reconversion du juge Lambert ...

De nouveau, c'est l'attente. Comme souvent lorsque baisse la pression sur Christine, les avocats de Marie-Ange l'incitent à revenir sous les projecteurs. Les invitations sont toujours sélectives, mais ceux qui la rencontrent retrouvent la même femme grave et désintéressée bien qu'au chômage avec deux enfants : l'anti-Christine médiatique par excellence. Le miroir parfait. A Christine, l'argent, la rumeur, le show-biz. A Marie-Ange, le chômage, l'épreuve, les principes affirmés. A une époque où l'on ne parle que de non-lieu, Marie-Ange réclame justice :

— J'espère connaître un jour la vérité sur la mort de Grégory alors que l'innocence de Bernard a été reconnue par la justice. Je ne comprends pas pourquoi la plainte déposée par mes avocats contre Christine Villemin pour tentative et complicité d'assassinat a eu aussi peu de suite [1].

Quelques semaines auparavant, le juge Lambert voulait d'ailleurs inculper Christine, uniquement pour que cessent les

1. AFP du 25 avril 1986.

menaces pesant sur elle. Il avait prévenu Jean-Marie avec l'un de ces raisonnements juridiques qui le rendent désarmant :

— Je préfère inculper Christine que d'avoir son cadavre sur les bras. Ne vous en faites pas, elle aura un non-lieu de toute façon!

Abasourdi, le père de Grégory s'en est ému par courrier auprès du procureur de la République, et l'affaire n'a pas eu de suites.

Après maints échecs, Mes Prompt et Welzer font une ultime tentative pour revenir dans l'instruction. Ils incitent Marcel Jacob, un oncle de Jean-Marie et frère de Monique, à se porter partie civile. Mais, à priori, on ne voit pas comment ce grand-oncle qui connaissait à peine l'enfant peut faire valoir un préjudice relatif à sa mort. Lambert rejette pour la dernière fois leur demande. La presse à sensation, très friande des portraits opposés des deux cousines, amplifie les accusations de Marie-Ange. « Christine Villemin a tué [1] ! » titre *Ici Paris* dont les affichettes sur les trottoirs sont lues par les passants. La crise de sorcellerie est mûre.

C'est la sortie du livre de Christine Villemin, *Laissez-moi vous dire* [2], qui donne le signal. Vingt mois après la mort de son fils, elle apparaît en couverture de *Paris Match*, photographiée par Jet-Set, habillée en jaune, coiffée et maquillée par des mains expertes. Les bras croisés, elle est adossée à un fond blanc qui la projette hors du temps et des lieux qui lui sont familiers. Ce n'est plus une ouvrière mais un personnage à part, à mi-chemin entre la réalité et le roman de sa vie. Son écriture, qui est disséquée six fois par les experts dans le dossier, barre la couverture du journal :

« Ah! si ce livre pouvait vous faire partager le calvaire d'un père et d'une mère accablés par le chagrin et la calomnie. Si tu savais Grégory ... [3]. »

La guerre est ouverte. Pour la presse, hormis *Le Républicain lorrain* et ... *Minute*, Christine franchit les limites de la décence. *L'Est républicain* axe sa critique sur « les royalties de ce best-seller » et joue cruellement sur une coïncidence du calendrier : « Fête des mères : les Mémoires de Christine Villemin en librairie [4]. »

Ce livre veut rétablir la vérité en deux cent quarante pages écrites comme un roman, après vingt mois de mensonges devenus vrais à son sujet. La vérité, l'erreur, les phrases authentiques, le roman, tout se mélange. Le verbe, c'est la guerre, et Christine

1. *Ici Paris* du 15 mai 1986.
2. Édition Michel Lafon (1986).
3. *Paris Match* du 23 mai 1986.
4. *L'Est républicain* du 26 mai 1986.

attaque avec des mots qui ne lui appartiennent pas et sur lesquels ses accusateurs vont se jeter.

L'ouvrage, rédigé en quelques semaines par Marianne Orsini avec sincérité (« J'ai pleuré vos larmes », lui écrit la journaliste), est vendu 58 francs l'exemplaire. Le contrat signé par Christine comprend un à-valoir de 100 000 francs dont la moitié revient à Mᵉ Garaud. L'avocat a lu les épreuves, page par page, à Jean-Marie Villemin lors des parloirs. Le père de Grégory corrige et contrôle tout, à l'inverse de Christine dépassée par les événements.

Ce livre pourrait être entendu comme un cri de révolte s'il ne revenait pas sur le cas de Bernard Laroche, mort inculpé. Un chapitre entier lui est consacré, assorti d'un nouvel appel à Muriel, soupçonnée de détenir une partie de la vérité tout comme Michel et Ginette. Mᵉ Garaud pousse l'audace jusqu'à reproduire *in extenso* l'arrêt de la chambre d'accusation de Nancy qui, le 14 décembre 1984, maintenait Bernard Laroche en détention. L'avocat ne peut oublier que le juge Lambert a rendu deux mois plus tard une ordonnance de mise en liberté, plus ou moins bien étayée certes, mais suffisante pour rendre caduque l'arrêt de la chambre.

Mᵉ Prompt s'attendait à cet assaut et demande aussitôt, par référé, la saisie du livre. Il estime que Christine tente d'influencer la justice et fait « l'apologie du meurtre ». Garaud plaide : « Souffrez qu'un inculpé puisse se défendre comme il l'entend. » Mais les magistrats de Paris ordonnent le retrait immédiat de la vente sous astreinte de 100 francs par exemplaire vendu.

Dans la crise qui se développe, c'est la justice tout entière qui est menacée par Christine Villemin. *Laissez-moi vous dire* est le livre d'une inculpée, Christine, qui jette le soupçon sur un homme inculpé pour le même crime, Bernard, mais tué par son mari, lui aussi inculpé et emprisonné, Jean-Marie. Trois inculpés et deux de trop pour le bon fonctionnement de la justice. L'institution se serait satisfaite d'un dossier refermé par tous les moyens. Désormais, c'est impossible. Si Christine Villemin obtient un non-lieu, la justice se retrouvera encore avec un mort-inculpé sur les bras. Si la jeune femme est renvoyée aux assises, c'est elle qui en supportera la responsabilité. Tel est l'enjeu.

La décision de saisie d'une « œuvre de l'esprit » est, selon les juges, grave et exceptionnelle, mais ils n'acceptent pas « l'atteinte à l'honneur et à la considération de la famille de Bernard Laroche [1] ».

Me Garaud, surpris par la brutalité de la sanction à laquelle il ne s'attendait pas, fait appel, plus tonitruant que jamais :

— Je suis triste pour la machine judiciaire. Quand ils ont une défense musclée qui ne s'aplatit pas, ça ne leur plaît pas. Mais moi, j'ai pas les vertèbres coincés, je continuerai mon sillon [2] ...

Attaqué dans ses fondements par Christine Villemin, la justice trouve un allié : la presse, et même la société dans son ensemble. La poignée de « désorceleurs » de l'été 1985 a été remplacée par des centaines de journalistes et des millions de lecteurs. Le livre est vilipendé. *VSD* s'élève contre le « marketing judiciaire » créé autour de la jeune femme tout en affichant son portrait en couverture. Le titre sonne comme un rejet : « Villemin. Trop, c'est trop. » « L'innocence, ça ne se juge pas encore au suffrage universel [3]. » Le mots « succès », « vedette », « star », « spectacle », « contrat », « Jet-Set », « show-business », « négociations » remplacent ceux qui, un an plus tôt, s'abattaient déjà sur Christine, bien avant qu'elle ne soit inculpée, « monstre, sorcière, machiavélique, maléfique », etc. Patrick Sabatier souhaite l'inviter dans son émission le Jeu de la Vérité, cette cour médiatique, mais Me Garaud préfère attendre que sa cliente soit délivrée par un non-lieu.

Tout le monde reproche à Christine de s'enrichir avec son malheur voire d'en jouir comme seule une coupable pourrait le faire. On l'accable encore car elle s'acharne sur un mort comme seule une femme maléfique sait le faire. Ceux qui, dans la presse, multiplient les reproches se gardent de compter ce que leur rapporte « l'affaire Grégory » depuis près de deux ans. Ce livre sans grande envergure est le livre de tous les tabous enchevêtrés dans une alliance contre-nature : la mort, l'enfant, l'argent et la mère. Quand j'interroge Lambert sur cette stratégie, il me dit :

— C'est étonnant. Peut-être que ça va changer les choses. Tout le monde est mal à l'aise avec le fric qu'elle peut faire avec ce bouquin... [4].

1. Jugement du 30 mai 1986.
2. Notes personnelles du 30 mai 1986.
3. *VSD* du 5 juin 1986.
4. Notes personnelles du 27 mai 1986.

Quelques jours plus tard, les hauts magistrats de la cour d'appel de Paris règlent la question en autorisant la vente du livre, mais avec la mise sous séquestre pendant un an du produit de la vente. Les juges du second degré ont entendu « l'écho d'un cri d'innocence poussé par son auteur qui n'aurait pas la possibilité de demander à ses juges d'être désinculpé [1] ». Le livre, pas même expurgé, sera vendu, selon Michel Lafon, à près de 50 000 exemplaires. Comme Marie-Ange, les grands-parents, Jacky et Michel porteront plainte pour diffamation ou atteinte à la vie privée. Quelques semaines après, les avocats des deux familles tomberont d'accord avec l'éditeur pour « faire cesser ce déballage ». Les plaintes seront retirées au profit de transactions discrètes s'élevant à 800 000 francs pour Marie-Ange Laroche et 70 000 francs pour Albert, Monique Villemin et leurs enfants.

Christine Villemin est de plus en plus réticente devant la stratégie des avocats. Lorsque l'équipe de Jet-Set arrive pour la troisième fois, elle tient tête à Denis Tarento et refuse les vêtements et le maquillage. Le ton devient aigre, et c'est avec soulagement qu'elle et sa famille voient partir la berline du photographe ramenant à Paris Me Garaud et Michel Lafon. Avec Jean-Claude Hauck, nous assistons à la scène et, soulagés, nous avons l'impression que cette escalade est terminée.

La jeune femme reçoit toujours beaucoup de courrier de soutien et s'efforce de répondre à tous. Julien a percé les deux premières dents du haut qui s'ajoutent aux deux du bas. Sa grand-mère a trouvé un trèfle à quatre feuilles qu'elle s'empresse d'envoyer à Jean-Marie en espérant qu'il lui portera chance. Lors d'un passage à Baccarat, Christine entre dans l'église avec son fils et brûle un cierge en formulant trois vœux qu'elle confiera à Jean-Marie lors du prochain parloir. Elle n'attend maintenant qu'une chose : que son sort soit réglé pour voir son mari jugé et peut-être libéré.

Le 22 juillet 1986, Jean-Marie Villemin est renvoyé devant la cour d'assises des Vosges par la chambre d'accusation de Nancy qui rejette toutes les requêtes déposées par les défenseurs de Bernard Laroche. Ceux-ci demandaient l'inculpation de Christine pour complicité d'assassinat et tentative d'assassinat, mais la réponse des hauts magistrats est claire :

1. Arrêt du 11 juin 1986.

« Le 29 mars 1985, elle n'a pas apporté la moindre aide et assistance à son mari : ce jour-là, Jean-Marie a pris seul sa décision sans même en aviser son épouse qui a donné l'impression à l'infirmière Annick Freiheit d'être surprise et sincèrement bouleversée à l'annonce par son mari du crime qu'il venait de commettre : il n'est pas sans intérêt d'ajouter que Christine Villemin pleurait encore lorsque la police judiciaire est arrivée [1]. »

La chambre ordonne, en outre, l'annulation de tous les procès-verbaux des écoutes téléphoniques posées par le SRPJ depuis un an et demi chez la grand-mère de Christine, qualifiant ce procédé de « tout à fait inadmissible [2] ». Personne ne s'attarde sur une petite phrase glissée dans le corps du texte qui précise que « Monsieur le Procureur général a donné à l'audience des assurances que Jean-Marie Villemin ne sera pas jugé avant la décision à intervenir dans la procédure suivie à l'encontre de son épouse [3] ». En juillet 1986, on ne peut encore mesurer la portée de cet engagement à priori sans grandes conséquences et imaginer que ce procès ne s'ouvrira, en fait, que sept ans et demi plus tard...

Jean-Michel Lambert a décidé de suivre le réquisitoire du procureur Simard, surnommé « le procureur invisible » en raison de sa terreur de la presse, lui-même conseillé par le parquet général de Nancy et la Chancellerie. Partout, dans les palais feutrés de la justice, on n'entend à ce sujet qu'un même agacement : « La star des médias, elle commence à nous énerver. »

En attendant, le juge Lambert fait savoir qu'il prendra en 1987 une année sabbatique « pour convenances personnelles ». Le magistrat est fatigué par ce dossier qu'il a porté seul à bout de bras pendant presque deux ans. Il rêve de gloire littéraire, signe un contrat chez Albin Michel assorti d'une avance de près de 100 000 francs et fréquente assidûment le boulevard Saint-Germain, les Deux-Magots et le Flore où il s'ébahit qu'on le reconnaisse. A l'annonce de son prochain départ, Hauck, Marchand et moi lui rendons visite. Le juge semble très détendu, soulagé d'en terminer avec cette affaire, mais il masque mal ses angoisses, ses cheveux blanchis et ses ongles rongés. Je profite de cette rencontre inédite pour notre pool pour lui poser la question qui me taraude depuis un an et demi.

1. Arrêt de la chambre d'accusation de Nancy du 22 juillet 1986.
2. *Idem*
3. *Idem*.

— Pourquoi n'avez-vous jamais entendu ni interrogé Bernard Laroche sur le fond?

La réponse tombe, spontanée et sincère :

— Mais parce qu'à partir du moment où Muriel s'est rétractée, je n'avais plus rien à lui demander...!

11

Le pronostic de Me Welzer ... Les confidences de la Chancellerie ... Heureusement qu'elle est un peu enfant ... Lambert rédige au Tipex ... Comme un retour de flamme ... Pas de photo de famille ... Vers un supplément d'information ... « Il fallait en finir » ... L'institution avant tout ... Menie Grégoire instruit le procès en sorcellerie ... « Tu es le seul à savoir » ...

A la rentrée, après cinq mois d'attente, le sort de Christine Villemin n'est toujours pas résolu mais l'atmosphère s'est alourdie. Au printemps, on ne parlait que de non-lieu faute de charges suffisantes, à tel point que j'avais renoncé à des vacances aux États-Unis pour ne pas manquer l'événement. Le livre de Christine devait couronner cette décision. Mais l'audace d'une inculpée que tout le monde croit coupable d'assassinat et d'enrichissement a tout changé. Si un non-lieu était rendu, les avocats de la partie civile feraient appel, tout comme le parquet. L'avenir de Christine Villemin n'est plus aussi limpide qu'on l'a imaginé pendant quelques semaines.

Me Welzer me donne les derniers échos en provenance du palais de justice :

> – Le réquisitoire est déjà rédigé. Lambert suivra le parquet. Si elle va aux assises, elle sera lourdement condamnée [1]...

1. Notes personnelles du 2 septembre 1986.

La perspective d'un procès se précise à la Chancellerie où Paul-André Sadon et Philippe Léger [1], conseillers d'Albin Chalandon, me résument, tour à tour, l'opinion émise en haut lieu :

– Plutôt qu'un non-lieu, il vaut mieux un acquittement devant une cour d'assises. Cette affaire a déclenché des passions, il n'est pas mauvais qu'il y ait un débat public et contradictoire. L'opinion publique ne comprendrait pas. Bien souvent, elle pense que la justice n'est pas capable [2].

Ce grand feuilleton populaire doit avoir une fin. La justice est dépassée par l'écho public de ce dossier. Il faut donner des gages à l'opinion. Les magistrats de la place Vendôme envisagent un acquittement final. Pourtant, ce ne sont pas les charges du dossier qui menacent le plus Christine Villemin devant un jury, mais les mois de propagande de RTL et *L'Est républicain*, sa liberté surprotégée, ses sourires, ses accusations répétées contre un mort, les photos en couleurs et surtout l'argent. Gérard Welzer l'a compris, d'où son pronostic sombre mais réaliste. Christine ne pressent pas le danger. Elle se réjouit du retour de Jean-Marie à Saverne, décidé par la chambre d'accusation de Nancy, qui lui permet de voir plus souvent leur fils.

Me Garaud me fait part de ses inquiétudes, car il a senti le vent tourner.

– Je suis soucieux quant au résultat final... Elle ne se rend pas compte du drame qui pèse sur sa tête. C'est une torture terrible. Si elle en avait pris conscience, elle se serait peut-être suicidée. Heureusement qu'elle est un peu enfant. Vous allez voir les titres des journaux, le boom que ça va faire... j'ai peur pour elle [3].

Sur ordre du parquet général, le procureur Simard requiert le renvoi aux assises. Lambert acquiesce. Il photocopie même vingt pages du réquisitoire pour les joindre à l'ordonnance qu'il s'apprête à rendre, auxquelles il ajoute neuf autres pages de sa plume. Sur les photocopies, il donne un coup de Tipex sur le mot « magistrat » et le remplace par « nous-même » ou « nous avons ». Le raisonnement de l'accusation est simple. D'après les expertises en écriture, Christine Villemin est le corbeau. Le corbeau est un

1. Paul-André Sadon a été directeur de cabinet d'Albin Chalandon. Il terminera sa carrière comme procureur général près la Cour de cassation.
2. Notes personnelles du 2 septembre 1986.
3. Notes personnelles du 5 septembre 1986.

être pervers. Donc Christine Villemin est un être pervers, capable de tuer son enfant. Le fait qu'elle n'ait pas le temps d'accomplir le crime ou qu'elle se trouve derrière le véhicule de Christian Claudon à l'heure de l'appel de revendication ne compte plus. Et il n'y a ni complice ni mobile. La conviction populaire suppléera aux charges manquantes puisque rien de matériel ni de probant, hormis les expertises en écriture et les filles de la poste, n'étaie cette hypothèse.

Le parquet général a voulu un rapport sévère à partir de l'enquête du SRPJ de Nancy. Près de deux ans après la mort de Grégory, le dossier de l'affaire Villemin, haut de 1,50 mètres et lourd de 40 kilos, est transmis aux hauts magistrats de la cour d'appel qui doivent ainsi statuer en dernier ressort. Avant que la décision soit prise, le jour du deuxième anniversaire de la mort de Grégory, la chambre d'accusation refuse à Christine le droit d'aller sur la tombe de son fils. Elle ne pourra s'y rendre que le 19 octobre. Ce décalage de trois jours annonce qu'elle n'est déjà plus la mère endeuillée d'un enfant mais, au mépris de la présomption d'innocence, la coupable d'un infanticide.

Comme un retour de flamme, la culpabilité de Christine alimente toutes les discussions et les articles, surmontés de titres accusateurs, sur les assises, avant même que la chambre d'accusation se soit prononcée. L'ordonnance de renvoi (donc le réquisitoire) est publiée intégralement dans la presse sans contre-poids et sans possibilité de se défendre pour Christine, notamment dans *VSD* si critique, quelques semaines plus tôt, sur l'innocence qui « ne se juge pas au suffrage universel ». Dans n'importe quel prétoire, le réquisitoire est toujours suivi des plaidoiries de la défense, mais pas dans les prétoires médiatiques. Une cinquantaine de reporters se regroupent pour ce dernier grand rendez-vous à Épinal. Nos adversaires jubilent sans honte. Hauck et moi prenons nos repas à part, en l'absence des autres membres du pool dispersés sur différents reportages. Nous sommes seuls et tristes. Un photographe propose, pour cette dernière manifestation, de nous regrouper sur les marches du palais de justice pour une « photo de famille ». Doit-on aller chercher le juge Lambert pour figurer sur la photo ? Et Me Welzer, Jacques Corazzi ainsi que les Merle de Chez Merle ? Mais la « famille » est trop déchirée pour accepter de se réunir, même le temps d'un cliché. Les anciens combattants de la Vologne se séparent donc sans photo de « fin d'année » et sans chaleur.

L'avenir de Christine Villemin passe par le non-lieu pur et simple, le renvoi aux assises ou, option intermédiaire, le supplément d'information. Dans ces conditions, un nouveau juge serait désigné pour approfondir ou revoir la question. A Nancy, on avance encore le nom de Gilbert Thiel, déjà très occupé par l'autre dossier brûlant du moment : l'affaire Simone Weber. Avant de trancher, les magistrats doivent se prononcer sur les nullités existant dans le dossier. Certaines pièces viciées vont disparaître et les deux parties s'accordent pour qu'un supplément d'information comble les trous laissés par le juge Lambert. Il faut recommencer notamment la reconstitution autour du chalet, étant donné que les témoins n'ont pas signé de procès-verbaux. Leurs divers horaires et les chronométrages encadrant le départ et le retour de Christine doivent être impérativement consignés dans le dossier. Me Lagrange m'affirme que cette histoire d'horaire est capitale, alors que le « reste, écritures et cordelettes, dit-il, c'est secondaire. Si c'est impossible, alors elle est innocentée [1]. » Pourtant, les données du dossier disent déjà que c'est impossible. Le président de la chambre, M. Vogstenperger, est plutôt favorable au non-lieu. Le procureur général Reygrobellet souhaite un renvoi aux assises. Christine doit attendre encore deux mois, écartelée entre les avis des uns et des autres.

Plusieurs jours avant l'audience, la presse annonce le « préprocès » de Christine Villemin. Parmi les éléments brassés à longueur d'articles, il manque un élément primordial : le mobile. Aussi opaque pour Bernard Laroche qu'il l'est pour Christine. Pourquoi tuer Grégory? Lambert reconnaît lui-même que Christine aimait son enfant et le choyait, comme elle aime Jean-Marie et prend soin de Julien. On ne détecte rien en elle ou dans sa vie, ni avant ni après le drame, pas le moindre élément pour éclairer un geste qu'elle nie de toutes ses forces depuis deux ans. Mais depuis ses entretiens avec Marguerite Duras, le juge Lambert a décrété qu'il s'agit d'un meurtre psy-cho-lo-gique, donc hors de toute raison. Les hauts magistrats de Nancy se retrancheront timidement derrière une éventuelle jalousie par rapport à l'amour de Jean-Marie pour son fils. « Un tiers gênant pour son couple », a hasardé un psychiatre.

A la veille de l'audience, la défense de l'inculpée dépose un mémoire de 294 pages qui démolit l'instruction de Jean-Michel Lambert et sollicite un non-lieu, contre un autre de 22 pages pour

1. Notes personnelles du 27 octobre 1986.

la partie civile qui prend clairement position pour l'innocence de Bernard Laroche sans aller plus avant, par écrit, sur le cas de la jeune femme. Mais à l'audience, les avocats d'Albert et Monique plaident avec insistance le renvoi aux assises, en dépit des desiderata de leurs clients.

Quand, le 9 décembre 1986, Me Garaud apparaît dans la Salle des pas perdus, l'air grave et défait, suivi de Me Chastang aux yeux rougis, on pressent la mauvaise nouvelle. Christine Villemin est renvoyée devant la cour d'assises des Vosges, sans supplément d'information alors que le procureur général lui-même l'avait requis après l'examen des mémoires de ses avocats. « On a d'abord cru à un gag [1] », écrira Denis Robert. Me Lombard n'avait même pas cru bon de se déplacer tant il semblait certain qu'on s'acheminait vers l'étape intermédiaire du supplément d'information. Me Lagrange, un peu décontenancé, tente de justifier cette décision brutale : « On ne peut pas balayer sept expertises d'un revers de la manche ! » Mais on aurait pu essayer de trouver des preuves de l'implication de Christine Villemin dans la mort de son enfant. La chambre a annulé quinze procès-verbaux du juge Lambert et la reconstitution, mais n'a pas cru bon de remplacer les pièces annulées. Juridiquement, cette démarche est hallucinante, à l'image de ce que l'on vit depuis deux ans. A vrai dire, la justice en a assez. Les magistrats savent qu'il n'y a pas de demi-mesure en la matière. Ou bien l'instruction est reprise depuis le début pendant des mois voire des années, ce qui semble inconcevable, ou bien elle se fera à la barre, Christine assise, à tort ou à raison, dans le box des accusés. Et sur quelles bases puisque le dossier contient plus de zones d'ombre que de certitudes ?

– Le calvaire judiciaire de Christine Villemin continue, déclare Me Garaud.

Le président Vogstenperger essaie de rassurer la défense, atterrée qu'une décision si grave soit prise à partir d'un dossier aussi bancal.

– Mais pourquoi vous vous en faites comme ça ? Elle sera acquittée. Moi, je l'acquitte, mais il fallait en finir ! Ça fait trop longtemps que ça dure.

Désormais, la Justice s'exprime comme la *vox populi*. Là où Lambert hésitait face aux paroles de Christine Villemin, les magistrats de Nancy, en bloc, tranchent dans le vif. Puisque l'inculpée

1. *Libération* du 10 décembre 1986.

défie la justice avec sa culpabilité médiatique et son dossier mal ficelé, qu'elle s'explique elle-même devant les jurés.

Christine reste libre, et ce n'est pas le moindre des paradoxes de cette affaire. Inculpée pour infanticide, on la laisse en liberté pour élever son second enfant. Je glisse à la fin de mon reportage « parce qu'il reste un doute ». Les magistrats de Nancy jouent les Ponce Pilate. Leur rôle aurait été d'épurer d'abord la procédure, puis de désigner un juge compétent pour refaire l'instruction de Jean-Michel Lambert. Ce dossier renferme l'honneur des deux inculpés successifs, de leurs descendants, et indirectement l'avenir de Jean-Marie Villemin. Mais que vaut le sort de quelques individus face au crédit menacé de l'institution? Là où Lambert, seul, avait failli tomber lors de la première crise de sorcellerie, l'institution Justice ne tremble pas. Elle coupe net. L'arrêt est plein de contradictions et d'approximations, notamment sur l'heure, les causes et le lieu du crime. La cour n'a pas renvoyé devant les assises une femme mais un symbole menaçant.

A Petitmont, les avocats trouvent Christine en sanglots, son bébé dans les bras. Elle a tout compris :

– Ils ont préféré défendre Lambert plutôt que deux petits ouvriers comme nous.

La jeune mère redoute qu'une assistante sociale vienne lui prendre son enfant. Elle comprend mal cette logique judiciaire qui, d'un côté l'envoie aux assises pour infanticide et, de l'autre, lui laisse son bébé. Mais si quelqu'un vient lui prendre Julien, elle saura comment réagir. Sans rien dire, elle partira pour Lépanges, ira au cimetière puis se jettera sous un camion.

L'opinion publique est rassasiée. Menie Grégoire l'écrit elle-même : « Christine Villemin, innocente ou coupable, a le public contre elle. » Et, comme pendant la crise de l'été 1985, l'animatrice de RTL et *France-Soir* retourne contre Christine ses paroles antérieures :

> « " Pourquoi aurais-je fais cela? Je n'avais pas de raisons ", disait-elle lors de ses premiers interrogatoires. Or voilà qu'elle a fourni ce qui ressemble fort à des raisons... et quelles raisons! Elle a, grâce à la mort de son enfant, gagné de l'argent et elle est devenue célèbre. Ce faisant, elle a d'abord sali l'image maternelle [1]. »

1. *France-Soir* du 10 décembre 1986.

La crise étant déclarée, Christine se voit, bien évidemment, reprocher « les malheurs en chaîne qu'elle a déclenchés ». Menie Grégoire instruit le procès dans les règles de la sorcellerie :

> « Le mal qu'elle a fait aux uns et aux autres par ses déclarations fracassantes et ses accusations ! La mort de Laroche, l'emprisonnement de son mari, la destruction morale de la petite Muriel. Elle a abîmé notre image de la justice [1]. »

Dans la réalité, Christine Villemin n'a rien à voir avec cet enchaînement fatal. Mais la société a le choix entre perdre Christine ou reconnaître que la justice dérape depuis le début et les lecteurs, auditeurs et téléspectateurs avec elle. C'est trop. Il faut une sorcière. Christine reçoit en plein cœur le livre, les transactions, les photos et tout ce qui complète son dossier d'instruction depuis un an. Menie Grégoire juge et condamne pour tout le monde :

> « Si elle était jugée coupable, elle le serait bien plus que d'une mort. Si en revanche, elle était jugée innocente, elle ne pourrait plus, hélas, apparaître à nos yeux comme une victime, ni recevoir la pitié à laquelle elle aurait droit, parce que la gloire et l'argent ont tout sali [2]. »

Dans la nasse, Christine n'a plus d'autre secours que son mari, cet homme auquel, selon les experts, elle est censée avoir écrit : « J'espère que tu mourras de chagrin, pauvre con. »

> « Tu es le seul à savoir combien j'adorais notre enfant, comment je me comportais avec lui et malheureusement, la justice ne veut pas le croire. Nous vivons dans un monde vraiment trop pourri et injuste. »

> « Tu vois Nounours, nous avons beaucoup trop rêvé pour l'année 1987, elle sera aussi noire que toutes celles que nous avons passées depuis la mort de notre Titi. Nous devons recommencer à patienter, à avoir encore plus de courage [3]. »

1. *France-Soir* du 10 décembre 1986.
2. *Idem.*
3. Lettre de Christine Villemin du 10 décembre 1986.

12

« Un petit animal apeuré » ... Les trois dernières lettres de Christine Villemin ... Comme un aveu de culpabilité ... « A quoi ça a servi tout ce qu'on a fait? » ... L'avenir sourit au juge Lambert ... La colère de Pradier ... Cauchemars ... La victoire de Bezzina ... « Et si c'était pas elle? » ...

Quand Me Garaud arrive à Petitmont, Christine croit que son défenseur vient la réconforter. Mais l'avocat lui présente un photographe de *Paris Match*, venu surprendre la jeune femme dans son intimité pour illustrer le prochain article de Jean Cau sur son renvoi aux assises. Denis Tarento de Jet-Set devait revenir, mais il a refusé de crainte que le fait divers ne ternisse son image de marque. Garaud veut des photos maternelles, en contradiction avec l'arrêt de Nancy. L'avocat n'a rien compris ni rien appris depuis l'épisode des photos de Julien à la maternité. Il s'accroche à sa stratégie de défense qui est pourtant un fiasco. Lutter par interview contre une procédure défavorable, jouer « la couleur » contre les soupçons mais surtout, « payer ses frais » et ses honoraires. Christine ne dit rien, comprend que l'avocat n'est pas venu pour elle, mais pour un de ces « rendez-vous » arrangés avec l'hebdomadaire dont il a le secret. Un rendez-vous à 100 000 francs. Ainsi, lui aussi l'abandonne. Elle ne parle que de son mari, du retard que va prendre son jugement à cause d'elle. Claude Azoulay [1] voit « un petit animal apeuré... dans un état second... comme

1. Claude Azoulay est le photographe attitré de François Mitterrand à *Paris Match*.

si elle était déjà partie [1] ». Dehors des photographes se cachent. Elle est toujours traquée, abattue.

Le lendemain, Christine se rend compte qu'elle risque vingt ans de prison. Alors, avant de se coucher, elle écrit trois lettres dont deux dûment timbrées. Une pour sa grand-mère : « Pardon... tu confieras Julien à Annie. » Une pour Thierry Moser, le jeune avocat alsacien, le plus proche d'elle :

> « Je ne peux plus supporter cette horrible accusation. Je suis innocente. Grégory était tout pour moi. La justice veut me séparer de l'homme que j'aime et plutôt que de vivre en prison séparée de Julien et de Jean-Marie, je choisis de les quitter moi-même et de me retrouver auprès de Grégory. Personne ne pourra me séparer de mon petit homme. Pardonnez-moi [2]. »

Enfin une troisième lettre, d'amour, pour Jean-Marie. Puis Christine avale deux tubes de Témesta. La seconde crise de sorcellerie se termine avec cette tentative de suicide. En juillet, la mère de Grégory avait plié mais non rompu devant Lambert et ses accusateurs médiatiques. Ce soir, Christine Villemin est vaincue par l'institution judiciaire, par la société, par nous tous, ses accusateurs.

Nous connaissons déjà le parking de l'hôpital de Lunéville. Julien est né ici. Sa mère est maintenant en réanimation, en train de subir un lavage d'estomac. « C'était pas assez fort », a-t-elle murmuré à sa grand-mère qui l'a découverte à moitié inanimée. Bezzina annonce, le premier, la nouvelle sur RTL, comme un aveu de culpabilité. Jean-Marie l'apprend ainsi brutalement, dans sa cellule, par l'homme qui le poursuit de sa haine depuis des mois, le premier journaliste qu'il a rencontré quelques heures après la mort de son enfant. Il est, nous dit Me Robinet accouru de Nancy, « dans le cirage, dans un piteux état ». Dans le hall d'entrée, des médecins, excédés par notre présence, nous repoussent sans ménagement. L'un d'eux lève le bras pour frapper le premier visage venu : le mien. Hauck et moi sommes abasourdis par la tournure des événements. Nous sommes presque sûrs que les parents de Grégory vont recommencer, ensemble. Garaud, secoué, répète au téléphone :

— Elle va s'en sortir... elle va s'en sortir.

1. Entretien avec l'auteur.
2. Lettre de Christine Villemin du 14 décembre 1986.

Elle avait déjà demandé à Me Robinet si sa disparition accélérerait le jugement de Jean-Marie et sa remise en liberté.

— L'arrêt a été un couperet. Depuis une semaine, elle surmontait mal tout ce qu'elle a entendu, tout ce qui s'est dit. Vous avez vu la page de Menie Grégoire dans *France-Soir*... [1].

Avec acrimonie, je fais remarquer à l'avocat que sa façon de transiger avec tous les journaux qui persécutent sa cliente n'est pas très dissuasive. Il me répond :

— Si on va au procès, on aura des frais monumentaux. On n'y peux rien, c'est engagé.

Le paysan ariégeois n'en finit pas de compter ses sous, en toutes circonstances !

France-Soir joue sur l'allusion au corbeau et titre en gros que « Christine Villemin a écrit trois lettres », puis en tout petit « avant d'avaler des cachets [2] ». *L'Est républicain* minimise la dose de médicaments et les risques courus. Les autres s'interrogent pour savoir si ses lettres contenaient l'aveu de l'assassinat de Grégory. Les Bezzina se demandent pourquoi, avant de faire ça, elle « n'a pas pensé à son petit garçon dont elle affirme qu'il est tout pour elle [3] ? ». *Paris Match* publie les photos prises quelques heures avant la tentative de suicide. En encadré dans l'article de Jean Cau, le texte de la dernière lettre de Christine adressée à Me Moser, mais publiée avec l'en-tête « Cher Me Garaud »... Le sentiment général est que tout est fabriqué, les émotions comme la semi-inconscience de l'inculpée. On se souvient de la « fausse » perte du jumeau de Julien. Tous ces mensonges médiatiques n'atteignaient pas Christine auparavant. Depuis le 9 décembre, la réalité et la fiction se sont heurtées, provoquant en elle un choc d'autant plus grand qu'inattendu. « A quoi ça a servi tout ce qu'on a fait ? » demandera Christine à Mes Robinet et Moser venus la voir d'abord derrière la vitre du service de réanimation puis au chevet de son lit. La jeune femme demande à ses avocats de renoncer au pourvoi en cassation. Elle veut en finir pour que son mari n'ait pas à attendre plus longtemps son propre procès. Me Garaud me donne quelques nouvelles de son état de santé :

1. Notes personnelles du 16 décembre 1986.
2. *France-Soir* du 16 décembre 1986.
3. *Idem.*

— Elle est très dépressive, hors de danger mais moralement, c'est loin d'être ça. Elle pleurait sans arrêt... Il va y avoir un problème de réadaptation [1].

Jean-Michel Lambert, rougissant de plaisir, lève son verre face à l'assistance réunie au palais de justice d'Épinal. Au soir du 18 décembre 1986, le tribunal fête son départ officiel avant son congé sabbatique. Deux autres juges s'installent par la même occasion, mais c'est son départ qui provoque l'événement. « Bravo le petit juge [2] » titrait quelques mois plus tôt *L'Est républicain* à l'annonce de son départ en publiant des lettres de lecteurs le félicitant pour son action. Les autres magistrats le voient quitter la ville avec un mélange de soulagement et d'une pointe d'envie pour ce passé peut-être un peu lourd mais qui l'a quand même hissé à un niveau national voire international. Champagne, petits fours, discours, les autorités judiciaires et administratives de la ville et même le député, Gérard Welzer, se pressent autour de leur célébrité locale. Dans l'assistance, Nicole, timide, se tient en retrait de son célèbre futur mari. Jean-Michel Lambert affiche un petit air de « Tout est bien qui finit bien ». Il a certes appris que Christine avait fait une tentative de suicide l'avant-veille, mais se dit heureux qu'elle soit sauvée tout en soulignant que la veille, un photographe de *Paris Match* était encore à Petitmont. Le président du tribunal le fait pouffer dans ses mains quand il prononce ces quelques mots :

— Je suis fort embarrassé, moi, président d'un petit tribunal de province, de m'adresser à vous, après que la presse a donné à votre personnage une dimension que je n'aurai jamais.

A Paris, Jean-Pierre Elkabbach l'a invité à dîner dans un restaurant chinois pour tester le personnage. Lambert veut devenir journaliste, Elkabbach cherche un nom pour une chronique judiciaire sur Europe 1. François Mattéi prépare une longue interview du magistrat qui sera publiée dans le premier numéro de *L'Express* de 1987. Irène Frain souhaite le rencontrer, et d'autres encore... L'ombre de Marguerite Duras plane toujours sur son agenda. L'avenir sourit au juge Lambert.

Jean-Paul Pradier veut me convaincre que Hauck, lui et moi, nous pouvons aider Christine à s'en sortir. Le procureur d'Épinal dit qu'elle serait condamnée à vingt ans de prison. Pradier

1. Notes personnelles du 16 décembre 1986.
2. *L'Est républicain* du 6 août 1986.

s'emporte au téléphone. Par réflexe professionnel et par habitude, je note mot à mot sa colère :

> « Elle en prend pour 20 ans. Avec les magouilles, elle en prend pour 20 ans. Tout le monde croit que c'est bidonné. C'est un scandale. Elle est cuite, elle se flinguera avant. Même Robinet est sorti de chez le proc en disant : elle y va pour 20 ans... Chaque fois que je rencontre quelqu'un, on me dit : " Cette femme est une salope. C'est elle qui a tué son enfant, car elle le vend... " Il y a un an et demi, Bezzina et les mecs de *Match* disaient : " Si elle va aux assises, elle sera acquittée. " Aujourd'hui avec les magouilles, les gens ont viré leur cuti et ils croient qu'elle a tué son enfant et c'est à cause de ça qu'ils vont la tuer, elle. A l'heure actuelle, s'ils prennent neuf jurés, ils n'auront que ça dans la tête [1]. »

Pradier, seul dans sa chambre d'hôtel à Épinal, en pleure presque de rage. Il a refait les chronométrages, revu les Claudon, leurs vaches et leur 4×4 qui barre la route à partir de 17 h 15 : la thèse de l'assassinat par la mère est mathématiquement impossible. Mais le reste compte autant. L'idée de Pradier est d'user de notre influence auprès de Christine pour la soustraire à Me Garaud. Pour qu'elle explique qu'elle lui a obéi et que l'argent va à son avocat.

> « Il faut lui dire qu'elle dise tout. Il faut le faire maintenant. Je suis sûr que la cour de cass va dire non. Il faut plus argumenter, il faut sortir quelque chose à nous trois. Ça me fait ch... tout ça. Quand j'ai commencé en 52, j'ai vu un type qui avait fait 30 ans de bagne. On l'a libéré car on avait trouvé le vrai coupable. Il s'est suicidé. Ça m'a marqué. Tu comprends, je me fous de savoir qui a tué Grégory. En revanche je me dis que tous les gens peuvent, un jour, être dans cet état. Un gosse de mort... mais j'en ai vu des milliers au Vietnam... J'en ai rien à foutre mais s'il y a qu'une chance sur un million pour qu'elle soit innocente, faut lui laisser.
> « A l'hôpital, Bezzina disait " C'est ma victoire. " Il était tout heureux. " Je suis le plus fort, j'ai gagné, c'est moi qui l'ai foutue aux assises. " J'ai 30 ans de journalisme, j'ai jamais vu ça. Alors il y a des moments où il faut savoir monter au créneau. Il nous faut un peu de courage. Les gens sont persuadés

1. Notes personnelles du 17 décembre 1986.

qu'elle est coupable parce qu'elle vend son gosse. Il faut dédouaner cette femme et on lui enlève 95 % de sa culpabilité... Je suis allé à Lépanges, tout le village est contre elle. Christine va pas aux assises parce qu'elle a tué son môme mais parce qu'elle a fait de l'argent avec sa mort [1]. »

Nous ne « monterons pas au créneau », faute de courage, mais nous allons nous enfoncer un peu plus dans nos cauchemars. La nuit suivant cet appel, dans mon sommeil, une pluie de mains coupées et ensanglantées s'abat lourdement sur mon lit pour enserrer mes jambes. Je bondis et hurle de terreur pour me dégager de cette emprise macabre. Le souffle saccadé, le corps trempé de sueur, le sang cognant dans mon cœur, je tâtonne vers la lumière pour retomber, rompue, sur l'oreiller. Encore un nouveau cauchemar. Les autres perdent-ils aussi le sommeil? Quand échapperons-nous, tous, à ce carnage?

Pourtant, malgré nos consciences tourmentées, nous allons laisser Christine là où elle est, coincée encore entre *Le Figaro Madame* et *Le Journal du Dimanche* [2] qui publient chacun le réquisitoire in extenso assorti d'une même interview de Me Lombard, réalisée par Isabel Ellsen. L'avocat salue le travail du juge Lambert qui, en dépit de sa « nullité » dont il rit sous cape, lui offre sur un plateau un procès à grand spectacle.

Quant à Bezzina, où est sa « victoire »? A-t-il gagné, ou n'a-t-il été que l'instrument de ses neuf rédacteurs en chef qui ont « fait du Grégory » à outrance depuis deux ans? sans eux, il n'y aurait sans doute pas eu de livre et de photos en couleurs pour répondre à un an et demi de traque. Les Bezzina se sont perdus dans ce dossier qui, après les avoir soudés autour d'un but commun : la chute de Christine Villemin, va les séparer. Je me souviens de ce jour où Jean-Michel et moi devions interviewer ensemble un directeur d'hôpital à Belfort.

Une erreur médicale avait coûté la vie d'une petite fille de trois ou quatre ans. Pour la première fois, j'ai vu cet homme touché au cœur. Dans un couloir, il m'a raconté en quelques phrases pudiques la disparition, trente ans plus tôt, je crois, de son propre enfant. Ce souvenir enfoui depuis si longtemps l'a pris soudain à la gorge. C'était le 15 octobre 1984, la veille de la mort de Grégory Villemin.

1. Notes personnelles du 17 décembre 1986.
2. *Journal du Dimanche* du 14 décembre 1986 — *Le Figaro Madame* du 20 décembre 1986.

L'écho de la tentative de suicide de Christine Villemin parvient jusqu'en Angleterre. Le *Sunday Times* résume la situation : « Elle est devenue la femme la plus haïe de France [1]. » Christine trouve quand même la force de signer une décharge pour quitter l'hôpital afin d'être au parloir du mercredi matin. Elle dit à Hauck qui l'appelle le soir même :

— J'en ai marre, je voulais vraiment mourir. Jean-Marie est comme moi, notre vie est gâchée [2].

Le 31 décembre, dans *Le Républicain lorrain* de Metz, un dernier éditorial résume cette seconde année noire de l'instruction. Le journaliste qui écrit à la veille du réveillon continue de fixer, seul contre tous, la même image : celle d'une jeune femme, assise dans une voiture et « liquéfiée de chagrin », à Lépanges-sur-Vologne, le 17 octobre 1984. Alors Jean-Claude Hauck pose, une nouvelle fois, cette phrase d'une audace rare :

« Et si c'était pas elle [3]? »

1. *Sunday Times* du 24 décembre 1986.
2. Notes personnelles du 18 décembre 1986.
3. *Le Républicain lorrain* du 31 décembre 1986.

Cinquième partie

L'ESPOIR

1

Les raisons d'un transfert ... Christine s'installe en Moselle ... Lambert en couverture de L'Express *... Un livre à contretemps ... La presse toute honte bue ... Labro exécute le juge à « Apostrophes » ... Succès populaire ... La dédicace à Marie-Ange ... Retour à la case départ ... Maurice Simon désigné ...*

En mars 1987, après trois mois d'accalmie et dans une semi-indifférence, la Cour de cassation casse l'arrêt de renvoi de Christine Villemin devant les assises, établi par la chambre d'accusation de Nancy. La cour suprême estime que cet arrêt est vicié par certaines pièces (expertises ou actes d'instruction du juge Lambert) non conformes aux règles du code de procédure pénale. Le dossier est renvoyé devant une autre chambre d'accusation, celle de la cour d'appel de Dijon. Derrière cette décision de forme, on devine une volonté de soustraire l'affaire aux passions locales et de la juger, si nécessaire et si cela est encore possible, devant une cour d'assises plus sereine que celles de Nancy ou d'Épinal. Pour les mêmes raisons, les hauts magistrats ordonnent le transfert du dossier de Jean-Marie Villemin qui sera donc jugé à Dijon. « Tout le monde a une opinion sur cette affaire, même mon coiffeur et ma concierge », a déploré avec un peu de mépris Me Boré, l'avocat chargé de plaider pour la défense de Christine Villemin.

La cour de Bourgogne est retenue pour plusieurs raisons. La plainte déposée par Bernard Laroche contre les gendarmes est déjà instruite à Dijon depuis un an et demi ; les Vosges ne sont pas trop éloignées pour un éventuel supplément d'information qui exigerait des déplacements sur le terrain ; enfin, cette cour est réputée pour sa dextérité à traiter les affaires les plus délicates. La tentative de suicide de Christine a marqué l'apogée des passions déclenchées par « l'affaire Grégory ». Il aura fallu frôler un troisième drame pour que la tension retombe brutalement. La cour de Nancy autorise d'ailleurs Christine à s'installer avec Julien chez sa sœur, à Nitting en Moselle. La vie est plus gaie qu'à Petitmont, avec d'autres enfants et une autre ambiance. La population, informée en grande partie par *Le Républicain lorrain*, pose sur la jeune femme un regard plus modéré qu'ailleurs. Me Garaud a tiré les leçons des excès médiatico-littéraires de 1986 et favorise mais bien tard la discrétion et le silence. L'époque des photos et des interviews arrangées est révolue.

Christine et Jean-Marie Villemin accueillent avec soulagement la nouvelle du renvoi des dossiers en Côte-d'Or. Il leur semble qu'il ne peut rien leur arriver de pire que ce qu'ils ont vécu depuis deux ans et demi. Sur le fond, l'espoir revient :

— C'est pas possible qu'on n'arrive pas à savoir ce qui s'est passé, s'exclame Jean-Marie quand ses avocats lui annoncent la nouvelle au parloir de la maison d'arrêt de Saverne.

La presse se contente d'annoncer, souvent avec humeur, que Christine Villemin vient de gagner un sursis. Or il s'agit là, mais personne ne s'en doute encore, de bien autre chose.

Alors que la Justice retrouve des procédures plus classiques à l'abri de la rue et de la rumeur, Jean-Michel Lambert poursuit l'ambition qu'il s'est fixée un an plus tôt : rebondir pour exister au-delà de l'affaire Grégory. Son congé sabbatique à peine entamé, *L'Express* publie en couverture une longue interview du magistrat. Le juge dresse le bilan de son instruction comme si le dossier était clos et répartit les erreurs tour à tour sur les journalistes, les gendarmes, les policiers, l'opinion publique, Christine et même Bernard Laroche. Seuls les avocats échappent à la critique et, bien sûr, lui-même. A la question de François Mattéi : « Avez-vous l'impression d'avoir failli ? », Jean-Michel Lambert répond : « Non [1]. » Tout est dit.

Le magistrat publie ensuite chez Albin Michel ses Mémoires de juge, avant sa reconversion dans l'édition ou le journalisme. Jean-Michel Lambert aime écrire. C'est chez lui, dit-il, un besoin vital. Mais ce livre, *Le Petit Juge*, conçu dans la logique de crise

1. *L'Express* du 2 janvier 1987.

del'affaire Grégory, arrive avec un an de retard, à contretemps et mal à propos. Celui de Christine auquel il devait donner la réplique a disparu des librairies et des mémoires. Seul, sans son inculpée pour lui conférer une puissance, malmené depuis par la Cour de cassation qui a détruit encore une partie de son dossier, Jean-Michel Lambert n'a plus d'autorité, ni d'existence sociale. Cet ouvrage, remanié lui aussi par une aide extérieure, constitue une duperie pour le lecteur qui recherche, en vain, des détails inédits ou des confidences sur l'énigme de la Vologne. Il doit, en revanche, supporter trente-neuf pages de lettres anonymes reproduites avec une complaisance déplacée, remplies d'injures à son encontre mais aussi envers Muriel Bolle, Christine et Jean-Marie Villemin. En dévoilant avec force détails une série de crimes sexuels qu'il eut à traiter et d'autopsies réalisées sous son autorité, Lambert dévoile son attirance trouble pour la chair, vivante ou morte. La couverture représente une église de campagne qui semble dominer un cimetière. Si le symbole judiciaire n'est pas évident, l'exploitation de la mort de Grégory est grossière. L'enfant assassiné, tout comme Bernard Laroche, ne figure d'ailleurs pas dans les Mémoires du juge autrement que sous le vocable de « l'Affaire », écrite avec un A majuscule.

Robert Badinter n'est plus là pour s'étrangler de fureur. Devant le Parlement, le ministre Albin Chalandon glisse simplement à son propos que, « l'indépendance des juges ne doit pas servir d'alibi à leur incompétence ». La presse, elle, n'a plus besoin du magistrat qui a cru que les flagorneries intéressées des uns et des autres en échange d'informations allaient lui ouvrir les portes du journalisme et d'une gloire durable. Un stage de quelques jours à la rédaction d'Europe 1 tourne court. La presse s'est servie de lui et, toute honte bue, va le lâcher et pilonner son livre à grand renfort d'articles incendiaires et d'éditoriaux moralisateurs. Quelques mois plus tôt les mêmes plumes médiatiques ou judiciaires avaient avalisé, sans broncher, le fond de son travail. Devant Patrick Poivre d'Arvor, Lambert explique qu'un juge a le droit de se tromper « comme un garagiste » et, gourmand, évoque « le charme indescriptible » de Christine Villemin. Puis il s'étonne :

— Il y a une campagne de presse contre ce livre que je ne m'explique pas... [1].

1. « A la folie pas du tout... » du 12 avril 1987.

A « Apostrophes », en bon durassien, il explique que l'assassinat de Grégory « ne regarde pas la justice des hommes [1] ». Sur le plateau, en quelques phrases couperets, Philippe Labro exécute « le petit juge ». Personne ne rappelle que le directeur de RTL a laissé pendant un an et demi Jean-Michel Bezzina pousser le même homme à la faute. Devant Irène Frain, ébahie, le magistrat confie enfin que Christine Villemin « est tout sauf un être machiavélique » et qu'il a toujours « respecté sa douleur de mère [2] ».

Les ambitions de Jean-Michel Lambert se brisent très vite sur le cynisme de la presse, mais le magistrat se console avec le succès populaire de son livre auquel seuls *Paris Match*, *France Dimanche* et *Ici Paris* ont donné un écho favorable. *Le Petit Juge* devient un best-seller, vendu, selon l'éditeur, à 80 000 exemplaires. Un an plus tard, il sera même traduit en russe. Une foule empressée se bouscule dans les librairies de province et jusqu'en Belgique pour le rencontrer, lui serrer la main, le féliciter d'être venu à bout de Christine Villemin et obtenir une dédicace. L'une des premières qu'il apposera lui-même sur un exemplaire est pour Marie-Ange Laroche, avec cette phrase rapportée par Me Gérard Welzer : « Croyez Madame, en mon souci constant de rechercher la vérité... »

Ensuite, le juge se mariera et, en dépit de ses prévisions, on l'oubliera. Le Conseil supérieur de la magistrature va le rétrograder au rang de juge des expropriations et des affaires de sécurité sociale au tribunal de Bourg-en-Bresse. Depuis, Lambert déteste les journalistes et s'accroche à sa gloire perdue. « Si on faisait un sondage, je crois que je suis plutôt populaire », me dira-t-il deux ans plus tard.

Au terme de deux mois d'étude des milliers de pages composant le dossier Grégory, le président de la chambre d'accusation de Dijon, Maurice Simon, assisté des conseillers Geneviève Richard et Dominique Bray, dresse un constat : on ne sait pas quand, comment, où, pourquoi ni par qui l'enfant a été tué. Les suppositions et hypothèses diverses ne manquent pas, mais il n'existe aucune certitude. Les deux inculpations prononcées d'abord contre Bernard Laroche puis contre Christine Villemin, toutes les deux sur des bases incertaines, n'ont pas résolu le problème. Après avoir entendu les avocats des différentes parties, et s'être octroyé un mois de délibéré, la chambre annule une cinquantaine de pièces

1. « Apostrophes » du 10 avril 1987.
2. Interview réalisée par Irène Frain pour *Paris Match* mais non publiée.

viciées, puis ordonne un supplément d'information. La chambre de Dijon remplit donc la fonction de la chambre de Nancy qui, six mois plus tôt, pressée par l'opinion publique, avait abandonné ses prérogatives pour renvoyer devant un jury populaire un dossier non conforme aux règles de droit. A la suite des annulations successives opérées à Nancy, Paris et Dijon, le dossier du juge Lambert n'est plus qu'un squelette. Dans ces conditions, estime Maurice Simon :

> « Il est impossible d'admettre que la preuve est actuellement apportée que Christine Villemin a disposé du temps nécessaire pour commettre le crime dont elle est inculpée.
> « Il ne résulte pas davantage, en l'état actuel des investigations entreprises, que Christine Villemin est la seule et unique personne ayant pu commettre ce crime pour lequel en ce qui la concerne, aucun mobile n'a été jusque-là découvert [1]. »

Maurice Simon, âgé de soixante-quatre ans, est désigné, selon les souhaits de la Chancellerie, pour diriger cette nouvelle enquête. Cette décision marquera les annales judiciaires, car il est exceptionnel de voir une telle affaire prise en main par un président de chambre plutôt que d'être confiée à un conseiller ou plus logiquement à un juge d'instruction. Ancien juge d'instruction lui-même, réputé pour avoir résolu des dossiers complexes, notamment l'affaire du Fétich's club impliquant la police et le milieu lyonnais dans un réseau de proxénétisme, le magistrat accepte de repousser jusqu'au 1er décembre 1987 la retraite anticipée qu'il s'apprêtait à prendre pour ménager une santé fragile.

1. Arrêt de la chambre d'accusation de Dijon du 25 juin 1987.

2

Changement de ton ... Les avocats au silence ... Simon, héros positif ... Un dossier livré en vrac ... Toutes les pistes possibles ... Fin du Cluedo ... Christine interrogée pendant deux jours ... « C'est extraordinaire, je peux parler et vous m'écoutez ... ! » Grégory, pour la première fois ... Simon franchit le pas ...

L'affaire Grégory entre dans une nouvelle ère. Tout est nouveau : les lieux d'instruction, les magistrats, bientôt les enquêteurs, mais aussi le ton. A Dijon, l'affaire semble enfin entrer dans une logique judiciaire. Au tribunal, les juges Waultier puis Vigne instruisent l'un après l'autre, dans la plus grande discrétion, la plainte déposée contre les gendarmes par Bernard Laroche puis reprise par sa veuve. On ne connaîtra jamais ces deux juges en charge de l'une des clés de l'affaire Grégory, qui ont interrogé Muriel Bolle des heures durant et bien plus souvent que le juge Lambert. Sur le dossier proprement dit, les magistrats qui composent la cour ont de l'expérience, s'appuient sur le droit, le code de procédure pénale, et sont imperméables aux bruits extérieurs. Ils n'ont pas lu les ouvrages de Christine Villemin et du juge Lambert. Ils ne s'inquiètent pas des pools médiatiques ni des caisses de résonance.

Ce brusque changement de climat provoque un certain émoi chez ceux qui gravitent autour de l'instruction. Maurice Simon exige de tous, avocats, inculpée et partie civile, un mutisme total. Il ne veut entendre aucun commentaire sur son travail, ni constater de fuites, ni voir divulguer les dates de ses futurs actes d'instruction. Le dossier est enfermé dans une haute armoire métallique dont la clé reste dans la poche du magistrat.

Mes Garaud, Lombard et leurs associés respectifs s'exécutent. Leurs confidences seront désormais limitées à quelques phrases inodores sur l'ambiance générale de l'instruction. C'est ainsi que l'affaire Grégory, verrouillée de part et d'autre, va quitter pendant l'été 1987 l'actualité quotidienne qu'elle a nourrie sans relâche pendant près de trente mois. Pour la presse, Maurice Simon devient immédiatement un héros positif. Le magistrat occupe une place vacante sur l'échiquier symbolique de l'affaire : le sage. Tous les aspects de son caractère sont magnifiés et célébrés de concert : son âge, sa discrétion, son passé, sa courtoisie, sa mémoire. Ces éloges, bâtis sur une simple image puisque personne ne le connaît, sont à la mesure de la honte plus ou moins inconsciente éprouvée par les médias.

Maurice Simon se met au travail dès la fin du mois de juin. Avant toute chose, il se délivre une ordonnance de reclassement. Avec l'aide d'une greffière désignée spécialement pour l'assister dans le supplément d'information, Mme Édith Gaudin, le magistrat range, pendant deux semaines, le dossier Grégory livré dans un désordre inconcevable : pièces mélangées, non cotées, et scellés ouverts, dispersés, égarés sinon volés.

Le « juge Simon », comme on l'appellera désormais, arrête un plan de travail serré. L'arrêt ordonnant le supplément d'information a révélé la ligne qu'il s'est fixée : rechercher les preuves de la culpabilité ou de l'innocence de Christine Villemin; attendre l'issue de la plainte déposée par Bernard Laroche contre les gendarmes pour savoir quel crédit accorder aux propos de Muriel le mettant en cause et élargir les recherches dans toutes les autres directions abandonnées par l'enquête précédente. Ces trois orientations bouleversent les certitudes médiatiques et populaires qui reposaient depuis deux ans sur la culpabilité acquise de Christine Villemin et l'innocence posthume de Bernard Laroche. Les avocats de celui-ci, surpris de ce retour d'intérêt inattendu, font savoir d'emblée par *L'Est républicain* qu'ils étudient déjà la forme à donner à « une riposte appropriée de leur part [1] ».

Par ailleurs, le magistrat a relevé un certain nombre de points que son prédécesseur avait, volontairement ou non, ignorés. Grégory avait les yeux ouverts lorsqu'on a soulevé son bonnet et ne

1. *L'Est républicain* du 26 mai 1987.

présentait pas, malgré la fraîcheur de l'eau, de rigidité cadavérique avancée alors que, selon l'enquête initiale, il est censé être resté dans la rivière de 17 h 30 à 21 h 15. L'enfant ne s'est certainement pas débattu dans l'eau, sans quoi on aurait retrouvé sur ses poignets les marques de striction de la ficelle qui le ligotait. L'horloge des époux Villemin avançait de sept minutes, en accord avec le rythme de l'usine de Christine. Enfin, selon Michel Villemin, le corbeau lui a expliqué avoir « étranglé le fils du chef » avant de le jeter dans la Vologne, or l'enfant n'a fait l'objet d'aucune strangulation, pas même d'une tentative. Rien de tout cela n'avait été soulevé dans les documents rédigés par le juge Lambert, le parquet d'Épinal ou la chambre d'accusation de Nancy. Chacun de ces points va donc être étudié ou approfondi dans l'espoir qu'il donne des éléments nouveaux et parlants. Pour mener à bien son enquête, Simon délivre tout d'abord des commissions rogatoires au SRPJ de Dijon, ainsi qu'à la section de recherches de la gendarmerie de la même ville. Puis il désigne définitivement les militaires, dont la mentalité lui convient mieux, étant lui-même lieutenant-colonel de réserve de l'armée de terre.

Cette nouvelle donne signe pour les journalistes chargés du dossier la fin de « l'affaire Grégory » telle que nous l'avons vécue en continu depuis presque trois ans. Des discussions interminables et mille fois recommencées sur les mêmes thèmes, des désaccords inébranlables sur tel ou tel point toujours « capital », des heures de conversations téléphoniques où l'on se surprend parfois à appeler Grégory « Grégo » comme le font ses parents, des soirées entières à dresser des tableaux de comparaisons d'horaires, d'emplois du temps, de chronométrages, ou à chercher des filiations occultes et des liaisons illégitimes. Pour Hauck et moi, l'affaire semble désormais entre des mains qualifiées qui devraient assurer à Christine sa réhabilitation si elle est innocente, des éléments pour la juger sereinement et en connaissance de cause si elle est coupable. Dans tous les cas, la mère de Grégory est soustraite aux griffes de ceux qui faisaient de sa chute une affaire personnelle, et cela nous soulage.

La partie de Cluedo grandeur nature lancée dès le lendemain du crime s'achève, mais il n'y a chez les journalistes que des perdants. Chacun de nous en garde des traces. Personne ne pourra oublier que le jeu médiatique a participé à la perte d'un homme et qu'il nous a conduits, à des degrés divers, dans la traque sans merci d'une femme que nous avons transformée en mythe. Et puis, il y a les à-côtés, les cauchemars, les blessures ravivées ou bien les tics que nous gardons de ces années sous pression. Par exemple, depuis que Christine, en larmes, m'a dit au sortir d'un interrogatoire : « Comme si je pouvais me souvenir de tout! Comme si je pouvais me douter qu'un jour, il m'arriverait tout ça...! », je note tout, les heures et les dates d'événements même minimes ainsi que le contenu des conversations téléphoniques. Mes agendas deviennent des emplois du temps minutés. Pour les anciens combattants de la Vologne, il y a un avant et un après Grégory.

Christine Villemin n'en croit pas ses yeux. Pour sa première audition prévue sur deux jours, elle arrive dans l'indifférence générale à la cour d'appel de Dijon, abritée dans le palais des Ducs de Bourgogne qui surgit d'un entrelacs de rues sombres dans la vieille ville. Elle découvre avec appréhension l'homme qui tient son avenir entre ses mains. Le regard bleu perçant, les cheveux blancs et cette courtoisie inhabituelle ne rassurent pas la jeune femme. Christine Villemin a perdu toute confiance en la justice, en ses experts et ses auxiliaires. Le premier jour, l'interrogatoire dure sept heures trente, serrées, factuelles, jalonnées de pièges et de contre-pieds. Celui du lendemain dure neuf heures. Fait exceptionnel, le procureur général de la cour, Bruno Estrangin, assiste, à l'invitation de Maurice Simon, à ces auditions comme à toutes celles qui suivront jusqu'en décembre 1989. Spontanément, et alors qu'elle ne le faisait plus depuis deux ans, Christine Villemin signe son premier procès-verbal épais de cinquante pages. Puis, elle quitte Dijon, épuisée.

Désormais, elle est redevenue une femme ordinaire, d'autant que le magistrat l'a libérée de son escorte de gendarmes, devenue inutile. La vie se poursuit et elle se rend toujours trois fois par semaine au parloir de la prison pour retrouver Jean-Marie. Les rares photographes qui la suivent encore notent qu'elle porte les cheveux longs retenus en queue de cheval et des vêtements clairs comme toutes les jeunes femmes de son âge, vingt-sept ans. A chacun, elle oppose un silence têtu et tourne la tête dès qu'elle aperçoit un objectif. Elle a repris la vieille Renault 18 blanche avec le chapeau de cow-boy de Grégory à l'arrière. Devant la prison, comme les autres femmes de détenus, elle patiente avec, dans ses bras ou dans sa poussette, Julien qui ressemble tant à son frère aîné disparu.

Dans la foulée de son premier interrogatoire, Maurice Simon se rend pendant deux jours en Alsace, à Saverne, pour entendre Jean-

Marie Villemin en sa qualité de partie civile dans la mort de son fils. Par respect humain, il le fait extraire de la prison pour l'interroger dans un bureau du tribunal de grande instance. Le jeune homme, toujours très maigre, flotte dans ses vêtements et porte son alliance au majeur gauche. A son arrivée, il tient dans ses mains menottées le cahier sur lequel il consigne depuis deux ans des données, des dates et des réflexions. Jean-Marie Villemin est entendu pendant près de douze heures. Le juge Simon lui demande d'éclairer les rapports qu'il entretenait avec sa femme et son enfant, de décrire Grégory et les liens qui l'unissaient à Christine. Jean-Marie, le teint hâve, tente de parler calmement puis, malgré lui, se libère d'un chagrin retenu pendant neuf cents jours, le temps de sa détention. Un instant, Maurice Simon doit interrompre l'audition pour apaiser l'émotion qui paralyse sa greffière et les avocats du détenu. Pendant la pause, le père de Grégory, redevenu silencieux, lève les yeux vers le plafond et, comme s'il se parlait à lui-même, répète :

— C'est extraordinaire... c'est extraordinaire...

— Qu'est-ce qui est extraordinaire, monsieur Villemin? demande le magistrat.

— Je peux parler... je peux parler... pour la première fois, je peux parler et vous m'écoutez...

Dans le maelström confus de l'affaire, nous avions tous oublié que jamais les principaux protagonistes du drame, Christine et Jean-Marie Villemin ainsi que Bernard Laroche, n'avaient été invités par la Justice à s'expliquer sur eux-mêmes et leur histoire. On s'est emparé d'eux pour leur prêter quantité de sentiments, de vies de roman et de mobiles. Mais on ne leur a jamais rien demandé officiellement.

En quatre jours d'audition, Maurice Simon a mesuré les enjeux humains que recouvre l'expression tant galvaudée, « l'affaire Grégory ». Si Bernard Laroche ne peut plus retrouver son intégrité morale, au moins qu'elle revienne à sa femme et ses enfants. Si Christine Villemin est innocente, il faut lui rendre au-delà de ce qu'elle a enduré. Et puis, il y a surtout la victime, cet enfant de quatre ans que son père et sa mère ont été amenés à évoquer, pour la première fois devant un juge, presque trois ans après sa mort.

> « C'était déjà " un petit dur ". Il faisait des taquineries à sa mère. Par exemple, pendant qu'elle faisait la vaisselle ou qu'elle lavait quelque chose et qu'elle avait les mains

occupées, il la pinçait, il la taquinait et cela la faisait rire parce qu'elle trouvait que c'était un petit malin. Il lui faisait des tas de farces. Il était sentimental, il avait besoin qu'on l'aime. Il avait besoin de " cocos " c'est-à-dire de baisers. Il voulait que celui qui le couchait l'embrasse et que l'autre vienne aussi l'embrasser. Le matin au réveil, celui qui se levait le premier le mettait dans les bras de l'autre, dans notre lit car il se réveillait à chaque fois. Nous n'aurions pas supporté ni l'un ni l'autre que quelqu'un le gifle ou le frappe [1]. »

« Grégory avait besoin de se sentir aimé et il nous demandait parfois si nous l'aimions. Si nous regardions la télévision, il ne choisissait pas son père ou sa mère, il était entre nous, sa tête tantôt contre Jean-Marie, tantôt contre moi. Lorsque Jean-Marie partait de bonne heure, il amenait Grégory et le mettait dans mon lit. (...) Vous me demandez quel était le premier sentiment qui me venait à l'esprit quand je voyais Grégory. C'est tout simple, j'avais immédiatement envie de l'embrasser, d'ailleurs quand je me déplaçais dans la maison, souvent je lui donnais un baiser au passage. Il était tellement habitué à ces petits baisers que lorsque nous étions à table et qu'il y avait par exemple de la moutarde, il s'amusait à s'en mettre sur les lèvres sachant que j'allais l'embrasser si, par exemple, je m'étais levée de table. Pour lui, c'était un jeu, il me faisait une farce [2]. »

Conscient que six mois seront insuffisants pour aller au fond des choses, Maurice Simon décide de reporter *sine die* la date de sa retraite. En prenant cette décision, le magistrat devient l'un des hommes clefs de l'affaire, même s'il restera sans doute le plus secret. Magistrat par vocation familiale, Simon débute comme juge de paix dans le Jura, puis devient procureur militaire pendant deux ans en Algérie où il lutte contre la torture, échappant de justesse à un attentat fomenté par d'autres officiers. En 1969, Maurice Simon est avec Louis Joinet et Pierre Lyon-Caen l'un des fondateurs du syndicat de la Magistrature et son premier président. Plutôt que de suivre ses amis du syndicat dans les arcanes du pouvoir, il choisit sa carrière de juge d'ins-

1. Procès-verbal de Jean-Marie Villemin du 27 juillet 1987.
2. Procès-verbal de Christine Villemin du 20 juillet 1987.

truction à Dijon avant de devoir abandonner ce poste, victime d'un grave infarctus. Directeur de l'École nationale des greffes, il est promu en 1985 président de chambre à la cour d'appel. L'ennui et sa santé chancelante lui ont donné l'envie de quitter la justice au bout de quarante-deux ans de service. Quelques semaines après sa décision, le dossier Grégory Villemin est arrivé sur son bureau. C'est alors que sa vie a basculé.

3

L'affaire échappe aux médias ... De 17 heures à 21 h 15 ... Aperçus à la jumelle ... La découverte du ruisseau ... Michel sur le gril ... Un retournement capital ... Ambiance au couteau ... Les filles de la poste persistent ...

L'instruction a pris son rythme de croisière et l'on apprend de temps en temps que les Villemin, tel parent ou tel cousin, ont été interrogés à Dijon ou dans la vallée. Pour avancer de manière plus concrète, le magistrat prévoit une reconstitution d'une durée de cinq jours entre le 12 et 16 octobre. Les conditions d'éclairage et de visibilité seront alors les mêmes que celles de l'époque du crime. Maurice Simon se rend dans les Vosges, accompagné des deux conseillers de la chambre d'accusation et du procureur général Estrangin. Si l'instruction se déroule sous l'impulsion d'un seul homme, quatre hauts magistrats en sont les observateurs permanents.

La presse ne peut pas rater cet acte judiciaire à ciel ouvert. Aux initiés, se joignent des envoyés spéciaux de toute la France et les journalistes de la Cinq et M6, les deux nouvelles télévisions en concurrence avec TF1 désormais privatisée. En trois ans, les techniques ont évolué tout comme les moyens. La Cinq survole la vallée en hélicoptère et engrange des images retransmises par satellite grâce à l'antenne parabolique d'un camion émetteur garé devant le café de Mme Julia. La patronne de notre premier hôtel n'en finit pas de raconter aux nouveaux venus son fait d'armes dans l'affaire : le ticket gagnant du P.M.U. touché par Bernard Laroche le soir du crime vers 18 heures.

En arrivant, nous constatons, désappointés, que les enquêteurs et le magistrat ont entamé leurs recherches depuis la veille sans que nous le sachions. Nous ne pouvons même plus interroger les témoins qui ont reçu l'ordre formel de se taire. Quatre cents gendarmes sont répartis dans le village et alentour pour nous tenir en échec. La reconstitution se déroule loin de nous, hors de portée des micros, des caméras et des téléobjectifs. L'affaire ne nous appartient plus.

Les vérifications portent d'abord sur le temps dont auraient disposé les uns ou les autres pour réaliser ce crime survenu dans une tranche horaire assez large : 17 heures et 21 h 15 avec, entre les deux, à 17 h 32 selon Michel Villemin, l'appel de revendication du rapt et de l'assassinat. Grâce à ces trois repères, on peut éliminer ou impliquer l'un ou l'autre des suspects. Le juge Lambert avait considéré dès le départ que tout était fini à 17 h 32, aussi très peu de vérifications ont-elles été lancées au-delà de cet horaire. Pourtant, personne n'a vu l'enfant flotter en plein centre du village entre 17 h 30 et 21 h 15 ni être ballotté sur la rivière qui, avant Docelles, coule à ciel ouvert et au ras de la route. Trois ans plus tard, n'importe qui peut exhumer un alibi invérifiable sur ses activités en fin de soirée ce jour-là. C'est l'un des multiples obstacles de cette enquête reprise aussi longtemps après les faits.

Assis à l'avant d'une fourgonnette de gendarmerie, Maurice Simon sillonne la vallée en chronométrant les deux pistes les plus connues, celle de Bernard Laroche puis celle de Christine Villemin, avant d'en étudier d'autres oubliées dans le dossier. La version de chaque inculpé est vérifiée puis opposée à celle de l'accusation, détaillée avec la même minutie. Comme elle en a le droit, Christine refuse de se prêter à la mise en scène de faits et de gestes qu'elle dit n'avoir pas accomplis. Bernard Laroche, lui, ne peut plus se défendre.

La mairie de Lépanges est réquisitionnée pour la transcription des dépositions de chacun et les auditions des témoins de la première heure : le maire, André Claudel, qui lança les recherches dès que l'alerte fut donnée, ainsi que les gendarmes et les pompiers qui ont découvert Grégory. Aucun d'entre eux n'avait été encore entendu. Un médecin légiste et psychiatre de Dijon, le professeur Marin, est commis pour évaluer les conditions et les circonstances climatiques entourant la mort de l'enfant. Albert Villemin a révélé à Maurice Simon qu'à sa sortie de l'eau le corps de son petit-fils lui avait paru « encore doux, doux sur le plan de la température [1] ». Cette indication, ajoutée à l'absence de rigidité cadavérique, conforterait la thèse d'un décès survenu plus tard dans la soirée. Le médecin mesure la température du Barba, le petit affluent de la Vologne situé derrière la caserne des pompiers à Docelles d'où les essais de mannequin furent probants, et où le garde-champêtre découvrit la seringue et l'ampoule d'insuline. Par ailleurs, l'expert procède à des constatations sur la nature du lit de la rivière.

Maintenus à cent mètres de là sur un pont, nous suivons à la jumelle les investigations effectuées depuis la berge. Les photographes et caméramen se sont installés sur les bords de fenêtres ou les faîtes des toits de riverains pour suivre les évolutions judiciaires. Les emplacements sont loués par les riverains 500 à 600 francs (par personne), voire 900 francs pour les mieux placés. Christine et Jean-Marie Villemin, très pâles, protégés par sept militaires en gilets pare-balles, écoutent, main dans la main, l'inventaire des données techniques de la mort de leur fils. Chacun de leurs gestes déclenche une rafale d'appareils photo. De loin, nous voyons Maurice Simon épier sans relâche leurs réactions. Le couple ne le quitte pas des yeux, essayant de collaborer de son mieux. Tout est froid, précis et technique, sans grande part pour l'émotion.

Il faut également déterminer le lieu d'immersion. Le SRPJ voulait que Christine ait jeté son fils à quatre cents mètres en amont du village. A cet endroit, les autorités judiciaires découvrent, parallèle à la Vologne, un ruisseau séparant la rivière de la berge. Après l'expérience tentée par la greffière manquant de tomber à l'eau, il s'avère que le passage avec un enfant de quatorze kilos dans les bras est impossible. Ou alors il faut prendre son élan et sauter en courant, avec le risque de se retrouver soi-même dans la Vologne. Pendant deux ans, on a appelé cet endroit, à la suite du SRPJ, « le lieu privilégié ! » Jean-Michel Lambert est-il venu faire lui-même un relevé topographique ? Depuis le lendemain du crime, on ne l'a jamais vu au bord de la Vologne.

Sur la colline soufflée par la pluie et le vent, tous les témoins des premières minutes retrouvent leur place initiale, pétrifiés par le froid sans oser se plaindre. Christine doit exécuter à nouveau ses

1. Procès-verbal d'Albert Villemin, 25 septembre 1987.

faits et gestes du 16 octobre. Chaque reconstitution se déroule en temps réel. Michel Villemin arrive comme trois ans plus tôt et doit s'expliquer sur certaines contradictions de son témoignage. Le corbeau a-t-il vraiment fait allusion à une strangulation du petit garçon ? Aujourd'hui, Michel nie avoir donné ce détail – inexact par ailleurs – pourtant répertorié dans ses déclarations du 16 octobre au soir. Pourquoi ce trou de vingt minutes dans son trajet pour venir d'Aumontzey avec ses parents après l'appel de revendication ? Il affirme avoir perdu du temps pour retrouver Jean-Marie. Pourquoi n'avoir pas orienté d'emblée les recherches au bord de la Vologne en laissant son frère fouiller, pendant presque une heure, dans les fourrés alentour ? Michel nie avoir retenu l'information, mais l'heure de départ de la battue au bord de la rivière le contredit. D'autre part, sa mère, interrogée sur ce point avant son arrivée, a expliqué qu'il n'avait rien dit pour éviter d'affoler Christine et Jean-Marie. Le regard du cadet sur son aîné se fige de haine en sachant que l'heure perdue – pour éviter l'affolement ! – aurait peut-être permis de retrouver Grégory vivant.

Instinctivement, les sept gendarmes en gilets pare-balles se resserrent autour des parents de l'enfant. Trois ans après, face à tous ces rôles joués mille fois par les témoins, la famille, Maurice Simon doit démêler le vrai du faux. Les différentes versions se recouvrent les unes des autres, au gré des alliances et des ressentiments postérieurs au 16 octobre.

Mme Conreaux, la nouvelle propriétaire de la maison des Villemin, a préparé des gâteaux, du thé et du café pour réchauffer ses hôtes mais personne n'ose se servir avant le magistrat qui entre, sort, interroge, prend à témoin ses assesseurs et le procureur général, en poursuivant une méthode connue de lui seul.

De cette semaine de travail menée à un rythme serré et durant laquelle personne n'a été épargné, il ressort que l'enfant aurait été mis à l'eau dans le centre de Docelles, derrière la caserne des pompiers et bien plus tard qu'à 17 h 30. Ce sont exactement les données de la première enquête de gendarmerie, établies dix jours après les faits. Il aura fallu une digression de trois ans presque jour pour jour avant d'en revenir à ces constatations de base. Il se peut également qu'il ait été tué ailleurs et à une autre heure avant d'être déposé dans l'eau, ce qui complique encore l'énigme.

Évidemment, ces informations présentent l'inconvénient de revenir sur la culpabilité absolue de Christine Villemin. Reste l'hypothèse d'une complicité ou l'innocence totale. Notre pool, en partie reconstitué, ne se gêne pas pour clamer haut et fort sur ses antennes, dans son journal ou sur le fil de l'AFP, ce changement d'orientation, sur la base de quelques éléments lâchés par Me Lagrange à l'heure du déjeuner. Nous sommes enfin libérés après avoir été obligés d'affirmer le contraire, sans y croire, pendant près de trois ans. Nos prises de positions créent des incidents avec les autres journalistes que leurs rédacteurs en chef obligent à s'aligner sur nos reportages. Les rôles sont inversés... Les autres nous reprochent de nous avancer trop vite sur cette thèse. La semaine qui avait démarré dans un consensus général pour saluer le travail de Maurice Simon s'achève dans une ambiance odieuse. Des rumeurs surgissent, visant à étouffer la nouvelle donne. Puisque Christine ne peut pas avoir assassiné son enfant, on lui cherche aussitôt un complice, un relais. Tout plutôt que de l'imaginer innocente. A Gérardmer où sont installés les magistrats, on se répartit d'instinct dans deux cafés différents mais mitoyens. Sur les trottoirs, nous nous heurtons les uns aux autres en nous reprochant un aveuglement mutuel sur les « évidences » du dossier. Parfois un débat s'engage sur les nouvelles constatations entre les plus modérés des deux camps. Et l'on reste encore debout sous la pluie, à raviver, deux ou trois ans après, nos vieilles querelles jamais éteintes.

Me Lombard ose faire un communiqué pour qualifier de « tintamarre orienté » nos informations exactes recueillies auprès de son propre collaborateur. La partie civile demande, pour contrer ces nouveaux éléments, que l'on fasse des essais de mannequins depuis l'endroit privilégié du SRPJ. Lors de la reconstitution, les magistrats de la chambre ont déjà vu Monique Villemin tout faire pour tenter, au risque de se blesser, de franchir le ruisseau. Mes Lagrange et Lombard insistent pour que ces essais soient réalisés le 16 octobre, jour anniversaire du crime. Maurice Simon refuse pour ne pas infliger à la famille cette démonstration macabre ce jour-là. Il reconvoque tout le monde trois semaines plus tard pour une deuxième reconstitution axée sur ce thème.

Pour se consoler, les anti-Christine constatent que les quatre ouvrières de la M.C.V. maintiennent avoir vu la jeune femme prendre la direction de Bruyères et de la poste, le 16 octobre en sortant de l'usine. Maurice Simon a donc refait leur parcours avec elles à partir de 16 h 50, en faisant photographier chaque étape de leur déplacement entre l'usine et la poste pour vérifier les concordances avec leurs dépositions. Les ouvrières et Christine, remises en présence les unes des autres lors de la transcription des procès-verbaux, sont restées de part et d'autre sur leurs positions.

Avant de repartir pour Saverne, Jean-Marie est autorisé à se rendre sur la tombe de Grégory. Toujours encadré par des hommes en gilet pare-balles, le jeune père fixe le monument puis trace deux signes de croix dans l'air. Un peu plus tard, les photographes verront le petit Julien précéder sa mère et se faufiler à peine visible entre les tombes. Le magistrat qui n'a pas prononcé un mot de trop pendant ces cinq jours de travail, ni accordé un regard à la presse, a compris que la vérité, quelle qu'elle soit et s'il la découvre, déclenchera des volcans de passions.

— J'ai été étonné par tout ce que j'ai lu et entendu depuis cinq jours, confie-t-il sans en dire plus à un officier de gendarmerie avant de repartir pour Dijon avec sa greffière. Interrogé sur ces péripéties qui ébranlent le fond de son dossier, Jean-Michel Lambert déclare, soudain solennel :

— Je tiens à observer la plus expresse réserve pour ne pas risquer de gêner mon homologue.

4

« Le plus grand criminologue de ce temps » ... Le fantôme de Grégory ... Émotion délibérée ... Le témoin impromptu ... Le monopole des Thénardier ... Surenchère financière ... Lévitan change de camp ...

La nouvelle donne inquiète les adversaires des parents de Grégory. Les avocats de Monique et Albert Villemin avaient espéré que l'anti-Lambert viendrait à bout de Christine en l'espace de six mois, après quelques confrontations et interrogatoires serrés. Mais le vent tourne. Mᵉ Lombard imagine alors d'introduire un autre personnage dans le dossier, une sommité du milieu judiciaire susceptible de stopper cette évolution qui prend tout le monde à contre-pied. Puisque Maurice Simon est si féru de détails et de reconstitutions minutieuses, Mᵉ Lombard appelle Jacques Léauté, soixante et onze ans, un universitaire qui a été, entre autres, directeur de l'institut de criminologie de Paris, professeur de droit, et est aujourd'hui avocat à la cour d'appel de Paris. L'avocat devient le nouveau défenseur des grands-parents de Grégory Villemin. Son arrivée dans la vallée provoque l'événement lors de la deuxième reconstitution portant sur les essais de mannequins. Mᵉ Lombard nous présente son nouvel associé comme « le plus grand criminologue de ce temps ». Le pool anti-Christine se réjouit de l'entrée de cette carte maîtresse qui devrait rééquilibrer, pense-t-il, la balance. « La partie civile a besoin d'être réconfortée » remarque, malicieux, Thierry Moser.

Christine et Jean-Marie Villemin choisissent de rester dans la mairie de Docelles pour éviter d'assister à l'expérience demandée par la partie civile. Les avocats de Monique Villemin veulent prouver que le corps de Grégory, lancé depuis l'entrée de Docelles en dépit du ruisseau découvert un mois plus tôt, pouvait arriver dans le centre sans être arrêté dans sa dérive. C'est la riposte aux résultats positifs pour Christine de la première reconstitution. Les autorités judiciaires et militaires sont revenues au grand complet pour superviser l'opération. Le fantôme de Grégory apparaît, extrait d'une voiture. Un mannequin de son poids et de sa taille a été habillé à quelques détails de couleur près comme l'enfant assassiné. Un bonnet rose, un anorak bleu, un pantalon de velours rouge et, aux pieds, de petites bottines noires à lacet. L'enfant de cire a les mains claires et potelées, ramenées sur le ventre, une cordelette autour de ses poignets, une autre autour de son cou. A sa vue, un frémissement parcourt les observateurs, qu'ils soient journalistes ou militaires. J'agrippe le bras d'un caméraman debout à côté de moi sur la départementale 44. Quand le gendarme en équilibre précaire au bord du premier ruisseau prend son élan et le jette de toutes ses forces dans la Vologne, je sens mes ongles s'enfoncer dans mes mains crispées. Pourquoi le magistrat a-t-il exigé un tel luxe de détails dans la reconstitution du corps de Grégory Villemin ? Pourquoi nous laisse-t-il approcher un peu plus près de la rivière ? En dramatisant cette expérience, Simon cherche à déclencher des émotions ou des confidences.

La poupée de plastique ne parcourt que cinq mètres et coule au fond de la rivière où un homme-grenouille va la rechercher. On recommence après l'avoir dotée d'une balise pour la repérer. Elle coule encore, soixante mètres plus loin. D'âpres discussions techniques opposent la partie civile et la défense sous l'œil scrutateur du magistrat. Le pool Lombard conteste le mannequin, qui ne parvient pas à quitter le lieu retenu par la police judiciaire et frotte le lit de la rivière. Les avocats arguent que ce pantin n'a pas la densité d'un corps humain. De retour à la mairie après plusieurs essais infructueux, Me Lombard et ses associés demandent qu'on fasse venir le mannequin employé par les gendarmes en octobre 1984.

Une forme sans bras, ni tête, ni jambes pour qu'il ne reste pas accroché aux branchages, précise le défenseur d'Albert et Monique. Christine, entendant cette réflexion, bondit vers Lombard :

— Mon fils, lui, il avait une tête, des bras et des jambes !

Malgré cette évidence, le mannequin informe est amené au bord de la rivière. Très léger, il file sur la Vologne, franchit les deux barrages et va s'échouer en vingt minutes en différents endroits de la berge. Mais à l'arrivée, il est taché de verdure alors que Grégory était intact. L'expérience est recommencée jusqu'à la nuit et finalement, satisfait les deux camps, chacune s'appropriant les résultats de l'un des deux mannequins.

L'élément le plus intéressant de ce déplacement de novembre 1987 se situe ailleurs. Profitant de la présence de Maurice Simon dans les Vosges, un homme d'une soixantaine d'années demande à le rencontrer. Jean Descy, artiste peintre et décorateur de la région parisienne, possède une résidence secondaire à quelques kilomètres de Lépanges-sur-Vologne. Il souhaite confier quelques renseignements pouvant peut-être intéresser l'enquête. Le 16 octobre 1984, vers 17 h 15 ou 17 h 20, il circule sur la départementale 44 à la hauteur de Docelles et en direction d'Épinal lorsqu'il voit une Renault 5 verte stationnée sur la droite de la route dans un chemin appelé le chemin Tachet, permettant d'accéder à la Vologne sans être vu. Quatre jours plus tard, le 20 octobre, jour des obsèques de Grégory et à l'issue de la cérémonie, Jean Descy revoit la voiture garée presque au même endroit en contrebas d'un pont. Intrigué par la présence de ce véhicule dans cet endroit désert, il ralentit et dit en la désignant à un ami sur le ton de la plaisanterie :

— Tiens, c'est la voiture du crime !

Au même instant, il voit quatre ou cinq personnes dont un couple et des jeunes gens de quatorze ou quinze ans, s'engouffrer dans le véhicule et s'enfuir précipitamment. Jean Descy circule alors dans un « combi » Volkswagen équipé d'une haute antenne CB, que l'on peut confondre avec un véhicule de gendarmerie. Il a le sentiment d'avoir fait fuir les passagers de la R 5. Le soir, il croit reconnaître à la télévision deux des quatre personnes participant aux obsèques de l'enfant. Bien que troublé, le décorateur repart pour Paris en se disant que l'enquête va sûrement aboutir. Mais après la libération de Bernard Laroche, il décide de se rendre à la direction centrale de la police judiciaire pour faire une déposition circonstanciée, croquis à l'appui. On l'informe que le SRPJ de Nancy prendra contact avec lui, ce qui ne sera jamais fait. Tous les repères cités par le décorateur vont se révéler exacts, y compris un cabanon en planches, au bord de la Vologne et au bout du chemin Tachet où l'enfant aurait pu être séquestré avant d'être jeté dans l'eau, la nuit venue. L'existence de ce témoin qui a peut-être vu des choses importantes mais difficiles à vérifier trois ans après sera révélée par *Le Figaro Magazine* en février 1988. Au lendemain de la parution du journal, l'appartement de Jean Descy, dont l'adresse n'avait pas été divulguée dans l'article, sera ravagé par un incendie criminel et ses initiales JD peintes en noir sur la porte de son immeuble. Maurice Simon retrouvera quelques Renault 5 vertes dans l'entourage proche ou éloigné des Villemin, mais trois ans après tous leurs propriétaires auront bien sûr des alibis. Lors de la diffusion d'une cassette de l'enterrement, Jean Descy ne retrouvera pas les témoins vus ce jour-là. Depuis, l'homme est décédé, emporté par un cancer. Cet épisode prouve que le SRPJ de Nancy a écarté tout ce qui pouvait interférer dans son enquête, dirigée seulement contre Christine Villemin. D'autres pistes apparemment importantes et à peu près toutes connues dès les premiers mois de l'affaire se perdront ainsi, faute d'avoir été exploitées en leur temps.

Les deux reconstitutions spectaculaires ont drainé beaucoup de reporters dans la vallée de la Vologne. Depuis, l'intérêt médiatique est retombé dans le silence de la cour d'appel de Dijon.

C'est à cette époque qu'un couple choisit de s'installer dans les Vosges, au cœur de l'enquête. Michel Serres, photographe de faits divers, et Catherine Lévitan, ex-secrétaire de rédaction de *Sept Jours Madame*, travaillent en indépendants. Ils vendent au plus offrant leurs reportages. Catherine Lévitan accompagnait Sylvain Hebbat lorsqu'elle arriva pour la première fois à Lépanges en avril 1985. Depuis, en dehors d'une collaboration éclair avec Jean Ker de *Paris Match*, elle n'a pas trouvé sa place dans le cénacle de la Vologne où il faut presque une cooptation pour être accepté. En revanche, elle est parvenue à cultiver les amitiés d'Albert et Monique Villemin, de Jacky, Lionel, Michel, Ginette et leurs enfants, ainsi que de Marie-Ange, Muriel et de leurs avocats respectifs. Le couple se situe donc du côté des anti-Christine, tout en s'assurant quelques relations diverses dans l'autre camp, notamment au bar de l'Est de Lépanges. Réputés pour leur âpreté dans les négociations financières et leur allure un peu bohème, ils sont vite surnommés par la profession « les Thénardier ». Leur situation d'indépendants les oblige à traquer le scoop pour assurer leurs revenus, aussi Serres et Lévitan comprennent-ils d'emblée l'intérêt de s'emparer de l'affaire Grégory à une époque où tout le monde la délaisse. Les Bezzina, privés d'informations depuis le changement de cour d'appel, ont fini par lâcher prise, tout comme la presse lorraine réduite à attendre qu'un nouvel événement éclate pour le couvrir. Un monopole va donc succéder à un autre mais dans des formes différentes.

Avec Catherine Lévitan et Michel Serres, la cote financière de l'affaire s'enflamme. Jusqu'en 1987, seuls les Bezzina augmentaient réellement leurs revenus en fonction de la quantité d'informations vendues et du nombre d'employeurs (de un à neuf) qui, chaque jour, se servaient dans cette bourse inépuisable. Les autres étaient en majeure partie des salariés et seuls les patrons des journaux ou des agences de photos ont gagné beaucoup d'argent avec la couverture de ce fait divers. Pour leur premier grand « coup », Serres et Lévitan s'associent avec Sygma-télé qui vend leur sujet (une série d'interviews des Villemin d'Aumontzey et des Bolle) 117 000 francs à l'émission « Reporters » de la Cinq, dirigée par Patrick de Carolis. Celui-ci, furieux, retrouvera le script de ce reportage « exclusif » revendu quelques jours plus tard 60 000 francs à *Paris Match*. C'est le début d'une surenchère qui atteindra des sommets très élevés.

Car grâce à sa bonne implantation sur le terrain, ses amitiés dans les cabinets d'avocats et son omniprésence sur les lieux stratégiques de l'affaire, le couple parvient à suivre sans peine l'évolution des investigations de Maurice Simon. Face à eux, le magistrat se trouve confronté à une situation inédite : retrouver, partout sur le terrain, deux reporters qui pour l'instant connaissent mieux que lui les personnages, leur histoire, parfois leur double visage. Quand il commence à entendre Albert et Monique Villemin, ils se sont déjà confiés depuis des semaines à Catherine Lévitan, et ainsi de suite pour les autres. Celle-ci les amadoue à coups d'envois de fleurs, de gâteaux, de petits courriers affectueux et d'invitations au restaurant pour Lionel, le plus jeune des enfants. Comme les Bezzina de 1984 à 1986, le couple se considère à son tour comme le passage obligé d'une histoire qui devient aussi la sienne. Le juge Simon qui remarque leur présence constante sur ses pas s'en agace discrètement mais les salue avec cette courtoisie insistante dont il ne se départit jamais.

Après les reconstitutions favorables à Christine, Serres et Lévitan se retrouvent en porte à faux vis-à-vis d'Albert, Monique Villemin et leurs enfants. Ils connaissent par les avocats des deux parties les interrogations et les doutes du magistrat, clairement exprimés lors des investigations et des auditions publiques de l'automne. Catherine Lévitan choisit cependant de « changer de camp » et d'orienter les soupçons vers Michel et Ginette Villemin dans un article que *Paris Match*, toujours généreux, achète 40 000 francs. Dès lors, Catherine Lévitan va mettre son énergie à exploiter la piste « Michel et Laroche », comme les Bezzina ont exploité « la piste Christine ». Cette affaire attire les comportements obsessionnels. Le montant, vite connu, des piges de *Paris Match*, impressionne les Bezzina qui, s'ils avaient monnayé toutes leurs informations à la façon des « Thénardier », se seraient enrichis en millions de francs.

5

Bras de fer entre Simon et les Bolle ... Le retour du complot ... Libération de Noël ... L'appel de Christine à la prison ... « Il a mûri et vécu » ... Sur le trottoir verglacé ... « Cet assassin » ... La mort de Jeanine Bolle ...

Jean-Marie Villemin a déjà formulé, en vain, six demandes de mise en liberté provisoire, la sixième ayant été repoussée par la chambre d'accusation de Dijon. Mais depuis la rentrée, l'instruction a pris une tout autre tournure. L'innocence de Christine Villemin se dessine progressivement puisque toutes les vérifications matérielles lui sont favorables. En outre, les nombreux témoignages sur l'affection maternelle de Christine et la bonne entente du couple rendent de plus en plus impossible un mobile « psychologique ». Il ne reste plus contre elle que les « filles de la poste » et les experts en écriture dont les démonstrations se contredisent. Tout le reste s'est effondré. Parallèlement, un bras de fer s'engage entre Maurice Simon et les familles Bolle-Laroche. En effet, Muriel et Marie-Ange, bien qu'ayant déféré à une convocation du juge, ont refusé d'une part d'être entendues comme témoins sans leurs avocats et, d'autre part, d'être interrogées sur des faits postérieurs au jour du crime. Certes, l'une et l'autre sont partie civile dans la plainte contre les gendarmes et, à ce titre, assistées de Me Welzer, Prompt, Teyssonnière ou de Montille. En revanche, elles ne sont pas présentes dans le dossier Grégory et n'ont donc pas de position juridique à faire valoir pour demander l'assistance de leur avocat.

Ces rebuffades et ces contorsions juridiques pour éviter un face à face avec la justice font planer, à tort ou à raison, un doute sur la sincérité et la spontanéité des déclarations des deux jeunes femmes.

Forts de ce climat nouveau dans le dossier, les avocats de Jean-Marie Villemin formulent une septième demande de mise en liberté provisoire. Pour la première fois, les avocats de Marie-Ange pressentent un retournement possible. Me Prompt, toujours en première ligne, plaide en 21 points pour s'opposer à cette mise en liberté. L'argumentation de l'avocat revient toujours au complot politique dont le cheminement, connu de lui seul, serait le suivant : le colonel Argoud, Jean-Marie Villemin et les gendarmes soupçonnent d'abord Roger Jacquel, membre du parti communiste. Me Garaud de Légitime Défense prend le relais de l'enquête des gendarmes et fait tuer Bernard Laroche, membre de la CGT. Il justifie l'acte de son client par un geste de légitime défense *a posteriori*. Les preuves de ce complot sont réunies dans les articles de la presse de droite « sponsorisée par le couple Villemin » (*Le Figaro*, *Paris Match* et *Minute*). La droite veut faire pression sur la justice pour soustraire Jean-Marie aux tribunaux et instaurer le retour de « la loi du fusil ». Pour preuve de ce retour tant redouté : les acquittements récemment obtenus par Me Garaud dans l'affaire de la grotte d'Ouvéa, en Nouvelle-Calédonie... Conclusion : si Jean-Marie est libéré, il sera acquitté et on pourra rétablir en France les règlements de comptes. A l'occasion de ce débat, on retrouve Me Prompt intact, avec les mêmes obsessions du complot et de l'extrême droite. Ce combat l'inspire davantage que les dizaines de chronométrages et les cassettes du corbeau contenues dans le dossier.

Jean-Marie reçoit à cette occasion un soutien inattendu, celui de sa mère Monique Villemin qui tente de se constituer partie civile dans le dossier Laroche. Officiellement, sa démarche vise à appuyer la demande de mise en liberté de son fils, ce qui met en rage Me Prompt. La chambre n'est pas dupe : il s'agit d'une manœuvre dûment guidée par Mes Lombard et Lagrange qui, sentant venir le non-lieu pour Christine, cherchent une place dans le seul procès prévisible de l'affaire Grégory, celui de Jean-Marie.

La veille de Noël 1987, la chambre d'accusation ordonne la remise en liberté de Jean-Marie Villemin après trente-trois mois de détention préventive et rejette la demande de constitution de partie civile de sa mère Monique. Lors de son dernier interrogatoire, le jeune homme avait assuré au président Simon : « Si vous me remettez en liberté, vous pourrez compter sur moi... » Le magistrat n'avait rien dit, se contentant de fixer son interlocuteur. Avec Jean-Claude Hauck, nous nous répartissons la tâche lorsque tombe la nouvelle. Lui se rend à Dijon pour prendre connaissance du document rédigé par la chambre et moi, je vais à Saverne pour voir Jean-Marie sortir de prison. Les motivations de sa libération m'importent peu, je veux d'abord voir le père de Grégory libre. Trois mois plus tôt, j'ai demandé ma mutation à Paris. Le hasard veut que cette libération soit mon dernier reportage dans l'est de la France. Ce sera aussi ma dernière image.

Christine a elle-même téléphoné la nouvelle à la maison d'arrêt de Saverne, mais Jean-Marie Villemin reste impénétrable. Par respect pour les autres détenus, le père de Grégory retient en lui ses cris de joie mais, à l'arrivée de ses avocats, il les embrasse tous les quatre. Cinq justifications sont énumérées pour cette libération anticipée :

1. La longueur prévisible du supplément d'information sur l'assassinat de Grégory au terme duquel seulement l'accusé sera jugé, comme s'y est engagé le parquet général de Nancy. Maurice Simon a lui-même repoussé sa retraite jusqu'en février 1991. Jean-Marie ne peut pas faire quatre ou cinq années voire plus de détention préventive, ce serait contraire à la loi.
2. L'absence de risques de destruction de preuves ou d'indices.
3. Un contrôle judiciaire drastique pour empêcher un nouveau drame : le couple Villemin doit partir dès sa libération pour Paris et ne plus quitter le département de l'Essonne où il sera assigné à résidence.
4. Sa réinsertion sociale est d'ores et déjà assurée par son employeur, prêt à le reprendre dans une filiale de la région parisienne.
5. Enfin, et c'est le plus important, l'arrêt éclaire l'état d'esprit du père de Grégory que nous avons perdu de vue depuis deux ans et demi. Il était à l'époque des faits, écrit le président Simon, « plongé dans la révolte absolue et en plein cataclysme psychologique ». Depuis « il a mûri et vécu » :

> « Une détention déjà longue, de manière volontairement ascétique qui a incontestablement modifié en profondeur, ainsi que la chambre a pu le constater, le caractère de l'homme

qu'une intense réflexion a conduit à une conception beaucoup plus juste des choses de la vie.
« Au surplus l'existence d'un second enfant que l'accusé n'a jamais vu ailleurs qu'en détention et de façon très fugitive, ne veut qu'induire prudence, calme et raison chez un être pour qui la tendresse portée à un enfant n'a pas de prix [1].

La décision est assortie de dix conditions rigoureuses dont l'interdiction formelle de se rendre dans les Vosges, de détenir une arme, de rencontrer des témoins relatifs à l'enquête sur l'assassinat de son fils, l'obligation de se présenter une fois par semaine à la brigade de gendarmerie de son futur domicile, et enfin cette dernière clause inhabituelle qui nous concerne directement :

« Ne faire aucune déclaration à des journalistes de la presse écrite ou orale, ne donner aucun interview et ne répondre à aucune demande de renseignements des journalistes [2]. »

Vers 20 heures, la voiture de Thierry Moser passe sous le portail de la maison d'arrêt. Dans la nuit bleutée par les flashes, le visage creusé et figé de Jean-Marie apparaît dans des éclairs successifs. La voiture file vers Nitting, chez la sœur de Christine qui attend depuis 10 heures du matin en versant « autant de larmes que le 16 octobre ». Des photographes vont les chercher à l'aéroport, pensant qu'ils partent pour Paris le soir même, d'autres les précèdent à Nitting. Avec Hauck, nous restons un peu ébahis, sur le trottoir verglacé. Jean-Marie Villemin s'arrête très vite dans une rue voisine, d'abord chez un bijoutier où la vendeuse le reconnaît aussitôt et relève son rideau pour lui. Il achète une paire de boucles d'oreilles pour Christine. Chez un marchand de jouets, il choisit un train électrique, puis il s'en va retrouver ceux que, depuis la prison, il a sauvés du naufrage : sa femme et son second fils. Il titube sous l'effet de la lumière et de l'air vif. Les trente kilomètres dans le brouillard lui semblent interminables. Dans le couloir du pavillon de Nitting, Jean-Marie étreint à les étouffer Christine et Julien qui un peu plus tard, cédera sans protester sa place nocturne auprès de sa mère.

La réaction des avocats de Marie-Ange Laroche est virulente. Prompt et Hubert de Montille s'appuient sur la douleur de Marie-

1. Arrêt de la chambre d'accusation du 24 décembre 1987.
2. Arrêt de la chambre d'accusation du 24 décembre 1987.

Ange et de ses deux enfants orphelins. Maurice Simon devient aussitôt la bête noire des avocats et de Marie-Ange. Car on devine, à la lecture de l'arrêt, le rapport de forces qui s'est créé depuis six mois entre le magistrat et cette partie de l'affaire. L'affrontement va évoluer pendant deux ans avec une violence sourde, imperceptible à l'extérieur de l'enceinte judiciaire.

Marie-Ange Laroche et sa famille lancent un appel à l'opinion publique pour que « cet assassin » soit jugé au plus vite et que ceux qui sont opposés à sa libération écrivent des lettres de protestation. Leur émotion rencontre un écho dans la presse, qui présente la décision comme un déni de justice. Les frères Bolle font savoir sur les radios et devant les caméras de télévision que « le juge Simon s'oppose à la recherche de la vérité » et demandent l'organisation d'un sondage.

Jeanine Bolle, la mère de Muriel et Marie-Ange, ne supporte pas cette remise en liberté qui lui donne le coup de grâce. Malade depuis longtemps, usée par vingt et une grossesses, le travail à l'usine et les récents démêlés de son gendre Bernard et sa fille Muriel avec la justice, Jeanine Bolle meurt quelques jours plus tard des suites d'une embolie pulmonaire. Depuis quelques mois, la mère des deux jeunes femmes surveillait avec crainte les commentaires sur l'instruction dijonnaise, pressentant que Muriel allait revenir au cœur des questions. La libération du meurtrier de son gendre a confirmé cette appréhension. Ce décès indirectement provoqué par la libération de Jean-Marie renforce la haine du clan Bolle à l'égard de Maurice Simon. Désormais, le destin de l'affaire Grégory se jouera entre eux.

6

« Au risque d'être brisés ou broyés » ... Marie-Ange monte à Paris ... Guillaume Durand et Paul Prompt ... Une toile d'araignée ... Les Villemin s'installent à Évry ... L'enquête de l'espoir ... « Au bout du possible » ... Sortir du labyrinthe ... Comment on devient « villeminologue » ...

Devant la cour d'appel et les corps constitués de Dijon, Maurice Simon prononce le discours de l'audience solennelle. Ses pairs attendent du magistrat une prise de position, à l'heure où les critiques fusent sur sa décision d'élargir Jean-Marie Villemin. Le président Simon, en développant le thème : « Y a-t-il une crise de la justice en France ? » pose, de fait, la question de l'information et des affaires judiciaires sans citer son dossier, bien qu'il soit en filigrane. Le magistrat oppose la liberté d'expression des avocats, des témoins et des inculpés à l'obligation absolue pour les juges de garder le silence. Cette règle fausse d'emblée le rapport de forces médiatique et peut entraver le cours de la justice.

Maurice Simon explique que l'institution doit se prémunir et donner à ses représentants un arsenal de dispositions pour leur permettre de rétablir ou de dire la vérité sur des affaires particulièrement sensibles dans l'opinion publique. Ses propos sont lourds de sens et prémonitoires :

> « Il s'impose à notre époque de définir ou de poser les règles d'une saine information sur les affaires judiciaires surtout si

elles retiennent l'attention ou la curiosité extrême de la population. Il faut une éthique de l'information. Nous espérons en ce domaine une évolution profonde et raisonnable des mentalités car si rien ne change, certains d'entre nous seront exposés au risque d'être brisés ou broyés par la force de pression considérable d'une opinion publique mal informée. S'il n'y a plus aucun contrôle, ni autocensure de l'information, nul ne pourra plus, dans quelques affaires devenues retentissantes, prévenir le danger de voir nos concitoyens s'ériger en juges impitoyables de la justice [1]. »

Quinze jours plus tard, Marie-Ange Laroche se rend à Paris au cabinet de Me Libman, son nouveau conseil, pour donner une conférence de presse. Parmi les journalistes présents, Lucien Miard ne reconnaît pas la petite ouvrière bourrue des premières heures de l'enquête dans la femme amincie, élégante, débarrassée de ses grosses lunettes et au parler corrigé. Marie-Ange répète une nouvelle fois : « Villemin doit être jugé au plus vite. » Elle demande que le procureur général de Dijon fixe rapidement la date du procès du meurtrier de son mari. La veuve de Bernard Laroche a écrit au garde des Sceaux dans ce sens mais, pour l'heure, la justice s'en tient au principe arrêté par la cour d'appel de Nancy : Jean-Marie ne sera jugé qu'à la fin de l'information ouverte après la mort de son fils. Or, pour que cette information progresse, Maurice Simon doit pouvoir entendre tous les témoins relatifs à l'affaire. En réclamant publiquement le procès de Jean-Marie et en refusant en même temps – sans que cela se sache – d'être interrogées par le magistrat instructeur, Marie-Ange et sa sœur Muriel bloquent la procédure et s'enferment dans un système qui finalement aboutira au résultat inverse de leurs espérances.

La presse se range de leur côté et soutient le combat du « droit des victimes à une justice équitable [2] », comme l'écrit *France-Soir*. Les avocats de Bernard Laroche s'appuient sur le sens commun : pourquoi un homme qui a avoué son crime depuis trois ans n'est-il pas jugé ? Marie-Ange est figée dans son statut de veuve discrète, chômeuse et victime de l'affaire Grégory.

Après sa conférence de presse, elle se rend à la Cinq sur le plateau de l'émission de Guillaume Durand, « Face à France ». Devant ses frères et Me Prompt assis les bras croisés au premier rang, la

1. Discours de Maurice Simon du 4 janvier 1988.
2. *France-Soir* du 21 janvier 1988.

jeune femme renouvelle son appel à l'opinion publique et redemande que l'on fasse un sondage sur la libération de Jean-Marie. Guillaume Durand ne connaît pas le dossier et accumule les formules à l'emporte-pièce. Marie-Ange dénonce le « favoritisme » dont, selon elle, Jean-Marie Villemin serait le bénéficiaire. Un instant, Guillaume Durand revient sur la récente assignation des Villemin dans l'Essonne et demande à son invitée : « Vous pensez que déménager, c'est se reprocher quelque chose ? » Marie-Ange acquiesce : « Je pense... de se sauver comme ça [1] ! » Le but de ces actions est de rappeler au magistrat que son obstination à revenir vers Muriel et sa sœur peut être contrée par un puissant battage médiatique.

Le reste de l'interview porte sur le rôle des gendarmes, manipulateurs, menteurs et truqueurs. Paul Prompt prononce pour conclure une diatribe contre Maurice Simon. En fin d'émission, le réalisateur affiche sur l'écran l'adresse d'une boîte postale où les Français peuvent envoyer leur soutien à la famille Bolle-Laroche. Cette série d'interviews organisée par les avocats exaspère un habitant de Gérardmer, l'ancien employeur de Marie-Ange Laroche. La jeune femme affirme depuis le début de l'affaire avoir été licenciée après avoir pris une journée de congé pour les obsèques de Grégory.

Le directeur de la société diffuse dans la presse un communiqué pour démentir cette information et expliquer que si Marie-Ange a effectivement été licenciée le 27 octobre 1984, soit onze jours après la mort de l'enfant, c'est parce qu'elle avait épuisé ses droits aux indemnités de maladie après un cumul de cent jours d'absence depuis le mois de janvier 1984. A l'époque de l'assassinat, elle était déjà en préavis de licenciement.

Lors de sa désignation, Maurice Simon n'avait pas envisagé la somme de difficultés et d'obstacles hors procédure qui allaient lui barrer la route. Il n'imaginait pas non plus qu'il lui faudrait prendre en compte le jeu médiatique des uns et des autres pour suivre leurs stratégies. Très vite, il se crée un déséquilibre. Mobilisant ses forces et son temps libre, Simon maîtrise rapidement tous les éléments de l'affaire. « Vous possédez une connaissance vertigineuse de ce dossier », lui dit un jour Me Lombard. En revanche, Maurice Simon ignore tout des alliances occultes entre les différentes parties et n'imagine pas les passerelles qui relient, d'une ville à l'autre, des cabinets d'avocats. Il ne connaît pas non plus les

1. « Face à France » (La Cinq) du 21 janvier 1988.

rouages médiatiques. Le magistrat pénètre au cœur d'une toile d'araignée sans s'en rendre compte. Le piège se prépare.

Très vite, sa santé se dégrade. Il subit une opération de la carotide, passée inaperçue. Les Villemin retrouvent Maurice Simon au terme d'une rapide convalescence, le cou masqué par un pansement. Le juge leur donne alors deux ou trois détails sur sa santé qui font immédiatement sursauter Jean-Marie. Avec hésitation, le jeune homme hasarde :

– Et... et s'il vous arrivait quelque chose ?

Simon rassure le couple d'un sourire :

– J'ai tout prévu...

Christine et Jean-Marie Villemin rassemblent peu à peu les morceaux épars de leur vie pour reconstruire quelque chose ensemble. Quand leurs avocats parisiens les déposent sur le trottoir en bas d'une HLM d'Évry, la ville nouvelle, ils découvrent un monde dans lequel ils n'avaient jamais imaginé vivre un jour. Des tours, des pyramides, du béton et des appels d'air entre les voûtes des galeries marchandes. Un monde fou sur les autoroutes comme ils n'en n'ont jamais vu. Rien de commun avec l'épicerie ou la boulangerie de Lépanges, le chemin du Faing-Vairel en bordure des prés et le vent de la colline qui soulevait la piscine gonflable de Grégory pour l'envoyer au milieu des vaches dans le pré des Claudon.

Le couple passe sa première nuit à même le sol dans un sac de couchage. Il lui faut tout acheter et tout organiser. Alors commence pour l'un comme pour l'autre une partie de cache-cache avec la liberté. Un faux nom sur la boîte aux lettres, des objets ou des meubles payés en argent liquide seulement, un foulard sur la tête pour aller chercher du pain, des lunettes pour acheter le journal, la peur d'être reconnus et photographiés au supermarché ou au square avec Julien. Jean-Marie prend progressivement son travail à l'usine Bertrand Faure de Brières-les-Scellés où l'on a préparé les employés à son intégration dans un environnement plus ou moins amène. Le nom de Villemin sonne mal et vingt offices d'HLM leur ont refusé un logement, officiellement par crainte de nuisances provoquées par les journalistes. Mais le couple, trop heureux de se retrouver, surmonte sans peine ces tracas qui lui paraissent insignifiants au regard de leurs parcours respectifs depuis plus de trois ans.

Grâce à l'intervention du directeur de l'office du 1 % patronal qui pensait découvrir deux « monstres » médiatiques et qui trouve, dira-t-il au procès, « deux petits oiseaux effarouchés », Christine et

Jean-Marie Villemin peuvent s'installer dans un pavillon de lotissement à Saint-Chéron, en bordure de la voie ferrée du RER. C'est dans cette maison bien différente de celle de Lépanges-sur-Vologne qu'en quelques années la vie va, de nouveau, les apprivoiser.

Depuis la libération de Noël 1987, le couple s'accroche à ce qu'il appelle « l'enquête de l'espoir ». Pour Christine, les interrogatoires se succèdent, serrés, pourtant détaillés, s'arrêtant tout le temps nécessaire sur la moindre erreur, la moindre contradiction ou le moindre mensonge même par omission. Mais après trois ans de harcèlement, Christine Villemin a le droit d'être hésitante et de se tromper sans que cela se transforme immédiatement, comme à Épinal, en charge contre elle. Peu à peu, elle se libère. Le magistrat la laisse parler puis demande aux gendarmes de la section de recherches de Dijon dirigés par le commandant Gilles Lamy de vérifier chaque élément, jusqu'aux visites chez le médecin de Grégory, chaque réponse avancée, et ainsi de suite jusqu'à ce que les choses s'emboîtent sans un espace entre elles. Le procureur général Bruno Estrangin mesure, d'interrogatoire en interrogatoire, le travail accompli. Il avait requis le renvoi aux assises mais, trois ans plus tard, il s'apprêtera à requérir un non-lieu. Maurice Simon a compris qu'il ne pourra pas entendre Muriel Bolle et Marie-Ange Laroche avant que les deux sœurs soient libérées des autres procédures en cours (plainte contre les gendarmes et plainte contre Muriel pour complicité d'assassinat). Le temps que ces deux instructions se terminent, aillent en appel puis fassent l'objet de probables pourvois en cassation, il peut s'écouler encore plus d'un an. Contrairement peut-être aux espérances des avocats des deux femmes, Maurice Simon décide d'attendre le temps qu'il faudra et même davantage encore. Un jour viendra où elles pourront comparaître, devant lui et sans avocats pour faire barrage à ses questions.

Le magistrat, décidé à aller « au bout du possible » selon son expression favorite, va utiliser ce délai supplémentaire pour examiner, en plus de l'hypothèse Christine, les autres voies inexplorées du dossier. Le cas de Bernard Laroche viendra plus tard. Peu à peu, le juge retrouve la passion de son ancien métier. Cette énigme intacte, presque vierge malgré les piétinements de la justice, de la presse, de la police et de la société tout entière, exerce sur lui une fascination personnelle. Maurice Simon retrouve une énergie et un enthousiasme disparus. C'est un combat qui mobilise toutes ses facultés physiques et intellectuelles.

Il faut avouer que le mystère reste entier. L'état des lieux n'est pas simple. Quatre ans après l'assassinat, le juge Simon se retrouve face à un labyrinthe intellectuel redoutable. A partir d'une tranche horaire limitée de 17 heures à 17 h 30, Bernard Laroche et Christine Villemin, les deux seuls membres de la famille proche qui n'avaient pas d'alibi pendant cette demi-heure, ont été successivement inculpés et écroués.

Pour Christine Villemin, en dépit de deux ans d'instruction à charge, l'accusation aboutit à un non-sens. Deux éléments peuvent être retenus à son encontre : les trois collèges d'experts en écriture et les filles de la poste. Le reste n'a pas de consistance ou s'effondre peu à peu. Or, en partant du postulat « experts + filles de la poste », on obtient Christine est le corbeau. Mais on en arrive très vite à une démonstration par l'absurde. En effet, les trois hypothèses qui s'ensuivent ne donnent rien :

— L'hypothèse de l'accident maquillé en crime ne tient pas. Les filles de la poste affirment avoir vu Christine avant qu'elle aille chercher Grégory chez la nourrice. Et le chronométrage est abracadabrant.

— L'hypothèse faisant de Christine le corbeau et l'assassin unique n'est pas cohérente. Quelle haine éprouverait-elle à l'encontre d'Albert Villemin dont elle est la belle-fille préférée ? Quelle vengeance aurait-elle nourri à l'égard de Jean-Marie et de son enfant alors que tout le monde — y compris le corbeau qui s'en moquait — a pu constater l'harmonie du chef et de sa « petite famille » ? Il est en outre impossible pour Christine d'effectuer tous les gestes nécessaires en vingt-cinq minutes. Quant au mouchard du car, il innocente avec certitude la jeune femme de l'appel de revendication reçu au même instant par Michel Villemin.

- Il reste l'hypothèse d'une complicité, d'un relais. Un amour caché ? Mais qui et comment ? Un amant dans un village de mille habitants est facile à dépister. La vie de Christine Villemin a été passée au peigne fin par le SRPJ et les journalistes qui n'ont retrouvé que son flirt de 16 ans. Son existence est rythmée par son usine, la nourrice, son mari, son fils et leur vie de famille. Quel que soit l'angle par lequel on aborde la piste Christine, on débouche sur l'absurde, c'est-à-dire un corbeau sans mobile, sans complice et sans crime !

En ce qui concerne Bernard Laroche, l'accusation est de toutes les manières bancale. On lui a prêté un certain nombre de ressentiments possibles à l'égard de Jean-Marie — l'argent, un fils épanoui, un amour heureux — et une passerelle, le couple Michel et Ginette Villemin. Des détails relevés après le crime pourraient étayer cette hypothèse : l'assiduité du couple Laroche auprès des Villemin dès le lendemain du crime, la présence curieuse de Marie-Ange lors de la veillée funèbre, les fausses pistes suggérées par elle aux gendarmes, la perquisition dans leur maison (la cassette « Chef un p'tit verre, on a soif », des insultes sur un bloc de correspondance et une longue-vue dans une maison qui surplombe celle d'Albert et Monique Villemin).

Mais là encore, comment expliquer la haine que le corbeau éprouve pour Albert Villemin, sentiment qui reste à la source du drame? La déposition de Muriel, s'il s'avère qu'aucune manipulation ne l'entache, alterne des détails et des imprécisions qui méritaient d'être vérifiés d'emblée soit pour clore soit pour suivre cette piste mais cela n'a pas été fait. Que de trous dans ce dossier! Le timing semble également trop juste. « La piste Laroche » manque ainsi de preuves matérielles, de mobile solide et surtout de suspect puisque l'homme est mort.

En l'état, la seule hypothèse intellectuellement satisfaisante serait possible : la complicité entre Christine et Bernard. Le scénario auquel avait songé les policiers du SRPJ de Nancy avant la mort du premier inculpé avait pour mobile l'adultère, l'amour. Malheureusement, cette version — *in abstracto* la plus séduisante du dossier — est aussi la plus insensée. Il n'y a pas l'ombre d'un rapprochement possible entre la mère de Grégory et le cousin germain de son père : ni horaires, ni habitudes, ni concordances, sinon le pied de Bernard Laroche sous une table, un soir de noces, en 1977. Pour « le crime passionnel du siècle » c'est maigre! On a beau retourner leurs deux vies dans tous les sens, rien de commun ne tombe.

Pour sortir de ce double labyrinthe, Maurice Simon doit repenser entièrement l'affaire. Les premières reconstitutions lui ont montré que la plupart des données de base sont à revoir : lieu privilégié d'immersion, dogme de la demi-heure fatale, itinéraires, mobiles, horaires. Sur le papier, tout est possible. Existe-t-il un corbeau? Des corbeaux indépendants? Un « nid de corbeaux »? Le corbeau de 1981 à 1983 est-il celui de 1984? Celui téléphonant le 16 octobre a-t-il réellement existé? Ce crime se découpe dans le temps (17 h, 17 h 15, 17 h 32, 21 h 15), dans le lieu (Lépanges,

Aumontzey, Docelles) et dans l'action (enlèvement, écriture ou vice versa, coup de téléphone, neutralisation de l'enfant, ligotage, mise à l'eau). Tous ces actes sont-ils nécessairement liés, consécutifs et enchaînés par une seule personne ? Pour Bernard Laroche et pour Christine Villemin, la réponse, dans les deux cas, est non. Trop de témoins, de faits et gestes vérifiés s'entrechoquent chez l'un comme chez l'autre, avec l'hypothèse d'une action solitaire et isolée.

Le jeu intellectuel est passionnant. Mais sur le terrain, la tâche est démesurée. Après quatre ans d'instruction terre brûlée, comment reconstituer les emplois du temps de 17 heures à 21 h 30 le 16 octobre 1984 et les relations entre elles d'une cinquantaine de personnes ?

La famille Villemin est coupée en deux. Les grands-parents, Jacky, Liliane, Michel et Ginette ne veulent pas bouger. La famille Bolle est à vif. Le magistrat peut presque compter sur les doigts d'une main les témoins prêts à l'aider : Jean-Marie, Christine, Gilbert Villemin et sa femme Marie, Jacqueline Villemin et son mari Bernard Noël.

Alors la démarche du magistrat se dessine. Puisque tout est possible, il décide de tout vérifier. L'ancien directeur de l'École nationale des greffes se lance dans une leçon de choses à l'échelle de ce dossier sinistré. Chaque hypothèse est mise à plat, décortiquée, recoupée. Un travail de fourmi, ignoré du public, où le temps est le meilleur allié de celui qui paraissait arriver trop tard. L'enquête devient une machinerie aux rouages multiples et compliqués, une banque de données aux informations parfois surréalistes.

Par ailleurs, le magistrat décide de remonter à la source : pourquoi cette malédiction héréditaire sur les hommes Villemin : le grand-père cible, le fils victime, le petit-fils assassiné à quatre ans ? Quel est le secret de ces trois hommes et qui le connaît ? Pour cela, il lui faut décrypter les seules traces inexplorées laissées par le corbeau, c'est-à-dire le contenu des appels de 1981 à 1983. Simon devient « villeminologue », note Denis Robert. Rien de cette famille ne lui est désormais étranger. Sauf le « secret ».

7

Écrire pour comprendre ... L'Écheveau des cordelettes ... Le plus beau scoop ... Condamnation pour Hauck ... La Mère Courage du Figaro Magazine ... *L'honneur retrouvé des gendarmes ... D'un monopole à l'autre ... L'année la plus légère ... Violences juridiques ... Le talon d'Achille ... Un trompe-l'œil ...*

Sur un trottoir verglacé de Saverne, durant une nuit de Noël, j'avais cru laisser derrière moi pour toujours l'affaire Grégory. Je partais comme on ferme une porte. Après un Paris-Dakar couvert pour Europe 1 sans réfléchir, je m'installe à Paris sans goût à rien, taraudée en silence par la libération de Jean-Marie. Pour moi, à tort ou à raison, cela signifie que Christine est innocente. Rend-t-on la victime à l'assassin? Alors, refaire les mêmes gestes que pendant sa traque me pèse soudain, ouvrir un micro, tailler au ciseau les bandes magnétiques, poser des questions à la chaîne à des visages sans histoires ... des gestes vite insupportables. L'envie de fuir ce métier me tenaille. Je ne peux plus vivre et travailler comme si rien ne s'était passé. Après quelques semaines de congé, je relance un éditeur qui m'avait proposé d'écrire un livre sur Christine Villemin. Mais je lui propose « les médias et l'affaire Grégory », et je prends une année sabbatique. Je m'installe à Lyon et commence à remonter le temps. Je pense que quelques mois suffiront. Je ne savais pas encore que ce livre deviendrait pendant cinq ans mon refuge, ma prison, mon combat.

En s'installant dans la vallée, Catherine Lévitan et Michel Serres se fondent dans le paysage et recueillent quelques confidences locales. Caroline Parisse, une jolie blonde aux yeux pétillants, qui tient le bar de l'Est à Lépanges leur raconte ainsi qu'un jour d'avril 1985 elle entend les policiers du SRPJ de Nancy parler avec insistance de ficelle. Quelques jours plus tard, quand elle apprend que des cordelettes ont été retrouvées chez les Villemin, elle fait le rapprochement. Ailleurs, on raconte au couple de reporters qu'avant la perquisition des gens du village ont vu un homme sur le toit de la maison de Christine et Jean-Marie. Ici et là, des habitants de Lépanges laissent entendre que les cordelettes accusatrices retrouvées à leur domicile pourraient bien avoir été posées par des mains mal intentionnées.

De son côté, Jean-Claude Hauck, toujours aussi tenace, rencontre le beau-frère de Christine, qui le jour de la perquisition au domicile de Lépanges a replacé les deux tuiles empilées sur le toit « par le vent », selon l'expression du commissaire Corazzi. Hauck apprend aussi que lors d'une présentation de scellés effectuée par le président Simon, Me Robinet a noté qu'il manquait une grande partie des 3,70 mètres de ficelle qui ligotaient le petit garçon. Qu'est-elle devenue? Les questions s'accumulent et les enquêtes de Lévitan et Hauck finissent par se rencontrer. Peu de choses unissent, sur le fond, les Thénardier et le journaliste du *Républicain lorrain*. Cependant leurs informations se complètent et ils sont les seuls sur le terrain. Ils décident donc de s'associer pour tirer au clair l'histoire des cordelettes.

En trois mois, avec l'aide des témoins concernés, ils mettent au jour un certain nombre d'anomalies surprenantes dans la procédure PJ-Lambert. En vrac : un morceau de cordelette emporté sans être placé sous scellé et portant, plus tard, une étiquette avec la signature d'un témoin qui n'a jamais rien signé. De la cordelette saisie dans les affaires des parents de Grégory, qui double de longueur entre le lieu de sa découverte (30 cm) et l'arrivée (3 mètres) chez l'expert en textile de Lyon. Un troisième indice encore dans les mains du SRPJ à une date où ils devaient être chez les experts.

Toutes ces anomalies se rapportent chaque fois à des échantillons de cordes identiques à celles de l'enfant. Car ce dossier comporte des liens d'origines diverses issus de plusieurs perquisitions. Au cours de leurs recherches, les journalistes recueillent le témoignage d'un oncle de Jean-Marie Villemin, Georges Jacob d'Aumontzey, frère de Monique. Le lendemain du crime, les gendarmes ont retrouvé chez lui et nulle part ailleurs, une ficelle identique à celle de l'enfant. Le vieil homme lui révèle qu'au printemps 1985, des policiers « en civil » sont deux venus chez lui pour prélever dans ses affaires, « un bon morceau » de cordelette de manière officieuse, sans dresser de procès-verbal. A quoi pouvait bien servir ce prélèvement clandestin d'un morceau identique à la ficelle du crime ? Très excités par ces découvertes, les journalistes s'avancent un peu vite et transforment ces éléments troublants en preuves indubitables d'une manipulation des enquêteurs de Nancy dans le but de faire craquer Christine Villemin. Selon eux les policiers auraient déposé les cordelettes dans la maison avant de les retrouver lors d'une perquisition officielle. Rien ne le prouve même si l'on sait que les policiers ont possédé jusqu'à la veille de la perquisition, les clés du chalet des Villemin, que l'opération s'est faite en l'absence de Jean-Marie entendu au même moment par le juge Lambert avec son avocat et que les cordelettes trouvées dans les combles correspondent à l'endroit des tuiles déplacées « par le vent ». Mais dans le dossier du juge Lambert, les erreurs, anomalies et extravagances étaient légion. Publié le vendredi dans *Le Républicain lorrain* et le samedi dans *Le Figaro Magazine*, le scoop fait du bruit.

Jean-Claude Hauck est invité au journal d'Antenne 2. Les policiers sont défendus uniquement par *France-Soir* et *L'Est républicain* de Nancy. Robert Pandraud, le ministre de l'Intérieur convoque les représentants des principaux syndicats de police et exige : « Je veux savoir ce qui s'est passé. » Maurice Simon entend tour à tour les témoins puis les enquêteurs qui protestent de leur bonne foi.

L'affaire des cordelettes si emmêlées en reste là ou presque. Les policiers portent plainte contre les journaux et sont soutenus par le parquet général de Nancy qui fait accélérer la comparution des journalistes. A l'audience, Hauck, Serres et Lévitan sont piégés par leurs articles trop affirmatifs, avec des noms et des responsables désignés. Ils veulent plaider sur le fond et faire venir les témoins. Mais l'affaire est cantonnée par le tribunal à une question de forme : y a-t-il ou non diffamation, la réponse est oui. *Le Républicain lorrain* et *Le Figaro Magazine* sont condamnés à verser respectivement 375 000 et 200 000 francs de dommages et intérêts aux cinq plaignants, Jacques Corazzi et ses adjoints. Bien que sa rédaction en chef ait poussé Hauck à muscler son accusation écrite, *Le Républicain lorrain* ne pardonne pas à son reporter, cette prise de position qu'il va payer par des difficultés professionnelles de plusieurs années. Le seul journaliste irréprochable de l'affaire Grégory devient ainsi celui qui professionnellement, paie le tribut le plus lourd.

Fidèles à leur réputation de négociateurs redoutables, Serres et Lévitan parviennent à vendre leur enquête au *Figaro Magazine* pour la somme record de 500 000 francs. L'accord initial portait sur un million de francs, mais *Le Républicain lorrain* ayant gardé l'exclusivité en paraissant la veille, *Le Figaro Magazine* n'a payé « que » la moitié du contrat. Le titre de l'article : « Christine Villemin est innocente, voici pourquoi... » tranche nettement avec le les premiers articles d'Héricotte. Une photo de la jeune femme fleurissant la tombe de son enfant est surmontée de cette appréciation : « Mère Courage. » Comme *Match, Le Figaro Magazine* change de ligne sans une hésitation.

A l'accusation du SRPJ succède l'honneur retrouvé des gendarmes. Le juge Vignes de Dijon rend un non-lieu dans la plainte déposée contre les militaires par Bernard Laroche pour faux en écriture publique, usage de faux et subornation de témoin. L'instruction a éclairé les circonstances des aveux de Muriel recueillis à la gendarmerie de Bruyères les 2 et 3 novembre 1984. L'adolescente et les gendarmes ont été interrogés et confrontés à maintes reprises et il n'a pas été prononcé d'inculpation. Le magistrat a conclu qu'elle n'a pas fait l'objet de menaces ni de pressions et que ses propos ont été spontanés. Trois ans et demi après cette plainte qui avait permis d'écarter les gendarmes de l'enquête sur l'affaire Grégory, la justice revient au point de départ et Muriel se retrouve confrontée à son passé. Celle-ci, âgée maintenant de 19 ans, apprend qu'au regard de la loi, son témoignage décrivant l'enlèvement de Grégory par Bernard Laroche, retrouve toute sa valeur, puisque ces rétractations n'annulent pas le procès-verbal régulier.

Le non-lieu est rendu dans la plus grande indifférence. Il est vrai que la coutume est de claironner les inculpations et d'ignorer les non-lieux. Dans cette affaire où les procédures se croisent et se décroisent au point d'égarer même les initiés, Muriel fait l'objet, elle aussi, d'un non-lieu après la plainte des Villemin pour complicité d'assassinat, non-dénonciation de crime et non-assistance à personne en danger. Ce non-lieu est rendu faute « actuellement de charges suffisantes [1]. » La jeune femme n'a donc plus de parade juridique l'empêchant d'être entendue hors de la présence de ses conseils.

1. Arrêt de non-lieu du 11 octobre 1988.

Les avocats de Christine s'impatientent. Voici quinze mois qu'ils se taisent, n'apparaissent plus dans les journaux ni à la télévision, et l'on sent en cette rentrée 1988 se développer chez eux un urticaire médiatique. Les consignes du président Simon sont de plus en plus lourdes à respecter. Catherine Lévitan augmente soudain sa production d'articles, vendus essentiellement à *Paris Match*, *Détective* et *Ici Paris*. Son petit monopole n'a pas le lustre que l'on connut à celui des Bezzina trustant 80 % de la presse quotidienne parisienne, mais il rapporte beaucoup plus. Serres et Lévitan vendent ainsi à *Paris Match*, 250 000 francs, quelques éléments sur le foulage LB que semble rechercher activement Maurice Simon en quête du rapport photographique expédié en novembre 1984 au juge Lambert avant d'être égaré. Les ficelles de la presse à sensation n'étant pas très fines, il suffit de regarder l'article pour deviner les sources des confrères qui renvoient toujours l'ascenseur à coups de photos et de petits compliments flagorneurs, Me Garaud pour *Ici Paris*, Mes Robinet et Moser pour *Détective*. Les avocats sont très friands d'articles dans ces journaux à la réputation pourtant peu flatteuse mais qui font leur clientèle. Tous les papiers de Catherine Lévitan louvoient autour de Muriel et Marie-Ange qu'elle tutoyait encore un an plus tôt. La dénonciation brutale surviendra un an plus tard. Si les couvertures et les titres sont racoleurs et agressifs, le fond des articles ressasse toujours les mêmes éléments archiconnus. Le mystère dont s'entoure, dans la limite du possible, Maurice Simon, laisse même les Thénardier démunis et réduits à le suivre pas à pas pour comprendre sa tactique.

La machine médiatique se console avec des événements extérieurs tels que le remariage de Marie-Ange avec Denis Jacob. Après avoir épousé le fils du parrain de Jean-Marie, Marie-Ange épouse le fils de sa marraine...

Dans sa robe à crinoline de dentelles et de volants blancs, Marie-Ange ex-Laroche s'offre un mariage de star, en remontant la rue principale de son nouveau village, les Poulières, sous les applaudissements des badauds. Muriel, dans un ensemble vert, rit aux éclats aux côtés de sa sœur. Les deux femmes, très joyeuses, ne remarquent pas, dissimulés dans la foule des curieux et des familiers, quelques gendarmes en civils, venus observer la fête et l'assistance. Les photographes de presse déjà présents lors de l'arrestation de Bernard Laroche, de son enterrement et de celui de Jeanine Bolle, prennent gentiment les photos pour les membres de la famille qui leur tendent des Instamatic. L'année 1988 est la plus légère de cette saga. Durant quelques mois, les principaux protagonistes connaissent des moments heureux : Christine et Jean-Marie Villemin reconstruisent leur foyer en se faisant oublier de la presse et apprécier de leurs voisins. Marie-Ange se remarie, Muriel est radieuse. La justice sait gré à Maurice Simon d'avoir ramené la paix civile autour de cette affaire et rendu son honneur à la magistrature.

A son retour de vacances, le magistrat est élevé au grade d'officier dans l'ordre de la Légion d'honneur qu'il avait reçue à titre militaire à son retour d'Algérie.

— Nous sommes fiers de vous, fiers pour vous et fiers pour la cour de Dijon, déclare solennellement le premier président de la cour d'appel dans son allocution de félicitations.

L'accalmie ne dure pas. Dès le mois d'octobre 1988, Me Prompt multiplie les obstacles sur la route de Maurice Simon pour l'empêcher d'accéder à Muriel. La résistance de cette partie de l'affaire renforce le désir de la justice d'y accéder. La stratégie — à court terme — du refus, mise en place un an plus tôt, n'est finalement pas la bonne méthode pour rester à l'écart de l'instruction. Les deux hommes engagent un bras-de-fer juridique dont les subtilités de procédure masquent à peine la violence. L'avocat tente d'abord de faire récuser le magistrat lors de l'examen en appel du non-lieu des gendarmes. Maurice Simon est accusé d'être « le complice des Villemin » pour alimenter une campagne de presse contre la mémoire de Bernard Laroche. Paul Prompt fait allusion aux articles de Catherine Lévitan dans *Paris Match* et *Détective*, et à ceux de *Minute*, présentant le foulage LB comme une preuve capitale contre le premier inculpé. La cour d'appel repousse sa requête et condamne Marie-Ange Laroche à 2 000 francs d'amende. Simon expose lui-même et à haute voix les circonstances de l'interrogatoire de l'adolescente. Il affiche clairement le crédit qu'il porte à la version de la jeune fille. En guise de riposte, Me Prompt dépose, au nom de Marie-Ange et contre Maurice Simon, une plainte en violation du secret de l'instruction visant à lui imputer, ainsi qu'à ses collaborateurs, l'origine des fuites parues dans les hebdomadaires. Pour la première fois, l'assaut touche son talon d'Achille : l'honneur. Le magistrat ressent comme une agression, « une vraie blessure », cette attaque contre son honnêteté de magistrat attaché plus que tout au secret de l'instruction.

Me Prompt a l'habitude d'attaquer bille en tête. L'avocat propose au procureur général un marché. La partie Bolle-Laroche renonce à former un pourvoi en cassation, en échange de quoi le parquet général provoque l'annulation du fameux procès-verbal de Muriel, toujours aussi encombrant depuis quatre ans. Si le parquet général accepte, la justice gagnera du temps dans une affaire qui selon une formule passe-partout « n'a que trop duré ». Le dossier serait refermé sur un non-lieu général. Le procès de Jean-Marie Villemin pourrait se dérouler à la grande satisfaction de l'opinion publique. Et surtout, l'affaire serait classée. Le procureur général refuse, et les avocats forment donc leur pourvoi, qui les autorise à rester près de Muriel pendant plusieurs mois encore, tant que la procédure contre les gendarmes ne sera pas définitivement apurée par la Cour de cassation.

Malgré cette accumulation de contretemps, Maurice Simon ne veut pas céder.

— On pourra me taper sur la tête, me mettre des bâtons dans les roues, cela ne changera rien à mon chemin répète-t-il.

En marge de ces batailles à caractère purement juridique, mais comme pour appuyer médiatiquement la charge, Marie-Ange revient devant les journalistes, donnant de nouvelles conférences de presse pour s'émouvoir de la liberté prolongée de Jean-Marie Villemin. Elle se rend avec son mari sur le plateau de « Ciel mon mardi », et répète à Christophe Dechavanne : « Je suis victime d'une erreur judiciaire. » Les journaux amplifient son émotion et sa colère quand elle rappelle qu'elle est au chômage depuis quatre ans et que l'ancienne usine de Jean-Marie lui a refusé un emploi. Marie-Ange a pour elle une opinion scandalisée et compatissante. La veuve de Bernard Laroche rend publique une lettre adressée à François Mitterrand et à Pierre Arpaillange, toujours sur le thème : « Juger Villemin au plus vite », et dictée par Me Prompt dans son combat contre « les porteurs de fusils ». Elle adresse d'autres courriers à la cour d'appel dans lesquels elle accuse, en termes insultants, les hauts magistrats d'utiliser la presse contre sa famille et la mémoire de son mari.

L'affaire est devenue un trompe-l'œil. Sur l'instruction proprement dite, rien ne filtre. Avec sa greffière et le procureur Estrangin, Maurice Simon explore une à une les pistes éventuelles. Après une première année axée sur Christine Villemin, le refus des Bolle laisse la place à de longues heures de « villeminologie » et à des investigations détaillées autour des Jacquel, des voisins, des beaux-frères et belles-sœurs Jacob, mais, si le dossier est encore ouvert, médiatiquement, il donne l'impression d'une inversion primaire de l'instruction Lambert. L'histoire bégaie. « Ce n'est pas lui parce que c'est elle » est remplacé, dans la presse, par l'alternative tout aussi dangereuse « ce n'est pas elle parce que c'est lui ».

Maurice Simon ne se retrouve pas dans les hypothèses accusatrices de *Ici Paris*, *Détective*, *Paris Match* et *Minute*, « vérité imminente... assassins démasqués... certitudes du juge... ». Il se renferme dans un mutisme presque sauvage, en sachant que ces excès lui seront imputés par les avocats des sœurs Bolle, mais ne passe plus une semaine sans subir un examen médical.

En fait, sans qu'il s'en rende compte, Simon s'enferme progressivement dans le piège de cette histoire, c'est-à-dire la victoire du mythe sur les faits. Bien qu'il se défende de favoritisme envers Christine Villemin — « je l'enverrai aux assises sans hésitation si elle est coupable » — et d'hostilité à priori à l'encontre de Muriel et Marie-Ange qu'il veut néanmoins rencontrer, Maurice Simon est pris malgré lui dans les oppositions sommaires du roman de l'affaire.

Les avocats des grands-parents ou des sœurs Bolle se retrouvent pour discréditer le magistrat qu'ils encensaient un an plus tôt et le traitent « off » de « fou » ou « d'illuminé ». Le consensus est terminé et la bataille reprend.

Une confrontation entre les grands-parents, Christine et Jean-Marie Villemin provoque à Dijon la ruée inattendue de quatre-vingts journalistes. Mme Bezzina a annoncé dans *France-Soir* que le juge va dévoiler le nom du corbeau, laisse entendre qu'il s'agirait de Christine Villemin. Tout cela est fantaisiste et ressemble à un remue-ménage intempestif qui brouille l'image sereine renvoyée par Dijon depuis plus d'un an. Les Villemin ont perdu l'habitude de ces bains de foule qui les portent plus qu'ils ne les entourent. Leurs avocats, trop heureux de récupérer un peu de publicité, se garent dans le centre-ville plutôt que d'entrer discrètement par le parking du palais. Christine, happée dans une petite rue par une nuée de photographes et de caméras, doit courir pour échapper à la meute. Elle parvient dans l'enceinte du palais sans lâcher la main de son mari et s'effondre, victime, pour la première fois, d'une crise de nerfs. La petite Christine adolescente de l'instruction Lambert a grandi pour devenir une femme consciente de ce que fut sa vie entre 1984 et 1986, un cyclone permanent. Le temps et le calme lui ont rendu une vie posée et ordinaire que désormais le moindre choc dérègle. La journée d'instruction ne débouche pas sur des éléments extraordinaires, les différentes parties ayant étudié les rapports médico-légaux sur la mort de l'enfant. Simon propose à Monique et Christine de quitter la pièce pendant l'étude de certains clichés mais les deux femmes décident de rester. Christine demande si une exhumation de son enfant aux fins d'expertises pourrait faire avancer la vérité et annonce qu'elle ne s'y opposerait pas. Heureusement, ce n'est pas nécessaire.

A la sortie, les avocats respectent les consignes de discrétion renouvelées avec insistance par le magistrat, agacé d'un tel déploiement de forces médiatiques.

— Ça vous concerne tous, insiste-t-il notamment auprès de Garaud et Lombard.

Depuis l'entrée dans le dossier de Jacques Léauté, « le plus grand criminologue de ce temps », selon Me Lombard, la partie civile se présente en ordre dispersé. En effet, Me Léauté s'est penché avec passion sur cette belle étude de cas. A son tour, avec ses fils, il s'est lancé dans les chronométrages de la départementale 44 et, après nombre de vérifications sur le terrain et dans le dossier, déclare avec honnêteté qu'il est désormais convaincu de l'innocence de Christine Villemin, ce qui lui vaut un heurt assez fort avec Mes Lombard et Lagrange. La stratégie de la partie civile se retourne contre elle et ira ainsi à hue et à dia jusqu'à la fin de l'instruction.

8

Un rendez-vous d'un an et demi ... Simon envahi par son enquête ... L'étrange cahier des appels ... La défense du juge Lambert ... Qui ment? ... Le point ultime de l'instruction ... La défaite ... Menaces de mort ... Interview à la Cinq ... Comme aux plus beaux jours ... Lévitan lance la traque ...

Les médecins exhortent le juge Simon à se reposer, mais il ne les écoute pas. Il repart pour les Vosges avec Mme Gaudin sa greffière. Les habitants de la région les voient arriver discrètement dans une voiture grise, s'installer dans un hôtel de moyenne catégorie, transporter une chaise pliante et une machine à écrire pour recueillir partout, d'un bout à l'autre de la vallée, les témoignages de quelque deux cents personnes passées au crible. La veille du 20 janvier 1989, le juge et sa greffière prennent la route des Vosges pour la trentième fois au moins. Ils attendent ce rendez-vous depuis un an et demi. Mais c'est un nouveau contretemps. Simon reçoit le jour de l'audition deux lettres de Marie-Ange Laroche et de Muriel Bolle lui annonçant, certificats médicaux à l'appui, leurs grossesses respectives qui nécessitent du repos et excluent les trajets en voiture. Le rapport de forces ne cesse de se durcir entre la justice et les deux femmes. Le scénario se dévoile en partie. La tactique de Me Prompt est simple : utiliser toutes les circonstances pour retarder l'audition de ses clientes puisque le juge est considéré comme un ennemi, agiter dans les médias le chiffon rouge du très populaire procès de Jean-Marie Villemin et compter sur l'impatience publique pour refermer l'instruction. Me Prompt joue sur la lassitude en espérant que le juge lâchera le premier.

L'instruction prend d'un coup huit mois de retard supplémentaires. La Chancellerie s'impatiente et commence à exiger soit des résultats probants et solides permettant une conclusion de l'affaire, soit une clôture assez rapide sur un non-lieu pour Christine Villemin afin que son mari soit jugé. Des critiques de plus en plus acerbes s'élèvent contre Maurice Simon que l'on dit détaché sur cette affaire comme un privilégié avec des moyens et des pouvoirs illimités. Or, bien qu'ayant passé le cap officiel de sa retraite, il instruit quelque cinq autres affaires criminelles en marge du dossier Grégory et rédige pendant ses week-ends les arrêts de la chambre des pensions qu'il préside toujours. Quant aux moyens sortant de l'ordinaire, ils consistent en quelques heures de vol en hélicoptère au-dessus de la vallée de la Vologne.

Mais son obsession reste Grégory. L'enfant doué qu'il s'est fait « décrire par le menu » et qu'il imagine grandir en dépit de sa disparition. Simon est envahi par la responsabilité qui lui incombe de démasquer le ou les assassins du petit garçon. La responsabilité aussi vis-à-vis d'une famille écartelée par des accusations et des soupçons publics. Certains de ses membres n'ont pas eu voix au chapitre depuis le début, comme Jacqueline la sœur de Jean-Marie, qui fait part au magistrat de ses attentes et de ses rêves.

> « ... Christine, je l'aimais bien. On a dit qu'à un moment donné, on avait été un peu sur Christine, mais je peux vous dire que pour ma part, je ne l'ai jamais accusée. Je n'ai jamais pensé qu'elle puisse avoir commis un crime aussi horrible. On a mal jugé Christine à cause des histoires, à cause des livres, à cause de la Presse. Mais moi je me rappelle qu'avant tout ce drame, on se voyait tout le temps les uns, les autres, toutes les semaines et qu'on était joyeux et qu'on était heureux et que c'était bien. Maintenant tout est démoli et vous ne pouvez pas savoir à quel point Jean-Marie mais Christine aussi peuvent me manquer. Je ne sais plus ce que devient leur petit Julien. Je voudrais tellement qu'il connaisse mon petit Alban. Maintenant que j'ai un fils, je me représente ce par quoi, ils ont pu passer. Voyez en tuant Grégory, on a enlevé à Jean-Marie son soleil... Je voudrais tellement que nous puissions nous revoir, retrouver nos joies d'avant le drame et le plaisir de nous retrouver. Je sais qu'il n'y aura plus jamais

Grégory et cela c'est insupportable, cet enfant était trop beau, trop vivant et je ne peux pas me faire à l'idée que nous ne nous reverrons plus jamais. Il y a encore peu de temps, j'ai rêvé à Jean-Marie qui revenait, qui me revenait des beaux rêves quoi, peut-être des rêves qui ne se réaliseront jamais [1]. »

A la fin d'une carrière dense, le magistrat a trouvé dans ce dossier l'occasion unique de se remettre en question, de connaître des émotions extrêmes, de bouleverser ses rapports avec les autres et sa façon de penser. Il lui faut écouter des personnages différents par dizaines et pendant des heures, trier rapidement entre le mensonge, le théâtral et la sincérité, tout en conservant sous les yeux un bout de papier avec dix mots clés afin de ne pas perdre le fil de sa pensée. Sa minutie semble convenir à ce dossier qui réclame de la psychologie et des efforts démesurés pour refaire le terrain perdu après plusieurs années de gâchis. En misant ainsi toutes ses forces, Simon se donne une chance de toucher au but. Mais le juge engage aussi sa vie.

Toutes les quatre ou cinq semaines, le magistrat convoque les Villemin pour leur lire les procès-verbaux dressés entre-temps, pour solliciter leur avis et leurs réflexions. Et, régulièrement, le magistrat interroge le couple séparément pour recouper puis vérifier ses dires. Il connaît tout de leur vie. Il reconstitue avec eux la genèse des principaux appels téléphoniques du corbeau, heures, dates, jour, objet de l'appel et nature de la voix. A cette occasion, le magistrat ressort le petit cahier vert de Monique Villemin à partir duquel la police judiciaire a pu dresser l'éphémère tableau attribuant 80 appels sur 87 à Christine. Mais les Villemin découvrent, stupéfaits, que le cahier a été dépouillé de la majeure partie de ses pages, découpées à la lame de rasoir, qu'il n'en reste que quatre ou cinq, scotchées. Tous les appels téléphoniques survenus pendant les heures de travail de Christine ont été supprimés, de telle sorte qu'on puisse lui en imputer un maximum d'appels. Qui est à l'origine de cette tromperie? Est-ce une manipulation dans l'enquête, ou à l'extérieur? Un mystère supplémentaire dans cette affaire où les documents égarés, volés ou tronqués atteignent des sommets.

Pour tenter de démêler ces questions obscures, le magistrat décide d'entendre Jean-Michel Lambert, son prédécesseur, notamment sur la disparition du rapport photographique sur le foulage

1. Procès-verbal de Jacqueline Villemin du 8 mars 1989.

ou celle de la cassette contenant les voix des 123 personnes appelées à parler dans un micro dans les heures suivant la mort de Grégory. Lambert arrive au palais de justice en tentant d'éviter les deux ou trois photographes postés devant la cour. Le juge d'Épinal est longuement entendu, mais il a tout oublié : les rapports, les cassettes mais également les attitudes de Bernard Laroche et de Christine Villemin, le jour de leurs inculpations respectives. Lambert ne se souvient de rien, c'est son système de défense, peut-être même son moyen de survivre au cataclysme. Confronté au capitaine Sesmat et au commandant Chaillan, il élude les questions, a quelques éclairs de souvenirs puis retombe dans le flou « du temps qui a passé ».

Neige et Fabien naissent à la fin du printemps 1989. Ce sont les enfants de Marie-Ange Jacob et de Muriel Bolle. A l'issue de leurs congés de maternité, les deux femmes auront épuisé toutes les voies de recours pour se soustraire aux questions de Maurice Simon. Un mois et demi après leur accouchement et deux ans après la reprise de l'enquête par le magistrat, Muriel et Marie-Ange se présentent à la gendarmerie de Gérardmer où elles sont attendues.

Maurice Simon travaille depuis deux ans. Les PV se sont accumulés. Il connaît désormais tous les protagonistes. Il a récolté de nouveaux éléments troublants sur le comportement de certains membres de la famille après le crime. Il a disséqué chaque manifestation du corbeau. Des faisceaux de présomptions se dessinent, mais aucune certitude. A ses yeux, au moins six personnages clés du drame dissimulent quelque chose. Elles peuvent masquer des petites vérités antagonistes et éclatées qui n'apporteraient rien. Elles peuvent détenir chacun un bout du puzzle qui assemblé donnerait la vérité. Elles peuvent également tout savoir. Pour progresser, il faudrait que quelqu'un se libère. C'est l'enjeu de ces auditions, qui constituent le point d'orgue de l'instruction Simon.

Le magistrat mobilise toute son énergie physique et intellectuelle. La chambre d'accusation, les gendarmes et le parquet général se préparent à vivre un épisode crucial. A l'extérieur, un dispositif judiciaire attend en vue d'une éventuelle reconstitution.

Maurice Simon refuse d'utiliser l'inculpation comme moyen de pression. Le magistrat estime, à tort ou à raison, que Muriel est enfermée depuis l'âge de quinze ans dans un secret. Il veut l'aider à s'en délivrer. Il met toute sa douceur, sa mémoire, sa sagacité dans l'interrogatoire. Mais le dispositif ne bouge pas et Maurice Simon se brise sur le mutisme têtu des deux sœurs qu'il entend respectivement cinq et six heures d'affilée, dont la moitié de silence. Lors d'une question sans réponse, Maurice Simon et Muriel Bolle se jaugent du regard sans rien dire pendant près de vingt minutes. A la fin de l'interrogatoire, il demande, solennel :

— Avez-vous la certitude de sortir d'ici la tête haute [1]?

Muriel ne répond rien, bouscule sa chaise et s'en va.

Pour Simon, c'est une défaite et même davantage. Il sent que la pression de la hiérarchie et de l'opinion publique augmente. On attend des résultats. Il se refuse à conclure en l'état mais il lui faut désormais une étincelle, un indice, quelque chose qui relance l'instruction. Il lui faut en même temps supporter les recommandations pressantes, « il faut en finir. Il faut en finir! »

Deux semaines plus tard, Maurice Simon reçoit pour la première fois une lettre anonyme contenant des menaces de mort sur ses enfants et ses petits-enfants. Comme pour tous les personnages publics de cette affaire, les lettres s'ammoncellent par centaines sur son bureau, pleines de haine contre les différents inculpés, de ressentiment politique ou de délires obsessionnels. Celle qu'il reçoit le 6 juillet 1989 en provenance du Mans paraît contenir des éléments authentiques avec un message clair : si le juge persiste, il sera abattu. Après vérification, il s'avère que l'un des suspects qu'il a en tête travaille dans une usine de Bruyères possédant une filiale au Mans et une liaison routière hebdomadaire entre les deux usines. Le parquet général prend la menace au sérieux et affecte au magistrat, qui repart dès le lendemain pour les Vosges, une protection discrète mais rapprochée qui ne le quittera plus.

Paul Lefevre, le chroniqueur judiciaire de la Cinq, s'étonne lui-même de décrocher si facilement, au début du mois de septembre 1989, un rendez-vous avec le président Maurice Simon. Il file aussitôt à Dijon avec une équipe vidéo. La raison officielle de cet entretien est une récente audition du magistrat devant la commission Delmas-Marty chargée d'élaborer un projet de réforme du secret de l'instruction. Étant en charge de l'une des affaires les plus sensibles dans ce domaine, Maurice Simon a été naturellement invité à exprimer son point de vue. L'interview de Paul Lefevre sur la réforme dure environ quarante-cinq minutes. A

1. Procès-verbal de Muriel Bolle du 20 juin 1989.

l'issue de l'entretien, le chroniqueur judiciaire se hasarde à poser quelques questions sur l'affaire Grégory.

Il n'obtient pas de réponses clairement exprimées mais des regards, une moue et une émotion perceptible, quand le magistrat confie qu'il se sent un devoir personnel. Sélectionnés en ouverture du journal de 20 heures de la Cinq, ces brefs moments de trouble et de silence font l'événement. La commission Delmas-Marty tombe dans l'oubli. Pour beaucoup, c'est l'occasion de découvrir la voix et le visage du magistrat, jusque-là résumé à une silhouette à l'imperméable beige aperçue au loin lors des reconstitutions. Sur son visage en triangle, concentré, les téléspectateurs peuvent lire sa passion contenue et une sensibilité à vif. Le cheveu blanc, l'œil à l'affût, le geste courtois et un sourire furtif, Maurice Simon ne lâche que deux indications : l'affaire ne se terminera « sûrement pas sans rebondissements », et on peut considérer qu'elle implique « un ou des personnages ». Une fois de plus, le précepte « la parole c'est la guerre » se vérifie. Les premiers mots prononcés par le juge depuis deux ans résonnent comme l'annonce du dénouement. On voit derrière ces silences et ces sourires sybillins un message lancé au corbeau, à l'assassin. A tort. La flèche visait ceux qui accumulent des obstacles sur sa route. Ils se reconnaissent : alors que le juge n'a rien dit sur le fond, ni cité de nom, Mes Prompt et Welzer diffusent un communiqué pour dénoncer ce magistrat « qui a disjoncté ».

Maurice Simon avait cru étouffer les passions en verrouillant son instruction, mais c'était une illusion. Après deux années complètes de silence, trois paroles suffisent à renvoyer soixante reporters dans la vallée de la Vologne. Ce jour-là, Michel Villemin et sa femme sont entendus à la gendarmerie de Bruyères. La rencontre entre les deux événements est aussi fortuite que désastreuse. On retrouve le bouillon de culture des reporters et une journée de rumeurs les plus diverses dont l'annonce de l'inculpation de Michel. Les nouveaux journalistes fondent sur une affaire mythique et, de peur de s'égarer, suivent les plus forts, Serres et Lévitan, qui se vantent ni plus ni moins d'être informés directement par le magistrat lui-même. C'est faux et cela jette un discrédit sur l'homme.

La concurrence des chaînes privées n'arrange pas le climat. La Cinq piège Michel avec une caméra cachée. Pendant quatre jours, tout le monde attend l'arrestation des assassins, car le magistrat a laissé entendre qu'ils pourraient être plusieurs. Effaré, Simon fait savoir qu'il n'a pas d'échéancier arrêté et que son intime conviction n'est pas faite. Mais il a parlé, maintenant on attend qu'il agisse. Sa hiérarchie, irritée par ce faux pas et la lenteur de l'instruction, s'émeut, prête cette fois à le lâcher au prochain écart.

Gilbert Villemin qui doit être entendu à la gendarmerie du village de Xonrupt demande à être soustrait aux caméras et aux photographes agglutinés devant le chalet des militaires. Son arrivée, dissimulé sous une couverture, relance le mystère. Pendant une demi-journée, les flashes tombent sur l'arrivée mystérieuse d'une « femme... jeune et qui aurait des choses à dire ». En clair : Muriel vers qui se tournent toutes les pensées, y compris celles de sa sœur qui s'élance aussitôt à sa recherche. Jean Ker de *Paris Match* sait que le témoin est Gilbert ou Marie son épouse.

Dans le concert général, *Match* opte pour la femme et divulgue sa photo sur une double page en expliquant qu'elle était en deuxième position derrière Christine lors des expertises en écriture de mars 1985 et qu'elle ne peut pas avoir d'enfant. Un mobile se dessine déjà ! Et si comme on l'a craint le témoin-mystère était en danger de mort ? Le journal sera condamné à verser 50 000 francs de dommages et intérêts à Marie Villemin, et surtout Daniel Filipacchi écopera de deux mois de prison avec sursis devant la cour d'appel de Nancy où les frasques médiatiques de l'affaire Grégory exaspèrent les magistrats. Michel Villemin et son père Albert agressent un caméraman et une journaliste. L'ambiance est électrique. Lévitan oriente ses confrères vers un ancien détenu, soupçonné d'être un ami intime de Marie-Ange. Pradier interroge franchement l'homme qui nie être l'assassin de Grégory. Tout repart comme aux plus beaux jours...

L'image de Maurice Simon s'est altérée pendant ces quatre jours. Le grand magistrat silencieux et énigmatique, le Sphinx, redevient un homme qui a commis une erreur. Mais le piège est en place. Le silence le protégeait, la parole le met en péril. Les médias mélangent les rumeurs des Thénardier, les sédiments des Bezzina et cinq ans de roman Grégory. La machine s'emballe à nouveau et plus rien ne l'arrête. Catherine Lévitan devient dangereuse et lance la traque de Michel, de Marie-Ange et de Muriel avec violence. L'arrivée des journalistes dans « sa » vallée et « son » histoire déprécie la valeur de sa matière, achetée 100 000 francs l'article par *Paris Match* ; elle voue désormais une haine incompréhensible à Marie-Ange et croit à son tour qu'en la maintenant sous pression elle craquera. Lors de l'été 1985, le triangle avocats-SRPJ-réseau

Bezzina voulait faire avouer la mère. Lévitan est un élément incontrôlé dont les informations ne sont pas reprises par les autres mais qui cherche elle aussi une victoire personnelle : faire avouer les sœurs Bolle. Pour parvenir à ses fins, la journaliste ne lésine pas sur les moyens : confrères lancés sur des fausses pistes; fausses réservations de chambre d'hôtel pour les magistrats de Dijon laissant supposer que des inculpations se préparent, etc. Des dates courent aux alentours du 3 novembre... La presse affolée la suit, se lève à 4 heures du matin pour aller stationner près de chez Michel et en bas du pavillon d'un oncle Jacob, lui aussi désigné à la vindicte populaire.

A Dijon, Maurice Simon, éprouvé par ce climat s'ajoutant à ses difficultés de travail, reçoit Christine Villemin. Le magistrat lui fait part de la fin des investigations la concernant. Tous les recoupements l'innocentent. Pour la jeune femme, ces mots sont un baume après cinq ans d'accusation publique. Le président lui demande si elle souhaite en rester là, avec un non-lieu, ou si elle veut qu'il aille plus loin dans sa recherche de la vérité. Avec son mari, Christine demande que l'enquête sur la mort de leur fils continue. A sa sortie, Me Garaud oubliant les leçons de la mort de Bernard Laroche annonce la fin du calvaire pour « une mère admirable ». Garaud joue à la roulette russe à l'heure où sont réunis tous les ingrédients pour favoriser un nouveau drame. Les soupçons médiatiques sur les Bolle et une victoire anticipée rappellent l'époque des campagnes contre Christine et de la déclaration de Me Prompt félicitant la presse d'avoir violé le secret de l'instruction. *Paris Match* annonce détenir, une fois de plus, la vérité en présentant le témoignage de Louisette Jacob, la tante simplette, déjà entendue par le juge, et l'imminence des inculpations de Muriel et sa sœur. A RTL, le reporter qui remplace Bezzina, mis à l'écart du dossier, est un ami de Michel Serres. Il explique : « Comme RTL vous l'annonçait voici un mois, Christine Villemin est innocente. » L'affaire Grégory dérape sur son passé. Marie-Ange Laroche saute sur l'occasion pour annoncer qu'elle n'ira plus chez le juge parce que, dit-elle, Simon orchestre tout. « Je sais de quel côté il est...! » Plutôt que de s'en prendre à Lévitan ou à Me Garaud, les vrais responsables du trouble, Marie-Ange focalise ses critiques sur sa bête noire. Le magistrat, désarmé, assiste à la remise en cause médiatique de son travail.

9

Vraie-fausse interview à Détective *... L'homme à abattre ... « L'attelage est rompu » ... L'adieu aux Villemin ... La passerelle ... Perdu ... La chute ...*

L'enchaînement fatal atteint son apogée avec la publication dans *Détective* d'une « interview » de Maurice Simon, fruit d'une rencontre entre le magistrat et Jean-Paul Pradier. A l'origine, une entrevue sur le trottoir du palais en fin de journée. Le journaliste se rend chez le magistrat pour vérifier l'exactitude des menaces de mort proférées à l'encontre de sa famille. Simon confirme puis se lance dans un de ces longs monologues dont il est coutumier et qui brasse des idées sur son métier, des souvenirs, des espoirs et des réflexions. Pradier l'écoute avec déférence en prenant quelques notes. Mais dans sa poche, un petit magnétophone tourne et capte la première demi-heure du monologue. Pradier ne se sert jamais de magnétophone. Il a suffi d'une fois... A Paris, la rédactrice en chef s'empare de ces informations et décide d'en faire un coup. Elle tient sa vengeance à l'égard de Catherine Lévitan qui nargue tout le monde sur ses bonnes relations supposées avec le magistrat mais n'a jamais pu rapporter la moindre information de son cabinet. Elle écrit des questions et puise dans le monologue du magistrat des bribes de réponses agrémentées de « c'est vrai » et « en effet » qui donnent un air de conversation entre Pradier et Simon, or Jean-Paul, pris par les propos du magistrat, n'a pas posé de questions. Une phrase innocentant Christine Villemin est purement et simplement rajoutée. L'ensemble réécrit donne une logique à l'entretien. Logique de culpabilité de Bernard Laroche, de l'innocence de Christine, selon le parti pris du journal. Simon démentira avoir tenu des propos sur le fond devant le journaliste mais reconnaîtra l'entrevue à caractère officieux. La presse quotidienne s'empare de cette interview construite de toutes pièces en la déformant à son tour. On peut lire par exemple dans *Détective* :

> « Si elle n'est pas coupable, ce qu'a enduré Christine Villemin est effroyable, j'y pense tout le temps. »

Dans *Le Parisien libéré*, sur les radios et les télés, on retrouve la même phrase amputée de son début et laissant supposer que le magistrat est partial. De plus, l'association antinomique Simon/Détective casse l'image de marque du magistrat :

> « Ce que Christine Villemin a enduré est effroyable, j'y pense tout le temps. »

L'effet est décuplé, selon un mécanisme bien connu dans cette affaire.

Maurice Simon est présenté comme l'allié de Christine et devient l'homme à abattre. Sur Antenne 2, Me Prompt demande son dessaisissement du dossier, ce qui lui est juridiquement impossible car il n'est plus partie dans le dossier Grégory. Sur la Cinq, l'avocat de Marie-Ange dénonce le « complot orchestré depuis Dijon » par le président Simon. Paul Lefevre l'écoute, incrédule. Gérard Welzer, devenu directeur de cabinet de Pierre Mauroy, au parti socialiste, se targue d'avoir une « bonne écoute » à la Chancellerie où il est d'ailleurs reçu avec ses confrères par le ministre Arpaillange. Les avocats demandent que l'on stoppe purement et simplement Simon. Pierre Arpaillange, magistrat lui-même, connaît et estime Maurice Simon et n'a pas envie de le bloquer dans son travail. En revanche, les pressions viennent d'autres sphères politiques. Le juge reçoit des menaces d'inculpation pour violation du secret de l'instruction dans l'une des plaintes déposées par les avocats des Bolle, s'il persiste dans la voie qu'il s'est tracée.

L'investissement absolu du juge de Dijon a permis de reconstituer entièrement le dossier. Mais l'explosion des passions et des pressions le fragilise. Il a l'impression d'avoir touché une vérité qui s'éloigne inexorablement. La procédure prend du retard de semaine en semaine.

Maurice Simon s'accroche, persuadé d'être sur le point de « tomber ». A son tour, il est lâché par sa hiérarchie, terrorisée dès qu'il s'agit d'en découdre avec la presse. Après tous ses atouts de départ, l'expérience, le recul, Maurice Simon est rattrapé à son tour par le cancer de l'affaire Grégory. Sa position d'homme seul face à ce réseau d'intérêt, de mécanismes occultes, n'est pas tenable.

Le climat extérieur s'aggrave encore. Lévitan publie dans *Paris Match* un article sur les femmes « cerveau » de l'opération et révèle le nom d'un suspect éventuel, mais qui devait rester dans l'ombre. Marie-Ange répond à son tour par des conférences de presse dénonçant « les ragots et la calomnie ». Le magistrat se sent trahi, diminué, et son visage creusé et ses mains fébriles trahissent son état de santé. En donnant des indications à sa greffière, il ajoute :

– Pour celui qui lira après moi.

Une nouvelle lettre anonyme l'informe qu'il ne passera pas l'année 1990. Le magistrat reconnaît la même écriture, la même origine et le même auteur. Son seul soutien, le procureur général Estrangin, part à la retraite sans avoir pu obtenir de rester en fonction jusqu'à la clôture du dossier. Ce départ affecte Maurice Simon.

— L'attelage est rompu... confie-t-il tristement.

La partie civile et la presse continuent de poser des pièges sans désormais aucun égard. Lionel Raux l'accuse d'avoir démarré son travail avec comme postulat de départ l'innocence de Christine Villemin et de travailler depuis sous la dictée de *Paris Match* et de Catherine Lévitan. Maurice Simon est profondément atteint par ces attaques qui salissent une intégrité professionnelle jalousement préservée depuis quarante-deux ans.

Lors du premier rendez-vous de janvier, Christine et Jean-Marie Villemin lui annoncent la venue d'un nouvel enfant. Ils trouvent Maurice Simon soudain disert, laissant transparaître une sensibilité inhabituelle, parlant longuement de leur comportement, de leurs sentiments, de leur amour sorti grandi du cauchemar, faisant une sorte de bilan humain de leur aventure à un moment inattendu. Depuis plusieurs mois, Christine et Jean-Marie se mettent au service de l'instruction. Chaque soir, le week-end, ils notent inlassablement les correspondances de date, les souvenirs familiaux, les allusions du corbeau. Ils consignent ces informations dans de grands classeurs qu'ils remettent ensuite au magistrat, qui vérifie puis exploite cette mine de renseignements. Puis Maurice Simon, contenant visiblement son émotion, leur dit comme s'il les remerciait :

— Vous nous avez donné à tous ici une merveilleuse leçon...

Pourtant le juge commence à entrevoir une lueur pour atteindre Muriel. Durant l'automne, le juge a trouvé une passerelle pour atteindre Muriel. L'infirmière de la famille Bolle est peut-être celle qui le conduira jusqu'à la jeune fille qu'elle a vue grandir. Elle a reçu les confidences de la mère de Muriel et Marie-Ange, peu avant de mourir. Jeanine Bolle avait, semble-t-il, reconstitué le puzzle de la soirée de Muriel, le 16 octobre 1984. L'infirmière est une jeune femme séduisante et vive, témoin privilégié des heurs et malheurs de la vallée. Dans les scellés que lui présente le magistrat, elle reconnaît l'ampoule d'insuline vide et la seringue retrouvées au bord du Barba, toutes deux du même type que celles utilisées pour soigner Mme Bolle, diabétique. Elle révèle que seule Muriel savait faire les piqûres sur sa mère malade et que l'ouverture de l'emballage qu'elle a sous les yeux correspond à sa propre manière d'agir, qu'elle a enseignée à l'adolescente. L'infirmière devient une pièce clé qui redonne à Maurice Simon l'espoir d'approcher au plus près cette vérité qui sans cesse se dérobe à lui, et de voir jaillir cette étincelle qui lui fait défaut. L'un de ses prochains actes d'instruction sera une confrontation entre l'infirmière et Muriel.

Mais Prompt est toujours là qui veille et pose les chausse-trappes. L'avocat assigne Maurice Simon devant un tribunal pour répondre de l'« interview » publiée dans *Détective* et lui demande 450 000 francs de dommages et intérêts pour Marie-Ange. Contrairement aux usages, ni le bâtonnier de Dijon ni le premier président de la cour d'appel ne l'avertissent avant l'arrivée de l'huissier dans son bureau.

Le piège est implacable : si le juge intente quoi que ce soit contre Muriel ou Marie-Ange, ses avocats pourront le faire récuser sous prétexte qu'il ne peut être juge et partie.

Maurice Simon sait qu'il a perdu. Malade, il part subitement se reposer en Haute-Savoie chez sa fille :

— Tout le monde me lâche...

Le magistrat qui voulait partir pour ménager sa santé a tout donné lors de ses trois dernières années d'instruction. Son cœur cède à quelques heures de repartir pour Dijon. Maurice Simon tombe dans le coma d'où il ne sortira, difficilement, que quarante-huit heures plus tard, amnésique.

ÉPILOGUE

1

Pradier pardonné ... Comme la foudre ... Les confidences de l'infirmière ... La grenade dégoupillée de Lévitan ... Jean-Paul Martin, acte III ... Le roman continue ... Le Quid *dérape ... Condamnations en série ... Les avocats prospèrent*

A 6 h 30 du matin, Christine et Jean-Marie Villemin apprennent par la radio la nouvelle de l'accident cardiaque de Maurice Simon. En larmes, ils alertent Me Garaud :

— Qu'est-ce qu'on va devenir? Qu'est-ce qu'on va devenir?

« J'ai cru que Christine allait devenir folle », racontera l'avocat à Jean-Claude Hauck. Jean-Marie ne part pas au travail et tous deux restent des heures blottis en larmes sur leur nouveau canapé de cuir fauve, tremblant à l'idée qu'il s'en aille et que revienne le cauchemar.

A Toulouse, au volant de sa voiture, Jean-Paul Pradier s'éponge le cou et le front. Lui aussi a entendu l'information. Il sait que « l'interview » de l'automne mise en scène par sa rédactrice en chef, Catherine Némo, a été l'ultime obstacle qui a fait chuter Maurice Simon. Le reporter et le juge s'étaient revus par hasard quelques jours plus tôt, à une heure matinale, sur une place déserte. Le premier, « catastrophé », demande au second de le pardonner. La mise au point s'achève entre les deux hommes par une poignée de main qui efface tout.

Plus encore que tous ces personnages et tant d'autres en Bourgogne, je reçois la nouvelle comme la foudre. Je connais Maurice

Simon depuis le mois d'octobre 1988. A l'époque, j'ai voulu le rencontrer pour savoir combien de temps je pouvais m'accorder pour écrire ce livre avant la fin de son enquête. Il m'avait dit : « Venez, mais nous ne parlerons pas de l'instruction. » Cela me semblait évident. Il n'avait effectivement parlé de rien d'autre que de Grégory en fixant le ciel au travers de la fenêtre sans me voir, puis il avait ajouté : « Vous pouvez compter sur six mois environ. »

J'étais venue poser une question à un technicien, j'avais découvert un homme. Je ne l'ai revu que trois fois au cours des quinze mois suivants mais nous nous sommes beaucoup écrit, suffisamment pour que je suive, en filigrane de ses réflexions sur la vie et la mort, la lente altération de ses espoirs et de ses moyens. Il est né entre nous des sentiments que l'on peut ne pas comprendre mais qui justifient ma présence à ses côtés depuis sa grave maladie. La rumeur insidieuse a bein sûr tenté de nous viser, mais sans nous atteindre. On voudrait nous attribuer toutes sortes de vilenies, en vain. Il n'y a rien d'autre entre nous, en marge de cette affaire, que trois rencontres hors instruction, des lettres, et depuis le 28 janvier 1990, l'amnésie.

L'infirmière de la vallée qui devait servir de trait d'union entre Maurice Simon et Muriel suit de peu le magistrat dans sa chute. Craignant pour sa sécurité, la jeune femme se retrouve sans protection au cœur du bras de fer judiciaire. Elle se confie à Michel Serres et Catherine Lévitan qui ont déjà fait sa connaissance depuis plus d'un an. Elle détient des éléments qui peuvent être considérés comme capitaux : les confidences de Mme Bolle lui avouant, peu avant sa mort, qu'elle croyait à l'enlèvement de l'enfant par Bernard mais pas à son assassinat, et qu'à son avis son gendre avait été manipulé. Elle a reconnu aussi la seringue et l'ampoule d'insuline, du même type que celles employées pour cette femme malade du diabète, et le fait que, seule, Muriel savait faire des piqûres. Enfin, l'infirmière est au courant des pressions familiales effectuées sur celle-ci depuis novembre 1984. L'infirmière détient toutes ces informations mais ne veut en tirer aucune conclusion à l'encontre d'une famille qu'elle soigne depuis près de quinze ans. Elle affirme que Bernard Laroche n'avait vraiment pas le profil d'un assassin et que c'était plutôt « un bon gros » malléable. Elle apprend qu'un article se prépare à la rédaction d'*Ici-Paris* sur « Le crime à l'insuline » et s'en effraie, sentant que les choses peuvent devenir explosives. Lévitan et Serres la convainquent de parler « une bonne fois pour toutes et à un journal sérieux », en l'occurrence *Paris Match*, pour couper court aux interprétations hâtives. L'infirmière accorde donc un long entretien à Catherine Lévitan. Mais les interprétations hâtives qu'elle redoutait ailleurs se retrouvent dans l'interview elle-même. A partir des vraies confidences, la journaliste écrit un scénario selon son fantasme : Bernard enlève l'enfant, Muriel lui fait une injection avant qu'il soit jeté à l'eau, Marie-Ange est le cerveau de l'affaire et leur mère avait tout compris. Enfin, à l'en croire, Muriel risque bientôt la prison. Le tout, photo de l'infirmière à l'appui, acheté 190 000 francs par *Match*. Prise entre la colère de la famille Bolle et celle de ses patients appréciant peu la violation des confidences sous le sceau du secret médical, les injures et les menaces de mort, la jeune femme est obligée de précipiter son départ des Vosges qu'elle s'apprêtait à organiser. Elle abandonne sans contrepartie sa clientèle et s'installe en catastrophe dans la région parisienne, terrorisée et ne réapparaissant plus jamais au cours de cette instruction.

La réaction à ce scoop authentique est inversement proportionnelle à son contenu : nulle. Les éléments lâchés sont trop explosifs pour que quiconque s'en empare. L'article fait l'effet d'une grenade dégoupillée. Me Prompt ne lâche qu'un communiqué très plat sur « la manipulation des témoins », puis porte plainte contre le journal. Me Welzer s'abstient de tout commentaire. Pour cette partie, la période est délicate. Personne ne connaît le véritable état de santé de Maurice Simon dont certains médias ont minimisé la gravité. Son retour aux affaires semble imminent. Les avocats s'attendent à ce que son plan de confrontation soit appliqué dans les jours suivants. Mais leur vigilance se relâchera au fur et à mesure que les semaines passeront, et surtout que des rumeurs de dessaisissement de Maurice Simon commenceront à se répandre.

Huit mois après son accident cardiaque, à la suite d'un parcours médical jalonné d'espoir puis d'aggravation de son état, le président Simon est contraint de se dessaisir du dossier. Huit mois durant lesquels la Chancellerie a espéré le voir reprendre les commandes, affolée à l'idée qu'un troisième magistrat doive assimiler un dossier de 20 000 pages avant de poursuivre, de conclure et de fixer la date du renvoi de Jean-Marie Villemin aux assises. Entre le crime et son jugement, le délai devient insupportable.

Un troisième magistrat reprend les rênes : Jean-Paul Martin, soixante et un ans, lui aussi président de la chambre d'accusation de Dijon et successeur de Maurice Simon. Le magistrat a déjà eu à connaître l'affaire en participant à la rédaction des deux non-lieux rendus en 1988 : celui des gendarmes et celui de Muriel. Son accession au dossier est facilitée par la présence effacée mais efficace de la greffière, Mme Édith Gaudin, désormais la seule vraie mémoire de cette deuxième instruction. Jean-Paul Martin travaille avec une discrétion organisée pour échapper au faisceau médiatique. Il est aidé en cela par le désintérêt du public et de la presse pour une affaire qui sombre dans l'océan d'une procédure sans fin.

L'affaire Grégory n'a plus de héros depuis que Jean-Michel Lambert, Christine Villemin et Maurice Simon ont quitté tour à tour les projecteurs pour reprendre le manteau des gens ordinaires. Même la naissance d'Émelyne Villemin, la petite sœur de Grégory et de Julien, échappe à la curiosité des paparazzi. Par mesure de prudence, les Villemin n'ont pas révélé aux avocats la date prévue pour l'accouchement et vivent cette troisième naissance dans la discrétion. Comme Julien avait eu la délicatesse de naître le jour anniversaire de son père, Émelyne arrive au lendemain de l'anniversaire de sa mère. On ne les voit plus que dans le schéma classique d'un couple anonyme, élevant ses enfants, entouré des photos de l'aîné disparu, s'amusant avec son chien colley et limitant sa vie sociale au minimum en raison du carcan judiciaire qui reste le sien, sans vacances ni voyages.

Pourtant, à l'heure où ils retrouvent cette normalité qu'il leur a fallu réapprendre, le roman continue dans le registre de la dérision. Puisqu'ils ont fait la une des journaux au même tritre que Diana ou Belmondo, la société s'en moque de la même manière sans se rendre compte que la dérision atteint des hommes et des femmes dans leur épreuve, désormais déformée par les flashs et recouverte par les scoops à prix d'or. On ne compte plus les sketches de mauvais goût plaçant Christine et Grégory au centre des plaisanteries : « Si Grégory avait eu des Pampers, il n'aurait pas coulé », « Qu'est-ce qui est bleu, dans un sac poubelle et qui flotte ? Grégory », « Christine Villemin a reçu un aquarium pour la fête des mères », « Christine Villemin a donné naissance à un enfant aux doigts palmés », etc. Le « Bébête-Show », les « Guignols de l'info », le « Trivial Pursuit », un jeu de l'oie, une chanson de bizutage, une autre d'un groupe de rock and roll, le nom d'un cocktail, etc., toutes choses qui tombent parfois brutalement au cours d'une soirée en famille devant la télévision et qui, pendant des heures, démolissent le couple.

« Christine » et « coupable » sont maintenant tellement synonymes que le *Quid* 1992 comprend un paragraphe selon lequel Christine Villemin a été « condamnée à vingt ans de réclusion criminelle »! Des amis offrent l'encyclopédie à Julien pour Noël. Ses parents découvrent, effarés, la notice. L'erreur est de la propre main du directeur du *Quid*, Dominique Frémy. Mais les tribunaux n'ordonnent pas la saisie de l'ouvrage puisque la plainte est déposée trop tard. L'affaire Grégory est devenue un Quizz de société. Tout le monde a son opinion. Je me souviens de Valéry Giscard d'Estaing et de Daniel Cohn-Bendit me posant chacun, un jour, la même question : « Alors, c'est la mère ou ce n'est pas la mère? »

A l'époque où la presse quotidienne oublie le dossier, les journaux à sensation prennent le relais. Tous les mois, *Ici-Paris, France Dimanche* ou *Détective* publient une couverture en lettres géantes sur les états d'âme supposés de Christine ou la résurgence de « menteurs », de « rebondissements » ou de « coupables » interchangeables. Ces mêmes journaux proposent parfois une inquiétante justice par Minitel. De « Connaîtra-t-on un jour l'assassin de Grégory? à « Pour vous, Christine est-elle innocente? » en passant par « Au bout de six ans, la justice devrait-elle décréter le non-lieu pour Christine Villemin? », les jugements télématiques ne s'encombrent pas d'arguties. Cette omniprésence de la presse populaire et en couleurs affichée sur les trottoirs entretient l'association souvent faite entre « L'affaire Villemin », le sordide, les magouilles et l'argent. Après avoir fait la une de *Libération* et du *Figaro*, passionné *Le Monde* ou l'AFP, l'affaire repousse désormais les milieux institutionnels, judiciaires et médiatiques. Les articles, toujours retravaillés en fonction d'autres parus auparavant, gomment de plus en plus les noms des individus cités et ne sont accessibles qu'aux initiés de l'affaire.

Les rédactions en chef redoutent par-dessus tout les procès qui pleuvent de part et d'autre. Les poursuites devant les tribunaux deviennent systématiques pour le droit à l'image ou la diffamation et constituent, pour certains, une source de revenus importants. Les tribunaux jugent en fonction de la situation judiciaire et de l'image des uns et des autres. Les Villemin, inculpés tous les deux d'assassinat, ont une cote mal taillée de coupables : les procès intentés par eux à *France-Soir*, au *Figaro Magazine*, à *Vous et votre Avenir*, à *VSD*, etc., font l'objet de sursis à statuer jusqu'au procès de Jean-Marie et sont donc en attente de jugement depuis près de neuf ou dix ans. Me Garaud, conscient de la difficulté d'obtenir des dommages et intérêts dans cette situation, a toujours accepté les transactions petites ou grandes proposées par les journaux et les négociations avec des intermédiaires tels que Jet-Set ou Michel Lafon. Le tout rapporte sur le compte CARPA de son cabinet environ 1 800 000 francs. A l'opposé, Marie-Ange et sa famille sont largement dédommagées, à tel point que chacune de leurs actions sonne plus ou moins comme un petit Loto. Ainsi, la famille Bolle a obtenu quelque 1 165 000 francs de dommages et intérêts de *Paris Match*, 285 000 francs de *Détective*, 630 000 francs de la presse à sensation; s'y ajoutent 800 000 francs versés à la suite de la transaction intervenue avec l'éditeur de Christine Villemin, Carrère-Lafon, et 140 000 francs pour la vente de photos, à *France Dimanche*, de Marie-Ange Jacob, avant la naissance de sa petite fille, en compagnie de son mari et de ses fils.

L'irruption de telles sommes d'argent dans cette famille modeste n'est pas sans peser sur les mentalités et les rapports avec l'entourage. Marie-Ange, Muriel, leur frère et sœurs, deviennent des sortes de vedettes de la vallée, ne dissimulant pas leur abondance, notamment en renouvelant régulièrement un parc de voitures neuves.

Le système médiatique nourrit aussi les deux parties opposées. Catherine Lévitan vend au prix fort ses scoops, puis les journaux doivent dédommager la famille Bolle. *Paris Match* paie ainsi deux fois les articles qu'il publie : à celle qui attaque et à ceux qui sont salis. Les ventes, elles, enrichissent le journal. Cela ressemble au vieux principe cynique prêté à Pierre Lazareff : « Une information plus un démenti, cela fait deux informations. » Le tandem Serres/Lévitan a su se greffer sur cette logique en gagnant pour une trentaine d'articles environ 1 500 000 francs.

Dans la même veine, les cabinets des avocats ont connu une prospérité croissante au fur et à mesure de la publicité que leur a fait cette affaire. Lors des reconstitutions de 1987, on avait pu constater aux cylindrées de leurs BMW et Volvo l'affichage d'une aisance évidente. Seul Me Garaud continue de voyager dans les secondes classes de la SNCF ou dans la voiture de sa belle-fille, pour éviter d'aller à la faillite... Me Welzer, qui a perdu son siège de député et ne l'a pas retrouvé, a quitté son petit cabinet exigu et en mauvais état pour des bureaux flambant neufs dans le quartier chic d'Épinal. En 1990, lorsque l'affaire Simone Weber a été jugée, on ne s'est pas étonné de retrouver répartis sur les bancs opposés de la défense et de la partie civile, une brochette d'avocats bien connus : Mes Lombart, Lagrange, Welzer d'un côté, Garaud, Robinet et Moser de l'autre.

2

Toute la colline savait ... Martin interroge ... Les passions de Jean-Marie s'apaisent ... Réconciliation après la mort de Lionel ... Les envolées de Me Lombard ... Le conseil de Me Léauté ... « Pas de charges » ... Amères conclusions ... Occultation médiatique

Me Thierry Moser de Mulhouse s'achemine vers la porte de son cabinet en raccompagnant sa cliente, Mme Charlotte Conreaux, venue le consulter pour un litige avec ses locataires. Bien qu'Alsacienne, Mme Conreaux habite Lépanges-sur-Vologne où elle et son mari y ont acheté, en 1986, la maison de Christine et Jean-Marie Villemin. L'emplacement les avait séduits ainsi que la belle maison neuve. Me Moser la salue en lui disant qu'ils se reverront sûrement bientôt pour un nouvel acte d'instruction à Lépanges. Mme Conreaux s'étonne :

— Ah! Ça veut dire que Mme Claudon a parlé?

Mme Claudon n'a pas parlé mais Me Moser fait revenir rapidement sa cliente dans son bureau pour noter ce qu'elle a à dire. Le texte étant rédigé, il est aussitôt faxé à la cour d'appel de Dijon, à l'intention du président Martin. Mme Conreaux révèle ce que Mme Claudon lui a confié en juillet 1986. Le jour du crime, sur la route de sa pâture vers 17 h 15, la fermière a croisé une voiture verte, juste au-dessus de chez les Villemin, avec un homme moustachu en pull jacquard, ressemblant à Bernard Laroche, et une jeune fille rousse à ses côtés. Gênée par cette voiture qui la retardait un peu plus, elle avait eu un geste énergique vers le conducteur en lui disant : « Allez, dégage de là ! » Mme Claudon n'a jamais rien dit aux gendarmes ni aux policiers car, d'une part, elle a reçu des menaces d'incendie de sa ferme après le crime et, d'autre part, l'ami qui la conduisait jusqu'à son pré ne devait pas se trouver à Lépanges à cette heure-là avec une voiture de service. En sortant de l'anonymat, il risquait des problèmes professionnels et, dès le lendemain du crime, il était venu demander aux Claudon de taire sa présence dans leur ferme, la veille. Mme Conreaux cite le nom des voisins qui avaient reçu les mêmes confidences. Elle-même avait songé avec une autre voisine à envoyer un courrier anonyme à Maurice Simon pour l'en informer. Lors des reconstitutions de 1987, Mme Claudon avait paru très agitée à tous ces gens qui s'attendaient à la voir parler, mais son fils lui avait ordonné de se taire. Ker et Pradier avaient déjà recueilli ce même témoignage un an avant Mme Conreaux.

Me Moser n'en revient pas, voilà six ans que l'on oppose à Christine Villemin qu'aucun mouvement inhabituel n'a été vu autour de chez elle ce jour-là et que, par conséquent, elle est l'auteur du crime. Après vérifications, les enquêteurs s'aperçoivent que quasiment tous les habitants de la colline étaient au courant du passage de cette voiture verte le 16 octobre à l'heure de la disparition de Grégory. « Le couple dans une voiture verte » était d'ailleurs l'un des thèmes de nos articles dès le 17 et le 18 octobre 1984. Seule Mme Claudon nie, par peur semble-t-il des menaces qui pèsent sur sa propriété. Le président Martin met Muriel en présence de ces nouveaux témoignages, mais il découvre à son tour son mutisme réfractaire à toute question et les quelques phrases types auxquelles elle s'accroche désespérément. La presse évoque très peu ce rebondissement en limitant la publication des noms et des faits.

Ces nouveaux éléments ne peuvent qu'inquiéter Marie-Ange Laroche qui, cinq ans après l'assassinat de son mari, le 29 mars 1990, convoque la presse en présence de ses avocats, Mes Welzer et Prompt, pour tempêter encore une fois contre ce « déni de justice » qu'est le non-jugement de Jean-Marie. Le thème est toujours aussi populaire, à la mesure des délais qui s'allongent et justifient son émoi. Marie-Ange adresse une troisième lettre au ministre de la Justice, Pierre Arpaillange, pour critiquer la situation et annoncer que cette fois, elle porte plainte contre l'État pour le non-jugement du père de Grégory et demande 900 000 francs de dommages et intérêts. Elle sera déboutée au bout d'un an de procédure comme elle l'a été de la plainte déposée contre Maurice Simon après l'interview de *Détective*. Quelques mois plus tôt, Me Prompt avait menacé d'aller se plaindre devant la Cour européenne des droits de l'homme. Plus que jamais, Marie-Ange a intérêt à voir le procès venir avant la clôture de l'enquête sur Grégory. Mais la justice aussi est figée sur ses positions. Au fur et à mesure que l'on se rapprochera de l'échéance du procès de Jean-Marie, les demandes de Marie-Ange vont se raréfier, se limitant en 1991 à une lettre à Danielle Mitterrand, sans effet. En 1992 et en 1993, la veuve de Bernard Laroche ne formulera plus aucune demande et, quand le procès s'ouvrira enfin à Dijon, elle quittera les débats au bout de deux jours. Me Welzer expliquera qu'elle et sa sœur n'ont pas les moyens de payer leur séjour dijonnais.

Le temps qui passe permet à la raison de l'emporter sur les passions. Jean-Marie Villemin en fait l'expérience. Après avoir ruminé pendant ses trois années de détention une rancœur exceptionnelle à l'égard du monde entier, et plus particulièrement de ses parents, peu à peu, il s'est forgé une conception différente de la vie. Aussi, quand le couple apprend la mort accidentelle du dernier fils des Villemin, le jeune Lionel, décédé à vingt ans dans un accident de voiture, Christine et Jean-Marie décident-ils de faire le premier pas vers les grands-parents Villemin. Tous deux aimaient beaucoup Lionel et les deux couples se retrouvent maintenant autour d'un sentiment commun : le deuil d'un enfant. Ces mains tendues les unes vers les autres, loin des pressions médiatiques, judiciaires et policières de l'époque, provoquent une réconciliation officielle lors d'une ultime confrontation devant le président Martin. Ce jour-là, Albert et Monique Villemin disent solennellement ne pas croire Christine coupable de l'assassinat de Grégory mais avouent avoir douté un peu du temps où la police judiciaire et le juge Lambert voulaient absolument les en convaincre. Me Jacques Léauté, l'artisan de cette réconciliation, est satisfait. Derrière leurs clients, Mes Lombard et Lagrange affichent une déconvenue agacée. Depuis, les grands-parents sont venus régulièrement à Saint-Chéron pour faire la connaissance de Julien et d'Émelyne, tout comme Jacqueline qui en rêvait si fort, Jacky et Gilbert. Seul Michel reste à l'écart.

Le jour des plaidoiries devant la chambre d'accusation, en septembre 1992, Albert et Monique accompagnent Christine et Jean-Marie Villemin. Les deux couples sont autorisés à suivre pendant deux jours le rapport du président, le réquisitoire du procureur général et les plaidoiries de leurs avocats. Christine Villemin fait l'objet d'un consensus de toutes les parties. Les avocats de la partie civile rivalisent de déférence pour ceux de Christine et la cause de celle-ci.

— Cette femme innocente, s'écrie Me Lombard, il faut lui rendre son honneur, lui retirer les crocs indélébiles des médias plantés dans son cœur qui jamais ne cicatrisera !

Me Lombard deviendra ensuite le défenseur le plus ardent de Christine Villemin sur les antennes de radio et dans la presse. L'accord de Vittel est bien loin. Me Lagrange renchérit. Lui qui a toujours répandu la thèse de la culpabilité de Christine semble faire amende honorable :

— Je ne voulais pas croire Me Garaud lorsqu'il me disait que des témoins ont vu mais ne parlent pas. Moi, j'étais naïf, jeune, je ne voulais pas l'entendre. En fait, Me Garaud avait raison. Et combien il avait raison ! Il faut que la justice réhabilite Christine Villemin. Elle doit le faire !

A chacun de ces mots, inattendus dans des bouches qui disaient le contraire quelques années plus tôt, la mère de Grégory tressaille et enfonce ses doigts dans le genou de son mari auquel elle se cramponne. Enfin, Me Léauté, le recours de la partie civile devenu le recours de la défense, demande aux magistrats de se prononcer de manière éclatante en rendant un non-lieu dans lequel il n'y ait « pas de charges », contrairement aux non-lieux courants délivrés faute de « charges suffisantes ». Après cela, la défense de Christine n'a plus grand-chose à plaider. Me Garaud fait son *mea culpa* sur sa défense médiatico-financière de 1986. Me Chastang fait pleurer les uns et les autres.

Au terme d'un délibéré très long de quatre mois et demi, le président Jean-Paul Martin rend, le 3 février 1993, un non-lieu inédit de quatre-vingt-treize pages soulignant l'absence de charges contre la jeune femme. Sur soixante pages, ce document innocente Christine Villemin « épouse et mère en apparence irréprochable » vers qui toutes les investigations menées sont « demeurées infructueuses, tendant au contraire à rendre à la fois invraisemblable et impossible sa participation à l'assassinat litigieux [1] ».

1. Arrêt de non-lieu du 3 février 1993.

L'analyse détaille ensuite les charges pesant sur Bernard Laroche découvertes à l'époque de la première enquête et abandonnées par le juge Lambert, puis remises au jour lors des investigations menées successivement par Maurice Simon et Jean-Paul Martin. Bien que le document se défende de vouloir établir la culpabilité de Bernard Laroche à l'encontre duquel l'action publique est éteinte, l'arrêt indique qu'il existe à son sujet des charges très sérieuses d'avoir enlevé Grégory Villemin mais que rien ne permet d'attribuer l'assassinat à cet homme « sur lequel d'excellents renseignements ont été recueillis et que ses proches disent incapable d'avoir assassiné un enfant [1] ».

Christine Villemin innocentée, Bernard Laroche ravisseur potentiel, alors où sont le ou les meurtriers ? La lecture de cet arrêt laisse amer. Paradoxalement, on a le sentiment, comme souvent depuis neuf ans, que la vérité est à portée de main dans le puzzle éclaté des pistes négligées, détaillées sur sept pages. Mais neuf années ont forgé les mémoires, ciselé les mensonges, et consolidé les comportements. On referme ce non-lieu en frémissant à l'idée qu'un ou plusieurs individus ont peut-être traversé ces neuf années dans une impunité totale et s'apprêtent à en jouir pour le restant de leurs jours.

La presse accueille cette décision du bout des lèvres comme si, en ouvrant et détaillant le document, elle avait peur de se brûler à chaque page. D'ailleurs, très peu de journalistes l'ont lu avant d'y être contraints neuf mois plus tard par l'ouverture du procès de Jean-Marie Villemin. La veille de la décision de la chambre d'accusation, les télévisions ont rappelé l'affaire, et nécessairement rappelé les « charges » qui avaient plus ou moins pesé auparavant sur Christine Villemin, mais qui pourtant n'existent plus en ce 2 février 1993 à 20 heures. On dénombre seulement vingt-six articles publiés dans la presse nationale et lorraine, soit ce qui, en 1985, aurait été publié en l'espace de deux jours sur une simple vérification du SRPJ de Nancy. L'autre versant de cette décision, l'inculpation de Christine, avait suscité près de deux cent soixante articles, arrivant après un petit millier d'autres depuis la mort de l'enfant. Vingt-six articles seulement pour dire « non, ce n'était pas elle », et encore, souvent avec les dépêches de l'AFP très factuelles et sèches. L'équilibre entre l'accusation publique et la décision judiciaire n'est assurément pas respecté. Hormis les journaux

1. Arrêt de non-lieu du 3 février 1993.

régionaux et *Le Républicain lorrain* qui annonce l'acte comme une victoire dont le journal peut être fier : « Un non-lieu historique », chaque journal freine pour limiter les commentaires et la plupart des hebdomadaires passent carrément l'événement sous silence.

Christine Ockrent interroge Marguerite Duras sur « la transgression littéraire » et publie dans *L'Événement du jeudi* un portrait très « rive gauche » de Christine Villemin, avec des faits romancés et des erreurs. C'est l'aboutissement de la chaîne de contamination, sous la plume d'une des plus grandes journalistes françaises. Ce sera aussi le dernier article sur le non-lieu.

Quand je m'émeus de cette indifférence qui est plutôt une occultation auprès d'une amie reporter de radio, elle me répond :

– Mais tu sais ce que c'est! Au bout de vingt-quatre heures, quarante-huit maximum, l'événement est mort. Il n'y avait pas de raison d'en parler au-delà.

Pourtant, je me souviens qu'il y a neuf ans, un non-événement durait des mois et un événement des années.

3

La surprise du procès ... « Juridiquement hallucinant » ... Figés dans leurs rôles ... Six semaines épuisantes et désespérées ... Le linceul de Grégory...

A Dijon, soudain, le temps se rétrécit. Jean-Marie Villemin revit, de gré et parfois de force, neuf années d'existence judiciaire, réparties sur six semaines. Du haut de son box de verre et de bois, le père de Grégory, à la fois accusé et victime, est la surprise du procès. On avait vu vieillir Christine. Mais les médias gardaient de son mari l'image sommaire de l'hiver 1984-1985. Le contremaître d'Auto-Coussin est devenu un homme intense, au visage émacié, concentré, habité par le dossier, le verbe rare et juste. Les assises n'ont pas l'habitude de juger un meurtrier aussi peu en accord avec son geste.

Les médias sont accourus pour vivre une sorte de cérémonie judiciaire. En effet, tout est inédit dans ce procès qui juge, au-delà d'un geste, une crise de société et l'assassinat d'un enfant, non élucidé après neuf ans de recherches. Les cinq étapes du procès permettent de revivre en accéléré les émotions nées du crime.

Dès le premier jour, la douleur des Villemin submerge les anciens combattants de la Vologne et perce la carapace des chroniqueurs endurcis. Pour la première fois, Denis Robert, de *Libération*, n'ironise plus sur l'affaire Grégory et quitte la salle d'audience en essuyant ses larmes. Jean-Claude Hauck est figé sur un banc. Il retrouve à la barre l'image intacte de la femme « liquéfiée de chagrin » aperçue le surlendemain du drame. « On avait quitté un couple de Français moyens ballottés par les médias et la justice, on retrouve des héros de tragédie qui forcent le respect », constate François Caviglioli dans *Le Nouvel Observateur*.

Alors débute le long déroulé du gâchis judiciaire qui montre chacun des intervenants figé dans son rôle de l'époque. Seules Marie-Ange et Muriel sont absentes, parties au bout de deux jours comme si elles étaient étrangères aux débats. La famille Villemin reconstituée semble ne rien savoir et faire bloc pour qu'un voile de silence recouvre son passé. Tel qu'en lui-même, Jean-Michel Lambert se présente avec ses trous de mémoire, ses originalités de procédure, ses raisonnements incertains et ses ambitions littéraires. Le commissaire Corazzi fuyant et embrouillé reste l'homme de l'ombre. Le commandant Sesmat, arrivé tout droit de Nouvelle-Calédonie, apporte ses certitudes et fait de Bernard Laroche un assassin pris soudain d'un coup de folie. Jean Ker, accroché à la barre, ses cheveux flottant sur la nuque, raconte comme un roman sa rencontre avec Bernard Laroche chez la tante Louisette et ressasse encore sa « nuit d'épouvante ».

Pour la première fois dans un procès, des journalistes sont appelés à la barre comme témoins. En entrant dans le prétoire, je revois tous ceux que j'ai côtoyés à l'époque, Marie-France Bezzina, Lionel Raux, Denis Robert, Catherine Lévitan, Jean-Claude Hauck et tant d'autres... En témoignant j'ai le sentiment qu'avec la fin de l'affaire Grégory, je tourne la page de ma jeunesse. Interloqués, les nouveaux journalistes, les jurés et le président Ruyssen découvrent l'étendue du désastre des deux premières années.

Quand commence l'audition sur le fond de Christine Villemin, le péril de cette cérémonie judiciaire apparaît. Pour provoquer l'étincelle d'où pourrait jaillir la vérité, le président Ruyssen a choisi de laisser libre cours aux affrontements, au détriment de la procédure. C'est ainsi que, successivement, des élements faisant l'objet d'une décision judiciaire sont abordés (non-lieu de Christine Villemin, non-lieu des gendarmes) et que l'on s'intéresse à la culpabilité éventuelle d'un homme mort pour lequel l'action publique est éteinte.

Ce procès « juridiquement hallucinant », selon Maurice Peyrot du *Monde*, est aussi une tribune en or pour les avocats des deux parties, posant par ailleurs comme des gravures de Daumier. Mes Prompt et Welzer font citer les experts en écriture et les filles de la poste, en jouant sur le « piège Christine ». Les médias s'engouffrent pendant deux jours sur cette voie, ravivant une mémoire collective qui n'a jamais intégré le non-lieu de février 1993. En ouverture du journal de 20 heures sur TF1, Jean-Pierre Berthet annonce même que « le procès de Christine Villemin commence ». Au bout de quarante-huit heures, il est refermé mais, à la barre, entre ses pleurs et ses protestations d'innocence, Christine Villemin confie, terrifiée :

— Dans vingt ans, on dira encore : « C'est elle ! »

Chaque équipe d'avocats occupe une semaine pour faire étalage de ses colères, vraies ou feintes, selon l'inébranlable alternative « elle ou lui ». Pourtant, la procédure a définitivement éliminé Christine Villemin et le non-lieu laisse seulement entendre que Bernard Laroche pouvait avoir enlevé l'enfant. Saura-t-on jamais ce qui s'est passé ensuite ? Les auditions de Muriel, point d'orgue des affrontements entre les deux parties, donnent lieu à un examen à la loupe qui apporte de nouveaux éléments troublants mais toujours aucune certitude.

Après six semaines épuisantes et désespérées, le procès se referme sur une vérité insaisissable, parfois proche, parfois si lointaine. A l'opposé des espoirs des parents de Grégory dont c'était le dernier recours, les circonstances de leur drame restent dans l'ombre. Mais au moins devant la cour ont-ils pu montrer leur vrai visage et non celui que le système médiatico-judiciaire leur avait inventé. Pour tous ceux qui, dans leur sillage, ont été attirés par le soleil noir de cette affaire, il reste dans le secret de nos vies, à la fois, des leçons de haine et des leçons d'amour. Et neuf ans après, Christine et Jean-Marie Villemin sont debout. De leurs sentiments, ils font un linceul pour Grégory.

REMERCIEMENTS

L'aventure qu'a représenté la réalisation de ce livre n'a pu aboutir que grâce à la confiance que m'a renouvelé d'année en année, la direction de chez Plon en la personne de Jean-Louis Pidoux-Payot puis Jean-Manuel Bourgois et enfin Olivier Orban. Je les remercie tous vivement, consciente de l'investissement et des inquiétudes que ce travail a pu créer chez eux depuis cinq ans. Mes remerciements les plus chaleureux vont aussi à Jacques Le Bodo qui m'a ouvert les portes de l'édition et à Laurent Beccaria qui, en paroles, en actions et en gestes toujours justes, a compris et soutenu mon combat au-delà du possible.

Ma profonde gratitude va enfin à toutes les personnes qui, dans l'ombre, ont donné beaucoup d'énergie, de disponibilité et de souplesse pour faciliter la fabrication de ce livre : Florence Surmany, Janine Mahuzier, Marie-Martine Sartiaux, Michèle Pierret, Nicole Martel, Gisèle Laforêt, Claudine Roth, Michel Cabaud, Ernesto Aparicio et Nathalie Saint-Martin.

Mon enquête m'a amenée à revoir ou à interroger beaucoup de femmes et d'hommes directement ou indirectement concernés par ces neuf années d'affaire Grégory. Je les remercie tous d'avoir bien voulu me recevoir et répondre à mes questions même si celles-ci n'étaient pas agréables à entendre. Au moins m'auront-elles toutes éclairée ou donné certaines clés pour comprendre.

Mesdames Marie-Françoise Colombani, Isabelle Baechler, Catherine Tardrew, Catherine Nayl, Anne de Coudhenove, Frédérique Lantieri, Florence David, Catherine Lévitan, Christine Bravo, Marie-France Lefevre-Bezzina, Claudine Cunat, Laurence Fagnot, Armelle Oger, Irène Frain, Anne-Marie Moreau, Béatrice Valleys, Marie-Françoise Masson, Catherine Némo, Menie Grégoire, Annie Chaussier, Claude Sarraute, Marguerite Duras, Denis Gault, Marianne Orsini, Sophie Bassouls, Agathe Logeart, Dominique de Saint Pern, Isabelle Strebler et Catherine Barma.

Messieurs Denis Robert, Michel Laurillard, Jean-Paul Pradier, Serge Garde, Jean-Claude Wœstland, Jean-Marie Goyenex, Lucien Miard, Éric Preau, Denis Tarento, Jef Tombeur, Benoît Barthe-rotte, Marcel Thrillat, Jean-Pierre Robert, Frédéric Réglain, Thierry Orban, André Dumas, Bruno Rossignol, Patrice Burnat, Bernard Wiss, Alain Buquet, François Raoux, Philippe Lemire, Jean-Pierre Elkabbach, Jacques Expert, Marcel Mochet, Jean-Pierre Driey, Michel Lafon, Benoît Duquesne, Harmel Brucell, Claude-Henri Laval, Luc Bernard, Daniel Schneidermann, Jean-Noël Fournier, Jean Ker, Jean Pasquelin, Alain Wieder, Michel Serres, Éric Darcourt, Pierre Georges, Patrick Gless, Jean-Louis Antoine, Jean Kopf, Didier Bouillot, Alain Lisenfeld, Denis Mousty, Francis Huss, Philippe Jéchoux, Lionel Raux, Bernard Groslier, Jean-Michel Caradec'h, Jacques Prézelin, Claude Azoulay, Jack Garofalo, Éric Favereau, Philippe Benet, François Mattei, Patrick Eynaud, Pierre-Emmanuel Pessmier.

Gilles Ouaki, Patrick de Carolis, Jacky Naegelen, Patrick Hert-zog, Gérard Emica, André Balland, Christian Chardon, Alain Nogues, Éric Gilbert, José Benjamin, Joël Alexandre, Daniel Wolfrom, Serge July, Dominique Grimaut, Hervé Gattegno, Paul Lefevre, Patrick Miller, René Héricotte, Jean Cau, Pascal Gio-vanelli, Alain Hamon, Robert Melcher, Jean-Michel Bezzina, Syl-vain Hebbat, Charles Villeneuve, Jean-Claude Hauck, Didier Guyot, Michel Pierra, Jean-Charles Marchand, Yves Maréchal, Jacques Pavlovsky, Yann Queffelec, Gaston Curien, Vincent Hopé, Claude Duvoid, Patrick Brument, Robert Messenet, Paul Cayette, Laurent Chabrun, Lionel Duroy, Bruno Théveny, Patrick Mahé, Henri-Christian Giraud, Antoine Coletta, Jean-Claude Goudeau, Xavier Martin, Pierre Ottavioli, Jean-Benoît Vion, Arnaud Bizot, Alain Blanchet, François Caviglioli, Luc Choquer, Michel Dunois, Marce Novas, Olivier Lederlé, Alain Begel, Abdallah Assoul, Philippe Roy, Christophe Barbier, Jean-Marie Trimbour, Jean-Pierre Ferey, Éric Emptaz, Georges Valence, Michel Urban.

Associated Press, Agence Centrale de Presse, Wall Street Journal, Vous et votre Avenir, Minute, Éditions de Minuit, Sunday Express, One TV, Voici.

Le président du Conseil Constitutionnel Robert Badinter, messieurs les gardes des Sceaux Pierre Arpaillange et Albin Chalandon.

Messieurs les Procureurs généraux Reygrobellet et Roger Descharmes, Jacques d'Alteroche, Paul-André Sadon, Philippe Léger, Bruno Cotte, Franck Terrier, Gilbert Thiel, Jean-Michel Lambert, commandant Étienne Sesmat, colonel Meyer, commissaire Jacques Corazzi, Denis Klein.

Maîtres Joël Lagrange, Gérard Welzer, Paul Prompt, Mario Stasi, Jacques Léauté, Thierry Moser, Henri-René Garaud, Paul Lombard, François Robinet, Denis Bourdelle.

Mes remerciements les plus affectueux vont enfin à ceux qui m'ont permis de vivre et de travailler en toute sérénité pendant des années depuis Lyon jusqu'à Paris. Mes chers parents, Robert et Jacqueline Lacour qui m'ont assuré en permanence de leur soutien financier, Marie-José, Frédéric et Shiao Tchin Lacour, Colette Montagu ainsi que mes chers amis, toujours présents quand il le fallait. Christian et Édith Mollat du Jourdin et leurs enfants, Yves et Mijo Beccaria, Anne-Marie et Lucien Baraza, Jean-Claude et Laurence Hauck, Véronique Pellerin, Francis Baerst, Éric Darcourt, Sylvie et Jean-Michel Cottin, Hélène Fanchini et puis bien sûr, Flo.

ANNEXES

1. Diffusion de la presse quotidienne nationale en 1984 et répartition en fonction des sources d'information sur l'affaire Grégory.
2. Diffusion de la presse quotidienne régionale de Lorraine en 1984 et répartition en fonction des sources d'information sur l'affaire Grégory.
3. Tirage en 1985 des hebdomadaires ayant consacré plus de trois couvertures à l'affaire Grégory et classement en fonction de leur attitude par rapport à Christine Villemin.
4. Liste des couvertures des hebdomadaires sur l'affaire Grégory.
5. Tirage des autres périodiques ayant participé à la couverture de l'affaire et ventes du *Quid* 1992.
6. Audience des radios nationales dans l'est de la France et dans tout le pays en 1985 et répartition en fonction des « pools ».
7. Fréquence, mois par mois, des articles sur l'affaire Grégory d'octobre 1984 (assassinat de l'enfant) à février 1993 (non-lieu de Christine Villemin).
8. Estimation du réseau Bezzina.

[illegible]

4. Liste des ouvrages [illegible] l'affaire Grégory.

7. [illegible] l'affaire Grégory [illegible]
8. [illegible]

ANNEXE 1

DIFFUSION DE LA PRESSE QUOTIDIENNE NATIONALE EN 1984

(source OJD)

France-Soir	388 356	
Le Figaro	348 967	
Le Parisien	332 537	
Le Monde	284 576	
Le Matin	128 195	
La Croix	110 738	
Libération	108 292	
L'Humanité	100 926	
Le Quotidien de Paris	80 000	(estimation éditeur).
Total	1 882 587	exemplaires.

Répartition en fonction des sources d'information sur l'affaire Grégory

Réseau Bezzina (articles sous pseudonymes et correspondance quotidienne) :

– *France Soir* (pseudonyme « Jean-Michel Jeandon » + Annie Chaussier + José Benjamin, envoyés spéciaux).

– *Le Figaro* (pseudonyme « Jean-Michel Eulry » + Lucien Miard, envoyé spécial).

– *Le Parisien* (pseudonyme « Marie-France Lefevre »).

– *Le Quotidien de Paris* (pseudonyme « Marie-France Lefevre).

Total : 1 149 860 exemplaires.

Appartenance au pool Bezzina (liens d'amitié) :

– *Le Monde* (Pierre Georges).

– *Le Matin* (correspondance de Philippe Jéchoux de *La Liberté de l'Est*).

Total : 412 771 exemplaires.

Hors réseau (journalistes sans lien d'allégeance ou couverture réduite de l'affaire) :

- *La Croix* (reprise des dépêches AFP).
- *Libération* (Denis Robert).
- *L'Humanité* (reprise des dépêches AFP).

Total : 319 956 exemplaires.

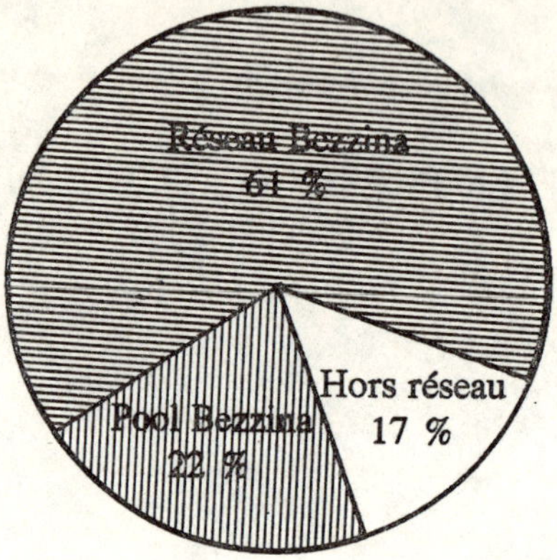

Annexe 2

DIFFUSION DE LA PRESSE QUOTIDIENNE RÉGIONALE EN LORRAINE EN 1984

(source OJD)

L'Est républicain

- siège social à Nancy.
- journaliste couvrant l'affaire : Lionel Raux.
- diffusion : 254 308 exemplaires.
- dont : 29 703 exemplaires dans les Vosges.

Le Républicain lorrain

- siège social à Metz.
- journaliste couvrant l'affaire : Jean-Claude Hauck.
- diffusion : 220 000 exemplaires.
- et aucune diffusion dans les Vosges.

La Liberté de l'Est

- siège social à Épinal.
- journaliste couvrant l'affaire : Philippe Jéchoux, puis Bruno Theveny, à partir de 1985, qui n'appartient pas au pool Bezzina.
- diffusion : 31 390 exemplaires uniquement dans les Vosges.

Répartition en fonction des sources d'information sur l'affaire Grégory

Département des Vosges

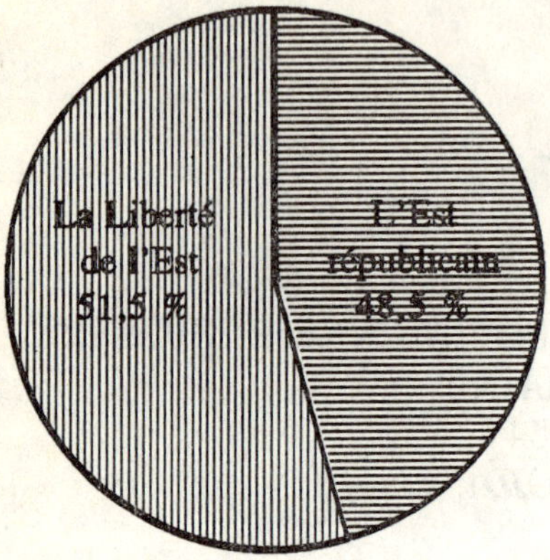

Total : 61093 exemplaires
(monopole du pool Bezzina)

Lorraine (Meuse, Moselle,
Meurthe-et-Moselle, Vosges)

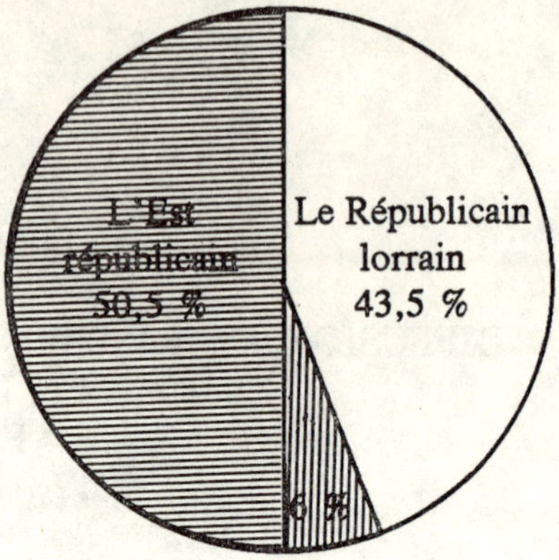

Pool Bezzina : 56,50 %
Hors réseau : 43,50 %

ANNEXE 3

TIRAGE EN 1985 DES HEBDOMADAIRES AYANT CONSACRÉ PLUS DE TROIS COUVERTURES A L'AFFAIRE GRÉGORY

Réseau Bezzina	*Le Journal du Dimanche* (pseudonyme « Arnaud Laurence »)	465 163 exemplaires
Pool Bezzina	*Paris Match* (pendant l'année 1985, Jean-Michel Caradec'h donne le ton)	1 074 234 exemplaires
Réseau Garaud	*Minute*	135 395 exemplaires
Reprise romancée des accusations du pool Bezzina	*France Dimanche*	903 573 exemplaires
	Ici Paris	529 688 exemplaires
Neutralité	*Détective* (envoyé spécial Jean-Paul Pradier)	315 000 exemplaires (estimation éditeur)
	Total	3 423 053 exemplaires

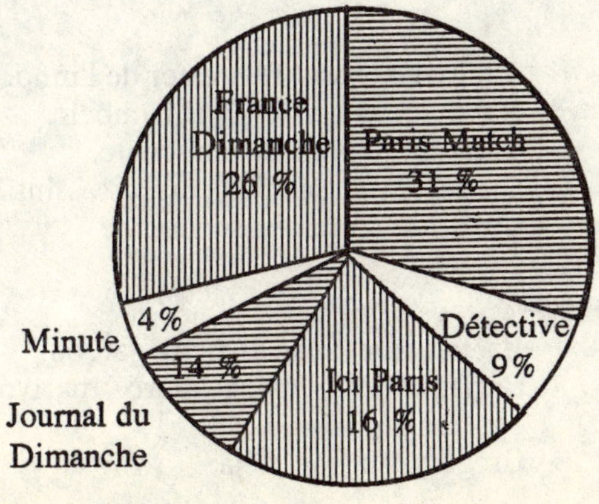

Annexe 4

COUVERTURES DE NEWS SUR L'AFFAIRE GRÉGORY

1 PARIS MATCH

– 5 avril 1985	La mère de Grégory, le juge devant l'incroyable soupçon.	n° 1871
– 12 avril 1985	LAROCHE – La nuit d'épouvante.	n° 1872
– 26 avril 1985	GRÉGORY – Deux interviews-chocs.	n° 1874
– 7 mai 1985 *(en réalité*	*7 juin – erreur d'impression sur le journal)* CHRISTINE : coupable ou non ?	n° 1880
– 19 juillet 1985	L'AFFAIRE MAUDITE.	n° 1886
– 2 août 1985	Christine : plaidoyer pour une mère traquée.	n° 1888
– 18 octobre 1985	Christine maman.	n° 1899
– 20 décembre 1985	Marie-Ange Laroche, la mère en noir.	n° 1908
– 7 mars 1986	Christine Villemin : elle parle.	n° 1919
– 30 mai 1986	CHRISTINE VILLEMIN : si tu savais...	n° 1931
– 26 octobre 1989	GRÉGORY – La vérité est là.	n° 2109

2 MINUTE

– 26 juillet 1985	Affaire Grégory : le dossier de l'innocence.	n° 1215
– 2 août 1985	Nous accusons le juge Lambert.	n° 1216
– 21 octobre 1987	Christine Villemin innocente.	n° 1333
– 19 octobre 1988	Grégory : il y a plusieurs assassins.	n° 1385
– 25 octobre 1989	Christine Villemin innocente	n° 1438

3 JOURS DE FRANCE

– 13 juillet 1985	Il était une fois un petit garçon.	n° 1593
– 27 juillet 1985	Christine Villemin : mère martyre ou ogresse ?	n° 1595
– 26 octobre 1985	Grégory : un an déjà.	n° 1608

4 V.S.D.

– 5 juin 1986	Villemin, trop c'est trop.	n° 457
– 25 septembre 1986	Le document qui accuse.	n° 473

5 LE FIGARO MAGAZINE

– 30 mars 1985	L'énigme Grégory.	n° 12 621

6 L'ÉVÉNEMENT DU JEUDI

– 23 mai 1985	Grégory : les journalistes sont-ils des pourris ?	n° 29

7 LE NOUVEL OBSERVATEUR

– 12 juillet 1985	Une mère en enfer.	n° 1079

8 L'EXPRESS

– 2 janvier 1987	Les confessions du juge Lambert.	n° 1852

9 LE POINT

– 25 juillet 1992	Affaire Grégory : Christine Villemin innocente.	n° 1036

ANNEXE 5

TIRAGE EN 1985 DES AUTRES PÉRIODIQUES AYANT PARTICIPÉ A LA COUVERTURE DE L'AFFAIRE GRÉGORY

Le Figaro Magazine	788 443 exemplaires
L'Express	620 288 exemplaires
France Soir Magazine	618 459 exemplaires
Le Point	420 000 exemplaires
Le Nouvel Observateur	410 335 exemplaires
VSD	300 000 exemplaires

VENTES DU QUID 1992

(où Christine Villemin est supposée avoir été « condamnée à vingt ans de réclusion criminelle ») : 305 000 exemplaires.

ANNEXE 6

AUDIENCE DES RADIOS NATIONALES

Les chiffres sont tirés du CESP 1985, cumul trois vagues, sur l'ensemble de la journée en semaine (du lundi au vendredi).

Dans l'est de la France :

RTL (Jean-Michel Bezzina)	1 184 000 auditeurs
Europe 1 (Laurence Lacour)	797 000 auditeurs
France Inter (Jacques Expert)	279 000 auditeurs
RMC (Jean-Charles Marchand)	8 000 auditeurs
TOTAL	2 268 000 auditeurs

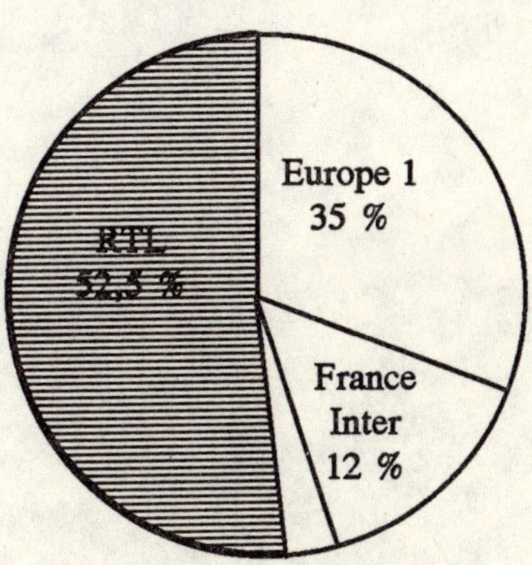

Pour la France entière :

RTL	8 891 000 auditeurs
Europe 1	6 941 000 auditeurs
France Inter	5 913 000 auditeurs
RMC	2 952 000 auditeurs
TOTAL	24 697 000 auditeurs

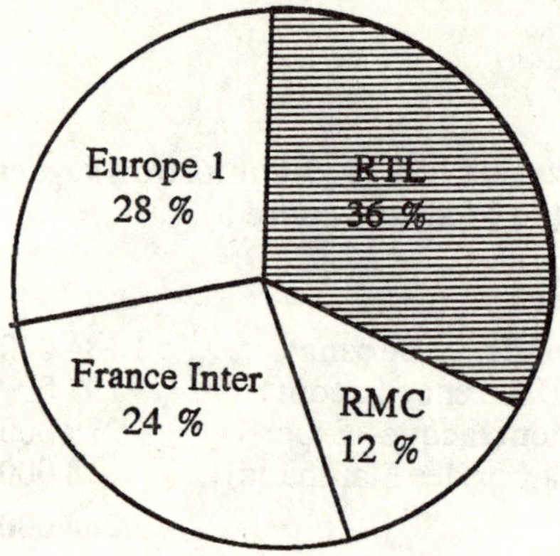

Annexe 7

FRÉQUENCE DES ARTICLES RÉPERTORIÉS CONSACRÉS A L'AFFAIRE GRÉGORY DU MOIS D'OCTOBRE 1984 (ASSASSINAT DE L'ENFANT) AU MOIS DE FÉVRIER 1993 (DÉLIVRANCE DU NON-LIEU POUR CHRISTINE VILLEMIN)

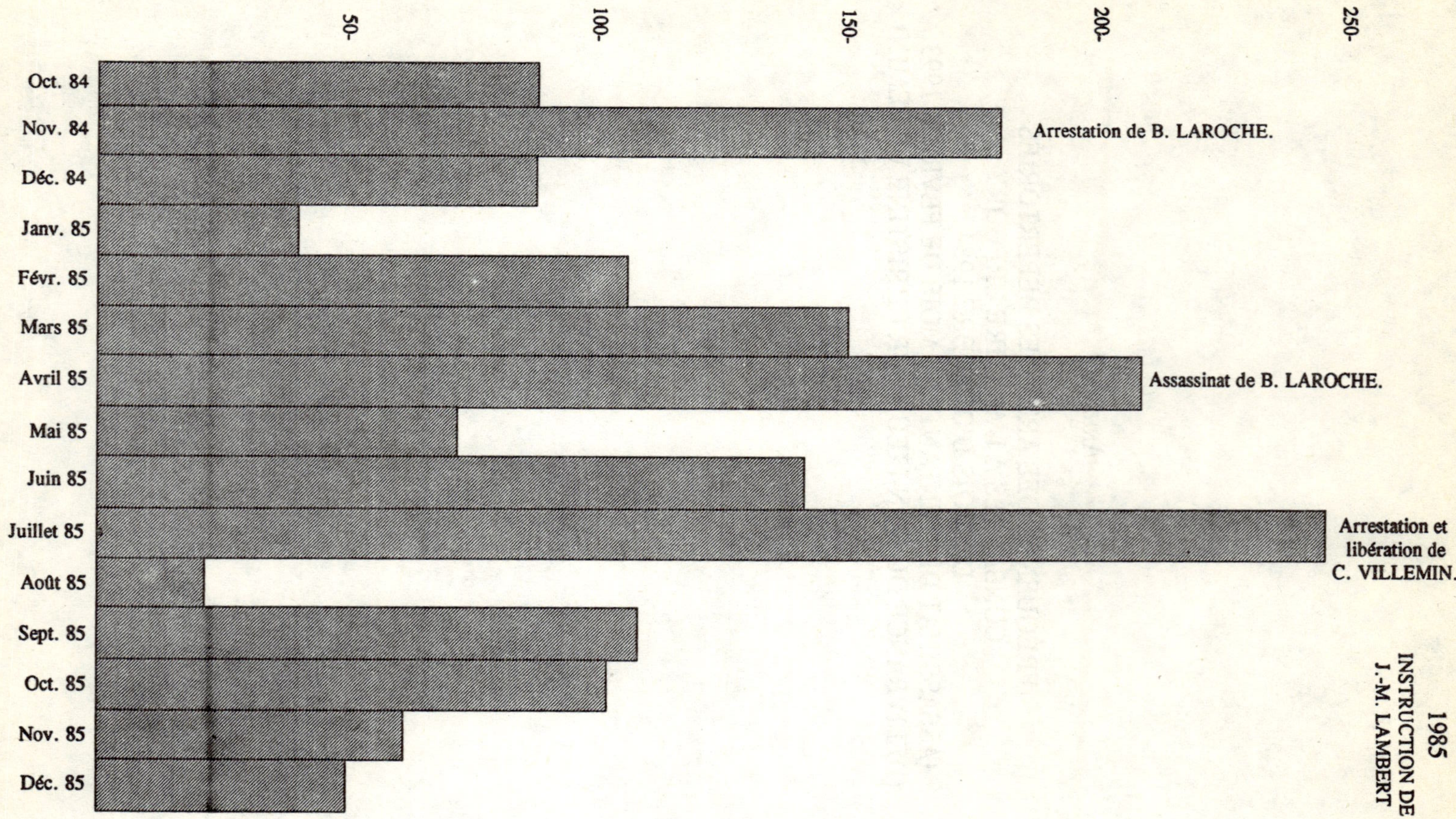
1985
INSTRUCTION DE
J.-M. LAMBERT
250-
200-
150-
100-
50-
Oct. 84
Nov. 84
Déc. 84
Janv. 85
Févr. 85
Mars 85
Avril 85
Mai 85
Juin 85
Juillet 85
Août 85
Sept. 85
Oct. 85
Nov. 85
Déc. 85
Arrestation de B. LAROCHE.
Assassinat de B. LAROCHE.
Arrestation et
libération de
C. VILLEMIN.

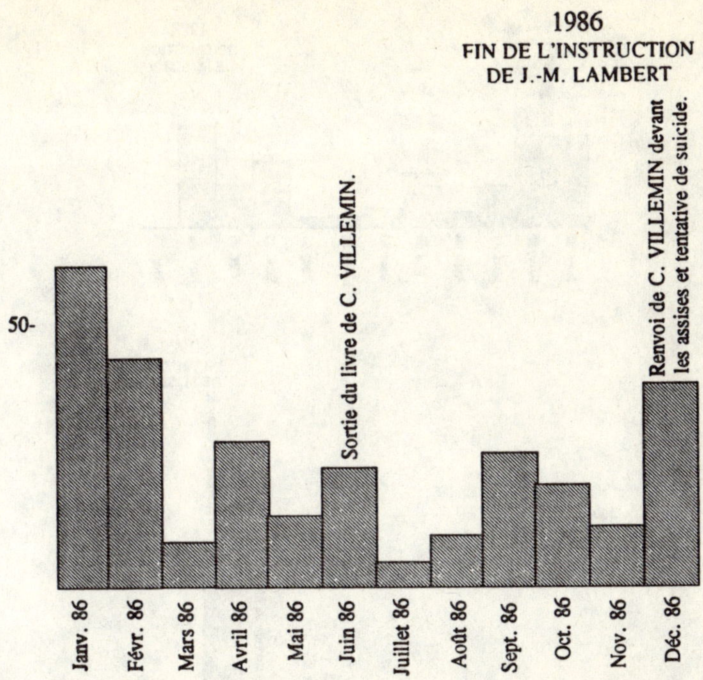
1986
FIN DE L'INSTRUCTION
DE J.-M. LAMBERT
50-
Janv. 86
Févr. 86
Mars 86
Avril 86
Mai 86
Juin 86
Juillet 86
Août 86
Sept. 86
Oct. 86
Nov. 86
Déc. 86
Sortie du livre de C. VILLEMIN.
Renvoi de C. VILLEMIN devant les assises et tentative de suicide.

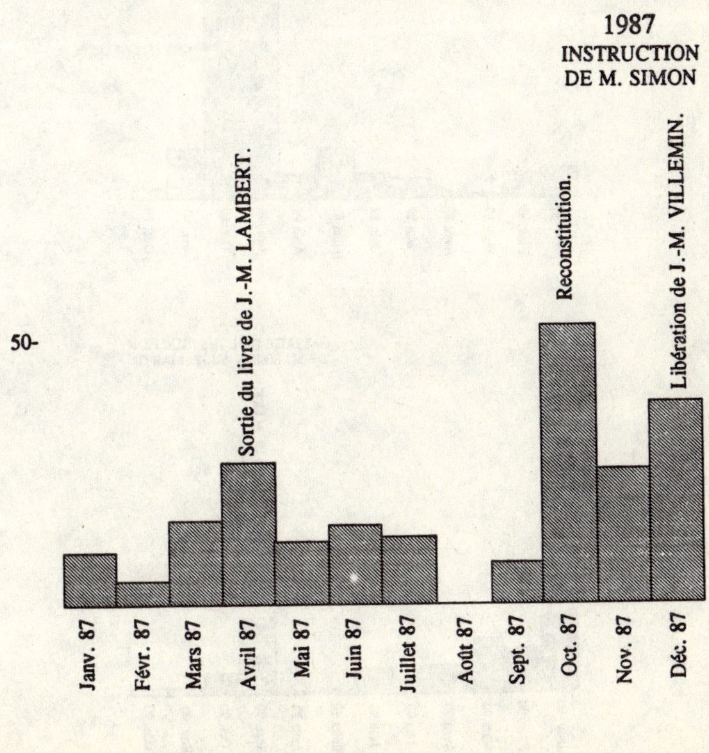
1987
INSTRUCTION
DE M. SIMON
50-
Janv. 87
Févr. 87
Mars 87
Avril 87
Mai 87
Juin 87
Juillet 87
Août 87
Sept. 87
Oct. 87
Nov. 87
Déc. 87
Sortie du livre de J.-M. LAMBERT.
Reconstitution.
Libération de J.-M. VILLEMIN.

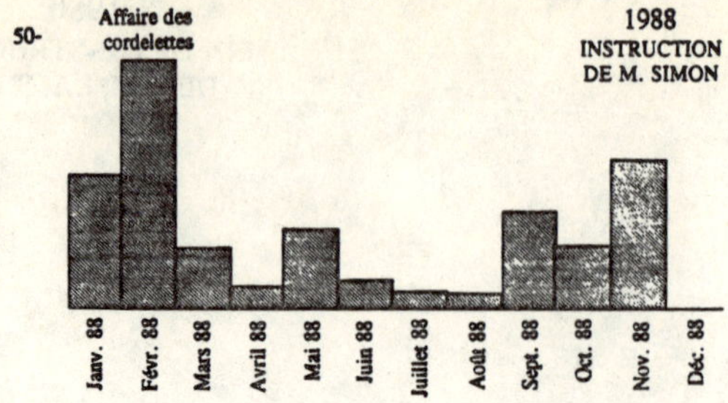
1988
INSTRUCTION
DE M. SIMON
50-
Affaire des cordelettes
Janv. 88
Févr. 88
Mars 88
Avril 88
Mai 88
Juin 88
Juillet 88
Août 88
Sept. 88
Oct. 88
Nov. 88
Déc. 88

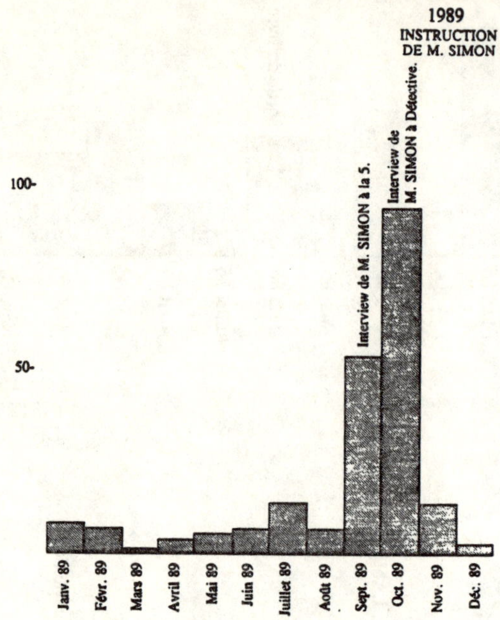
1989
INSTRUCTION
DE M. SIMON
100-
50-
Interview de M. SIMON à la 5.
Interview de M. SIMON à Détective.
Janv. 89
Févr. 89
Mars 89
Avril 89
Mai 89
Juin 89
Juillet 89
Août 89
Sept. 89
Oct. 89
Nov. 89
Déc. 89

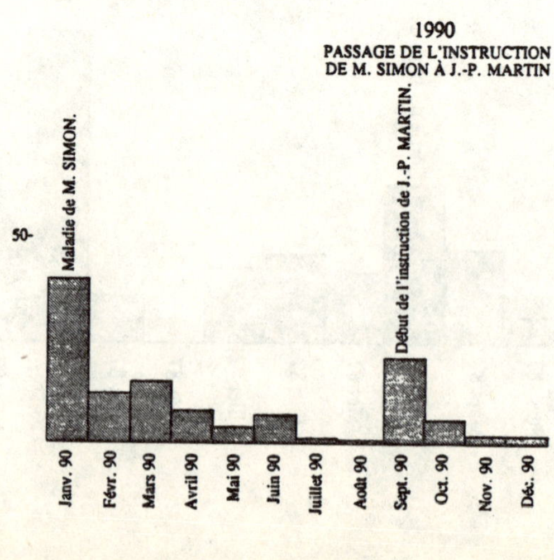
1990
PASSAGE DE L'INSTRUCTION
DE M. SIMON À J.-P. MARTIN
50-
Maladie de M. SIMON.
Début de l'instruction de J.-P. MARTIN.
Janv. 90
Févr. 90
Mars 90
Avril 90
Mai 90
Juin 90
Juillet 90
Août 90
Sept. 90
Oct. 90
Nov. 90
Déc. 90

1991
INSTRUCTION
DE J.-P. MARTIN

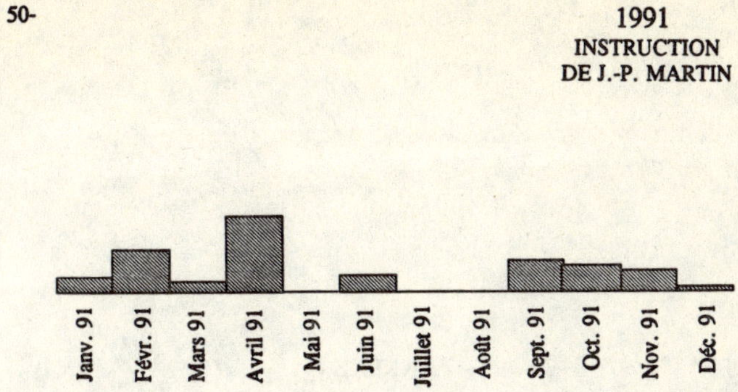

1992
INSTRUCTION
DE J.-P. MARTIN

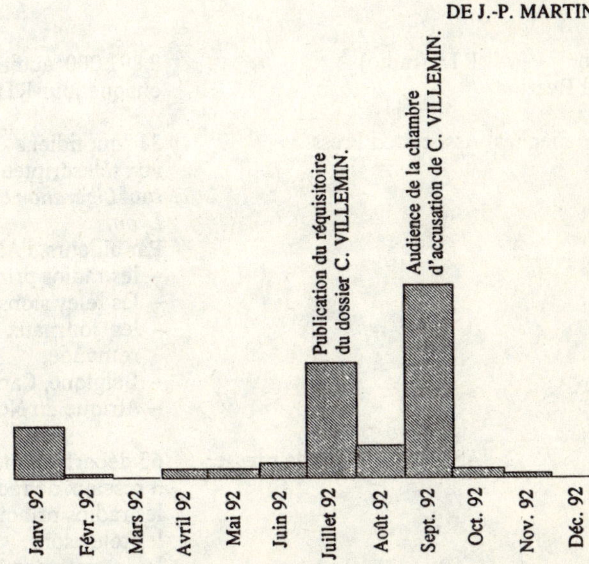

1993
NON-LIEU CHRISTINE
PROCÈS JEAN-MARIE

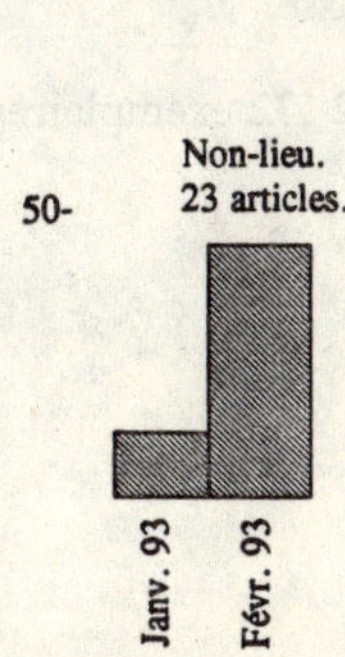

ANNEXE 8

ESTIMATION DU RÉSEAU BEZZINA

Sous le nom Jean-Michel Bezzina	RTL (radio)	8 891 000 auditeurs écoutant chaque jour RTL en 1985.
Anonyme (dépêches d'agence)	Associated Press	31 quotidiens sont abonnés aux télescripteurs de l'AP, sauf *Libération* et *Le Progrès de Lyon*. Par ailleurs, l'AP fournit : – les radios principales, – les télévisions, – les journaux de la Suisse romande, – Belgique, Canada, – Afrique du Nord.
	Agence centrale de presse	65 départements couverts, 3 réseaux de radios locales, les radios principales, les télévisons, les journaux en Belgique et en Suisse.
Correspondance régionale	*Ouest-France* (1er quotidien français)	732 172 exemplaires payés.

Correspondances nationales signées d'un pseudonyme	*France-soir* (Jean-Michel Jeandon)	388 356 exemplaires payés.
	Le Figaro (Jean-Michel Eulry)	348 967 exemplaires payés.
	Le Parisien (Marie-France Lefevre)	332 537 exemplaires payés.
	Le Quotidien de Paris (Marie-France Lefevre)	80 000 exemplaires payés (estimation éditeur).
	Le Journal du Dimanche (Arnaud Laurence)	465 163 exemplaires payés.

En prenant le noyau dur de l'activité du couple de journalistes installé à Nancy (RTL, *France-Soir, Le Figaro, Le Parisien, Le Quotidien de Paris*, l'AP) et en estimant la circulation des quotidiens à trois lecteurs pour un exemplaire acheté on peut estimer, en chiffres cumulés, à *12 millions de personnes* le public informé chaque jour pendant plusieurs années par Jean-Michel et Marie-France Bezzina.

Table des matières

Cet ouvrage a été réalisé par la
SOCIÉTÉ NOUVELLE FIRMIN-DIDOT (Mesnil-sur-l'Estrée)
pour le compte de LA LIBRAIRIE PLON
76, rue Bonaparte, 75006 Paris

Achevé d'imprimer en décembre 1993

Imprimé en France
Dépôt légal : décembre 1993
N° d'édition : 12370 - N° d'impression : 25888